支运亭 说 孝庄

孕育大清的女人

支运亭 著

万卷出版公司

ⓒ 支运亭 2018

图书在版编目（CIP）数据

支运亭说孝庄：孕育大清的女人/支运亭著．—沈阳：
万卷出版公司，2018.8
　　ISBN 978-7-5470-4989-1

Ⅰ．①支… Ⅱ．①支… Ⅲ．①孝庄文皇太后（1613-1688）-生平事迹 Ⅳ．①K827=49

中国版本图书馆CIP数据核字（2018）第147870号

出 品 人：刘一秀
出版发行：北方联合出版传媒（集团）股份有限公司
　　　　　万卷出版公司
　　　　　（地址：沈阳市和平区十一纬路25号　邮编：110003）
印 刷 者：鞍山市春阳美日印刷有限公司
经 销 者：全国新华书店
幅面尺寸：152mm×215mm
字　　数：600千字
印　　张：18
出版时间：2018年8月第1版
印刷时间：2018年8月第1次印刷
责任编辑：胡　利　杨春光
特约编辑：任　琳
装帧设计：范　娇
责任校对：高　辉
ISBN 978-7-5470-4989-1
定　　价：59.80元

联系电话：024-23284442
传　　真：024-23284448
E－mail：vpc_tougao@163.com
网　　址：http://www.chinavpc.com

常年法律顾问：李福　　版权所有　　侵权必究　　举报电话：024-23284090
如有质量问题，请与印刷厂联系。联系电话：0412-2228073

目 录

前 言	1
第一章　出身于蒙古最高贵氏族	1
第一节　祖先是月亮的儿子	1
第二节　成吉思汗胞弟后裔	8
第三节　古勒山之战结姻盟	14
第二章　诞生在嫩江科尔沁大草原	22
第一节　凤落嫩科尔沁部落	22
第二节　胸有志向的小格格	24
第三节　冬营地智救苏默尔	27
第四节　姑姑定计喜结良缘	30
第三章　十三岁盛嫁皇太极入宫	36
第一节　隆重盛大的婚嫁礼仪	36
第二节　新婚未合卺圆房之谜	38
第三节　劝夫受诸王劝进继汗位	49
第四章　匡夫开国后宫显露聪慧	60
第一节　庆欢喜与新汗合卺圆房	60

第二节	受堂姐之托帮助多尔衮	63
第三节	帮夫君除异己南面独坐	69
第四节	力谏改革旧制起用新人	79
第五节	皇太极移情海兰珠	82
第六节	建言统一蒙古壮大实力	89
第七节	两太后献国玺被纳为妃	92

第五章 建大清国受封永福宫庄妃 104

第一节	获国玺受敦请建国称帝	104
第二节	识大体受封永福宫庄妃	113
第三节	谏皇上信奉蒙古喇嘛教	121
第四节	为夫君喜生皇九子福临	125
第五节	受皇命用计劝降洪承畴	129
第六节	精心安排围猎为皇上解忧	144

第六章 运筹帷幄六岁福临继皇位 150

第一节	崇德帝突然驾崩之谜	150
第二节	争皇位黄白四旗剑拔弩张	158
第三节	巧运筹六岁福临继皇位	165
第四节	辅政初期的一场谋权风波	179

　　　　第五节　幼帝福临笃恭殿登基大典　　　　183

第七章　承先帝遗志发兵伐明夺天下　　　　190
　　　　第一节　下旨命多尔衮率军伐明　　　　190
　　　　第二节　吴三桂为红颜投降大清　　　　197
　　　　第三节　山海关大战李自成败北　　　　203
　　　　第四节　多尔衮乘胜率清军入关　　　　214

第八章　挽狂澜双管齐下巩固政权　　　　219
　　　　第一节　高瞻远瞩率朝迁都北京　　　　219
　　　　第二节　初识北京太后宫中定制　　　　228
　　　　第三节　顺治帝北京城二次登基　　　　238
　　　　第四节　灭李自成平定南明政权　　　　249

第九章　保皇权与多尔衮斗智周旋　　　　258
　　　　第一节　多尔衮功高封爵位同皇上　　　　258
　　　　第二节　摄政王专权排异己害忠良　　　　264
　　　　第三节　幼帝仰叔鼻息危如累卵　　　　272
　　　　第四节　保皇权太后忍辱施计　　　　280

第十章　多尔衮的声色犬马生活　　　　286
　　　　第一节　福临擅闯宁寿宫遇尴尬　　　　286

目 录

  第二节 体弱多癖生活不检点 291
  第三节 强娶亡侄豪格遗孀为妻 293
  第四节 为社稷太后施密计 294

第十一章 多尔衮风疾病发命丧喀喇城 299
  第一节 多尔衮失宠府中乱炼丹 299
  第二节 以帝名命朝鲜王选美求欢 300
  第三节 喀喇城围猎风病发命丧黄泉 302

第十二章 扶植皇儿亲政治国定朝纲 307
  第一节 为维稳以尚父厚葬多尔衮 307
  第二节 排除内忧外患扶儿亲政 311
  第三节 追罪多尔衮惩处党羽权臣 319
  第四节 平反昭雪重用忠臣良将 323

第十三章 帮助少年天子实现国家统一 332
  第一节 除困境不气馁知难而进 332
  第二节 力行节俭克服经济困难 335
  第三节 为治国政发愤读书学习 339
  第四节 下旨惩贪肃纪查吏安民 341
  第五节 两蹶名王西南军情告急 353

第六节　剿灭永历政权平定西南　　359
　　第七节　打败郑成功海内归一统　　373

第十四章　顺治帝立后废后宫中秘事　　391
　　第一节　尊国策为皇儿大婚封后　　391
　　第二节　母子二人与教父汤若望　　401
　　第三节　少帝不悦托言奢妒废后　　411
　　第四节　太后移住慈宁宫再立后　　419

第十五章　福临与董鄂妃的奇遇恋情　　429
　　第一节　慈宁宫遇董鄂氏一见钟情　　429
　　第二节　迎娶隆重即封皇贵妃　　435
　　第三节　改恶习专宠美人董鄂妃　　438

第十六章　专宠董鄂妃再废后母子生怨　　444
　　第一节　皇太后眼中的皇孙儿玄烨　　444
　　第二节　福临封董鄂妃所生皇子为太子　　448
　　第三节　因专宠董妃再废后母子生怨　　449
　　第四节　海会寺识聪僧倾心向佛　　455

第十七章　顺治帝与董鄂妃的生死恋　　459
　　第一节　董鄂妃仙逝顺治悲痛欲绝　　459

第二节　意懒心灰欲求出家终未遂　　464

　　第三节　内外交困患痘病英年早逝　　469

第十八章　抚幼孙玄烨继位协理朝政　　476

　　第一节　施密计幼孙玄烨继皇位　　476

　　第二节　改祖制谕命四大臣辅政　　479

　　第三节　潜心按帝王教育培养孙儿　　484

　　第四节　帮助孙儿智擒弄事权臣鳌拜　　486

第十九章　废除辅臣制扶孙儿亲政　　495

　　第一节　支持孙儿平定三藩之乱　　495

　　第二节　康熙帝与老祖母的深情　　506

　　第三节　死后魂归昭西陵　　509

后　记　　513

前　言

　　中国第一个统一的中央集权的封建王朝始于秦朝,其间经历了五十多个大小朝代,到最后一个封建政权清王朝,它是以少数民族满族为主,由汉、蒙古、藏、回等多民族共同组成的统治集团。这一封建政权,最终形成了我国目前多民族统一的局面,对中国社会的政治、经济、文化发展和建设,对最终界定中国的国土疆域等,都起到了决定性影响。然而,清末的闭关锁国,也给中国带来了民族灾难。当人们翻开大清王朝从开国到辛亥革命后被推翻的283年历史,认真地审视和寻觅这一历史进程中具有重要功绩和影响力的人物时,会发现一位颇具传奇色彩的杰出女政治家,她从大清开国到建立多民族统一的国家,使中国开始走向中兴和富强,成为世界强大国家整个过程中所做出了重大贡献,却没有引起学界足够的重视,她就是历经大清开国崇德、顺治、康熙三朝的后宫宫主,被誉为大清国母的昭圣皇太后。毛泽东同志在谈到清史时曾说:"清朝成在一个女人,败也在一个女人。"他所指的前者即是史上被错称为"孝庄皇后"的大清崇德帝皇太极的永福宫庄妃、顺治帝福临的生母昭圣皇太后、康熙帝玄烨的祖母昭圣太皇太后。后者乃是清朝晚期嗜权如命,垂帘听政的女人,同治帝的母亲慈禧皇太后。

　　大清国母昭圣皇太后是蒙古族,姓孛儿只斤(博尔济吉特),名布木布泰。祖先孛端察儿,传说是月亮的儿子,后来衍变为蒙古族最伟大、最高贵的氏族——博尔济吉特氏,其世祖是成吉思汗铁木真的胞弟哈萨尔。大约在明初北元时期,哈萨尔的十四代孙魁猛克(奎蒙克),率部向东迁移到我国东北嫩江流域,将所率部族自号为漠南蒙古"嫩科尔沁",亦称科尔沁部。科尔沁部进入嫩江流域后,又子孙繁衍,部落有了较大的发展。她的高祖是漠南蒙古首领博尔济吉特博地达赉,曾祖是博尔济吉特纳穆塞,祖父是博尔济吉特莽古斯。莽古斯共有一子一女:长子名宰桑贝勒(昭圣皇太后的父亲),是科尔沁部的一员虎将;女儿名哲哲(昭圣皇太后的姑姑)在明万历四十二年(1614年)六月,嫁给女真人首领努尔哈赤第八子四贝勒皇太极,成为后来大清崇德帝的皇后。

明朝万历四十一年(1613年)二月初八日,在蒙古科尔沁大草原宰桑贝勒家的蒙古大帐内,一个小格格降生了,宰桑贝勒为她取名布木布泰(大贵人之意)。她先前有三位哥哥乌克善、满珠习礼、察罕,一位姐姐海兰珠。从儿时起她就喜欢读书、骑马、射箭,被称为马背上勇敢聪颖的小格格。她身上流淌着成吉思汗"戚畹贵族"的血,儿时的她就对明朝欺压诸少数民族部落非常愤怒,立志要做满都海妇人(北元蒙古女英雄)。在她八九岁的时候,就背着家中长辈在哥哥乌克善和堂姐那木其的帮助下,冒着被漠南蒙古首领察哈尔林丹汗追罪的风险,在冬营地用自己的智慧和胆略,救活了被林丹汗打得半死的奴隶苏默尔,并把她收为侍女(即后来随嫁入宫的苏麻喇姑)。随着年龄的增长,广袤无垠的嫩江科尔沁大草原,养成了她坚忍果敢、英勇顽强、活泼开朗和勇于担当的性格。她长得美丽端庄,肌肤像白玉一样,故人们又叫她大玉儿。明朝天启四年、后金天命九年(1624年),在她十二岁那年,由姑姑博尔济吉特氏哲哲(皇太极的大福晋)做主,由爷爷莽古斯出面,在辽阳东京城同后金国歃血盟誓仪式上,将这位小格格许配给了努尔哈赤的第八子四贝勒皇太极。

天命十年(1625年)二月,十三岁的布木布泰由长兄乌克善亲自率领浩荡的送亲队伍,护送到东京城(今辽宁辽阳东),与皇太极欢宴成婚,成为皇太极王府中年龄最小和最受宠爱的侧福晋。但当时正值后金实行战略转移,举朝从东京迁都沈阳之际,因此在形势紧张、国事繁杂的情况下,皇太极的大福晋哲哲为了不让皇太极分心,好在父汗面前表现出以国事为先的印象,经与皇太极商议,在迁都尚未安定期间,暂不合卺圆房。于是,聪睿的布木布泰在这一年多时间里,除协助姑姑哲哲处理王宫琐事外,便借此机会潜心学习满汉文化、宫中典章礼仪、满族萨满教祀祭仪式等相关知识。她在章京范文程、文馆宁完我、满臣达海等汉满文臣的精心指导下,加之自己专心研读,同时又阅读了《三国演义》《水浒传》《西游记》等汉文书籍,从中学到了许多汉族封建典制和历史政治知识,对封建社会各阶级的关系和生活面貌、封建社会政治、军事斗争,对宋明时期封建统治集团那些"五鬼"、"四凶"有了初步了解,对封建社会腐朽黑暗的种种妖魔鬼怪产生的根源有了初步认识,对三部名著的作者欲起平恨无力,借用起义造反和神话英雄手里那支威力无比的金箍棒,代替"斩邪刀"的除暴安民之心有了深刻理解。她从中学会了在政治军事斗争中以智慧谋略取胜的真谛,这为她后来成为一位女政治家储备了智慧和才华。

明朝天启六年、后金天命十一年(1626年)八月十一日,天命汗努尔哈赤病逝,时值宁远兵败,国中政治、经济、军事形势极度困难。然国不能一日无主,三大贝勒及诸王、大臣,根据努尔哈赤生前所立的《汗谕》,由大贝勒代善主倡,诸王、贝勒、贝子一致拥护,敦请四贝勒皇太极继承父汗大位。但是皇太极感到责任重大,又怕兄长们不服,坚辞不受。后三大贝勒和诸王、贝勒、贝子,又送上由内院拟定的《劝进书》,议事从早上五时一直到晚上七时,皇太极仍不愿受。这时,聪慧的小福晋布木布泰与大福晋哲哲姑侄二人,看出了夫君的心思,是因他前面还有三位兄长,主要是怕众兄弟不服。这时布木布泰便缓缓地苦心劝慰说:"诸王、贝勒、贝子们拥戴你为新大汗,实是一片诚意,不然为何这样三番五次地众推、劝进,他们也是遵照大汗生前的《汗谕》才众推你为新汗的,为了国家和兄弟情义,你不应伤了诸王、贝勒、贝子们的一片赤诚之心。谁都知道,国中目前经济上正处于困难时期,军事上刚刚宁远兵败,士气低迷,人心不稳。但是,越在这种情况下你越应该有所担当,不要再推辞了。你若担心今后有人不服管,你可以让启心郎萨哈廉上下融通,让他们都写好誓词,在议政会上宣誓,今后若有事可依照誓言责其不轨。"最后皇太极在布木布泰的劝慰下,权衡利弊,才答应在后金国最危难的时期,挺身而出,继承父汗大位。于1626年9月1日,在笃恭殿(今沈阳故宫大政殿),举行了汗位登基大典,改元天聪。皇太极即位后,颁诏大赦天下,在封赏文武群臣的同时,册封哲哲为中宫大福晋,册封布木布泰为西宫侧福晋。

中宫大福晋哲哲为庆祝夫即汗位,按照原先的约定,以宫中大婚礼仪,为皇太极与西宫侧福晋布木布泰,举行了合卺圆房仪式。从此时起,她在皇太极继汗位和建立大清国称帝的十九年间,一直深受皇太极宠爱,两人感情深厚,先后于天聪三年、六年、七年生了三个格格,崇德三年(1638年)正月三十日,又生下皇九子福临。她是一位颇具政治头脑的女人,在伴随夫君面对当时的风云变幻中,学会了军事战争与政治斗争的策略,看到了许多闻所未闻的宫中事物,领悟了很多得以自保的本领,渐渐由一个蒙古族贵族姑娘,变成了一位老辣的政治老手。

在天聪年间(1627—1635年)她通过辅佐皇太极做出的贡献有:天聪元年,她用自己学到的理政经验,积极谏疏夫君改革原先为奴隶制的国家体制,实行"编庄为民"政策,改善汉人地位,实行优礼汉官、优待汉民国策,使广大汉人由原先的奴隶变成了国民,极大地解放了生产力,促进了经济的发展。天聪二年,她针对诸王在重大问题上对汗权进行掣肘的严重问题,力谏建立法制,并先后依法于天聪四年、五年按新律法,对因失守永平四城,逃归时又屠戮四城兵民的二贝勒阿敏,以及因犯"御前露刃,对汗不跪之罪"的三贝勒莽古尔泰,分别革除了贝勒爵位，并将他们幽禁入狱，进而废除了"三王并座"的奴隶制国家统治体制，使皇太极实现了"南面独坐"；天聪五年，她谏疏夫君效仿明制建立国家统治体制，继设文馆之后设立六部，之后，又设立内三院（国史、秘书、弘文），取代了八和硕贝勒共议国政的体制，使国家由奴隶制向封建制过渡迈出了重要一步，通过仿明制改革更定官制，建立法制，确定了新的治国大政方针。她还谏疏夫君联络蒙古各部，剿灭察哈尔部林丹汗，统一漠南蒙古。天聪八年，天聪汗皇太极经过宁锦苦战，与朝鲜结兄弟之盟，三征蒙古察哈尔林丹汗，终使漠南蒙古归一统，并获得了传国玉玺，取得了长城以北广大统治地域，为建国称帝创造了条件。遂于后金天聪十年（1636年）四月十一日，建立了新的以满族为主，汉、蒙古、藏、回多民族参加的统治集团，正式即皇帝位，受"宽温仁圣皇帝"尊号，改元崇德元年，定国号为大清。

大清崇德元年（1636年），皇太极在分封加爵群臣的同时，对自己的为妃，也进行册封。皇太极共有十五位福晋，其中有五位册封后妃，地位最高贵。她们是：大福晋哲哲，被册封为清宁宫皇后；天聪六年入宫的布木布泰同胞姐姐海兰珠，被册封为关雎宫宸妃；而刚刚率察哈尔林丹汗部投降大清的林丹汗遗妃那木钟、巴特玛璪，由于献传国玉玺有功，被册封为麟趾宫贵妃和衍庆宫淑妃；而布木布泰则被册封为永福宫庄妃，由原先的第二位，变成了第五位。作为女人，她开始也很不满意，但考虑到皇后哲哲和宸妃海兰珠是自己的亲姑姑和亲姐姐，而两位林丹汗的遗妃被册封在自己之前，主要是夫君为了安抚、团结察哈尔归附大清诸部。深领夫君的用意的木布木泰，为了朝廷和国家大局，接受了现实，从而更加受到皇太极的宠爱和信赖。

大清国建立后，她又协助崇德帝皇太极面对当时国内形势，不断谏疏夫君励精图治，仿明制改革国家体制，健全法律，抑制了诸王和权贵的特权，扫除了以往的积弊，建立了封建制国家统治体制。她还力谏信奉蒙古喇嘛教，使满蒙共同体不断扩大，社会生产力不断提高。皇太极可以无后顾之忧地多次率八旗兵入关征明,铁骑踏遍冀鲁晋,威震明朝京畿,并最终取得与明朝松锦决战的重大胜利,使皇权得到巩固。

大清崇德八年(1643年)八月九日晚,正踌躇满志,准备发兵征明夺取天下的崇德帝皇太极,突然驾崩在清宁宫。由于之前没有指定皇位继承人,诸王对皇权都有觊觎之心。在这决定大清国命运和前途的关键时刻,她利用自己的聪颖智慧同姑姑哲哲皇后一起,经过缜密的运筹,平息了以肃亲王豪格为首的两黄旗与以睿亲王多尔衮为首的两白旗为争夺皇位险些发生的内斗,较好地解决了嗣位嬗替问题。最终使自己六岁皇儿福临继承了皇位,建立了由皇太后扶政,郑亲王济尔哈朗、睿亲王多尔衮两叔王辅政的特殊形式的国家最高统治体制,她与哲哲皇后被称为两宫皇太后。

然而,就在这一体制议定,诸王、贝勒、大臣纷纷以盟誓表示支持不久,阴险狡诈的多尔衮,则利用镇国公艾度礼、肃亲王豪格等对辅政不满的态度,让他的舅舅阿布泰以及亲信硕托和阿达礼,在下面造舆论,说"睿王登大位,我当从王。"从而掀起了一场辅弼初时的余波。面对这一局面,礼亲王代善、郑亲王济尔哈朗,主张采取坚决镇压的态度,两宫皇太后则下令追查此事。多尔衮见形势对己不利,为了保全自己,借两王和两宫太后对这种余波的严肃态度,杀人灭口,并借机狠狠打击反对派。下令将艾度礼及他的妻儿以及知道内情的医生一起斩首,家产人口全部没收。对于支持自己的亲信硕托和阿达礼,心狠毒辣的多尔衮则采取丢卒保车的办法,于八月十六日晚上,将他两人"露体绑缚",处叛逆论斩。对其舅舅阿布泰以"负主恩,无人臣礼",夺去所属牛录,除国舅额驸名为民。对反对派肃亲王豪格,则处以夺其所属七牛录,罚银五千两,废为庶人。对追随豪格的俄莫克图、罗硕等四人砍头。

就这样,议立福临为皇位继承人的风波才被平息下去,新的统治集团各方势力日益巩固了自己的地位,八旗贵胄被重新团结起来,忘却了内部的纷争,着眼于攻明大业。从这一风波可以看出,多尔衮从开始提出由福临继皇位,郑亲王济尔哈朗和自己辅政以及在这前后的一系列举动,说明他自己的势力并不太强,显然是在以屈求伸,甚至不惜牺牲自己的支持者来麻痹政敌,以稳固自己的地位。这就为以后他摄政专权,以政代上创造了条件。

崇德八年(1643年)八月二十五日,满朝文武官员斋戒祭告上天,改第二年为顺治元年。二十六日丁亥,满洲贵族以及蒙汉各级大臣齐集笃恭殿前,举行新皇登基大典,然后颁行登基大赦诏。顺治帝福临成为大清国第二位皇帝,崇德帝皇太极的时代已成为往事。

顺治元年(1644年)四月初九,为了完成皇太极生前西征大明夺取全国政权的遗愿,庄妃皇太后接受内院大学士范文程等群臣奏疏,在皇儿顺治帝福临登基仍处于幼冲之时,立即以帝名下旨,命辅政王多尔衮率领八旗军入主中原。当大军行至今阜新时,盛京得报,关内农民起义军首领闯王李自成率大顺军,在一月之前已攻进北京城,明朝崇祯皇帝朱由检吊死煤山,大明王朝已被推翻,她立即召集诸王、贝勒、大臣众议,果断地采纳范文程、洪承畴等汉臣的意见,又以帝名命令多尔衮率兵直奔山海关。在此同时,她又命主持朝事的辅政叔王济尔哈朗调兵遣将,立派奏疏消灭农民军"十策"的洪承畴,前往山海关协助多尔衮,并调集红夷大炮前去支援。

明朝遗臣、山海关总兵吴三桂,此时正在接受李自成招降进京受封的途中,他得知农民军对明朝老臣严刑拷打并罚银,对交不上罚银的明朝故臣实行就地正法的政策,以及士兵到处抢夺商铺和女人等消息后,正在犹豫不决,这时又有家奴前来报信说,家中老父吴襄已被罚银,并遭到拷打,其爱妾陈圆圆已被李自成的副将刘宗敏霸占。吴三桂听后顿时怒火冲天,发誓不报家仇誓不罢休,立即掉转马头率兵返回山海关据守。李自成见吴三桂降而反叛,便亲率大军到山海关征剿吴三桂。吴三桂在大兵压境的情况下,冒险冲出城门,亲到清军大营,与多尔衮歃血为盟投降大清。

清军八旗劲旅在多尔衮的指挥下，与吴三桂降军内外合击，与李自成率领的大顺农民军，在山海关展开了一场激烈大战。李自成大败逃回北京，遂杀吴三桂全家三十口，悬首城上示众。四月二十九日李自成在武英殿即皇帝位，黄袍加身，受百官朝拜，然后放火烧宫，将国库洗劫一空后，于四月三十日仓促狼狈撤出北京西遁。这真是一场发人深省的历史悲剧。自三月十九日农民军雄赳赳，气昂昂地开进北京城，推翻了朱明王朝的统治，到四月三十日仓皇撤退，其间不过四十二天。

清军在吴三桂的引导下，一路高举"清君侧、讨流贼、匡扶皇权"的大旗，招贤纳士，从山海关到北京城，不仅没有遇到抵抗，而且受到诸州、府、县官民的热情欢迎。多尔衮率领的清军，于四月二十九日，顺利从朝阳门进入北京紫禁城内，受到故明老臣和军民的列队欢迎。

顺治元年（1644年）五月初二，辅政叔王多尔衮在武英殿接受群臣拜见。他为了安定民心，遵循皇太后的谕旨，下令严禁军兵进入百姓之家，违令者论以斩律，后又下令停止薙发。并接受范文程、洪承畴的建议，在进京第三日，即五月初四，对故明的官员、耆老发下一道榜文，令官员民众等为明朝皇帝朱由检设灵堂发丧，允许人们去祭奠，从六日起服丧三日。遂议谥号"端皇帝"，庙号"怀宗"（后取消），议葬隆，赐陵墓为思陵。清军进京后所采取的这一系列措施，官民大悦，皆颂"清朝仁义，声施万代"。进而对稳定京师局势，安定民心起到了一定作用，遂使清军很快在京师站稳了脚跟。

清军入关占领北京后，在要不要举朝迁都北京的重大问题上，朝野上下产生了严重分歧。又是这位皇太后，高瞻远瞩，力排众议，毅然决定克服一切艰难险阻，举朝迁都北京。她率领小皇帝福临、两宫皇眷、诸王贵族、八旗人等，于八月二十日从盛京出发。在迁都过程中，大队人马行动十分缓慢，还是她冒着风雨，克服了各种难以想象的困难，带领族人用了将近一个月的时间，于九月十九日下午，车驾从正阳门入宫。

顺治元年（1644年）十月一日，在北京紫禁城皇极门，为幼主顺治帝福临隆重地举行了二次登基大典，年仅六岁的顺治帝福临，成了统治全国的新主人。登基大典结束之后，她为保护扶植皇儿，应对李自成残余尚未剿灭，腐朽的南明弘光政权反清势力在江南各地风起云涌得局面，充分肯定了多尔衮的功绩，封他为"叔父摄政王"，颁赐册宝，明确了他和一般王公贵族不同的特殊地位。加封济尔哈朗为信义辅政叔王，赐册宝。恢复了肃亲王豪格被多尔衮罗列罪名而削去的王爵。封阿济格为亲王，封罗洛浑、硕塞为郡王，并赐册印。对吴三桂除册封为平西王、赐册印外，还特加白银万两。另外对三顺王尚可喜、耿仲明、孔有德都有封厚的奖赏。

登基大典封爵奖赏结束之后，皇太后开始主掌后宫，仿明制钦定了清朝入关后的典章。为了尽快改变中国这块大地上，几十年战乱造成的国家荒芜遍野、赤地千里、人烟稀少、断瓦残垣、破败不堪的局面，巩固大清政权，剿灭李自成农民军残余和平息江南反清势力，她依靠群臣制定了"双管齐下"、"剿抚并用"的治国理政方针。并以母仪天下的魄力和胸怀，将朝中军政要事大胆让多尔衮与济尔哈朗两叔王摄政打理。随之清军兵分两路，对李自成残余和南明鲁王、唐王等抗清复明小朝廷，展开了军事清剿。顺治二年（1645年）五月，李自成战死于湖北通山县九宫山。顺治三年（1646年）五月，南明鲁王、唐王政权灭亡。十一月，另一支农民军首领张献忠在四川西充凤凰山被清军杀死。十二月，南明绍武政权也被清军灭亡。到顺治四年，大顺农民军和南明三个小朝廷等敌对势力基本被剿灭。然而"驾驭"这个大帝国的，正是坐在刚刚十岁的顺治帝幕后，呕心沥血，殚精竭虑的庄妃布木布泰皇太后。

随着国内形势逐渐稳定，也为了充分发挥多尔衮拥幼主、统天下的作用，布木布泰皇太后加授其为"皇叔父摄政王"。并在礼仪制度上开始逐渐地突出多尔衮的特别地位，皇帝御前卤簿为二十种，多尔衮的卤簿仪仗也是二十种,其中更有六个种类是与皇帝相同的,与诸王仪仗有明显区别。

顺治五年(1648年)五月,多尔衮的威权日益增长,他居功自傲,开始专权,为把实际权力牢牢地抓在手里,他将皇帝宝玺、信符从皇宫中取到自己的王府收藏。从此摄政王多尔衮便自以功大,加之皇太后的信任,逐渐利用手中权力,开始借机打击和排挤忠于皇上的异己,培养自己的亲信势力,欺凌幼主,妄图以权代政。先将顺治帝兄肃亲王豪格冤死,又将豪格遗妻霸占;又将信义辅政叔王济尔哈朗,以其建筑府第逾制为罪名罢免,将其胞弟豫亲王多铎擢为辅政叔王;对两黄旗大臣索尼、图赖、鳌拜、满达海等一些忠于先帝的群臣,百般捏造罪名,逐个进行打击陷害和遣散;并以朝廷自居,对官员任意惩处擢升。更以帝自居,下令为自己选秀,命朝鲜国王为其选美;他为了享受,竟然不顾国家财力困难,下令在京外为其建避暑城;更为严重的是,他假以生病,让部下强拥皇上到其府上拜慰。此时的幼君福临虽为皇上,但处境危如累卵,皇权岌岌可危,只能仰多尔衮鼻息。皇太后的威严、顺治帝的皇位受到严重威胁和挑战。

皇太后对多尔衮专权乱政的一系列情况,看在眼里,记在心底。她为了保住儿子的皇权,忍辱负重,采取恩威并重的策略,极力对多尔衮进行笼络。她以大清国母的身份,通过采用各种手段,巧妙地与多尔衮进行了长达七年的斗智周旋。一是对他的大功先后多次封授爵位,登基大典时由辅政王改封为"叔父摄政王",顺治二年又封授其为"皇叔父摄政王",顺治五年十一月,又以皇叔父摄政王治安天下,有大勋功,宜增加殊礼,以崇功德,经部院大臣具奏,仿古人称尚父、亚父之制,又加"皇叔父摄政王"为"皇父摄政王"。并谕群臣"凡进呈本章旨意,俱书皇父摄政王";二是不断提高多尔衮的物质封赐和礼仪待遇,使多尔衮的政治经济地位大大提高,实为一人之下,万人之上;三是对声威日震、多妻少嗣、体弱多癖、生活放荡的多尔衮,采取钳制手段,利用其进宫禀报军情政情时企图欺辱自己的行为,用皇太后的威严,制服了多尔衮,并让多尔衮立下血书,遵循当年初衷,保幼主皇权,待顺治帝福临成长亲政时,还政于少年天子;四是为了防止多尔衮生变,她又针对多尔衮求子心切,暗地秘派心腹苏麻喇姑与班布大喇嘛,亲赴北京西山白云观,求道长为多尔衮炼制丹药,并密授方单,进而掌控住了一心想篡夺幼主皇权的摄政王多尔衮。她的这一系列做法,终使手握皇帝实权长达七年的多尔衮,虽内心深处总有篡夺皇位的野心,但在皇太后的威严面前,不得不顾于恩情、亲情和封建典制,在他生前终未敢公开篡夺皇位。

顺治七年(1650年)十二月,多尔衮风疾病发不愈,率部出京到喀喇城围猎消闲。在围猎追踪一只斑斓猛虎时,不幸从马上摔下负伤,加之其长期服用丹药,纵欲狂欢,身体被多妻多妾掏空,经抢救无效,最后在喀喇城命丧黄泉,时年三十九岁。至此,结束了多尔衮摄政专权、欺君辱嫂长达七年的历史。

摄政王多尔衮死时,福临只有十三岁,平日里很少看书学习,只热衷于骑马射箭,到京郊外狩猎。因此,他连诸王大臣们上疏的奏章中的汉字都不认识,更谈不上理解奏章中的意思了,朝中诸事都还要靠圣母皇太后在幕后帮助扶植和做主。此时的福临面对皇父摄政王多尔衮突然病死,心中既感到意外但又不知如何处置。于是,群臣苦谏皇太后垂帘听政,但她断然拒绝。她决定自己在幕后,一心教育培养帮助和扶植皇儿福临亲政。

首先,帮助皇儿福临下诏,以亚父礼制隆重安葬多尔衮。下诏为其上谥号,追尊多尔衮为"懋德修道广业定功安民立政诚敬义皇父",庙号"成宗",将其夫妇同附于太庙,大赦天下,遣臣将摄政王府所有信符及功赏册,收贮大内。

其次,采取果断措施,立即下令将企图与多尔衮密谋篡夺摄政权的英亲王阿济格逮捕幽禁,一举粉碎了其夺政篡权的阴谋,稳定了朝廷和全国政局,对多尔衮生前亲信党羽起到了震慑作用,为福临亲政扫清了障碍。

第三,于顺治八年(1651年)正月十二日,亲自为皇儿福临举行亲政大典。在太和殿接受王公大臣朝拜,并颁诏大赦天下。

第四,在多尔衮的正白旗大臣苏克萨哈揭发多尔衮篡夺皇权,私制龙袍,为自己当皇帝做准备的罪行后,她以母仪天下的气魄,让亲政后的皇儿福临召集议政王大臣会议进行议处。经诸王大臣议定,多尔衮生前有大罪十余条。针对此事,她在幕后扶植刚亲政不久的福临,妥善果断地处理这一重大历史事件。追罚了多尔衮之罪,剪除了其党羽,并为当年被多尔衮打击陷害的一批忠臣良将平反昭雪,而且分别委以重任,使政局很快得到稳定。

第五,加强皇权,将两黄旗和多尔衮统领的正白旗归并于帝,下令:"罢诸王、贝勒、贝子管理部务",将大权集于皇帝一身,为顺治帝福临理政扫清了障碍和树立了皇威。顺治帝为感谢母亲,遂于是年正月二十三日为其母尊封徽号"昭圣恭简皇太后"。

顺治帝虽然亲政,但是一系列"治国安邦"的措施和政策谋略,还得靠"昭圣皇太后"在幕后殚精竭虑地教导,精心地培养扶植。昭圣皇太后深知,皇儿福临亲政后,多尔衮留下的难题和问题依然非常多。一是经多尔衮多年苦心经营,其党羽亲信仍有强大的势力;二是旗主制的存在,诸王议政,王权强大,君权难申;三是大清初时的支柱被多尔衮分化瓦解,打击陷害,已分崩离析,两黄旗人心已非皇帝所有;四是八旗人丁太少,人口增加乏力,严重削弱了清王朝的军事支柱;五是南明永历政权与李定国大西军在西南五省正燃起抗清峰火,战争的硝烟四处弥漫;六是经济上十分困难,国库如洗,出多于入,岁缺巨饷,加之军费开支浩大,财政捉襟见肘;七是明朝遗留的官场贿赂、弊政未除,贪官污吏对下加讹盛行,民不聊生,民怨沸腾。面对这些现状和问题,昭圣皇太后在幕后呕心沥血,口传身教,扶植帮助皇儿福临管理国政,开始了顺治帝十年亲政的生涯。顺治帝在圣母皇太后的扶植下,通过采取停修避暑之城,蠲免地方贡品,免除加派,开源节流,裁减冗官冗员,减租免赋,征贪除霸,查吏安民等一系列行之有效的措施,初步解决了财政困难,差重役繁,科派盛行,官贪吏酷等问题,使国内经济、民心情况略有好转。

顺治九年(1652年),正当国内情况稍有好转之时,西南五省(湖南、广东、广西、云南、贵州)南明永历政权与大西军李定国联军开始向清军展开进攻,先后于是年七月初四日、十一月二十三日,不幸传来定南王孔有德和敬谨亲王尼堪阵亡的噩耗,同时又传来东南沿海郑成功攻陷镇江,南京告急的军情。此时十六岁刚愎自用的皇上,得知这些不幸消息后,不知如何是好,鲁莽地当着诸王和众臣面,剑劈御座,要御驾亲征。虽经诸王和众臣劝谏,仍坚持己见。昭圣皇太后得知后,严厉训谕了鲁莽的福临,然后根据朝中情况帮助皇儿从朝中选派良将,她大胆地起用了汉臣大学士洪承畴,让他全权经略西南五省事宜,下令授以军政、财政和罢免、擢升五省官员等大权,并赐予尚方宝剑,赋予其生杀大权。洪承畴果不负皇太后重望,通过调遣兵力,平定了湖南两广,又通过抚剿兼施,使大西军秦王孙可望投降归顺大清。然后按孙可望提供的敌方军情地图,兵分三路大举进剿,势如破竹,一年平定云南、贵州,斩草除根,穷追永历帝和桂王李定国。经过五年的攻守维谷,到顺治十六年(1659年)十月,取得了平定西南五省的重大胜利。东南沿海的郑成功也败退到台湾岛,结束了江海鏖战,实现了海内归一。从此,爱新觉罗大清江山确保无虞,一个民殷国富之太平盛世开始到来。

顺治帝福临亲政十年来,朝中军政大事谨遵母命,处理得井井有条,遂使国家实现统一,这都是圣母皇太后的功德。但是这位脾气倔犟的少年天子,在处理自己的婚姻和册立皇后问题上,却忘记了祖宗制定的满蒙联姻结盟的国策,与母亲发生了分歧。昭圣皇太后为他选立的皇后是自己的亲侄女,她是大漠公主博尔济吉特氏苏娅,人长得美丽,

前言

又聪慧贤淑，是福临亲舅舅蒙古科尔沁卓礼克图亲王乌克善的女儿，与顺治帝是亲表兄妹，按理说应是非常美好的姻亲关系。就在顺治八年（1651年）正月十七日，他舅舅乌克善亲送女儿苏娅进京，准备与顺治举行大婚。当理事三王满达海、郡王博洛、尼堪，以及众内大臣，根据皇太后谕旨，奏请于两个月内为皇上举行大婚封后吉礼时，不料福临先下了一道冷冰冰的谕旨："大婚吉礼，此时未可遽议，所奏不准行。"可是后又突然转变了态度，六月十八日，下旨礼部制定举行大婚封后的礼品详细清单，定于八月十三日，在北京紫禁城内，隆重地举行大清国皇帝册立皇后的大婚礼仪，册立博尔济吉特氏苏娅为皇后。八月十四日，福临谕礼部，以册立皇后，感谢母后，在原封徽号加"恭简"二字，即"昭圣慈寿恭简皇太后"。并于八月十五日，又册立皇后诏告天下。

顺治十年（1653年），放荡无羁的福临与宫女乱淫事被皇后告发，遭到圣母皇太后对宫女的严厉处罚。这引起顺治帝对皇后的忌恨，于是便托言皇后奢妒，在顺治十年（1653年）八月二十六日，下令礼部，废除皇后封号，降为静妃。礼部与郑亲王济尔哈朗及议政王、贝勒及内院大学士、九卿、詹事、科道等均上疏谏阻，说："皇上册立皇后之时，恭告天地、宗庙，加上母后徽号，并诏告天下，礼难轻易，请勿废休，另行选立东西两宫，则本支日茂，圣德益光，可为万世法矣。"但顺治帝坚决不予理会，最后昭圣皇太后拗不过倔犟的儿子福临，也只好随其所愿。

顺治十一年（1654年）六月，昭圣皇太后通过选秀女，为其选立了第二位皇后，是蒙古科尔沁贝勒绰尔济的女儿，昭圣皇太后亲侄孙女。可是在大婚封后不久，顺治帝到慈宁宫向母亲请安时，看上了一位有夫之妇董鄂氏，两人一见钟情，非要纳其为妃。昭圣皇太后感到此事有损皇家颜面和体统，曾想尽办法进行阻挠，但顺治帝不听劝阻，非坚持将其纳立为妃。昭圣皇太后对儿子在爱情方面的执拗很无奈，最后只好答应，并以隆重的仪礼将这位美人董鄂氏娶进宫封为贤妃。

董鄂妃长得国色天香，天姿敏慧，聪睿过人，经史、佛学、书法皆有造诣,可谓是才貌双全的绝代佳人。她入宫后,与顺治帝倾心相爱,两人情投意合,可谓红粉知己。由于董鄂妃赞同顺治帝的治国之道,皆以孔孟仁政之学为准,从而弥补了顺治帝的缺陷和不足,使其顿改恶习,遂受到顺治帝的专宠。进宫仅一个月后,就由贤妃册封为皇贵妃,并令其主掌后宫事。这在客观上使皇太后和皇后受到冷落,后宫中形成了以昭圣皇太后、皇后与董鄂皇贵妃,三方非常难以相处的境况,于是,在深宫内便产生了许多不为人知的宫廷秘事。

顺治十四年(1657年)十月,董鄂皇贵妃生下了一位皇子,排行第四,顺治帝对这位小皇子的降生欣喜万分,他谕令立即把小皇子册封为皇太子,并诏告天下。可是这位小皇子命不逢时,还没取名便在次年正月仅一百天就夭折了。这对董鄂皇贵妃是一个沉重打击,她实指望儿子被封为太子,母以子贵,在宫中能得到昭圣皇太后待见,现在希望破灭了。失子的悲痛,加之产后即被召进南苑侍奉生病的皇太后,身体得了产后病,再有后宫妃嫔之间的倾轧争斗,使她的精神压力和病情越发严重,虽经百般医治仍无济于事,这位顺治帝专宠的美人,与其朝夕相伴不到三年,便于顺治十七年(1660年)八月病逝了。这对年轻的顺治帝是一个沉重的精神打击。于是,整天沉浸于追思董鄂皇贵妃之中,最后征得圣母昭圣皇太后同意,下旨追封董鄂皇贵妃为端敬皇后。

顺治帝在婚姻、家事由喜到悲,皇子早夭,专心宠爱的皇贵妃又离他而去,这一连串的现实和精神上的打击,使这位刚愎自用脾气倔犟且内心又不十分坚强的皇帝,从此一蹶不振,对人生心灰意冷。曾一度遁入佛门,想出家为僧。此荒唐之举,遭到昭圣皇太后的严厉斥责而未果。后不幸染上天花,病入膏肓,虽经多方医治仍无效果,染痘病觅董鄂妃芳踪归天。

顺治帝生前共有八位皇子,四位早夭,剩下四子为:次子福全十岁、三子玄烨八岁、五子常宁六岁、七子初生。他在弥留之际,曾欲立年龄稍长的次子福全为皇太子,但因福全有眼残,又没出过天花(痘病),很不被皇太后认可。昭圣皇太后最宠爱的是皇三子玄烨，因玄烨五官端正，双目有神，口齿清晰，举止庄重，特别是他已出过天花，这对皇帝血脉相传是至关重要的。于是，昭圣皇太后为了保住大清王朝皇位的一脉相传，实现最终国家走向强盛的愿望，巧妙地通过顺治帝非常信任的洋神父汤若望出面，到顺治帝病榻前劝说他立皇三子玄烨为皇太子。汤若望领会了皇太后的心意，他不负众托，前往顺治帝病榻前劝慰说："福全未出过天花，无免疫力，应选一位出过天花的皇子继太子位，这样才可保大清基业相传。"顺治帝接受了传教士汤若望的规劝，留下遗诏："太祖、太宗创垂基业，所关至重，元良储嗣，不可久虚。朕子玄烨，佟氏妃所生，年八岁，岐嶷颖慧，克承宗祧，兹立为皇太子，即遵典制，持服二十七日，释服，即皇帝位。"

昭圣皇太后根据钦定的遗诏，亲自扶植八岁的孙儿玄烨继承皇位，她改革祖制，从直属皇帝的上三旗中选出四名亲信内大臣：索尼（正黄旗）、苏克萨哈（正白旗）、遏必隆（镶黄旗）、鳌拜（镶黄旗）为辅臣，确立了一个以太后为中心、"四大臣辅政"的新统治体制。这一体制是她总结顺治朝的弊端和教训而创造发明的，它体现了太皇太后与幼年皇孙和四大臣的集体统治。与前朝摄政宗室诸王相比，在地位、与皇帝的利害关系、职权范围等都不同。摄政亲王权高位重，幼帝和太后都被排斥，而四大臣辅政则可以有效地防止诸王干政，保护皇权，并使太皇太后能在幕后扶植幼帝实际参与决策国家大政。可见，四大臣辅政的国家体制，在康熙帝幼冲时，较之顺治朝亲王摄政时的政治体制，更加适合太皇太后在幕后扶植幼孙处理国事。

顺治十八年（1661年）正月初九日，玄烨在其祖母昭圣皇太后的亲自主持下，"恪守遗诏，俯徇舆情"，即皇帝位。他亲御太和殿，升宝座，鸣钟鼓，文武百官行礼毕，颁诏大赦。改翌年为康熙元年，定顺治帝谥号"章皇帝"，庙号"世祖"。康熙帝即位后，于康熙元年（1662年）八月，尊祖母为太皇太后，尊生母佟佳氏为皇太后。十月，康熙帝为祖母太皇太后上徽号"昭圣慈寿恭简安懿章庆敦惠太皇太后"(简称昭圣太皇太后)。为皇太后上徽号"仁宪皇太后",为生母上徽号"慈和皇太后"。

康熙二年(1663年)二月,康熙生母慈和皇太后病逝。从此,年仅十岁的少年天子玄烨的培养教育重任,又落到了昭圣太皇太后肩上。针对这一情况,四辅政大臣曾上疏,谏劝太皇太后,拥护其垂帘听政,但她坚决不允,又一次谢绝。她继续坚持在幕后扶植孙儿康熙帝施政,潜心帮助孙儿从实践中学习掌握治国理政的本领。她对康熙帝玄烨要求特别严格,按照帝王的标准进行教育、培养、训练。玄烨自幼年登基,与诸臣议事、论证经史,或与亲属闲话家常,"率皆俨然端坐"。有一天,她当着众臣之面问玄烨:"身为天下之主,你有何打算?"玄烨答道:"孙儿无他欲,惟愿天下乂安,生民乐业,共享太平之福而已。"少年天子决意做贤明之君,富国裕民的强烈愿望,充分显示出昭圣太皇太后多年培育的初步成效。康熙帝玄烨好读书、嗜书法,不喜饮酒,好骑射等好习惯,都是昭圣太皇太后培养教育的结果。她为了关心扶植玄烨,特令一直陪伴自己的亲信侍女苏麻喇姑,前去专门照顾康熙帝玄烨。苏麻喇姑自幼随侍陪嫁昭圣太皇太后入宫,她为人忠诚,聪明好学,心灵手巧,"国初衣冠饰样,皆出自其手制",她终身未嫁。在玄烨幼年"赖其训迪,手教国书"。康熙帝回忆祖母教诲时说:"朕自幼龄学步能言时,即奉圣母慈训,凡饮食、动履、言语,皆有矩度。虽平居独处,亦教以罔敢越轶,少不然即加督过,赖是以克有成。"

在康熙帝玄烨继承皇位四大臣辅政的四年间(1663年—1667年),昭圣太皇太后依靠四大臣辅政,纠正了多尔衮时期和顺治朝的一些弊政,根据当时国内外情况,制定了许多新政。康熙元年,下令革除了顺治帝袭明制设立的内宫十三衙门,恢复了内务府,有效制止了宦官干政;康熙二年,重设理藩院,促进了少数民族地区工作的开展;康熙三年下令停止圈地,决定"对民间地土,不许再圈";康熙四年,修正《逃人法》等。以上这些做法和新政,有效地缓和了汉族地主阶级与满族贵族之间的矛盾,为玄烨后来亲政打下了良好基础。

康熙四年(1665年)九月八日,康熙帝已经满十二岁,昭圣太皇太后为其举办了大婚册封皇后仪式,所选立的皇后,则是首辅大臣索尼的孙女,领侍卫内大臣噶布喇之女赫舍里氏。此一重大举措,是昭圣太皇太后为少年天子康熙帝玄烨开始亲政做准备。康熙帝为感谢老祖母,为其尊封徽号加上"温庄"二字,为"昭圣慈寿恭简安懿章庆敦惠温庄太皇太后"。

康熙六年(1667年)七月初七日,康熙帝玄烨十四岁,昭圣太皇太后让其开始"躬亲大政",亲自为其举行了亲政大典,康熙帝玄烨亲政后,辅政大臣仍行佐理。鳌拜制造镶黄旗与正白旗圈换土地事件,以户部尚书苏纳海、直隶总督朱昌祚、巡抚王登联阻挠圈换为罪名,将三人处以绞刑、家产籍没。鳌拜欺凌幼主,根本不把玄烨放在眼里,甚至罗织罪名,诛杀同为辅政大臣的苏克萨哈及其族人。鳌拜在朝中肆无忌惮,一切政事都由他事先议定,他将各部院官员,带往府中搞阴谋活动。康熙帝深感鳌拜"欺君专横,恣意妄为"。便向祖母昭圣太皇太后禀报说:"鳌拜在我面前办事,不拘小节,不求理事,稍有不如意的地方,即将办事官员怒斥一番。在接见时,他在朕前理应态度温良恭顺,相反大施淫威,极力在众官员面前表现自己,高声喝问。凡是用人行政,鳌拜欺朕专权,恣意妄为。"昭圣太皇太后对鳌拜专横跋扈、乱杀无辜的所作所为,早有察觉,但她表面上不动声色,暗地却以三朝宫主的权威,利用各种手段,对其党羽进行分化、利用、瓦解。为了除掉这一既有功勋又胆大鲁莽的辅臣,切实扶植孙儿亲政,她在幕后帮孙儿谋划了铲除鳌拜的计策。她让孙儿玄烨组织一支亲信的卫队(善扑营),同时把玄烨的丈人索额图(索尼三子,一等侍卫)调到身边,以帮助善扑营练习扑击之戏,麻痹鳌拜等待时机;然后分别把鳌拜的党羽以各种名义派到各地执行公务,以削其势;最后在昭圣太皇太后的运筹下,经过精心部署,于康熙八年(1669年)五月十六日,以鳌拜身带佩刀入宫行为不轨为罪名,在乾清宫南书房,由一等侍卫索额图指挥善扑营侍卫将鳌拜擒住,同时被抓的还有另一辅臣遏必隆和一等侍卫阿南达等。交由以康亲王杰书为首的议政诸王,遵旨勘列鳌拜欺君擅政、结党乱纪等三十大罪,议定革职问斩。鳌拜在幽禁不久,便死于幽所。清除了鳌拜集团后,康熙帝收回了批红之权,辅政时期结束。年仅十六岁的康熙帝玄烨,在祖母昭圣太皇太后的帮助下,排除了亲政的障碍,真正掌握了皇权。

昭圣太皇太后见孙儿不断成长,便大胆地放手让其亲理朝政,只在关键时刻及重大问题上,加以指点。她根据崇德帝皇太极时"重骑射"的传统,告诫康熙帝说:"方今天下太平,四方宁谧,然安不可忘危,闲暇时仍宜训练武备。至如在朝诸臣奏事,岂无忠诚人告者,然不肖之类,假公行私,附己者即为引进,忤己者即加罔害,亦或有之。为人君者,务虚公裁断,一准于理,则事无差失矣。"康熙帝于次日即向起居注官传达昭圣太皇太后训谕,深有感触地说:"朕绎慈训,人君之道,诚莫要于虚公裁断之一言也。"很快,康熙帝即遵照祖母"训练武备"的指教,亲率诸王、大臣去南苑行围,大阅八旗劲旅,整饬武备,这一系列的措施对提升八旗战力颇有益处,也为日后平定三藩,训练了力量。

康熙帝御统天下后,遇到的最严重问题有四:一是南方的"三藩"之虐;二是东南沿海及台湾郑氏抗清力量;三是西北蒙古察哈尔亲王布尔尼作乱;四有沙皇俄国侵扰黑龙江流域长达三十余年,而这四个问题,对朝廷威胁最大的首先是三藩之虐。"三藩",是在顺治十六年清军三路入云南昆明,剿灭大西军与南明永历帝联盟,平定西南五省后,为有效地抵御逃往台湾的郑氏的进扰,根据经略洪承畴的建议,封了三个藩王。平西王吴三桂驻镇云南,平南王尚可喜驻镇广东,靖南王耿仲明驻镇福建。这"三藩王"的设立,让其分镇云、粤、闽,曾起到一定的作用,但随之而来的是,这"三藩王"却拥兵自重,权势日张,各自把持驻地财源,不断鱼肉人民。对此,不少地方官员曾先后上疏、劾奏藩王"干预印官委署,累害商民"等不法行为,请旨饬禁。康熙帝对三藩之事忧心忡忡，日夜难安，他说："朕自听政以来，以三藩及河务、漕运，为三大事，夙夜谨念，曾书而悬之宫中柱上。"

康熙十二年（1673年）三月，年届七十的平南王尚可喜，奏疏撤藩归老，还辽东海城故里。康熙帝认为这是撤藩的一个契机，便将此事向昭圣太皇太后禀报，请求祖母懿旨。昭圣太皇太后说："此事关系重大，三位藩王都握有重兵，可以把平南王尚可喜具奏撤藩的奏疏交诸王、大臣议定，然后再放出风声，看其他藩王有什么反应和行动，最后再下决心钦定。撤藩是早晚的事，老祖母完全支持你的决断。"康熙帝得到祖母的懿旨后，心中有了底，他肯定了尚可喜"欲归辽东，情词恳切，具见恭谨，很知大体"。同时，又以"广东已经底定"为由，令议政王大臣等会同户、兵二部"确议具奏"，经议同意尚可喜的奏请，准其复归辽东。

尚藩撤离，对吴、耿二藩震动很大。他们闻讯之后，立即分别于七月三日、九日假意将撤藩申请送往北京，试探朝廷态度。清政府内部对全部撤藩意见不一，争议激烈。康熙帝认为"三藩具握兵权，日久滋蔓，驯制不测"，遂于康熙十二年（1673年）八月六日下令三藩并撤。

吴三桂见弄假成真，恼羞成怒，密谋叛乱事宜，加紧部署军事。杀死云南巡抚朱国治举兵反叛，自称"天下都招讨兵马大元帅"，兴明讨清，传檄远近。不久耿精忠、尚之信、孙延龄等纷纷起兵响应，陕西提督王辅臣也率部附之，顿时全国一片混乱，使朝廷陷于多面作战的不利境地。与此同时，蒙古察哈尔部亲王布尔尼也乘机作乱，这时朝臣中反对之声不绝于耳，玄烨感到不安，他不得不求救于祖母。昭圣太皇太后坚决支持孙儿撤藩的决定，她说："察哈尔布尔尼小贼作乱，不是主要的，可派一位亲王为抚远大将军，再派才略出众，可当其责的刑部尚书马佳·图海为副将军，率兵征剿即可。这件事就交由老祖母我来组织老臣们办，你要集中精力整饬武备，派兵彻底征剿吴三桂等叛军，以平定天下，让人民过上和平安定的日子。"这番话给了康熙帝破除三藩之乱极大的鼓舞。随即，昭圣太皇太后亲自组织朝中老臣抽调家丁，并亲自出面命信郡王鄂扎为抚远大将军,马佳·图海为副将军,率师讨伐察哈尔布尔尼作乱之贼。为了鼓励家丁奋勇杀敌,她拿出自己的存银犒赏出征家奴,鄂扎和马佳·图海果然不负重托,仅率数万家丁,就顺利地平定了布尔尼的作乱。

察哈尔布尔尼叛乱的平定,对八旗军将士出征平定三藩之乱鼓舞很大,对朝中反对削藩的诸臣起到了震慑。昭圣太皇太后为表达对玄烨平定三藩之乱的支持,在大军出征前,又一次慷慨拿出自己宫中所有存储的银两、缎匹等财物,赏给八旗出征官兵。这些看起来似乎微小的举动,对于年轻的康熙帝却很宝贵,使他感到有老祖母做后盾,更增加了平定三藩的信心和力量。在后来的征剿中,由于调遣指挥得力,很快在战场上掌握了主动权,战局开始由防御转向进攻,形势非常有利。

昭圣太皇太后在平息三藩之乱的关键时刻,告谕康熙帝玄烨说:"对三藩要采取'征剿与招降'并用的策略,集中征剿吴贼,对随附他的人,极力进行招抚。"康熙帝遵老祖母懿旨,采用分化瓦解、剿抚并用的策略,促使随附吴三桂的耿精忠、尚之信、王辅臣先后归降,使吴三桂羽翼受损,实力大减,军事优势逐渐丧失。康熙十七年(1678年)年秋,吴三桂病死军中,其孙吴世璠继位。清军集中兵力趁机发动进攻,吴军人心涣散,节节败退。康熙二十年(1681年)末,吴世璠在昆明见大势已去,自杀身亡,余众出城投降。至此,长达八年,殃及大半个中国的"三藩之乱"终告平定。

康熙帝对祖母极为孝顺,说:"趋承祖母膝下三十余年,鞠养教诲,以致有成。"评价之高,无人能及。康熙二十六年(1687年)十二月,昭圣太皇太后病危,康熙帝昼夜不离左右,亲奉汤药,还亲率王公大臣步行到天坛,祈告上苍,请求折损自己生命,增延祖母寿数。并在诵读祝文时涕泪交颐说:"忆自弱龄,早失估恃,趋承祖母膝下,三十余年,鞠养教诲,以至有成。设无祖母太皇太后,断不能致有今日成立,罔极之恩,毕生难报……若大算或穷,愿减臣龄,冀增太皇太后数年之寿。"然而自然规律是无法违背的,是年十二月二十五日,昭圣太皇太后走完了她的人生旅程,以七十五岁的高龄安然离开了人世。康熙帝为祖母上谥号"孝庄仁宣诚宪恭懿翊天启圣文皇后",简称孝庄文皇后。

纵观昭圣皇太后的一生,她对夫君伺候得无微不至,匡夫继汗位,建立大清国,对儿孙更是慈母胸怀,《清史稿》评价说:"世祖、圣祖皆以冲龄践祚,当时无建垂帘之议正者,殷忧启圣,遂定中原,克底于升平。"崇德帝皇太极把她看作一位聪明颖慧,贤达有为的贤内助;顺治帝福临把她看作严厉有加,一心为了大清国,只讲国法而不讲亲情的长辈,而不只是自己的母亲;在康熙帝玄烨眼中,她是一位慈爱稳重亲情至深、颇具政治才能的老祖母;雍正帝评价她"统两朝之养孝,极三世之尊亲";而在她的政治对手看来,她却是一位胸有大志,又颇具心计和睿智,不可战胜的出色女政治家。她被清朝历代子女敬重有加,其贤德被视为后宫争相效仿的对象,其才能卓越又为正统而出,不被世人所斥。《清史稿》有"内鲜燕溺匹嫡之嫌,外绝权戚蠹国之衅",如果把这句话用到昭圣皇太后身上,应该说是丝毫不过誉的。她是很多人心目中的大家闺秀,母仪天下的典范。其贤德恐只有宋神宗时垂帘听政的宣仁太后可比,她无愧于大清国母。

对于历史上这位身居大清深宫密(内)院六十年的杰出女政治家,由于人们知之甚少,故而对她在朝中所发挥的作用了解得不多,特别是学界对她的研究仍未成系统。再加之清末和民国初年,一些汉族文人墨客,出于民族的偏见和对女人的世俗旧观念,怀着猎奇的心理,用民间传说的野史和反清故事,编撰了《清朝野史大观》《中国秘史大系》《孝庄下嫁多尔衮》等书籍,对这位母仪天下的典范女政治家,进行了违背历史史实的抹黑和丑化。于是,在人们的心中,对这位杰出女政治家的印象大都是负面的。从历史的角度看,当时的文人墨客编辑的野史书籍,目的是想诋毁清王朝对中国历史的贡献,蔑视封建社会中女性的作用,激发广大汉人反清斗争的情绪。但特别应当指出的是,近些年来一些历史题材的影视剧,却不顾历史人物的真伪和史实,竟然以这些野史书籍为依据,杜撰编写出历史剧《康熙王朝》《孝庄秘史》《孝庄下嫁多尔衮》《神秘的孝庄皇后》等影视剧和书籍,许多情节严重违背和脱离客观历史事实,完全不符合典制,甚至把这一重要历史人物生前的称谓都搞错了。如中央电视台播出的根据二月河的小说改编的历史电视剧《康熙王朝》,剧中的昭圣太皇太后本人,竟然用其死后康熙帝为其上的"谥号"多次自称,"我孝庄……"真是荒唐至极!更不可原谅的是,《孝庄秘史》中还把一个远在千里之外的蒙古科尔沁草原的小格格,同与她入宫前从未见过面的女真人小贝子多尔衮,说成是"青梅竹马"。又如《孝庄下嫁多尔衮》一书中,竟引用南明反清权臣张煌言的一首词"上寿觞为合卺尊,慈宁宫里烂盈门。春宫昨进新仪注,大礼恭逢太后婚"作为根据,错误地把史上多尔衮娶豪格遗妻,说成是"恭逢太后婚"。多尔衮死于顺治八年,顺治十年皇太后才迁居慈宁宫,试问一个死了三年的多尔衮,怎么能和太后在慈宁宫里烂盈门?可见人物、时间、地点全是错误的。还有对她携幼主佐理朝政,仿古人对功勋卓著的多尔衮先后封授"叔父摄政王"、"皇叔父摄政王"、"皇父摄政王"等,称亚父、尚父的做法,以及其死后葬在今河北省遵化清东陵,没与皇太极合葬的事实,也凭空想象,强拉硬扯演义出"由于其下嫁多尔衮,才把她的陵寝建在风水墙之外",等等。

  本人撰写此书的目的,首先是为了对其生前错误称谓进行勘误。用真实历史史料,加以正本清源,避免今后再以讹传讹,贻误子孙后代。过去一些史书和电影、电视剧,对她生前的尊称都是不正确的。按照我国封建社会典制,对皇帝后妃的尊称有:年号、徽号、封号、谥号、庙号。"徽号"是其生前所尊封的崇敬褒美称号;封号是帝王封授有功勋重臣的爵号;"谥号"是在帝王后妃死后,根据其生平事迹与品德修养的评定褒贬,而给与的寓含善意的评价,是带有评判性质的称号。因此,对历史人物生前的称谓,只能用"徽号",而不能用死后为其上的"谥号"。

可是过去一些史书和影视剧的作者,却忽略了这个封建社会的典制问题,对这位大清国母、杰出女政治家,没正确地用其生前"徽号"——"昭圣皇太后"或"昭圣太皇太后",而都是用其死后的"谥号"——"孝庄皇后"或"孝庄皇太后"。

据史料记载,昭圣皇太后生前的称谓分别为:后金天命十一年(1626年)九月一日,皇太极继承汗位,册封其为"西宫福晋";清崇德元年(1636年)四月,皇太极建立大清国,册封其为"永福宫庄妃";顺治元年(1644年)正月,福临即皇帝位,将她与当时的皇后并称为"两宫皇太后";顺治八年(1651年)二月,顺治帝福临亲政,尊封其徽号"昭圣慈寿皇太后";同年八月十四日,福临大婚册立皇后,在初封徽号上增加"恭简"二字;顺治十年(1653年),皇太后由宁寿宫搬入修葺一新的慈宁宫,为感谢母亲的功德,又在徽号上增加"安懿"两字;顺治帝十一年(1654年)六月二十一日,福临册封第二位皇后,又在圣母徽号加上"章庆"二字;顺治十三年(1656年)十月,册封董鄂妃为皇贵妃,又为圣母徽号加上"敦惠"二字,顺治帝共为其母生前徽号累加十二字。即:"昭圣慈寿恭简安懿章庆敦惠皇太后",简称"昭圣皇太后"。

顺治十八年(1661年)正月初七日,顺治帝病逝,初九日,年仅八岁的皇三子玄烨,在其祖母"昭圣皇太后"的亲自主持下,继皇帝位,玄烨尊祖母为"太皇太后";康熙四年(1665年)九月八日,玄烨大婚,他在其父为祖母尊封的徽号又添加上"温庄"二字;康熙六年(1667年)十一月玄烨亲政,又加"康和"二字;康熙十五年(1676年)正月,册立皇太子胤礽,又加"仁宣"二字;康熙二十年(1681年)十二月平定三藩之乱,又加"弘靖"二字,康熙帝为太皇太后生前徽号累加了八字,即"昭圣慈寿恭简安懿章庆敦惠温庄康和仁宣弘靖太皇太后",简称为"昭圣太皇太后"。

康熙二十六年(1687年)十二月二十五日,"昭圣太皇太后"逝世于慈宁宫。康熙帝根据祖母一生的功德,在她死后为其上谥号"孝庄仁宣诚宪恭懿翊天启圣文皇后";雍正元年(1723年),雍正皇帝又在其父所上谥号加上"至德"二字;乾隆元年三月又为其谥号加上"纯徽"二字。这样其死后康熙、雍正、乾隆三位皇帝,为其所上谥号共十六字,即"孝庄仁宣诚宪恭懿至德纯徽翊天启圣文皇后",简称"孝庄文皇后"。

由此可以看出,过去一些史书和电影、电视剧,对其生前称"孝庄皇后"或"孝庄皇太后"不仅都是错的,而且是根本不存在的。其错误之因:一是对我国封建社会典章制度中对帝王后妃生前的"徽号"与死后"谥号"的真正含义搞颠倒了,不知道生前的称谓只能用"徽号",不能用"谥号";二是对历史缺乏一定的认知,如称"孝庄皇后",可历史上她并没做过皇后,而且在她一生的称谓中根本无有此称谓,如果按其死后的谥号简称,应称"孝庄文皇后",少了一个"文"字;三是称"孝庄皇太后",把"谥号"的前两个字"孝庄"与"徽号"后面三个字"皇太后"混搭在一起了,更是错误;四是"孝庄皇后"的称谓,在我国历史上确有其人,一是我国北魏十一任帝(孝庄)元子攸之皇后;二是明朝第六任帝朱祁镇之皇后,这两人生前均称"孝庄皇后",但都不是大清国母昭圣皇太后。

其次是目前对这位杰出女政治家的历史与功绩,尚无一部系统全面的权威性专著。撰写本书的目的是想用自己多年研究清朝历史和宫廷史的成果,同广大读者一同,用科学的唯物史观,从历史的纵向和横向两个方面,用《清实录》等官方史籍、清代宫廷资料清初《内国史院满文档案》、宫廷文物、图片和地方史料等加以佐证、分析,客观真实地把这一杰出的女政治家的形象、生平,以及她嫁入皇室后,在大清王朝的建立、发展和开始走向中兴的过程中,是如何利用自己聪颖、睿智和老道的政治经验,两次拒绝垂帘听政,殚精竭虑,匡夫和扶植儿孙理政,巩固国家政权,实现国家统一,使大清王朝开始走向繁盛的史实,客观公正地介绍给广大读者。

书中辑取和揭晓了许多鲜为人知的皇家宫廷秘史和真实故事,并对史实进行了系统的描写与阐述,同时还配以许多从未使用的历史图片作辅衬,以增加历史认知感。总之,希望这部新书的出版,能给史学爱好者和广大读者,还原一个真实、鲜活、杰出的女政治家大清国母昭圣皇太后。

支运亭

2017 年 10 月 16 日

永福宫庄妃像

第一章　出身于蒙古最高贵氏族

第一节　祖先是月亮的儿子

蒙古族始源于古代望建河（今额尔古纳河）流域的一个部落，根据蒙古人的民间传说，大约在距今 2700 年左右的东周时代，一支被称为蒙古族先祖的突厥部落，生活在额尔古纳河流域。这一支突厥部落与其他突厥部落爆发了一场激烈的战争。其他突厥部落战胜了蒙古族祖先的那支突厥部落，对他们进行了血腥的杀戮，最后仅剩下名叫涅古思和乞颜的男人和女人（孛儿帖赤那和额埃马兰勒），他们被迫逃到一处人迹罕至的地方。这是一片靠近额尔古纳河的地势险峻，与世隔绝，水草丰美，气候非常清新宜人的原始森林。四周群山峻岭，只有一条羊肠小道方可到达其间，山间和森林深处有丰盛的草场，这个地方称"额儿古涅—昆"，即额尔古纳河流域的深山之处。这一传说同《史集》和《旧唐书》中记载："蒙古族为蒙兀室韦部落，傍望建河（额尔古纳河）而居"，组成涅古思和乞颜两个部落的说法是一致的。

涅古思和乞颜留居在这里，生息繁衍，形成了一个新的以其名字命名的氏族。后来这个氏族溯鄂嫩河又西迁到肯特山一带，逐渐与当地的其他氏族融合成蒙古族。之后又繁衍复为多支，凡出自这些分支的人，多为亲属，最后这些分支联合为部落，就是《旧唐书》上所指的"蒙兀室韦"。到唐朝中期，"蒙兀室韦"北迁到"望建河"（今额尔古纳河）

傍河而居,活动于河南岸的山林中。当这个部族日益繁衍,地盘日益狭窄而无法容纳的时候,便开始向西迁徙。他们首先渡过了腾吉思海子(今内蒙古呼伦贝尔湖),逐步到达斡难河(今鄂嫩河)源头、不儿罕山之下,同蒙古高原的突厥语族居民相结合,开始以游猎为主过渡到以游牧为主,这一历程大约经历了十一代人,到公元 840 年左右,蒙古人才迁居到不儿罕山地区。"不儿罕山"(今蒙古国的大肯特山),该地区不仅是"斡难河"的发源地,而且也是怯绿连河(今克鲁伦河)、土兀剌河(今土拉河)的发源地,因此被称为"三河源头"。这里水草丰盛,土地肥沃,气候宜人,为蒙古族的发展提供了有利的自然环境和地理条件,应该说,这一地区才是蒙古族的发祥地。

蒙古族十二世祖朵奔蔑儿干,出身于乞颜氏族,其部落被称为"乞牙惕"。乞颜,在蒙古语中,意思是从山上流下的狂暴湍急的洪流,象征勇敢、大胆、刚强,所以其后代以这个词作为他们氏族的名字。但到孛端察儿时,才正式以孛儿只斤为姓氏。公元 12 世纪时,蒙古人由于子孙繁衍,氏族支出,渐分布于今鄂嫩河、克鲁伦河、土拉河等三河上源和肯特山以东一带,组成部落集团。其中最著名的有乞颜、札答兰、泰赤乌、弘吉剌、兀良哈等氏族部落。当时与他们同在蒙古高原上游牧在今贝加尔湖周围的有塔塔儿部、蔑儿乞部、斡亦剌部。另外还有占据回鹘汗庭故地周围的克烈部、乃蛮部、汪古部。

据《元朝秘史》《集史》载:在唐朝中期,蒙古人朵奔蔑儿干有一个哥哥名叫都哇锁豁儿,传说其额头上生出一只天眼,能看百里。一天兄弟俩在不儿罕山上狩猎,都哇锁豁儿站在山顶,睁开那只可观百里的智慧天眼,看到山脚下有一条小溪(统格黎克溪),沿着小溪边有一群人缓缓而行,人群中有一辆马拉的勒勒车,车上搭着一顶白色的车帐,犹如一个活动的蒙古包。在车帐前面,坐着一个如花似玉的漂亮姑娘,他高兴地对弟弟朵奔蔑儿干说:"那山下小溪边有一群人,在人群中一辆车子上坐着一个漂亮姑娘,也不知是否已嫁人?"朵奔蔑儿干听后说:

"哥哥,咱们赶快下山看看去,问问他们是哪儿来的,到这儿来是做什么的!"随即兄弟俩便从山上顺着山坡一条小径走到山下。弟弟朵奔蔑儿干率先走到这群人前,忙向来人头领行搭手礼,说:"你们是从哪里来的,到什么地方去?"领头的应答道:"我们是豁里秃马敦人,是居住在贝加尔湖附近的兀良哈部落,我的名字叫豁里剌儿,那个坐在车子上的姑娘是我的女儿,名叫阿兰豁阿,我们是投奔不儿罕山来的。"朵奔蔑儿干听后心中喜出望外,原来他们是到我们这儿来的。于是,他又连忙躬身向领头人豁里剌儿恭敬地再行搭手礼,表示热情欢迎。接着朵奔蔑儿干恳切地向豁里剌儿求亲说:"这是我的哥哥,名叫都哇锁豁儿,我叫朵奔蔑儿干,就住在不儿罕山,至今我还未娶妻,你能把你的爱女嫁给我为妻吗?也好让我们共同发展。"豁里剌儿对这突来的求亲之事,一时不知如何回答是好。他沉默了片刻,心中想,我们从远处到此,初来乍到,自然要与当地部民搞好关系。再者女儿阿兰也到了快出阁的年龄,他边思忖边抬起双眼,仔细端详着面前的朵奔蔑儿干,见他不仅长得年轻英俊,又是个部落首领,认为女儿阿兰豁阿如果要与他成婚结为夫妻,也算是天生的一对。于是,豁里剌儿便满脸堆笑,欣然答应了朵奔蔑儿干的求婚要求。

一年后的秋天,朵奔蔑儿干与阿兰豁阿举行了新婚仪式。在结婚喜日的前一天,新郎朵奔蔑儿干穿上天蓝色蒙古长袍,腰扎彩带,头戴圆顶红缨帽,脚蹬牛皮高筒靴,佩带弓箭,骑上马,带上礼品,前往阿兰豁阿家娶亲。婚后小两口恩爱有加,日子过得十分美满。没过几年阿兰先后为朵奔生下两个儿子,一个叫不古纳台,一个叫别勒古纳台。朵奔蔑儿干的哥哥都哇锁豁儿也有四个儿子,他们兄弟两人都住在一起,家中有马匹和家童,成为当地很有实力的家族。

哥哥都哇锁豁儿去世后,他那四个儿子也就离开了叔叔朵奔蔑儿干,迁徙到了其他地方住牧。当时蒙古族正处于由原始社会末期向奴隶制社会过渡的阶段,朵奔兄弟虽为当地的蒙古族小首领,但生活并不十分富裕。特别是自从四个侄子离开朵奔家迁走后，自己两个儿子还小，家中的日子受到一定影响。有一天朵奔到森林里去打猎，转了半天也没有打到一只猎物，眼看着温顺的妻子和两个孩子吃不到兽肉了，他心里非常着急。他沿着猎物足印继续向前，突然发现在前边的一片树林处，有人正在一堆熊熊烈火前烤鹿肉。朵奔只好走上前苦笑不迭地寒暄说："你们的运气真好，我大半天也没打到一只猎物！"这群人是兀良哈部落的人，一听朵奔是兀良哈人阿兰家的姑爷，便热情向他行搭手礼，并将他让到火堆旁坐下。他一边谈论着家事，一边动手加柴与兀良哈人一起烤肉。当鹿肉烤熟后，兀良哈人用腰刀将鹿头割下，将鹿皮和内脏自己留下，然后把整个鹿肉都赠送给了朵奔蔑儿干。因为兀良哈氏族的风俗习惯是，当打到猎物时，如遇到有人提出要求，就应将猎物的一部分给他，无论对方是否熟悉，必须将猎物的头、皮和内脏自己留下，因它是福物，不能赠人，否则以后就打不到猎物了。朵奔见兀良哈人如此慷慨，把整个鹿肉都给了自己，感激万分地说：你们的礼物我收了，以后定当重礼回报。兀良哈人急忙与朵奔告别，背着鹿头和鹿皮及内脏，向森林远处走去，继续寻找猎物。朵奔蔑儿干获得兀良哈人赠给的鹿肉，心中的愁绪顿时消失，高兴地用兽袋背起鹿肉，大步流星地向家里走去。

就在他回家的路上，朵奔蔑儿干突然见到从森林中走出一个穷乏的人，身边还带着一个半大小伙子，这人自称是伯牙兀歹人，名叫马阿里黑，他见朵奔背着香喷喷的鹿肉，便可怜兮兮地走上前对朵奔说："我而今穷乏，快要饿死了！你那鹿肉如给我一些，我就把儿子给你。"朵奔家中四个侄子迁走后，家中正缺少干活的人手，就答应了他的请求。于是他分给马阿里黑一条鹿腿，马阿里黑拿到鹿腿之后就闪电般地不见了。朵奔蔑儿干背着剩下的鹿肉，领着换回的小伙，回到了家中。他向妻子阿兰讲述了狩猎所经历的事，然后全家人共同美餐了一顿。那个换来的小子没有名字，朵奔蔑儿干就给他起名叫朵奔伯颜。从此，朵奔伯颜和家童便成了朵奔家的奴隶,后来朵奔家在朵奔伯颜和家童的协助下,加之两个儿子也逐渐长大成人,日子越过越好,成了一个比较富裕的家庭。

朵奔病逝后,妻子阿兰又与他人连续生了三个儿子。一个名叫不忽合塔吉,一个名叫不台秃撒勒只,一个叫孛端察儿。她先头的两个儿子不古纳台和别勒古纳台渐渐长大成人,听到了一些人议论母亲的风言风语,说他们同后来阿兰生的三个弟弟是"无房亲兄弟"。两个儿子对母亲的疑虑和部落中的议论让阿兰听到,阿兰默不作声,她想找个机会与两个儿子详细说说。

在一个春季的一天中午,阿兰专门煮了一只肥羊,她把五个儿子叫到一起美餐了一顿,然后,她发给每人一支箭,让他们把箭用力折断,五个儿子肉足饭饱,不费吹灰之力就把五支箭分别折断了。随后阿兰母亲又拿出五支箭,用绳索把这五支箭杆绑在一起,让五个儿子轮流折,从老大传到老二,再从老二传到老三,一直传到小五孛端察儿手里,最后哥儿五个每人都使出了平生力气,结果谁也没有能将这五支捆绑在一起的箭折断。于是,阿兰母亲正襟危坐,开始教训自己的儿子说:"你们五个都是我一个肚皮里生的,恰如刚才五支箭一般,各自一支呵,任谁都容易折断,你们兄弟如果同心呵,便如同这五支箭杆,束在一起,他人如何折得断?"五个儿子听了母亲的一番话,都心悦诚服地纷纷点头。接着阿兰又说:"别勒古纳台、不古纳台,你们两个疑惑我这三个儿子是谁的,现在我告诉你们,我每天夜里都梦见黄白肤色蓝眼睛的人,从窗门额明处来,他的白光化为金神来到卧榻,将我肚皮摩挲,白光透过入肚里,随月亮的光景,才有了你们三个弟弟,他们仨是月亮的儿子,不可比作凡人,不久后他们当中定有一人会做帝王呵,到那时你们就知道了!"从此,两个大儿子就不再议论母亲的贞节了,而阿兰与月亮之光生子的故事在蒙古草原广为流传。数年后阿兰老母也去世了,家中牲畜被四个儿子分作四份继承,而排斥了第五子孛端察儿。后来两个大儿子的子孙组成了蒙古的答儿列斤氏（一般出身的蒙古人）；两个小儿子的子孙组成了蒙古的尼伦氏（月亮的儿子），后人称他们是"纯洁出生的蒙古人"。第五子孛端察儿的后代称为孛儿只斤氏（即博尔济吉特），是后来蒙古族最高贵的姓氏。

孛端察儿是成吉思汗铁木真的第十世祖，也是蒙古族博尔济吉特氏的鼻祖、始祖。据《元史·太祖纪》载："孛端察儿状貌奇异，沉默寡言，家人谓之痴。"说他呆痴愚笨，唯独阿兰母亲的看法与众不同，她常对人说："此儿非痴，后世子孙必有大贵者。"阿兰老母死后，四个儿子没有遵守母亲折箭时的教诲，他们照样把孛端察儿看作傻子，不当兄弟看待。分家的时候只分了四份，没有分给孛端察儿，但孛端察儿毫不介意，并且说："贫贱富贵，命也，财资何足道。"于是，他独自骑了一匹谁都不要的尾黑背青的白马，沿着斡难河一直走到一个名叫巴勒淳的小岛上，自己动手找些干树枝、野草搭了个草棚，在小岛上住了下来。开始，孛端察儿食饮无所得，没吃没喝，差点儿陷入绝境。后来他发现岛上有一只捕捉鸟兽的苍鹰，希望靠架鹰打猎来维持生活，于是他揪了几根马尾毛，做成一个套子，居然捉住了那只苍鹰。之后，他认真地对苍鹰进行捉捕猎物训练。从此以后，孛端察儿就臂架苍鹰手拿弓箭，过起小岛狩猎生活。再后来又陆续有十几家兀良哈人也迁徙到这一带生活，孛端察儿才算有了邻居。他与这些新来的人互相帮助，经常把自己猎获的猎物送给他们，有时白天兀良哈人也请他喝马奶子，夜晚回到草棚里休息，日子过得蛮有味道。

不觉半年多时间过去了，孛端察儿的哥哥们突然良心发现，心想孛端察儿是最小的弟弟，他独出而无赘，走时赤手空拳什么也没带，会不会连冻加饿而死了呢？于是哥哥不忽合塔吉就沿着斡难河来寻找孛端察儿。他在兀良哈人的指引下，终于找到了孛端察儿，然后兄弟二人告别了孛端察儿的邻居兀良哈人，骑着那匹白青马，架着苍鹰，向不罕儿山家的方向走去。孛端察儿跟在哥哥不忽合塔吉后边，一边走一边自言自语地说："人的身子有头呵好，衣裳有领呵好，身有首，衣有领，该是多好啊！"哥哥不忽合塔吉不知道他在说什么，没有理睬他。又走了一段路，孛端察儿将先前说的那几句话又重复了两遍，这才引起他哥哥的注意。不忽合塔吉急忙勒住马缰，转过身来问道："你好几遍自言自语说那些话是什么意思？"孛端察儿回答说："适才你没看到统克犁克河那边有一丛百姓，无个领头的管束，大小都一般，容易被统治占有，俺可以掠他。"意思是说那群百姓没有一个领头的，所有人彼此之间都不分大小和贵贱，很容易对付，我们要像训练苍鹰那样想法制服他们，让他们听我们使唤，就可以获得我们想要的。哥哥听了弟弟所说的这一番话，看到这部落散民的情况，认为弟弟孛端察儿的主意不错，说："既是这般呵，咱们先回到家里去再一起商量一下，然后再来掳他们。"

　　哥哥不忽合塔吉把弟弟孛端察儿接回到家里后，随即把另一个弟弟找来，兄弟三人重新相见，亲情融融，特别是看到弟弟一切安好后倍感欣喜。兄弟们相互问候之后，哥哥不忽合塔吉便说："统克犁克河那边有一个部落人群，没有一个领头的，不如让弟弟孛端察儿出面把他们掳过来听我们使唤。"三兄弟均表示赞同并积极支持。于是，孛端察儿便从本部族中挑选了一些壮士，前去掳获那群百姓。这群百姓一见是孛端察儿带来的人马，原来他们在巴勒淳小岛周围时都认识，而且领头的又是孛端察儿，对他的印象特别好，也就高兴地被孛端察儿说服了，都答应跟随孛端察儿一起组成新的部落氏族。这样孛端察儿家族既有了隶民，又有了马群、家资，变成了贵族。之后孛端察儿的嫡子合必赤，又生蔑年土敦，蔑年又生七子，逐渐繁衍为七个部落。蔑年的长子合赤曲鲁克又生子海都。海都的长子伯升豁儿的子孙组成了乞颜部，次子察刺该的子孙组成了泰赤乌部，后来又逐渐发展成为孛儿只斤部落中的两个强大的部落。

第二节　成吉思汗胞弟后裔

907年,唐朝为后梁灭亡,中国的政治形势也发生了重大变化。北方相继出现了少数民族割据政权。907年,契丹人耶律阿保机兴起,于辽河流域建契丹国,后改称辽国,割据北方;1125年,女真人完颜阿骨打起兵灭辽,建立金朝,继续向南发展,占据了中国的半壁江山。到12世纪时,散布在蒙古高原的蒙古各部族先后接受辽、金的统治。这部分蒙古族人的子孙繁衍,氏族支出,逐渐分布于今鄂嫩河、克鲁伦河、土拉河三河上源和肯特山(今蒙古国大肯特山)以东地带,组成部落集团。其中较著名的有乞颜、札答兰、泰赤乌、弘吉剌、兀良哈、塔塔儿、蔑儿乞、斡亦剌、克烈、乃蛮、汪古部。这些部落按其生活方式和发展水平,大致分为"草原游牧民"与"森林狩猎民"两类。随着畜牧业的发展,出现了阶级划分。阶级的对立代替了民族的平等关系,富裕者从民族中分离出来,成为贵族。一些蒙古贵族出于对财富的贪欲,竞相掠夺人口和畜产,形成无休止的部落战争,通过战争汰弱留强。

12世纪金朝建国时,原来部落林立的蒙古社会,只剩下乞颜、塔塔儿、克烈、蔑乞儿、乃蛮五大部落。"傻子"孛端察儿的六世孙合布勒(成吉思汗铁木真曾祖父),逐渐统治了全蒙古(合不黑蒙古),成为蒙古第一个称汗的首领合不勒汗(元史称葛不律寒)。其所属的乞颜氏,子孙繁衍,分支众多。合不勒汗的后代所属的孛儿只斤氏(突厥语的意思是蓝眼睛的人),肤色微黄,身体健壮,勇敢善战,在当时受到其他部落普遍称赞,亦被称为博尔济吉特氏(博尔济锦氏),是当时蒙古部落中力量最强大的。

合不勒汗死后,汗位传给了同族兄弟俺巴孩,之后,又传给合不勒之子忽图剌(成吉思汗叔祖)。在忽图剌称汗时期,蒙古乞颜部势力不断壮大。也速该(成吉思汗的父亲),是乞颜部的一名主要首领,他在与金人和塔塔儿人的战争中屡立战功,被称为乞颜部的勇士,本应是一位汗位继承人。但在1171年，也速该带九岁儿子铁木真经塔塔儿部到弘吉剌部他舅舅家求婚，弘吉剌部贵族德薛禅很有眼力，他见铁木真长得英武、聪明，有点像他父亲也速该的勇士样子，便答应把女儿孛儿帖许给铁木真。按照当时蒙古人的惯例，订婚后，铁木真便被留在德薛禅家中，待到婚嫁年龄时，才能把新娘娶回家中。也速该为儿子铁木真定亲之后，心满意足地离开了德薛禅的营盘，高高兴兴地奔向三河源头的不儿罕山。

就在也速该骑马途经怯绿连河口时，正逢居住在这里的一支塔塔儿人大举宴庆。按照蒙古人的传统习惯，凡骑马经过进餐者附近，一定要下马，与主人一同入座就餐，主人也不得拒绝。不料席间被几个塔塔儿人认了出来，他们说："这位到来的不速之客，不正是也速该乞颜吗！"他们回忆起了从前遭也速该抢亲的冤仇，便违背了蒙古族传统习惯，暗中布下了陷害也速该的计谋。也速该只按传统行事，没有任何提防，吃进了他们掺入饮食里的慢性毒药。宴席过后，也速该告别了塔塔儿人骑上马，急忙往家里赶。

也速该回到家之后，便一卧不起，神情渐有恍惚，他对守在身边的蒙力克说："我为大儿子铁木真定亲，把他留在弘吉剌部德薛禅那里，回来的路上遭塔塔儿人的暗害，心里翻腾得好难受，看来活不成了。我的几个孩子都很小，只好托付给你了。"他在临终前断断续续地对蒙力克说："你快把我的儿子铁木真接回来。"蒙力克料理完也速该的后事，便立即动身赶到德薛禅的营盘。蒙力克见了德薛禅，未敢说也速该已过世，只说我也速该兄弟很想铁木真，想得心里都很难受，让我走一趟，把铁木真领回去让他见见。德薛禅说："既然也速该思念自己的儿子，你就把铁木真领回去走一趟吧，见了我的亲家以后可要早早把他送回来。"得到德薛禅的应允，蒙力克就把铁木真带回到三江源头的家中。铁木真回到家里不见父亲也速该，一听是被塔塔儿人陷害而死，便扑倒在地放声大哭。蒙力克的父亲察剌合老人拉起铁木真，劝他说:"痛苦和悲哀都是无用的,不能哭哭啼啼,要振奋精神,坚强起来。如今当务之急,是永继父业,稳定和团聚自己的百姓和部众。"铁木真从此与胞弟哈萨尔结束自己的童年幸福生活,开始经历真正的人生磨炼。

铁木真成年后,和胞弟哈萨尔决心要重振父祖当年的事业。他到弘吉刺部去迎娶孛儿帖,德薛禅的妻子搠坛亲自把女儿孛儿帖送到桑沽尔河畔铁木真的家里,并带来了黑貂鼠皮袄作为新妇拜见的礼物。铁木真把这些礼物带到上拉河黑林的克烈部,献给了父亲也速该的安答(好友)脱斡邻,对他说:"当年,你和我父亲结为安答,就如同我的父亲,妻子的拜见礼物,我拿来献给你。"克烈部贵族脱斡邻高兴地说:"黑貂鼠皮袄的回赠,是表示你的孝心,你父离去的部众,我要为你完聚。"铁木真由此得到了克烈部的支持。不久之后,蔑儿乞的三个部落袭击铁木真的驻地,并且掳走了铁木真的妻子孛儿帖,以报当年铁木真父亲也速该掳抢诃额伦的仇恨。铁木真到克烈部去求援,脱斡邻立即答应出兵援助,并要铁木真去邀约他幼年时的安答——札答兰部贵族札木合协同作战。按照约定的日期,脱斡邻、札木合、铁木真在鄂嫩河畔会师,分路出击,大败蔑儿乞三部,夺回了妻子孛儿帖。蔑儿乞兀都亦部长脱脱败逃。铁木真在克烈部的支持下,取得了重大胜利。

战胜蔑儿乞三部后,铁木真从胜利中获得了大批奴隶和牲畜,壮大了自己的力量。他再一次与札木合结拜为安答。并且住在札木合的驻地豁儿纳黑主不儿。这时,一些离散的孛儿只斤—乞颜氏族和部民也聚会到札木合这里,因此铁木真又得以和原来的部民相聚。从泰赤乌部分离出来的乞颜部的贵族们,决心重振乞颜部的雄风,建立蒙古乞颜贵族联盟,重新推举可汗。金世宗二十三年(1183年),时年22岁的铁木真,依据撒察别乞、泰出、阿勒坛、忽察儿等人的提议,被推举为蒙古族各部的可汗。

铁木真被推举为可汗后,不断联合兼并各部,东征西讨,经过23年的努力,蒙古草原上100多个大大小小的部落氏族先后败亡,五大部落乞颜、塔塔儿、克烈、蔑儿乞、乃蛮，全都统一在铁木真可汗的旗下。金章宗十七年（1206年）春天，铁木真在其祖先居住过的斡难河源头，召集他统治下的全蒙古贵族、那颜（官人），举行了蒙古史上最为盛大的忽里台（大朝会），竖起吉祥、象征引导胜利的九足白色军中大旗，正式建立国家——也客·忙豁勒·兀鲁思，即大蒙古国。

那天，蒙古草原上依然寒风刺骨，蒙古萨满教首领阔阔出，人称"通天巫"，赤身露体从荒野深山中走来，一见铁木真就向他表示祝贺说："刚才我见到了天神，他让我转告你和诸位那颜，说已经把整个地面赐给铁木真和他的子孙了，让他称为成吉思汗，教他对属民、百姓实行仁政。"铁木真君臣们虽然都是萨满教信徒，但听了阔阔出的话也是将信将疑，又惊又喜。喜的是铁木真"受天之佑，获承致尊"，疑的是"成吉思汗"这个称号究竟是何含义，从何谈起？

阔阔出是个聪明人，透过众人的脸色、眼神，早已看出了大家的疑问，于是他说："天神告诉我让铁木真称'成吉思汗'，并没有说明这几个字的含义，我自己理解不外乎这么几个意思：我们草原各部几乎都有可汗，札木合称'古儿汗'，乃蛮自称'太阳汗'。听说西夏西南，有的人还称'达赖汗'，达赖汗即海洋汗、大海汗、四海之内汗。但他们既没有征服众汗，更没有统一天下，平定海内，相反却一个个国破家亡。我们今天征服了诸部，统一了漠北，这才是名副其实的古儿汗、太阳汗、达赖汗。然而这几个称号已被玷污，我们的可汗功盖宇内，威震四海，不能因袭这些称号，因此天神赐号为'成吉思汗'。大家应该记得，早在五年前我们打败札木合的十二部联军时，曾有一只朱凤飞临可汗大帐附近，连声鸣叫，它发出的叫声不就是'成吉思汗'吗？如今回想起来，这不正是一种吉兆吗？只是我们当时不解其中奥秘，今天我与天神共语，才知朱凤鸣叫，正是上天传音。"

阔阔出为了说服其他不信奉萨满教的部落首领，他接着说："从字面解释，我们蒙古的'成'含有坚强之意，'吉思'为众数，由此推论，'成吉思汗'应为众人的、强大的可汗。从另一个角度讲,'成'又含有伟大、强大之意,'吉思'也可以理解为最大,'成吉思汗'即伟大的可汗,或者称为大多数人强有力的皇帝。"

阔阔出的斋词,正说中了铁木真的心思,铁木真非常高兴,也十分肯定阔阔出的话,诸部的那颜也都喝彩叫好,大家一致同意铁木真的尊号为"成吉思汗"。最后铁木真君臣就国号问题进行了商讨,定国号为"也客·忙豁勒·兀鲁思",汉语意为"大蒙古国"。博尔济吉特氏铁木真的家族被称为蒙古族中的黄金家族。

成吉思汗建立大蒙古国后,为了保障奴隶主贵族集团的既得利益,遂将新占领地区的人编为千户,实行千户制。把军队和民众,按照军事和行政单位融为一体,全蒙古共划分为95个千户,分配给开国功臣和贵戚,分别进行统治。他将一些千户分配给自己的母亲、诸弟和子侄,其余的千户则分左、右两翼,由他直接统治。左翼千户分布在直到大兴安岭的东部地区,以木华黎和纳牙阿为正副首领,称为左手万户;右翼千户分布在直到阿尔泰山的蒙古西部地区,大体上相当于克烈、乃蛮、斡亦剌和汪古部的旧地,以博尔术和博尔忽为正副首领,称为右手万户。全国共封88人担任千户长,千户长是世袭军职。在千户之上,又封授4个万户,任命木华黎为右翼万户长,管辖东边包括兴安岭方面的各千户;博尔术为右翼万户长,管辖西边直至阿尔泰山方面的千户;纳牙阿为中军万户;豁尔赤为林木中百姓的万户。千户长以下设百户长,百户长以下设十户长。

成吉思汗和他的诸子、诸弟是大蒙古国的最高统治集团,是所谓黄金戚畹贵族。博尔济吉特氏哈萨尔,是成吉思汗铁木真的二弟,是一母同胞兄弟,他自幼身体健壮,箭法高强,在征服蒙古诸部的战争中屡立战功,为统一蒙古草原,辅佐其兄铁木真登上大汗宝座做出过重大贡献。其母诃额伦曾称赞说:"哈萨尔力气超人,百步穿杨的箭,使逃逸的百姓,屈服投降;百发百中的箭,使溃逃的叛众缴械投诚。"遵循成吉思汗黄金家族共同管理领地的原则。哈萨尔，封地在兴安岭以西，阿尔古纳河、海拉尔河下游和靠近呼伦贝尔湖的地方，位居蒙古帝国的边陲。这样，哈萨尔子孙又重新回到了其部族生活的地方。由于哈萨尔的子孙自幼生长在鞍马间，人自习战，自春到冬，天天逐猎，使蒙古族固有的纯朴和勇武的性格得以保持和发扬。

1206年4月28日，成吉思汗之孙薛禅可汗忽必烈，在开平宣布建立元朝，年号为"正统"。后传17君。到明洪武元年、元顺帝二十五年（1368年）八月，被明朝赶出中原，这样元朝自1206年开国到最后灭亡，共统治中国达162年。元朝灭亡后，哈萨尔的后裔，一直居住在北元蒙古的东北边陲。虽经过十几代人的传袭，但该部族一直由博尔济吉特氏家族控制，仍被视为成吉思汗黄金家族的圣裔，在北元蒙古中享有崇高地位。在明朝宣德、正统年间，哈萨尔的第十一世孙西古苏台，成为科尔沁王，已经统辖塔木茂明安、塔塔拉沁、克烈亦惕、阿拉答沁、巴郎兀惕、索伦兀惕等七个斡脱黑（氏族）。西古苏台科尔沁王，曾为维护成吉思汗黄金家族的统治，做出过重大贡献。到明朝后期，哈萨尔第十二世孙孛罗乃时，势力更加强大，已统辖十三个斡脱黑（氏族），分为左右两翼，总兵力已达到十万余。

明嘉靖二十六年（1547年），哈萨尔第十四世孙魁猛克（奎蒙克），率领部分科尔沁百姓，从额尔古纳河流域越过大兴安岭，向东南迁徙到嫩江流域，驻地在内喀尔喀之北，嫩江下游的卓尔河及洮儿河流域。魁猛克为了与原留居在额尔古纳河的二弟巴衮诺颜的长子昆都伦岱青率领的"阿鲁科尔沁"相区别，将其部自号为"嫩科尔沁"，后来通称"科尔沁"。魁蒙克是蒙古嫩科尔沁部的始祖。据《圣武记》载："科尔沁部在喜峰口外，东西距八百七十里，南北距二千有百里，南界建州卫边墙，此界索伦。本元太祖弟哈萨尔之后。明初置兀良哈三卫之一也，后自立国曰科尔沁。"

明万历三年（1575年），魁蒙克率领嫩科尔沁的一部向东发展，自大兴安岭南端,进入嫩江流域。将科尔沁部带入了一个新天地,在科尔沁部历史上具有划时代的意义,给"科尔沁部"带来新的生机。使其进入土地肥沃、水草丰美、气候适宜的松江平原,优越的地理环境,加之科尔沁人的勤奋、勇敢和团结,畜牧业及农民经济迅速取得新的发展,部众也繁衍较快。至魁蒙克之子孛只答儿(博第达喇)时代,子孙繁衍,部落有了较大的发展。孛只答儿有五子:长子扯只揯(齐齐克)、次子那木大(昭圣皇太后曾祖父)统帅科尔沁本部;三子乌巴什统郭尔罗斯部;四子爱纳噶统杜尔伯特部;五子阿敏统札赉特部。扯只揯(齐齐克)的儿子翁阿岱是直系,一直担任科尔沁部之部长。那木大有三个儿子:长子莽古斯称札尔固齐贝勒(昭圣皇太后祖父)、次子明安号达尔汉巴图鲁、三子孔果尔也是能征善战之将领。长子莽古斯又有一子,名宰桑(昭圣皇太后父);明安又有四子:长子昂坤达尔汉、次子栋国尔、三子绍齐、四子多尔济;孔果尔又有二子:长子额森、次子泛巴敦。莽古斯子宰桑(昭圣皇太后之父)又有三子二女:长子乌克善、次子满珠习礼、三子察罕、长女海兰珠、小女布木布泰。布木布泰便是本书的主人公昭圣皇太后。

第三节　古勒山之战结姻盟

16世纪末期,在我国东北的少数民族中,有两大氏族。他们是女真人和蒙古族。女真人有三大部族:建州、海西扈伦、野人女真。蒙古族也有三大部族:漠南、漠北、漠西蒙古。以爱新觉罗氏努尔哈赤为首的建州女真部族,与漠南蒙古博尔济吉特氏科尔沁部这两大氏族的联姻结盟,是在古勒山大战后才开始的。这两大部族都是民间传说中天神敕生的后人。爱新觉罗氏的祖先布库里雍顺,是传说中三仙女下凡,吞吃了神鸟丢下的红果应孕而生的,被誉为"神鸟的传人";博尔济吉特氏的祖先孛端察儿,是传说中阿兰母亲受月亮之光应孕而生的,被誉为蒙古族科尔沁部的始祖。

明朝万历十一年（1583年），爱新觉罗·努尔哈赤的爷爷觉昌安、父亲塔克世是明朝建州卫指挥使和指挥同知，是年五月，在明朝辽东总兵李成梁攻打努尔哈赤的姑父阿台和阿海固守的古勒寨时被误杀身亡。他借报父、祖被杀之仇为名，以"十三副遗甲"起兵，杀死了引明军杀害父、祖和舅舅的尼堪外兰。明朝万历十五年（1587年）六月，他为了完成统一建州本部的宏图大业，在今辽宁新宾县二道河子村东南的山坡上，筑起了费阿拉栅城，开始定国制，立法制，并组建了以私家武装为核心的军队，建立王权。第二年九月，又并取了建州女真本部族的苏克素浒河部、董鄂部、浑河部、哲陈部和完颜部。随后又夺取了长白山三部（纳殷部、朱舍里部、鸭绿江部）。至万历二十一年（1593年），努尔哈赤又用六年时间，经过大小数十次战役，"将蜂起称雄的女真各部，环满洲而居者，皆为削平"，使整个建州女真本部实现了统一，建州女真实力不断壮大。

此时的海西扈伦女真首领叶赫贝勒纳林布禄（努尔哈赤大福晋的长兄），看到努尔哈赤统一了建州女真，占领的地盘比叶赫多，便向努尔哈赤提出，将其领地鄂尔敏、扎库木二地，给叶赫一地。努尔哈赤听后顿觉不悦，并义正严词地说："我乃满洲，尔乃扈伦；你国虽大，我岂肯取？我国即广，尔岂得分？且土地非牛马比，岂可割裂分给？"叶赫贝勒纳林布禄碰了钉子，但仍不甘心。于当年九月，抛弃了娘舅亲，视努尔哈赤为敌。便纠集海西扈伦女真哈达部贝勒孟格布禄、乌拉部贝勒满泰之弟布占泰、辉发部贝勒拜音达里等三部；长白山朱舍里、纳殷二部；锡伯、卦而察三部共三万兵马，组成九部联军攻打努尔哈赤建州女真部族。由于漠南蒙古的博尔济吉特氏科尔沁部，属地系海西扈伦女真部之北邻，为了防止察哈尔部林丹汗的侵扰，曾与海西扈伦女真有同盟关系，其部族首领翁阿岱、莽古斯、明安也应邀，率领蒙古兵万余人参加了九部联军，共同攻打爱新觉罗·努尔哈赤的建州女真部族。

九部联军由海西扈伦叶赫贝勒布斋和纳林布禄率领,浩浩荡荡自青龙山西麓三道关东进,向建州苏克素浒河的费阿拉城以摇山震岳之势发起进攻,企图以九部联军制服建州女真的努尔哈赤,以实现其称雄女真三部的目的。入夜,大军行进到浑河北岸,举火煮饭,整个河岸一线顿时火密如星。建州女真的探马武理堪,将这一军情飞骑报告给建州女真首领努尔哈赤,说:"敌军饭罢起行,夜渡沙济岭,向古勒山而来,准备要在古勒山与我部摆开战场。"

　　古勒山,又称古楼岭,在费阿拉城西一百里,位西而偏南,苏子河贴其山背而流,水势到此处很大,山络纵横,四坡断岩峭壁,其山形如枕,酷似驼背,是通往萨尔浒等处的要道。建州女真的总兵力才一万人左右,只有九部联军的三分之一。努尔哈赤得到敌军情报后,根据自身的实力,决定利用古勒山的地形险隘,进行了周密的部署。他在敌兵来路上埋伏一支精兵,在山上安放一些滚木礌石,在沿河峡路上设置多处横木障碍,一切准备就绪,只等待敌人的到来。待忙完一天之后此时已是深夜,努尔哈赤便就寝酣睡。他的大妃富察氏把他推醒后说:"尔方寸乱耶,惧耶?九国兵来攻,岂酣寝时耶?"努尔哈赤说:"人若惧怕虽然睡了但睡不着,我如果是惧怕他们还能酣睡?他们的兵马还未到,我已布兵结阵待敌,如果敌兵来了我心中没有数,怎么能战胜敌军,你放心,天不佑海西而佑建州。"说完之后仍安寝如故。

　　第二天,用完早饭,努尔哈赤率领文武大臣先祭堂子,拜祝曰:"皇天后土,上下神祇,努尔哈赤与叶赫本无衅端,守境安居,彼来构怨,纠合兵众,侵凌无辜,天其鉴之。愿敌人垂首,我军奋扬,人不遗鞭,马不弃鞍,惟祈默佑,祝我戎行。"然后他召集文武大臣会议,分析了敌我双方军事形势指出,我军一定要以己之所长,"立险扼要,以敌之短,贝勒甚多,乌合之众,以逸待劳"。明确地提出要"据险诱敌,伤其头目,集中兵力,奋勇合击"十六字的御敌战略战术,从而使建州士兵从思想、战术和御敌物资上都做好了充分准备。

翌日，九部联军并力从古勒山下势如潮涌般，向建州女真阵地袭来。努尔哈赤率精壮铁骑在古勒山上据险结阵整兵以待。九部联军首领叶赫部贝勒布斋率兵前来叫阵，两军在古勒山摆开了决战阵势。联军虽然人多势众，但因是临时拼凑一起的，加之指挥又不得力，协调又不灵活，且各部又互相观望，裹足不敢冒前，前进速度很缓慢，战斗力显得极弱。努尔哈赤见敌军交战心急，即命大将额亦都以百骑前去挑战。此时，叶赫贝勒布斋被额亦都谴责挑战激怒，立即策马挥刀直前冲入战阵。由于他驱骑过猛，战马触到建州女真事先埋设的木墩跌倒，布斋摔下马来，建州兵见状，迅速扑了上去，骑在布斋的身上，用战刀将其杀死。其弟纳林布禄亲眼见兄长被杀死的惨状，顿时吓得仰天惊呼一声，昏倒在地。这时叶赫部兵将见其主帅一个被杀，一个吓得晕倒，皆恸哭不止。他们蜂拥而上，一面急忙救起纳林布禄，一面裹挟布斋尸体，拨转马头仓皇夺路而逃。其他参战各部贝勒、台吉，见主帅一个阵亡，一个受惊吓晕倒，都心胆俱丧，纷纷溃散奔逃。努尔哈赤见敌军分头溃逃，便亲率古勒山上的精兵铁骑，山崩海啸般冲下山来。一时间骑涛呼啸，矢石如雨，只杀得山谷殷红，兵马填江，积尸遍野。

参战的蒙古族博尔济吉特氏科尔沁部，在古勒山战役中也遭到惨痛的失败，他们在建州军的追杀下，急率步骑慌忙逃离战场。明安台吉的逃相非常狼狈，他的战马深陷泥淖之中，为了逃命，最后他不得不丢弃马鞍及鞍上所捆绑的财物，脱掉沾满烂泥的脏衣服，裸身骑上一匹无鞍骠空马狼狈逃回。古勒山之战，共杀死九部联军四千人，俘虏乌拉部贝勒布占泰，缴获战马三千匹，铠甲一千副。一向以勇武著称的蒙古博尔济吉特氏科尔沁部，通过古勒山战役，初步体验到了爱新觉罗·努尔哈赤建州女真铁骑的厉害。

古勒山之战是女真各部统一战争的转折点。随后，努尔哈赤便乘古勒山大捷之势，先后聚兵并取了海西扈伦女真的乌拉部，攻克了哈达部并生擒哈达部贝勒孟格布禄，剿灭了辉发部。至此，海西扈伦女真四部除叶赫部外,全部被建州所吞并。这样蒙古科尔沁部原先的盟友纷纷被建州女真吞并,再想依靠原先的联盟作为抵抗察哈尔林丹汗的屏障,已经不可能了。

这时的蒙古科尔沁部的众贝勒们,不得不审时度势,重新决定自己部族的生存之策。他们为了不受察哈尔林丹汗的侵扰,决定与建州女真缔结族缘,主动与建州女真首领努尔哈赤交好。于是,遣使前往建州,先向努尔哈赤送马20匹,以表示愿与建州交好之意。努尔哈赤为了分化漠南蒙古诸部,争取团结科尔沁部,他决定不计前仇,遂趁科尔沁兵败心有余悸,主动送马亲善之机,向其施放善意。努尔哈赤从在古勒山战役中俘虏的科尔沁人中选出20人,令其披锦衣,骑战马,返回科尔沁部,让他们宣扬建州女真诸贝勒的威德。科尔沁莽古斯、明安等诸贝勒,见努尔哈赤不计前仇,放回了被俘人员,并愿与科尔沁部交好,便开始逐渐信任建州女真。翌年,科尔沁部便遣使与努尔哈赤通好,献战马100匹、骆驼10峰,以表示与建州交好的诚意。努尔哈赤从总体利益出发,不念科尔沁以前曾协助海西扈伦女真两次出兵攻打建州的旧恶,捐弃前嫌,同意改善与科尔沁部的关系,并对来使说:"一朝为恶而有余,终身为善而不足,建州同意与科尔沁弃旧怨,结成联盟。"

明万历四十年(1612年)三月,科尔沁最有势力的明安台吉和他的几个兄弟及儿子聚集在蒙古包里,议论着当前的形势。在他们看来,漠南蒙古首领察哈尔部林丹汗,像只草原上的饿狼,随时都想吞噬科尔沁部的草场和羊群,而建州女真努尔哈赤像一只凶悍的猛虎,对科尔沁广阔无垠的草原虎视眈眈,随时都会扑向科尔沁。面对这种两面受敌的困境,必须采取主动与建州交好的策略,依靠建州女真的势力对抗依附明朝的察哈尔部林丹汗,这样才能从根本上改变目前科尔沁部所处的不利形势。

明安台吉长兄莽古斯贝勒,长得彪悍威武,宽大略显扁平的脸庞上,一双细长的眼睛灼灼放光,满脸络腮胡子,一看就知道是个鲁莽、好斗、善战的武夫。他的长子宰桑贝勒同他的父亲一样,都是典型的蒙古族彪形大汉,他们父子也都在为如何摆脱当前腹背受敌的被动局面而苦思冥想。正在诸位贝勒们你一言我一语地议论之时,明安台吉的小女儿博尔济吉特·代因察和莽古斯贝勒的大女儿博尔济吉特·哲哲,从外边掀开蒙古包的绣花毯帘,躬身进来,手里端着银制的方形茶托盘,给蒙古包内议事的长辈们送奶酒。16岁的代因察把托盘放在矮桌上,转身站到一旁,接着12岁的哲哲为每个人倒了一碗奶酒,然后俩人一同走出蒙古包,离开了议事大帐。

  蒙古包内的台吉贝勒们,一边喝着奶酒,一边你一言我一语地继续议论着如何采取对策,商讨博尔济吉特氏科尔沁部怎么与爱新觉罗建州女真部族和好结盟的具体事宜。这时,一个挎着腰刀的壮实蒙古兵进帐通报说:"爱新觉罗女真首领努尔哈赤派来使者要见诸位台吉。"明安台吉高兴地大手一挥说:"快把他请进帐来!"蒙古兵把建州派来的使者引进大帐。建州使者进帐后,脱去头上戴的狐狸皮帽,单腿跪下说:"建州都督努尔哈赤派奴才来向明安台吉和诸位台吉贝勒问安。"

  明安台吉和众位贝勒台吉忙起身还以蒙古搭手礼,明安台吉接过文书和聘礼,让使者一旁坐下。他打开文书信函,见信中说:"努尔哈赤闻科尔沁贝勒明安台吉的女儿颇有风姿,遂遣使前往科尔沁部欲聘娶之。"原来这是努尔哈赤派使前来主动向明安台吉求婚喜结连理的。他心领神会,转而面向来使小心翼翼地说:"我需要和小女儿商量商量,之后定给你们回音。"遂让侄儿宰桑贝勒将使者先安排到另一蒙古帐内休息。

  明安台吉把努尔哈赤主动与科尔沁部联姻结盟的书信,向诸位台吉贝勒说明后,面带欣喜和笑容向众兄弟与儿孙们说:"这是件特大的喜事,你们看如何?"诸贝勒台吉纷纷表态说:"我们蒙古博尔济吉特氏科尔沁部族和爱新觉罗建州女真部还从来没通过婚,这显然是努尔哈赤想与我蒙古科尔沁部友好结盟的举动,不能拒绝,如果不答应,女真人的报复是免不了的,最好是应承下来。"可是明安台吉知道,女儿从小就娇纵任性,脾气暴躁,没有得到她的应允,她会死活不嫁的。明安台吉考虑到眼前科尔沁部的处境,从部族长远利益出发和思考,最终做通了女儿的工作,遂解除了女儿原先既定的婚约,愉快地答应了努尔哈赤的求亲,并表示要亲自送女儿前往建州与努尔哈赤成亲。

明万历四十年(1612年)四月,明安台吉带着送亲队伍和随送的马匹、骆驼、羊、牛及各种金、银品等礼物,亲自送女儿博尔济吉特氏代因察到建州城与努尔哈赤成婚。努尔哈赤率诸贝勒、大臣出城以礼亲迎,在赫图阿拉新城(今辽宁省新宾县老城)大宴成亲。这桩婚姻是满蒙两大部族联姻结盟的开始,其后,努尔哈赤的四个儿子,即次子代善于明万历四十二年(1614年)四月,娶扎鲁特部钟嫩贝勒女为妻,第五子莽古尔泰娶扎鲁特部纳齐贝勒妹为妻。同年六月,第八子皇太极娶科尔沁部莽古斯贝勒女为妻,十二月,第十子德格类娶扎鲁特额尔齐格贝勒女为妻。明万历四十三年(1615年)正月,努尔哈赤又娶了科尔沁部孔果尔贝勒女为妻。万历四十五年(1617年)二月,努尔哈赤以其弟舒尔岭齐第四女嫁与蒙古喀尔喀部恩格德尔台吉为妻。蒙古博尔济吉特氏科尔沁部与爱新觉罗氏建州女真两大部族联姻结盟后,双方政治、经济、军事关系更加牢固,对后来满蒙两大部族结成牢固的政治、军事同盟产生至关重要的深远影响。

明万历四十五年,后金天命二年(1617年)正月,是努尔哈赤建立大金国(亦称后金),改元天命年,自称覆育列国英明汗的第二年。科尔沁部明安台吉亲自率众前来,庆贺刚刚登基不久的后金国大英明汗努尔哈赤。努尔哈赤得知岳父大人即将到来的喜讯,非常高兴,亲自率领包括明安女儿在内的众福晋及诸子弟,出城百里相迎。路宿二夜,初十日相遇于富尔简阿拉(即红冈),与明安岳翁行马上抱见礼,并设野宴为岳父大人接风洗尘。次日,明安台吉向英明汗献骆驼10峰、马100匹、驼载毡子三驮、干肉三车及乳饼子油两车。当日迎宾队伍浩浩荡荡,回到赫图阿拉的兴京城。大英明汗努尔哈赤念岳父明安台吉远道而来，接待礼节极为隆重，每日小宴，越日设大宴，留住一个月。当明安台吉返回时，赐予人 40 户、盔甲 40 副及绸缎、布匹等物，并亲自送行至三十里外，路宿一夜，才依依不舍地互相道别。临行时，骑兵列队，夹道欢送，至为隆重。

明天启二年、后金天命七年（1622 年）二月，明安率领科尔沁部的布额代贝勒、兀尔宰图、锁诺木等十六贝勒，及喀尔喀等部台吉，"各率所属军民，三千余户，并驱其畜产"，归附后金，隶属满洲正黄旗。之后，别立"蒙古一旗"，其次子多尔齐为额驸，后授内大臣，参与议政。幼子朗索后官至领侍卫内大臣。布额代贝勒娶努尔哈赤公主，为额驸。从此开始，通过互相嫁娶，使两大部族之间的关系更加巩固，努尔哈赤把满蒙两大氏族联姻结盟作为后金的国策。蒙古科尔沁部与后金政权通过联姻结盟，不断巩固同盟，增强了自己的势力，使漠南蒙古察哈尔部首领林丹汗不敢再侵略科尔沁部。

第二章 诞生在嫩江科尔沁大草原

第一节 凤落嫩科尔沁部落

明万历四十一年(1613年)二月初八,科尔沁大草原天气晴朗,湛蓝的天空飘着几朵白云,轻风吹过,草原上时而泛起黄绿相间的微波。白色的羊群和赤色、枣红色及黑、黄、白色的马匹在草原上悠闲地吃着牧草。身穿各色蒙古袍的男女牧民们,各自在自家蒙古包前的棚栏里挤牛奶和清扫牧场。科尔沁最有势力的莽古斯和明安台吉及他们的兄弟与子孙们,正在蒙古大帐内议事。自从漠南蒙古卜言台周(布延彻辰汗)于明万历三十一年(1603年)死后,因长子莽骨速早逝,由嫡长孙林丹汗继领察哈尔部,被尊为"库图克图汗"。察哈尔部日益壮大众达四十万,有八大部。从此漠南蒙古各部互相抗衡,陷入分裂割据状态。林丹汗为了巩固自己的势力,在蒙古各部实行又拉又打的政策,他为了有效地控制蒙古各部,以察哈尔部为基础,直接控制察哈尔五个部落,遥控其他喀尔喀部、嫩科尔沁部。这时,正是建州女真努尔哈赤迅速崛起,与明朝矛盾日益激化的时期。明政府极力招抚、支持林丹汗,利用他作为与建州女真努尔哈赤斗争的辅助力量。因此,林丹汗则利用明政府的支持,对其他蒙古各部发号施令,经常侵扰。面对当前的形势,蒙古各部的大汗、台吉各自有了自己的打算。作为科尔沁部奥巴台吉的继承人明安台吉,并没有忧虑自己部族内部的矛盾,他忧虑的是察哈尔部林丹汗依仗明朝的支持日益强大。须发皆白但依然魁伟的莽古斯台吉,坐在羊毛毡和几张羊皮铺成的座位上,目光炯炯却带明显的忧郁地望着他的几个弟兄和几个虎狼儿孙,希望他们能够想出办法改变目前的不利形势。正在蒙古包内与众兄弟子侄们,共同商讨下一步如何更加紧密地加强与建州女真联合,防止察哈尔部林丹汗的侵扰的问题。

这时,明安台吉的长兄莽古斯长子宰桑,其八岁的儿子乌克善突然跑了进来,嘴里直喊着:"阿布!阿布!"一头扑到父亲宰桑的怀里,他紧紧抱着宰桑的胳膊说:"额娘生了!额娘生了!"

宰桑贝勒听到儿子报来的喜讯,抬眼看看父亲莽古斯和叔父明安台吉,得到两位老人祝福后,立身抬脚走出大帐。这时莽古斯台吉喊住孙儿乌克善,把他搂进自己怀里,抚摸着他那黝黑的头发,低声询问:"你额娘生个贝勒还是格格?"乌克善脆生生地说:"是个格格!"

大帐旁边的另一个蒙古包里,气氛庄重,几个蒙古女人正在忙为新生儿包裹娇小的身子,这小格格响亮的啼哭声,一点也不像个小女孩,倒像是个大男孩。宰桑贝勒疾步走进蒙古包,推开围在产妇周边的女人们,用手捧起刚包裹好的那个正哭得响亮的婴儿,这时婴儿却停止了哭声,在场的人都感到很惊愕,宰桑贝勒仔细端详着婴儿的脸庞,他发现婴儿的额头上有一个月牙印记。宰桑贝勒顿时又惊又喜,他大声说:"这是大贵人的印记!大贵人的印记!"这时周围的女人们欢呼起来,躺在蒙古包内毯铺上的宰桑福晋,苍白的脸上因兴奋泛起了红晕,她面向丈夫宰桑贝勒说:"给她起个名字吧!"宰桑贝勒把婴儿交给接生婆,稍加思索,然后大声地说:"博尔济吉特氏布木布泰!"旁边人都异口同声地说:"这名字很响亮,代表什么意思?"宰桑贝勒喜悦地说:"其名为天降贵人的意思。"人们争相兴高采烈地从蒙古毡房中走出来,呼喊着:科尔沁草原天降了一只金凤凰,宰桑老爷给她起名叫布木布泰!

第二节 胸有志向的小格格

莽古斯台吉是明安台吉的长兄,他的长子宰桑贝勒共有六个子女。长子乌克善、次子察罕、三子索诺木、四子满珠习礼、长女海兰珠,布木布泰是宰桑贝勒最小的女儿。几年后的一个盛夏,布木布泰已长成一个小姑娘,她性格开朗,思维敏捷,非常有主见。在哥哥乌克善和姐姐海兰珠面前总像个小大人似的,整天和哥哥姐姐们一起,骑着小马奔驰在广袤的科尔沁草原上,被称为科尔沁草原马背上勇敢的小格格。

又是一年的春夏之际,科尔沁草原上紫色的苜蓿花、蓝色的马兰花、红色的牵牛花、黄色的野菊花以及各种小花竞相开放,争奇斗艳,把绿色的大草原装扮得美不可言。草原上的阳光,明艳却不酷烈,一阵阵小凉风吹来,把阳光的热量吹跑了不少。

远处跑着的枣红骏马背上是一位身穿湖蓝色蒙古袍,年纪十六七岁的美俊而又壮实的少年,他是宰桑贝勒的长子乌克善,白色骏马背上骑着一位穿着翠绿色蒙古袍的十二三岁的姑娘,她是宰桑贝勒的长女海兰珠,最可怜见的是那骑在白花小马背上的小姑娘布木布泰,身上穿着橘黄色的蒙古袍,头上裹着橘黄色绸巾带,学着哥哥姐姐的样子,一手勒住马缰绳,一手高扬着马鞭,嘴里发出驭马的声音,正催促自己的白花小马快跑。这时跑在最前面的哥哥乌克善扭过头,无限爱怜地叮嘱着小妹妹布木布泰说:"布木布泰,不要跑得太快了,小心摔下马!"

出落成大姑娘的漂亮姐姐海兰珠,却故意引着小妹妹快马加鞭,她扬起马鞭,朝自己的坐骑甩了一马鞭,白色骏马扬起四蹄飞奔起来,她扭回头朝妹妹嫣然一笑,大声呼喊着:"布木布泰,跟上来!跟上来!"布木布泰也扬起手中的马鞭,在空中响亮地一甩,双腿夹紧马的身体,白花小马立刻扬起四蹄在草原上飞奔起来。

这时,草原上又飞奔来一匹小黄鬃马,马背上骑着身穿粉红袍的小姑娘,一边跑一边大声喊:"等等我!等等我!我也跟你们一起去!"她拍马急追赶上。这是他们三兄妹桑噶尔齐叔叔家的女儿那木其,比布木布泰大一岁。平时一有空那木其就和他们兄妹在一起玩,亲热得像一家人。

四匹马在草原上飞奔了几圈以后,小骑手都感到有些疲乏,便勒马停缰翻身下马,跑到草原上草最深处躺了下来,让马儿在草原上漫步吃着幼嫩的青草。

躺在草丛中的布木布泰从红花绿草中探出头,用草轻轻划着姐姐海兰珠的脸,天真地说:"听额吉说你要出嫁了,什么叫出嫁呀?"

海兰珠白皙的脸上飞起两朵红云。她狠狠地掐了妹妹一把,说:"到你出嫁的时候,你就知道什么叫出嫁了。"

乌克善大声笑起来,用手刮了一下布木布泰的鼻子,说:"你也快出嫁了,我听额吉说,等你长到十二岁,就去为你说媒。"布木布泰低着头说:"我不出嫁,我要在家陪额吉。"那木其也应和着布木布泰说:"我也不出嫁。"

自从万历四十年(1612年)明安台吉女儿代因察格格被努尔哈赤聘娶作妃子之后,科尔沁部与建州女真又有好几次联姻。在布木布泰幼小的记忆里,每一次都是吹吹打打,迎亲的送亲的队伍绵延几里,宰牛羊摆宴席,跳舞唱歌,举行摔跤、赛马、那达慕大会。她还朦朦胧胧地记得,姑姑哲哲当年出嫁时的热闹场面。

布木布泰抬起头,睁开明亮的大眼睛,看着姐姐海兰珠心事重重的样子,好奇地问:"姐姐,你不高兴出嫁?出嫁多热闹啊!"然后她又认真地说:"我要是出嫁,一定要嫁给成吉思汗式的英雄,要不我就自己做满都海夫人(北元时期的女英雄)。"哥哥乌克善好奇地问:"为什么?"布木布泰说:"听阿妈说我们蒙古有两个大英雄,一个是成吉思汗,是个男英雄,一个是满都海夫人,是个女英雄,她为实现北元时蒙古的统一献出了一切,奋斗了终身。"然后,布木布泰从草丛中翻身爬起,跨上小白花马一溜烟地跑开了。

海兰珠的脸色却暗淡下来,她那美丽动人的大眼睛像罩上了一层阴云。十二三岁的姑娘已经懂事,她听说自己将要嫁的那个男人,是察哈尔部林丹汗的弟弟炒兔黄台吉,是个病歪歪又脾气暴躁的人,前前后后娶的几个福晋都被他折磨死了,可是为了不得罪林丹汗,又不能违背爷爷莽古斯和父亲宰桑之命。父亲想用她与林丹汗结姻修好,以换得部落的安宁与和平。可海兰珠自己心中早有了情人,是科尔沁的巴珠尔,人长得英俊壮实,和哥哥乌克善是好朋友。今天他们相约要在这里见面,可总不见巴珠尔的到来。海兰珠默默地走到草原中的敖包前,低着头擦拭着眼泪。哥哥乌克善看着海兰珠失望的神情,心中很为妹妹和朋友难过。他轻轻地说:"巴珠尔可能不会来了,我们回去吧。"海兰珠摇摇头说:"不,他会来的,我们约好的。"乌克善把马拉到海兰珠的身边,把马缰绳塞进她的手中,小声说:"他真的不会来了。额吉已经派人去警告他和他的全家,如果今天他敢来见你,额吉就会派人烧了他家的蒙古包,像当年爷爷对哲哲姑姑的情人巴图一样。"海兰珠听哥哥这么一说,便大声哭了起来。

布木布泰跑了回来,她看姐姐痛哭的样子,上前一下抱住海兰珠,又擦眼泪,又安慰她,自己也跟着哭了起来。

海兰珠见心爱的小妹妹也跟着自己稀里糊涂地乱哭,自己倒感到好笑。她拉着布木布泰的小手说:"希望你将来能找个成吉思汗式的英雄作男人。"

布木布泰说:"我一定会找个英雄,将来把你们都接到我的宫里,让我们姐妹生活在一起。"姐姐海兰珠用手轻轻地拧一下布木布泰的小脸蛋,说:"你可不要忘记今天的话哟。"小姐姐那木其也跟着起哄说:"到时候你可别不认账哟!"

第三节　冬营地智救苏默尔

布木布泰笑着跨上骏马，策马在前，在夕阳映照的草原上疾驰，心里别提有多高兴。哥哥乌克善、姐姐海兰珠、那木其也急忙上马，急追而去。马背上的小姑娘恰似飞腾的天使。布木布泰欢笑着又在马的臀部加了一马鞭，白黑两色的小花马扬起四蹄，向草原的落日方向跑去。突然，白花小马放慢了脚步，好像发现了什么，它扬起两只前蹄，在一丛深草旁停了下来，低下头不停地用嘴拨弄着草丛，任主人怎么呵斥就是不再前进。布木布泰翻身下马，她用马鞭拨开草丛，只见草丛里躺着一个满身血迹斑斑的小姑娘，她大声喊："哥哥、姐姐你们快来看！"这个小姑娘脸上、手上、身上到处都是鞭打的伤口。布木布泰用责怪的口气说："是谁这么狠心把她打成这样，我真想抽他几马鞭！"

乌克善摇着头说："这一定是哪家的阿拉巴图（奴隶），她或许是偷了主人的东西，被主人鞭笞成这样。"海兰珠也说可能是。布木布泰的眼睛里露出极大的愤怒，说："我不管，一定要救活她。"乌克善和海兰珠急忙跪下身子去看，发现小姑娘还活着，那小姑娘的眼睛正在艰难地动着，好像想睁开似的。他们兄妹几个为小姑娘找来了止血草，布木布泰从蒙古袍的衬里上撕下一块绸布，给她包扎上。然后让哥哥把她放到马背上驮回去找喇嘛救治她。

小姑娘在马背上经过一阵颠簸，慢慢苏醒过来。她隐隐约约听到说话声，便艰难地睁开眼睛，极力分辨着眼前模糊的人影，她用力张开嘴唇说："救救我，救救我，不要把我送回大汗家，他会打死我的。"乌克善听到此话，有些害怕，说："这可不得了，她是林丹汗的女奴，我们不能收留她，若收留她会给科尔沁带来大祸的！"

布木布泰说："我不管，你看她多可怜啊！如果我们不管，她一定会死的，咱们一定要想办法救她。"最后他们兄妹四人想了一个两全其美的办法来救这个小姑娘。

他们把受伤的小姑娘用马驮到冬营地,小心翼翼地抬进了冬营地的蒙古包,然后找出额吉平时医治红伤的草药,轻轻敷在小姑娘的伤口上。又找些炒米、奶豆腐和牛奶让小姑娘吃,渐渐地,小姑娘能说话了。这时布木布泰和海兰珠说:"你叫什么?家里还有什么亲人吗?"小姑娘说:"我叫苏默尔,我阿布是林丹汗家里的一个阿拉巴图,被林丹汗的人给打死了,我是被打后逃出来的。"兄妹俩听了她的不幸遭遇,脸上露出怜悯的神情。最后他们把苏默尔安顿好,把蒙古包的门闩好,共同约定谁也不许对额吉说起此事,然后便赶回到府中。

布木布泰和海兰珠姐妹俩回到自己的蒙古包商量着办法,过了不一会儿,乌克善哥哥捧着自己小时候穿的衣服过来,他放下衣服说:"我想出了一个好办法,把苏默尔打扮成男孩子,说她是我们的奴隶,这样才能骗过浩特以外的人,不至于传到林丹汗和他们的走狗那里。"

第二天,草原上刚刚露出鱼肚白,朝霞还没有烧红东方,布木布泰就偷偷爬起来,穿上衣服,走出蒙古包。那木其也从蒙古包里溜出来,她从自己家里拿了一罐鲜牛奶和一些奶酪。两个小格格跳上自己的白花马和棕红马,朝冬营地奔去。

她们俩到了冬营地,拴好马,拿着衣服和吃的走到蒙古包前,打开蒙古包门,叫醒了苏默尔,扶着她起来,喂她喝鲜牛奶。然后又从蒙古包外的水井里打来一皮桶水,给苏默尔洗了脸。布木布泰端详着洗得干干净净的苏默尔:一双机灵聪慧的眼睛,大而明亮,高颧骨上飞着两朵红晕,看样子年龄和自己相差不多。布木布泰好奇地问:"你几岁了?"苏默尔怯生生地回答:"我十岁。"原来她比布木布泰还大一岁。

布木布泰帮助苏默尔脱去破旧肮脏的衣服,拿出乌克善小时的衣服让苏默尔换上,然后叮嘱苏默尔说:"从现在开始,你就是个男孩,名叫苏嘛拉,是我家的随丁,记住千万不要说错了。"苏默尔立刻点头说:"记住了,我叫苏嘛拉,是科尔沁莽古斯台吉家的随丁。"随后布木布泰又从马鞍袋内拿出一把锋利的蒙古小腰刀,割去了苏嘛拉头上又长又乱的头发,望着她那长短不齐的头发说:"像个男孩子,谁也认不出你的,以后你就做我的随丁好了。"

苏嘛拉挣扎着爬起来,跪着给布木布泰磕头,边磕边对天盟誓说:"从今以后,我永远伺候格格,决不变心,要是有不忠的地方,让天神和佛祖惩罚我及我的家人。"

正在这时,宁静的草原上又响起牧羊狗的狂吠。布木布泰和那木其急忙跑出蒙古包望了望,发现苍茫碧绿的草原上,飞奔着几匹骏马,上面骑着穿察哈尔部林丹汗衙门服的人。布木布泰知是林丹汗的狗腿子来了。她马上返回蒙古包说:"苏嘛拉,你赶快起来到马圈里去刷马,千万不要说话,由我来应付。"苏嘛拉艰难地起身,布木布泰把吊锅锅底上的黑灰往她脸上抹了几把,这时的苏嘛拉是肮脏的黑脸加一头蓬乱的头发,很像草原上常见的放马男孩。布木布泰扶她到马圈里,让她到马匹中间,为马刷毛。布木布泰又转回到蒙古包门口,叫来那木其一起玩。

林丹汗的狗腿子在草原的浩特里到处寻找苏默尔的下落,他们来到了冬营地蒙古包前,厉声吆喝着说:"你们两个小女孩,见到一个逃跑的女奴吗?"布木布泰仰起红彤彤的小脸,做出听不懂的样子,调皮地问,什么叫女奴?是马还是牧羊狗丢了?那木其也接话说,可能是狗吧!布木布泰指着远方,很热心地对来人说:"我在淖尔那边看见一只大狗,可能是你们要找的。"

林丹汗的蒙古亲兵,看着这两个顽皮的科尔沁小姑娘,气得哭笑不得,说:"是个像你们一样大小的女孩子,她是林丹汗家的奴隶,现在逃跑了,要是你们看见了,可要报告大汗,要不,大汗会惩罚你们的浩特和苏木的,你们的额吉也会大祸临头的!"

布木布泰笑了,说:"原来这样,没见到过,见到一定告诉你们,大汗有没有奖赏啊?"一个蒙古亲兵走到蒙古包前,用马鞭挑开蒙古包门帘,向里面张望,另一个亲兵走到马圈里张望,指着正在刷马的苏嘛拉问布木布泰,他是什么人?布木布泰笑着说:"他是个男孩子,叫苏嘛拉,是我家的放马人,哈哈哈!你不会把他当成女的吧?你是连男女都不分的笨蛋!"那木其在旁边也带着嘲弄地大笑起来,那个亲兵恼羞成怒,扬起手中的马鞭,想抽打过去,布木布泰和那木其却掉头跑回蒙古包。那个亲兵想追过去,被另一个亲兵拦住,说:"算了吧,这里是科尔沁莽古斯台吉的家人,犯不着和两个小女孩动气,我们走吧,天都快过午了,我们还得往回赶呢!"那个亲兵只好罢手,然后骑上马走了。布木布泰和那木其看着林丹汗的亲兵走远了,这才又把苏嘛拉扶回蒙古包。

苏嘛拉在布木布泰兄妹的关怀和照料下,身上的伤渐渐地痊愈了,后来苏嘛拉为了报答布木布泰救命之恩,伤愈后在冬营地没多久,就被布木布泰收留做了自己的随身侍女,终身未嫁。

第四节　姑姑定计喜结良缘

博尔济吉特氏哲哲,是科尔沁部莽古斯的女儿,出生于明万历二十八年(1600年)四月十九日。早在明万历四十二年(1614年)四月,在科尔沁部同建州女真联姻结盟时,就嫁给了努尔哈赤的第八子四贝勒皇太极。他们两人的结合,是当时建州女真和蒙古科尔沁部,两大部族联姻结盟的第二桩重要婚姻。博尔济吉特氏哲哲当时只有十六岁,皇太极二十二岁。她长得美似草原上的鲜花。满头的黑发,犹如煤精一样,乌黑光亮。她那美丽的脸蛋儿耀眼迷人,两叶柳眉修长,渐细渐淡地隐进鬓角。一双明亮发光,乌玉般顾盼撩人的大眼睛,闪着祥瑞的光亮,微微上翘的长睫毛忽扇忽扇,端庄秀气的鼻子下面,那棱角分明的小嘴,线条秀美。修长的身材,穿着蒙古女孩出嫁的华丽盛装,显得那样的苗条和端庄。

迎娶成亲的那天,皇太极率领部下从赫图阿拉兴京城(今辽宁省新宾县）出发，北行三百余里到达辉发部（今吉林省辉南县）扈尔奇山城，在此杀牛宰羊举行隆重的迎亲仪式和大婚仪式。哲哲的父亲科尔沁首领莽古斯与建州都督努尔哈赤两位长者，共同为女儿哲哲和儿子皇太极举办了隆重的婚礼。仪式是按照满族风俗，整个山城搭满了帐设的大宴盛屋，场面非常隆重热闹。

在她进宫前，皇太极已娶了两位妻子，一位是开国大臣额亦都的女儿元福晋钮祜禄氏，一位是继福晋乌拉纳喇氏。皇太极对这位新娶进门的妻子钟爱有加。再加之博尔济吉特氏哲哲端庄贤淑，处事精明，做事稳重，婚后不久便成为贝勒府中的大福晋（第一夫人）。她主掌王府内的一切事务，在与先前两位福晋和睦相处的同时，把自己的全部身心，都用在精心侍奉皇太极处理国家大事上，备受皇太极的宠爱。她虽然进宫晚，但地位反而高于元福晋钮祜禄氏和继福晋乌拉纳喇氏。在她与皇太极成婚前，元福晋钮祜禄氏没生子女，继福晋乌拉纳喇氏生有两个儿子，一名叫豪格，已经六岁了，一名叫洛格，四岁。博尔济吉特氏哲哲与皇太极感情深厚，但由于过早成婚身体受损，婚后十年没有和皇太极结出一个爱情的盛果，身边自然觉得冷清和孤寂，这也是她心中最大的遗憾。

明天启四年、后金天命九年（1624年），后金与蒙古科尔沁歃血结盟仪式要在东京城（今辽阳市东）举行。哲哲借机让父亲莽古斯和哥哥宰桑来时，也把母亲、嫂嫂及侄儿乌克善和侄女布木布泰一起都带来东京城。这天，东京城一片喜气洋洋，一身戎装的四贝勒皇太极，骑在一匹彪悍的蒙古大白马上，带领着白旗士兵和几个贝勒同行，兴致勃勃地去迎接科尔沁前来结盟和自己爱妻大福晋哲哲的亲人。在宫内等待已久的哲哲，也期盼着娘家亲人的到来。当听到侍女来报，说他们来了！哲哲内心充满万分欣喜。十年没有见面了，顿时在哲哲的脑海里，不觉回忆起家乡草原和当年侄女布木布泰出生时的情景。

哲哲的思忆被宫门外的说话声和脚步声打断，她抬眼一看，侍女们正领着母亲和嫂嫂、侄子乌克善、侄女布木布泰朝王府门前走来。哲哲忙走上前亲热地拉着母亲和嫂嫂的手,把她们迎进王府内。哲哲已多年没有见过娘家人了,这次见面是哲哲出嫁以来的第一次,娘儿仨有说不完的体己话。哲哲深深地叹了口气说:"我与四贝勒婚嫁已十年了,由于过早婚配身体受损,至今还未生个一男半女,自从大贝勒代善和父汗努尔哈赤大妃两人暧昧之事败露之后,父汗非常恼怒,废了大贝勒代善的太子位,将大妃以盗锦帛之罪休弃,考虑还有两个未成年的儿子多尔衮和多铎,暂缚于冷宫。朝中盛传大汗有心要立四贝勒,我真担心以后会遭四贝勒的抛弃。为此事我成天在犯愁,正好你们来了,咱娘俩和嫂嫂三人在一起商量商量,商定一个能保住科尔沁家族永掌四贝勒府中大权的良策。"看着母亲和嫂子没说话,哲哲便先开口说:"我想把布木布泰接来嫁给四贝勒,将来好为他生个皇子,保住我们科尔沁家族在后金家族中的地位,不知母亲和嫂子同不同意?"

十几年过去了,博尔济吉特氏布木布泰也长成了大姑娘,她不仅长得如花似玉,面容光润、细腻,眉清目秀,端庄大方,秀美动人,而且聪明过人,又识文懂礼貌,四贝勒一定会喜欢她的。说话间哲哲推开窗户,看着院子里的布木布泰正玩得高兴。

布木布泰是第一次离开草原来到一个新的地方,心里别提多兴奋了。东京城的八角宫殿和王府红墙黄瓦,雕梁画栋金碧辉煌,比草原的蒙古包气派得多。各种异样的树木和五颜六色的花卉也让她惊奇不已。草原上没有柳树、杨树、松树、白桦树。她从婀娜多姿的柳树上折下一些柔软的枝条编了两个大环,一个当头冠,戴在头上,一个当项链,挂在脖子上。她在姑姑王府的院子里到处跑,粉红色的蒙古袍,衬着碧绿的柳叶,娇媚得就好像一朵带露含苞待放的玫瑰。

正看着,布木布泰的祖母莽古斯大福晋对女儿哲哲说:"你说得在理。"她高兴得那富态大圆脸笑成一朵花,又接着说:"哪能不同意?这是多好的事情啊!我们科尔沁蒙古还要仰仗金国大汗的保护,将来四

努尔哈赤像

皇太极称汗像

贝勒一定能接大汗的汗位,如果她能为大汗生下皇子,到那时你和布木布泰俩都要大富大贵了。"

布木布泰的母亲宰桑福晋也忙不迭地说:"是啊!这么好的事情,我们同意!同意!"哲哲望着娇媚可爱的侄女布木布泰,微笑着说:"布木布泰这么美丽,又很聪明,在家又读过书,又能识文断字的,我想她嫁进王府后定能博得四贝勒的喜爱,若能为四贝勒生一位小皇子,这样我们姑侄以后就不会被挤出宫了。"

莽古斯大福晋兴奋地拍了一下大腿说:"女儿你说得对,自家骨肉,总是血比水浓,要是娶些女真福晋,可就难说了。"哲哲点了点头,陷入沉思。又过了一会儿,她转向宰桑福晋问:"嫂子,桑噶尔齐叔伯哥哥家的小玉儿那木其今年几岁了?"宰桑福晋回答说:"十三岁了。"哲哲说:"父汗还有个十三岁的儿子多尔衮没有娶妻,不如把小玉儿那木其许配他怎么样?"两位福晋都点头认可。

布木布泰从院子里推门进来,走到母亲和祖母身边说:"姑姑这里真好玩。院子里的树木花卉真好看。"哲哲从果盘里抓一些干果给布木布泰,亲昵地问:"好吃吗?"布木布泰仰起脸,对哲哲姑姑嫣然一笑说:"好吃。"哲哲问:"那你就住在姑姑这里,不回科尔沁草原了,行不行?"布木布泰说:"行。"然后又问母亲和祖母:"你们让不让?"母亲和祖母都异口同声地说:"让!"布木布泰笑着说:"我愿意留下来和姑姑住。"这时,哲哲的侍女从外边跑了回来,她边跑边喊:"贝勒爷回来了!贝勒爷回来了!"

哲哲和母亲、嫂子都从炕上下来,恭立在南炕前等待皇太极进来。皇太极大步流星地走到自己王府的院门前。他是回来换衣服准备去参加盟誓大会的,自己的岳母和妻嫂来到家里,还没来得及抽时间回来拜见,因为他一直在议事大殿里,陪大汗召集八旗贝勒和文武群臣商量同科尔沁部联合盟誓的事。

皇太极走到院门旁,突然被院里尖叫着的一个粉红团冲得趔趄了一下。他很严肃地说:"谁敢如此大胆,在院子里乱跑?父汗有极严厉的家规,不许侍女乱跑乱叫。"他正想发火,那粉红团却顺势摔倒在他的怀里,他就势扶住那粉红团,这才发现,这个乱跑乱叫的是个小姑娘。他仔细端详,发现她不是自己家的侍女。这小姑娘抬起头仰着脸,大眼睛一眨都不眨地盯着他看。皇太极一眼就看出,这是个极美极迷人的蒙古小姑娘,长大一定非常漂亮。皇太极笑眯眯地问:"你是谁?"同时忍不住用手轻轻抚摸了她的小脸。那脸真是光滑柔润,细腻如玉,像宝石一样。布木布泰仰着小脸,并没有怯意,朗朗地回答说:"布木布泰,科尔沁蒙古宰桑台吉的格格。"

皇太极猛然明白了,这是大福晋哲哲的娘家侄女。他朗声大笑起来说:"这可是大水冲了龙王庙,自家人不认识自家人了。"布木布泰这时眼神里流露出十分怀疑的表情,她好奇地问:"你是谁?我怎么不认识你?"

皇太极放开布木布泰,拉着她的手说:"你跟我回到宫室内就知道我是谁了。"

皇太极开心地哈哈大笑起来,心想:"这个小布木布泰美丽又活泼,太有趣了。不知她聘了没有?要是没有聘,我把她娶过来倒是蛮不错。"他又思忖:"哲哲会不会反对?"这时皇太极已走进王府上房,哲哲和科尔沁大小福晋一起向他问安。她们屈右腿垂下右手行了个礼。皇太极还了礼。

皇太极随后请她们坐到南炕上,自己拉出貂皮座墩,在北炕前坐下。他望着布木布泰问岳母莽古斯大福晋:"这可是你的小孙女?"莽古斯大福晋点点头。

皇太极问了她的年龄后很感兴趣地说:"十二岁,也到了聘人的年纪,可曾聘什么人家?"莽古斯大福晋摇了摇头说:"还没有找到合适人家。"皇太极大声笑了起来,连声说"好"。这时坐在一旁的哲哲立刻明白了皇太极的心思,心中泛起一股宽慰的暖流,满面笑容地对母亲和嫂子说:"我想四贝勒一定有好人家介绍给布木布泰,你们还不快谢过四贝勒。"两位福晋立刻下炕给皇太极行礼表示感谢。

后金汗努尔哈赤携诸贝勒与蒙古科尔沁诸贝勒盟誓之后,举行了盛大的宴会进行庆贺,努尔哈赤和科尔沁诸贝勒们在八角殿前的红漆木桌旁就座,皇太极和他的岳丈莽古斯、妻舅宰桑坐在一起,大碗饮着用粮食酿造的酒,这酒比马奶酒猛烈醇香得多。席间壮实的宰桑满脸络腮胡,他按妹妹哲哲和母亲及自己福晋的嘱咐,带着几分醉意,高举着酒碗对天命汗努尔哈赤说:"大汗,我有个小女儿,今年刚刚十二岁,到了快出嫁的年龄,我和我的福晋想把她许配给四贝勒爷,不知大汗愿意否?"

努尔哈赤一听,哈哈大笑起来:"科尔沁蒙古出美女,这是亲上加亲,是求之不得,怎能不愿意!"努尔哈赤立即答应了这桩婚事,遂命第八子四贝勒皇太极快给未来的岳丈宰桑跪谢敬酒。

莽古斯看着眼前的亲融场面,又谦恭地说:"大汗要是不嫌弃的话,我还有个侄孙女,是桑噶尔齐的女儿,今年十三岁,叫小玉儿那木其,配给大汗的小贝子多尔衮刚好合适。"

努尔哈赤说:"好,就这么定下来。大金和科尔沁有天定的缘分。双方约定今年秋天下完聘礼后,先办多尔衮的婚事,明年春天再办皇太极的婚事。"这是继代因察、哲哲之后的第五位科尔沁部女人被后金纳入宫内。

第三章 十三岁盛嫁皇太极入宫

第一节 隆重盛大的婚嫁礼仪

明天启五年、后金天命十年（1625年）二月初，青砖瓦筑成的东京城里，张灯结彩，大红灯笼和各色旗幡在料峭的寒风中招展飘扬，把城里城外装扮得一片喜气洋洋。东京城的四大城门，分别悬挂着八旗的旗帜，四贝勒爷皇太极的青砖黄瓦加绿剪边四合院，里外张灯结彩，一片喜气洋洋，皇太极的大福晋哲哲身着盛装，指挥着一班下人侍卫、侍女们，忙碌着安排婚礼大宴。院子里已经摆好桌椅板凳，厨师们在厨房里烧着白肉血肠、烤全羊等满族大宴，正等待着迎娶一个从蒙古科尔沁大草原到来的新女主人。

这一天，嫩江平原的科尔沁部驻地的大草原，正值早春季节，微微的寒风从西伯利亚吹来，天气还是很冷。辰时，阳光从绿茵茵的地平线升起，是那样的辉煌灿烂，湛蓝的天空中只有几朵白云飘荡。宰桑台吉的蒙古包旗幡飞舞，蒙古包上绣着华丽的云字花纹，贴着大红纸剪成的喜鹊登枝。蒙古包内几个女人在莽古斯大福晋和宰桑福晋的指挥下，正在为即将出嫁的新娘布木布泰梳头开脸。梳头侍女要按照满族的习俗，将布木布泰两条乌黑的大辫子盘梳起来，开脸侍女用两根细丝线绳，在布木布泰的脸上细心地绞来绞去，以绞去脸上和鬓角旁那些绒汗毛，使布木布泰的脸显得更加光滑细腻和白净。

布木布泰就像个小玩偶似的任人摆布。她一只手紧紧拉着奶奶莽古斯福晋的手，一只拉着母亲宰桑福晋的手，内心显得既兴奋又紧张，站在她身边姑娘打扮的苏嘛拉,两条乌黑的大辫子垂在腰际,脸色也白皙了许多,个子高大,比布木布泰纤细的样子健壮许多,完全是个发育成熟的姑娘模样,她也穿戴一新,作为布木布泰的随身侍女,也要离开科尔沁草原,陪伴新娘一同前往辽阳东京城。

送亲的队伍已经等在蒙古包外,布木布泰的哥哥乌克善,作为新娘家送亲的长兄装扮一新,身穿崭新湖蓝色蒙古袍裤,是用当时最珍贵的锦缎做的。脚上的云字蒙古靴,是用最好的牛皮做成。陪嫁品早已堆上马车,有珍贵的银器、绸缎、黄金和玛瑙玉石首饰,还有草原特产蒙药和蘑菇、发草等一类食品,足足装了十九辆马车。送亲队伍由清一色的彪悍小伙组成,全穿着崭新的橘黄色蒙古袍,腰间别着蒙古刀,个个威风凛凛,神气十足。马队的骏马是特意挑选出来的好马,匹匹高大健壮油光溜滑,精心梳理的马鬃在风中飘拂,马的脖颈上挂着红色绒结和金光闪闪的铜铃铛,铃铛在风中随着马的走动叮当作响,增添着送亲队伍的喜庆色彩。十九辆装饰着彩绸的大红毡篷勒勒车,扎着喜庆的大红绸花,停在蒙古包外,正在等着新娘和陪嫁侍女们乘坐。

布木布泰换上满族新娘服装,戴上满族头饰,由一个蒙古小格格经过一番梳洗打扮,变成了满族塔拉温珠子(满语是小姑娘意思)。宰桑福晋拉住布木布泰的手,把她最后一次揽进自己怀里,小声叮咛着:"到了大金,一定要好好听你姑姑的话,她会教你怎么做,要不你会吃亏的。要想办法讨四贝勒爷皇太极的喜欢。"

说着,宰桑福晋从身上袍子里掏出一尊金光闪闪的小佛,虔诚地放进女儿的珍宝盒子里,说:"这是一尊欢喜佛,它会保佑你的,叫你婚后幸福。不过,这欢喜佛是我们蒙古人的家佛,绝不能叫其他人看到,只能供奉在你们夫妇的睡房里。记住,要是叫人看到了,佛爷会降罪于你。"布木布泰直点头。

陪嫁的侍女们也装扮一新,穿着鲜艳的蒙古袍,头上包扎着鲜艳的头巾,戴着银光闪闪的头饰。被布木布泰救活的蒙古小姑娘苏嘛拉,作为布木布泰最贴身的第一陪嫁侍女,她穿着粉红的蒙古袍,头上戴着银光闪闪的银头饰,走在送嫁侍女队伍的最前头。送嫁侍女跟随着苏嘛拉鱼贯地走到勒勒车前,等待新娘上车。

蒙古包外的号角声和鞭炮锣鼓声齐鸣,新娘上车启程的时辰到了。宰桑福晋眼睛里的泪水止不住地流了下来,布木布泰一头扑到母亲的怀里失声痛哭。她真害怕那陌生部族里的陌生生活。

爷爷莽古斯贝勒和父亲宰桑台吉走进来,见母女两人难依难舍的样子,宰桑上前拉开自己的福晋,让儿子乌克善和侍女陪着布木布泰登上了勒勒车。

勒勒车、马队在一片号角锣鼓鞭炮声中慢慢启动,车轱辘在绿草如茵的草原小路上辚辚地滚动,马蹄声嘚嘚,送亲的队伍在科尔沁草原上越来越远,越来越小,慢慢消失在绿草和蓝天交界的苍茫中。

努尔哈赤很重视这次婚礼,他已决定在婚礼结束后迁都沈阳,所以这次婚礼既是庆祝也是与东京的告别。努尔哈赤率领他的诸子和诸王大臣及福晋们,组成浩荡人马在辽阳以东的岗子上,迎接送亲的队伍。

皇太极的迎亲队伍早已在辽阳东京城外十里处的草甸子上,搭起了迎亲的帐篷,等待着送亲队伍的到来。自去年经双方父亲在盟誓仪式上定下这门亲事以后,他就盼望着这一天的到来。布木布泰嫁给皇太极时年龄只有十三岁,皇太极已经三十四岁。

第二节　新婚未合卺圆房之谜

辽阳东京城,原是明朝辽东都司府衙门,明天启元年、后金天命六年(1621年)六月,被后金国攻陷并占领。由于老城遭到战火的严重破坏,翌年三月,努尔哈赤下令在辽阳老城东八里的太子河岸,大兴土木重新建造了一座新城,被敕名为"东京城"。后金天命八年(1623年)努尔哈赤便住进了新建的"东京城",遂将景、显二祖及大妃叶赫那拉氏

（皇太极之母）的遗骨，从抚顺新宾赫图阿拉移葬到辽阳老城东北的杨鲁山。至此，辽阳"东京城"即成为后金奴隶制政权统治辽沈地区的都城。

天命十年（1625年）初，皇太极在东京城以隆重盛大的礼仪迎娶布木布泰，大婚典礼刚结束，还没入洞房就被努尔哈赤召进大殿议事。这是后金进入辽沈地区的第四个年头，天命汗努尔哈赤在议政会议上突然向诸王、贝勒、大臣宣布，决定举朝迁都沈阳。在场的人都感到很惊讶，诸王、贝勒、大臣你一言我一语地纷纷发表意见：一是认为东京城刚刚建成才两年，民之庐舍还尚未完善；二是认为宫室迁移，还得要重建，今岁又时逢荒年缺粮，如再大兴土木，征派徭役，恐国力苦不堪言，总之都不同意迁都沈阳。但是，努尔哈赤仍坚持己见，他对诸王、贝勒、大臣说："目前我国已情势危急，必须进行战略转移。沈阳是形胜之地，西征明，由都尔鼻渡辽河路直又近；北征蒙古，三日可至；南征朝鲜，由清河路便可以进。而且从浑河、苏克素浒河之上游伐木，顺流而下，既可以用以建造宫室，又可以卖钱，不可胜用也。另外，山近兽多，时而还可以出猎，同时河中水族亦可捕而取之。朕筹此熟矣，汝等为什么不了解我的计意！"诸王、贝勒、大臣听后，虽然仍不解，但是见大汗迁都之意已决，也只好听从大汗之命。后来才知道，在努尔哈赤做出迁都沈阳决定之前，已先于天命九年（1624年），就密令骠骑将军侯时虎之子侯振举为千总，到沈阳明建州老城内，草创了汗王宫、大政殿与十王亭，以备迁都后御用。据新发现的《侯氏宗谱》记载："余侯氏，世居于晋地，历来科甲，及我大清长白发祥而创业于东土，即升余始祖时虎公以为辽东东宁卫都指挥使，特授骠骑将军，是以余曾祖振举公随任辽东，以同辅弼太祖高皇帝兴师吊伐，以得辽阳，即建新都东京，于天命七年修造八角金殿，即命余曾祖振举公董都督其事，特授夫千总之职。后于天命九年间迁至沈阳，复创作宫殿龙楼凤阙……赐予壮丁六百余名，以应运夫差役驱使之用也。余曾祖振举公竭力报效，夙夜经营其事，选择十七名匠役,皆竭力报效,及大工告竣并未动用国帑,亦役耽误大兴彼时。"这段新发现的史料证明,努尔哈赤已早于天命九年(1624年),就任命天命七年(1622年)负责兴建辽阳东京城的骠骑将军侯时虎之子侯振举为千总,并派给工役600名,又选择匠役(工程技术人员)17名,在沈阳为其草创好了汗王宫、大政殿、左右翼王亭和八旗王亭,由此可知,沈阳故宫作为清入关前宫殿建筑的始建年代,应追溯到后金天命九年(1624年),而不是现在所说的天命十年(1625年)。

哲哲大福晋得知后金要举朝迁都沈阳的决定后,就与皇太极商量,说:"大汗刚废黜太子代善的嗣位,现在国内战争不断、国事纷乱,还马上就要举朝迁都沈阳,加之布木布泰年龄尚小,还需要了解和适应一段宫里和府里的一些规矩和礼仪,是否迁都沈阳后,等一切安置稳定了,再择时让布木布泰正式同你举行合卺圆房。我娘家和兄嫂那边由我做主,他们会理解的。"

皇太极听了哲哲大福晋的劝慰之言,心中对她产生了由衷的感激之情。他自己也深知,自从占领辽沈地区四年来,由于明朝与朝鲜李氏王朝和蒙古察哈尔部林丹汗不断联合,经常对后金国侵扰,加之辽沈地区汉民的不满和反抗,国家处于四处逼进的危险境地。另一方面,自从太子大贝勒代善和父汗的大妃阿巴亥之事被发现后,父汗废了代善的太子嗣位,并将其降为庶人,又将大妃阿巴亥假以与其家人偷盗国库财物之罪名休弃,将其打入冷宫软禁后,父汗为选立他的后世继任者,发布了新的《汗谕》:"继朕而嗣大位者,毋令强梁有力者为也。若人为君,惧其尚力自恣,获罪于天也。且一人纵有知识,终不及众人之谋。今命尔八子,为八和硕贝勒,同心谋国,庶几无失。尔八和硕贝勒内,择其能受谏而有德者,嗣朕登大位。若不能受谏,所行非善,更择善者立焉。择立之时,若不乐从众议,弗然变色,岂遂使不贤之人,任其所为耶!至于八和硕贝勒,共理国政,或一人心有所得,言之有益于国,七人应共赞成之。如己既无才,又不能赞成人善,而缄默坐视者,即当易此贝勒,更于子弟中,择贤者为之。易置之时,若不乐从众议,弗然变色,岂遂使不贤之人,任其所为耶?若八和硕贝勒中,或以事他出,告于众,勿私往。若入而见君,勿一二人见,其众人必集,同谋议以国政。勿期斥奸佞,举忠直可也。"父汗现在年迈身体多病,朝中诸贝勒对承继大汗之位都很悸动,在此关乎国家危难和太子嗣位未定的时刻,怎能只考虑自己新婚合卺圆房之事呢?于是,皇太极报以对大福晋哲哲的感激之情,愉快地答应了哲哲大福晋的劝慰,并说:"就按你说的做,等迁都沈阳后,一切都安顿好了,待时局平稳了,再正式与小福晋布木布泰举行合卺圆房。"

明朝天启五年、后金天命十年(1625年)五月,明政府阉党与东林党斗争激烈,明朝皇帝朱由检不信贤臣兵部尚书孙承宗经营辽东战策,而轻信阉党成员高弟,撤销了孙承宗的兵部尚书职,任用高弟为兵部尚书。于是,明朝边境换将,给善于伺机而动的努尔哈赤,提供了向西进军的机会。他决定借机乘乱攻打明宁远城,抢夺明军财物以解决国中经济之困。他乘辽东经略熊廷弼下台,兵部尚书孙承宗被罢免,阉党高弟主政任辽东经略后明军开始撤军向关内之机,组织八旗军力,师指明朝袁崇焕孤守的宁远城。

明天启六年、后金天命十一年(1626年)正月十四日,努尔哈赤亲率诸王、大臣,统领六万八旗劲旅,像狂飙一样,扑向宁远城。明朝经略高弟和总兵杨麒,闻风丧胆,计无所出,龟缩到山海关,拥兵不救。袁崇焕驻守宁远孤城,城中士卒不足两万人,但城中兵民,誓与宁远城共存亡。袁崇焕召集诸将议战守之策,参将祖大寿力主未可与之争锋,塞门奋力死守。袁崇焕根据诸将的议请,作了如下守城准备:一是制定兵略,婴城固守。扬长避短,凭城固守,以实不以虚,以渐不以骤,诱敌不出城,敌激不出战;二是激励士气,画地分守。袁崇焕率守城将士"刺血为书,激以忠义,为之下拜,将士咸请效死"。他将库银一万一千一百两,置之城上,有能中贼与不避艰险者,即时赏银一锭,以赏勇退敌;三是修台护铳,布置火炮。他在宁远城四周设置十一门英国制西洋大炮,作为凭城用炮退敌的强大武器；四是坚壁清野，严防奸细。稽查奸细，使宁远城独无夺门之叛底，内应之奸细；五是军民联防，送食运弹；六是整肃军纪，以静待动。在一切准备就绪后，偃旗息鼓，以静待敌。

正月二十三日，八旗军进抵宁远城后，离城五里，横截山海大路，安营布阵，在城北扎设大营。努尔哈赤在攻城之前，释放被俘汉人回宁远城，传汗旨，劝投降，遭到袁崇焕的严词拒绝。遂向城北后金军大营，燃放西洋大炮，炸死后金兵数百人。努尔哈赤见袁崇焕拒不投降，又炮击大营，遂命准备战具，明日攻城。二十四日，后金兵推楯车，运钩梯，步骑蜂拥进攻，万矢齐射城上，集中攻打城西南角，祖大寿率军应援，用石矢、铁铳和西洋大炮向城下猛击，后金兵死伤累累，又移攻南面。努尔哈赤命在城门角火力薄弱处凿城。守城明军发矢镞，掷礌石，飞火球，投炸药罐；后金兵前仆后继，冒死不退，眼见前锋凿开高两丈余的大洞三四处，宁远城受到严重威胁。袁崇焕在这紧要关头，身先士卒，不幸负伤，他自裂战袍，裹扎伤处，奋力组织明兵缚柴烧油，并掺火药，用铁绳系下烧之。又选五十名健丁縋下，用棉花火药等物烧杀凿城的后金兵。当天的攻城战，自清晨至深夜，积尸城下，几乎陷城。

二十五日，努尔哈赤再率军倾力攻城。城上施放炮火，火炮过处打死后金军无数，并及"黄龙幕"，伤一大头目，用红布包裹，众人抬着，放声大哭奔去。二十六日，命武纳格率军履冰渡海，攻破觉华岛，明军守岛七千将士全军覆没，大量粮秣和二千船只被焚烧。二十七日，后金军全部回师沈阳。努尔哈赤原意是率师攻略宁远城，夺取山海关，不料败在袁崇焕手下。此时他年已六十八岁，遭到用兵四十余年来最严重的惨败，加之身受战伤，心情郁闷一病不起。

布木布泰进宫这一年多，借皇太极前方率兵打仗之机，在大福晋哲哲的呵护下，平时用心熟悉大金国的宫内生活、习俗、典章制度，其他大部分时间是在王府中潜心学习满汉文化与宫中礼仪之道。布木布泰知道，皇太极将来若是大金国的新汗，自己的未来全系于他一身，应该想办法讨夫君的欢心,将来若能为他生个儿子,好做他的继承人,这也是哲哲姑姑入宫后亲口告诫自己的。

布木布泰非常聪明,经过一年多努力学习,她的女真语已经讲得很流利,不仅如此,她对汉语和汉字也学得非常认真。皇太极和哲哲大福晋见她学习满汉文化如此上心,就专门让朝中满汉水平高的章京范文程、文馆学士宁完我和精通满蒙汉语言文字翻译的达海等,经常为她讲授满汉文字。同时还向她讲述《三国演义》《水浒传》《西游记》等汉族名著和一些历史故事。

范文程是宋朝范仲淹的嫡孙,先人明初被贬往沈阳,住抚顺。其曾祖范镦在明嘉靖时官至兵部尚书,祖父范沈为明万历时沈阳卫指挥同知,天命三年(1618年)后金攻克抚顺时归附后金。宁完我是辽阳人,天命年间与腐朽的明王朝划清界限,毅然投降后金,隶属汉军正红旗,他精通文史,在文馆任职。达海是满洲镶黄旗人,精通满、蒙、汉文,天聪六年(1632年)他根据皇太极谕令,对老满文进行改革,被称为"有圈点满文"或"新满文"。

布木布泰在王宫的一年多时间里,经过刻苦求学,初步掌握了汉学礼道等方面的常识,满汉文化对她的影响很深。她在章京范文程、文馆学士宁完我、达海三位汉满文臣的指导下,再加之自己专心研读《三国演义》《水浒传》《西游记》等古典名著书籍,从中学习到了许多汉族封建典制和历史知识,受益匪浅。这使她对封建社会各阶级的关系和生活面貌、封建社会政治、军事斗争,宋明时期封建统治集团那些"五鬼""四凶"有了初步了解。目前沈阳故宫永福宫内,还保留着庄妃布木布泰的书房。由于她的聪明和好学使她对满、汉民族历史文化、宫中礼仪和满族萨满教祭祀仪式等,都学有所成。这让哲哲姑姑和皇太极对她入宫一年多的努力都很满意。

在学习宫廷礼俗时,哲哲姑姑亲自为她做示范。一次,布木布泰蹦蹦跳跳走进宫,坐在宫内的南炕上,哲哲姑姑脸一沉,劈头就问:"你怎么走路啊？满洲人讲究女人走路上身不动，你这哪像个福晋样子？你把这当成咱科尔沁草原啦？"

说完哲哲起身自己示范走了一遍。她穿着花盆形高底寸子鞋，双脚在一条直线上交替移动，上身端正挺直，腰板一动不动。布木布泰好奇地拉着哲哲姑姑的胳膊，笑着问："姑姑你什么时候学会这样走路的？在科尔沁时你可是像我一样，大步流星乱跑乱跳。"

哲哲甩开布木布泰的拉扯，沉着脸，脱鞋上炕，双腿盘坐，从炕桌上的银制果盘里拿起一枚冰冻的山里红（山楂），放到嘴里慢慢咀嚼着，顾盼自如的两只大眼睛瞪着布木布泰，说："你今后在别人面前就完全学我的样子走路，这是宫里满族贵妇的走路姿势，也是将来你作为一个皇妃必须具备的衣着行端，你要好好学。"

布木布泰急忙挺直身子，端正两肩，学着哲哲姑姑走的样子走，她极力抑制着左右晃动的上身，尽量使自己走出一条直线。在宫内来回走了三四遍才停下脚步，转身乖巧地说："姑姑，看我走得像不像你？不像我再走几遍！"

哲哲看着布木布泰认真的样子，微笑着点了点头，说："这还差不多，以后在宫里就要这样走路。走路时不要再摇晃身体，乱甩胳膊。胳膊要紧贴身子，轻甩小臂。记住啊！以后再犯我可要打你喽。"

哲哲姑姑亲昵地威胁着，然后又说："今天先跟我学习满族的祭祀，然后再让范文程与宁完我教你学习汉文。"

布木布泰高兴地跳起来，说："太好了，满洲人信奉萨满教，我们蒙古人信奉喇嘛教，满洲人的祭祀与蒙古人的祭祀肯定有许多不一样，我早就想学习啦。"

哲哲假装愠怒地沉下脸，批道："又疯起来啦！什么时候才能学会稳重啊？宫里的福晋处世一定要稳重，不能这么张狂。特别是祭祀仪式更不能这样。"

布木布泰不好意思地吐了一下舌头，说："我知错了。以后决不会重犯了。"

哲哲大福晋开始教布木布泰萨满教祭祀之礼。并说："萨满为满语'狂舞之人'的意思，满族及整个通古斯语族的人均称萨满，故得此称谓。萨满教尊崇天神和祖先神灵，认为天上、地下和人世间形成三界，人世间的祸福由天神和地鬼主宰，为消灾求福必须祭祀天神和地鬼。后金上自王室贵族，下至平民百姓都信奉萨满教。因此经常举行祭堂子、祭祖先及祭祀其他神的活动。其宗教的灵魂观念，是在万物有灵信念支配下，以崇奉氏族或部落的神灵为至，兼有自然崇拜和图腾崇拜的内容，信仰灵魂观念、神灵观念、三界观念。认为世界上各种物类都有灵魂，自然界的变化给人们带来的祸福，都是各界精灵、鬼神和神灵意志的表现。"

哲哲说完，起身走下炕，领着布木布泰来到神堂，揭开神龛上的黄绸帘，说："这是女真萨满神，叫纳丹岱珲，是七仙女，满洲爱新觉罗氏始祖。宫里的祭祀，由大汗和大汗福晋主持。大型祭祀活动，是在每年元旦和中秋举行，其中包括春秋大祭（朝祭、夕祭、背灯祭）及日祭、月祭等；家祭又分磕头祭和使唤猪祭两种——磕头祭是不杀猪，不请萨满，仅家人供奉糕酒、磕头三遍，是为小型祭祀。"

清朝的大型祭祀是使唤猪祭，除了供奉糕酒以外，还要杀猪、请萨满（巫师）跳神。祭祀仪式在五鼓进行。祭祀的前一个月，要在酒神房造鲁罗酒；前三日，朝暮献牲各二；前一日，在神龛前供奉打糕各九盘。祭祀开始，五鼓献糕，主祭者皇帝和皇后要穿吉服面向西跪，佛龛中设如来、观音神位。萨满身穿神服，头戴双龙萨满神帽，腰扎腰铃，手持舞刀，嘴里念祝词："敬献糕饵，以祈年康。"护卫们敲击着神板，弹着弦、筝、月琴配合。萨满念毕，皇帝作为一家主人向神行礼。然后司香者把如来、观音请到屋外，放置到门外西部所设的神龛南向奉之。这标志着将满族原来没有的神请出，恢复较为古老的时光。开始进牲，牲就是一只没有杂色毛的黑公猪，称"神猪"。牲进入清宁宫西间时，皇帝全家人要向神猪跪下,这时萨满用热酒灌入猪耳中,神猪的耳朵一动,司俎者即高喊:"神已领牲!"主人即叩谢神灵,庖人把神猪抬到院子里进行刲牲,放进神堂的大锅里煮熟(称煮福肉),然后先将煮熟的福肉盛在佛龛前神案上的肉斗内,先敬神龛。此时萨满来到神位供桌前,念祝词三次。开头是呼叫神灵的名字,初祷词曰:"纳丹岱珲、纳尔珲轩初。"二祷词曰:"恩都里僧固。"三祷词曰:"拜满章京、纳丹威瑚理、恩都蒙鄂乐、喀屯诺延。"三祷并为马祝云云。

祭祀祝词凝聚全家人的心愿,祝词的大意有三方面的内容:一是申报主人的姓名年龄;二是列颂诸神名讳;三是祈请神灵保佑,延年益寿,添子添福。萨满每念一次祝词,就随之起舞,耸动腰铃,双手击鼓琅琅锵锵的,气氛非常热闹。最后,皇帝率领全家人磕头三次,祭祀就完毕了。供肉撤下,交由皇帝、皇后品尝;之后由皇帝再赏赐给诸妃、皇子、格格等家人们共食,这称为"吃福(胙)肉"。

朝祭除在清宁宫神堂杀牲祭神、赐福外,还要在清宁宫外四合院内举行祭天。在清宁宫外南端院内,竖有一根下面方形,上面圆形的木杆,底部是石座,它叫作"索伦杆",是满族祭天的神杆。杆上安有一个锡斗,凡每次举行祭祀杀牲之后,都要将猪的五脏切碎,并掺些碎米等放在锡斗内,以饲神鹊和乌鸦等,此举称为"祭天"。

宫内萨满祭祀还有夕祭,是在傍晚进行,又称"晚祭"。祭祀的对象是天神"七仙女"和长白山祖神及远世祖。"七仙女"即史籍中的"纳丹岱珲"(北斗七星),它是爱新觉罗氏始祖的象征。也同朝祭一样要杀猪煮福肉,煮熟的福肉要按照猪的形状摆好,猪头缠血肠,上面插着一把匕首供上。童子萨满身穿彩裙,手持抓鼓,萨满击鼓,宗族人员全体下跪,萨满念四遍祝语,也是先呼唤神灵的名字,然后歌颂神灵的功绩,祈请神灵保佑。萨满的第一遍摇神铃诵祝语是迎接神灵的:

"哲,伊埒呼,哲,纳尔珲。掩护牖以迓神兮,纳尔珲。息甑灶以迓神兮,纳尔珲。来将迎兮,侑坐以俟,纳尔珲。秘以食兮,几筵具陈,纳尔珲。纳丹岱珲蔼然降兮,纳尔珲。卓尔欢钟依惠然临兮,纳尔珲。感于神灵兮来格,莅于神灵兮来歆,纳尔珲。"

其内容大致是说掩上门窗,熄灭甑灶之火,置神座等待神的到来,秘密准备了供品,七仙神女蔼然降下,卓尔欢钟依也惠然降临。"卓尔欢钟依"一词,是一位女神的名字。北京故宫的坤宁宫夕祭神位的绘花黑漆抽屉中,也有一轴七个盛装女子端坐椅上及两只飞鹊的画像。

萨满第二遍摇神铃诵祝语是祈求马匹的:

"纳丹岱珲,纳尔珲轩初、卓尔欢钟依、珠鲁珠克特亨,某年生小子,今为所乘马祝者,抚背以起兮,引鬣以兴兮,嘶风以奋兮,嘘雾以行兮,食草以壮兮,啮艾以腾兮。沟穴其弗逾兮,盗贼其忧兮。神其神我,神其佑我。"

这次所请之神除纳丹岱珲、卓尔欢钟依之外,又多请了纳尔珲轩初和珠鲁珠克特亨。萨满词中"某年生小子,今为所乘马祝者",表明祭祀中有男童参加,为他所骑过的马祝福。

萨满第三遍摇神铃祝语是向神诉说迎神的郑重和向神致敬:

"哲,伊埒呼,哲,古伊双宽。列几筵以敬迓,古伊双宽。洁粢盛兮以恭延,古伊双宽。来将迎兮尽敬,古伊双宽。秘从俟兮申虔,古伊双宽。乘羽保兮徒于位,古伊双宽。应铃响兮敬于坛,古伊双宽。"

表明祭祀者对神灵的虔诚,列几筵,洁粢盛,是秘密地迎候女神在铃响声中驾临神坛。

萨满第四遍祝语还是为马祈祷:

"吁者为神,迓者斐孙。牺牲既陈,奔走臣邻哲,伊埒呼,仍为马者祝。"

前两句分明是说,呼唤吁请的只有上述女神,迎候的人是虔诚的子孙。后三句是说一个奔走逃亡的人为感恩摆下了牺牲让神享用,为神所赐的乘马再次表示感谢。

每念一遍祝语毕,萨满遂起舞。舞毕,宗族人磕头退出门外,萨满挂上青绸幕布,遮掩了灯火,关上门,童子萨满摇动铜铃,女萨满念祈祷词,请出纳尔珲神。萨满再摇动铜铃,念祈祷词。又请出几位神(无量佛、关老爷)。萨满第三次摇动铜铃,念祈祷词。接着第四次摇动铜铃,念祈祷词。女萨满匍匐叩首,取下匕首供上桌案,让纳尔珲神食用。然后,女萨满高喊:"掌灯!"背灯祭祀结束,将门窗打开,点亮灯,撤下神幔,萨满将神像放入神柜中,宗族领取供肉(福肉)分给家人。众人在炕桌上围坐着吃福肉。

萨满祭祀还有月祭,是在每年的正月初三日、每月初一日在清宁宫和坤宁宫朝祭神和夕祭神,翌日在院中立杆祭天。

除此之外,还有民间的背灯祭祀。据说是从努尔哈赤建国称汗后留传下来的。在神已领牲后,杀猪卸成八块,煮熟后照猪的原状复原,猪头缠血肠,插入一把窝刀供上。萨满是童子萨满,祭神时站在神案两侧,身穿彩裙,手持抓鼓。萨满击鼓,宗族人员全体下跪。萨满念祝词,念毕起舞,舞毕,宗族人等磕头后退出。堂子内只留童子萨满和女萨满,随即撤灯,女萨满匍匐叩首,叩毕取下窝刀一把供上桌案,让"万历妈妈"享用。少顷,女萨满高呼"掌灯",宗族人等入室点灯,领取供肉给家人分享。据史载,背灯祭主要是祭祀为救努尔哈赤而献身的柳氏喜兰,因她被李成梁剥光衣服鞭尸于众,所以要背灯(灭灯)来举行祭祀,以感其救命之恩德。

哲哲姑姑又说:"女真人本民族先世因为世居白山黑水,女真人又是靠渔猎为生,他们以自己的祖先和原始图腾作为天神和祖神,通过萨满神虔诚地尊崇着神鸟育人的神话。尊崇着上天的赐福,作为本民族的精神向往,这种民族风俗世代相传。他们通过萨满祭祀这一神奇的宗教活动,来教育爱新觉罗后人,尊崇神鹊创造祖先,拜祭神鸟保佑爱新觉罗氏人丁兴盛,皇权霸业得以后继有人,世代繁衍生息。"

第三节　劝夫受诸王劝进继汗位

后金天命十一年（1626年）八月十一日未时，努尔哈赤身患重病，在由清河返回沈阳途中，至叆鸡堡去世。在他去世前，随着统一事业的不断发展，诸事浩繁，而自己年事见高，不胜日夜烦劳，曾两次把国政委托给长子褚英掌理，预示着要培养他为继承人。但褚英辜负了努尔哈赤的希望，最后被逮捕，直至幽禁处死。此后，他又把国政交给次子大贝勒代善掌理，又因代善与自己的大福晋阿巴亥有暧昧关系，授人以柄，进而将大福晋以盗帛之罪废弃，打入冷宫幽禁，同时废除了代善的太子嗣位，并将其贬为庶人。两次立储的失败，使努尔哈赤决定不再立太子，而是继续沿用八王共治国政的奴隶制体制。

天命七年（1622年）三月初三，六十四岁的努尔哈赤在他的儿子们觐见时问，他们当中哪个人将来可以继承汗位。努尔哈赤说："继朕而嗣大位者，毋令强梁有力者为也。若人为君，惧其尚力自恣，获罪于天也。且一人纵有知识，终不及众人之谋。今命尔八子，为八和硕贝勒同心谋国，庶几无失。尔八和硕贝勒内，择其能受谏而有德者，嗣朕登大位……如己既无才，又不能赞成人善，而缄默坐视者，即当易此贝勒，便于子弟中择贤者为之。"这其实是他对继承者专门宣谕的《圣训》。后来在他患病期间，他又写了一份训词，说："我已年老，不愿再参与日益浩繁的政事，以使自己的胸怀略为舒展，但我有权监督和观察诸子们的行为。"不料，仅过了一个月，努尔哈赤就去世了。在他病危从清河乘船返回沈阳的途中，一直是大贝勒代善和四贝勒皇太极陪在他的身边，也再未谈及汗位继承之事。于是，他的子孙们在父汗努尔哈赤死后，在后金国处于危难的时刻，围绕着新汗位继承人的问题，在八大贝勒中紧张地酝酿着。

努尔哈赤共有十六个儿子，另有几位卓尔不群的侄子，还有几位出类拔萃的孙子。其中有先后四位大福晋所生儿子七人，即：第一位佟佳氏之子代善,第二位富察氏之子莽古尔泰、德格类,第三位叶赫那拉氏之子皇太极,第四位乌拉纳喇氏阿巴亥之子阿济格、多尔衮、多铎。另外,当时已经成人能统兵参与议政有权有势的贝勒还有代善之子岳托、硕托等,总共有十三人。在这十三位贝勒中,阿敏、斋桑古、济尔哈朗是其胞弟舒尔哈齐之子,当然不能立为太子继位为汗,岳托、硕托是努尔哈赤之孙,也不能僭越其父其叔伯而登基汗位。阿巴泰是侧福晋所生,嫡庶有别,也没有资格。这样一来,只能从四位大福晋所生的七人中的四大贝勒去选。大贝勒代善刚被废黜,自然难于复立。二贝勒阿敏,是努尔哈赤侄子,非嫡子,不能继统汗位。三贝勒莽古尔泰个性鲁莽,没有治国理政的本事,其母富察氏因行为不端,被努尔哈赤休弃之后,莽古尔泰为博取父汗欢心,竟亲手刃杀其母,这一伤天害理的弑母罪行,激起公愤,千夫所指,当然不孚众望,也不能立为太子。其弟德格类,还是小贝子,连旗主贝勒都不是,更没有资格参与汗位竞争。

  皇太极是四贝勒,他生于明万历二十年(1592年)十二月二十五日,排行第八。前面有褚英、代善、阿拜、汤古岱、莽古尔泰、塔拜、阿巴泰。他生来面色赤红,眉清目秀。少年时就体现出行动稳健,举止端庄,聪明伶俐,耳目所经,一听不忘,一见即识,他很爱看书学习。十岁时就开始主持家政,并把日常事务、钱财收支等管理得井井有条。青年时,他长得仪表堂堂,身材魁梧,体态丰满,威严庄重,言辞敏捷,机灵有才。他经常跟随父汗出兵征战,肯于吃苦耐劳,不怕流血牺牲,具有顽强的意志,英勇超群。他智勇双全,在众兄弟中出类拔萃。明万历四十四年(1616年)正月初一日,努尔哈赤建立大金国(史称后金)称汗,就被封为正白旗的旗主,成为四大贝勒之一。在统一女真的战争中屡立战功,在攻打抚顺明朝边城和萨尔浒战役中,充分显示出他智勇双全、能征善战的军事才能。在进军攻占沈阳、辽阳、广宁的战役中,他不仅是一员骁将,而且每战都身先士卒,并多次为父汗出谋划策,为最后夺取明朝辽东地区立了大功。尤其是近年来更凸显出他在军事上的卓越才智,他以"战功独多"赢得了人心,努尔哈赤生前曾赞誉他"智勇俱全"。根据努尔哈赤生前所定"选择贤者为君"的原则,按辈分、年龄、功绩、才能、品德等综合分析,竞争汗位最有希望入选的应是四大贝勒中的四贝勒皇太极。他比大贝勒代善年轻九岁,是努尔哈赤不可须臾离开的得力助手。特别是在攻打沈阳的时候,因将领雅颂脱逃,皇太极奋勇杀向敌群,取得了攻城的胜利。事后努尔哈赤责备雅颂说:"我的儿子皇太极,父兄依赖如眸子。因你之败走,使他不得不杀入敌兵中,万一他遭到不幸,你之罪必千刀万剐。"由此可知,努尔哈赤生前对这一子喜爱之情溢于言表。特别是代善太子位被废后,皇太极崭露头角,进一步展现出他军事上卓越的才智,并以"战功独多"赢得了人心。努尔哈赤曾赞誉他"智勇俱全,无论才能、武功、智慧,都在诸兄弟子侄中堪称出类拔萃"。

努尔哈赤发布《汗谕》之后,有意加强对皇太极的培养,只要发现他某些不足之处,总是耐心开导、劝说。天命八年(1623年)六月,他单独把皇太极叫到身边,语重心长地说:"你是贤人,那么做什么事都应该恰如其分,宽以待人,让兄弟们看到了,也会生敬爱之心。但你却独善其身,放纵诸兄弟任意行事,是很不对的。你想当汗吗?你退朝时先送送你哥哥们,那么你哥哥们的子弟必回报你,送你到家。现在你不送哥哥,而你哥哥的孩子送你,你却默默接受。你这样行事,是贤明的表现吗?为了这事,已引起你弟兄德格类、济尔哈朗,侄儿岳托等人不满,都说你做得过分。这虽是逸言,但也不能说你贤明。"说到这里,他不禁怀念起皇太极的生母、自己的爱妻叶赫那拉氏。接着又心平气和地说:"你乃是我的嫡妻所生,我是很喜爱你的。可你不能因这个缘故就自以为贤明了。你这样想是多么愚昧无知啊!"说到痛心处,努尔哈赤竟掉下了眼泪。这番不平常的话语和举动,已经暗示他希望皇太极能成为自己的理想继承者。也正是出于这种目的,他对皇太极的缺点,哪怕是这类礼仪上的小毛病也不能放任不管。

从此以后,皇太极谨记父汗的教诲,在汗位继承的问题上显得很平静,他以退为进,以予为取。遵照父汗"八大贝勒,共治国政"的《汗谕》,他首先向父汗建议,八大贝勒共议国政,参与议政的人员可以再扩大一些,像阿巴泰、德格类、杜度、岳托、萨哈廉、豪格等兄弟子侄们,也应参与协商议政,立即赢得了年轻一代将领的拥护;接着,他又建议父汗将所领两黄旗的人口、财产、牛录分给阿济格、多尔衮、多铎三兄弟所有,这两项提议立即得到父汗的同意。但后来努尔哈赤只让二十一岁的阿济格、十二岁的多铎,接任正黄旗主与镶黄旗主,而十三岁的多尔衮,只是仅有十五牛录的小贝子。这样使八大贝勒和参与议政的诸兄弟子侄中的大多数成了拥戴他的人。

至于被休弃幽禁的阿巴亥所生阿济格、多尔衮、多铎三兄弟,自从其母阿巴亥以窃锦帛之罪名被努尔哈赤休弃囚禁冷宫后,从客观上已失去了原先"子以母贵"的地位。再加之其年龄尚幼,都还是不谙世事的少年,无论资历、实力、军功,都不能与兄长皇太极相提并论。这就从历史上排除了《野史大观》中所说"努尔哈赤死前,要见大妃阿巴亥,交代他死后由多尔衮继汗位"的错误说法。

为了证明这一点,我们可从努尔哈赤在世时,多尔衮三兄弟在朝中地位的排序看出端倪。据《内国史院档》叙述:"天命九年(1624年)正月初一,举行元旦朝贺仪式,甲子年元旦卯时,汗往祭堂子之后,还家叩拜神主。辰时出御八角殿,大贝勒先叩头,其次恩格德尔额驸率众蒙古贝勒叩头,第三阿敏贝勒,第四莽古尔泰贝勒,第五四贝勒皇太极,第六阿济格阿哥,第七多铎阿哥,第八阿巴泰阿哥、杜度阿哥,第九岳托阿哥,第十抚顺额驸、石乌礼额驸率朝鲜官员及汉官叩头,第十一吴纳格巴克什率八旗蒙古叩头。礼毕,饮茶,汗入。至巳时出宴八角殿,未时散。"天命九年(1624年)正月初三日,蒙古恩格德尔额驸定居辽阳,努尔哈赤令诸贝勒与其盟誓:"甲子年正月初三日,向恩格德尔额驸誓曰:皇天眷祐,以恩格德尔与我为子。念其弃生身之父,而以我为父,弃其同胞兄弟,而以此处妻兄妻弟为兄弟,弃其所生之地,来此安居,倘不恩养,必受上天谴责。仰休天作之合,养尔为婿,则蒙上天眷祐,不分内外,共享长寿太平之福。甲子年正月初三日盟誓。大贝勒、阿敏贝勒、莽古尔泰贝勒、四贝勒、阿巴泰台吉、德格类台吉、斋桑台吉、济尔哈朗台吉、阿济格台吉、杜度台吉、岳托台吉、硕托台吉、萨哈廉台吉。"

以上这两份历史文档记述的名序排列,真实地反映了此时执掌后金军政大权的统治者都是哪些人,这个统治集团中各个成员的政治地位是怎样排列的。在两次重要盟誓活动和朝仪典礼活动中,连多尔衮的名字都没有,怎么能说努尔哈赤生前欲将汗位传给他?由此可知《野史大观》的说法完全是无稽之谈,完全是与历史事实不相符的。试想多尔衮当时在朝中排序都无名,年龄只有十三岁,且连个旗主都不是,只是一个仅有十五牛录的小贝子,既没有任何功绩,又没有政治地位,也没有军事大权,身体又很弱,何谓谈别人夺他的汗位呢?

天命汗努尔哈赤去世后,大贝勒代善为长子,长兄为父,为了后金的未来,他用父汗的《圣谕》对诸位弟弟精心地思索着,哪位才是继承父汗大位的人选。在他的心目中,四贝勒八弟皇太极在诸位兄弟中堪称出类拔萃的人选。宽厚仁义的大贝勒代善,为了国家的前途,他默默地把继承汗位的目光,集中在了三十五岁的弟弟四贝勒皇太极身上。

正在此时,他的长子岳托和三子萨哈廉两兄弟对汗位人选,经过慎重商议后,一起来到父亲府上。他两人进府,向父亲代善面跪请安之后,便直言不讳地劝父亲说:"阿玛还是不要参与汗位的角逐了吧!国不可一日无君,宜早定大计。我俩仔细回顾了大汗生前的《汗谕》,认为八叔四贝勒(皇太极)功勋卓著,才德冠世,又深契大汗圣心。如果推选他即汗位,众皆悦服,应速即大位。"代善是个自重的人,他一听自己的两个儿子向他提出拥戴皇太极继承汗位的建议,加之他原本也无意与皇太极争位,促使他从内心里也很赞同。代善说:"我也想到这儿了,你们说的话,正合我的心意,天人允协,其谁不从!"父子三人一拍即合。于是,由代善主持，两个儿子参加，共同起草了一份向众兄弟子侄推举四贝勒皇太极继承汗位的《劝进书》："皇天后土，既祐我父为君，今父汗已崩，国无主，诸兄弟子侄共议皇太极承父基业，祈天地垂祐，俾皇太极寿命延长，国祚昌盛。"

第二天，代善作为兄长，带着拟好的《劝进书》，离开礼亲王府，首先去找二贝勒阿敏和三贝勒莽古尔泰共同商议。三大贝勒最后达成一致意见，决定共同推举四贝勒皇太极为汗位继承人。之后，代善便又以长兄的名义，按照父亲生前推举汗位继承人的《汗谕》，立即召集诸位贝勒大臣会议，共同讨论事先起草的这份推举新汗的《劝进书》。代善让萨哈廉把《劝进书》递给诸兄弟子侄阅看。参加会议的人都是对推举汗位继承人有决定权的人，除大贝勒代善、二贝勒阿敏、三贝勒莽古尔泰外，还有努尔哈赤的儿子阿布泰、德格类、阿济格、多尔衮、多铎，侄子济尔哈朗。还有孙子辈的杜度、岳托、硕托、萨哈廉、豪格等。经过诸贝勒们的认真传阅和讨论，众兄弟子侄们说："大贝勒代善居长，又掌握部分军权，他的意见还是很有分量的，而且又有阿敏和莽古尔泰两大贝勒的支持，我们都同意。"就这样，在最高统治集团内排除了任何异议，一致赞同大贝勒代善父子和三大贝勒提出推举四贝勒皇太极为新汗的《劝进书》。

努尔哈赤的子孙们，在他身后，由大贝勒代善父子三人推举，经三大贝勒商定，在众兄弟子侄们的共议之下，最后从满族的民族利益出发，为后金国的国家前途着想，于八月十二日清晨，由大贝勒代善主倡，向皇太极呈上了《劝进书》，请求皇太极继承后金国新汗位。

不料，皇太极坚决拒绝。因为他考虑到父亲死前没有遗命，有哥哥弟弟在，不能贸然接受，便诚恳地推辞说："先汗生前没有让我当继承人的遗命，况且诸位兄长都健在。我哪里敢越过诸位兄长而得罪上天呢！我如果继承了汗位，倘若对上不能尊敬兄长，对下不能爱护弟辈，国家得不到治理，人民得不到安生，赏罚得不到明断，善政得不到实行，这个重任太难承受了。"皇太极的表白道出了某种实情。他不是不想登大位,也不是认为自己能力不够,只是顾虑到自己嗣位后,面临的国内种种危机和难处,更担心诸兄弟子侄是否真心拥戴,所以他辞让再三坚辞不受。

拒之愈坚,劝之愈诚。诸位贝勒贝子也坚决地说:"国家怎么能没有君主呢?大家已共同做出了决议,请你不要固执地推辞吧!"皇太极仍然坚决婉拒,从卯时(5时至7时)一直僵持到申时(15时至17时),尽管代善等诸贝勒大臣已敦请多次,皇太极仍是不肯答应。

皇太极考虑的是,宁远大战兵败后,举朝上下士气低落,后金国的形势非常危险。一是崇祯皇帝继位后,下令整肃朝纲,调兵遣将,修筑山海关外的辽西边城,要决心收复辽沈失地;二是漠南蒙古察哈尔部林丹汗被明朝拉拢,正跃跃欲试与后金抢夺地盘;三是朝鲜是明朝的属国,不断为明朝鹿岛总兵毛文龙提供粮草和船只,从背后攻打后金;四是民族矛盾尖锐,复州、镇江、鞍山驿等各地,汉民的武装起义不断,风起云涌。这是在危难中受命,责任太重大。

这时坐在内室的大福晋哲哲和小福晋布木布泰姑侄俩,看到众兄长从早至晚一天几次前来劝进,心诚如铁,也很着急。在前来劝进的诸兄弟子侄们走后,布木布泰宽慰皇太极说:"你众兄弟子侄们已多次登门诚劝你继登汗位,这是前遵汗谕,上遵天意,也是民心所向,如果你再坚辞不受,就是违背上天。在国家危难之时,你们爱新觉罗的后人总得有人出来承袭大任,你若怀疑诸兄弟子侄是否真心拥戴你为新汗,那你可以用你们女真人的传统习俗,让他们个个都盟誓,白纸黑字都写在上面,然后把誓词收上来,让内院存档,作为检验和惩罚的依据。以后谁违背了誓言,就按他的誓言来惩处。再说你继承了汗位,我同姑姑两人脸上也荣光,你以后尽管全力处理朝中军政大事,我们姑侄俩要学习蒙古的女英雄满都海夫人,全力支持你,后宫之事决不让你操心。"皇太极听了最心爱的小福晋的劝慰,思绪豁然开阔,但他表面上仍装作坚辞不受的样子。

正在大家从早至晚经过多次劝进未果束手无策时,聪明的小福晋布木布泰告诉萨哈廉说:"你八叔四贝勒爷推辞不受的主要原因,是感到这副担子和责任如此重大,害怕众兄弟子侄不是真心拥护,应立盟誓表态,以便今后兑现。"萨哈廉从布木布泰小福晋的话语中,猜出了皇太极的心思。后来他在议政会议上巧妙地说:"八叔坚辞不受,是担心我们是否真心拥护他,是否诚心地拥戴他,是否顺从他听他指挥,我们没有表这个态,他自己又不便明说。我提出一个主意,是否让内院希福等资深大臣再上一份敦请承袭汗位的奏折。"诸位贝勒听后都立即表示赞同。

萨哈廉和希福等资深大臣针对皇太极心中的疑虑,起草了一份奏折:"臣等屡请,未蒙应允,日夜惶恐,不知所措。臣等想汗不受尊号,罪在诸贝勒不能尽忠信,不能为长久之计,提出自己的好办法。现在诸贝勒决心一改前非,竭尽忠诚,尽心竭力辅佐汗完成开基大业,汗应接受皇帝尊号。"奏书送给皇太极看后,皇太极面带宽慰之意地对萨哈廉说:"说得好!你们为我设想,既说到这种程度,很符合我的心意。诸贝勒怎么表达自己的诚意,你掌礼部,就由你决定吧。"最后,皇太极在众兄弟的敦请下,在最宠爱的小福晋布木布泰的劝慰下,终于接受了众兄弟和子侄们的劝进,同意继承新汗嗣位,尊为天聪汗,以明年为天聪元年。

九月初一日,是后金天聪汗举行即位大典的日子。金秋时节的沈阳城,天空澄明,风日清美。轻柔的秋风吹拂着八旗招展,点缀着刚刚修葺一新金碧辉煌的大殿。整齐肃穆的大殿,由四十八根粗大的金柱承载着,柱的上端,祥云流动,金龙飞舞,殿内正中间突起的地坪上,是制作精美的金漆汗王宝座。站在大殿的阅台上往前看,左右两侧的翼王亭和八旗王亭迎风而立,八字形微微向外敞开,在视角上看,显得更为深远,它那开敞的空间,继承了我国战国时期奴隶社会广场式宫廷建筑的特点,与欧洲一些大型建筑区域的空间处理方式颇有相似之处。

天聪汗皇太极将这座父汗天命九年建造的大殿,重新命名为"笃恭殿"。登基大典所需的法驾齐备,笃恭殿前,卤簿张扬,整个王宫内一派喜人景象。

仪式开始,鼓号韶乐齐鸣,诸贝勒大臣穿着朝服盛装,缓缓从东掖门步入笃恭殿。大贝勒代善、二贝勒阿敏、三贝勒莽古尔泰,面带含蓄的微笑,步履稳健地走在前面。紧随其后的是神清气爽的诸贝勒和态度安详的文武大臣。再后面则是虔诚恭谨的满朝文武官员和前来庆贺的蒙古诸贝勒、王爷、台吉。他们拾级而上,小心翼翼地踏入笃恭殿。三大贝勒以下,诸贝勒、大臣及文武百官等,齐聚于殿前两侧,等候新汗王皇太极的到来。

皇太极身着盛装,头戴十三颗东珠的红缨凉帽,在侍卫们的簇拥下,乘轻步舆直奔笃恭殿。到了殿前,在侍卫的搀扶下,走下轻步舆,神态庄重地从大殿正门,踏御路台阶而上,走进殿内宝座前,豪情满怀,神采飞扬,踌躇满志地端坐在金漆宝座上。从他的神情里可以看得出,他是那样的沉稳和干练,从谦恭里显现出他的英俊和聪颖。

赞礼官宣:"天聪汗登基大典开始!"皇太极在侍卫们的簇拥下,起身离开宝座,由礼仪官引导,走下笃恭殿,率群臣先祭拜堂子。他来到香案前,双手举顶,向上天焚香跪拜,求上天保佑。

拜完堂子之后,又返回笃恭殿,接受诸王大臣和文武官员三跪九叩首的朝贺礼。礼毕,皇太极入座即位。接着他向全国发布了第一道诏令,以明年为天聪元年;同时发布大赦令,大赦国中自死罪以下罪犯,以示全国同庆。

接着,率领兄弟子侄诸贝勒人等,共同举行向上天盟誓仪式。皇太极首先向天发誓,求上天保佑。他说:"皇天后土保佑我的皇考创立大业发扬光大,治理国家,管理百姓,这个任务很重。今皇考已逝,我的诸兄弟子侄以国家为重,共同推举我继登大位为君,我唯有继承和发扬皇考之业绩,以遵守他的遗愿,为唯一天职。不负重托,夙兴夜寐,励精图治,报答天恩。切望皇天后土保佑我,汗运久远,国运昌盛。"这份誓词集中讲了一个问题,即诸贝勒议定后,与皇太极商谈,一致同意,"共议"立皇太极为后金国汗,继承父汗努尔哈赤的事业。誓毕,皇太极把誓词焚烧掉,以示上达天听。

然后又自己宣誓道:"我谨向皇天后土宣誓,现在我的诸位兄弟子侄,以国家人民为重共同推举我为君主,让我继承皇考创下的大业,发扬皇考奋进的精神。我如不尊敬兄长,不爱护子侄,不轨行正道,明知非义之事而故意去做,或因弟侄微有过错,就削夺皇考赐予他们的户口,有的贬斥,有的诛戮,那么,皇天后土一定会明察秋毫并严厉地惩罚我。如果我尊敬兄长,爱惜子侄,专行正道,皇天后土会真诚地保佑我,使国家昌盛,国祚永亨。"

天聪汗皇太极宣誓完后,接着,大贝勒代善、二贝勒阿敏、三贝勒莽古尔泰率众兄弟子侄阿巴泰、德格类、济尔哈朗、阿济格、多尔衮、多铎、岳托、硕托、萨哈廉、豪格等共同宣誓。三大贝勒誓词是:"我们向天地宣誓,我等兄弟子侄,合谋一致,看法相同,拥戴皇太极继承皇考大业,嗣登大位,这使国家宗社有了依靠,臣民有了依赖。如果我们之中有谁心术不正,心怀嫉妒,做出损害汗的不利的事,天地共谴之,一定夺其性命。汗上也一定会发现他的奸谋,他一定会遭受杀身之祸。如果我等兄弟子侄,忠心事上,效力国家,天地会保佑我们,世代相守。我代善、阿敏、莽古尔泰三人,如不敬养子弟或加以诬陷迫害,我三人一定会遭逢凶险,必自罹灾难而不得好死。如果我三人和善地对待子弟,而子弟不听其父兄之训,有违善道者,不能尽忠于君上,不能尽力于善行,天地一定会谴责降罪于他们。他们如能恪守盟誓,极尽天良,天地一定会爱护保佑他们,并身及后世子孙。"

三大贝勒宣誓完后,阿巴泰、阿济格等众兄弟接着单独向新汗宣誓说:"我等如背父兄之训而不尽忠于上,扰乱国事,或怀邪恶,或挑拨是非,天地谴责,夺削寿命。若一心为国,不怀偏邪,恪尽忠诚,天地爱护保佑。"

  这类拜天的事是满族的一种习俗,他们借拜天的形式,各自表露真心诚意,以取信对方。皇太极就是用这种形式,要求他的兄弟子侄表达忠心,以检验他们的态度,达到同心同德,维护他的统治地位。

  盟誓表忠心结束,刚登上汗位的皇太极出人意料地做出惊人之举。他让代善、阿敏、莽古尔泰三大贝勒兄长居上,他率众贝勒对三兄长行三拜礼,表示对他们三人不以一般臣子对待。皇太极深知,他之所以顺利地登上汗位,是和他们三人的忠心拥戴分不开的。皇太极此举表明,他对三位兄长的诚恳感谢,同时也给了他们三人与汗并坐的待遇。三大贝勒享受不同于其他人的特殊地位和独有的尊重,这对于大局的稳定是极为重要的,这也说明皇太极政治上的成熟和手腕上的老练。

  在清太祖努尔哈赤去世二十天后,后金国在政治、经济、军事诸方面处于危难的情况下,皇太极受众兄弟拥戴,顺利登上了汗位。他是时势所造,是崛起的女真民族在对明朝展开数十年军事、政治斗争中培养出的一位优秀人物。从此,后金国又开启了新纪元,天聪汗皇太极成了后金国的第二位主人。

第四章 匡夫开国后宫显露聪慧

第一节 庆欢喜与新汗合卺圆房

天聪元年(1627年)正月,皇太极继承汗位刚三个月,朝中诸事安排就绪,心情百般顺畅。中宫大福晋哲哲为了让皇太极喜上加喜,决定让布木布泰和皇太极合卺圆房,以换取皇太极的欢心和喜悦。她令侍女苏嘛拉给布木布泰梳洗打扮。苏嘛拉按照哲哲大福晋的吩咐,精心地打扮着布木布泰主子。进宫一年多,年龄已十五岁的布木布泰,身体已经发育起来,像蒙古成年姑娘一样高大健壮,亭亭玉立,丰满的胸部像个成熟的大姑娘一样。许多次,哲哲都发现皇太极的眼睛往布木布泰的胸部扫,那目光灼灼似贼,只好假装没看见。她下决心保护布木布泰,不想让她过早地圆房,以致伤害她的身体发育,免得将来像自己一样弄得一身病,婚后十年都未能生儿育女。她把今后姑侄俩在后宫的地位,完全系于布木布泰的身上,希望她能尽早为新大汗生一男孩,将来好成为大汗的太子。

苏嘛拉给布木布泰梳妆打扮完后,哲哲大福晋命给布木布泰戴上十二颗东珠镶顶的金冠,穿上秋香色绣百鸟凤凰锦缎褂,外罩石青色织金大红喜字锦缎朝裙。穿戴完后,哲哲大福晋把布木布泰拉到身边,小声嘱咐说:"今天让你和大汗圆房,你要天天倾心侍奉大汗。待合卺宴之后,你要随大汗祭天神拜佛,最后在你的淑房内与大汗圆房。"布木布泰听话地面带羞涩点头示意。

合卺宴设在布木布泰宫房的外间东炕。靠窗的大炕上铺着大红羊毛栽绒炕毡,上面织出双喜字和喜鹊登枝的美丽图案。炕桌上摆着八大碗满族菜式:烤羊腿、炒驼峰丝、火锅、涮羊肉、四喜丸子、炖兔肉、炒狍子腰花、红烧熊掌,主食是子孙饽饽、萨其马等。合卺宴后,侍女们引导布木布泰回到宫房的暖阁,等待着皇太极的到来。

皇太极打扮一新,穿着崭新的素缎大领夏服,头戴夏日凉缨帽,上面缀着三颗大东珠。被引领来到宫房,心禁不住怦怦跳了起来。他渴望已久的日子到来了。他终于可以把布木布泰拥进自己的怀抱,这日子他已经盼望了许久。

侍女掀开绣着双喜字和喜鹊登枝的门帘,恭请皇太极入内。皇太极一眼就看见暖阁内炕上穿着盛装的布木布泰。他挥挥手,布木布泰的随身侍女苏麻喇姑走上前扶他上炕,皇太极坐到布木布泰的对面,苏麻喇姑斟上黄酒和马奶酒后,便悄悄地退出门外。

皇太极笑着对布木布泰说:"小姑娘,今天是只有我们两个人在一起啦。来,来来,我俩先饮一杯交杯酒。这是汉人的习俗。"

布木布泰的心咚咚直跳。她想,自己的一生荣辱全系于这个男人的喜恶,她早就想按姑姑和母亲的嘱咐讨好他。布木布泰仰起小脸微笑着,她那粉白细腻的笑靥如同蜜糖般甜美,一双黑又亮的眼睛漾着脉脉含情的秋水,仰望着皇太极。

皇太极的心醉了,他笑眯眯地举起银酒杯,把自己的胳膊伸过布木布泰的胳膊,说:"小姑娘,举起酒杯,喝吧。这就是夫妻交杯酒。"布木布泰学着皇太极的样子,喝干了银杯中的马奶酒。

皇太极拿起银筷,夹些炒驼峰丝给布木布泰,"这是蒙古菜,是哲哲最爱吃的,你爱吃吗?吃吧吃吧。"皇太极温柔体贴地说。

布木布泰点点头。望着这温柔的大汗,面对自己的男人,她脸上绽开了灿烂的笑容,像一朵含苞待放的玫瑰。

布木布泰自与皇太极圆房后,深受皇太极的宠爱和关怀,夫妻恩爱有加。初冬的早晨,东方已经发亮,沈阳城周边雄鸡报晓的啼鸣此起彼伏。皇太极还沉睡在温柔的梦乡里。他搂抱着新婚的布木布泰,迟迟不肯起身。

自从布木布泰与天聪汗圆房后,哲哲大福晋既高兴又担心。高兴的是能让布木布泰早日怀上皇种,为他生个儿子,也好保住她姑侄俩在后宫的位子;担心的是怕大汗皇太极一直沉醉于欢欲之中而贻误了朝事。她怀着这种心情来到西宫。苏麻喇姑打开宫门外间大门,把哲哲迎进宫内。轻步走到北稍间门外,用手轻轻地敲了几下门。哲哲大福晋也跟着站在北稍间门外。

皇太极听到敲门声急忙披衣起身。布木布泰还在熟睡之中,她那红彤彤的脸像盛开的桃花,衬着白色的暗绣花枕头,显得漂亮极了。哲哲看着心里赞叹着。她从苏麻喇姑手中接过皇太极的衣服,一边服侍皇太极穿,一边温情款款地说:"爷现在是大金的天聪汗,国中还有许多事情等着您去处理。大汗要是一直沉浸在温柔的梦乡中,可能会误了许多国中大事。"

布木布泰此时也醒了过来,急忙翻身坐起来。哲哲怒目望着布木布泰说:"你是大汗的小福晋,你应该记住先汗的教导,要帮助你的汗爷完成大事,而不能妨碍大汗操持国中的大事。要是你还是不懂事,不要怪我无情。"

皇太极急忙为布木布泰求情。他涎着脸说:"福晋不要责备小姑娘,全是因为我。从今以后,我还是回大福晋那里住,好了吧?"

哲哲深深地叹口气,又软软地说:"我何尝不想让大汗好好歇息歇息。只是大金国更需要大汗呵!她呢,也需要趁年轻多学一些汉人的文字语言和历史文化,要不然,怎么帮助您治理大金国啊?大金国需要你们两个。"

皇太极神色严肃起来。布木布泰急忙发誓说:"从今以后,我一定好好学习,再也不贪懒了。再有半年一定能学好满文和汉文。"

皇太极和哲哲都笑了。哲哲心疼地用手拍拍布木布泰的粉红色脸蛋,爱怜地说:"不要讲大话,汉文可不是半年能学好的,恐怕要学几年才行。要多请教范章京(范文程),他对汉人的事知晓得多,大汗也有许多事都和他商议。你的满文写得还不如苏麻喇姑,主子不如奴才,你羞不羞?"

第二节 受堂姐之托帮助多尔衮

多尔衮,是努尔哈赤十四子,是大福晋乌拉纳喇氏阿巴亥所生,明万历四十年(1612年)十月十七日出生在赫图阿拉城(今辽宁省新宾县老城)。他排行老二,前面还有一个哥哥叫阿济格,后面有个弟弟叫多铎。他自小身体虚弱,且总是病歪歪的,很不受父汗努尔哈赤亲宠。特别是在努尔哈赤病重期间,多尔衮只有十四岁,还不是旗主贝勒,他与其弟多铎各领十五牛录,此时他毕竟还是一个未成年的孩子,政治地位不如其兄阿济格,甚至不如其弟多铎。在天命年间许多重大活动中,都不见多尔衮的踪影。如正月初一的朝贺典礼中,可以亲自叩拜努尔哈赤的宗室显贵中,阿济格与多铎分列第六、第七位,而多尔衮则位列其中。努尔哈赤临终前将自己统领的正黄旗、镶黄旗,分别授给了他的兄长阿济格和弟弟多铎统领,并没有授给多尔衮。天命十一年(1626年),努尔哈赤病逝,母亲阿巴亥被逼殉葬,当时多尔衮年仅十五岁。皇太极继汗位后,把原先归属于杜度(褚英子,因犯罪降为小贝勒)的镶白旗,遂收归自己统领。同时将两白旗改称两黄旗,而把原先的两黄旗易名为两白旗,仍由阿济格、多铎分别统领。

天聪二年(1628年)三月二十九日,后金国发生了一件空前的、惊动八旗贝勒、官将、兵丁的大事,天聪汗第一次废黜了一个主宰一旗的固山贝勒(旗主),这人不是别人,正是多尔衮同胞兄长阿济格。人们不禁要问,阿济格犯了什么大罪?为什么要剥夺他的旗主权力,取消他的固山贝勒资格?这主要是与多尔衮让其福晋那木其向皇太极西宫小妃布木布泰告密求情有关。

多尔衮福晋那木其,是科尔沁桑噶尔齐贝勒的女儿,她与天聪汗皇太极小妃布木布泰是叔姊妹,比布木布泰大一岁,布木布泰叫她堂姐。天命九年五月二十八日,由其父送到辽阳东京城与多尔衮成婚,当时多尔衮才十二岁。她对努尔哈赤父汗生前如此安排多尔衮三兄弟有些不满,于是,便将多尔衮平时的牢骚和其兄阿济格违反大汗关于"以阿布泰舅谗恶,谕令诸贝勒勿与其结亲,诸贝勒勿娶阿布泰之女,诸贝勒女勿嫁阿布泰之子"谕令,私自到其舅舅家为多铎做媒相亲的情况等,借着进宫看望妹妹的机会告诉妹妹,以便通过布木布泰把情况向大汗告发。

布木布泰自与新汗皇太极合卺圆房后,深得宠爱,两人相亲如蜜,恩爱如漆。她谨遵姑姑哲哲大福晋的严训,在宫内除认真学习满汉文,帮助姑姑哲哲大福晋处理一些事情外,就是遵规守矩,把自己的心思全部用在服侍好皇太极身上,帮助大汗分担治国方面的辛劳。

一天,她刚在中宫大福晋哲哲姑姑那下满文课,在宫中和贴身侍女苏麻喇姑走到西宫门口,堂姐那木其便跟上来,说有要事找她。布木布泰看看周围,说:"到我宫里去谈吧!"她给苏麻喇姑使个眼色,苏麻喇姑慢慢跟在她俩身后面,故意挡着其他福晋的视线。布木布泰和那木其一前一后走进了西宫内。自从皇太极登上汗位后,中宫大福晋哲哲就命令各位福晋不许私自来往,以防福晋们散布流言,结伙拉帮影响朝中大事。

布木布泰和那木其进宫走到外间东炕前,脱鞋上炕,两人在炕几前相对而坐,苏麻喇姑让侍女把奶茶放到炕几上,布木布泰挥手让侍女退下。苏麻喇姑拿着针线活坐到门外,忙起她正和布木布泰一起完成的大汗交办设计各种官员服装制式的任务。

皇太极皇后哲哲画像

关雎宫宸妃海兰珠像

"什么事？那木其！"布木布泰问自己的堂姐。

那木其欲言又止。布木布泰催促着说："你快说嘛，我们蒙古人哪有这么吞吞吐吐的。"

那木其说："多尔衮让我来找你说两件事。一件事是让告知大汗，阿济格最近正在替多铎向其舅舅阿布泰的女儿求婚，这是违背《汗谕》的事，但多尔衮爷怎么劝也劝不住。另一件事是多尔衮爷他的旗主位置到现在还没落实，想请你在大汗面前说一声。"

布木布泰说："第一件事我想法向大汗禀告，这件事很重要，听哲哲姑姑说，阿布泰国舅爷自从他姐姐阿巴亥被幽禁后，因其也有错，被连降四级，由内大臣屈尊成为游击，他对老汗王和新汗都不满。大汗即位后，曾告谕诸贝勒。阿济格私下这么做，是明目张胆地违反大汗谕令。第二件事有些难，因为大汗规定不许女人过问国事，我怕大汗怪罪。"

那木其微微一笑说："你看哲哲姑姑不是经常过问国事吗？你不学着关心国事，怎么干大事？你不是从小就立志要干大事吗？不是说要做满都海夫人吗？"

布木布泰沉思片刻，为难地说："旗主早就分配停当，哪个能给他呢？"

那木其凑到布木布泰耳边，悄悄地说："当年大汗曾答应把阿济格的镶白旗给多尔衮爷。他现在公然违背汗谕，就应该惩罚他，这样按照满人规制，兄之职位可不就由弟来承继了吗？"

布木布泰端起茶杯，喝了口奶茶，从炕几的盘子里捡了些炒米放到了奶茶里，说："你说的阿济格为多铎到其舅家说媒相亲的事，可是大汗不允许的事。大汗严禁贝勒爷们娶阿布泰的女儿，也不许贝勒爷们把自己的女儿嫁给阿布泰的儿子，他难道忘了吗？"

那木其摇摇头："我也说不清，阿达海经常到阿济格那里去，鬼鬼祟祟的，阿济格让阿达海去为多铎爷说媒，而且他还亲自前去探望。"

布木布泰喝着香喷喷的奶茶，没有说话，那木其站起身子告辞，说府上还有事要做，布木布泰也不挽留，任她自去自来，她们几个嫁入宫的蒙古科尔沁小姑娘都是这样。

晚上，天聪汗皇太极从哲哲那里来，到布木布泰宫里幸安。苏麻喇姑在宫门外将皇太极引入宫内，布木布泰上前用双手搀扶着，走进西宫北暖阁，皇太极躺在早已焐暖的热炕上，搂着布木布泰，舒服至极，身上的疲倦和烦躁都消失在九霄云外。他轻轻扳过布木布泰，把自己的脸深深埋到布木布泰身上，享受那种美好的感觉。

布木布泰用她那柔嫩的小手抚摩着皇太极的头，悄声细语地说："今天那木其告诉我一件事，不知大汗有没有听的兴趣。"

皇太极的头埋在布木布泰身上，声音嗡嗡地说："愿意听，小姑娘说什么我都愿意听。"

布木布泰把那木其白天来的话述说了一遍，皇太极一听，立即抬起头，提高了声音问，"可是真的？"

布木布泰说："那木其说的，应该是真的。多尔衮是阿济格的亲弟弟，应该知道他的事情，这也是多尔衮让她来向大汗告知的缘故。"

皇太极躺了下去，生气地说："这还了得？阿布泰是阿巴亥的弟弟，在几年前阿巴亥没被父汗罢黜囚禁时，因为是国舅，父汗对他特殊关怀。在天命六年（1621年）十二月十五日，父汗曾以己镶貂皮的白皮袄，赐予阿布泰。天命七年正月十三日，父汗亲定八旗官将的仪仗。第一等中就有汤古岱、扈尔汉、何和充、扬古利、乌尔古岱、阿布泰等十六人。各赐小旗六对、伞一柄以及喇叭、唢呐、箫、鼓。后来，在天命八年正月二十七日，父汗又亲授阿布泰为三等总兵官。二月初七日，八旗设八督堂，阿布泰名列第二，仅次于乌尔古岱额驸，而且五月二十三日，乌尔古岱因过被革督堂职，阿布泰成为具体处理后金军政事务的最高官将第一督堂。

"从天命六年到天命九年的四年中，阿布泰身任要职，统兵辖民，多次出征，处理国务，为父汗宠信，成为后金国中声势显赫的重要人物。

阿布泰为何上升得这么快,爬得这样高?这固然与其个人能征惯战,善于理政的才干有关,但是更重要的他是父汗最宠爱的阿巴亥的弟弟,而且其妻又是和硕公主,阿布泰既是国舅爷,又是驸马公,他可是我们后金国的皇亲国戚啊!"

皇太极一边回忆一边思考着,多铎之所以要娶阿布泰女为妻,并非仅从才貌考虑。阿济格如此积极遣阿达海到其舅舅阿布泰处为多铎说婚定亲,原因只有一个,即阿济格想以他和多铎二白旗三兄与其舅舅紧紧联在一起,这样他们以手中的两个旗,加之舅舅阿布泰的势力,有将有兵有甲胄和战马,加之再有一个德高望重、多谋善算、长于厮杀的可靠亲人当军师、当元帅,运筹帷幄,广招谋臣猛将,训练士卒,统兵出征。这样阿济格、多铎、阿布泰若结合起来,既是亲舅舅,又是多铎的岳父,亲上加亲,可以风雨同舟、患难与共,绝对可靠。阿布泰因罪被父汗连降四级,屈居游击微职,他决不甘心,因而对新汗、对三大贝勒有怨气。他们三人如果名正言顺地结合,这将成为一股可怕的强大势力,必然威胁汗位的统治,不利于三大贝勒掌权,后果不堪设想。

皇太极带着疑问的口气小声说:"阿济格明知有谕令不许与阿布泰结亲,而现在还专门派阿达海前去说亲,是不是阿济格和多铎想和阿布泰勾结起来,形成一股势力,想另立山头啊?"

皇太极好像问自己,又好像问布木布泰。布木布泰小心翼翼地应声回答:"我看有这个可能。"

布木布泰细声细气地说:"阿巴亥生殉先汗,阿布泰失去了原先的地位,他能不生怨气?阿布泰和阿济格都曾因犯错被大汗处罚过,使他俩失去许多牛录,他们能没有怨气?阿布泰是阿济格的舅舅,他们要是结成婚姻,这关系恐怕更加密切。听哲哲大福晋说,阿布泰老谋深算,老奸巨猾,是个好军师。阿济格和多铎性格鲁莽,头脑简单,作战很勇敢,又掌握先汗留下的两黄旗,如果他们联合起来,由阿布泰来做军师,将来可能会出事,大汗你说呢?"

皇太极虽然没马上表态,但内心很赞叹布木布泰能有如此精到的分析,她把自己的担心和顾虑都说出来了。看不出这小姑娘竟有如此头脑,更加从内心里喜欢布木布泰。皇太极抚摸着小姑娘细嫩的脸,用试探的语调说:"你说说,该怎么办?"

布木布泰把脸紧贴在皇太极的胸脯上,沉思了片刻,然后用凝重的语气说:"大汗那么英明,难道还想听一个小姑娘的意见吗?"

皇太极用手又捏一下布木布泰的美丽脸颊,把她搂得更紧了。然后用挑逗的口气说:"我当然想听啦!看看你想的是不是和我想的一样?"

布木布泰轻轻地笑了笑说:"大汗让我说我就说,如果说错了,大汗可不要怪罪我!"

皇太极用手抚摩着布木布泰细腻的脸颊,说:"喔!说说你的办法。"

布木布泰轻声地说:"依奴婢之见,正好利用违背大汗旨意的事件,削弱阿济格和多铎的势力,免去阿济格镶白旗旗主,重新分配旗主所属。"

皇太极轻轻地"嗯"了一声,表示同意她的说法。并亲热地吻了布木布泰一下,"接着说。"

布木布泰说:"重新分配八旗,大汗可把先汗的正黄、镶黄旗收到自己名下,加上原来的正白旗,就有了直接统辖的三大旗。然后把先汗原来收回杜度的镶白旗给多尔衮。在他们三人中,我看多尔衮最忠于大汗。这样多尔衮一定会感激大汗,死心塌地忠于大汗。大汗爷,你说呢?"

天聪二年(1628年)三月二十九日,天聪汗皇太极与诸贝勒大臣召开会议,会上天聪汗根据阿济格所犯罪行宣布说:"过去先汗以阿布泰舅谗恶,曾谕令诸贝勒勿与结亲,诸贝勒勿娶阿布泰之女,诸贝勒之女勿嫁阿布泰之子。多铎欲娶阿布泰之女为妻,阿济格台吉未与汗和诸贝勒商议,擅令阿达海前往为媒,说毕之后,阿济格又同阿达海往视其女。以有此故,定阿济格阿哥之罪,罚银一千两,进汗驼甲胄雕鞍马一匹,给三大贝勒雕鞍马各一匹,给八台吉各鞍马一匹。革其固山贝勒(旗主),以弟多尔衮为固山贝勒,革阿布泰舅游击职,降为备御,罚银二百两。"

接着天聪汗皇太极又说:"汗与诸贝勒议定废黜阿济格让其弟多尔衮继为固山贝勒,是依据父汗确定的八旗制度与共治国政制度中的'八王之内,若有庸才,则将其更换,使其下之子弟为王'。"也就是说,阿济格既然被取消了旗主资格,其子年幼,多尔衮是合法的继承者。

多尔衮认识到,天聪汗与三大贝勒有联合对付他们三兄弟的一致性,并且还看透了汗与三大贝勒也有利害冲突不可调和的一面。天聪汗皇太极智勇双全,定会与三大贝勒较量,定能击败诸贝勒,改变父汗制定的"八王共治国政"这一倒退落后的政治制度,实行"南面独坐"。为了报答天聪汗任命他为旗主,他下定决心,紧跟皇太极,为国立功,以博取天聪汗的欢心和信任,然后再顺着这个台阶,一步一步地向上攀登。多尔衮的这种立场和言行,当然是天聪汗皇太极所希望的,他正需要抓住两个白旗,增强自己的实力,扩大君权,提高汗威。

在圆房后的几年里,虽然布木布泰与皇太极相亲如初,恩爱有加,但是天不遂人愿,布木布泰又一连给皇太极生了第四女固伦雍穆公主、第五女固伦淑慧公主,就是没能为皇太极生儿子。

第三节 帮夫君除异己南面独坐

天聪汗皇太极继位,既非受父亲遗命,亦非因为年龄居长而当立,而是接受以代善为首的诸兄弟子侄的拥戴才登上汗位的。作为回报,他遵照父亲生前《汗谕》,对负有拥戴之功的三大贝勒兄长代善、阿敏、莽古尔泰,极为尊敬和优礼,每当朝会、盛大庆典、宴会等,都把三个哥哥摆在与自己同等地位并列而坐,俨然如四汗。在接受群臣三跪九叩礼时,则免去三大贝勒的君臣之礼,只行兄弟之礼。这样做,一是表示对兄长的尊敬与感激,二也包含有某种程度的畏惧之意。代善掌正红、镶红两旗,阿敏掌正蓝旗,莽古尔泰掌镶蓝旗。他们三人掌握了八旗之中的四旗,实力都很雄厚。因此按照奴隶制政权的政治制度,仍然要实行八和硕贝勒共议国政,一切军国大事都要共议。

天聪汗皇太极,为了改变后金面临的"四处逼近"的困境,决心采取四大策略逐一进行破解。一是废除了父汗"编庄为奴"的政策,制定了"编庄为民"的新政。实行优待汉民、优礼归降汉官,而这两个政策虽然只一字"民"与"奴"不同,但其核心内容却有本质的差别。它取消了原先的奴隶制,解放和恢复了广大汉民的国民地位,对归附的汉官实行与满官经济地位一律平等的待遇,只是后者可以世袭;二是主动与明议和,争取发展国力的振兴时间;三是对蒙古采取绥靖团结,进一步加强满蒙政治军事同盟;四是征服朝鲜李氏王朝,解除后顾之忧。这些重大决策,对后金国政权的巩固,对摆脱面临的困境都是极其重要的。但是这些改革措施和重大决策的实行,必然要触及诸王、贝勒及所属八旗的根本利益。他们虽然不敢公开反对,但是一旦涉及其切身利益时,却不时以各种形式对汗权发起挑战。

首先发难的是正蓝旗主二贝勒阿敏。他居然对皇太极说:"我与众贝勒共议你为汗,你即位后,让我出居外藩就行了。"阿敏的要求令皇太极颇感震惊,他是天聪汗皇太极的叔兄,是努尔哈赤弟弟舒尔哈齐的次子,当年舒尔哈齐就是因为有自立为王的念头,在劝说无效的情况下,才被父汗采取果断措施,将其囚禁而死,后父汗下令将主张参与自立的长子阿尔通阿、三子扎萨克图诛杀,部将武尔坤也被处死。父汗余怒未消,本打算也将阿敏处死,只是当年在自己及兄长的极力求情下,阿敏才逃过一劫,免于一死。天聪元年(1627年)正月初八日,朝鲜国发生内乱,反叛国王李倧的李适被擒斩,余党韩明链、郑梅逃入后金,乞求派兵入朝援助。天聪汗皇太极鉴于同朝鲜李朝的矛盾，为了解除后顾之忧，决定乘朝鲜内乱之机，派兵援助攻打朝鲜。他派二贝勒阿敏及其弟弟济尔哈朗，阿济格及杜度、岳托和硕托等为统兵大将，率兵三万征朝鲜。临行前，天聪汗皇太极谕诸贝勒说："朝鲜累世得罪我国，理应声讨。然此行非专伐朝鲜，明毛文龙近彼海岛，纳我叛民，故整旅徂征，尔等两图之。"这是此次兴师的双重目的。阿敏奉命率师征朝鲜，连陷定州、安州、平壤，直逼朝鲜王京，朝鲜国王被迫求和。可是阿敏往征朝鲜的目的与其他统兵大将不同，他企图自立门户的老毛病又犯了。他对朝鲜国王提出的和议条件，既无意接受，也不急于退兵，而是对随行的诸贝勒说："你们愿意回去就自己回去，我是打定了主意要进朝鲜都城，我一向羡慕明朝皇帝与朝鲜国王居住的宫殿，无缘得见，现在既然来了，一定要进去看看。"他甚至打算在朝鲜屯居久住，心怀异志，不再归国。但是他的意图遭到其他贝勒的一致反对，其中包括他的亲弟弟济尔哈朗。济尔哈朗对阿敏说："我们此次出征前大汗曾谕我等两图之，不宜深入敌后，应当驻兵在平山，以等待议和的达成。"最后阿敏看众人都反对欲留不能，怒不可遏，纵兵掳掠三日。最后才带领军队前去和朝鲜国王议和，订立"江都之盟"。盟约确定了朝鲜每年要向后金国进贡的物品，之后大军遵照天聪汗的旨意，才撤围而回。

天聪三年（1629年）三月，天聪汗皇太极乘崇祯帝继位后重新起用袁崇焕，任命他为兵部尚书兼右副都御史，督师蓟辽、兼督登州、莱州、天津军务之机，吸取后金两次攻打宁远城失败的教训，决定采取避开宁锦防线，绕道内蒙古，突袭京师的策略，来个调虎离山，将袁崇焕调到京师，设离间计，将袁崇焕这个仇敌除掉。十月，皇太极亲率十万大军绕道进关。由蒙古喀喇沁部台吉布尔葛都做向导，出沈阳，向西北行，途经都尔鼻（今辽宁彰武），进入内蒙古科尔沁地，至青城扎营。这时大贝勒代善、三贝勒莽古尔泰，有意让诸贝勒大臣停在御帐外，他两人先进入御帐，以"劳师袭远"为兵家所忌为由，不同意深入明境，提出要天聪汗皇太极班师。皇太极当时左右为难，一时不敢做主，默默坐在御帐中，闷闷不乐。他为了实行进军明朝京师的既定计划，即时昭谕帐外岳托、济尔哈朗、萨哈廉、阿巴泰、杜度、阿济格、豪格等进帐共议。皇太极说："我谋既隳，又何待为？"密谕之曰："我已定策……"天聪汗皇太极的这一句话，激发和点燃了岳托等年轻一代将军忠君的热忱，他们表示支持和拥护大汗继续进军攻打明朝京师。反过来他们又向代善、莽古尔泰施加压力，最后代善和莽古尔泰二人被迫改变主意，天聪汗皇太极才得以下令继续进军征明。这次征明通过对明朝京师的围而不攻的战略战术，给明朝造成创伤，另一方面利用在攻克通州时俘获的明朝两位太监杨春和王成德，实施离间计，借崇祯皇帝之手，最后将后金仇敌袁崇焕逮捕下狱，致其冤死。十二月末，东归时又连下明遵化、永平、滦州、迁安四城。二月，留下阿巴泰等部分王、贝勒戍守永平等四城，初次入关征明，取得了辉煌的胜利。

这次征明虽然取得了重大胜利，但使天聪汗皇太极认识到，三大贝勒及诸贝勒具有左右局势的实力和影响，自己虽有一君之虚名，实为两黄旗之贝勒也。这种旧的奴隶制国家统治体制如果不改变，必然造成汗权分散，王权独立，今后与三大贝勒的矛盾和冲突就成为不可避免。这种"八王共治国政"的国体，实际权力仍分散在宗室贵族手里，很难达到高度集中。天聪汗皇太极从上述征朝鲜和初次征明两件重大事情中清楚地看到，如果继续实行这种制度，凡事不能自专，很难推进新的治国策略，面临的"四处逼进"的困境就得不到改变。

天聪汗皇太极继位三年来，取得了征伐朝鲜和首次征明的大凌河战役的重大胜利，特别是用计谋除掉了父子俩的劲敌袁崇焕，举朝为此次胜利进行庆贺。忙了一整天的皇太极回到后宫，先到中宫大福晋哲哲宫内，喝了杯奶茶，遂起身来到布木布泰宫内。布木布泰发现皇太极的脸色和神情不像打胜仗的样子，便上前拉着他的手亲昵地问："大汗继位以来接连打了几个大胜仗，应该欢喜好好庆祝，怎么看上去还一脸不高兴的样子？"

　　天聪汗皇太极说："仗是打胜了，但发生的事着实让人高兴不起来！"他把二贝勒阿敏近年的所作所为和征伐朝鲜想进王京另立一派，幸亏他下令加其胞弟济尔哈朗劝阻，才从朝鲜撤兵回国；大贝勒代善、三贝勒莽古尔泰在征明的行军途中，反对继续征明，逼他下令打道回府，后在众贝勒的说服下，最后才得以实现进京获胜的一件件不快之事，向爱妃布木布泰叙说了一遍。然后很无奈地说："这次征明如果不是岳托、济尔哈朗、萨哈廉等几位的鼎力支持，恐怕早就打道回沈阳了。虽然三年来这两次出兵都取得了大胜，但我心中却感到像有三块大石，总压得我喘不过气来，你说能让我高兴得起来吗？"

　　布木布泰扶着天聪汗皇太极走到内间，急忙为他更衣。这时苏麻喇姑端过奶茶放到炕几上，转身离开，将门带上。布木布泰一边体贴地安慰天聪汗皇太极，一边斩钉截铁地说："那你就想办法把这三块大石给它打碎！建立新的制度。"

　　天聪汗皇太极边喝着奶茶，边抚摸着布木布泰细嫩的小手。用试问的口气说："这都是父汗生前制定的圣谕，你说怎么打碎？他们每位手中都握有兵力和王权！"

　　布木布泰撒娇地搂住皇太极的脖颈，把嘴附到皇太极的耳边轻声地说："奴婢过去听范章京、宁完我讲三国和水浒里有很多人和事，不光是像你们满人只知用打打杀杀来取胜，而是用计谋和策略，用新的制度来管理国家。就像大汗爷你这次征明，不就是在范文程的建议下，使用了离间计，才除掉了你和父汗的劲敌袁崇焕吗？听哲哲大福晋说，以前你父子两次硬攻袁崇焕据守的宁远城都没成功，而这次大汗你却没动用一兵一卒，只是略施离间计谋，不就把劲敌袁崇焕给除掉了吗？"

　　天聪汗皇太极听了爱妃布木布泰的话，内心吃惊地感到，这小姑娘在大福晋的调教下，每天在宫中看书学习没白学，比朕想得还多。接着皇太极把布木布泰搂在自己胸前，用手摩挲着她的脸颊，又用亲切的口气问:"谈谈你有什么好计策,让朕听听!"

布木布泰听天聪汗皇太极在向她询问治国之策,心中却有些怯意,怕说错了给大汗带来不快。她便立即把脸紧贴在皇太极的脸上,一边亲昵一边说:"你想听奴婢才说,说的不对大汗可别怪罪奴婢。"

天聪汗皇太极把布木布泰搂得更紧了,小声催促说:"你只管说吧!朕不会怪罪你。"

布木布泰说:"大汗一定要改变原来的'八王共议国政'的旧制度,更定官制,用新制给诸贝勒大臣立规矩。规矩定了,如果谁要违犯,按规矩一视同仁进行处罚,这样他也不能再说大汗不敬他。处罚之后再起用忠于大汗的新人替代之,就像之前处罚了阿济格,起用了多尔衮,新人得到好处必然感谢和忠于大汗。只有这样,才能把分散在那些权贵们手中的权力一点一点削弱,最后统一掌握在大汗手里。"

天聪汗皇太极听了布木布泰惊人的见解,心中感叹地说:"之前所发生的问题,其根源确实是由于'八王共议国政'旧的国家体制造成的,进而使国家权力分散,这种现状必须改变,否则就不能有效地打击分散势力,汗位就坐不稳。"天聪汗皇太极从内心更加深了对布木布泰的爱恋和信任。

天聪四年(1630年)三月初,天聪汗皇太极命二贝勒阿敏和硕托率兵五千,前往滦州、永平、迁安等四城,替换原驻守的将领阿巴泰,继续担任守卫任务。并面谕说:"宜严饬军士,毋侵害归顺之民,违者治罪。"五月九日,明朝派主帅孙承宗调集各路兵马向驻守后金军大举反攻,又指挥华州监军道张春等十余员战将、数万兵马围攻滦州。阿敏见状惊慌失措,没作任何抵抗,就下令撤退,并弃城逃跑。在逃跑前,又下令屠城。使已归降的汉官巡抚白养粹以下十余人连同全城百姓全部死于八旗兵的屠刀下,并将城中财物抢掠一空,仓皇逃去。阿敏毫不顾忌天聪汗皇太极训谕,不计后果,血洗全城,给后金造成了政治上的严重影响。

天聪汗皇太极得知阿敏逃归,十分震惊。他先治诸将之罪,然后追究阿敏弃城逃跑的责任。六月七日,他召集诸贝勒大臣,宣布阿敏罪状,共十六条。以丢弃永平肆杀降民为最大,平时他的种种违法事实也都被揭发出来。经众议,都认为应处死,天聪汗皇太极不忍心,改为免死,夺其正蓝旗主,处以幽禁,命其弟济尔哈朗任正蓝旗主。

天聪五年(1631年)八月,继阿敏被贬之后,三贝勒莽古尔泰也因在大凌河之战时与天聪汗皇太极口角,并在大汗面前欲动刀刃。当时大军围困大凌河城,一天,天聪汗皇太极离开营帐,和范文程章京骑马来到城西山冈,视察城内动静,皇太极下了马。这时战甲裹身的三贝勒莽古尔泰腰中挂着大刀,大步流星走上山冈。他的同胞弟弟德格类紧跟在他的身后。皇太极很高兴,大声询问战况。莽古尔泰脸色阴沉很不高兴,说:"昨天战斗,我旗将士死伤很多,听说大汗把不少巴牙喇(满语兵种名,汉译护军)派给许多旗主,有给达尔汗额驸的,有给罗塞的,大汗应该分配给我旗一些巴牙喇。"

天聪汗皇太极笑着说:"朕听说昨日你旗死伤多是因为你调兵不当,差遣往往有误?"意思是乘此时提醒他一下。

莽古尔泰不服,突然生气。提高声音,恶声恶气地顶了一句说:"分配我旗的任务总比其他旗多得多,自然死伤越多,何曾违误。"

天聪汗皇太极见他当面顶撞,很生气,脸色一沉说:"果是如此,就是诬告,朕严加追究。待我查出如果揭发是事实,就将受差遣的人治罪于法。"说完皇太极涨红着脸,心带怒气准备上马下冈。

这时,莽古尔泰毫不相让,扬起脖子,红头涨脸,跟着上前说:"大汗应从公说明白,为什么独与我为难?只因你是大汗的缘故,我才一切承顺,然而你却仍不以为足,是想杀我吗?"他一边说着,一边手抓住腰间的配刀柄,连连注视、抚摸。

天聪汗皇太极一听此话,脸涨得通红。他最忌讳别人说他处事不公。他迅速转过身,厉声说:"你说什么?"

莽古尔泰毫不示弱,向前跨了一步,一字一顿地说:"我说你作为大汗处事不公。你以为你是大汗我们就该忍气吞声忍受你的不公？你以为你是大汗，我们就该时时处处服从你？你当了大汗还不满足？怎么，你还想杀我不成？"他的手紧紧握着刀把，眼睛一时看着皇太极，一时看着腰刀，另一只手频频抚摸着。

这一举动非同小可，敢在大汗面前欲动刀刃，这在当时则被认为是大逆不道。当时在场的莽古尔泰同胞弟弟德格类看到其兄胡作非为，大声斥责说："你这个举动大逆不道！"一边说，一边举着拳头向莽古尔泰打去。

莽古尔泰把怒气转向德格类，怒骂道："蠢物，你敢打我？"说着竟拔刀出鞘五寸许。德格类上前把他推到一边，惶恐不安地搓着手说："他刚才喝了点酒，有些醉意，希望大汗不要跟这个莽汉醉鬼计较。"大贝勒代善看到这情景，狠狠地说："如此悖乱，还不如死！"

是年十月，围困大凌河战役胜利结束，正是秋收以后，八旗军休整时期。天聪汗皇太极在笃恭殿召集诸王贝勒大臣会议，德格类提出莽古尔泰露刀之事，众贝勒极为震惊。多尔衮愤怒得脸色发红，咬牙切齿地说："这简直是犯上！绝不能轻饶！"

莽古尔泰垂头丧气地坐在大汗宝座旁，满面通红地不断向皇太极解释求饶，说自己一时糊涂又喝醉了酒，祈求大汗看在父汗的面上饶了他"御前拔刀露刃之罪"。

皇太极不看莽古尔泰，只是把御前侍卫长叫来训话。说："养你们何用？他露刀欲犯上，你等为何不拔刀趋前立于我前？古人说：操刀必割，执斧必伐。他引佩刀是何用心？你等竟皆坐视不救！拉下去！重鞭五十！"

皇太极又转向各位贝勒，沉痛地说："莽古尔泰幼时，父汗对他不曾与朕一齐抚育，因他一无所有，朕每每推食解衣待他，他得靠我为生。他的额娘富察氏与人私通，父汗只是废黜了她，而他后来为取悦邀宠于父汗，竟设计杀害了自己的母亲。父汗因此令抚养于德格类家，你们难道不知道吗？今天，你莽古尔泰为何侵犯朕？朕思人君虽甚英勇，绝无自作夸诩之理。朕惟留心治国，就像乘一匹劣马，朕只有谨身自持，为何轻视朕至如此地步？"说到这里，皇太极拍案而起，满脸愤怒，脖子上青筋暴露。

大贝勒代善欠身求情说："看在父汗的面子上，暂可允他大殿听政，但是应该夺去他的五个牛录，罚他十匹驮甲胄雕鞍马。此外还应罚他一万两白银入国库，大汗看可行吗？"

皇太极拂袖起身离座，说："这是因为我之故获罪，我不会参加意见。"说完很无奈地大步流星离开笃恭殿。

代善和众贝勒面面相觑，不知如何处理。多尔衮大声说："大汗肯定是不满意这个处理，我看，除了罚银两和马匹，还应该剥夺他坐殿的特权。"

代善大怒，厉声斥责："黄毛小儿，你才荣耀几时，却在这胡乱喷粪！坐殿是先汗生前《汗谕》中立的规矩，谁敢取消！"

代善的儿子岳托站起来说："大汗把话都说到这份儿上了，我看不会原谅他，除非革去他坐殿的权力！"

代善一看众贝勒都不同意他的意见，手一挥，说："先罚他马匹和银两，明天我请大汗再议处！"众贝勒退朝回府。

第二天清晨，代善到中宫请大汗升笃恭殿议事。天聪汗皇太极派贴身侍卫阿尔萨兰回话说："昨日议政无果，今日恐怕还是徒劳，不如休息，等大家都考虑好了再议。"

代善站在宫外不知如何是好。这时，大福晋哲哲从宫中走出来，拜见了大贝勒代善，微笑着缓缓地说："大汗不欲上殿，恐怕不是办法，莽古尔泰得不到惩罚恐怕不能警示他人。大贝勒还得费心想想办法，使事情有个完满的处理结果，这样才能服众。"

代善突然明白了，处罚三阿哥莽古尔泰，是项庄舞剑意在沛公啊。二贝勒阿敏因犯罪被取消并坐囚禁在狱，三贝勒莽古尔泰如再取消并坐……看来天聪汗想一下子除去所有并肩齐坐的贝勒。他勉强挤出一丝苦笑，对哲哲大福晋说："我今日上殿正要提出罢请莽古尔泰坐殿之事。"

哲哲大福晋说："这共治国事，是先汗定的，大汗也不敢随意废去，否则众贝勒会有意见的。人多嘴杂，众口难调啊！"说完深深地叹了口气，一脸为难的神色。

代善想，看来只有罢我的位置才算妥当。罢罢罢，我反正是已经委屈求全，再委屈一次又何妨。这殿不坐也罢！想到这里，代善笑了。说："福晋的意思我明白，我不会叫大汗为难。我先提出自己不坐殿，那么众贝勒就会提出不让莽古尔泰坐殿。请福晋去转告大汗，上殿议事吧。"

哲哲大福晋嘴上说："这太委屈大贝勒了。"然后转身回宫告诉皇太极这一喜讯。

皇太极听后，微笑着说："这次他算是识时务的俊杰。"哲哲大福晋拿来朝服，给夫君穿上，大汗在侍卫的簇拥下起驾上殿。天聪汗皇太极坐在宝座上，用眼扫了左右坐着的代善和莽古尔泰，目光盯在代善脸上，说："昨日议政毫无结果，不知今日要议什么？"

代善急忙起身，下了台基走到皇太极面前，躬身说："我等既拥戴大汗为君，就决定永远服从大汗。现在与大汗并肩而坐，我觉得很不合适，恐遭人议论非礼，自此以后，大汗居上位，面南独坐，我自请下坐。不知莽古尔泰意下如何？"

莽古尔泰急忙说："我是犯罪之人，戴罪之身，大贝勒尚且不与大汗同坐，我何能同坐？我自愿下下坐。"

多尔衮第一个叫好。殿上一片叫好声。皇太极并不表态，只是捋着胡须，脸上泛起笑意。殿前侍卫立刻上来搬下代善和莽古尔泰的大椅，挪到殿上的高台之下，与其他贝勒分坐两旁。笃恭殿的大殿中央的高高台基上，只剩下天聪汗皇太极的金漆宝座。天聪汗皇太极顺水推舟，立即批准。这种坐次重新排定，意味着天聪汗皇太极的权威迅速上升,三大贝勒地位明显下降。第二年正月,天聪汗皇太极正式废除"与三大贝勒俱南坐受"的旧制,改为自己"南面独坐"。至此,天聪汗皇太极才真正达到了南面独尊的地位。

第四节　力谏改革旧制起用新人

天聪汗皇太极废除了三王并坐的旧的奴隶制政治体制,实现了南面独尊,但是用什么样的国家统治体制呢?为国事操劳一天的皇太极到中宫大福晋哲哲那用完晚膳后,哲哲大福晋催促他早些到西宫布木布泰那里歇息。皇太极喝完奶茶,起身径直走向西宫。这时,布木布泰见大汗向西宫走来,让苏麻喇姑到宫门前相迎。皇太极进入宫门,布木布泰上前施礼,并扶着夫君的胳膊一同走进寝宫内。

布木布泰说:"大汗最近又在想治国理政的大事了吧?好久没到奴婢宫里来了。"皇太极说:"是!自从废除了三王并座,作为国家政权,正处在不断改革完善阶段,我国原来的这套设置是十分简陋的。它有三个弱点:八旗制度基本上是一个军事制度,用它来代替国家行政机构,以军职的八旗旗主管理行政事务和组织社会生活,则带有军事管理的味道;二是民族压迫的特色比较明显,从上层到下边任职掌握实权的官儿,几乎全是满族人,从而排斥了大多数汉官参与政权。这在汉人占绝对优势的辽沈地区是不可能持久的;三是实行八和硕贝勒(旗主)共议国政,凡军政大事皆由集体裁决,这是原始军事民主制的残余,显然这与南面独尊是不相适应的。现在我国从天命六年(1621年)五月进入辽沈地区至今已经近十年啦,它与我国目前统治的地域辽阔,人口众多,经济文化都很发达的现实相比,过去的国家机构设置显得相形见绌,落后于时代,如不改弦易辙,势必出现很大的矛盾,阻碍我国的不断前进和发展。"

布木布泰接着说:"国中文馆的宁完我,是个敢于直言的汉官,又精通文史。他过去给奴婢讲汉学文史时,曾听他讲过'定官制、辨服色、论伐明、论考试取官'的治国之策,不妨让他把具体方略呈上,以供大汗斟酌。"

不久,宁完我就向天聪汗皇太极上的一道奏疏,说:"自古设官定职,非帝王好为铺张。虑国事无纲纪也,置六部;虑六部有偏私也,置六科;虑君心宜启沃也,置馆臣;虑下情或壅蔽也,置通政。数事相因,缺一不可。上不立言官,不过谓我国人人得以进言,何必言官。臣请明辨之,我国六部既立,曾见有一人抗颜论劾者否?似此寂寂,岂国中真无事耶?举国然诺浮沉,以狡猾为圆活,以容隐为公道,以优柔退缩为雅重,上皇皇图治,亦何乐有此景象也?况今日秉政者,岂尽循理方正?属僚既不敢非长官,局外又谁敢议权贵?臣知国中事,上亦时得闻知,然不过犹古之告密,孰若置言官,兴利除害,皆公言之之为愈耶?言官既设,君身尚许指摘,他人更何忌讳?苟不至贪污欺诳,任其尽言,勿为禁制,此古帝王明目达聪之妙术也。若谓南朝言官败坏,此自其君鉴别不明,非其初定制之不善也。我国'笔帖式',汉言书房,朝廷安所用书房?官生杂外,名器弗足。不置通政,则下情上壅,励精图治谓何也?至若服制,尤陶镕满、汉第一急事。上遇汉官,温慰恳至,而国人反陵轹之。汉官不通满语,每以此被辱,有至伤心坠泪者,将何以招徕远人,使成一体?故臣谓分别服色,所系至大,原大勿再忽之也。"

天聪汗为了削弱直至消除各种分散对立的势力,纳谏了宁完我的奏疏。决定对旧制进行改革。他首先把在八旗中势力大的诸王贝勒的权力向下分散,对官制进行了细微改革。在八旗中每旗设立一名总管大臣,称总管旗务八大臣:正黄旗纳穆泰(扬古利之弟)、镶黄旗达尔汉(额驸)、正红旗和硕图(额驸、何和里之子)、镶红旗博尔晋(侍卫)、正蓝旗托博辉(龙敦之子)、正白旗喀克笃礼、镶白旗彻尔格(额亦都第三子)。另外还规定:"凡议国政,与诸王贝勒偕坐共议之。"这一措施削弱了三大贝勒的势力,就等于从诸王贝勒手中分出一部分权力给总管旗务大臣,从而打破了他们垄断权力、左右局势的局面。

接着又在每旗设佐管旗务大臣两员,共十六大臣:正黄旗拜音图与楞额哩、镶黄旗伊逊与达珠瑚、正红旗布尔吉与叶克舒、镶红旗武善与绰和诺、正蓝旗屯布噜与萨壁翰、镶蓝旗舒赛与康喀赉、正白旗孟阿图与阿山、镶白旗武拜与萨木什喀。除此之外,每旗还设两名调遣大臣,共十六大臣:正黄旗巴布泰与霸奇兰、镶黄旗多诺依与扬善、正红旗汤古岱与察哈喇、镶红旗哈哈纳与叶臣、正蓝旗昂阿喇觉罗与色勒、镶蓝旗穆克坦与额孟格、正白旗康古哩与阿达海、镶白旗图尔格与伊尔登。任命其各分掌一旗的某方面事务,这又进一步削弱了诸王贝勒独掌一旗的权力,使他们处于众多参政人员的监督和互相牵制之中。

天聪三年(1629年)四月,又仿明制设文馆,命儒臣分两班,巴克什达海和刚林等翻译汉文典籍,巴克什库尔缠和吴巴什等记注本朝政事。并给文馆规定了两项职能,一是翻译汉文典籍,借鉴汉族的政治经验;一是记注本朝政事,目的是总结执政的得失。这些都为推进下一步各项改革做了思想和政治上的准备。

天聪五年(1631年)七月,天聪汗皇太极按中国历代封建王朝的行政组织,设立六部。即吏部、户部、礼部、兵部、刑部、工部。每部以贝勒(亲王、郡王)一人,分别总理各部事务,其下设满承政二员、蒙古承政一员、汉承政一员,承政以下各设参政八员,各部均设启心郎一员,遂将诸王贝勒权力再次削弱,使国家机构趋于完善。

天聪十年(1636年)三月(四月改元为崇德元年),又将文馆改为内三院。即内国史院、内秘书院、内弘文院。内国史院,负责记录起居、撰拟诏令、编纂史书、庆贺表文、纂修实录、册拟功臣诰命等;内秘书院,负责撰写外藩往来书信、记录各衙门的奏疏及代汗起草对各官的指令;内弘文院,专门负责注释历代行事的好与坏、给皇帝讲经注史、颁布制度等。是年六月,又更定内三院官制,内国史院设大学士一人(刚林),学士二人;内秘书院设大学士二人(范文程、鲍承先),学士一人;内弘文院设大学士一人(希福),学士二人。这些大学士、学士分别由满、汉、蒙古人担任。清沿明制,不设宰相,而代之以大学士。大学士的权力很大,直接参加议定国家军政大计,掌握国家机密。内三院的设置,实际上取代了"八和硕贝勒共议国政"的旧的体制。从根本上保证和实现了天聪汗的王权,"南面独尊"。后来,又设立都察院和礼藩院。都察院与三院六部不相属,独立行使监察各部的职权。皇太极授予该部很大的权力,上自皇帝、诸王贝勒,下至各部臣都可以劝谏、弹劾、纠察。理藩院专门负责蒙古方面的事务。这样经过几年的改革、充实,形成了由内三院、六部、都察院、理藩院一套完整的官制,即满、蒙古、汉贵族地主联合主政的国家统治体制。这标志着大清朝的国家政权,完成了在政治上向封建制国家政权的过渡。它开创了我国封建时代多民族联合执政的先河,为大清王朝最终夺取全国政权奠定了基础。经过天聪汗多年的努力,在皇太极继汗位后的九年间,使后金的国家政权体制趋于完善。国家有了制度和法规,对违犯国法的人和事就名正言顺地进行处罚,使一批优秀人才得到擢升重用,使大汗的权威得到尊重。

第五节　皇太极移情海兰珠

海兰珠是布木布泰一母同胞的姐姐,她生于明万历三十七年(1609年),她长得天生丽质,如花似玉,品貌双全,贤淑文静。在她只有十三岁时,就被装扮成新娘,嫁到漠南蒙古察哈尔部,做了林丹汗的弟弟炒兔黄台吉的小福晋。炒兔黄台吉是个不务正业病恹恹的酒鬼,经常是喝得酩酊大醉后,回到蒙古包暴打自己的福晋们,其中有几位福晋已被他折磨致死。海兰珠与他成婚后,连一天好日子也未能过上,她也和其他福晋一样,常被炒兔黄台吉折磨得死去活来。后来炒兔黄台吉一命归天,只剩下海兰珠孤苦一人,于是她便回到了科尔沁草原,同娘家人一起生活。

后金天聪六年（1632年）正月，皇太极"南面独尊"后，才开始考虑后妃的位号，以与皇帝的名分相称。册封中宫大福晋哲哲为皇后，西宫小福晋布木布泰为西宫妃。另据史料记载，当年"上已册立中宫皇后及西宫妃，惟东宫未备，闻蒙古扎鲁特部落代青贝勒女贤，遣使往聘之"。天聪七年（1633年）四月，皇太极的中宫皇后哲哲之母，科尔沁部莽古斯大妃偕长子宰桑大妃，西宫妃布木布泰之母和国舅乌克善与海兰珠，到沈阳盛京城朝见皇太极。四月二十八日，皇太极率领诸福晋及王公大臣等"巡幸郊原"，驻跸于养息牧河地方。适逢蒙古科尔沁两位岳母及格格海兰珠、贝勒乌克善、额驸满朱习礼、台吉绰依尔济等来沈阳，要朝见天聪汗皇太极。二位岳母乃贵戚，应受到盛情款待。

皇太极由驻地渡养息牧河，迎于五里外。相见礼毕后，未设宴，即一同回驻地，设凉棚，入座后互敬相见礼。莽古斯福晋（中宫皇后哲哲之母）向天聪汗献雕鞍辔马二匹、空马六匹、驼十头、群马八十九匹、牛九十五头、羊一千只、貂裘一件、貂皮端罩一件、菊花顶帽一顶、银雕腰带一条、绣花缎靴一双、青缎披肩披领一件、貂皮一百张；又献女儿中宫大福晋哲哲彭缎捏折女朝褂朝衣二套；献孙女西宫福晋布木布泰蟒缎捏折女朝褂、妆缎捏折女朝衣各一件。宰桑之妻（布木布泰之母）向天聪汗献雕鞍辔马二匹、空马三匹、驼六头、群马八十匹、牛九十头、羊一千只、貂镶皮裘一件、垂缨玉草凉帽一顶、亲手帕荷包缎带一条、绣花靴一双。乌克善、额驸满朱习礼、台吉绰依尔济等也都向天聪汗献上了丰盛的厚礼。

是日，天聪汗皇太极以两岳母来朝礼，设大宴盛情款待。宴毕，汗阅视两岳母、乌克善、额驸满朱习礼、台吉绰依尔济、贝勒济尔哈朗等所献牲畜礼物。将大嬷嬷雕鞍马一匹、空马四匹，小嬷嬷雕鞍马四匹，空马四匹，妻舅乌克善雕鞍马一匹、空马二匹，台吉绰依尔济马二匹、贝勒济尔哈朗马四匹收下，共纳马二十二匹。女朝衣、貂皮端罩、裘、帽、靴、裳、貂皮等物尽纳之，其余群马、驼、牛、羊尽却之。

四月二十九日,皇太极对两位岳母进行赏赐,赐雕鞍马各一匹、捏折女朝褂朝衣各一套;赐海兰珠格格捏折女朝褂朝衣一套;赐额驸满朱习礼宽带鞍马一匹、帽缎朝衣一件;赐妻舅乌克善宽带鞍马一匹、缎朝衣一件。随后,天聪汗皇太极与众福晋等前来的亲戚一同回到了盛京城。这次亲属相聚为了亲上加亲,又议定了两桩婚事。一是皇太极的幼弟多铎议娶大妃侄女、皇后之叔妹为妻;一是皇太极将西宫妃布木布泰生的第四女固伦公主雅图,许以妻舅乌克善之子弼尔塔哈尔。

这年年初布木布泰刚生完淑哲公主,没能前去迎接娘家亲人的到来。她靠着松软的大靠枕,半躺半倚在热炕上。暮春的盛京,天气还冷,但热炕烧得却暖烘烘的。奶妈送来吃饱入睡的婴儿,苏麻喇姑把她轻轻放在布木布泰的身旁。布木布泰爱怜地抚摸着婴儿的脸,心中有些遗憾地想,又是一个女孩。她多希望生个男孩,这不光是为自己,也是为了待自己比母亲还亲的中宫哲哲皇后,她的亲姑母。记得在怀孕期间,哲哲姑姑在佛祖面前和索伦杆下一次又一次地祷告,祈求佛祖和萨满天神保佑她生个男孩。母以子贵,这是皇帝后宫自古以来的规矩。天聪汗皇太极由于国事繁忙,一直没有来看望她母子。苏麻喇姑说,听哲哲大福晋说,大汗近来非常忙,说是和哪个贝勒爷之间有些不愉快。布木布泰的心里很着急又很想念大汗,天天盼望着大汗的到来,心里很有些气恼,大汗是不是把自己忘了?

四月下旬,清明刚刚过,草木初萌,春意渐浓,柳树枝头已绽出鹅黄色的新芽,浅浅淡淡的黄绿色挂满枝头,野外路边河旁湖旁的野草也顶出了绿芽,把枯黄染成了翠绿。二十一岁的布木布泰,已经长成高大苗条的少妇,像一朵盛开的牡丹。由于她刚刚生下第七女淑哲格格(公主)不久,身体还很虚弱,脸色有些苍白。她听说娘家人要来,心情非常兴奋,自己试着起身站了一小会儿,就感到有些头晕眼花,身体开始摇摆。苏麻喇姑急忙走过来扶住她,小声劝她上炕休息。布木布泰摇着头坚持站在窗前,等待日夜想念的大汗迎接娘家人的到来。

这次戚属相聚,海兰珠随祖母和母亲、哥哥乌克善一同来朝见。她那如花似玉,婀娜多姿,端庄秀美的靓丽风采,被皇太极一眼看中。两人初次见面就目不转睛,相互产生了好感。海兰珠不仅长得美艳绝伦,她那白皙的脸色,红润中带着苍白,皮肤细腻得像缎子一样光滑,眉眼中有一种淡淡的忧伤和哀怨的表情,更显得楚楚动人,撩起男人保护她的欲望。这位美似天仙的女人,酷似布木布泰,比布木布泰还要漂亮妩媚。她的身段显得柔弱,细长的腰肢随脚步摆动,好似柔软的柳枝在风中摇曳,那么叫人心动。皇太极看惯了满族和蒙古健壮的女子,却从没接触过这般柔弱细腻的女子。他的眼睛注视着海兰珠久久舍不得挪开,被她那秀美的容貌所吸引。细心的中宫皇后哲哲故意咳了一声,皇太极这时才收回自己的目光,并转问哲哲皇后:"这美女可是布木布泰常说的她的姐姐?"哲哲皇后点点头,声音有些沉痛地说:"就是那苦命的海兰珠。"这些都被细心的皇后哲哲看在眼里,记在心中。

中宫皇后哲哲心想,她和布木布泰姑侄俩入宫后,一直都没能为皇太极生育一位皇子,现在虽是中宫皇后,布木布泰是西宫妃,都没为大汗生下皇子,将来我们姑侄俩在宫中的地位也不会稳固。听说大汗最近要准备纳扎鲁特部代青之女为东宫妃,既然夫君这么喜欢海兰珠大侄女,不如借机促他们成婚,盼望她将来能为皇太极生个皇子,也好保住科尔沁同大清的血缘关系,进而保住蒙古科尔沁显赫家族在后宫的统摄地位。她假借西宫妃布木布泰,因刚生完第七女淑哲小公主,还不能陪皇太极幸安,说:"大汗非常青睐海兰珠,让她留下来再多陪伴我几天,然后我派人把她送回去。"皇太极点头表示赞同。后来布木布泰的母亲和嫂子也猜到了中宫皇后哲哲的用意,二老都高兴地表示赞同。

当天晚上,宴会结束以后,中宫皇后哲哲把海兰珠按宫中贵妃穿戴,精心对她进行梳妆打扮,并安排海兰珠在宫中来陪伴皇太极。此时年已二十五岁的海兰珠,虽非豆蔻年华,但由于其冰肌雪肤、丽质天成,依然是一副沉鱼落雁、闭月羞花之貌,不逊于二八佳人。尤其是她那贤淑的品德和成熟女人的魅力,使皇太极更加对其梦寐以求,钟情难忘。

哲哲把海兰珠领进中宫东暖阁的北屋(她和皇太极住的寝宫),命令侍女伺候海兰珠沐浴换衣。海兰珠穿上了锦缎满族服饰,御炕上明黄锦缎的炕帷幄幕低垂。哲哲拉着海兰珠的手,侧身坐在御炕的锦缎坐墩上,用体己的话安慰说:"我知道你受了十来年罪,如今在我这里,你再不必担心,大汗人很好,很会体贴女人。我作为后宫之主,说话还有人听。你妹子布木布泰是西宫之主,大汗也喜欢。东宫之主将来可能是扎鲁特部代青女。以你的性格温柔、绵善、文静,大汗也会喜欢你的。只是你以后不要和布木布泰争宠,由大汗爷自己喜欢。他喜欢你们俩谁都行,都是我们博尔济吉特氏家族的幸事,我都不嫉妒,我想你也不会嫉妒布木布泰。你知道,布木布泰打小就性子硬,好争强,进宫这许多年,我一直有意调教她,有了许多改进,你是姐姐,今后你进宫凡事要让着她一点儿,这样我们姑侄三个就可以左右后宫。我们女人还想什么?在宫里有地位,不受欺负,说话有人听,这不就结了吗?"

海兰珠频频点头,轻轻地说:"我会让着布木布泰妹妹的,她也不会嫉恨我,过去她说过,将来和我有福共享的。"

哲哲轻轻抚摸着海兰珠的黑发,微微笑出声,说:"傻丫头,孩时的话哪能当真?宫里复杂得很,嫔妃间明争暗斗你死我活。亲兄弟、亲父子、亲母子都有互相残杀的,何况姐妹同侍一人?我提醒你,你进宫后留心就是了。布木布泰那里,我也会时时提醒她。"

海兰珠急忙抬起头,明澈的大眼睛直直望着哲哲姑姑,语气坚定地说:"姑姑你放心,我不会发生什么事,布木布泰也不会的,我们是骨肉亲姐妹,我会让她的。就算万一发生什么不好的事,我也一定忍让,不让她受害。"

哲哲皇后脸上露出了宽慰的笑容,用开朗轻快的声音说:"好了,有你这句话我就放心了,先不谈这些。你好好梳妆梳妆,大汗爷一会儿就要回宫,今晚你要好好侍奉大汗爷。"说着哲哲站起身要离去。

海兰珠却拉着哲哲姑姑的手,不好意思轻声说:"姑姑,这真对不起你,你……"她想说:"你难道不在乎?"

哲哲姑姑扭过身,轻轻地说:"傻丫头,这不是你的错,这是满族男人的本性,我们无可奈何的!我当然也想他永远只守着我一人,可是做不到的。他们满洲男人哪个不是十几个老婆?女人在他们眼里,只不过是件衣服,衣服穿旧了,自然要换新的。与其换满洲女人,还不如让我的侄女你来享福。"她用手轻抚一下海兰珠的面颊,走出中宫东稍间的北屋,叫来侍女伺候海兰珠梳洗打扮。

晚间,皇太极用完膳回到中宫,他顾不得已从博尔济吉特氏这个家族中纳了一后一妃,还一定要纳这位美女。皇太极进入中宫东稍间,一见炕桌旁坐着一位装扮华贵、美似天仙的美人海兰珠,便笑着招呼海兰珠说:"过来,到灯下这亮处来,让我好好看看你这个美人儿。"皇太极端详了半天,心中浮现出对海兰珠一丝怜恤和无限的爱慕。他用手牵动着海兰珠细腻的手说:"我想考考你识不识字。我这里有一本蒙古文的《江格尔传》,你来给我读一读。我很喜欢这个巴图鲁。对,满语的巴图鲁就是蒙古语的巴特尔汉语的英雄。你知道吗?"

海兰珠起先还有些紧张和恐惧,倏然听到大汗的亲切询问,顿感遇到了多日不见的老朋友。她从炕角慢慢挪了过来,凑到皇太极身边,细声流畅地读着那本蒙古族的史诗。

皇太极闭着眼睛,躺在温暖的热炕上,静静地听着一个陌生而又觉得熟悉的声音,像银铃般,如潺潺流水,在耳边轻柔流过,轻轻地、温柔地顺着自己的听觉,也抚着她那细嫩的皮肤,更触着他的心灵。就这样,经过哲哲的精心安排,两人在一起数日之间,相爱如漆,难分难舍,终订婚事。过了春天,海兰珠离开盛京回到了科尔沁草原,等待秋天南雁飞离草原时,皇太极派人前来迎娶海兰珠入宫举行大婚。

天聪八年(1634年)十月,皇太极派来的迎亲队伍浩浩荡荡开进科尔沁草原,住满了所有的蒙古包。绮丽的千里牧场上,长着一色青翠的酥油草,清清的溪水齐着两岸的草丛在漫流。平展的草原就像风平浪静的海洋。肥壮的各种毛色牛群、马群、羊群,在碧绿的草原衬托下,就像绣在绿色缎面上的彩色图案一样。在阳光的照耀下,点点水泡似的蒙古包闪烁着白光。风从牧群中送来银铃似的叮当声,伴随着送亲的鼓乐声,热闹非凡。

在布满鲜花和喜字的蒙古包内,海兰珠一切已收拾停当。兄长乌克善走了进来,当年的英武少年现已长成一位彪悍的蒙古大汉,络腮胡子,黧黑的脸膛,壮实的身材,同大多数马上生活的蒙古人一样,双腿有点罗圈。他已经接替父亲宰桑做了台吉,他由姑姑哲哲做主,娶了皇太极的一个固伦格格,现在是皇太极的额驸。正好他要送妹妹海兰珠进宫完婚,同时也送妻子固伦格格回盛京临产。

蒙古包外响起阵阵号角,鞭炮声锣鼓声震耳欲聋,催促着科尔沁草原博尔济吉特氏家族的又一位新人登上送亲的勒勒车。广袤的科尔沁草原上,送亲队伍浩浩荡荡出发了。土黄色的路蜿蜒在绿茵似的草原上,大雁嘎嘎地叫着飞过长空,在白云蓝天中时而排成人字,时而排成一字。驮嫁妆的驼队,护卫马队,勒勒车队,全都披红挂彩,高昂的骆驼长颈上一串串耀眼的银铃,叮叮当当在风中飘荡,清一色的雪白骏马颈上挂着成串的金黄色铜铃,和着驼铃声吟唱。马头上装饰着鲜红的流苏,在秋风中摇曳。唢呐锣鼓轮流吹奏敲打着喜洋洋的迎亲满族喜调和蒙古长调。一些蒙古好来宝歌手坐在后面的勒勒车上,拉着马头琴,悠扬的琴声伴着他们高亢响亮雄浑的男声,在秋风中播撒出一首首"好来宝"颂歌:

天空中翱翔着雄鹰,草原上活着英雄。

勇敢的成吉思汗,活在科尔沁人心中。

天空中飞着彩凤,草原上活着英雄。

美丽的满都海夫人,蒙古人世世代代崇敬。

天空中白云飘荡,草原上百鸟朝凤。

蒙古女儿海兰珠,敬仰满洲大汗英雄。

天聪汗皇太极和中宫皇后哲哲率领着其他福晋,以及宗室贝勒贝子和他们的福晋,六部大臣和文武百官,在笃恭殿前广场举行大宴,庆祝天聪汗和海兰珠的新婚大典。蒙古科尔沁博尔济吉特氏的又一个女子被迎娶进后金的汗宫。这时海兰珠已二十六岁,皇太极已四十三岁。从此,在天聪汗皇太极的后宫中,便出现了一姓姑侄三人同侍一帝的佳话。

第六节 建言统一蒙古壮大实力

对蒙古各部的统一,是天聪汗皇太极壮大满蒙联姻,结成强大政治军事同盟的国策。过去通过满蒙联姻和实行绥靖政策,使蒙古各部大都归附后金,目前只有察哈尔部林丹汗还没归附,他依靠明朝势力仍不断对其他各部和后金进行侵扰,是后金的主要劲敌,只有把察哈尔部林丹汗打下去,才能最终实现统一蒙古。因此,西宫小妃布木布泰向天聪汗皇太极谏疏说:"现在蒙古各部除察哈尔部外,都归附我国了。最近苏麻喇姑的兄长锡勒图召寺苏喇嘛来看望他的妹妹苏麻喇姑,听他说,察哈尔各部对林丹汗都强烈不满,盼望我国出兵将其消灭。我看可以乘机用剿抚并用的政策,这样就结成反对察哈尔的军事同盟,可以逐渐把察哈尔部林丹汗消灭,统一蒙古,壮大我国的实力。不知奴婢说的是否可行?至于怎么在军事上消灭他,那是大汗你们男人的事,这只是奴婢的谏疏。"皇太极根据布木布泰的力谏,得知察哈尔部内情,决定在军事上,采取集中兵力,对蒙古察哈尔部林丹汗进行征剿。

天聪汗皇太极决定亲自率盟军进攻察哈尔部林丹汗,目标是直取林丹汗的巢穴,一举荡平察哈尔部,实现统一蒙古的凤愿。天聪二年(1628年)二月中旬,天聪汗皇太极率精骑在敖木伦一带闪击了察哈尔所属多罗特部,俘获一万三千二百余人,先挫了察哈尔部的锐气。九月,第一次以盟主的身份发号施令,征调归附的科尔沁、喀喇沁、敖汉、奈曼及喀尔喀诸部贝勒,西征察哈尔。九月十九日,大军浩浩荡荡,昼夜兼程,次日黎明,骑兵飞驰袭击席尔哈、席伯图、英、汤诸地,追逐察哈尔败军一直到兴安岭一带。十月中旬,大胜回沈。天聪六年(1632年)三月,天聪汗下令征集各部蒙古兵,再次率师远征林丹汗,经都尔鼻、西拉木伦河、昭乌达等地,沿路各部蒙古纷纷率兵来会,总计兵力十万人左右,在昭乌达会集。天聪汗这次进攻察哈尔,目标直指林丹汗的巢穴,希望一举荡平察哈尔,统一蒙古。大军日夜兼程,准备给林丹汗以"出其不意"的致命一击。四月二十二日,大军越过兴安岭,驻营于大儿湖附近的公古里河,至此,行军路程已达一千二百多里(从沈阳算起)。皇太极先派图鲁什劳萨率兵五百为先遣队到达哈纳崖,可是,一路上却连一个察哈尔部的人影也没见到。经查,原来是联军中镶黄旗有两个蒙古人逃跑了,逃到林丹汗那报告了这次讨伐的军事行动。林丹汗一听说后金大军又来征讨,"大惧,吓得他弃本土率部众西奔,遣入归化城(今呼和浩特),驱部民及牲畜过黄河,国人仓促逃遁,尽委辎重而去"。皇太极下令加速追击。第二天从察哈尔部逃来一个人,报告说:林丹汗携部已逃奔到了库黑得勒酥。要赶到那里需走一个月的路程才能追赶到。为解决粮饷,避免马疲,皇太极挥军赴归化城,然后命军队在此进行休整。

由于连年战争,造成西地蒙古荒无人烟,沿途军粮接济不上,只能靠打猎捕食野兽充饥。幸好在朱尔格地一带,黄羊遍野,多得无可计数。皇太极遂令全军分作两翼围猎,不到一天工夫,就捕获了数万只黄羊。皇太极遂也参加了这项射猎活动,他拉开强弓,每发必中,其中一矢竟射穿两只黄羊,仅他一人就射猎了五十八只!在休整期间,皇太极颁布了纪律:

"凡大军所至,有拒敌败走者杀之,不拒敌者勿杀,勿离散人夫妇,勿淫人妇女,有离人夫妇及淫妇女者死。"还颁布了战场纪律:"凡遇敌临阵,非奉朕旨,勿得轻进,其应进攻之处,俟朕指示。若不遵指示,擅自退缩者,贝勒夺其部众,军士处死,妻子没为奴隶。"大军经过休整后,统一了思想,明确了作战方略,为投入战斗做好了准备。大军行进到布龙图布喇克,皇太极召集大贝勒、贝勒及满洲、蒙古、汉官讨论是退兵还是继续进军。最后决定:"先取蒙古部民,复入明地,以图大事。"

五月二十三日,大军至木鲁哈喇克沁,兵分两路继续追讨,一路为左翼,由阿济格率领科尔沁、巴林、扎鲁特、喀喇沁、土默特、阿禄等部一万人进攻大同、宣府一带察哈尔属地;一路为右翼,由济尔哈朗、岳托、德格类、萨哈廉、多尔衮、多铎、豪格等率兵二万,进取归化城、河套一带。天聪汗皇太极与大贝勒代善、三贝勒莽古尔泰率主力继续向前推进。三路军日驰七百里,在先锋部队的侦察和带领下,大军于五月二十七日抵达目的地。天聪汗皇太极在这天中午进入归化城。从昭乌达盟会齐各部蒙古兵,到达归化城,穷追四十余日,前锋直达黄河木纳汉山。林丹汗闻讯,惊慌失措,即携部民牲畜财产继续昼夜向西逃跑,天聪汗皇太极勒兵停止追击,离开归化城,回师宣府、张家口边外。与明朝地方官员举行议和谈判。明朝地方官慑于后金兵威,不敢拒绝,就派官送去不少礼物,天聪汗皇太极也回赠他们,双方定了和议,还进行了贸易。天聪汗皇太极此次远征,往返万余里,历时三个月二十六天。虽然没有捉到林丹汗,但逼使他丢弃本土西逃,一度强大的察哈尔部,被盟军长途追击和沉重打击,已经陷入了全面崩溃瓦解之中。经过这次长途追击,林丹汗被撵得几无立足之地,他率残部昼夜地向图白忒部(西藏)逃去。"臣民素苦其暴虐,抗违不往。"原有十余万部众,途中离散而去的有十之七八,加上病死的,所剩部众就更少了。"杀人以食,自相攻夺,四处溃散"。当天聪八年(1634年)天聪汗皇太极西征宣、大(明朝宣府、大同)时,林丹汗已逃到青海大草滩,出痘病死。失去了首领林丹汗,跟随他逃跑的部众几乎一哄而散,连他的许多大臣也都各率所部自谋生路。因此,陆续循旧路往回返。正巧天聪汗皇太极率大军引来,把他们一一招抚。在察哈尔林丹汗部众投归后金的人群中,有林丹汗的三位福晋和一位太子,他们分别带所属部众前来归附后金国。据统计,被后金途中收拢的人数以万计,牲畜多达十余万。这是一次收获很大的胜利。天聪汗皇太极三次用兵察哈尔,实际上是对漠南蒙古的统一战争,随着林丹汗察哈尔部的灭亡,统一蒙古的障碍消除了,在广阔的漠南蒙古再没有后金的对手了。于是,分裂的漠南蒙古重新获得统一,归服于后金政权的管辖之下。至此,后金天聪汗已取得了关外及长城以北的广大统治区域。

第七节　两太后献国玺被纳为妃

天聪八年(1634年)八月二十八日,蒙古察哈尔林丹汗寨桑德参庄、巴图鲁噶尔马济农、多尔济达尔汉诺颜、多尼库鲁克等四大臣率小寨桑、札萨古尔、贝勒、台吉、塔布囊部将,送察哈尔林丹汗妻窦士门福晋博尔济吉氏特巴特玛璪,携其所属部众前来归附后金。天聪汗皇太极得知后,命选良马四匹,备御用鞍辔前往迎接。当窦士门福晋率部众至御营前时,天聪汗皇太极率诸贝勒台吉等出迎,御黄幄。来归的宰桑等见天聪汗,遂献马十九匹,杜尔伯特部萨尔鲁斯、海努斯部将献良种牛三十二头,无尾羊一百九十四只。然后天聪汗皇太极出黄幄,与来归大臣先拜天,行三叩礼毕,还幄。来归宰桑率部将叩见皇太极。巴图鲁噶尔马济农复出班,进前叩拜,行抱见礼。次见大贝勒代善。见毕,命窦士门福晋坐于左侧幄内。然后宰牛羊,设大宴宴请窦士门福晋及来归诸臣,命新附人等校射角抵,以期相识。于是,天聪汗皇太极还营,复召来归附诸臣入团帐房宴之。宴毕,命回驻地。

八月三十日,天聪汗皇太极宰牛羊张宴,宴请来归察哈尔林丹汗之姑、察桑德参庄、巴图鲁噶尔马济农、多尔济达尔汉诺颜、多尼库鲁克及众寨桑、札萨古尔、台吉塔布囊等。宴毕,赐察哈尔汗之姑貂皮端罩一件,赐德参庄、噶尔马济农、多尔济达尔汉诺颜、多尼库鲁克各鞍马一匹;余众合赏牛一百头、羊一千只,复又赐德参庄、噶尔马济农、多尼库鲁克各御用貂镶袍一件、弓一张、御用鞍马一匹、空马一匹;赐德参庄、噶尔马济农甲各一副;赐多尔济达尔汉诺颜空马二匹;唠扎雅汉占杜棱马一匹;赐布喇克寨桑空马一匹。

是日,大军起行,至木湖尔伊札尔地方驻营。大贝勒代善深知察哈尔部林丹汗的窦士门福晋主动率部投降后金之意,便同众和硕贝勒、台吉等议奏称:"察哈尔汗窦士门福晋,乃上天所赐,汗宜娶之选入宫闱,以抚慰众心之道也。"皇太极对此十分踌躇,说:"朕不宜纳此福晋,应当将她配给家内不和睦的贝勒。"代善复遣人请汗纳之。而皇太极却派弘文院大臣希福、达雅齐塔布囊、兵部启心郎穆成额等,前往谕大贝勒代善:"至该福晋与其朕纳不如以予家室不睦之贝勒。"大贝勒代善再次遣人奏:"臣等认为,窦士门福晋乃天所赐,她委身顺运,异地来归,汗若不娶入宫闱,恐违天意。汗非好色多纳妃嫔者比,汗若仿古代暴君,悖逆贪色,臣等不惟不劝纳,而且劝阻。念汗修德行义、允符天道,故汗受天眷祐。汗思所治,凡兄弟臣民,咸安乐利。故群庶戴汗如父也!臣思不知当用何术俾国中仓库充盈,比隆古帝,治臻殷富。汗若富裕,则国民康乐,汗若贪乏,则国民受苦。臣此言,苦心与口违,天有不鉴之者乎?汗若纳此福晋,则臣心慰悦,若不纳,则臣甚怨……"天聪汗皇太极对兄长代善的建议,思考了三天之后,又对文馆大臣龙希、刚林、喀木图、伯格日等说:"大贝勒及诸贝勒力请朕纳察哈尔汗窦士门福晋,朕恐有悖礼仪,故不纳。"龙希、刚林等四名文官答曰:"此乃天赐也,汗宜纳之。"并说大汗可曾记得,在行军至纳里特河时,曾有雌雉飞入御幄一事,现在窦士门福晋主动来归,由此观之,实属上天所赐,汗若不纳此福晋,恐违天意也。最后皇太极在众贝勒大臣们的劝谏下,从政治的需要,答应了收纳窦士门福晋为妃的政治婚姻。遂派弘文院大臣希福、达雅齐前往迎接窦士门福晋。卫送察哈尔窦士门福晋之大臣多尼库鲁克说："汗纳福晋,来归部众及我等不胜喜悦,我等此行,乃送福晋,非私来也,盖天父所赐。"言毕,望天拜谢。送察哈尔福晋时,窦士门福晋及众臣感动得流下了喜悦的眼泪,随后,窦士门福晋被送至大营中,被天聪汗皇太极纳之为妃。九月十九日申刻,天聪汗皇太极率大军起行,携窦士门福晋回到沈阳,先谒堂子,拜谒毕入宫。

天聪九年(1635年)二月二十六日,窦士门福晋禀告皇太极说："林丹汗将传国玉玺放在太子额哲手中保存,他现随苏泰太后一起。"于是,皇太极急命二十三岁的弟弟多尔衮,侄儿岳托、萨哈廉,长子豪格为统兵大将,率精骑一万,专程往黄河以西寻找苏泰太后和太子额哲。三月末,大军行至西喇珠尔格地方,遇到林丹汗的又一位妻子囊囊太后,她也正率一千五百户来降后金,并告知了林丹汗太子额哲和苏泰太后的住地。多尔衮遂派温泰等做引导,先送囊囊太后娜木钟前往盛京,然后率大军继续向黄河以西前进。

囊囊太后博尔济吉特氏娜木钟,是蒙古阿巴亥郡王额齐格诺颜之女,是林丹汗的正室。天聪九年(1635年)率部归顺后金。皇太极决定把来归附的这位年轻美貌、尊贵漂亮的太后,嫁与兄长大贝勒代善。于是,就派达尔汉、祁充格前往代善府上说亲。可是代善却以其贫,没带什么财产为由,不愿娶之,并且还说:"大汗非为色多纳嫔妃者,应该大汗娶之,林丹汗的囊囊太后主动来降大汗,只有大汗才可纳娶之,这是允和天道。我要娶就娶苏泰太后。"皇太极听说他想娶的是和林丹汗太子在一起且富有的苏泰太后,感到十分为难,因为苏泰太后是郑亲王济尔哈朗刚死去不久之妻的妹妹,按照满族的风俗习惯,济尔哈朗是有优先婚配权的,而且皇太极争求诸贝勒意见,诸贝勒也都同意将苏泰太后续嫁给济尔哈朗。为此,皇太极只得向代善讲明情况。之后,贝勒阿巴泰、德格类、阿济格、多铎等,奏请天聪汗皇太极说:"此乃察哈尔汗多罗大福晋,既归我朝,必应使之所得,皇上宜纳之。"皇太极说："朕先已纳一福晋,今又纳之,于理不宜。"诸贝勒奏言："此非有所欲而强娶之也,今囊囊太后来归,乃天所赐,显系天意,皇上不可不纳。"经诸贝勒、大臣再三劝请,天聪汗皇太极最后才允诸贝勒大臣之请,决定续娶囊囊太后为妻。于是,皇太极携皇后、诸妃及诸贝勒福晋等,出城迎接囊囊太后福晋来归附。遂下令召集诸贝勒大臣,举行大宴,续娶囊囊太后为妻。

天聪九年(1635年)四月二十八日,大军在托里图地方,终于找到了林丹汗的苏泰太后和太子额哲的驻所。多尔衮命大军迅速包围了苏泰太后的营帐,没有交战。而是派遣苏泰太后的叔祖,向太后说明八旗兵将"秋毫无犯"的保证,然后又派阿什达尔汗和苏泰太后的弟弟南储两人前往说降,并宣布皇太极"怀之以德"的问候。在重兵的威慑和亲情的劝慰下,苏泰太后和林丹汗的太子额哲表示愿意投降后金。多尔衮非常高兴,他和侄儿们在托里图举行了有察哈尔部诸贝勒参加的盛大受降仪式,宣布察哈尔部归附后金。林丹汗的太子额哲所率部民一千户全部投降,并且献上了元代传国玉玺。这枚传国玉玺,上刻汉篆"制诰之宝"四个字,玺柄两边各有一条飞龙。多尔衮遂将这一喜讯立即遣人驰奏皇太极。皇太极看了奏报,万分惊喜。

多尔衮率军携苏泰太后和额哲太子返回沈阳。在大军返回途中,多尔衮与岳托、萨哈廉、豪格,带着苏泰太后、额哲太子及察哈尔臣民一千户,由山西平鲁卫入明边境,掠山西大同、宣化一带,共俘获人畜七万有余,凯旋班师渡过辽河。于九月初五日回到沈阳,遂在盛京城外二里扎营候旨。

九月初六日,皇太极满怀喜悦,身着盛装,带领诸福晋、贝勒、大臣出沈阳城,亲迎凯旋大军。并在阳石木河南冈,筑起了神坛、设帐幄、置御案、焚香、吹螺、掌号,举行了盛大而庄严的迎接大军凯旋和苏泰太后及太子向大汗献宝仪式。

这一天,天色晴和,秋高气爽,阳石木河草绿水碧,南冈上旌旗蔽空,金鼓动地,黄幄闪光,卤簿生辉。多尔衮率凯旋之师于南冈左侧驰马拜见,苏泰太后和太子额哲率领的察哈尔部诸贝勒随后。只见苏泰太后率队从南冈右侧驰马来到皇太极黄幄前下马拜谒。皇太极出幄相迎,走进黄幄入御座。苏泰太后与太子额哲随后进入黄幄跪于帐下,皇太极居高坛以抱见礼相迎。之后,率众出黄幄拜天,行三跪九叩之礼,礼毕,又进入黄幄升座。此时,群臣欢呼,八旗军跟着齐声欢呼,这声音是胜利的声音,是喜悦的声音,它在山川里回响,是那么激昂和震撼!

天聪汗皇太极诏苏泰太后坐于御座之右,诏额哲坐于御座之左。黄帷内设香案,袭以红毡,将所得传国玉玺置于案上。诸贝勒大臣列班在黄幄两旁。之后,赞礼官宣:献玉宝开始!正黄旗骑兵固山额真纳穆泰、镶白旗固山额真吏部承政图尔格依上前举案两端,抬起玉玺置案,诸贝勒率众遥跪,开始向天聪汗献传国玉玺。礼毕,遂将玉玺置于黄幄前的香案上。天聪汗走下御座,上香案前向玉玺行三跪九叩头礼,然后走到香案前,用双手捧起宝玺"制诰之宝"。"传国玉玺!历代帝王承天之瑞,今日,上天以此之宝物赐朕,信非偶然啊!"

"制诰之宝",是天赐之宝,是天命帝王的标志和一统天下的象征,它是历代帝王争夺的天符瑞器啊!后金诸王、贝勒及文武群臣神凝目呆了,察哈尔部诸贝勒臣民神凝噤声了,就连阳石木河的流水和南冈上空的浮云似乎也停止了移动。皇太极在捧起"制诰之宝"的一瞬间,他的神情激越凝重,他跪于高坛前,拜天而呼:"感恩上天眷顾!"声音似乎在强烈地颤抖着。阳石木河南冈高坛下,数万军民爆发出浪潮般的欢呼声,应和着皇太极"信非偶然"的激越情怀。之后,皇太极将玉玺复放于香案上,转身复回御座,传谕两侧众人曰:"此玉玺乃历代帝王所用之宝玺!"接着,出师诸王贝勒率诸大臣在宝案前遥跪。和硕墨尔根代青贝勒复进前叩拜,行抱见礼。接着,和硕贝勒岳托、礼部和硕贝勒萨哈廉和硕贝勒豪格,俱如墨尔根代青贝勒礼,分班行拜见礼后退下,

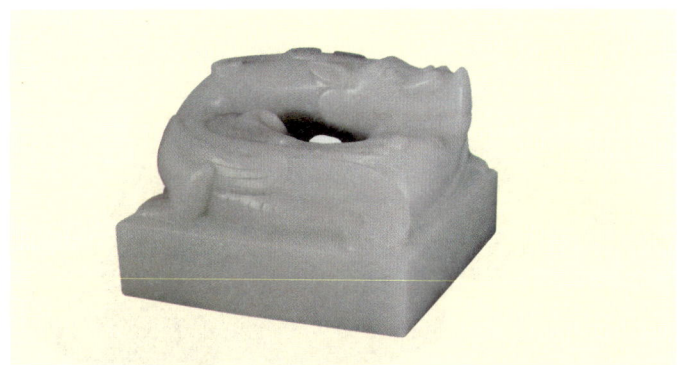

上图 皇帝之宝玺

下图 大清受命之宝玺

上图　皇帝奉天之宝

下图　大清嗣天子之宝玺

与众同跪。

紧接着,苏泰太后叔祖阿什达尔汗进前跪问"汗及诸贝勒平安",正白旗骑兵固山额真大章京阿山出班答曰"蒙天眷佑,汗及诸贝勒、国家均平安",复又问"出师诸贝勒安否?"阿什达尔汗答曰:"蒙天眷佑,仰赖汗福,此番出师,得获察哈尔汗之子额尔克孔果尔,察哈尔汗之妻、家口及众臣部民、历代帝王相争之玉玺,入明大同、宣府地方,直至山西,多所俘获,败所遇之敌,此行甚利。"言毕纷纷退下。

再接着察哈尔汗妻苏泰太后率察哈尔汗二女弟及察哈尔部诸大臣妻,向汗拜跪并敬献礼物。苏泰太后自跪处起立进前时,汗起迎,互相跪见行抱见礼。礼毕,命坐于汗右侧。额尔克孔果尔率本部诸臣遥跪,稍前一拜,又近前跪拜,行抱见礼。之后与其余诸贝勒相见。相见毕,命额尔克孔果尔坐于御座左侧。苏泰太后和其子额尔克孔果尔向大汗献金印、貂皮、水獭皮帽、金花衣一、貂皮里黄蟒缎衣一、玲珑金带一、珍珠一、珊瑚数珠二、琥珀数珠二、金酒海一、金茶桶一、金茶酒壶一、金杯碟、玉碗二、银扁背壶一、银琵琶一、蟒缎十、妆缎十、倭缎五、缎三十五、蟒缎衣十五、嵌金鞍辔马十、空马九十、驼九十、羊一千;女泰孙公主献珊瑚、金、银、玉带、蟒缎衣、蟒缎及马、驼等。其他额尔克楚虎尔、索诺木卫斋桑、达木巴济农、齐伦杜棱、巴特玛都喇尔、塞冷叶尔登、斋桑浑津、拜胡斋桑、巴雅海斋桑、巴特玛斋桑等诸贝勒,也都分别向汗进献了金、银、珠宝和衣物、牛马、驼、羊等,以表答谢收降之意。

献宝、献礼仪式之后,苏泰太后,额尔克孔果尔以所携二马、十八牛、八十羊之肉,酒五大坛举行盛大答谢宴会。天聪汗皇太极携大福晋和三位侧福晋率诸贝勒福晋与察哈尔汗苏泰太后相见,苏泰太后向大福晋和其他福晋们行抱见礼。

随后,皇太极又设大宴,一是宴迎苏泰太后、察哈尔汗女弟及众随从夫人来归。二是大宴出师诸贝勒、察哈尔汗子额尔克孔果尔及其诸臣。宴毕,天聪汗将苏泰太后等所献礼物除蜡染水獭皮帽一、貂皮袍

一、蟒缎五、衣服共二十袭、珊瑚数珠一、马十匹、驼十峰,出师诸贝勒所献马一百七十四匹、驼八十峰,只纳马八十、驼十以外,其余都交兵部大臣,命俱赏出师效力众大臣。初九日,移营至岗噶地方驻跸。

初十日,皇太极以第二女玛喀塔格格许妻察哈尔汗子额尔克孔果尔。额尔克孔果尔向汗行聘礼,宰畜九九之数,设盛宴。是宴也,献蟒缎及缎一百,金五十两,金茶桶一、金酒海一、金荷花杯一、珊瑚数珠三、琥珀数珠三、珍珠数珠一、黑貂皮端罩十、钉金花珍珠倭缎无扇肩朝衣、钉金花珍珠石青索缎捏折女朝衣、绣绿锦索捏折女朝褂,镶沿染海獭皮钉金花珍珠捏折女朝褂及捏折女朝衣、貂镶捏折女朝褂二袭,驮甲胄雕鞍辔马十,空马九十,驼一百,羊一千。天聪汗阅视毕,纳甲胄雕鞍辔马二、空马八、驼十、珊瑚数珠三、琥珀数珠三、珍珠数珠一、金酒海一、金茶桶一、金荷花杯一、金五十两、貂蟒缎衣褂各一袭、各色整缎三十九,为订婚礼。汗赐额尔克孔果尔染貂皮帽、貂皮袍、系手帕小刀及玉雕腰带、缎靴等物,令其穿戴。

十一日,天聪汗诏察哈尔汗妻苏泰太后、子额尔克孔果尔及诸大臣入营,设宴宴之。是宴也,赐三层雕鞍辔走马二、驼四。复赐苏泰太后貂皮里捏折女朝褂朝衣、染貂皮帽穿戴,赐额尔克孔果尔貂皮端罩穿之。十三日,豪格贝勒娶察哈尔汗妻伯奇太后,设大宴,献雕鞍辔马五、空马十。汗阅视毕,悉却之。

二十三日,天聪汗之大福晋博尔济吉特氏哲哲率布木布泰、海兰珠诸福晋出迎察哈尔汗妻苏泰太后,设大宴毕,还宫。二十四日,赐苏泰太后牛五、羊五十、酒十五瓶及随从十三斋桑,羊五十、酒五十瓶,以资食用。是日,移营还宫。

皇太极从阳石木河回驾清宁宫后,已是入夜酉时,他没有进入福晋们的宫闱,也拒绝了福晋们竞相送来的夜宵酒肴,独自进入中宫神堂,挥手拂去奉茶呈果的宫女,独自斜倚在南炕御座楹手上,看着炕几上放置装有"制诰之宝"的黄绫包裹,默默梳理着心头翻腾不已的兴奋、激动和内心按捺不住的强烈思绪!

他毫无倦意,思索着继承汗位九年来走过的历程,心里有着自得的快意。过去长期依附于明朝的朝鲜国王,今日与我朝已称弟纳贡了;明朝自从袁崇焕这一劲敌被杀后,辽东的防御布局全面瓦解,就连北京城也在自己的马鞭挥动下颤抖;蒙古诸部原是飘浮不定的流云,现已被自己握在手掌之中,科尔沁部、喀尔喀部、奈曼部、敖汗部、喀喇沁部、土默特部臣服了,就连一向自居老大的察哈尔部,今天也都低头归附我国。漠南蒙古已成为自己的右臂,只要臂肘一拐,就可以猛击明朝的肋骨和脊背。九年前那种"四处逼近"的困窘,现在已不复存在,现时的敌人只有一个,就是庞大而虚弱的明朝。这颗"制诰之宝"的应时获得,也许就是天命的昭示吧!

他毫无倦意,脑海中盘算着庞大而虚弱的明朝,心头浮起焦虑的向往——真的能进入北京吗?百足之虫,死而不僵,庞大无比的明朝,是不会一击即亡的。将来大兵一举,威逼北京,若明朝皇帝弃城而逃,是追击,还是取城?若攻而不克,是围而困之,还是退兵而回?若明朝皇帝求和,是允许,还是拒绝?若攻取北京,何以安辑黎庶?何以禁止贝勒将领的贪得之心?北京朝廷那架庞大繁杂的权力机器如何才能推动?广阔无边的中原如何治理?过去的大辽、西夏、金国、元朝都进进出出于中原,都留下一个不解的难题:一个人口稀少,文化落后的边陲部族,要想长久地立足中原是不可能的。出路在哪里?良策在哪里?这颗昭示着天命的"制诰之宝"只是一块无言无语的石头啊!

他在焦虑和向往的交织中想到了自己的心膂谋臣范文程,他忘记了夜将过半,便宣谕启心郎索尼召范文程进宫。范文程今天也参加了阳石木河南冈隆重的凯旋仪式,亲眼看到皇太极接受"制诰之宝"时激越凝重的神情,亲耳听到皇太极声音颤抖的拜天诵颂。是啊,"制诰之宝"象征着天命所归,也象征着几千年来朝代更迭合乎天理人心的延续。皇太极有帝王之志,也有帝王之才,在奔向皇帝的道路上,也确实需要有这颗"制诰之宝"号召天下啊!这颗"制诰之宝"的出现和获得,虽是一次偶然的巧合,但也是战场上节节胜利中的某种必然,这种偶然落到皇太极的头上也是天命!天命所归啊!

大学士范文程下朝回到家中也毫无倦意,头脑中被那"制诰之宝"和"中原暴民作乱"搅得思绪翻腾。他感到这是皇太极再创业绩的机遇,也是自己抱负再创辉煌的机遇。他还未来得及仔细梳理好这翻腾的思绪对今后政局变化的影响,屋外便传来索尼清朗的呼唤声。

范文程奉召走进清宁宫中宫神堂,皇太极已斟茶以待,不等范文程恭行大礼,皇太极便拍席招手延请他上炕落座,皇太极不无歉疚地打趣说:"先生大约也是毫无倦意,斜倚被衾而思绪翻腾吧?"

范文程恭行了大礼,然后依命脱鞋、上炕、落座,拱手而对说:"汗王何以知臣毫无倦意而思绪翻腾?"

天聪汗皇太极以手捂着自己的心胸说:"此心跳动强劲有力,故知先生毫无倦意而思绪翻腾,心膂,心膂!因先生与朕心脉相通,朕能不知吗?朕与先生休戚与共,特请先生深夜前来赏'宝'!"

皇太极拍手捋袖,解开炕几上的黄绫包裹,打开金制的印匣,捧出一颗沉甸甸雕有飞龙的"制诰之宝"。

这颗"制诰之宝"确非凡物,一出金匣便光气灿烂,凉风凛人,映绿了炕几上跳动的烛光,使中宫神堂晶莹迷离。范文程凝目细看,此宝物璠玙为质,交龙为纽,通体碧翠,唯印面一层鲜红,篆刻的"制诰之宝"四个汉字,精妙凝重,状如蟠龙,似有一股神秘的魅力盘踞于字里行间,一望而威慑心神。

皇太极纵声大笑,兴奋地谈起这颗"制诰之宝"的神秘来历:"这就是人们常说的传国玉玺啊!据苏泰太后讲,这颗'制诰之宝',是元朝的传国之宝,一直藏在元朝深宫内院。至元顺帝至正二十八年,朱元璋攻打北京,元朝灭亡,元顺帝携带这颗传国玉玺离开京都逃至沙漠,崩于应昌府。他死后,此玉玺遂遗失,不知去向。过了二百余年,应昌有一牧羊人在山冈下牧羊,见一只山羊三天不吃草,以前蹄刨地不停。牧羊人感到奇怪,便用羊铲掘地,得此传国玉玺,献于元朝后裔土默特部的博硕克图汗,博硕克图汗因有此玉玺而雄踞漠南蒙古多年。后来,察哈尔部林丹汗崛起,打败博硕克图汗而得此传国玉玺,遂自封为成吉思汗后代,萌生一统蒙古之志,横行漠南蒙古二十年。"

随着皇太极关于这颗"制诰之宝"的侃侃论述,范文程入夜以来不及梳理的纷乱思绪突然间茅塞顿开:这是难得的机遇,未来后金国的一切将以这颗"制诰之宝"为新起点,戴上皇冠的皇太极不是更有号召力吗?不是更能激励八旗将士勇猛冲杀吗?该是皇太极戴上皇冠的时候了。

皇太极注视着范文程的思索,停止了关于"制诰之宝"的谈论,转换了话题说:"先生还记得九年前此处深夜,朕与先生的第一次会面吗?九年来,赖先生筹划,朝鲜纳贡,蒙古臣服,内政安辑,海边靖宁,四境之敌已灭者三,当今之敌,只有一个明朝……"

此时范文程正在思索中寻觅"制诰之宝"与"中原暴民起义"之间的联系。他对皇太极的询问答道:"臣永生难忘,九年来,深荷汗王恩典,臣如沐春风,如浴天露。汗王所言极是,当今之敌,惟明朝耳,虚弱的明朝,庞大的明朝……"

皇太极一边用黄绫包裹着"制诰之宝",一边似乎受范文程的鼓舞提高嗓音激越抒怀道:"明朝虽是庞大之物,朕决心战而胜之,取而代之,五年不行,十年,十年不行,二十年,此志不遂,誓不罢休。如何战胜明朝,全靠先生的筹划了。"

范文程在飞快地思索,突然自语出声:"侵扰?等待?建号?建制?……"

皇太极听到这几个不连贯的字眼,凝目注视着若痴若呆的心膂谋臣正在为自己的事业苦熬心血,心头一阵热浪翻涌,急忙捧茶以酬。

范文程终于完成了他的方略设想,忽地昂首挺胸,眸目闪着兴奋的亮光，一把抓住皇太极捧来的茶杯，高声而语："对！侵扰、等待、建号、建制，顺应这颗'制诰之宝'的天命昭示，借'中原暴民起义作乱'的合力，取代明朝！"接着，范文程进一步阐述了上述方略：

第一，侵扰。"制诰之宝"昭示，明朝必亡，后金必兴，明朝虽是庞然大物，若一棵参天大树，然树心已空，根底已朽。汗王当以不停地"侵扰"为手段，扫其叶权，剪其枝干，破其皮护，断其天露水，此木必枯，枯木必倒。此乃"疲敌制胜"之策，十年之内，必见成效，乞汗王思之。

第二，等待。"制诰之宝"昭示，天命归于汗。蒙古察哈尔部臣服，不仅使汗王获得传国玉玺，也给汗王带来中原实情。岳托今日语臣，中原暴民起义作乱已成气候，今年上半年，曾有数路作乱暴民起义大闹陕西、河南、庆阳、荥阳、凤阳之举。汗王明察，河南乃中原腹地，荥阳乃秦末刘邦、项羽决战的战略要津，凤阳乃明朝开国皇帝朱元璋的故乡，可见中原动乱已成燎原之势，明朝即将陷于两面作战的困窘，其用兵方略也将随势而变。我为外患，患在边陲，暴民起义作乱为内患，患在心腹。明朝必将减缓对我之征伐而以重兵征剿暴民，中原将有一场官、民生死相搏的恶战。请汗王今后注目于中原，察暴民起义作乱之状，借暴民起义作乱之力，以灵活多变之术，纵横捭阖，等待时机，一举而定鼎中原，此乃"坐收渔利之策"，乞汗王思之。

第三，建国号。"制诰之宝"昭示，建号之举乃天下所企。昔日大汗称"汗"，乃沿袭蒙古称号，意在收复蒙古诸部以创基业，乃英明之举。今日形势大变，蒙古臣服，朝鲜归附，汉官汉将归降者日多，山海关、长城以外之地皆汗王天下，女真人、蒙古人、汉人俱为汗王臣民，并将进入中原，成华夏诸族之主。名不正，则言不顺。言不顺则事不成，历朝历代君王皆称"帝"，汉族传统中"帝"为诸天神之首。称帝将改变我乃边族之国的地位，将高居于蒙古诸汗、朝鲜国王之上，将与明朝皇帝并立天下，将标志着汗王事业新的阶段的开始，将激励全军将士的壮志雄心，也将昭告天下黎庶，汗王是华夏历朝历代皇帝合法继承者。此乃"正位正名"之策。乞汗王思之。

第四,建制。"制诰之宝"昭示,建立以适应皇帝权力的政体制度乃当务之急,不仅为当前治国所需,也是为来日治理华夏天下做必要的准备。自秦汉以来,历朝历代帝王都在积累治国经验,至明代,所定条例章程最为周详,请汗王依据宁完我"参汉酌金"之议,改定政治制度,完善六部职能,健全议政、行权、监督、封授、军队、服式等规章,以利大权集中,政令通顺,并借以教习文武群臣、培养人才、积累经验,来日进入北京,可免捉襟见肘之窘。此乃"未雨绸缪"之策。乞汗王思之。

皇太极听范文程说完这"四策"以后,心中大喜,紧紧抓住范文程的双手,以心相见,以诚相诉地说:"朕知先生能解朕一天来翻腾于心的忧烦,果然灵验了,如愿了。'制诰之宝'只能给朕以沉迷心神的虚幻,先生所奏'侵扰、等待、建号、建制'之策,才是真正的'制诰之宝'啊!先生在此深夜的一席谈话,也将为朕今后若干年的马头所向提供指南。明朝必亡,后金必胜,'制诰之宝'所昭示的,是朕的身边有一位因思索谋划而情近癫狂的范文程啊!"皇太极采纳了范文程的谋略,用极其信任的话语说:"先生,建号、建制之事,就由先生全盘负责实施了!"

第五章 建大清国受封永福宫庄妃

第一节 获国玺受敦请建国称帝

强悍的察哈尔部从此灭亡，难以驾驭的漠南蒙古终归统一，这是皇太极取得的又一巨大成就。数年前，与明朝交好的朝鲜"称臣纳贡"，三大敌国如今只剩下唯一的明朝，整个形势使后金变得光彩夺目。这是天聪汗皇太极近十来年不断改革，不断征战，才使整个长城以北的大片土地为后金所占有，人们才过上了平静的生活。后金的政治、经济、军事实力大大加强，可以说形势大好，前程似锦。不仅如此，还获得了林丹汗遗妃献的元朝"传国玉玺"。这在皇太极看来，它同消灭林丹汗同样具有重大意义。照古人的解释，传国玉玺落入皇太极之手，就意味着"天命"归金，上天已经允许皇太极为"天下命世之君"。

后金天聪九年（1635年）九月十四日，都元帅孔有德奏言："窃观自古受命之君，必有受命之符。昔文王时，有凤凰飞至，盘旋其殿上。今汗得此宝玺，二兆雷同。此宝非寻常，他人未得，惟汗得之，盖汗爱民如子，顺时合天，不辞千里之远。天乃赐汗九层尊位，而享天下之福，无疑也。不但臣一人喜而不寐，而中外闻之，欢欣鼓舞，以为尧舜之治，今得复见矣。不胜欢跃，臣当亲赴拜贺，但未奉汗命，不敢擅行，谨斋戒焚香遥拜。"

总兵官耿仲明奏言："夫玉玺者，乃天子用以治国，统御天下之宝，汗合天心,爱百姓,故天赐宝玺,可见天心之默佑矣。惟愿汗速成大业,以慰臣民之望。以得宝之礼,理应亲赴拜贺,因未奉汗命,不敢擅行,谨率诸臣遥叩。"

十二月二十八日,诸王贝勒大臣做出决议,由弘文院儒臣希福、刚林,秘书院罗硕、礼部启心郎祁充格代表他们向皇太极奏书,提出要为皇太极上尊号。奏书曰:"孔有德、耿仲明、尚可喜三将军已来降,今察哈尔部太子又归附,蒙古诸部一统。而且又获得了历代皇帝传国的玉玺,天助我主的象征已经出现,欲请天聪汗应天命、上尊号。"

皇太极说:"不能承受尊号,必待上天眷佑,式廓疆域,大业克成,彼时受尊号未为迟。"遂不允众请。

诸大臣又具奏说:"今察哈尔汗太子,举国来降,又得历代帝王相传玉宝玺,是天心默佑,大可见矣。当今仰承天意,应早正大号。"

皇太极说:"现在周围诸国虽然投降,又获得传国玉玺,但大业未成,成大业前,若一先立尊号,恐怕天以为非。比如我考虑晋升某一个贤者,若这个人不等晋升,便妄自尊大,那么我就认为不对。"皇太极以未知天意,不能承受尊号为由婉谢了众请。

这时,他的侄儿礼部贝勒萨哈廉猜出了天聪汗皇太极的心思,便让希福、刚林、罗硕、祁充格诸大臣再向皇太极上奏本曰:"现在获得玉玺,诸部归附,天意已明。如果已知天命,不受尊号,恐怕天反倒为非。"

皇太极听了这番话,十分高兴,称赞说:"萨哈廉这样启发,我心里高兴。你们的话,一是为我,二也是为先父创立的基业,如诸贝勒都能各修其身,到那时我再考虑是不是受尊号。"

诸贝勒又复奏曰:"倘汗欲擢升一人,而其人未肯受事,汗宁不以为非呼?若仿彼不仰承天意,膺受尊号,恐天心亦以为非也。"尽管众贝勒大臣反复上奏敦请,皇太极仍不允。

皇太极虽然表面上一再回绝诸贝勒大臣的敦请,但并非内心不想受尊号,他只是担心诸贝勒是否真心诚意地拥戴他在称号上更上一层楼。他的侄儿萨哈廉深知皇太极固辞不受的主要原因：一是担心诸贝勒是否真心诚意拥戴他上尊号；二是在国中仍有心怀嫉妒的不良之人，暗示要以身任之，这些问题都断然无事后才能受尊号。他让萨哈廉再征求一些汉官们的意见。

当天晚上，萨哈廉、希福、刚林、罗硕又召集汉官，传达汗的谕旨，说："诸贝勒说，要上尊号，但我认为大业未成，天象不明，受尊号未必合适，所以我真心拒绝。"话音刚落，汉官鲍承先、宁完我、范文程、罗秀锦、梁正大、齐国儒、杨方兴等力劝说："人要随从天象行事，获得玉玺，各处归服，人心归顺，这本来就是顺天意、合人心的事，此时受尊号，定国政，是非常恰当的。"之后，萨哈廉将汉族大臣一致敦请他上尊号的意愿，向皇太极作了呈奏，皇太极就没再说什么。只是让萨哈廉把自己的心愿再向诸贝勒面谕，再看看他们都有何表示。

第二天，萨哈廉立刻召集诸贝勒开会，说："原先天聪汗不同意受尊号，主要怕我等诸贝勒不能自修其身，为汗克尽忠信，展布嘉猷，勤修治道，所以虽我等多次敦请汗受此大号，汗不肯轻受。如诸贝勒皆克殚忠信，像莽古尔泰、德格类二贝勒又何以犯上作乱耶？今诸贝勒若誓图改行，汗才能受尊号，彼时君臣之道自然成也。"诸贝勒都要盟誓改行，各修自身，汗才能上尊号。

诸贝勒听后，明白了汗反复拒绝为己上尊号的原因。于是诸贝勒又复奏曰："汗宜受尊号，今玉玺既得，诸部来降，是诚天意也。若未知天眷，不受尊号，反见罪于天乎？"

天聪汗皇太极又对诸贝勒说："如果尔等能誓图改行，各修其身，到时我再考虑是否受尊号。"诸贝勒听了皇太极的一番话后，为表示誓图改行，随即把自己的誓词书写成奏本，报呈给汗阅。

皇太极一一览毕誓词后说："大贝勒年迈，只有数年光景，其免誓。萨哈廉有病誓词暂存，待其病愈再行立誓可也。其余贝勒不必书从前并无悖逆事等语，但书自今以后，存心忠信，恪尽厥职，遇有会议政事，勿谋于闲散官员、微贱小友、所娶妻妾等,即以此言为誓,若谋及此辈,彼虽言不及义,必将一并议罪。诸贝勒即不似彼之逆状,显然而心怀异志者,亦必遭谴。若彼谴责,擢杀身之祸,我将痛惜也。"

大贝勒代善听后心绪不安地说:"汗考虑我年老,恐怕我触犯誓词而死,这是对我的恩爱,但我若不与诸贝勒一起立誓词,怎能安居呢?如果汗不让我参与政事,我能违背汗的意思吗?我不愿免去我的立誓。虽然我年老了,但我立了誓言,就会把国家政事拴在心上,不会被汗谴责。"

天聪汗皇太极说:"如果应该让你参与政事,怎能把你抛在一边?我是念你年老,才劝你免誓。你愿意和诸贝勒一起立誓,那就立吧!"

十二月二十八日,诸贝勒按汗的旨意将各自的誓词重新更定,一齐焚香下跪宣读盟誓。先由大贝勒代善宣读誓词誓告天地:"自今以后,若不公正为生,守忠尽职,像莽古尔泰、德格类行悖逆之事,则天地谴之,俾代善不得令终;若不能尽忠于汗弟,而言与行违,则天地鉴之,俾代善不得令终;若国中子弟或如莽古尔泰、德格类谋为不轨,代善闻之不告于汗,俾代善不得令终;凡与汗谋议机密之言,妄告于所娶之妻及旁人,天地谴之,俾代善不得令终;若存心谋乱,则天地速诛之;若愚昧无知,以致差错,天地鉴之;代善苦能竭尽其力,效忠于汗弟,天地眷佑,寿命延长。"

接着阿巴泰宣读誓词誓告天地:"自今以后,若有二心于汗及己身虽不结怨作乱,而兄弟中有悖逆之事,明知隐匿,或以在汗前所议政事,归府告于妻妾及不与议之官员、侍从人等,云我意原欲如此,因而谤讪者,天地谴责,夺其寿算;若能尽忠竭力,蒙汗洪慈,天地眷佑,寿命延长。"

济尔哈朗宣读誓词誓告天地:"自今以后,济尔哈朗与汗结怨,存悖乱之心及己身虽无恶意,而兄弟中有悖逆之事,知而隐匿不报,或以在汗前所议政事,归府告于妻室及不与议之微贱小友,天地谴之,俾臣不克永年；若能尽忠效力，蒙汗洪慈，延长寿命。"

多尔衮、多铎告天地曰："自今以后，若有二心于汗及己身虽不作乱，而知兄弟之悖乱之事，匿而不报，天地谴之，雷震而亡；或以所议政事告于不与议之微贱小人及所娶妻妾，不以所欲奏汗，云我意原欲如此，背后议论，天地谴之，俾臣不克永年；嗣后，若能尽忠效力，天地庇佑，延长寿命；若蒙汗洪慈，而为他人所害，天地亦必甄别之。"

阿济格誓告天地曰："自今以后，若与汗结怨及己身虽不作乱，而知兄弟之悖逆之事，匿而不报，或以在汗前所议政事，归府告于妻室及不与议之官员、侍从人等，云我意原欲如此，因而谤讪者，天地谴责，夺其寿算；若能尽忠效力，蒙汗洪慈，天地庇佑，延长寿命。"

众兄弟宣誓告天之后，接着侄儿杜度、岳托誓告天地曰："自今以后，若有二心于汗及行悖逆之事，以汗所议政事告于所娶妻妾及不与议之属下人等，云我意原欲如此，离间兄弟，或如蓝旗兄弟谋为不轨，明知隐匿，天地谴之，俾臣不克永年；若践盟尽忠于汗，延长寿命，蒙汗嘉许，以安生业；若为他人所害，上天及汗必监之。"

儿子豪格誓告天地曰："自今以后，若不尽忠效力，行悖逆之事，有二心于父汗，离间兄弟，取悦于奸慝，以所议政事告于妻妾旁人，知贤不举，见恶隐匿，天地谴之，汗厌之，俾臣夭折。嗣后，能尽忠图治，不作悖逆之事，竭尽政道，天地庇佑，延长寿命，世享富贵；若愚昧不知，以致或有愆尤，天地必甄别之。"

以上立誓的这些人，都是天聪汗的哥哥、弟弟、侄儿和自己的长子，他们都手握重兵，能征惯战，把持全国大部分军政大权，这不能不使皇太极对他们怀有疑虑，存有戒心。让他们立誓的目的，就是使他们向至高无上的天表明自己对现实的一个态度，同意和支持皇太极进一步加强中央集权，建立一代封建王朝。

外藩蒙古诸部贝勒此时也赶到盛京，他们听说天聪汗皇太极喜获传国玉玺，也纷纷上表要求皇太极上尊号，这样朝廷内外都想到一块去了,于是联合起来,恳求皇太极即皇帝位。

皇太极说:"既然你们都同心定尊号,还有朝鲜王作为兄弟,应与他共议,外藩诸贝勒有没来的,也需要知道。"诸贝勒一听,皇太极已经同意了他们的请求,都高兴地退朝回府了。

天聪十年(1636年)三月二十二日,外藩蒙古十六部四十九贝勒齐聚沈阳,朝见皇太极,联合请上尊号。几天后都元帅孔有德,总兵官耿仲明、尚可喜等率所部汉官请求上尊号。这种满、蒙古、汉诸贝勒、大臣同声敦请皇太极上尊号称帝的场面,形象地显示出皇太极上尊号已得到我国北方和东北各民族的承认,也标志着这个以满族为核心,又有汉、蒙古等封建主参加的联合政权将正式确定下来。在这种形势下,天聪汗皇太极遂以顺天意应民心的姿态,接受了众贝勒、大臣和外藩蒙古的表文和请上尊号的请求。

四月五日,内外诸贝勒,满洲、蒙古、汉官齐聚笃恭殿,呈奏章联合恭请天聪汗皇太极上尊号。文武群臣百余人分次排列,跪请在天聪汗皇太极面前。多尔衮代表满洲捧满字表文、土谢图济农巴达礼(奥巴之子)代表蒙古捧蒙古字表文、孔有德代表汉官捧汉字表文,分别率群臣跪读表文。在这种形势下,皇太极以顺天意应民心的姿态,堂堂正正地登上了权力的顶峰。他说:"尔诸贝勒大臣等,以朕安内攘外,大业浡臻,宜受尊号,两年以来,合辞劝进,至再至三,朕惟恐上无以当天心,下无以孚民志,故未谕允,今重违尔等意,勉从群议。朕思既受尊号,当益加乾惕,忧国勤民,有所不逮,惟天佑助之。"朝见仪式完毕,众贝勒文武群臣个个欢欣鼓舞而退。

天聪十年(1636年)四月十一日,沈阳盛京城正是初春的季节,环之四望的云雾,鲜明而清新,一阵暖风吹来,带着新生、发展、繁荣的消息,几乎传达到每一个细胞。浑河两岸的柳丝,刚透出鹅黄色的叶芽。鸟雀飞鸣追逐,好像正在进行伟大的事业。新修建的盛京城及宫殿,金碧辉煌,大殿内外八旗招展,一派喜庆,这一天正是皇太极登上大清皇帝之位的吉日。

按照礼仪规定,登基仪式的第一项内容是祭天地。皇太极斋戒以后,穿戴新朝服,骑上一匹雪白色骏马,在文武百官的簇拥下,前往天坛祭告天地(天坛设于德胜门外)。天坛上放一张香案,上铺黄绫缎,设上帝神位,神位前面摆放香炉。诸贝勒大臣和文武百官分东西列队于天坛两侧,为首的是代善大贝勒,以下是济尔哈朗、多尔衮、杜度等诸兄弟子侄;接着是额驸扬古利、固山额真谭泰,宗室拜尹图、叶克舒、叶臣、阿山、伊尔登、达尔汉;再往下便是外藩蒙古八固山额真察哈尔部、科尔沁部、扎赉特部、杜尔伯特部、郭尔罗斯部、敖汉部、奈曼部、巴林部、土墨特部、扎鲁特部、四子部、阿鲁科尔沁部、翁牛特部、喀喇车哩克部、喀喇沁部、乌喇特部等十六部大臣;汉族文武大臣都元帅孔有德,总兵官耿仲明、尚可喜、石廷标、马光远。还有满洲、蒙古、汉族文武官员等都按旗排列。朝鲜派来的两名使臣也参加了庆典。

天坛场内,依次布满了满洲八旗、蒙古八旗、汉军八旗各色旗帜,组成了五彩斑斓旗的海洋。沿天坛四周,布列数层八旗兵,整装肃立。整个场面庄严、肃穆。天色大亮,东方出现一片霞光,把天坛映照得格外富丽堂皇。先由满人、汉人各一名引导官来到皇太极面前,引领他来到天坛前,皇太极拾级而上,面向"上帝"神位站立。这时,赞礼官高呼:"上香!"皇太极接着在香案前跪下,从引导官手中接过香,连上三次。接着,仍按上面程序,分别把帛和装满酒的爵恭敬地放到香案上。敬献完毕,读祝官手捧祝文登上天坛,面向西北跪下,宣诵读祝文,其文曰:

"惟丙子年(1636年)四月十一日,满洲国皇帝、臣皇太极敢昭告于皇天后土之神。臣以眇躬,嗣位以来,常思置器之重,时深履薄之虞,夜寐夙兴,兢兢业业,十年于此,幸赖皇穹降佑,克兴祖、父基业,征服朝鲜,混一蒙古,更获玉玺,远拓疆土。今内外臣民,谬推臣功,合称尊号,以副天心。臣以明人尚为敌国,尊号不可遽称,固辞弗获,勉徇群情,践天子位,建国号大清,改元为崇德元年。窃思恩泽未布,生民未安,凉德怀惭,益深乾惕,优惟帝心昭鉴,永佑家邦。臣不胜惶悚之至,谨以奏闻。"

这篇祝文是向上帝报告他十年来所取得的重大功业,请求批准他即皇帝位,以此表明他是"命世之君",有权统治全国。宣读完祝文,皇太极和文武百官依次入座。接着皇帝先饮祭酒,吃祭品,之后将祭酒、祭品分给文武百官当场吃掉。

仪式的第二项内容,是在笃恭殿举行"受尊号"典礼。殿内正中放一把金漆交椅,周围摆放一套新制作的御用仪仗,朱红色油漆放出耀眼的光泽,显得十分华贵、威严。仪式一开始,引导官引皇太极经大殿正面拾级登殿,入坐在金交椅上,文武百官分左右两班在殿前站立。这时鼓乐声大作,赞礼官高呼:"跪!叩!"文武百官向太宗行叩首礼。赞礼官又呼:"跪!"文武百官随口令则跪下,多尔衮与科尔沁贝勒巴达礼、多铎与豪格双双从左边班列中站出,与此同时,岳托与察哈尔林丹汗之子额哲、杜度、孔有德双双从右边班列中站出,他们每两人捧一枚皇帝御用之宝,上前跪献给太宗皇太极。他们代表了这个政权统治下的满、汉、蒙古及其他少数民族,把象征着皇帝权威的御用之宝交给皇太极,表示把国家的最高权力授予了他,完全承认他的至高无上的统治地位。献完御宝之后,满、汉、蒙古各一名代表,手捧本民族文字的表文,站立大殿东侧,依次宣读表文,对太宗皇帝赞颂一番。读完表文,再次行叩头礼。礼毕,在殿前立一鹄,命善射者校射,对优胜的进行奖赏。即位仪式到此最后完成,立时鼓乐一起吹打。清太宗崇德帝在鼓乐声中,含笑步出大殿,排列仪仗,乘舆回宫。当天,清太宗崇德皇帝在大殿举行盛大宴会,欢庆即皇帝位礼成。

次日,崇德帝皇太极率文武百官来到太庙追尊祖先。从始祖、高祖、曾祖,到祖父,都尊奉为王,而奉父汗努尔哈赤为皇帝,上了一大串尊号。曰:"承天广运圣德神功肇纪立极仁孝武皇帝"。庙号太祖,葬于福陵。尊奉母亲叶赫那拉氏为皇后。此外,还给已故功臣追封美称。

四月二十三日，崇德帝皇太极大封他的臣属，先封他的诸兄弟子侄：大贝勒代善位列第一，封为和硕礼亲王，贝勒济尔哈朗封为和硕郑亲王，多尔衮封为和硕睿亲王，多铎封为和硕豫亲王，豪格封为和硕肃亲王，岳托封为和硕成亲王；阿济格低一级，封为多罗武英郡王；杜度以下再低一级，封他为多罗安平贝勒，封阿巴泰为多罗饶余贝勒。按以上等级，分赐银两。外藩蒙古贝勒也按亲王、郡王等级分别敕封。二十七日，敕封孔有德为恭顺王、耿仲明为怀顺王、尚可喜为智顺王，时称"三顺王"，是汉官中敕封的最高封号。对一些老臣和他们的部下也都论功封赏。封费英东为直义公，配享太庙；封额亦都为弘毅公，配享太庙。

皇太极的即位典礼，从全部礼仪的形式看，基本上是仿照汉制礼仪，但在内容上带有满族生活的特点。更为重要的是，在仪式进行过程中，皇太极自始至终坚持满、汉、蒙三位一体的思想，推选上尊号的代表以及书写的表文，都是满、汉、蒙三方和三种文字。这充分反映皇太极是多么重视各民族的巩固联合！这种做法，是历代王朝所不曾有过的事。汉族封建统治者，不管是新建王朝还是后世子孙继承皇位，都摒弃少数民族于宫墙之外，即使如辽、金、元这些少数民族建立的政权，又多取排斥汉族的政策。皇太极称帝时，一反他们的片面做法，极为重视满族同汉族、蒙古族等各民族的密切合作，使之成为他立国的一块基石。大清王朝即位典礼的形式就是这一方针的又一次生动体现。这次即位典礼，前后持续二十余天，耗费了大量的钱物，从仪式所需的各种物品，到皇帝、文武百官制作的礼服、仪仗；从各种祭品，到赏赐给诸亲王、贝勒及百官的银两、物品等，所费银两共十余万两。从天聪十年四月开始，皇太极正式即皇帝位，受"宽温仁圣皇帝"的尊号，改年号为崇德元年，定国号大清。

纵观大清国正式建立国号前五十二年的历史，清太祖努尔哈赤更多的是作为一个民族领袖来活动，是清朝初期的首创者，而崇德帝皇太极,则在清朝历史发展进程中,是一个承前启后、继往开来的关键历史人物,他在清朝历史的关键时刻,以卓越的政治睿智和求实的思想,审时度势,始改国号"大清",进而开辟了清朝历史的新纪元,成为了大清国皇帝第一人。

第二节 识大体受封永福宫庄妃

自古以来,历朝的宫闱之中,常有风流天子、多情嫔妃的佳话。身为有"九五之尊"的皇帝,可拥有三宫六院七十二妃嫔,其妻妾之众是可想而知的。读过唐代杜牧《阿房宫赋》的人都知道秦始皇的后宫里蓄养很多美女。妃嫔媵嫱,"一肌一容,尽态极妍,缦立远视,而望幸焉。有不得见者,三十六年",反映了因其妻多而形成的哀怨。白居易的《长恨歌》吟道:"后宫佳丽三千人,三千宠爱在一身。"说的是唐明皇后宫美女三千,后来他把爱集中到杨贵妃一人身上。大清皇帝皇太极在唐明皇之后八九百年,尽管物质条件有了很大进步,而他毕竟处在政权初创时期,占据地盘有限,他的国家物质生活也不够先进和充裕,他的后宫美女肯定超不过生逢盛世的唐明皇。究竟有多少,目前尚无准确统计。据王先谦《东华录》载,大清崇德帝皇太极的后妃有十五人。在皇太极即皇帝位,封赏诸王及文武大臣的同时,对自己的十五位后妃也进行了册封。

他首先册封的是凤凰楼高台之上的"崇德五宫"后妃。即中宫清宁宫、东宫关雎宫、西宫麟趾宫、次东宫衍庆宫、次西宫永福宫。在这"崇德五宫"后妃中,第一位的是科尔沁贝勒莽古斯之女中宫大福晋哲哲,她于明万历四十二年(1614年)嫁给皇太极,时年十六岁。婚后没生过儿子。天命十年生皇二女固伦温庄长公主,天聪二年生皇三女固伦端靖长公主,天聪八年生皇八女固伦端贞长公主;第二位是科尔沁贝勒宰桑之长女海兰珠,后金天聪八年(1634年)十月嫁给皇太极,时年二十六岁。最得皇太极宠爱,被册封为关雎宫宸妃;第三位是察哈尔部阿巴亥郡王额齐格诺颜之女娜木钟(原系察哈尔林丹汗囊囊太后),天聪八年(1634年)八月,率部投奔皇太极,后被收纳为妻,册封为麟趾宫贵妃;第四位是察哈尔部阿巴亥塔木囊博第塞楚祜尔之女巴特玛璪,(原系察哈尔林丹汗窦士门福晋),天聪八年(1634年)三月,率部投奔皇太极,后被收纳为妻,册封为衍庆宫淑妃;第五是科尔沁部贝勒宰桑之次女博尔济吉特氏布木布泰,后金天命十年(1625年)初嫁给皇太极,时年十三岁,天聪三年生皇四女固伦雍穆长公主,天聪六年生皇五女固伦淑慧长公主,天聪七年生皇七女固伦端献长公主,被册封为永福宫庄妃。这五位皇妃中,除皇后哲哲外,布木布泰是入宫最早的,她原来很受皇太极的宠爱,而现在她由原先的第二位西宫小妃,变成了第五位的永福宫庄妃。

新册封的"崇德五宫",位于沈阳故宫金銮宝殿崇政殿后庭院的正北端。崇政殿后庭院东侧是日华楼、师善斋,西侧是月华楼、协中斋。庭院的正北端与崇政殿相对的是凤凰楼,它是建在人工堆砌的四米高台之上的一座三层重檐、歇山式楼阁建筑。面阔三间,进深三间,楼体通高十五米,是三层重檐楼阁。整个高台用两道宫墙围绕,第一道为高台台基围墙,第二道为凤凰楼与后妃寝宫的宫墙。楼门前建有崇石台阶二十四级。拾级而上通过一楼门洞直通后妃寝宫四合院。凤凰楼是整个宫殿建筑的制高点,它在当时盛京城的诸多宫苑建筑中,是最高的一座龙楼凤阁建筑。每当东方现出鱼肚色时,登上凤凰楼,便可看到喷薄欲出的一轮红日从东方冉冉升起。极目远眺,则可将盛京城的美景尽收眼底。当年人们曾以"凤楼晓日"称誉其为"盛京八景"之一。凤凰楼位于前朝崇政殿与后宫清宁宫之间,起着前朝与后妃寝宫的过渡和间隔作用,使前朝与后宫,既相连接,又相间隔。设计非常巧妙奇特。清初皇太极经常在此聚会议事、筵宴、小憩。沿凤凰楼前拾级而上,穿过凤凰楼门洞,便是一组四合院建筑群,这便是皇太极的崇德五宫。

清宁宫与凤凰楼遥遥相望,位于盛京皇宫中轴线之北端居中,是皇后博尔济吉特氏哲哲居住的寝宫。坐北朝南,面阔五间,进深三间。为崇德帝后宫椒房之首,地位最显赫。宫前设有月台,宫门月台前设有基石阶六级。为前后廊单檐大屋顶硬山式建筑,屋面满铺黄琉璃瓦镶绿剪边。梁柱为方形柱,正面设木棱条大窗四扇,外糊窗纸。清宁宫的宫门在东四间开门,俗称"口袋房"。宫内分隔成东西两部分:东一间为"暖阁",是皇太极和博尔济吉特氏哲哲皇后的寝宫。同时也是皇太极日常处理政务,或批阅奏章、商议机要等宫中政治活动的重要场所。暖阁中有一道间壁,把寝宫分隔成南北两室,各设有炕,称"龙床",南北二铺炕长一丈二尺一寸,寒冷季节住南侧"龙床",阳光照晒既明亮又暖和,炎夏酷暑住北侧"龙床",降温清凉。西四间为祭祀神堂,进入宫门南侧,设一宰牲台,与南侧火炕之间,用木墙与火炕隔断。宫门正北端为砖砌的两座锅台、灶台,西侧用木墙与火炕作为隔断。沿南、西、北三面靠墙用"万"字形火炕相连,形成庄严肃穆的神堂。南炕长四丈零五寸、宽六尺四寸,西炕长二丈五尺五寸、宽五尺六寸,北炕长四丈零五寸、宽五尺六寸。烧火的灶口设在宫外南北廊下。西四间神堂的南北两侧炕上,陈设有铁梨木炕桌,北炕上并设有黄缎云龙图案坐垫及楹手,炕上还设置有火盆,以供冬季取暖用。西侧设有佛龛,龛内供奉有七仙女画像、无量佛和关帝圣君像。皇帝经常在此举行萨满祭祀和召见爱新觉罗氏族的兄弟子侄和皇亲国戚。

清宁宫东侧是关雎宫,是皇贵妃海兰珠居住的宫室;南侧是淑妃巴特玛璪居住的衍庆宫;西侧是贵妃娜木钟居住的麟趾宫;南侧是庄妃布木布泰居住的永福宫。这四座皇贵妃的宫闱建筑,其建筑结构、形式和建筑装饰艺术与清宁宫相同,只是规模略小于清宁宫。

皇太极新册封的崇德五宫中,清宁宫皇后博尔济吉特氏哲哲与关雎宫宸妃博尔济吉特氏海兰珠、永福宫庄妃博尔济吉特氏布木布泰亲姐俩是姑侄关系。也就是说,姑侄三人同侍一帝,成为千古佳话。另外两位是蒙古察哈尔部林丹汗的妻子窦士门福晋和囊囊太后。前三位都是明媒正娶的,后两位则是在察哈尔部林丹汗被消灭后,主动率部来投奔大清的,是崇德帝皇太极从团结安抚蒙古察哈尔部归降的政治目的,而收纳的两位林丹汗的遗妃。

庄妃布木布泰被册封为永福宫庄妃后,心中感到有些委屈。一天她在宫内皱着眉头想:皇上去年征察哈尔,俘获了林丹汗妻子窦士门福晋,在大贝勒代善等诸贝勒、大臣的劝慰下,从安抚察哈尔归降各部的政治需要,于木湖尔伊札尔地方,收纳窦士门福晋为妃。后来察哈尔囊囊太后又来投奔,又被众臣劝慰纳为妃。这些满洲男人,从先汗努尔哈赤开始,就把征战的胜利品按八份平均分配,他们把俘获的贵族女人也分给各贝勒爷做福晋。察哈尔林丹汗的两位遗妃来归附,皇上听从贝勒爷们趁机拍马屁的劝说,将两人都收纳为妃。宸妃海兰珠是自己的亲姐姐,她进宫后已经夺走了皇上的心,皇上又纳了两个察哈尔遗妃,自己在宫中的地位由原来的第二位排到第五位,她深感自己在宫中的地位岌岌可危,今后的前途真不堪设想。

想到这,庄妃布木布泰魂不守舍地对苏麻喇姑说:"你快去到中宫清宁宫哲哲皇后那儿,看皇上在不在?"然后又附耳交代几句,苏麻喇姑走了出去。

过了一会儿,苏麻喇姑返回来,对庄妃布木布泰说:"回主子,皇上和诸贝勒爷到大殿议政去了,哲哲皇后说有事,请您过去一趟。"

庄妃布木布泰忙起身,让侍女为自己打扮一下,带着苏麻喇姑出了永福宫,径直往皇后的中宫清宁宫走去。

中宫清宁宫的侍卫荷枪执戟立在宫门两侧,面无表情地守卫着皇帝和皇后的寝宫。哲哲皇后在宫内宽敞的廊檐下,身后站着侍女。三十多岁的她,开始慢慢发福,大圆脸盘越发丰满,重叠的双下颌开始下垂,人越发高大壮丽。她穿着杏黄团花绣凤锦缎皇后袍服,头戴着东珠镶顶的皇后冠。这服饰是皇太极根据苏麻喇姑设计制定的,在天聪七年颁布执行。

庄妃布木布泰进入中宫清宁宫,见到姑姑哲哲皇后,按宫中新规礼节,向皇后行了跪安礼,然后起身趋步上前,哲哲皇后扶住她,说:"我们姑侄在没外人的情况下,就免了这大礼吧。"

庄妃布木布泰又行了蒙古千手礼,上前恭敬地扶着姑姑哲哲皇后,轻步走进中宫清宁宫东稍间暖阁。

哲哲皇后坐到暖阁外间的南炕上,庄妃布木布泰坐到姑姑身旁。哲哲皇后看着自己的侄女庄妃布木布泰一脸忧郁的样子,关切地问:"什么事情叫你不高兴?你让苏麻喇姑来看皇上在不在?"

庄妃布木布泰犹犹豫豫地问:"皇上新招降收纳察哈尔汗的窦士门福晋和囊囊太后,并把她俩都封为贵妃?"哲哲皇后认可地点点头。

庄妃布木布泰焦急地接着说:"姑姑你想她们刚来就封为贵妃,你皇后的地位会不会受影响?我的地位、海兰珠姐姐的地位会不会受影响?"

哲哲皇后浅浅一笑,说:"这不是我们过问的事。大贝勒代善进言敦请皇上收纳察哈尔窦士门福晋和囊囊太后为妃,这也是为了安抚察哈尔部前来投奔部众的需要。因为漠南蒙古察哈尔部归附我大清后,整个蒙古诸部都被大清国统一了,我国占据的地域更广了,统治的人口更多了,今后就可以与明朝争天下。这都是皇上从大局着想才这么做的,皇上对我们姑侄三人跟以前一样,依旧宠爱。"

"这个讨厌的大贝勒代善!"布木布泰咬牙切齿地小声嘟囔着,"糊涂胆小,还一心讨好大汗爷,净出馊点子。"

哲哲皇后轻轻摇头说:"你又使小性子了不是?还做不到喜怒不形于色。皇上身边有这样一群人,是皇上的福分。他胆小就不敢反抗,惟皇上之命是从。他一心讨好皇上,积极主动替皇上出主意想办法,有什么不好?哪个主子不需要这样一大批人才?这样的人,你一定不能打击他们的积极性,要不时听他们建议,还要给他们点甜头,让他们像狗一样俯首帖耳听话。"

庄妃布木布泰不敢犟嘴。心中还有点不大甘心,她小心翼翼地说:"皇上一下子新娶了两个察哈尔遗妃,却把我的宫室册封为四位皇贵妃中的最后一个宫室。听说那两个太后年轻,而且长得又很漂亮。"

哲哲皇后不满意地斜睨着布木布泰:"瞧你这死心眼。皇上纳谁不纳谁,主要是根据他的需要。纳了林丹汗的太后,蒙古的左右翼六部六万户,特别是察哈尔蒙古各部就会服从皇上,归附我大清。蒙古各部,只有我们科尔沁部全心全意最早归附后金。皇上多次讨伐察哈尔部,不是你给皇上谏疏的吗?现在终于消灭了林丹汗,俘获了他的两个太后和太子,他们把传国玉玺献给皇上。囊囊太后又是太子的母亲,皇上纳了他的母亲,他能不感谢皇上吗?你呀,只从自己的角度想问题。"哲哲皇后说着,用手指戳了戳布木布泰的额头。

庄妃布木布泰不好意思地笑了。姑姑的这一番话,冰释了她心中的不满。她想,女人一定要大度才行。为了大清国的前途和皇上的国家大计,自己也需要忍辱负重。毕竟自己是五宫后妃中年龄最小的,只要哲哲姑姑的中宫皇后地位不变,自己就没有什么忧虑的,反正姐姐海兰珠已经夺取了皇上的欢心。

正在这时,关雎宫宸妃海兰珠和侍女一起走了进来。她穿着秋香色绣凤团花锦缎袍,头戴镶有一颗珍珠的凤冠。她趔趔趄趄地趋步上前,给姑姑哲哲皇后行跪安礼,哲哲皇后开心地笑着对布木布泰说:"你去把你姐姐扶起来吧。要是不扶她,她可又要跌一跤。"原来海兰珠一跪下再站起时,常常脚下一扭,那满族高底缎靴半月形寸子鞋底就向旁边一滑,她必定摔跤。侍女们常偷偷笑。

布木布泰听到哲哲姑姑的命令,急忙站起来,脸上笑成一朵花,上前搀住海兰珠,说:"姐姐这么聪明伶俐的一个人,怎么还没有学会满族贵族女人走路?瞧你走路,上身东摇西摆,像个大肥鹅似的难看死了。"

宸妃海兰珠低下头用手扭着绢帕,不好意思地笑着说:"妹子你不要取笑我,你知道我心拙手笨,从来比不上你心灵手巧。穿这鞋走路,我总是前仰后合,掌握不好身体平衡,妹子你要多教教我才是。"

庄妃布木布泰从炕上拉过绣墩,按住姐姐海兰珠坐下。问她说:"皇上昨晚可去你那里?"海兰珠脸微微发红,轻轻点点头。

庄妃布木布泰轻轻叹了口气,伤感地说:"自从我怀孕到生淑慧图亚公主,皇上已经快一年没去我那里了。"

姐姐海兰珠急忙安慰她说:"皇上近一年征察哈尔疲劳得很,连我那里也是十天半月去一次。要是再去我那里,我会说服皇上去你那里的。"

皇后哲哲冷冷地说:"海兰珠,皇上的脾气你看来还是不知道。皇上自己想到哪里,他就到哪里,你们谁要干涉他,看我不鞭谁!"

海兰珠和布木布泰见姑姑放出狠话,吓得大气不敢出。哲哲姑姑说得出,做得出,她一翻脸,连皇上都有些惧怕她三分。哲哲姑姑要是发起威风来,那可是够可怕的。她亲眼见过她惩罚一个俘虏来的汉官的侍妾,在院子里命令侍卫用蘸了水的牛皮鞭子抽打得皮开肉绽,死去活来。皇上的一个小福晋和她顶嘴,被她扬起巴掌左右开弓一连扇了十几个耳光,那小福晋的脸红肿了半个月。

皇后哲哲狠狠地瞪了布木布泰一眼,又非常不满意地瞥了海兰珠一眼。心里说:现在不是你关照妹妹的时候。皇上新纳了两个察哈尔遗妃,她们俩一入宫,皇上难免会喜新厌旧,布木布泰不争气,到现在也没生出个男孩,你海兰珠入宫到现在已经一年多了,也还没见动静。你们再不紧紧抓住皇上,要是察哈尔遗妃在你们俩之前生出男孩,将来这宫里还有我们好日子过吗?

哲哲皇后换了平静的语气说:"布木布泰,你的三女儿图亚还在吃奶,虽然有奶妈,亲妈的奶也还是要吃的。再说你坐月子还没恢复,皇上不能去你那里过夜。这是我的命令。"

庄妃布木布泰大眼睛一热,几乎要流下眼泪。她心里命令自己,忍住！忍住！不能流泪！这时流泪会惹姑姑生气的。眼泪慢慢地在眼眶里融化了。布木布泰脸上露出了快乐的微笑。

海兰珠见妹妹布木布泰笑了，自己也高兴起来。哲哲姑姑问起她学习满文汉文的情况，海兰珠掏出自己写的满文和汉字叫哲哲姑姑看。布木布泰也凑了过去，看了一眼，扑哧笑出声来。哲哲笑骂道："死蹄子，有点聪明就笑话人。"

海兰珠并不生气，她见妹妹布木布泰高兴，自己心里也舒服起来，说："我写得就是不好，满文像蒙文，还好写，这汉字像画画似的，真难。"

哲哲姑姑指点着海兰珠的满文，指出她应该加圈点的地方，一边说："这新满文有圈有点，这是皇上在改造老满文时，由你妹妹布木布泰想出来的。她呀，是有点小聪明。"听到哲哲姑姑夸奖，布木布泰咯咯地笑了起来。哲哲抬起头，见她这副张狂样子，故意添上几句："不过，她的满文字写得并不怎么样。汉字写得更像涂鸦。"

布木布泰见哲哲姑姑故意贬自己，依然咯咯笑着，那种神态极像个天真无邪、少不更事的小姑娘。海兰珠也高兴地咯咯笑。现在布木布泰真的恢复了少女时代的天真，对皇上册封自己为永福宫庄妃也理解了。

除崇德五宫之外，皇太极对其他侧福晋也一一进行了册封：钮祜禄氏，明万历三十九年（1611年）生皇三子格博会（早殇），为额亦都之女，被册封为元妃；贝勒博克铎之女乌拉纳喇氏，明万历三十七年（1609年）生皇长子豪格、三十九年生皇二子洛格，天命六年（1621年）生长女固伦公主，被册封为继妃；贝勒阿纳布之女叶赫那拉氏，天聪二年生皇五子硕塞，被册封为侧妃；扎鲁特部落贝勒代青之女博尔济吉特氏，天聪六年嫁皇太极，天聪七年生皇六女，九年生皇九女，被册封为侧妃；英格布之女纳喇氏，被册封为庶妃；察哈尔谔勒济图固英寨桑之女奇垒氏，被册封为庶妃；布颜之女颜扎氏，被册封为庶妃；安塔锡之女伊尔根觉罗氏,被册封为庶妃;拜祜之女,被册封为庶妃。还有两位不知姓氏的都册封为庶妃,一位是皇十子韬塞母,一位是下嫁旺第的公主母。

第三节　谏皇上信奉蒙古喇嘛教

永福宫庄妃布木布泰,去年借建立大清国号之机,让班布喇嘛来盛京看望多年未见的妹妹苏麻喇姑。她从班布喇嘛给她讲述蒙古达延汗与三世达赖喇嘛索南嘉措交往的故事,知晓了蒙古人由原先尊奉萨满教改为尊奉喇嘛佛教的历史。

一天晚上,皇上心事重重地回到永福宫,庄妃忙迎上前,亲昵地挽着皇上的手臂,同皇上一起走进北间的寝宫。苏麻喇姑用金漆托盘端上两杯香喷喷的奶茶,恭敬地放到炕桌上,抽身退出寝宫。庄妃看着皇上面带愁容的样子,便开口说:"皇上有什么心事吗?"

崇德帝皇太极说:"随苏泰太后来归的佛教主默尔根喇嘛,也率所寺的僧人一同前来归附我大清,听说还带着金佛和蒙文大藏经,我们满洲一向是信奉萨满教的,这蒙古喇嘛来归,按说是好事,但怎么安排他们朕还没想好。"

庄妃说:"现在蒙古四十六部都归附我大清了。察哈尔部的教主都率众僧和金佛及藏经前来归附,说明上天和佛祖都保佑我大清。我曾听苏麻喇姑哥哥班布喇嘛说,我们蒙古族原先和你们满洲一样,都信奉萨满教,大概是从达延汗开始,就改为信奉喇嘛佛教了。"

崇德帝皇太极问:"这些都是班布喇嘛告诉你的?那你讲给我听听,蒙古人为什么过去信奉萨满教而后来改为信奉喇嘛教?"

庄妃接着说:"班布喇嘛说,蒙古北元时,俺答汗于明万历六年(1578年),在青海湖之察布勒雅地方兴建了仰华寺,邀请佛教格鲁派(宗喀巴)宗师索南嘉措于青海湖边会面,双方互赠尊号。俺答汗被赠予"大力梵天转轮法王";索南嘉措被赠予"圣况瓦齐尔达喇喇嘛",即金刚持密宗取得最高成就的称号。自始达赖喇嘛称号被确定。索南嘉措为第三世达赖喇嘛,两年后于明万历八年(1580年)就来到仰华寺,开始宣讲佛教教义。索南嘉措达赖喇嘛劝俺答汗戒杀行善,废止蒙古贵族的夫死妻殉的恶习。俺答汗感其化,令蒙古人信奉佛教,'持诚诵经,月斋三日,禁止杀牲渔猎'。不久俺答汗返回归化城(今呼和浩特),兴建锡勒图召寺,供奉索南嘉措喇嘛,并请他向蒙古民众传授佛法。八年后,明万历十六年(1588年)二月二十六日,索南嘉措达赖喇嘛圆寂。"

崇德帝皇太极原先对蒙古喇嘛教知道甚少,他听庄妃这么一说,更加感兴趣。他呷了一口奶茶,思索片刻又接着问:"那索南嘉措喇嘛圆寂后,又是哪位喇嘛接任了呢?"

庄妃接着说:"索南嘉措三世达赖喇嘛圆寂后,在明万历二十年(1592年),西藏三大寺,遵照索南嘉措临终时的遗嘱,派代表到蒙古寻找三世达赖喇嘛的化身转世灵童,议定云丹嘉错为索南嘉措达赖喇嘛的转世灵童。这样三世达赖喇嘛的转世法身就落到了俺答汗家族,于是藏传正统与成吉思汗的黄金血统就融为一体。这也是历史上历世达赖中唯一的蒙古血统。明万历三十五年(1607年),云丹嘉错被邀请入藏,他从锡勒图召寺赴西藏扎什伦布寺,向四世班禅罗桑曲结求法,拜班禅为师。万历四十四年(1616年),云丹嘉错达赖喇嘛在哲蚌寺圆寂,时年才二十八岁。"

崇德帝皇太极说:"明天启元年(1621年),父汗为了与西藏喇嘛教首领和蒙藏贵族建立联盟关系时,也曾提出过对喇嘛教要尊重。记得在大金《喇嘛法师宝记碑》中说:有一名叫干禄达尔罕囊素的西藏喇嘛,'不辞跋涉,东历蒙古诸部,阐扬圣教'。父汗对他顶礼膜拜,十分尊敬。同年干禄达尔罕囊素圆寂。父汗还专门下令为他建祀祈祷。"

庄妃接着说:"是啊!父汗对喇嘛佛教也都很敬重,那还不是为了与藏蒙结好。当下蒙古察哈尔林丹汗部众已全部归附大清,林丹汗的太子额哲已献上了传国玉玺,现在蒙古黄教喇嘛默尔根教主,又率领众僧并用骆驼驮着蒙古的护法金佛'玛哈噶喇'佛和蒙文《大藏经》前来献给皇上,这不是天佑我大清吗?据班布喇嘛说,默尔根喇嘛所奉献的护法'玛哈噶喇'金佛,是元世祖时蒙古喇嘛帕思巴用千金铸成的,这尊千金身护法'玛哈噶喇'佛,曾奉祀于五台山,后移于沙漠,中间元朝灭亡后,又经夏儿把忽秃兔喇嘛移于漠南蒙古林丹汗元朝后裔处。它可是蒙古人近百年来一直信奉和崇拜的金佛,现在蒙古诸部都已归附我大清国,我们要想真正征服他们,除了用武力和绥靖政策外,今后也要用喇嘛教的教义来征服他们,这样不仅能统治其身而且还能统治其心。"

崇德帝皇太极听了庄妃介绍的蒙古黄教喇嘛教的情况和谏言,深知利用喇嘛教征服蒙古人心具有重要作用,心中的担心和顾虑顿然消除,说:"朕知道了。"于是,庄妃与皇上解衣就寝,两人便进入甜蜜的梦境。

第二天早朝,崇德帝一改反对喇嘛教的初衷,为保护和利用喇嘛教来教化团结蒙古人,决定接纳默尔根和随行僧众,当即向"玛哈噶喇"金佛行三跪九叩首大礼。并下令于清崇德元年(1636年)秋,在盛京外攘门关外二里处修建莲华净土实胜寺(亦称皇寺),供奉"玛哈噶喇"金佛。该寺于崇德三年(1638年)秋建成。

这座寺院坐北朝南,呈长方形,占地面积七千多平方米。寺院建筑面积一千多平方米。寺院前最南端东西大道上,建有一对飞檐斗拱的木牌楼和下马碑,正南建有三楹黄琉璃瓦镶绿剪边山门三楹。寺院内两侧有钟鼓楼二座,东为钟楼,西为鼓楼;中有天王殿,后有大殿五楹;在天王殿和大殿之间,左右为配殿各三楹;有禅堂僧房三十四间;在天王殿后两侧,各有一座碑亭,内立满、蒙、汉、回四体文字碑,碑文:"至大元世祖时,有喇嘛帕思巴用千金铸护法玛哈噶喇,奉祀于五台山,后请移于沙漠,又有喇嘛夏儿把忽秃兔,复移于大元裔察哈尔林丹汗国祀之。我宽温仁圣皇帝,征破其国,人民咸归。时有喇嘛默尔根随载而来。

上闻之，乃命众喇嘛往迎，以礼接至盛京西郊，乃命该部卜地建寺，于城西三里许得之。""营于崇德元年丙子岁孟秋，至崇德三年戊寅岁孟秋告成，名曰莲华净土实胜寺。"

大殿是全寺的主要建筑，基座为石铺平台，为单檐歇山式面阔五楹，进深三楹，周围有出廊，殿顶满铺黄琉璃瓦镶绿剪边，雕梁画栋，非常精致。殿内正北供西方三圣，左右列八大菩萨、十八罗汉。"玛哈噶喇"楼，位于大殿西南角，为重檐歇山式建筑，正方形，楼顶满铺黄琉璃瓦镶绿剪边，专门供奉"玛哈噶喇"金佛的。

这座莲华净土实胜寺落成后，举行了隆重的庆典。崇德帝皇太极率诸王、贝勒、文武大臣前往进行庆贺，至金佛前上香，行三跪九叩首礼，文武群臣也分别依次进行拜谒。致此以后便成为大清王朝众臣民拜谒佛事的重要场所。

不仅如此，崇德帝考虑到皇后和四位皇贵妃都是蒙古人，同时认为汉人也都信奉佛教，逐下令在皇后清宁宫西四间神堂的萨满神龛上，也供奉一尊无量寿佛的佛龛，在关雎宫、麟趾宫、衍庆宫、永福宫的外间分别设立佛龛，挂上唐卡，作为拜谒佛事的场所。随后，又在沈阳盛京城的城东、西、南、北六里处，修建"四塔四寺"，即：东塔永光寺、西塔延寿寺、南塔广慈寺、北塔法轮寺。

崇德帝信奉喇嘛教，利用佛教教义征服蒙古族和广大汉人的举措，对远在祖国大西南的西藏达赖、班禅影响很大。大清崇德七年（1642年），西藏达赖主动遣使与大清王朝通好，建立施主关系。并派遣赛青曲结为代表，于清崇德八年（1643年）抵达盛京拜见皇太极，崇德帝皇太极亲率诸王贝勒大臣出怀远门迎之，拜天行三跪九叩首礼毕，赛青曲结喇嘛奉达赖喇嘛之书及黄氆氇上，皇上立而受之，遂携手相见。赛青曲结返回西藏带回崇德帝皇太极致达赖班禅、萨迦法王等人的亲笔信和赠送的丰富礼品。

第四节 为夫君喜生皇九子福临

大清崇德二年（1637年）七月，骄阳如火，庄妃的姐姐宸妃海兰珠十月怀胎，先为皇太极生下一个小皇子，排行为皇八子。哲哲皇后得知后欣喜万分，立即前去探望，心中由衷高兴，笑意挂在嘴角眉梢。她终于盼到这一天，盼到了博尔济吉特氏妃子生了皇子。为了实现这个愿望，她花费了多少心血。过去她把希望寄托在布木布泰身上，现在她又寄托在海兰珠身上。这个皇子关系着清宫里博尔济吉特氏女人的荣辱和昌盛。她吩咐总管告诉御厨，每天为宸妃做一个燕窝炖银耳，让人从蒙古草原取新鲜奶子来给宸妃喝。又让两个宫女捧着黑漆描金凤的盘子进来，盘子上铺着黄锦缎，上面放着几支硕大的山参和鹿茸。宫女们把它放到炕桌上。哲哲皇后说："这是呼尔哈部刚刚进贡的长白山野山参，据说有300年历史。这是朝鲜进贡的极品高丽鹿茸，你用它补补身子。"皇后临走时又特别叮嘱说："看好你的儿子，这可是皇上的命根子，为了等他出世，皇上这一年都没安排战事。他正在崇政殿与宏文馆大学士们商议大赦天下来庆祝呢。千万不要让其他人随便接近这小阿哥，凡是来探望的嫔妃都必须由我批准。"海兰珠点点头。之后，哲哲皇后叫来关雎宫侍女领班，厉声吩咐了一番，便回到中宫清宁宫。

外面传来杂沓的脚步声，侍女慌慌张张前来报告："皇上驾到！"关雎宫外间贵人和宫女纷纷跪下。

崇德帝皇太极进入内室，俯下身子去看婴儿。婴儿还在睡着，不时翻动着手脚。海兰珠把头靠在皇上的怀里，关切地问："皇上近日忙什么呢？"皇太极亲了亲海兰珠的额头，说："朕刚才正让人草拟大赦天下的诏书，为庆祝小皇子的诞生。大学士刚林已拟好了诏书，诏曰：自古以来人君有诞子之庆，必颁诏大赦于国中，此古帝王之隆规。今蒙天眷，关雎宫辰妃诞育皇嗣，朕稽典礼，欲使遐迩内外政教所及之地，咸被恩泽。除犯上、焚毁宗庙陵寝宫殿，叛逃杀人，毒药巫蛊，盗祭天及御用器物,殴祖父母、父母,兄卖弟,妻诬告夫,内乱纠党,白昼劫人财物此十罪具不赦外,其余逃亡、遗失物件、被人认出者令还原主,免其罪。互相借贷者,照旧偿还。见在羁禁之人及一切诖误小过、盗窃隐匿等罪,咸赦除之。"崇德帝皇太极说:"凡一切有罪服刑之人,皆获释放减刑,咸被恩泽。你看,朕让天下都和朕一样高兴。这也是让天下人感念朕的一点恩惠。"海兰珠感激得不知说什么好,只是连连亲吻皇太极的手。

布木布泰得知宸妃海兰珠姐姐生了皇子,也备了一份礼物前来探望。她也同姑姑皇后一样高兴,因为自己一直希望生个儿子,可是人算不如天算。如果姑侄仨人都生不了儿子,被那新纳的察哈尔遗妃们抢先,后宫地位可就难保了。亲姐姐生下皇子,不也像自己的儿子一样嘛!

"布木布泰给姐姐请安!"布木布泰掀起门帘,说着走了进来。海兰珠急忙从皇太极怀里坐起来,不好意思地理理头发,脸红红的,招呼布木布泰。布木布泰好像才发现坐在炕沿上的皇上似的,急忙告罪跪下:"布木布泰给皇上请安!"

崇德帝皇太极笑着说:"起身吧。来探望你姐姐?"

布木布泰退到一边,非常恭谨地低着头,轻轻回答说:"奴婢挂念宸妃,特来探望。"

布木布泰怯生生地望着皇太极,大眼睛幽怨哀怜,因为原来哲哲皇后对皇上一向有个宫规:妃子怀上孩子直到孩子生下来的这一段时间,禁止皇帝临幸。因此,在布木布泰怀孕和生第三女的一年多时间,皇帝有些日子没去永福宫了;二来新纳了林丹汗妻囊囊太后和窦士门福晋,他不能不去她们那里幸度新欢。总之女人太多,不能不有所选择。关雎宫临产的这一年,麟趾宫宫主囊囊太后给了他极大的快活。相比起来,这小姑娘新鲜一过,就索然无味了,所以皇太极长久没有去永福宫庄妃那幸宿,使永福宫庄妃有些失落。

海兰珠看出了妹妹的表情,笑着说:"妹子的三格格图亚今年已经快两岁了吧?"

布木布泰明白了海兰珠姐姐的意思,急忙说:"可不是,时间过得真快,一转眼都快两年了,图亚已经两岁了。"

皇太极点点头,心想:"今天可以去她那里。长久不去,心生怨谤的后妃难免惹是生非,让后宫不安宁。"皇太极说:"明天在笃恭殿(大政殿)举行庆祝皇嗣诞育国宴,让我们好好热闹热闹,庆祝庆祝,晚上朕就去永福宫你那里住。"

功夫不负有心人,第二天晚上,皇上就临幸永福宫。从此以后,皇上便离不开庄妃布木布泰了,两人感情犹如初婚之时相亲如漆。在一年多时间里,庄妃布木布泰便又怀上了皇上的龙种。

然而,天有不测风云,人有旦夕祸福。崇德三年(1638年)正月二十八日夜里,关雎宫里传来海兰珠撕心裂肺的号哭。在清宁宫就寝的皇太极和皇后哲哲急忙穿衣,披上貂裘、戴上貂帽到关雎宫查看。被视为"天命神授",高贵至极的小皇嗣八阿哥,却因患"天花"不足两周岁便夭折了。但是,可喜的是,上天在这位皇子夭折的三天后,又赐给宸妃海兰珠的妹妹庄妃布木布泰一个小生命。

正月三十日前夜,元宵节刚过没多久,天很黑,也很冷,盛京城内行人寂寥,四籁无声。虽然还在新春正月,年气还未散,城内街道上的大红灯笼还在亮着,紫禁城皇宫内高大巍峨的凤凰楼后的后妃五宫院里,晚八时左右又一次响起阵阵婴儿的哭声,划破了沉寂的夜空,永福宫的暖阁里庄妃临产了,后宫之主皇后哲哲忙着准备。这婴儿清脆响亮的哭声,惊醒了关雎宫的海兰珠,这便激起了她刚失去太子的心,使她更加思念三天前死去的爱子。这时睡在暖炕外侧的皇上翻了一下身,睡眼蒙眬地咕噜问了一句:"谁生了?"便转身又入睡了。

宸妃海兰珠却睡不着。妹妹布木布泰一直盼着生儿子,如今要是如愿以偿,她一定很高兴,姑姑皇后也一定高兴。她起身,披上貂皮大氅,正要下炕,皇太极结实有力的双臂紧紧抱住她,含混不清地说:"你到哪去？天这么冷。"

宸妃海兰珠低下头轻轻地亲了皇太极一下，说："我去看看庄妃，她可能是生了。"

皇太极用力把她扳倒在枕头上，说："天这么冷，你会受风寒生病的。明天再去看也不迟。"

这时，永福宫里宫女提着灯笼出出进进，宫中接生婆喜笑颜开拎挈着手走出永福宫。哲哲皇后的贴身侍女站在清宁宫外廊檐下向她招手，接生婆急忙走过去。侍女问："皇后娘娘想知道，庄妃生的是男还是女？"接生婆笑着说："回姑娘，是个带把把的阿哥！"侍女嫣然一笑，转身回清宁宫回复皇后去了。

这个阿哥是谁？他就是六年后入主北京，君临全国，做了十八年皇帝的大清皇上顺治帝清世祖福临。

在中国封建社会，大凡能做上皇帝的人，必是"真龙天子"，是天上的哪颗星宿下凡，福临也不例外。《大清实录》中就载述了他有关皇权神授的故事。一说其母永福宫庄妃布木布泰怀孕的时候，常有红光绕身，衣裙间好像有龙盘旋，侍女们最初皆大吃一惊，以为失火，赶到近前再看，火却不见了，似这样的现象不止一次，人们都觉得特别奇怪。在福临诞生前夕，庄妃布木布泰梦见一神人抱一孩子进宫交给她，说："这是日后统一天下之主啊！"当庄妃布木布泰把孩子接过来放在膝盖上时，那个神仙忽然不见了。第二天，庄妃布木布泰将这个异兆告诉崇德帝皇太极，崇德帝皇太极说："这是很奇异的祥瑞，大概是子孙吉庆的征兆吧。"二说在福临诞生的时刻，宫闱里突有红光闪耀，经久不散，香气弥漫了好几天；而福临出生时，头发也怪怪的，顶上有一缕头发耸然高起，与其他新生儿的头发迥然不同。

庄妃布木布泰入宫嫁给皇太极十二年之后始得一子，又有那么多大吉大贵的征兆，喜悦之情可想而知。

皇后对庄妃喜得贵子内心更加欣慰，因为她的两个侄女一个是关

上图　辽阳东京城图

下图　大政殿与十王亭

上图　清宁宫匾额

下图　清宁宫

睢宫宸妃，一个是永福宫庄妃，都是五宫之皇贵妃。自己没生一个儿子，庄妃虽然进宫十二年了，一连生了三个小格格，实指望侄女宸妃海兰珠能给皇太极生个小皇子，却又在立嗣为皇太子后不到两年就不幸染天花夭折了。真是上天赐福，小太子死后第三天，这个小皇子就降生人间，而且这位小皇子正是她的另一个侄女庄妃布木布泰的儿子，这也正是她所希望的，且这一现实对她的初衷始终一直延续着。只可惜福临出生的那天，正值侄女宸妃珠泪未干，哀声未绝。崇德帝既伤悼爱子，更心疼爱妃，为安慰宸妃，几辍朝政，哪还顾得上去欣赏新生儿的神态和容颜？因此，永福宫庄妃布木布泰诞生皇子的喜庆已被皇八子的丧逝冲得淡淡的。

第五节　受皇命用计劝降洪承畴

锦州是明朝设置在辽西的军事重镇之一，广宁府的中屯卫、左屯卫设在这里，战略位置十分重要。它的正南面十八里处是松山城，松山城偏西南十八里处是杏山城，杏山西南二十里是塔山城。这三城如羽翼，护卫着锦州，更有重镇宁远城为锦州之坚强后盾。很显然，锦州不破，清军就不能从关外顺利进军明朝。过去崇德帝多次率大军入塞，不得明朝尺寸土地，皆由山海关阻隔，而要取山海关，必须要攻取关外四城。这样锦州城便是清军首先要攻打的目标。

大清崇德五年（1640年）三月，崇德帝命令郑亲王济尔哈朗、多铎为左、右翼主帅，率军前往修筑懿州城。驻扎屯田，通告明朝守将不准在宁、锦地方耕种。到四月末，仅用一个月时间，数万将士修城筑室，俱已完备，懿州东西四十里地，皆已开垦。清军以懿州为屯驻地，是向锦州进兵的第一个实际步骤。下一步是攻城，还是围困？这一问题摆在清崇德帝面前。汉臣张存仁献计说："臣观今日情势，围困锦州之计，实出万全。但略地易以得利，而困城难以见功，必须旷日持久，将士不无苦难懈怠之心,愿皇上鼓励三军之气,坚持围困之策,截彼侦探,禁我逃亡,远不过一岁,近不过数月,自有可乘机会。"皇太极接受了张存仁的建议。当即传令济尔哈朗、多铎不仅要继续屯田筑城,还要率军前往锦州等处围城。

为了鼓舞前方将士士气和斗志,崇德帝离盛京亲自前往懿州巡视筑城屯种情况,然后离懿州去锦州,率侍卫及亲军绕城一圈,察看形势,直到天色已黑才回营帐。为了对锦州城的围困坚持下去,提出了三条措施:一是将城东、城北、城西的庄稼全部抢割完毕;二是扫荡锦州周围的明军台哨,彻底孤立城里的明军;三是包围由远及近,断绝明军的一切出入,实行轮班更戍,以三个月为一期,避免将士疲劳,防止滋生懈怠之心。到明崇祯十四年、清崇德六年(1641年)三月,清军经过一年的围城屯种以后,又在锦州城四面各设八营,绕营挖一圈深壕,近城一侧设置逻卒哨探,从而使锦州城处在清军严密的层层包围之中。

锦州城守将祖大寿,受命于明朝,坚守锦州城。他的部下将士,一部分是辽人,相当一部分是蒙古人。他们凭借坚城和充足的粮草积蓄,与清军进行对抗。但是,清军一年的屯种围城,使驻守在外城的蒙古将士首先动摇,他们看到清军阵营严整,知道清军势在必得,甚为惊慌。于是,蒙古将领诺木齐、吴巴什等密谋降清,他们派人与济尔哈朗取得了联系,约定于三月二十七日夜行动。此事被祖大寿侦知,二十四日,祖大寿准备以计逮捕诺木齐和吴巴什,还没等祖大寿动手,已被两人发觉。他俩提前迅速采取行动,率兵向守城明军展开进攻。这时济尔哈朗、多铎闻讯,立即赶到城下策应。蒙古兵从城上放下绳索,清军率先援绳而上,与蒙古兵夹击,使明兵败退内城,锦州外城全部被清军占领。蒙古将士自都司、守备以下官员八十八人,男女家小共六千二百一十一人全部投降大清,被暂时安置到懿州。捷报飞马送到盛京,崇德帝皇太极兴奋异常,命八门击鼓,霎时,鼓声大作,如雷贯耳,诸贝勒群臣急聚崇政殿,崇德帝皇太极登临御座,当众宣布来自锦州的胜利喜讯……

锦州外城一破，明兵形势危急，守城将领祖大寿一边指挥守城，一边急忙上奏明朝请求援兵。明朝深知锦州安危关系重大，不得不从全国调兵遣将，任命蓟辽总督洪承畴率总兵曹变蛟、左光先、马科、吴三桂、刘肇基等，组成马步兵五万人自宁远沿海岸进兵，经杏山至松山，逼近锦州，增援祖大寿。于是年七月二十九日到达松山。

蓟辽总督洪承畴，福建南安县人，明万历四十四年（1616年）中进士，曾总督三秦，因镇压陕西等地农民起义军有功，深受明朝重用。锦州告急，崇祯帝命他率军出关解锦州之围，共征调宣府总兵杨国柱、大同总兵王朴、密云总兵唐通、蓟州总兵白广恩、玉田总兵曹变蛟、山海关总兵马科、前屯卫总兵王廷臣、宁远总兵吴三桂等八镇大军十三万、马四万，集结宁远待命。洪承畴准备采取且战且守，以守为战的"持久之策"，步步立营，坚持对峙。但是，他的战策与朝中兵部尚书陈新甲的战策相反。陈新甲认为，拖延进兵，旷日持久，耗费粮饷，不利战局，主张主动进兵，速战速决；并派遣兵部职方司郎中张若麒赴军中为监军，一再督促进兵，还密奏崇祯帝下令催战。

洪承畴接到朝廷监军的指示和皇帝的密令，遂将兵马粮草留于宁远、杏山及锦州七十里外的海岛笔架山，先发六万兵马，诸军后继在松山城北乳峰山冈结营，其步兵于乳峰山、松山城之间掘壕，立七座大营，其骑兵于乳峰山东、西、北三面布阵。

大清崇德帝皇太极得知明朝调兵增援锦州，也调兵遣将。于四月和七月两次将孔有德、尚可喜、耿仲明所部汉军投入锦州之战。松山城的战略位置十分重要，它处于锦州、杏山之间，为宁远、锦州咽喉，如果松山城一破，全局动摇，因此松山成为双方会战争夺的焦点。一场明清大决战的阵势正在急速地形成。

八月，明援军在黄土台与清军相遇，双方展开激战，清军败退，返回懿州城闭城不出。明蓟辽总督洪承畴返回宁远城，立即制定了破清军围锦州的作战方案。他以曹变蛟、左光先、马科所统领的兵马遭受挫败为由,下令入关养精蓄锐,以便再战;因刘肇基拙于调度,洪承畴命王廷臣代理其任;又令左光先返回原镇,由白广恩代理;吴三桂、王廷臣率兵驻守关外,往来于松山、杏山之间,以示进取。他将上述作战部署向明朝皇帝崇祯奏报,请求朝廷迅速调遣旁近官兵合关外兵马十五万人,以准备与清军开展战守。

大清崇德帝皇太极得知明朝蓟辽总督洪承畴准备合关内外十五万兵马援锦州城,两军对比,清军并不完全掌握战场的主动权,加之前线又飞驰传来初战不利的求援战报,说明前线情况紧急,他意识到形势的严重性,心中十分着急,他召集诸王、贝勒、大臣,共议围攻之策,笑着说:"朕但恐敌人闻朕亲至,将潜遁耳。倘蒙天眷佑,敌兵不逃,朕必令尔等破此敌,如纵犬逐兽,易如拾取,不致劳苦也。朕所定攻战机宜,尔等慎无违误,勉力识之。"以表明他早就胸有成竹,稳操胜券。但当时他身体不适以致吐血。他不顾身病,当机立断,决定由郑亲王济尔哈朗留守,自己亲临前线指挥。多罗武英郡王阿济格、多铎见他身体不好说:"皇上圣躬违和,不必急于动身,我俩愿先行一步。"皇太极说:"行军制胜,利在神速,朕如有翼可飞,当即飞去,何可徐行也!"八月十四日,他顾不得鼻衄未愈,下令起行,他率三千精锐骑兵,一出盛京,便纵马星夜疾驰,由于行军太急,引起鼻子流血不止,到第三天才止住。从盛京到锦州数百里,崇德帝皇太极与三千精骑昼夜驰行六天,于十九日抵达松山附近的戚家堡。

大清崇德帝皇太极抵达松山后,将大军安置在松山、杏山之间,自乌欣河南山至海边地带,横截大路,绵亘扎营。兵力部署完后,他登山观察,见洪承畴布阵严整,感叹地说:"人言洪承畴善于用兵,信然,宜我诸将惮之也。"再横观其阵,见大队人马集中布在前,而队中却存有颇多疏漏,猛然省悟道:"此阵有前权而无后守,可破也。"

第二天,八月二十日,命清军自锦州至南海角之地速掘三道大壕,宽约丈余,深约八尺,同时派兵遣将在松山至杏山之间列营,把松山明军置于团团包围之中,从而截断了松山、杏山之间的通道,切断了明军的粮饷供应。同时崇德帝派阿济格率军攻击塔山,夺取了明军在笔架山储备的粮饷十二堆。二十一日,明军向清军镶红旗营地发起攻击,崇德帝率数人,张开黄盖,往来指挥、布阵,明军望见,仓皇败退。崇德帝命清军收兵回营,他对诸将说:"今夜明军必逃。"于是,他一一部署兵力准备截杀。

果不出所料,清军挖壕筑垣,断粮道,很快引起了明军将士一片恐慌,人人都有逃跑之心,因为他们携带的粮饷不足三天食用,眼看就要陷入绝境。在这危险的时刻,洪承畴于当日晚召开会议,要求诸将拼力一战,说:"解围在此一举。"但诸将领意见很不一致,有的主张今晚战,有的说明日战,有的认为应缓战。因粮饷困乏,都打算先撤回宁远,等待补充粮饷。到了傍晚时分,明朝兵部尚书陈新甲派来的心腹监军张若麒给洪承畴写信说:"我兵连胜,明日再鼓,亦不为难,但松山之粮不足三日,且敌不但困锦,又复困松山,各帅既有回宁远支粮之意,似属可允。"

由于明军严重的缺粮,诸军都想回到宁远得给养后再战。洪承畴力排众议说:"往时诸君俱矢报效,今正其会。虽粮尽被围,宜明告吏卒,守亦死,不战亦死,如战或可死中求生。不佞(洪谦称)决意孤注,明日望诸君悉力。"立即传令王朴、白广恩、唐通三镇兵马为左路,吴三桂、马科、李辅明三镇兵马为右路,决战突围。谁知会议刚开完,胆小如鼠的王朴乘天黑先自逃遁,其他将帅亦纷纷效仿,也跟着争相驰逃。

明蓟辽总督洪承畴面临如此险恶形势,决定留三分之一的兵马守松山城,三分之二的兵马突围冲阵。当明军突围至尖山石灰窑时,与清兵相遇,两军奋力激战,清兵暂退。不久,清兵又合兵来战,致使明军突围的兵马不能再入松山城,只能移屯海岸。明军沿海岸像潮水一般奔向杏山,骑兵、步兵自相踩践,不战自乱,丢弃的弓甲不计其数。此时,早已严阵已待的清军,迅速从后面追击掩杀而至,加之事先埋伏在塔山、杏山等地的清兵又在前面迎头痛击,连同崇德帝事先派出数支清军到小凌河的入海口处,完全断绝了明军的退路。逃遁的明军望见火光,即以为是清军,便急忙返回,立即又遭遇到清军伏兵的堵截斩杀,明军十三万兵马,在清军的围歼下,仅二百余人逃脱,其余明兵尽淹没于海潮之中。到第二天黎明,只见明兵窜走,弥山遍野,自杏山以南,沿海至塔山一带,死伤累累不可胜计。吴三桂、王朴、白广恩、唐通、马科等人,率六镇少数残兵溃入杏山城。兵部尚书陈新甲派来监军的张若麒、马绍愉两人获得了一条小鱼船,与朝廷诸监军一起逃回宁远城。剩下曹燮蛟、王廷臣两总兵和辽东巡抚丘民仰没有逃,撤入松山城,誓与洪承畴同守松山孤城。二十六日,吴三桂、王朴等率残兵出杏山,逃向宁远,遭清兵埋伏掩杀,两人仅以身免,短短几天,清军共歼灭明军五万三千七百八十三人,获马匹七千四百四十四匹,骆驼六十六峰,甲冑九千三百四十六副。

九月十二日,接到宸妃海兰珠病重消息,皇太极召集王公贝勒、八旗固山额真以及参战的外藩蒙古亲王会议,对最后夺取松山、锦州战役作了周密的军事部署。部署完毕,于十三日卯刻(早五点左右)天刚黎明匆忙起驾返还盛京。

清崇德七年(1642年)二月,松锦前线传来捷报,明朝新任命代替洪总督的杨绳武去世了,又命范志完接任总督之职,但他却胆怯不敢前往救援洪承畴。副将焦埏领命赴援,刚出山海关立即被清军斩杀。洪承畴固守松山,粮饷一天天有减无增,已到了非饿死则杀死的地步。洪承畴盼望援兵,则未见一兵一卒。他也组织过几次突围,均告失败,只得坚守,决意与松山城共存亡。松山副将夏成德率先打发人来向清投降,并暗中派其子赴清营为人质,约日献城。二月十八日夜,他把守南城,让清军竖起云梯登城,夏成德在城中做内应,一举攻破松山城。兵备道张斗、姚恭、王之祯,副将江翥、姚勋、朱文德等被斩;张若麒从海上乘渔船逃回宁远;邱民仰、曹燮蛟、王廷臣、洪承畴、祖大乐被俘。共杀死明军三千零六十三人,活捉妇女孩童一千二百四十九口,缴获盔甲弓箭一万五千多副,大小红夷炮、鸟枪三千二百七十三件。松山城攻陷后,清军又根据崇德帝的命令,由萨木什喀率领步兵将松山城毁如平地。松山一破,锦州军心瓦解,此时坚守锦州的祖大寿,城中粮亦尽,人相食,战守计穷,朝廷又无力救援,三月八日,迫于无计可施,便向清军将领献城投降。崇德帝皇太极听后,非常高兴,他仰天长叹:"天眷我大清矣!"

清军围困锦州用了一年多的时间,终于使明军不战而降。接着,四月九日,清兵用红夷大炮轰开塔山城,歼灭城内明兵七千。二十一日,炮轰杏山城,明将打开城门降清,收降人口六千八百余。从此明朝关七镇中的松山、锦州、杏山、塔山四座重要城堡,全部被清军掌握在手中,使明朝的宁锦防线变得七零八落,从而失去了原有的抵御清军进军北京的能力。

松锦大战,是清军继萨尔浒战役后取得的又一个极其重大的胜利,是在与明军作战中战略上的一个重要突破,它标志着清朝与明朝由双方战略相持阶段转入向明朝战略进攻阶段。这次战役,无论是规模、激烈程度以及对明朝的打击,都可以与萨尔浒战役相比拟。这次战役,崇德帝皇太极在战术上采用的是"合兵打围,断粮道,掘壕筑垣,坚持围困",然后,统全军之力而注之孤危之地,致使明军首尾全无顾应,造成十三万大军被全歼的惨败。此次战役之后,明朝精兵已尽,山海关与宁远两座边镇更加孤立,一代大明王朝正处于岌岌可危之中。

清军取得松山、锦州、杏山、塔山大捷,生擒了明军蓟辽总督洪承畴和锦州守将祖大寿等一批明将。崇德帝赶快返回盛京。接着便有一拨一拨大臣鱼贯地前来报告军情。崇德帝都好言安慰,吩咐不许虐待汉人。他准了岳托等人的奏章:归降的一品汉官,将诸贝勒的格格分赏给他们做妻子;二品汉官,把国里大臣的女儿赏他们做妻子。他还特下圣谕,把皇城内的三关庙作为客馆,让洪承畴住,对他要好好地对待,每天送筵席去请他吃；为了照顾他的生活，又特地为他挑选了四个宫女去侍候使唤。

蓟辽总督洪承畴，为人刚正，傲骨铮铮，自视为大明忠臣。他被擒后，英勇不屈服，见到前来劝降的清朝官员，他骂不绝口，声称宁愿做一个断头将军，也不做降清走狗，唯一的就是请求早死。他仰天长叹说："吾天朝大臣，岂拜小邦王子乎！"如今把他送来盛京，住在客馆里，每天送给吃的都是山珍海味，睡的是锦被绣褥，他知道清朝有劝他投降的意思。后来，劝降的人多了，洪承畴索性凝神屏息，不发一言，穿着沾满血渍的明朝官服，向北京方向遥拜，表示誓死效忠崇祯皇帝的决心。高官显位的洪承畴，一开始抱着杀身成仁的态度，进行绝食，一粒饭也不吃，一天到晚只是向西呆坐着。派人前来劝他吃饭，他也不吃，劝他降，他也不降。他只求一死，骂不绝口。一连三天，洪承畴粒米未进。清朝的许多王爷贝勒都认为洪承畴顽固不化，难以对付，劝说崇德帝皇太极放弃招降他的想法，一杀了事。劝降进入两难的境地中。

这消息传到崇德帝耳朵里，崇德帝十分忧愁，他对诸大臣说道："倘然洪承畴不肯投降，眼看要失去一员中原良将，有谁能说得洪承畴投降的，便赏黄金万两。"这个圣旨一下，谁不想崇德帝派的黄金？于是，便有许多大臣想尽方法去劝说，无奈洪承畴就是不降。到了第五天，洪承畴已经饿得不像个人样了，崇德帝又谕令谋士范文程前去游说。范文程善言安抚，并与他谈论古今事。可是对范文程的劝说，洪承畴表面上表现出不以为然，死心已定，不为所动，仍不归降，但内心斗争很激烈。范文程注意到，在他与洪承畴谈话中，突然有一阵风将房梁上的灰尘吹落到洪承畴身上，他立即小心翼翼地将灰尘用手指掸去。虽然劝降未果，可范文程却看出了洪承畴有求生之心。范文程立即将这一情况回奏给崇德帝皇太极，皇太极听后很高兴。他要亲自前往，劝服洪承畴归降大清。范文程力劝，让他暂时不要着急出面。接着，范文程根据洪承畴此时心里所想的，又将从洪承畴的贴身侍卫那里得知的情况，附耳向皇上献策说："他独有爱女色的习好,是否能让庄妃布木布泰先出面,领两名宫女去劝说洪承畴投降归顺大清,如若成功,皇上就不必亲自出面了。"皇太极暗暗点头,以表知晓。

这天,崇德帝皇太极眉头紧锁,心事重重地来到永福宫,庄妃布木布泰见皇上驾到上前行礼,侍女们急忙跪地叩头,向皇上请安。接着庄妃便撒娇地一手拉住皇上的手,脸和身子紧紧靠在他怀里说:"皇上因战事繁忙,一定很劳累吧?我国打了大胜仗,奴婢正准备前去给皇上贺喜呢。"当看到皇上近似惆怅不愉的样子,细心的庄妃问道:"松锦大战打了大胜仗,消灭明军十三万大军,又擒获了不少人马和大批财物,还俘获了祖大寿和一位明朝的大总督,满朝文武都在欢天喜地庆贺胜利,皇上怎么眉头深锁,像心事重重的样子,近来又有何心事?"皇太极吁叹一声说:"唉!还不是因为朕想得一良将洪承畴。朕已先后派了那么多能言善辩之人前去劝降,还许他以高官厚禄,怎奈费尽口舌,洪承畴还是不屑一顾,不肯投降。要知道明朝在中原经营日久,势力依旧非常强大,若能得到一个像洪承畴这样熟悉兵法,深知中原之军情、人情且又智勇双全、具有一定号召力的人才,我大清一统疆域的大业便可实现也!但无论谁去劝慰,至今他也不肯归降我大清。"庄妃接着问道:"大学士范文程先生足智多谋,又善辞令,你为何不派他去试一试呢?"崇德帝倒背着手,在屋里来回踱了几步说:"范先生口才颇佳,也曾前去游说,怎奈任他谈古论今,引情抒义,说尽利害,洪承畴也不为所动。不过范先生长于察言观色,他发现洪承畴目前还不想真的轻生,可惜朕至今也想不出上好的攻心之策!"

听了崇德帝皇太极的一席话,庄妃明白了太宗皇帝的心思,开始盘算劝降洪承畴的办法。她详细询问了洪承畴的家世、脾气和爱好。只见庄妃盈盈轻笑,对皇上说:"那就让奴婢出面试试作劝降,不知皇上以为如何?"皇太极闻听此言,顿时眼前一亮,他望着庄妃胸有成竹的目光,心中明白了她的意思。太宗动情地一把将庄妃搂在怀里,兴奋地说:"爱妃此去若能说降成功,功不可没呀!朕一定重谢你。"庄妃郑重地点了点头,柔媚地冲崇德皇帝笑了……

北国的秋天,艳阳高照,天高气爽,清凉怡人。囚禁洪承畴的三关庙,几天来外紧内松,外面警戒森严,庙内的气氛却很宽和,房间布置得也很有人情味。洪承畴居住的几间厢房窗明几净,每天都有仆役前来扫除问候,做饭也都选用中原厨子,做得香软可口。卫士们的警惕性很高,但在皇上授意下,又表现出特别的恭敬、尊重,一口一个洪将军叫着,让人丝毫感觉不到是在他乡做俘虏。连日来,一个个前来喋喋不休的轮番劝降,已让洪承畴感到异常疲惫和恼火。他压抑住内心的不愉快,盘腿坐在床上,设想自己的结局。

一张很好的木床,上面铺着新缝制的棉褥棉被,散发着一种好闻的气息。洪承畴躺在囚禁他的屋内的木床上,气息奄奄。他已绝食第五天了,如今只有出气的力气,几乎没有吸气的力气。他望着屋内的火盆,里面的炭火快要熄灭,白色灰烬已经覆盖了火盆。他知道炭火一灭,笼罩着这小囚室的只有黑暗和寒冷。但是他没有力气起身去加木炭,一小堆木炭就放在铮亮的黄铜火盆旁边。

洪承畴不再看火盆,他把棉被紧紧裹住身体,蜷缩在床上。自从他在松锦大战中被生擒,带到盛京已五天了。作为明朝的朝廷命官,被清军生擒,已经失去了生存的价值。作为深受儒家教育的明朝进士,此时他满脑子里都是保住名节的思想。他在心里咏诵着文丞相的千古名句:"人生自古谁无死,留取丹心照汗青!"为自己壮胆。

黄昏的昏暗笼罩了囚禁洪承畴的客馆,他无力地叹息了一声,闭上眼睛。他在昏昏沉沉中,又听到吱呀的开门声。房门打开了,随着一阵环佩撞击声,渐有淡淡的脂粉香味飘入,一股好闻的清香溢满小囚室,觉得芳香扑鼻。洪承畴不由得心怦怦地跳动起来,便忍不住慢慢睁开眼睛。一盏淡黄色灯笼照亮了小囚室,眼前站着一个手提灯笼的侍女,后边跟进一位盛装的年轻满洲女子,她满头珠翠,身穿名贵的貂皮大氅,里面是杏红色锦缎绣团凤的满洲袍褂。明眸皓齿,翠黛朱唇,身后还跟着一个穿蒙古袍的侍女苏麻喇姑,手里捧着雕漆方剔红盘,盘子上放一把白玉珊瑚纽盖,八棱雕花开光人物山水银壶。

初时,洪承畴以为又是劝降的清朝汉官,便一动不动,不理不睬。乍见之下,洪承畴只觉眼前一亮,多漂亮的绝色女子呀!洪承畴一瞥间,目中情光闪烁,当即被心细如发的庄妃看在眼里。从这个细微的变化中,她看出洪承畴心情的波动。庄妃嫣然一笑,慢慢走到洪承畴床边。

洪承畴看着那高贵女子对他嫣然一笑,那种轻盈妩媚的姿态,真可以勾魂摄魄。洪承畴忍不住问了声:"你是什么人?"接着听得那女子樱唇中"扑哧"地一笑,说道:"好一个殉国的忠臣!你死你的,你也莫问我什么人。"洪承畴听她莺莺呖呖,不觉精神一振,便坐起身来,说道:"我殉我的国,与你什么相干?"那女子说道:"妾身心肠十分慈悲,见洪经略在此受苦,特来救经略早日脱离苦海。"洪承畴听了冷笑一声,说道:"你敢情也是来劝我投降的吗?但是我的主意已定,再过一两天,便可以如我的心愿了。你虽然长得美貌,你倘然说别的话,我是愿意听的,你若是说劝降的话,我是不愿听的,快去吧!"

庄妃听了,又微微一笑,便说道:"我虽说是一个女子,却也很尊重洪经略的气节。现在既然经略已经打定了主意,我怎么敢破经略的志气呢?但是我看洪经略也十分可怜!"

洪承畴忙问道:"你可怜我什么呢?"

庄妃说:"我看洪经略好好一个男人,在家的时候三妻四妾,呼奴唤婢,席丰履厚,锦衣玉食,何等尊贵!如今孤凄凄一个人举目无亲,求死不得。虽说是再有一两天便可以成事,但是我想这一两天的难受,比前五天要胜过几倍。好好一个人,吃着这样的苦,岂不是可怜?"

在庄妃说话间,一阵阵脂香摄入洪承畴的鼻管里,洪承畴心中不觉又是一动,急急闭上眼,要把这女子推开,只觉手臂软绵绵的,没有气力。

接着他又听那女子悲切切地说:"洪经略不肯投降,死又不快死。如今我有一碗毒药在此,劝经略快快吃下去,可以立刻送命,也免得在这里受苦。我可怜经略,这一点便是我来救经略早离苦海的慈悲心肠。"

洪承畴饿得正难受,听说有毒药,便睁大眼睛一看,见那女子脂玉似的一只手捧着一只碗,碗里盛着黄澄澄的一碗药,一股药腥味直扑鼻而来。洪承畴便硬一硬心肠,劈手把碗夺过来,扬着脖子就往嘴里倒,咕嘟咕嘟一阵饮,把这碗"毒药"喝得个点滴不留。庄妃便拿回碗去,转过身来,扶他躺下,又给他盖上锦被。洪承畴只是仰天躺着,闭着眼睛等死。

庄妃和两位侍女坐在一旁,静悄悄地不着一声儿。谁知这时洪承畴越想睡又睡不着,越想死越死不成。那三位女人身上的阵阵香气越来越浓,洪承畴每闻到这香味便不觉心中一动,每心一动又忙自己止住。就这样挨了许多时候,洪承畴越发感到五脏六腑中一股暖流在涌动,头脑也更加清醒了,翻来覆去地死也死不了,睡也睡不熟,心里在想:"这毒药莫非是慢功,等待慢慢让毒性攻心方能死去。"

庄妃看着他不得安的样子,便有一搭没一搭地在一旁和他说些闲话。洪承畴起初只是闭目等待慢点结束自己的人生,也不去理睬她,后来听庄妃问起:"洪经略府上有几位姨太太?哪位姨太太年纪最轻、面貌最美?"洪承畴听了这几句话,便顿时勾起了他无限心事,猛然觉得心中一阵翻腾,好似热油煎熬一样难受。

又听那女子接着说:"洪经略此番离家千里,尽忠在客馆的囚室里,倒也罢了,只是你府上的美人儿,从此春花秋月,深闺梦里,想来不知要怎么难受呢?"洪承畴听到这里,再也撑不住了,"哇"的一声,抽抽咽咽地哭个不停。

庄妃见状,便从椅子上站起,轻步走到洪承畴的床前,用充满哀怨、爱怜、同情和体贴入微的语调轻轻劝慰说:"洪先生!洪先生!"冥冥中,洪承畴好像听到自己结发妻子在喊自己"洪相公",这才止住了哭,叹一口气，说道："事已如此，也顾不得这许多了，只是这毒药吃下肚去，怎么这么久还不能致我快些死呢？"一句话引得庄妃和随行侍女们哧哧地笑个不休。

洪承畴问她："有什么好笑？"庄妃拿手帕捂着朱唇，笑着说道："什么毒药不毒药，那是上好的人参鲫鱼汤！我看你饿得难受，求生不能，求死不得，便哄你喝下一碗人参鲫鱼汤接接力，我们关东女人生完孩子都要喝这个补身子。这一碗吃下去，少说有五六天可以活命。看洪经略如今死也不死。"说着，又忍不住哧哧地笑。洪承畴被她这一番话说得脸上红一块白一块，果然觉得神气越清醒了。

心细如发的庄妃观察洪承畴的变化，又温柔地说："洪先生，我看你还是投降的好，一来也保全了大人的性命，二来也不失封侯之位，三来也免得家里几位姨太太守世孤单，四也不辜负我相劝的好意。洪先生应该多多保重。皇上已经下令，准备派人化装去接洪先生的家眷。用不了一个月，洪先生就可以和家眷团聚了。"

看到洪承畴有些动心，庄妃又细声缓语地说："皇上十分重视洪先生的才学，听说洪先生英明盖世，我们满洲上下早有耳闻，都想早日目睹先生的风采。近日来又听说你是个忠贞守节的志士，我敬佩先生的高风亮节，为了国家，为了崇祯皇帝，宁肯绝食捐躯也不苟活，十分令人敬慕！还望先生尽快养好身体，与家眷团聚。"

庄妃的燕语莺声像涓涓甘露涌进了洪承畴龟裂干枯的心田，顿时勾起了他对娇妻爱妾的思念，脑海中突然产生了要继续生存下去的欲望，但想到眼前阶下囚的处境，想到与亲人生死离别，两行热泪不禁簌簌而下。

庄妃见状，让侍从宫女用自己馨香扑鼻的手帕轻轻地为他揩去泪水。洪承畴终于在绝望中被温柔善良女子的爱怜与关怀，唤起了强烈的求生欲望。这时，庄妃接着说："先生一心倾向明朝，报国之志不可夺，奴并不劝先生弃旧图新，可你不吃不喝不爱惜身体，靠什么来回报明朝君主呢？你这样折磨自己，真叫人看了心疼。"接着庄妃哽咽着说："如蒙将军不弃，就请再饮一些人参汤吧，也不辜负奴的一片心了。"

洪承畴热泪汪汪，抽泣起来，既有对生命的留恋，又有对失去气节的愧疚。囚室里只有洪承畴断断续续地呜咽。庄妃不停地劝慰说，"洪先生，大哭一场就舒服了。你就哭吧！"

洪承畴的呜咽声越来越小。等一切平静下来之后，蒙古侍女苏麻喇姑又从壶里倒了一碗热气腾腾的人参鲫鱼汤，递给洪承畴。洪承畴颤抖着双手接了过来，哆哆嗦嗦地凑到嘴边，然后狼吞虎咽地又把一碗人参鲫鱼汤喝了下去。对绝食五天的洪承畴来说，这真是天旱逢雨，顷刻之间他便将一碗人参鲫鱼汤水喝得干干净净。

喝完之后，洪承畴呆坐在床上，紧闭双眼。侍女们见状，便按照庄妃娘娘的眼色，扶着洪承畴躺了下去，然后又帮他掖好锦被。这时庄妃娘娘站起身来，温柔地说："洪先生好好睡一觉，明天请先生搬到自己的宅子里去住。皇上已经为先生准备好了一处住宅，等先生恢复了体力去看看。"洪承畴听话地点点头，又立刻十分羞愧地闭上眼睛。

灯笼碧消失月。洪承畴想到明朝的没落、贪腐和不可救药，看到清朝这样重视人才和许多归降之明将，也想到妻妾子女之爱，更看到清朝已民心所向，有飞龙定鼎中原之望。他知道清朝奖励降将降官的做法是真，感到自己只求一死的做法不可取，眼泪又禁不住流了下来。大清皇帝皇太极确实很爱惜人才。他在内心深处默默自语："从今以后，我要好好为大清干事，以报答知遇之恩。"

第二天一清早，洪承畴从梦中醒来，四个宫女端着洗脸水，捧着燕窝粥进来。洪承畴胡乱洗过脸，吃了粥。接着外面递进了许多手本来，有睿亲王多尔衮、郑亲王济尔哈朗、肃亲王豪格、贝勒岳托、贝子罗托、大学士希福、刚林，梅勒章京冷僧机等满洲一班权贵，都纷纷亲自来拜望。多尔衮说："皇上十分惦念洪经略，务必请经略进宫去一见。"停了一会儿，宫内传话出来，宣洪承畴待诏进宫。洪承畴剃去了四面头发，头顶上扎一条辫子,戴着皇帝给的红顶头翎,穿着一品大臣的披肩长袍马褂,走出客馆,骑上马,后面跟着一班贝勒、大臣,到大清门外下马。大清门外祖大寿、童协、祖大乐、祖大弼、夏承德、高勋、祖泽远等一批明朝降将,早都候在那里,众人见洪承畴下马走来,一齐上前去迎接,跟着一块儿上殿。进入大清门后,在金銮宝殿崇政殿两旁,站满了大内御林军。洪承畴大步走向大殿跪在殿前,行三跪九叩首礼,称帝陛下万岁。礼毕,内侍宣洪承畴上殿!大殿金漆宝座右侧,安设金漆椅一把,金唾盂一,戴金壶一,贮水金瓶一,香炉二,香盒二。后面站着穿绿衣黄带青衫褂、头戴凉帽的侍卫四人。崇德帝皇太极赏洪承畴坐下,和颜悦色地问他明朝的政教、礼制、风俗、军制,还关心地问到他的家人等详细情形,足足谈了两三个时辰。

崇德帝皇太极见洪承畴衣着单薄,疾步走上前,将自己的毛披肩给洪承畴披上,洪承畴对皇上如此关心体贴臣下的举动感激得泪水横流。皇帝退朝,圣旨传谕,任命洪承畴为内院大学士。遂在崇政殿赐宴。从此以后,崇德帝皇太极常常为国家大事而召洪学士进宫议事,庄妃也在皇帝身边陪伴着。洪学士每次进宫见过皇上行完叩首礼后,见了庄妃娘娘,急忙上前趴在地上,连连磕头,口称"罪臣"。庄妃见了,总是微微一笑。崇德皇帝也为庄妃劝降洪承畴有功劳,便另眼看待她,有时指洪学士对庄妃说:"你是投降庄妃娘娘的。"大家都庆幸地笑了。洪承畴知道了当时给自己送人参鲫鱼汤,使他生还投降大清任内院大学士的人,竟然是崇德帝最小的爱妃庄妃,从内心对庄妃一直充满着感恩和敬慕之情。从此,洪承畴对大清朝更加信任和忠顺,他为后来大清朝击败明军和李自成大顺农民军,顺利入主中原、统一全国发挥了重要作用。

第六节　精心安排围猎为皇上解忧

崇德帝皇太极虽然取得松锦之战告捷,又俘获了明朝大将洪承畴、祖大寿等一批重臣,本应该庆贺一番,但由于宸妃海兰珠的病逝,他一直打消不了对宸妃的魂牵梦萦,仍难以自拔,始终沉浸在悲伤和思念之中。频频地举行各种祭祀活动,并请僧人、道士等为海兰珠布道诵经,超度亡魂。他将宸妃海兰珠之丧视为大清"国丧",而且不断为她举行各种祭祀——初祭、月祭、大祭、冬至令节祭。是年元旦又传谕:"敏惠恭和元妃丧,免朝贺,停止筵宴乐舞。"这无止境的怀念祭奠,使他的心情始终处在悲痛之中,精神一直没有恢复过来,身体也大不如前。皇上身体每况愈下的情况叫庄妃布木布泰很恼怒。

庄妃对着梳妆镜一边看着苏麻喇姑给她梳头打扮,一边对皇上一直不能在姐姐海兰珠死后从哀思中走出来感到痛心,她不觉眼泪暗自流了出来,苏麻喇姑见主子流泪小声安慰着。苏麻喇姑知道,庄妃娘娘心情不好,那完全是因为皇上的缘故。

这皇上如今仍沉浸在宸妃海兰珠姐姐死后的悲伤里不能自拔,叫她又爱又恨。有完没有?这无止境的怀念祭奠,叫他无法忘掉宸妃海兰珠。皇上一直沉浸在对宸妃海兰珠的追忆之中,这叫她心中不安。自己为了帮助皇上,主动要求去劝降洪承畴。现在洪承畴归降了,祖大寿也率部投降了,松锦之战取得大胜,整个东北松辽及长城以外全部归我大清国,实现了皇上多年的愿望。面对这一件件喜事,皇上应该非常兴奋非常振作才是。可是,皇上还是那么消沉,久久也不幸临她的永福宫,这当然令她恼怒。

庄妃布木布泰从小就在蒙古草原上驰骋,她的心像草原一样宽阔自由,像草原上的蓝天一样高远博大,她从小就希望自己能成为她所崇拜的满都海夫人。她从二十岁以后,就曾立誓和姑姑哲哲皇后一起,全心辅佐皇太极推翻明朝、统一天下,实现她成为满都海夫人的宏图大愿。她不愿意自己仅仅成为一个依附于皇帝的皇贵妃,而是从心底里希望自己成为一个能辅佐帝王事业的贤妃。所以她进宫后就努力学习,希望有一天自己的理想变为现实。

崇德七年(1642年)九月的一天,庄妃知道皇上今天大宴群臣,奖赏在松锦大战中有功的诸将臣。她梳洗打扮完之后,便去清宁宫拜见皇上和皇后。崇德帝皇太极听说庄妃来见,没精打采地说:"叫她进来,朕嘉奖予她。"

庄妃进了清宁宫东暖阁,见皇上正斜倚在南炕上,便向皇上和皇后跪安。

皇太极淡淡地说:"皇后奏说你在劝降洪承畴的事情上立了头功,朕决定奖赏你黄金千两,团凤绸缎十匹、骏马十匹。"

庄妃急忙跪下谢恩,然后起身垂手站在炕前,轻声柔语地说:"今天皇上举行国宴,庆祝松锦大战的胜利,庆祝洪承畴和祖大寿来归,万岁爷该到换朝服的时候了吧?"

皇后哲哲轻轻摇摇头,对庄妃说:"万岁爷已经传谕,一切由郑亲王济尔哈朗、睿亲王多尔衮、肃亲王豪格代他办理。"

庄妃听了皇后的话后,不解地轻声然而语气坚定地说:"这样的大事皇上要不亲临,会不会引起不必要的误会啊?依臣妾之见,万岁爷还是躬行的好。"

皇太极吃惊地抬眼瞪瞪她,漠然地说:"朕已经安排好了,三位亲王会照顾一切,朕不亲临。盖因关雎宫敏惠恭和元妃之丧未过期耳。"说完摆摆手,让庄妃告退。

庄妃回到永福宫,默默地坐到炕上,默默地思考着。她想:得想个法子让皇上从悲痛中彻底解脱出来,大清的事业远没有完成,大清需要过去那个抱负远大、励精图治的英明皇上,不能让他这样消沉下去,要让皇上重新振作起来。

崇政殿的庆贺松锦大捷宴会一结束,科尔沁亲王乌克善国舅爷就走进清宁宫向皇上问安,说:"皇上没有出席国宴,引起蒙古各部的一些猜测……皇上为什么不出席?皇上圣躬违和了吗?"乌克善知道,皇上对他妹子海兰珠死后深情难忘,还在悲伤之中。他没敢久留便退出清宁宫。

乌克善从清宁宫出来后,径直来到妹妹庄妃布木布泰的永福宫,他走进永福宫外间厅堂,向妹子问安。庄妃请哥哥坐在炕上,侍女端来奶茶,放在炕桌上。

庄妃询问了乌克善哥哥参加松锦大战的情况,然后叹息着问:"见了皇上了吧?"乌克善吞吞吐吐说:"皇上精神不太好。"

庄妃断然地说:"不是不太好,而是很不好,不能让他继续这样下去,得想个办法让皇上散散心,恢复以前的精神。"

乌克善望着妹妹庄妃坚定的目光问:"该怎么做呢?"

庄妃说:"可以组织一次到科尔沁的游猎。皇上最喜欢游猎,科尔沁的游猎可能会叫他忘记悲痛。"

乌克善一拍大腿说:"好主意!皇上多年没有到科尔沁游猎了,我去向皇后哲哲姑姑和皇上启奏。"于是,第二天乌克善又专门进宫劝请皇后和皇上到科尔沁游猎。皇后和皇上接受了乌克善的劝请,决定赴科尔沁游猎。

据《内国史院满文档》载:"八月初五日,圣上率和硕亲王、多罗郡王、文武诸臣及后妃,巳刻,出盛京城北地载门,率诸王贝勒大臣前往蒙古科尔沁。"广阔无垠的科尔沁大草原,正是盛夏的好时光。太阳虽然很毒,直射在人身上会炙烤得肉皮疼,但是一阵一阵的高原凉风从西伯利亚的寒带吹来,却把炎热吹跑了许多,使人感到皮肤干燥爽滑,花草散发出阵阵清香,使人顿觉神清气爽。

大规模的皇家围猎在科尔沁草原上热闹地进行。黄龙旗在碧蓝的晴空下飘扬,八旗的各色军旗也在风中猎猎飞舞。战马在草原上奔驰,猎鹰掠过低空飞行,有时盘旋在有猎物的地方。牧羊犬和猎犬成群地追逐着草原上的野兔和黄羊。

济尔哈朗、多尔衮、豪格、乌克善几个人同皇上的贴身侍卫,前前后后地紧紧追随着崇德帝皇太极。此时的崇德帝皇太极,一身猎装,紧身小袍、马蹄箭袖、软皮马靴,头戴夏季尖顶凉帽,虽然还是显出中老年发福的臃肿,却是精神抖擞神采焕发。他扬起马鞭,鞭打着座下的骏马小白。善解主人心意的小白马扬起四蹄,平稳地小跑起来。吆喝声,呼喊声,追赶猎物声,马嘶犬吠,震撼整个科尔沁草原,一场皇家围猎正紧张热闹地进行。崇德帝皇太极渐渐兴奋起来,口中重复着皇后和庄妃劝慰的言语:"天之生朕,原为抚世安民,朕从今当善自排遣。"现在他觉得自己完全摆脱了悲伤,又重新恢复了昔日的雄心和抱负。

草原那边的围猎正在进行着,皇后哲哲、庄妃布木布泰、多尔衮福晋那木其姑侄三人冲破侍卫的包围,只带着苏麻喇姑和几个贴身侍女,信马由缰,在草原上漫步。哲哲皇后下了马,招呼大家下马在草原上坐坐。她已有许多年没见草原了,今天她要好好亲近亲近草原。布木布泰和那木其也下了马。苏麻喇姑带领侍女在远处等待。

皇后哲哲扯断一根草茎,像小姑娘似的放在嘴里轻轻嚼着,沉吟着说:"皇上近来身体不大好,有些事情我想和你们秘密商量商量。我怕皇上身体有个万一,我们会措手不及。皇上册封的宸妃所生皇八子已故,我希望将来还能把我们科尔沁博尔济吉特氏皇妃生的儿子推为嗣君。不知那木其在我需要的时候能不能助我一臂之力?"

那木其急忙说:"我也是博尔济吉特氏的后代,我当然愿意帮忙。"庄妃布木布泰旁边接话说:"睿亲王很得皇上的喜爱和重用,他的意见举足轻重,那木其啊,你可要在需要的时候多吹吹枕边风啊!"

直爽的那木其忙接话说:"睿亲王能受重用,还不是皇后和布木布泰妹子在皇上面前的美言?睿亲王他不是忘恩负义的人。他是很重义气的,我保证需要时他会帮忙。"

皇后哲哲望着那木其点点头说:"不过,这事一点都不能露口风。

将来如果布木布泰的福临立嗣,你和睿王爷的地位只有升没有降。要是别的皇子立嗣,我们的日子就不知如何过了。"说话间,哲哲皇后脸上露出忧虑的神色。

那木其深深懂得宫里斗争的残酷。宫里的派系斗争,是一荣俱荣、一损俱损。多少人嫉妒睿亲王受重用,甚至包括他的同母兄弟阿济格和多铎在内。她当然要尽全力帮助皇后和庄妃娘娘成功。

姑侄三人坐了一阵后,皇后哲哲说:"走,我们过去吧,时间久了会引起别人怀疑的。"然后站起身向侍女招手。侍女和苏麻喇姑牵过皇后、庄妃和那木其王妃的坐骑。皇后哲哲翻身上马,马鞭一扬,马儿轻快地跑了起来;侍女也随着她向皇太极的方向跑去。庄妃也迎着皇太极的方向跑去。

在科尔沁草原的出猎中,由于皇后哲哲和皇贵妃庄妃姑侄两人的精心陪伴和温馨侍候,崇德帝皇太极重新感受到旧时在草原游猎的心情,心中的悲伤逐渐转淡,心情得以慢慢变好。

十二月初二日,崇德帝在庄妃的劝慰和安排下,又率和硕亲王、多罗郡王、固山贝子,文武官员、从猎人役,携皇后及诸皇妃,前往叶赫地方行猎。卯刻出盛京城西怀远门,过蒲河,至十三山驻跸。由是前行,至铁岭以西辽河驻跸。初七日,崇德帝自开原以南野地撒围行猎。十二日驻跸张泥口,是日,猎毕还行御幄。崇德帝诏诸王、贝子、臣公等入御幄,杀羊炖兽肉备果品,赐宴。十八日,赐郭奇尔桑姨娘子增格尔格、德参壮、阿里玛等各马一匹。于是继续往北行猎,至开库尔地方,崇德帝冒风,圣躬违和,遂驻跸其地。诸王、贝子、大臣奏曰:"圣躬违和,可停止行猎,原路回宫。"崇德帝说:"从猎人等来此行猎,岂可以朕躬违和,不杀兽,不获兽肉,而遂空返耶?尔诸王、贝子、大臣等,率之行猎可也。"于是,行猎于忽混布克滩地方,返还噶哈岭时,皇子福临和章京方格拉甫射中一只狍子,崇德帝非常高兴,说:"我儿小小年纪就能拉弓射中一只狍子,将来定能像朕一样。"

经过二十六天的围猎,崇德帝率跟随的诸王、贝子、大臣等,愉快地起程返回盛京。

第六章 运筹帷幄六岁福临继皇位

第一节 崇德帝突然驾崩之谜

清崇德八年（1643年）八月九日，秋风阵阵吹来，树叶儿沙沙，田地里的庄稼已快到成熟的时候。白天，南飞的大雁排成人字形，越过盛京的上空，向南飞去。之前，征明的胜利，西藏达赖五世派使送书表示臣服，使崇德帝皇太极近来心情特别好。这一天，他午前对土默特部落前来贡马的甲喇章京和大若尔布、小若尔布，牛录章京根都、俄博尼、兀苏木、达赖等人及其随行人员，分别赏赐了银两等物，并设宴招待。接着，他又携皇后和诸妃到崇政殿，召见察哈尔科尔沁蒙古部落的额驸及女儿固伦公主，并从阿巴泰征明所获得的金银饰品及锦缎中，挑选最好的赏赐给来朝的科尔沁的福晋、贤妃及固伦公主。晚上，他高兴地与皇后和诸妃用完晚膳后，带着幸福和自信的心情回到清宁宫。

这天夜晚，盛京的夜空之上，飘浮着一层薄云，云层散成一片一片，淡淡的明月，在云隙间疾驰，月亮时而穿过云雾，把透明的光辉洒在清宁宫东稍间的南炕上。皇太极更完衣后，端坐在炕桌旁的御垫上，侍女们端上香喷喷的奶茶，小心翼翼地递给皇上，转身退出内宫。盛京城更显得一片祥和温馨。这是大清皇帝皇太极近二十年来改革弊政、文治武功，创造出来的安定和繁荣。随着夜色渐深，盛京皇宫里的喧哗声也慢慢平静下来。凤凰楼上规律的云板声和敲梆子的声音，传向远方的夜空,报告着盛京城内各处的平安。

夜色笼罩的清宁宫暖阁里,崇德帝皇太极接过侍女送来的奶茶,品了两口之后,便依靠在南炕的御垫上,脸上带着微笑,安详地斜坐在南炕上,幸福地闭上双目,一动不动,好像刚刚睡去。皇后哲哲以为他忙累了一天,可能是身体太乏了,不忍心叫醒他,但又怕他着凉,便用爱抚的语气轻声催促说:"皇上,快醒醒!到北间御榻上早些休息吧。"谁知,皇后哲哲接连敦请了几次,皇上都没有回应。哲哲皇后急忙上前,极力用手想把他扶起来,准备把他扶回御榻休息,谁知皇太极还是一动不动,怎么也扶不起来。皇后不知所措,急忙唤侍女快去传御医,看皇上是怎么了。御医匆匆赶来,匆忙拿出急救方剂给他灌下,但仍不见好转。待御医为皇上把脉时,发现崇德帝皇太极已经停止了心跳,一代天骄大清国皇帝皇太极就这样安详地离开了人世。

崇德帝皇太极夜宿清宁宫,不幸在东暖阁的南炕上突然逝世后,皇后哲哲遂命侍卫们守住宫门,不让任何人随意入内。后宫的皇贵妃们接到皇后哲哲通知后,都匆匆忙忙起身,纷纷来到清宁宫,围在崇德帝皇太极的身边哀哀痛哭。永福宫庄妃布木布泰号啕大哭起来,被正在抽泣的哲哲皇后严厉呵斥后才止住了号哭。

第二天清晨,皇后哲哲命令崇德帝皇太极的贴身侍卫大力士阿尔萨兰,快快去请礼亲王代善、郑亲王济尔哈朗、睿亲王多尔衮。三位亲王得知皇上驾崩的噩耗后,先后匆匆赶往皇宫,进入大清门,经过崇政殿东掖门,急步登上皇帝后宫屏楼凤凰楼台阶,穿过凤凰楼中门直奔清宁宫。他们抚着崇德帝皇太极已经半僵硬的龙体痛哭失声。皇后哲哲勉强压抑住心中的悲痛,呜咽着说:"请诸位亲王早作安排,筹办好皇帝的丧事。"

三个亲王听完皇后的懿旨后,立即停止了哭泣,共同商议办理皇上的丧事。确定由礼亲王代善全权负责皇上的丧礼事宜。代善立刻传令礼部制定为皇上大葬的礼仪规矩制度。凤凰楼上敲响了皇上宾天的丧钟，悠扬低沉的钟声，向盛京城中的官民报告了一代英雄、大清国皇帝皇太极宾天的噩耗。遂在崇政殿、清宁宫、大清门分别举行了举哀服丧。一时间，盛京皇宫里挂满了白色丧幡，大清国黄龙旗低悬，宫内王公大臣、后妃格格、宫女、太监、杂役等全部穿戴丧服，女眷截去发辫。整个盛京皇宫里的气氛都凝滞了。

次日，礼亲王代善指挥将崇德帝皇太极的遗体装殓完毕，由十八个太监和八个亲王旗主护送，从清宁宫把梓宫抬到崇政殿暂时安放在殿内，下令为他举哀三天。这时，和硕亲王、多罗郡王、多罗贝勒、固山贝子、公以下，牛录章京以上，朝鲜世子李溰，以及公主、和硕格格、多罗格格、固山格格、和硕福晋、多罗福晋、固山福晋以下，牛录章京等官命妇以上，全部换上素装孝服，女眷们还截去发辫，以表哀痛。王公大臣由亲王带领，每日凌晨前去哭灵。一连七日，王公大臣家里，都持斋戒。全国十三日内，不得屠宰。一直到三七之后，方能脱去孝服。举朝上下顿时沉浸在悲痛之中。

对于崇德帝皇太极夜宿清宁宫的突然逝世，史书上记载说："当天晚上亥时，即九至十一时，太宗皇帝端坐在南炕上突然停止了呼吸……"后来，有关清代官修史书几乎都记载说，清太宗皇太极的死，是"无疾而终"。对于这一说法，给后人留下了一个不解谜团，因而有不少人以此做出了各种推测，编纂了不少荒诞的野史传说。那么究竟是什么原因促使他突然死亡的呢？让我们从他生前几次"圣躬违和"和服用的药物来揭开这一谜团。

崇德帝皇太极是一位非常勤政的皇帝，一生对朝事殚精竭虑。他是在后金国处于政治、军事和经济极端困难的情况下受众推而继承汗位的。继汗位以后，为了尽快扭转国势，他勤于政事，特别是凡军国大事，都是事必躬亲，不顾鞍马劳顿。他面对父亲给他留下的危机局面，不得不日以继夜地逐一解决。因此，他的工作和生活长期以来，始终处于高度紧张状态之中，这必然严重地损害他的身心健康。如他对刑事处分的大小案件，尤其仔细，经常是耐心地与诸贝勒大臣和主管官员反复讨论，唯恐出错，冤枉好人，影响国家声誉。有些案件，他还要在诸贝勒大臣陪同下，亲自审讯，务求案情水落石出，处理得当。特别是建立大清国称帝后，面对战乱之世，在当时大明、大清、大顺三股政治军事势力相互博弈的情况下，他以军国要务为重，殚精竭虑，呕心沥血，驰骋疆场，东征西讨，鞍马劳顿，经过十九年的不懈努力和奋战，为夺取全国政权创造了坚实基础。

不仅如此，他对民间的事情也非常重视。崇德元年（1636年）八月，鞍山东南四十里处，群山衔接环抱，峰峦奇异，千峰林立，人们称之为"千朵莲花山"，简称千山。这里早在魏晋时期已有僧人落脚，建有寺院。后经历代不断扩建，到明清之际，千山已成为佛、道共存的宗教圣地，僧道众多，寺观遍山中，善男信女络绎不绝，香火繁盛。在千山南沟，有一宏大寺院，名叫大安寺，是千山的名刹之一。崇德帝视察后，让清政府拨款对这座古寺进行修缮，该寺僧人住持名叫何大峰，为了庆贺寺庙重修的大喜之事，感谢当今皇上治国有方、人民安居乐业的功德，带着僧人们亲手采摘的松籽，特地制作了千山特产"松花饼"，离开千山，路行二百余里，专程到沈阳盛京进献给崇德皇帝。这松花饼是以松籽为原料，再采摘其他天然植物掺入其中，精心制作而成。松花饼清香可口，营养价值很高，久食，具有清心明目、延年益寿的功效。

八月十四日，正是中秋节的前一天，僧人何大峰进了皇城盛京，通报求见皇上。令他高兴的是，太宗皇帝同意接见他。何大峰恭恭敬敬行过朝见大礼，说明了来意，然后，将松花饼献上，说："食用此饼，可以延寿明目。"

崇德帝皇帝看了一眼僧人何大峰献上的松花饼，口气严肃地说："朕如果能勤勤恳恳地治理国家，爱护百姓，国泰民安，上天自然会默默保佑，何必服用松花饼而延寿明目呢？"但是他还是感谢僧人们不忘朝廷的恩德，不远二百多里送来的松花饼，赏识僧人的一片诚意，后又赏白银十两，作为今后修缮大安寺的费用。从这般小事的处理可以看出，崇德帝皇太极对朝中民间的大小之事都是事必躬亲，充分体现其勤政爱民的作风。

皇嗣早逝、爱妃病亡对他心理上的打击也是一个重要方面。关雎宫宸妃海兰珠嫁入宫后，最得皇太极的宠爱。由于海兰珠的美貌和她那贤淑的品德，加之成熟女性的魅力，使皇太极与她情投意合，形影相随，感情至深。崇德二年（1637年）七月，宸妃海兰珠在关雎宫为其生下皇八子。皇爱妃生子，皇太极十分喜悦，专门为庆祝宸妃诞育皇子，让弘文院颁发诏书大赦天下，一时间成了轰动清朝国内外的重大事件。皇太极为宸妃生子的庆典之举，引来了八方朝贺，轰动了京城内外。崇德二年（1637年）九月，小皇子刚刚满月，一些与皇太极有亲姻关系的皇亲国戚，不远千里，闻风而至。他们驱赶着驼马牛羊，驮着各式各样的礼品，络绎于途，奔赴盛京，前来表示祝贺。皇太极兴高采烈，满面春风，登上皇宫的"金銮殿"——崇政殿宝座，接见八方来贺的王公台吉。此时的皇太极，开疆扩土，称雄于东北，加之娇妻爱妃产子，诸事顺遂，可谓春风得意，踌躇满志。为了表示普天同庆，他大宴宾客于崇政殿、清宁宫，盛况空前。崇德三年（1638年）元旦，朝鲜国王李倧，在上皇帝、皇后贺表的同时，还向四个多月大的"皇太子"贺表。笺文曰："朝鲜国王臣李倧，恭逢崇德三年正月初一日元旦令节，谨奉笺称贺者……皇太子殿下，德量渊冲，英姿玉裕……兹当端月之会，益增前星之辉……"并进献皇太子礼品，计有：细白绢十五匹、白绵绸十四匹、皂青葛布十五匹、黄色花席十张、满花方席十张、各式纯花席十张、貂皮六张、白纸五百刀。

然而，天有不测风云，人有旦夕祸福。崇德三年（1638年）正月二十八日，这个被视为天命神授，高贵而又幼小的生命，却在来到这个世界不足两年便因染上天花不治而夭折了。可以想象，爱子之失，是多么的悲痛。对海兰珠来说，更是无法承受的打击，可爱的小皇儿的一颦一笑,时时在她的面前晃动,使她神牵梦萦,终日郁郁寡欢,不久就身染重病。于崇德六年(1641年)九月十七日夜三鼓时,在关雎宫病逝。

皇太极闻报宸妃娘娘薨逝的噩耗,犹如五雷轰顶,悲不自胜。他按捺不住自己内心的悲痛,声泪俱下,痛哭失声,并亲自在灵柩前三奠酒致祭,哀恸欲绝。这时,都察院参政祖可法等上疏劝慰,以皇上乃"万乘之尊,中外仰赖","今皇上过于悲痛,大小臣工不能自安",劝皇上要"自保圣躬,勿为情牵,尊重自爱"。皇太极从宸妃殡所回来后不入宫,而居住在临时搭设的"御幄"中,以表示对宸妃的哀悼和怀念。由于过度伤感,皇太极自从宸妃死后,茶饭不思,朝夕悲痛不已,甚至昏厥过去。这可吓坏了皇后、庄妃及诸王大臣,他们赶紧陈设祭物,拜神祈祷,经多方劝慰和医治,皇太极的病情稍愈,方能进些饮食,精神才有所醒悟,他说:"天之生朕,原为抚世安民,今乃过于悲悼,不能自持。天地祖宗知朕太过以此示警。朕从今后擅自排遣也。"然而,对宸妃的魂牵梦萦,仍使他难以自拔。之后,皇太极频频地举行各种祭祀活动,并请僧人、道人等为海兰珠布道诵经,超度亡魂。他把宸妃之丧,视为大清"国丧",就连元旦大典也停止举行。崇德七年(1642年)元旦,他特降御旨:"敏惠恭和元妃丧,免朝贺,停止筵宴乐舞。"诸王公贝勒大臣见皇上终日悲泣不已,悲伤过度,情志不已,只好奏请皇上出猎,"以慰睿怀"。直到最后在皇后哲哲和庄妃的亲陪下,才到旧时相爱的草原游猎了一段时间,又加之最后取得了松锦大战的全面胜利,太宗皇帝的心情才慢慢得以恢复。

积劳成疾、久病未愈是促成他死亡的直接原因。皇太极第一次出现"圣躬违和"是崇德六年(1641年)八月十一日,正值松锦大战前,当他得知明朝派总督洪承畴率十三万援军赶赴松锦解围,清兵不完全掌握主动,前线传来的求援战报反映情况紧急。他意识到形势的严重性,不顾当时正患鼻衄,鼻出流血重病,决定亲临前线指挥。他传檄各路兵马,星集盛京,原定八月十一日由沈阳动身,因患鼻衄,只得延期启程。他的弟弟多罗武英郡王阿济格、多铎见他身体不好,劝他不必急于动身,说:"我们愿先飞速前往,等皇上病好了再动身。"皇太极说:"行军制胜,利在神速,朕如有翼可飞,当即飞去,何可徐行也!"到十四日,他顾不得鼻衄未愈,下令启程。他率三千精锐骑兵先行,一出盛京,便纵马星夜疾驰,他恨不能一下飞到锦州!由于行军太急,引起鼻子流血不止,到第三天才止住。从沈阳盛京到锦州数百里,太宗用了六天时间,于八月十九日到达松山附近的戚家堡。可以想象当时病情之严重。这年的十月初二日,诸王及他们的福晋、儿女们奏请恭祭宸妃,太宗深有感触地说:"山峻则崩,木高则折,年富则衰,此乃天特贻朕以忧也。"他的这番话,说明他已知自己忧虑、多病和年老体衰。

第二次是崇德七年(1642年)十一月二十日,这次太宗病得很重,不仅用大赦向天祈求痊愈,而且清朝的大臣们也就此提出建议,减少皇上的政事活动。二十七日,都察院参政祖可法、张存仁,理事雷兴等上奏说:"皇上天纵神武,德被遐方,以仁心爱万民,以仁政治宇内,凡养民恤民,无不周挚,虽当大业创兴,实万世之圣主,当代之明君也。今皇上道德醇备,福寿兼隆,虽偶尔不豫,辄获康吉,天之眷我皇躬也昭昭矣,举国臣民不胜欢忭。伏愿皇上保护圣躬,上达天心,下慰人望。近见政事纷繁,动劳睿虑,各旗、六部诸大臣虚设何裨?凡心劳则气动,更愿皇上清心定志,一切细务,付部臣分理,至军国大事,万许奏闻。况大业垂成,外国来归,正圣心慰悦之时,亦可稍辍忧劳。且时当食足兵强,皇上宜暂出游猎,以适上心。臣等谬任言官,惟以圣躬为重,优望息虑养神,幸甚!"大学士范文程、希福把这份奏疏转达给太宗皇帝,立刻得到太宗允许,说:"所奏良是。朕之亲理万机,非好劳也,因部臣不能分理,是用躬自裁断。今后诸务可令和硕郑亲王、和硕睿亲王、和硕肃亲王、多罗武英郡王合议完结。"这一朝事制度是视太宗皇帝身体欠佳的程度而反映出来的。有了这个决定,太宗基本上交出了日常的朝事,可见他此时病得实在不轻。

第三次是崇德七年（1642年）十二月初二日，崇德帝皇太极得知征明大军进兵顺利，非常高兴。在皇后和庄妃及诸王臣的劝慰下，率和硕亲王、多罗郡王、固山贝子、文武官员、从猎人役，携后妃前往叶赫地方行猎休养。据《内国史院满文档》载："十二月初二日，圣上率和硕亲王多罗郡王、固山贝子、文武官员、从猎人役，携诸妃，前往叶赫地方行猎。卯刻，出盛京城西怀远门，过蒲河，至十三山驻跸。由是前行，至铁岭以西辽河驻跸。次日，风雪大作，欲行不可，仍驻跸。"

"初五日，正蓝旗鄂勒斋图、镶蓝旗诺木齐、正黄旗苏郎、镶红旗鲁邦、正白旗图磊等率每牛录甲兵五名，由固山额真伊拜、梅勒章京吉希哈统领，往替蒙古兵更番驻防锦州。"

"初七日。圣上自开原以南野地撒围行猎。十二日驻跸张泥口，是日。猎毕还行幄。圣上诏诸王、贝子、公等召入御幄，杀羊炖兽肉备果品，赐宴。赐和硕礼兄亲王、和硕睿亲王、和硕肃亲王、多罗武英郡王、多罗豫郡王、多罗阿达礼郡王、固山贝子博罗、尼堪、罗讬、辅国公满达海、和硕额驸达尔汗、多罗额驸英古尔岱、索诺木杜稷、内大臣宗室希汉、宗室恭噶岱、鄂奇尔桑姨娘、公塔瞻、巴图鲁等各马一匹。于是往北行猎。十五日，至开库尔地方时，圣上感冒风寒病发，圣躬违和，遂驻跸其地。诸王、贝子、大臣奏曰：'圣躬既违和，可停止行猎，启驾原路回宫。'圣上谕曰：'从猎人等疲马力来此行猎，岂可以朕躬违和，不杀兽，不获兽肉，而遂空返耶？尔诸王、贝子、大臣等，率之行猎可也。'于是，行猎于忽混布克滩地方，及还，猎于噶哈岭时，随行皇九子五岁的小福临，用自己的小弓射中了一狍，算给皇上挽回了一点颜面，使皇上心中增添了一丝快慰，才勉强同意暂时回銮。二十八日申刻，圣上入盛城北门地载门，回盛京皇宫。此次行猎前后共二十六天。"聪颖凤慧的皇九子福临，通过这次围猎，彰显了他人小志强的父辈性格，开始赢得了皇上对他的钟爱和属意了。

另据朝鲜李朝史书记载："清人言于世子馆所，以为皇帝病风眩，愿得竹沥,且要见名医。上命遣针臣抑达,药医朴群等。"从所服用药方可知,太宗生前患的应是风眩病,所用的药为竹沥。按《本草纲目》载竹沥的主要功效是化痰、去热、解烦闷等。

从上述种种史实和所服用的药方进一步证明,崇德帝皇太极在位执政的十九年间,由于事必躬亲,殚精竭虑,长期劳顿,就积劳成疾,再加之皇嗣亡、爱妃殡等原因,使他的病情一次比一次严重,曾出现痰水上升,头脑眩晕,热血上涌,引起中风、高血压等病状,由于当时的医疗技术落后,未能有效地医治,促使心病和身病久未治愈,才造成他猝然死亡。也就是说,崇德皇帝清宁宫突然死亡的原因,可能是脑溢血或心脏病,而不是史书上说的"无疾而终",也不是野史书上所说的是因为庄妃和多尔衮有婚外情,皇太极得知后当场气死的。

一代英豪大清皇帝皇太极,在还未完成他推翻明朝,实现统一中国的夙愿时就离开了人世。太宗死后的第二天,诸王大臣们把他的"梓宫"安放在崇政殿,为他举哀三天。九月二十一日,陵寝尚未建成,就把他葬在了这座陵寝的地宫里。他的陵墓后来称为清昭陵,坐落在沈阳北的隆业山下。陵寝的御道两旁的石象生群中,有一对石马,便是仿太宗生前最喜爱的坐骑大白、小白而雕刻的。寓意是让他的子孙们,永远不忘他靠马上武功得天下的功绩。

第二节　争皇位黄白四旗剑拔弩张

清崇德八年(1643年)八月十四日,崇德帝皇太极已经逝世五天了,这时人们才从突然的"驾崩"震动和悲痛中逐渐清醒过来,开始思考谁来当他的继承人。因为崇德帝死前正踌躇满志,要推翻明朝夺取天下,所以他在生前未曾对身后之事作任何安排,因此诸贝勒、王公、大臣在深深地哀痛之后,必须迅速酝酿皇位由谁来继承的问题。

这天深夜,皇宫内和皇宫外的各亲王府里,都是心灯长明彻夜未眠。国不可一日无君,皇上生前没有立嗣,拥立新君成了宗室亲王们人人忧心的事情。此时亲王们虽个个脸上带着泪痕,心里却都怀着鬼胎,每个人都在猜测、试探、估计和对各种力量加以分析,试图从蛛丝马迹中找出利己的新君。

皇后哲哲和庄妃布木布泰尽管悲痛,却不敢懈怠。拥立新君,她们有至高无上的权力。当年皇太极继汗位她们还记忆犹新,虽然经过皇太极十七年的艰苦努力,取消了"八和硕贝勒共治国政制",抬高了汗权,压制了王威,建立了皇权,实现了南面独坐,且崇德帝还亲掌正黄、镶黄、正蓝三旗,牢固地确立了君主专制制度。但以旗主为本旗之统治者的八旗制度仍然存在,正红、镶红,正白、镶白和镶蓝五旗之主的代善、罗络浑、多尔衮、多铎和济尔哈朗仍分系本旗旗主,他们又是和硕亲王、多罗郡王或多罗贝勒。还有饶余郡王阿巴泰、武英郡王阿济格、郡王阿达里、固山贝子硕托等,也都分割若干牛录。八旗王、贝勒、贝子皆系统兵征伐久战沙场的统帅勇将,权势仍很大。因此,新君仍须由八旗王公大臣集体立议而定。

按照各旗势力而言,崇德帝之皇子拥有很好的竞争条件。八旗之中,崇德帝亲领三旗,人丁兵将战马之多,超过其他五旗之中任何一位旗主。特别是正黄、镶黄二旗,猛将如云,谋士众多,开国元勋中功劳最大、职位最高、子侄最勇,与天命汗努尔哈赤、崇德帝皇太极联姻婚娶的三位大帅额亦都、费英东、扬古利,皆在正黄、镶黄二旗。此时三位大帅虽已早逝,但其子、弟、侄、孙皆系分率正黄、镶黄二旗士卒南北征战军功卓著之勇将。额亦都有子十六,车尔格、图尔格、伊尔登、超哈尔、遏必隆、韩代、阿达海等,其中车尔格、伊尔登、遏必隆此时分系朝中承政、巴牙拉纛章京和侍卫;费英东之第七子图赖勇猛善战,军功累累,被崇德帝连续擢升,任巴牙拉纛章京,授三等总兵官世职;费英东之侄鳌拜,屡败明军,征皮岛时,身为前锋,渡海搏战,勇克坚岛,被崇德帝赐予"巴图鲁"称号,时任巴牙拉纛章京,授三等总兵官世职;扬古利之子塔瞻、从弟谭泰、族侄伊尔德,时为固山额真和巴牙拉纛章京,他们皆有职有权有威望。此外,两黄旗还有希尔根等一大批战将。文臣中如刚林、范文程和鲍承先、希福均是内国史院、内秘书院、内弘文院大学士。尤需一提的是希福之侄一等侍卫巴克什索尼,精通满蒙汉文,久直内院,智勇双全,对崇德帝忠贞不贰。两黄旗的确人才济济,远逾其他旗。他们当然要拥立皇子继位,既对先帝效忠,又可确保本旗之特殊地位和个人的富贵荣华。另外从现状来看,此时的皇权不同于当年八王共治制,是崇德帝皇太极用十七年时间仿明制逐渐建立起的多民族联合的封建君主政权,按照这一制度,在皇权继承上也应当在皇帝的八位皇子中,选一位符合封建典章制度且具有一定地位的皇子来继承皇位。

崇德帝皇太极当时的八位皇子:大阿哥豪格,母继妃乌拉纳拉氏,时年三十四岁;四阿哥叶布舒,母庶妃颜扎氏,时年十七岁;五阿哥硕塞,母侧妃叶赫那拉氏,时年十四岁;六阿哥高塞,母庶妃那拉氏,时年七岁;七阿哥常舒,母庶妃伊尔根觉罗氏,时年六岁;九阿哥福临,母永福宫庄妃博尔济吉特氏布木布泰,时年六岁;十阿哥韬塞,母庶妃,氏族无考,时年五岁;十一阿哥博穆博果尔,生于崇德六年,母麟趾宫贵妃博尔济吉特氏娜木钟,时年二岁。以上八位阿哥,七位皆是无禄少年和幼童,唯有大阿哥豪格年长,三十四岁,且他在天命、天聪、崇德年间能够通过自己的文韬武略和军功,构成争位的实力。

豪格在十七八岁时因进攻蒙古有功,被爷爷努尔哈赤封为贝勒。父亲皇太极即汗位后,又因军功政绩晋升为和硕贝勒,崇德元年建立大清国时封和硕肃亲王,掌管六部中的户部,其功勋资历和威望都不亚于当时同龄的几位皇叔。特别是自崇德元年始,他晋升为肃亲王,掌户部事后,在处理政事方面积累了不少经验,后又在征山东和松锦战役中立下大功,这都为他竞争皇位创造了条件。

但是豪格有三个弱点。一是他母亲乌拉纳拉氏并非贝勒之千金,嫁与皇太极后不久即死去,没有正式封号,与嫡福晋、皇后和皇贵妃不

上左　大清受命之宝印模

上中　皇帝奉天之宝印模

上右　大清嗣天子宝印模

下左　制诰之宝印模

下右　满文皇帝之宝玺印模

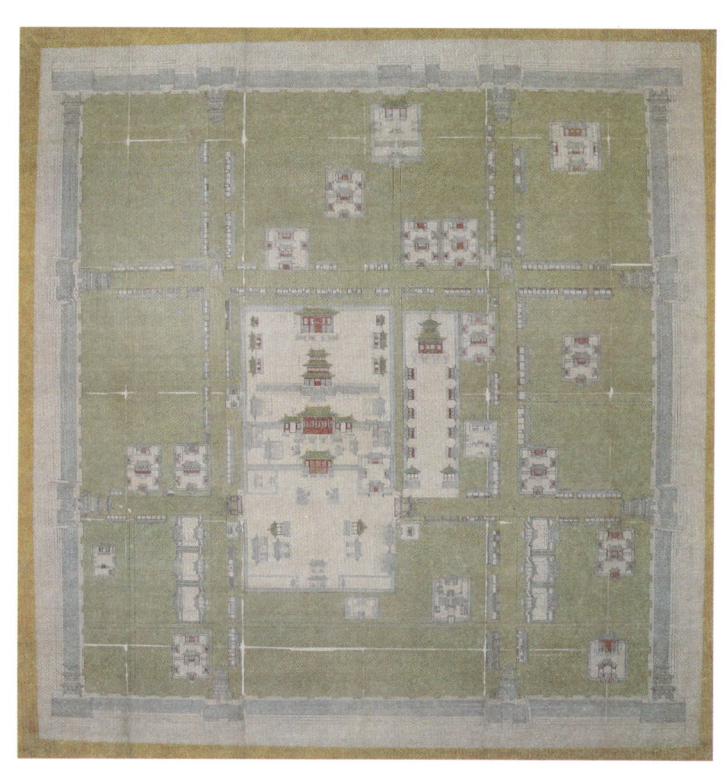

盛京皇宫平面图

能相提并论;二是他并不受皇太极喜爱,几次遭父谴责惩罚。崇德元年被封为肃亲王后不久,因与成亲王岳托结党,泄露父皇言语,而被降为贝勒。崇德三年征明有功复封亲王,不久又因过降为郡王,直到崇德七年松锦战役立功始复原封爵;三是在崇德帝皇太极时期,豪格始终未能当上主宰一旗之旗主,只辖有若干牛录。与大伯礼亲王代善、十四叔睿亲王多尔衮、十五叔豫郡王多铎、侄贝勒罗洛浑分系一旗之旗主不同,这些弱点严重影响了他图谋大事的实力。

哲哲皇后和庄妃布木布泰想,如今会发生什么不测之事呢?那些如狼似虎的皇帝宗室,那些太祖的儿侄亲王,会不会狼子野心觊觎皇位?从力量来看,礼亲王代善年事已高,且他虽掌两红旗,但没有争皇位之意;皇太极庶妃所生长子豪格在朝中掌户部;睿亲王多尔衮在朝中掌吏部,且三兄弟拥有两白旗。豪格和多尔衮两个人都有可能争夺皇位。但是,不管哪方取胜,恐怕都隐藏着危机,大清国的大好形势难免毁于自相争斗之中。这些国家兴亡之大事,那些王爷们想过了吗?他们只知道争夺皇位,为个人的利益争来斗去,谁真正关心大清国的利益呢?只有她们姑侄最清楚先帝皇太极的理想抱负,那就是推翻衰败的大明朝,统一全国政权,结束战乱,让人民过上太平日子。她们姑侄俩认为有责任继续实现崇德帝皇太极未竟的事业,有义务制止宗室中的内讧争斗,保住大清江山永固,保住科尔沁女人在后宫的地位。

这时,崇德帝皇太极的贴身侍卫阿尔萨兰进了清宁宫,径直走向皇后身边附耳说了几句,皇后顿时脸色大变。她从御座上站起身,在地上走来走去,心中不断地思考着对策。庄妃布木布泰见状关心地问:"什么事?"皇后咬牙切齿地说:"有人开始行动了。肃亲王豪格邀八大臣聚集到肃亲王府,正在商量拥立他自己继承皇位的事。"

庄妃点着头说:"是的,一定是这事。他们想赶在崇政殿议事之前形成统一意见,然后逼迫众王爷表态同意他继承皇位。我看,他这很可能是武装动员。"

皇后哲哲点着头，说："有这种可能，我们不能不防。"她转身又对阿尔萨兰说："你去继续探听消息。"

争夺皇位的另一位则是睿亲王多尔衮。他在皇太极时期立下了赫赫战功，在处理军政大事方面被公认为宗室中的最强者，从能力和文武双全来看，他最像崇德帝皇太极。崇德帝生前曾派人对他说："朕爱尔过于诸子弟，赖尔独厚，以尔勤劳国政，恪守朕命故也。"皇太极对多尔衮的重视，不仅超过其他兄弟，而且超过了自己的儿子豪格。努尔哈赤死前，多尔衮只是掌握十五牛录的小贝勒，正白旗主是阿济格，镶白旗主是多铎。天聪二年因阿济格犯罪，在庄妃的建议下，夺了阿济格的正白旗主，升任多尔衮为正白旗主。天聪年间曾派其三次征明，特别是天聪八年，率军征蒙古察哈尔林丹汗，收降了林丹汗苏泰太后和太子额哲，并获得元朝传国玉玺，功劳最大。松锦之战时曾任统帅。他和郑亲王济尔哈朗都是朝中重臣，总管位于六部之首的吏部，朝中内务全面掌管，是崇德帝生前的左右臂。

这天夜里的睿亲王府内，多尔衮心潮难平。他想起十八年前母亲被逼自尽殉父汗的情景，内心便涌上一股难以抑制的仇恨。现今自己兄弟三人拥有两白旗的强大势力，两个兄弟又都是拥有重兵的亲王，他捋着胡须沉吟："要不要自立呢？"他内心的热血有些沸腾，他激动地从座椅上站了起来，在书房里走来走去，精细地盘算着。

他突然止住脚步，望着神堂，自言自语道："自立是悖天理的！因为有皇子在，先皇和皇后、皇贵妃对我有再生父母之恩，不能贸然行事。"然后又自我否定。他额头上沁出了细密的汗珠。他用手狠狠地擦着自己的额头，想让自己从混乱中清醒过来。他想，还是先不忙作决定，先出去摸摸情况，探探口风，见机行事的好。

多尔衮走出王府，来到掌管内院的大臣启心郎索尼府上。多尔衮径直走到正厅，同时注意到两廊下有许多戎装士兵走动，心中暗暗吃惊。后厅里索尼正紧急召见两黄旗大臣鳌拜、图赖、图尔格等人议论皇位继承人的事。听说多尔衮深夜来访,索尼不免心中惊慌,急忙走到前厅,抱拳向多尔衮问安。

索尼满脸勉强堆笑地问:"睿亲王爷深夜来访,不知有何见教?"

多尔衮进入厅堂落座后,假笑着婉转地说:"索尼大人深夜不寝,不知有何大事商量?"

索尼尴尬地说:"皇上宾天,作为先皇旗下,我又是管内院的大臣,且过去我们两黄旗感念先皇的恩德,难以成眠。这也是情理之中事吧?"

多尔衮笑了笑说:"先皇有你们这些贤孝臣子,真是大幸。不知明日议政,你们内院和两黄旗的大臣们准备如何表态?"

因为此时的大清皇权不同于皇太极刚即位时的后金汗位,它是以满族为主,吸收汉、蒙等贵族组成的封建皇权,不能用八王共议的旧制来推选皇位继承人。索尼等一批内大臣,既是皇太极一手提拔起来的战将,又是大清开国时的重臣。于是,索尼思索了一会儿,一边端起茶让多尔衮品茶,一边旗帜鲜明地说:"按照明制,先帝有皇子在,必立其一,他非所知也。"明确地表示不同意另选别人当皇帝,应该选先皇的皇子中的人继承皇位。

多尔衮只好点点头,不好说什么。他明白,两黄旗要誓死捍卫皇太极的儿子来继承皇位。他心情沉重地走出索尼府,准备再到郑亲王济尔哈朗王府,探探郑亲王济尔哈朗对立新君的态度如何。

郑亲王济尔哈朗是努尔哈赤弟弟舒尔哈齐的第六子。他不是直系,虽然没有继承位的可能和想法,但是他的意见却是至关重要的。他是镶蓝旗主,是先帝皇太极一手擢升的,其政治地位排在礼亲王代善之后,是崇德帝生前的右翼力量,他的意见也起重要作用。但多尔衮没想到,在他来之前,肃亲王豪格已抢先派亲信何洛会和扬善二人到郑亲王济尔哈朗府做了说服工作,说:"两黄旗大臣已决定立皇长子肃亲王豪格为君,需要向郑王爷请教和商量一下。"郑亲王济尔哈朗当即表态说:

"我意亦如此,但又说这事你们还需要与睿王爷多尔衮商议。"表了个模棱两可的态。

多尔衮见郑亲王府门口灯笼高挂,从大门里走出几个人,多尔衮急忙闪身躲在暗处。只见郑亲王的侍卫送出的是肃亲王豪格的部下何洛会、扬善两人。这两人是豪格的心腹和幕僚,他们肯定是来说服联络郑亲王的。多尔衮感叹地说:"来晚了!自己还去找他作甚?"

多尔衮两处探风摸底后转身立刻回府,心里说:这个夜晚,确实是诸亲王的不眠之夜。一场争夺皇位的斗争从暗地急剧发展为公开。

当时亲王、郡王共有七人,按朝中排序为:礼亲王代善、郑亲王济尔哈朗、睿亲王多尔衮、肃亲王豪格、武英郡王阿济格、豫郡王多铎、多罗郡王阿达礼。代善的资历最老而且地位也高,且手中握有两红旗的实力。他在继承人的问题上仍具影响力,他的支持或反对尚能左右事态的发展,对各派系有着重大影响。无论他倾向哪一方,都会使力量的天平发生倾斜。按当时的实力,争夺皇位的除皇后姑侄二人要扶幼皇子福临继皇位外,还有两股势力。

一股是肃亲王豪格,是皇太极的长子,时年三十四岁,年富力强,又颇有战功。从利害关系而论,两黄旗大臣都希望由皇子继位,以继续保持两黄旗的优越地位。他们认为,豪格军功多,才能高,天聪六年就已经晋升和硕贝勒,崇德元年晋封为肃亲王,掌户部事,与几位叔辈平起平坐。崇德帝皇太极在世时,为加强中央集权,大大削弱了各旗的实力,又把原属莽古尔泰的正蓝旗归到豪格手里,形成以两黄旗和正蓝旗为核心的皇权势力,合三旗的势力远远强于其他对手。因此,这三旗的代表人物必然要拥戴豪格继位。可以说,豪格是当时竞争皇位势力最大的一个代表人。

另一股就是睿亲王多尔衮。他是先皇皇太极同父异母的弟弟,努尔哈赤的第十四子,比豪格小三岁,文武双全,功勋卓著,在处理军国大事方面被公认为宗室中的最强者。他与其两位勇猛善战的同胞兄弟阿济格、多铎同掌两白旗,而且正红旗、正蓝旗和镶黄旗中也有部分宗室暗中支持多尔衮一派,与此同时,两白旗的上层人物也积极策划,想拥立多尔衮为皇位继承人。武英郡王阿济格和豫郡王多铎是多尔衮的同胞兄弟,他们就曾"跪劝睿王,当即大位"。并说:"尔不继位,莫非是害怕两黄旗大臣吗?"多尔衮的舅舅阿布泰和固山额真阿山也说:"两黄旗大臣愿意立皇子继位的不过就几个人,我们在两黄旗里的亲戚都说愿拥你继大位啊!"这就更加使其如虎添翼,成为另一个强有力的皇位竞争者。

于是,以皇后、庄妃与皇九子福临为一方,以肃亲王豪格和部分两黄旗大臣为一方,以睿亲王多尔衮为首的两白旗三兄弟为一方,三股势力为代表的各方,都在为争夺皇位上暗地里加紧活动,时局日趋紧张。争权的斗争从单个人的联系飞速地传开,从暗地里急剧发展为公开的剑拔弩张。紧张的气氛使人屏住呼吸。

第三节　巧运筹六岁福临继皇位

皇后和庄妃看到肃亲王豪格和睿亲王多尔衮两派为争皇权险些发生刀光剑影的火拼,心中也很不安。她们姑侄两人也在商量着对策。庄妃以试探的口气向皇后建议说:"皇上生前只在崇德二年宸妃海兰珠姐姐生皇八子时下诏封为皇太子,不想却不足两岁患天花夭折了,皇九子福临,天资聪明,皇上生前对他很喜欢,去年塞外狩猎无果,见福临在回程中射猎了一只狍子,甚是高兴……,眼下姑姑身为皇后膝下无子,我们三位皇贵妃,衍庆宫淑妃无子女,麟趾宫贵妃生有皇子,年龄才只有一岁多。福临今年六岁了,皇帝继承应以血缘关系为纽带来维系爱新觉罗的万世一统制度。再说你忍辱负重,把我和姐姐海兰珠续嫁给皇上,不就是为了让我们为皇上生个龙种继统皇位吗?这样才能维系祖辈们制定的'满蒙联姻'的国策,才能保住我们姑侄俩在大清国后宫的地位。按照'子以母贵'和'嫡长继位'的皇家制度,福临当是皇位继承人。是否可以把礼亲王代善请过来探探他的口风,我看礼亲王没有这种野心,他一贯和善,不想与人争锋。十九年前他自动礼让推举先皇登基,天聪九年又主动提出退出'三王并坐'的旧制,拥护大汗'南面独坐',这一次他根本没有必要跳出来在六十多岁的晚年破坏自己礼让的好名声。我想如果把道理和他讲清楚,他在皇后面前一定说不支持庶妃所生的肃亲王豪格或被废亡母阿巴亥所生的睿亲王多尔衮。"

皇后默认地点头说:"是这样。你说的在理,我也正在思考怎么运筹此事。礼亲王代善如今已上了年纪,心境更趋平和了,他没有多大野心。他不会出来和年轻人剑拔弩张地拼死拼活,他明了这代价太大了。"于是,姑侄俩按共同商定的方案开始行动。

皇后吩咐侍卫:"快备轿,请礼亲王代善进宫!"

为了不引人注意,皇后又吩咐:"不要备清宁宫的大轿,只备一乘没有名号的小轿,让侍卫不要走漏风声!"

吩咐完之后,皇后坐下来对庄妃说:"你赶快化装成宫女,乘夜去睿亲王府,通过你堂姐那木其找多尔衮。虽然我在科尔沁陪皇上狩猎时见皇上病情不好,曾嘱咐那木其向多尔衮吹枕边风,但是我总不放心。你亲自去摸摸情况,先帝和我们对他都是有恩的,这一点他不会不知道,你让那木其告诉多尔衮,叫他要死心塌地支持我们的想法,不能让他跳出来争皇位,要避免发生两黄旗与两白旗争斗和火拼,坏了先帝打下的帝业。"

庄妃按照皇后姑姑的懿旨,迅速离开清宁宫,急忙回到永福宫,她换上宫女衣裳,带着贴身侍女苏麻喇姑匆匆离开皇宫。庄妃心里很激动,她要为自己的皇儿将来努力奋斗,成败在此一举。

庄妃和苏麻喇姑绕到睿王府的后门。门卫立即报告多尔衮福晋那木其王妃:"永福宫庄妃娘娘的宫女苏麻喇姑来访。"

那木其王妃已经上了床,急忙又穿衣起来。门帘一挑,一位穿着宫女服装的细高挑女子走进来。那木其正要惊叫,庄妃把手指放在嘴唇上。

那木其微笑着,吩咐侍女倒茶。然后让侍女退出,那木其急忙拉住庄妃娘娘的手让她坐下,问:"什么大事让你冒险深夜化装出宫?"

庄妃娘娘说:"事情紧急。皇后得到密报,说两黄旗决心拥立肃亲王豪格为皇位继承人,豪格正邀两黄旗一些大臣在肃亲王府召开秘密会议,听密报说,如若谁要不同意准备武力相逼。"

那木其瞪大眼睛说:"他们真胆大!睿王爷这几天忙着先帝的丧事,不大了解情况,他们倒先下手为强了!"

庄妃娘娘马上接话说:"是啊,都要动手了,睿王爷有什么打算?"

那木其摇摇头说:"他不和我讲这些。我把皇后前些时说的意思委婉地告诉他了,他只是'喔'了一声,别的什么也没说。"

庄妃娘娘说:"能不能见见睿王爷?皇后娘娘有话让我转告他。"

那木其说:"睿王爷正在和阿济格、多铎兄弟三人密谈议事呢!先前让下人传出话来,其间任何人也不见。"那木其支吾着,"睿王爷正忙着,你先坐一会儿。"

庄妃布木布泰沉思一下,站起身说:"时间紧急,时不我待。你带我到睿王爷的书房,我在那等他,皇后让我必须亲自去见他。"

那木其王妃带着庄妃娘娘刚走到书房门口,只见阿济格、多铎兄弟俩怒气冲冲走了出来,多铎边走还边回头大声说:"睿王爷你要再想想,机不可失啊!难道你这样胆小,怕他们不成?"

多尔衮回话说:"你不要冲动,这不是儿戏,这关系我们大清国的前途命运,要是万一不慎,引起内乱,太祖和先帝艰难创立的大清国就会毁于我们手中,我们岂不成了千古罪人?"

多尔衮送走了阿济格、多铎,回过头,看见自己的福晋那木其和一个宫女打扮的年轻女子站在一起,心中好生奇怪,便问:"夫人你来书房作甚?"

那木其指指身旁宫女打扮的女人，说："是她想见见睿王爷。"

多尔衮看了一眼，突然"啊"了一声，急忙把庄妃娘娘让进书房，口里直谢罪说："臣该死，竟没有认出是庄妃娘娘。"

庄妃莞尔一笑，昂起桃面粉白、露出两个浅浅酒窝的脸，抬起黑亮的眼睛，嗔怪地说："睿亲王要把握什么好机会啊？"

多尔衮心里一惊，急忙分辩说："没有什么，只是兄弟之间闲聊。"

庄妃依然紧追不放，说："是不是在谈论大事啊？"

多尔衮说："庄妃娘娘不要多心，臣弟间只是闲聊一些军事上的事情，请庄妃娘娘放心。"

庄妃坐下呷了一口茶，加重语气说："但愿只是闲聊，不过明日的崇政殿议事恐怕还要睿亲王多多费心。皇后娘娘让我来和睿亲王通通气。两黄旗正在肃王府开会，商量拥立肃亲王之事。不知睿亲王可有心自立？"

多尔衮连连摆手说："贵妃娘娘不可玩笑，臣弟蒙先帝和皇后及贵妃娘娘的多方关照才有今天，怎敢心生异念？臣弟出生入死百战不辞，一为报答先帝和皇后及贵妃娘娘的厚用之恩，二为继承先祖父汗十三副遗甲起兵打天下的遗志。如今打入关内已成定局，臣弟自会从大局出发，力保大清国的安定团结。臣弟决不会做出让亲者痛、仇者快的事情，让我父汗和先皇为之奋斗终生的大业毁于一旦。"

庄妃沉默了片刻，轻轻补充说："先帝信任睿王爷，这几年来朝中诸事放心地交予睿王爷打理。今后大清国的安稳还系于睿王爷一身，希望睿王爷三思而行。这是皇后娘娘让我转给睿王爷的几句心里话。"

多尔衮听了庄妃娘娘的一席话，态度坚定地说："请转告皇后娘娘，我多尔衮是先祖努尔哈赤的儿子，是先帝的亲兄弟，不管什么情况，我行事都要对得起大清国。我一定会报答皇后娘娘和贵妃娘娘这些年用心关照的恩德。"

庄妃探知到了多尔衮的想法，达到了深夜探访的目的后，没敢停留,立即起身告辞回宫。

礼亲王代善得知皇后娘娘深夜来请,匆匆起床更衣。十几年来,由于他识时务,采取明哲保身的办法不再有野心,处处受到先帝皇太极的关心照顾。他已是一大把年纪,只图活得舒服活得长久,已失去任何争斗念头。代善更完衣,乘坐皇后娘娘派来的轿子,匆匆赶到清宁宫。

皇后娘娘一见白发苍苍的礼亲王爷代善,眼泪止不住簌簌往下掉。代善心软,见皇后娘娘一哭,眼睛也发热,他急忙安慰说:"皇后娘娘有什么难处,请只管与老臣讲,老臣一定全力以赴帮助娘娘解决。"

皇后呜咽着说:"先帝你弟弟一去,我这心里好像没有了主心骨,有事不知道该跟谁商量好。皇位空虚,诸王都难免心生异念,他们忘记了大清江山得来不易。只有你礼亲王是他们的长兄,能够从大清国大局出发,办事公道,为人正直,又淡泊权位,忠诚可靠。想请礼亲王过来商议一下目前的形势和皇位继承问题。"

皇后的这一番话,代善听了后很感动,心想:"这也正是自己对自己的评价,是自诩的长处。没想到皇后娘娘这么知人,评价如此准确。"心中大受感动,忙对皇后娘娘说:"皇后娘娘有什么你尽管说,老臣一定尽力相帮。"

皇后娘娘便把肃亲王府和睿亲王府的动向讲了一遍,然后十分忧虑地说:"大清的帝业来之不易,不能让自相争斗毁于一旦,还望礼亲王主持明天崇政殿诸王立议的公道,平衡各方势力,避免势均力敌的势力互相争斗引起兵戎相见。"

礼亲王代善深深点头,心里很有几分敬佩。她仅仅一个蒙古女人,却能处处从大清国的利益出发。她自己没有儿子,不必为自己儿子谋什么,只是希望大清稳定团结繁荣。礼亲王代善捋着几乎全白的胡须说:"从皇子里立新君,原本是合乎情理的。只是怕睿亲王和郑亲王有他念。"皇后忧虑地说:"郑亲王和睿亲王今年一直辅佐先帝处理朝事,他们都很能干,是皇上的左膀右臂。他们也都很忠心,只是与肃亲王一直不太和睦,肃亲王一直对先帝重用他二人而没有重用自己耿耿于怀,一直心中不满。如果要是肃亲王继位,郑亲王和睿亲王他们会不会因为担忧肃亲王的迫害忧虑将来的前途,铤而走险呢?"

代善很同意皇后的分析,连连说:"有可能,有可能,皇后娘娘的分析很有道理。黄白四旗的一些大臣,一直是死对头,你死我活的。"

皇后又接着说:"这正是我忧虑的。按理说,肃亲王豪格是先帝的长子,继位是合乎情理的。但是他的不足之处使他很难服众。我只担心如果要是他继承皇位,其他亲王不服而酿成大祸。"

礼亲王代善捋着胡须,仔细揣摩着皇后的心思,小心试探着问:"依皇后之见,怎么处理好呢?"

皇后掰着指头说:"继承皇位当然应该从皇子中挑选,这是大清典制定了的,这个大原则不能更改。让我们看看皇帝的八个儿子中哪个是最合适的人选。二阿哥、三阿哥早夭,四阿哥叶布舒、五阿哥硕塞、六阿哥高塞、七阿哥常舒,这四个阿哥都是庶妃所生,亲王看是否合适?"

代善摇着头说:"子以母贵,这是历代的习俗,也是我们满洲的习俗,历来没有传位给庶妃所生阿哥的规矩。"

皇后说:"是的。可是礼亲王知道我没有儿子,东宫宸妃的八阿哥,当年皇上是立他为太子嗣了,但后来不到两岁夭亡了。西宫麟趾宫大贵妃的阿哥博穆博果尔还不满两周岁,是不是太小了一点儿?况且她又不是原配,你也知道,她是当年为了安抚察哈尔部众归附我国而收纳的政治婚姻,而且先帝生前也并不喜欢她。"

代善听完皇后娘娘的话后,完全明白了皇后的意图。他马上很爽快地说:"这样看来,只有永福宫庄妃所生的九阿哥福临比较合适。"

皇后深情地说:"礼亲王也知道,我和先帝都很喜欢九阿哥福临,他聪明伶俐,从小就很爱学习,知书达理。先帝生前圣躬违和第三次行猎时,是他用小弓射中一只狍子,才使圣心宽慰的。立皇子是众人的心愿。想来两黄旗的大臣和肃亲王、睿亲王等也无话可说。"

代善点头道:"老臣以为,两黄旗中目前打出的口号是拥立皇子继承皇帝位,他们不大敢直接提出立肃亲王爷,只要立的是皇子,他们就无话可说。"

最后皇后语重心长地说:"礼亲王德高望重,自己又无野心,说话是很有分量的。还望礼亲王在明日的议政会议上公道说话,不要让先皇看到自家骨肉相互争斗残杀。"说到这里,皇后的眼圈一红,眼泪又滴滴答答落下,声音呜咽。代善又陪着说了一些宽心话。

这时,贴身侍卫阿尔萨兰又回来密报,说:"两黄旗大臣在肃王爷家歃血盟誓,决心誓死拥戴先帝皇子为帝,必要时以武力相逼。"皇后又气又惊,连声说:"反了!反了!皇上尸骨未寒,他们就如此胆大妄为!"

代善听了此事后也很生气,大声说:"皇后娘娘你放心!有老臣我在,就决不会让他们得逞!"

皇后十分感动地说:"明日的议政会和大清的命运全在礼亲王的手上,万望礼亲王鼎力相助!如果事成,庄妃娘娘和将来的新帝福临会没齿不忘礼亲王的大恩大德!"皇后说着下地要下跪。

代善急忙扶住皇后,连声说:"皇后娘娘千万不要折煞老臣!"皇后只好行个肃礼,表示谢意。礼亲王还礼告辞回礼亲王府。

大清崇德八年(1643年)八月十五日,是皇太极逝世后的第五天,是个决定新兴的大清国命运的关键日子。这一天,诸王大臣要召开会议,决定皇位的继承人,而这个问题是否能够和平解决,也就取决于这次会议。在前一天的夜里,其他各派势力的关键人物都辗转反侧,久久不能成眠。

这天天刚亮,睿亲王多尔衮急忙赶到宫中的三官庙,询问正黄旗大臣索尼对皇位继承人的意见,打算在议政会议召开之前摸清两黄旗大臣的态度。不料索尼毫不顾忌他的面子,直言不讳地告诉他说:"先帝有皇子在,必立其一,他非所知也。"多尔衮碰了一鼻子灰,不高兴地退出来,知道反对他登皇位的人态度是很坚决的。不料出来之后,发现两黄旗大臣派两旗精锐的护军弯弓搭箭,把会议召开地点团团包围起来,大有以武力相挟之势!

刚刚经历了几个不眠之夜的亲王们神色疲惫,但是却个个精神振奋,前往崇政殿,因为新君将在这里通过他们这次的议政产生,所以人人心怀希望,个个都揣着一个秘密——既希望自己能幸运登上宝座,又担心政敌成为幸运儿。每个人的心情既复杂而又紧张。

主张立皇子的索尼、图赖、鳌拜等两黄旗大臣,手抚剑柄,气势汹汹地站在崇政殿,等候会议的召开。肃亲王豪格到得最早,他站在崇政殿的丹墀之下,等待着其他七个议政王大臣的到来。接着,睿亲王多尔衮缓步登上崇政殿台基,与前来的亲王们打着招呼。

肃亲王豪格见多尔衮前来,他微笑着带着明显的得意迎上去,向多尔衮行抱拳礼问安。

睿亲王多尔衮也笑着回礼,随即进了崇政殿,在先皇梓宫前跪下上香。多尔衮在伏地下跪时,向殿后望去,发现殿后站着全副武装的皇宫侍卫和两黄旗精锐护军。两黄旗精兵在鳌拜、索尼的带领下,已经进入皇宫,纷纷在崇政殿后埋伏起来,早已把崇政殿包围起来。多尔衮心里奇怪:谁布置的?只有皇帝能够调动皇宫侍卫和八旗精锐入宫。现在皇帝没了,那是谁调动的呢?"皇后!"他突然明白过来,"只有皇后!没有别人!"

能干的皇后!他想起了庄妃娘娘深夜到府说的话。肃亲王豪格恐怕也是竹篮打水一场空!两黄旗只能打着誓死捍卫皇子继位的旗号,却不敢提出誓死保卫豪格!皇后利用两黄旗誓立皇子的名义,调动侍卫和两黄旗精兵进宫,恰恰是一举两得,既保证皇子继位,又预防其他亲王拥权自立。

多尔衮此时的心情很复杂,既高兴又失望——这样看来,自己继位代价非常巨大,几乎没有可能。他不敢冒生命危险。他有些失望。但是豪格的希望也没有了,这又叫他有些高兴。拥戴一个六岁幼童当皇帝,对他来说未必不是一件好事。"傀儡小皇帝一定要靠长辈王爷们辅政,那辅政王舍我其谁?何不顺水推舟,做个人情报答皇后娘娘和那个庄妃娘娘的恩情呢?这不是一举数得吗?"多尔衮想着,复杂的心情开始渐渐地平静下来。

礼亲王代善、郑亲王济尔哈朗和其他亲王也先后到来。诸王先后拜了先皇的梓宫,然后按照位序坐了下来。突然,两黄旗大臣索尼、图赖、鳌拜等大臣闯入崇政殿,要求参加议政。鳌拜手握剑柄,索尼手执长戈,气势汹汹地立于台阶之下,等着上殿。

礼亲王代善犹豫着还没有说话,肃亲王豪格马上请他们上殿。多尔衮想了一下,也点头——他想看看他们想干什么。多尔衮指着殿尾处说:"就在尾处坐下!"鳌拜、索尼致谢,在大殿末尾手执剑戈、身躯直挺挺地坐了下来,等待讨论皇位继承人会议的开始。

礼亲王代善开始主持会议,他斟酌着字眼,语气低缓平和地说:"先皇生病这一年,凡议政都由郑亲王济尔哈朗和睿亲王多尔衮主持,但是这一次,他们把主持会议的位置让给了老臣,我提议首先跪拜先帝,然后议政。"众亲王、大臣随即向先帝梓宫行三跪拜礼。

跪拜毕,礼亲王代善又接着说:"先帝不幸宾天,我们大家无不悲痛。但国又不可一日无君。今日议政,全为确定新君人选。请诸位王爷自请发言。"话音刚落,索尼和鳌拜率先执剑站出来大声说:"我们两黄旗一致拥护选先帝的皇子为新君!"多尔衮用手重拍一下大腿,严厉呵斥:"放肆!诸王尚未说话,何来尔等说话的地方?"并令他们暂时退下。

索尼和鳌拜抢先发言被喝退后,多尔衮兄长正白旗武英郡王阿济格和其弟弟豫亲王多铎互相看了一眼,兄弟俩站出来一起说:"我们两白旗推举睿亲王多尔衮!"多尔衮没有说话,脸上毫无表情。其他王爷都沉着脸,一言不发。多尔衮见两黄旗大臣气势汹汹的样子,遂犹豫不决,没有立即答应。这时,面对两股政治势力、两种不同的声音,大殿一片寂静,众人相互目视,表情凝重。脾气急躁的豫郡王多铎按捺不住心中的悸动,腾地从座位上站了起来对多尔衮说:"皇帝在世时最信任你,你应该继皇帝位。"

这时负责组织议政会议的礼亲王代善开口说:"睿亲王如果应允,当然是国家之福,不然的话豪格是先帝之长子,当继承大统。再不然的话,另选先帝之皇子也未尝不可。"代善的话看似提出了一个模棱两可的意见,实际上侧重点是另选先帝之子来继承皇位。

性格鲁莽脾气暴躁的肃亲王豪格,非常缺乏稳重,他见自己继承皇位不能被大家顺利通过,心中大为不悦,便气冲冲地自语:"这般吞吞吐吐,何时才能决定下来?"他忽地从座位上站了起来,说:"我是先帝之长子,当然应该在首选之中,但是大家吞吞吐吐不明确表态,看来我福小德薄,哪能担当此任?"说罢便固辞拔腿欲去,想以退席相威胁。

礼亲王代善慢腾腾地起立,伸出双臂,做出急切挽留的样子,说:"肃亲王留步!肃亲王留步!"可是肃亲王豪格已经走出座位,气冲冲地走出崇政殿。

鳌拜、索尼等见肃亲王豪格离席,拔剑而起,纷纷离座上前,气势汹汹地面对多尔衮和代善,眼睛瞪得铜铃一般,恶狠狠地说:"我们这些人,食于皇帝,衣于皇帝,皇帝的养育之恩与天同大,如若不立皇帝之子,那我们宁可跟从先帝死于地下!"顿时间,崇政殿内气氛骤然紧张,两黄旗和两白旗的部下,为争皇权,个个拔剑怒视对方,刀光剑影,大有一场火拼的态势。

面对两黄旗的武力相逼,聪睿绝顶的睿亲王多尔衮迅速地思考对策。他慢慢地站了起来,抬起阴郁的眼睛,扫视了一下在场的亲王,威严地说:"既然两黄旗大臣感念先皇的恩德,愿意一死相从,我们这些亲王都是先祖先皇的亲骨肉,作为子孙兄弟,我们感谢你们对先皇的忠义之情,自然不便阻拦,只得听任你们以死相从,但是我们在座的不管哪一个,都比你们更感念先祖先帝的恩德!"说到这里,他用锐利的目光逼视着索尼、鳌拜。两人脸一红,无话可说,只好尴尬地坐回到原位。

多尔衮收回目光,继续说:"既然你们希望立皇子为新君,理当立皇长子肃亲王。可是肃亲王生性谦虚,他自己已经退出,我们也不能强人所难,只好在先帝的其他皇子中另选合适人选来继承皇位。"说到这里,多尔衮故意把话停了下来,把锐利的目光投向索尼、鳌拜,问:"索尼、鳌拜两位大臣有没有意见?"

这两位原以为,豪格一退席,他们接着以武力相逼,就可以迫使诸亲王就范,没想到睿亲王多尔衮有这一招。索尼和鳌拜脸涨得通红,张口结舌,一句话也说不出来。

多尔衮冷笑了一下,收回目光,又说:"请大家议论一下,看除了肃亲王豪格以外,哪个皇子合适?"大殿上又陷入一片沉寂。诸亲王都在心中盘算着。

多尔衮用冷静、滞钝、浑厚的声音又说:"不过按皇家典制,有着子以母为贵的规矩,所立皇子必须是母亲地位较高的,是五宫皇贵妃,而不是没有徽号的侧妃或庶妃所生之子。"

礼亲王代善也附和说:"对!我大清朝已有典制,我们就在五位后妃的皇子中选一长者来继承皇位。"

多尔衮见形势发生了变化,就用平和的语气又说:"五宫之中只有三位有子。先帝生前最喜欢的妃子有两个,一个是关雎宫宸妃娘娘,她贤淑文静,与先帝情感极深,所生的八阿哥虽立为太子,但不到两岁,早于崇德六年就病逝了。另一个是永福宫庄妃,她在五宫中最年轻,且又聪明伶俐,善于体察先帝的心意,很得先帝的宠爱,特别是宸妃病逝后,庄妃即成为先帝生活中的唯一爱妃,所生的九皇子福临,今年六岁。再一个是麟趾宫皇妃娜木钟,不是原配。她原来是林丹汗的妻子,后来投归我大清,先帝为了团结察哈尔诸部,把她收纳为妃,在册封五宫时把她排在庄妃之上,其政治意义远比夫妻感情的因素重大,而且她生的十一阿哥博穆博果尔今年只有一岁八个月。诸王以为哪个合适?"

郑亲王济尔哈朗随口说:"两岁不到,如何行登基大礼?难道还要贵妃娘娘抱着不成？"众人点头。多尔衮急忙接口说："郑亲王言之有理。那么只有永福宫庄妃娘娘生的九阿哥福临最为合适,我们就选福临如何？"

大殿上又是一片沉寂。礼亲王代善打破寂静率先说："我同意。"郑亲王济尔哈朗也说："我没有意见。"众亲王纷纷都表示了同意选福临继皇位的意见。

多尔衮用眼光扫视着全体亲王,缓缓而坚定地说："既然大家都表示同意,我们就决定下来,表明诸王一致同意推举皇九子福临为新皇帝！"

算计精明的多尔衮又接着说："不过新皇帝年龄尚幼,自不能马上亲政掌管八旗军政事务。先皇在世时,都是郑亲王和我分坐左右,因此我提议,皇子福临继皇位后,由郑亲王济尔哈朗和我左右辅政。等到福临长大后,当即归政。众王以为如何？"

崇政殿再一次陷入沉寂,诸王都在思考着这个提议。礼亲王代善首先带头噼噼啪啪拍鼓起巴掌,众亲王一见主持议政会议的郑亲王带头表态,也随之以掌声表示同意和庆贺。顿时,先前笼罩在崇政殿上的刀光剑影消失了,每位参与议政的亲王和大臣们的脸上,纷纷露出了轻松的笑容。

多尔衮接着说："既然大家都同意礼亲王和我的提议,接下来还要有劳礼亲王马上召集王公贵族文武大臣会议,隆重宣布诸王议定皇九子福临继承皇位的决定,并筹备新皇的登基大典！"

礼亲王代善在诸王通过了多尔衮和他的提议之后,立即又召集所有王公贵族、文武大臣会议,宣布道："天位不可久虚,伏观大行皇帝的第九子福临天纵徇齐,昌符协应爰定议,同心翊戴嗣皇帝位。我们共立誓书诏告天下。"

宣读完诏书后,接着代善又率诸王宗室等对天宣誓。誓词曰："代善、济尔哈朗、多尔衮、豪格、阿济格、多铎、阿达礼、阿巴泰、罗洛浑、尼堪、博洛、硕托、艾度礼、满达海、吞齐、费扬古、博和讬、吞齐喀、和讬等，不幸值先帝升遐，国不可无主，公议奉先帝子福临继承大位，嗣后有不尊先帝定制，弗殚忠诚，藐视皇上幼冲，明知欺君怀奸之人，互徇情面，不行举发，及修旧怨，倾害无辜，兄弟谗构，私结党羽者，天地谴之，令短折而死。"

在王公大臣宗室宣誓完之后，接着文武百官进行了庄重宣誓："谨誓告于天地，我等如谓皇上幼冲，不靖共竭力，如效力先帝时，而谄事本主，豫谋悖乱，仇陷无辜，见贤而蔽抑，见恶而徇隐，私结党羽，构启谗言，有一于此，天地谴之，即加显戮。"

一切程序进行完之后，就等选定日期举行新皇登基大典。这时，侍卫们急忙回清宁宫报喜。皇后与庄妃得知这一喜讯，姑侄两人紧紧抱在一起，她们的计划终于成功了。

庄妃布木布泰激动得流下喜悦的眼泪，高兴得断断续续地说："皇后娘娘，您的大恩大德我永世不忘。福临儿能登大极，全靠您一手安排和扶持。"

皇后用手绢擦去庄妃布木布泰脸上的泪水，慈祥爱慰地说："不要说这些，我这样做，也是为了我们大清的利益。先祖先宗开创这番事业不容易，我们虽然是女流，但是同样有责任扶助我们的夫君、儿子把先祖先宗创下的大清国一代代传承下去，让大清国能够替代腐败的明朝一统天下。"

就这样，在皇后哲哲和庄妃布木布泰姑侄两人的运筹帷幄下，经过两黄旗大臣和两白旗三王的激烈斗争，终于双方都做出了让步和妥协，最后达成了共倡"立皇子为君"的主张，一致同意立先帝六岁的第九子福临为新君。

大清王朝在特定的历史时期，在以明朝为主，关内农民军和关外大清朝三股政治、军事势力博弈的紧要关头，较平稳地解决了皇权嬗递问题。形成了幼主继承皇位，和硕郑亲王济尔哈朗与和硕睿亲王多尔衮左右辅政,皇太后扶政,待幼君年长之后,当即归政的特殊政治体制。改崇德八年次年为顺治元年。

最后,又由礼亲王代善召开诸王、贝勒会议,讨论通过了济尔哈朗和多尔衮作为辅政王的任命。为了表示对他们二人的信任和支持,大家又誓告天地说:"我等如有应得罪过,不自承受,及从公审断,又不折服者,天地谴之,令短折而死。"相应地,两位辅政王也做出了保证。济尔哈朗和多尔衮对天宣誓说:"兹以皇上幼冲,众议以济尔哈朗、多尔衮辅政,我等如不秉公辅理,妄自尊大,漠视兄弟,不从众议,每事行私,以恩仇为轻重,天地谴之,令短折而死。"

关于两位叔王辅政的问题。为什么不是肃亲王豪格而是济尔哈朗和多尔衮来辅理国政呢?原因比较清楚。首先,郑亲王济尔哈朗见多识广,在二十多年后金国、大清国的征战中功勋显赫,曾受太宗先皇帝厚爱,他代表了两黄旗和正蓝旗的利益。对于豪格和两黄旗大臣来说,无论如何,继承帝位的是皇太子,自己的地位是保住了,特别是对两黄旗大臣来说,只要立皇子就行,无所谓哪一个,因为这样,两黄旗就仍旧是天子自将之旗。豪格提前退席,至此发现弄巧成拙,但见此提议,也不好说什么,当不上皇帝的后悔和懊恼,只好咽在肚子里。至于长兄礼亲王代善,他早年就表示"老不预政",皇帝都不愿当,更何况辅政王,所以第一辅政王非郑亲王济尔哈朗莫属了。其次,多尔衮是先皇最器重的亲王,他出任辅政王,是代表两白旗。再次,对于满朝文武来说,由济尔哈朗和多尔衮两位叔王共同出任左右辅政王,并不完全出乎诸王、大臣的意外,因为崇德帝皇太极在世时最信任、最重用的兄弟就是这两个人。崇德八年(1643年)八月,贝勒阿巴泰征明凯旋,皇太极命诸王、大臣出迎及文武群臣上表称贺阿巴泰征明大捷时,就是郑亲王济尔哈朗和睿亲王多尔衮排在诸王和群臣的第一第二位置。因此,由这二人做辅政王,也是最顺理成章的人选。而对睿亲王多尔衮来说,郑亲王济尔哈朗比较容易对付,而他又曾是支持豪格的,拉他上来,两黄旗的人必定没话说,容易获得多数人的赞同和通过,这个方案也是平衡两派系势力的最佳方案,而且今后实权还得落在自己手里。

第四节 辅政初期的一场谋权风波

对于皇九子福临继承皇帝位,由郑亲王济尔哈朗和睿亲王多尔衮两叔王辅政的方案议定后,在福临尚未正式举行继位大典之时,有些人实际上对两叔王辅政是不满的。据朝鲜人李袗从沈阳发回的密报说:"九王废长子虎口王,而立其第九子,年甫六岁,群情颇不悦。"所以朝中就有人在睿亲王多尔衮及白旗两兄弟鼓动下,出现了反对甚至想推翻众议,在暗地活动宣扬拥立多尔衮为君的一场谋取皇权风波。

首先对议定两叔王辅政提出不满的是镇国公艾度礼,他是镶蓝旗宗室、满洲固山额真,他对两叔王辅政很不满。在宣誓之前就曾说:"二王迫胁盟誓,我等面从,心实不服,主上幼冲,我意不悦,今虽竭力从事,其谁知之,二王擅政之处,亦不合我意,每年发誓,于心实难相从,天地神明,其鉴察之。"他还把这些话都写在纸上,在集体宣誓前焚化,表明他被迫盟誓的内心。于是,多尔衮便利用这一契机,让一些口服心不服的人,如其弟豫郡王多铎借此发作。多铎对肃亲王豪格挑拨说:"和硕郑亲王初议立尔为君,因他性格太软,不能说服大家,就没再提起此事,当时我也劝大家不立你为帝,今天一想,真是失策啊!今我愿出力效死于前。"多铎此番言语,仿佛不像是多尔衮的兄弟,而很像是肃亲王豪格的死党。与艾度礼和多铎相反,一些追随多尔衮的不见经传的小人物们,却散布对众议结果不满,四处游说让多尔衮自立为君。其代表人物是代善的儿子硕托贝子和孙子阿达礼郡王。他俩在盟誓之后,到处积极活动,企图把多尔衮推上皇位,改变既成事实。阿达礼先跑到多尔衮那儿,对多尔衮说:"王正大位,我当从王。"请多尔衮废掉幼年皇帝,自立为帝。硕托派自己的亲信吴丹到多尔衮那儿去,对多尔衮说:"内大臣图尔格和御前侍卫都与我同谋,王可自立为君。"接着他俩又跑到济尔哈朗那儿,无中生有地谎称:"我父和硕礼亲王让我经常到睿亲王府中往来。"最后两人怕谎言败露,两人又一起到父亲、祖父礼亲王代善那儿,悄悄对礼亲王说:"今立稚儿,国事可知,不可不速处置。"代善听了以后,明确表示反对,对他俩严肃地说:"既然都已经议定,诸王、贝勒都已盟誓对天啦,为何还出此言?更不要再生他意!"

在硕托和阿达礼四处游说之机,诡计多端、聪明过人的多尔衮,在众人的鼓动下已经迅速盘算了一番,他估计硕托和阿达礼势单力孤,不一定能搞成功,于是,当他们两人再找上门来时,多尔衮却对这两人表示"坚拒"不见。但是这两位一心追随多尔衮想能捞个高官厚禄的人还不死心,又跑到多尔衮的弟弟豫郡王多铎那儿求见,多铎也没有见,对他俩说:"此非相访之时。"硕托、阿达礼仍还不死心,又回到父亲、祖父礼亲王代善那儿去恳求支持。代善见他先前已告诫此二人不听,现在又来帮多尔衮阴谋夺得皇位到处游说,非常生气,他大发脾气,说:"你们怎么还在那私底下胡说八道?你们不听话,迟早灾祸会来的,举国公议之事,怎么会任尔等所为?"于是,代善为了维护公议的权威性,怕上多尔衮的当受牵连,竟大义灭亲,对儿子硕托、孙儿阿达礼"欺君怀奸,兄弟谗构,私结党羽"之行为进行了无私的检举揭发。

肃亲王豪格在议定后,也是怨气冲天。他见两黄旗大臣在议定立了福临继皇帝位后,就没有再坚持立他,认为这是两黄旗大臣对他的不忠和背叛,他一方面大骂两黄旗大臣谭泰、索尼、图赖,说:"他们一向皆附我,今伊等乃率二旗附睿亲王多尔衮。"意思是两黄旗大臣是见立了皇子福临继承皇位后,就接受了多尔衮等人的二叔王辅政方案。但更主要是对多尔衮阻止他继统皇位心中仍不依不饶,大骂多尔衮是"非有福之人,乃有疾之人""素善病""岂能终摄政之事?"并表示"岂不能手裂若辈之颈而杀之乎!"另外他的手下死党扬善、伊成格、罗硕、俄莫克图等也纷纷摩拳擦掌,愿为豪格效死。

上述这些人的种种不轨行为,很快不胫而走,两宫皇太后得知后,感到局势非常严重,如果这些争皇位的风波不尽快平息,将直接威胁到新帝的皇位安危,直接危及大清江山的稳定。于是,两宫太后哲哲和布木布泰便以新皇太后的名义下旨内院,请代善、济尔哈朗和多尔衮进宫,议处所发生违反盟誓、藐视皇上幼冲之事件。代善与辅政二叔王济尔哈朗、多尔衮接旨后,分别进宫。两宫太后将密奏艾度礼、阿达礼、硕托、豪格、阿济格、多铎等所作所为之事一一说了出来,交二位辅政王和代善进行议处。代善和二位辅政王对这些人的所作所为都有所知晓,但不全了解,听了两宫太后公布了他们的罪行后,都感到这场谋权风波如不平息,会直接影响到新皇的皇权和大清的江山。一致表示,对"藐视皇上幼冲,欺君怀奸之人和兄弟诳构,私结党羽者,一定要按誓言中自己的誓词,坚决镇压"。议定后,遂分别对上述人员采取了严厉的镇压和处罚。

礼亲王代善和郑亲王济尔哈朗对支持多尔衮的人,都主张重处和重罚。首先是硕托和阿达礼,本是代善的儿孙,他们私下鼓动拥立多尔衮为帝的罪行被代善揭发出来,目的是当众给多尔衮一个警告。当然,代善对硕托一贯不好,天命年间就听后妻谗言,虐待甚至要杀死硕托,这时把他的不轨推出来,并不觉得心疼,倒是一箭双雕。但是对于多尔衮来说,问题就比较复杂了。阴险狡猾、智略多谋的多尔衮则见机而行。他为了杀人灭口,不惜出卖拥护自己的几个无足轻重的小人物,在赞扬礼亲王代善大义灭亲之举后,他首先提出将艾度礼和他的妻子及其子海达礼,还有一个知道内情的医生一齐斩首,家产人口全部没收。多尔衮特别清醒地认识到,自己的地位并不很稳固。对硕托和阿达礼,代善都可以不留情面,舍弃自己的亲生骨肉大义灭亲进行揭发,自己就更不能心慈手软,如果要是容情,就势必引火烧身,被人认为是有私心。于是,十六日晚上,他派人把硕托和阿达礼从床上"露体赤身绑缚",以叛逆罪论斩,同时将知情的硕托之母和阿达礼之妻也"缢杀之",有一个太监和一名朝鲜妇人参与其中,也被斩首,家产籍没。

为了打倒自己的政敌,他借机对散布对自己不满的肃亲王豪格,提出处以夺其所属七牛录,罚银五千两,由亲王降为庶人的处罚,对肃亲王豪格死党扬善、伊成格、罗硕、俄莫克图等全部砍头,为自己今后专权铲除了障碍。多尔衮为了丢卒保车,掩人耳目,因国舅阿布泰支持自己,他原在内大臣列,令出入大内,时值国家有丧,在此期间他不入内廷,私从豫郡王多铎到处游逛(也为多尔衮登皇位游说造舆论),多尔衮只以"负主恩,无人臣礼"之罪,给予其舅舅阿布泰夺去所属牛录,免除国舅额驸名,削职为民的处罚。多尔衮在这场谋权闹剧中的前后两面表演,使两宫皇太后对他更加信任,这也为之后多尔衮摄政专权、以政代上留下了后患。

八月二十二日,在宣布对艾度礼、硕托、阿达礼被处死,豪格、阿布泰等被处罚后的第六天,以索尼为首的两黄旗主要大臣,对多尔衮所施展的两面手段有些担心,怕睿亲王多尔衮再搞鬼,毁誓专权,不利幼主。为了把皇权保得更加稳妥一些,故而又采取了一个不寻常的破例重大行动,即在前八月十四日共同盟誓后,索尼等又单独集会盟誓。这天,两黄旗大臣、侍卫图尔格、拜伊图、谭泰、塔瞻、锡翰、多尔济、伊尔登、额尔克戴青、巩阿岱、车尔格、图赖、鳌拜、希福、范文程、刚林、索尼、哈世屯、巴哈、陈泰、穆成格、伊尔德、谭布、遏必隆等二百零七人,焚香对天地盟誓。誓词为:图赖等"谨誓告于天地,我等若以主上幼冲,不靖共竭力,如效力先帝时,谄事诸王,与诸王、贝勒、贝子、公等结党谋逆,潜受赂遗,及与人朋比,仇陷无辜,娼嫉构谗,蔽抑人善,徇私人恶者,天地谴之,即加显戮"。后图赖、索尼、巩阿岱、锡翰、谭泰、鳌拜六人又共立誓于三官庙,誓词曰:"愿生生一处,誓辅幼主,六人如一体。"索尼、图赖等人力图使两黄旗大臣侍卫团结在一起,辅保幼主,这样睿亲王多尔衮便不敢有不轨行为。两黄旗大臣侍卫紧密团结,威力确实强大惊人,其他旗王公大臣便不敢肆意妄为。

就这样,定议立福临继皇位后上演的一场风波被平息下去了,新的统治集团日益巩固了各自的利益和地位,八旗贵族经过这场皇权争夺战后,各派别的统治权力,又重新团结起来。忘却了内部纷争,着眼于完成先帝未竟事业,准备定计出兵伐明,夺取天下。

我们应该看到,尽管多尔衮提出立福临继承皇位,自己和郑亲王济尔哈朗辅政这一方案,对反对者和心怀不轨的政敌进行了镇压后,在客观上避免了八旗的内乱和兵戎相见,保存了实力,维护了新的团结,为统一全中国奠定了基础。从另一方面也应该看到,多尔衮在这场皇权争夺战前后的势力并不太强,他的一系列举动显然都是在寻找机会,"以屈求伸",并不是人们所想象的其当时势力有多么强大。他甚至不惜牺牲自己的支持者生命来稳固自己的地位,是一个心怀叵测的典型两面派人物,进而也为他摄政专权、以政代上留下了隐患。

第五节　幼帝福临笃恭殿登基大典

崇德八年(1643年)八月二十六日,大清皇帝皇太极已经过世十七天,经过一番剑拔弩张的皇位争夺战,经过初定后的一番殊死较量,最后终于确定,皇帝的宝座由崇德帝皇太极年仅六岁的皇九子福临继承。这一天是新皇顺治帝福临登基的日子,小皇帝的母亲博尔济吉特氏布木布泰就是永福宫庄妃。

清崇德三年(1638年)正月三十日福临诞生时,传说红光照耀宫阙,经久不散,香气弥漫数日。福临头顶正中一缕头发高耸,一副龙凤之姿。据说他在母亲庄妃的影响下六岁就爱读经史,不用老师教导,一目数行,触类旁通,很得皇太极宠爱。不过,他的冲龄登基确实是黄白四旗势力矛盾妥协的结果。经过一番争夺,八月十四日,礼亲王代善率领诸王、贝勒、贝子、公及文武群臣宣誓拥立福临登基。以郑亲王济尔哈朗、睿亲王多尔衮共同辅理国政。之后,又处理了谋立多尔衮的阿达礼和硕托等一批不轨之人,才于八月二十五日,满朝文武群臣斋戒祭告上天,改第二年为顺治元年。

八月二十六日丁亥,大清国诸王、贝勒,及满洲贵族和蒙汉各级文武大臣,齐聚盛京皇宫的笃恭殿(大政殿)前,恭候新皇登基。

这天一大早,后宫就开始忙碌起来,清宁宫皇后、麟趾宫贵妃、衍庆宫淑妃都聚在庄妃娘娘的永福宫内,忙着指挥为六岁小皇帝梳洗穿戴衣冠。见福临穿上特制的皇帝朝服,他那威武英俊的样子,使几天来一直沉浸在悲痛之中的后妃们的脸上第一次露出了欣慰的笑容。

皇后拉着福临的手,和蔼可亲地教导说:"九阿哥,从今以后你就是大清国的皇帝,万万不能使性子,今天是你登基的大好日子,你要记住,在大典上听九叔王的话,不可乱喊乱叫乱动。记住了吗?"福临高兴地点了点头。

庄妃布木布泰见皇儿福临没有回答皇后的关心和问话,心中有些焦躁,大声呵斥说:"你到底听见了没有?说话呀!"她把福临一把拉到自己身边说:"记住皇后额娘说的话没有?重复一遍我听听。"

福临见母亲庄妃严厉的样子,心中有些胆怯,畏缩地退到皇后身边。庄妃自觉脸上没面子,更觉生气,一把拉过福临,催促着:"你说话啊!快重复一遍!"福临双脚蹭着地面,就是不开口。庄妃气得扬起巴掌,正要打去,被皇后挡住手。皇后不满地责备说:"他已经是皇帝了,你不能说打就打。"

庄妃说:"你看他这样,将来还指不定多不听话呢。"

皇后摇摇头,慢慢说:"他毕竟是小孩子,需要你多加教导,你的话你的意见将影响他的治国方略。只是你的急躁脾气也要改一改,今后幼君的辅政全都指靠你了。"说到这里,皇后突然有些伤感。要是自己有个儿子,一定要把他辅佐成先帝皇太极一样的明君。先帝皇太极的许多英明政策需要贯彻下去,才能富国强兵。可惜,福临不是自己的儿子,今后自己的作用恐怕难以发挥了。她的眼圈有些发红。

庄妃立刻觉察到皇后情绪的变化,她意识到皇后的伤感。急忙接过福临说:"快对皇后额娘说,我听皇后额娘的话,永远听!"

福临这次很听话地重复着额娘的话,他怯怯地拉着皇后额娘的手,仰起小脸蛋,脆生生地说:"皇后额娘,福临听你的话,记住你的话,不乱跑乱动乱说乱叫,听多尔衮九王爷的话。"他一口气把刚才皇后的嘱咐都重复了一遍。然后,他又扭过头怯怯地望着亲额娘庄妃说:"额娘,我说得对吗?"

庄妃苦笑着对皇后说:"皇后娘娘看他多听你的话!他倒像你的儿子!"

皇后说:"他永远都是你的儿子。你要好好辅佐他。"皇后转而对宫女说:"时候不早了,及早伺候皇上穿戴朝服朝冠。"

宫女太监们拿来朝服朝冠,给小皇帝穿戴上。小皇帝福临被前呼后拥,神气活现地步出永福宫。他头戴夏日朝冠身穿夏日朝服。这夏日朝冠是由玉草织成,里用红片金,三层金顶,各镶一颗特大东珠,以四条金龙承接,每层都装饰许多东珠,边缘是二层石青片金,上面缀着朱纬,前缀金佛,装饰十五颗东珠后面缀着七颗东珠。夏日朝服,是明黄色,披领和袖子是石青色,边缘缀以片金,披领上绣着行龙,两肩腰帏袍衽分别绣着八条行龙,袍裳袖端襞积前后备绣团龙正龙十八条,还绣有日月星辰山水虫十二章。

中秋的沈阳,早晨天气透过一丝凉意,小皇帝被乳媪侍奉出宫,一直等候在宫外的侍臣们连忙迎上来,一个侍从手捧一件貂裘披风,请幼帝披上,谁知小皇帝福临看了一眼,却拒绝穿这件裘披风。当侍从推来御辇,福临举步上辇,这时乳媪像往常一样,怕他坐不稳,欲上辇同坐,护侍幼君。不料,小皇帝福临却不许她坐,直言相告:"奶娘,今天此辇不是你能坐的,你回吧,不必跟我。"然后,独自乘辇在众侍臣的簇拥下经凤凰楼出东掖门,直奔笃恭殿。诸王、贝勒、大臣已齐聚在殿前跪迎。小皇帝下了龙辇,在侍从的引领下,跨步登上御殿,被侍臣扶上金龙宝座。小皇帝望着殿内外的文武百官,心中不觉有点慌乱。他回头问身后的侍臣:"诸位伯父、叔父、兄长朝贺给我行礼,我是应该起身答礼,还是坐受其拜呢?"侍臣回答说:"你现在是皇帝,不应该答礼,只接受他们的跪拜礼节。"福临小皇帝又端坐在宝座上,准备接受众臣们的朝拜。

在赞礼官的主持下,朝贺大典开始了。小皇帝福临端坐殿上,和硕郑亲王济尔哈朗、和硕睿亲王多尔衮率领内外诸王、贝勒、贝子、公及文武群臣行三跪九叩头大礼。接着则是颁布新皇帝登极大赦的诏书。大意为:"我太祖武皇帝受天命开基创业,建立了伟大的功勋,太宗文皇帝继承祖业,盛德深仁,深谋远略,顺乎天意,对不服者以武功征服,对归顺者以文德怀柔,开拓疆土,兴大基业,使国势日益强盛。在位十七年,于崇德八年八月初九日与世长辞。现今诸位伯父、叔父、兄长及文武群臣都认为国家不可没有主事之人,皇位不可长期空虚,认为我是父皇的儿子,应该继承皇位。于是于八月二十六日即皇帝位,定明年为顺治元年。我年龄还小,还要依赖诸位伯父、叔父、兄长、大臣们共同扶助治理。为贺登极,特行大赦,所有应该大赦各款,开列如下:谋犯朝廷、逃亡叛道,蛊毒厌魅,盗窃祭天器皿及御用物品,子孙杀祖父母、父母,贩卖兄弟,妻妾状告丈夫,内乱杀人,聚党劫财等大恶,一向在不赦之列,今天全都赦除;其余一切死罪,像因禁在狱的陷匿逃人、偷盗、及没有赎还的贪赃之罪等等也全都赦免。如果还有拿大赦前的事情来告状的,就将犯罪者的罪名加给他。对逃走或遗失的奴仆,如经原来的主义确认,窝藏或收留者将人还给原主,亦免罪不问;彼此相互借贷,准许照原协议偿还。以上向中外布告,使人们都知道。"

宣读诏书时,大政殿里一片寂静,只有宣诏官洪亮而有节奏的声音在大殿内回响。小皇帝也不免正襟危坐,一副严肃的表情。

诏书宣读完毕,内外诸王、贝勒、文武大臣再行三跪九叩大礼,登基仪式宣告结束。从此,六岁龄童福临当上了大清国第二位皇帝,年号为顺治,定明年为顺治元年。

登基大典结束退朝时,小皇帝站起身来,坚持让二伯父代善先行,直看到代善出宫而去,小皇帝才吩咐备辇回宫。诸王、贝勒及文武大臣们又是一番跪送。在回宫的路上,小皇帝诡秘地对侍臣说:"你知道我上殿前为什么不穿你捧给我的貂裘披风吗?那貂裘要是黄色里子我就穿了,因为是红色里子,所以我才不穿呢!"原来,大清服饰制度规定,皇帝的服饰必须是黄色或杏黄色。小福临知道自己是大清国皇帝了,不能再像一般孩童穿那些披红挂绿的衣服了,在正式场合,一定要注意自己的风度、仪表。

新皇登基大典的当天,八旗王公大臣还共立了誓书,宣称务必同心拥戴新君,效忠幼主。礼亲王代善、郑亲王济尔哈朗、睿亲王多尔衮、肃亲王豪格、豫郡王多铎、武英郡王阿济格等亲王及郡王、贝勒、贝子、公等,共十九位王公昭告天地,誓称要"遵守先帝定制,敬事幼主,不得徇私庇奸,私结党羽,挟仇害人,兄弟诿构,否则,天地谴之,令短折而死。八旗大臣数十人也盟誓要竭力事君,不谄事本主,不悖乱结党,否则,天地谴之,即加显戮"。

登基大典结束后,由于还在为崇德帝皇太极服丧,所以典礼上未设卤簿,不作音乐,加之八旗贵族内部矛盾的阴云未散,所以新皇即位也是半喜半忧的。这次的皇位嬗递,虽然曾呈现出一场剑拔弩张和唇枪舌剑的恶斗场景,但由于皇后的缜密筹划、礼亲王代善、睿亲王多尔衮与诸大臣们的智慧善处,在历史的关键时刻,大清最高统治集团内部,从国家利益出发,审时度势,以冷静机智的头脑,较稳妥地解决了大清国开国之帝皇太极逝世后皇位的继统问题,避免了可能出现的一场内部火并和内乱,并在崇德帝皇太极死后不到十天的时间内,就完成了大清王朝最高权力的接替,解决了皇太极之后大清政权的平稳过渡。这在当时明朝政权没落,以李自成为首的大顺农民军在西安建国,清王朝刚刚获得四次深入明朝内地征伐胜利,并取得松锦大战全胜等重要历史紧要关头,对下一步夺取全国政权是极为重要的。

二十几天后，王公大臣们齐至崇政殿，将皇太极的梓宫哭送到陵宫，马驼前导，出了大清门。通往陵宫的道路两旁，整整齐齐地跪着大小贵族官吏以及外藩蒙古丧使，待大行皇帝梓宫安放完毕，王公大臣上前跪祭，最后把皇太极生前衣服及陈设用品一一焚化。这时，老皇帝的时代才算真正成为过去。

幼帝福临能登皇帝位，乃是八旗贝勒王爷等贵族矛盾妥协的结果，两叔王联合辅政的又是正蓝旗主郑亲王济尔哈朗和正白旗主的睿亲王多尔衮，对此各派势力对执政者的一举一动都虎视眈眈，正如福临在登基大赦昭书中说："朕年幼冲，尚赖诸伯叔兄大臣共襄治理。"郑、睿二位辅政王也在誓言中说："如不秉公辅政，妄自尊大，漠视兄弟，不从众议，每事私行，则天地谴之，令短折而死。"都体现了这一情况。可是，这种情况既不符合封建国家皇权集中的发展趋势，也与多尔衮独掌皇权的想法相悖。作为支持皇太极与庄妃所生皇九子福临继承皇位为交换条件，他成为辅政王，但辅政王又并非他一人，而且他还位居第二，凌驾其上的又是文治武功远逊于他的济尔哈朗。这是两位皇太后和两黄旗大臣抑制他野心的一大策略。此外，还要求辅政王对天地宣誓："如不秉公辅理，妄自尊大，漠视兄弟，不从众议，每事行私，以恩仇为轻重，天地谴之，令短折而死。"这一切，对于心怀异志且又雄才伟略的睿亲王多尔衮来说，都不顺心，但是，在新皇继位之初，也只能暂收私心，顾全大局。可是多尔衮要想独立处理军国政事，势必要逐步改变这一现状，才能突出自己的地位。

他在新皇登基半个月后的九月初九日，便让第一辅政王济尔哈朗与阿济格率军出征宁远，直到十月中才归，这一举措实际上是将排序第一辅政王的济尔哈朗支开，表明他已处于朝中支配地位，在国中已处理军政大事。正如朝鲜人所说："行政拜除，大小国事，九王（多尔衮）专掌之，出兵兵事皆属右真王（济尔哈朗）。"接着多尔衮又于十二月始，将二位"辅政王"称号改为"摄政王"。据史载：乙亥，两位摄政王召集诸王、贝勒、贝子、王公大臣，向他们说："前些时众议公誓，凡属国家大政，必由大家商议认同之后决定。现在考虑众说纷纭，不易决断，反误国家政务，我们两人在皇帝年幼时身任国政，做得好与坏，都由我们两人承担责任，因此责任重大，不得不说。先帝让我们管理六部时，曾说国家开创之初，故让子弟辈管理部事，而我们不管部事，诸王仍旧管事，也不合适，所以诸王管理六部事从今一概停止，让贝子、公来代理，你们看怎么样？"众人都表示赞同，并定议，除贝子博洛公满达海之外，一切王、贝勒、贝子不再兼管部务，部务悉由尚书处理。其后又先后谕各部尚书侍郎及都察院官让他们"克矢公忠有见即行勤劳罔懈"，都察院严加稽查三年考核。接着又以考满称职给户部尚书英俄尔岱等二十余名官员加官晋级给予奖励。多尔衮通过进行这些政改措施，一方面减少了诸王对政事进行干涉的机会，另一方面又通过软硬两手使部官勤劳任事，使辅政王变成摄政王的名称更加符实，从而使朝中军国政事大权系于他一人手中。新皇帝虽然登上了宝座，但朝中军政大权却开始被多尔衮掌握。为了实现先帝皇太极的遗愿，皇太后委多尔衮以重任，以顺治帝之名，谕令由多尔衮率军西进伐明，夺取全国政权。

第七章　承先帝遗志发兵伐明夺天下

第一节　下旨命多尔衮率军伐明

明朝末年,中国正处在以大明朝为主的腐朽没落统治王朝、以闯王李自成为主的西安大顺农民军政权和以满、蒙古为主的东北大清王朝等三股政治、军事势力博弈时期。明崇祯十七年、清顺治元年(1644年)正月初一庚寅这个万象更新的日子,是在遍地烽火,炮声隆隆中迎来的。这一天北京狂风骤起,浓云密布,按卜卦者的说法,这主暴兵城破,也在这一天,作为明朝发祥地及祖陵所在地的安徽凤阳发生地震,对于明朝皇帝朱由检来说,这都不是好兆头。正月初三日,朱由检召见左中允李明睿,问防御起义军的对策,李明睿请屏退左右后,对崇祯帝朱由检说:"如今起义军势大,已逼近畿甸,实在是危急存亡之秋,只有南迁可以暂缓眼下之急。"崇祯帝朱由检四顾无人,才说:"朕早有此意,无人赞襄,故延迟至今,但怕诸臣不从,所以还要保密。"后来此议一出,马上有兵科给事中光时亨出来反对,认为这是邪说,而且提出不斩李明睿不足以安民心。朱由检虽然生气,但南迁之意却也因此作罢。但是,崇祯帝朱由检已经意识到京城旦夕不保,所以不得不考虑退路。

南迁不成,令崇祯帝朱由检不安的消息还是接踵而来。也正是正月初一日这天,对朱明王朝来说虽然已无喜庆可言,但对李自成农民军来说,却是个"新桃换旧符"的吉利时刻。闯王李自成正式在西安建国,国号"大顺",建元"永昌",以该年为永昌元年,以西安为西京。造《甲申历》,追尊先祖谥号,拜宋献策为军师,牛金星为天佑殿大学士,增定六部为六府,置各部尚书、侍郎。设弘文馆、文谕院、尚契司、验马司、书写房、谏议、直指使、知政使等官职,分封功臣,颁布新政。在赋税上,对百姓三年免征,对明朝官绅追赃逐饷。铸"永昌通宝"为大钱,每枚值白银一两,另铸当十钱和当五钱为小钱,平拟物价。另外进行开科取士,以"定鼎长安赋"为题,考试选拔人才,中试者授府、州、县官,一派热气腾腾兴旺景象。同时,李自成颁发《登基诏书》。指斥明朝统治的黑暗腐朽,论证新政权取代大明王朝的合理性,表达农民军救民于水火的决心。初八日,李自成亲自率大军北上,经平阳、太原、宁武、大同、宣化,三月十五日进抵居庸关。与此同时,农民军磁侯刘芳亮率军沿黄河北上,与李自成主力形成南北夹击之势,京师周围已没有什么屏障来阻挡农民军的铁骑,朱由检已形同瓮中之鳖。

身处东北一隅的大清王朝,自崇德帝皇太极突然驾崩后,在两位皇太后的运筹帷幄下,平息了黄白四旗为争夺皇位险些发生的一场刀光剑影的火拼和内斗,顺利地解决了皇权继承问题。经议定,由崇德帝永福宫皇贵妃庄妃所生皇九子六岁福临为大清国皇位继承人。因为其仍在幼年,建立了由两太后扶政,郑亲王济尔哈朗、睿亲王多尔衮二叔王辅政,待福临成年后还政的国家统治体制。进而,为了完成先帝遗志,皇太后正思考下一步如何发兵入关伐明的重大军事行动。

顺治元年(1644年)四月初四日,内秘书院大学士范文程,根据先帝生前的遗愿,看到大清皇权已顺利嬗递,针对皇太后的想法,经过一番深思熟虑后,便给辅政二王上了一份奏疏,曰:

"乃者有明,流寇距于西土,水陆诸寇,环于南服,兵民煽乱于北陲,我师燮伐其东鄙,四面受敌,其君若臣,安能相保耶?顾虽天数使然,良由我先皇帝忧勤肇造,诸王大臣祗承先帝成业,夹辅冲主,忠孝格于苍穹,上帝潜为启佑,此正是摄政诸王建功立业之会也。窃惟成丕业以垂休万祀者此时,失机会而贻悔将来者亦此时。何以言之?中原百姓蹇罹丧乱,荼苦已极,黔首无依,思择令主,以图乐业,虽间有一二婴城负固者,不过自为身家计,非为君效死也。是则明之受病种种,已不可治,河北一带,定属他人,其土地人民,不患不得,患得而不为我有耳。盖明之劲敌,惟在我国,而流寇复蹂躏中原,正如秦失其鹿,楚汉逐之,我国虽与明争天下,实与流寇角也。为今日计,我当任贤以抚众,使近悦远来,蠢兹流孽,亦将进而臣属我。彼明之君,知我规模非复往昔,言归于好,亦未可知。傥不此之务,是徒劳我国之力,反为流寇驱民也。夫举已成之局而置之,后乃与流寇争,非长策矣。曩者弃遵化、屠永平,而径深入而返,彼地官民,必以我为无大志,纵来归附,未必抚恤,因怀携贰,盖有之矣。然而有已服者,有未服宜抚者,是当申严纪律,秋毫勿犯,复宜谕以昔日不守内地之由,及今进取中原之意。而官仍其职,民复其业,录共贤能,恤其无告,将见密迩者绥辑,遐听者风声,自翕然而向顺矣。夫如是,则大河以北,可传檄而定也。河北一定,可令各城官移其妻子避患于我军,因以为质,又拔其德誉素著者,置之班行,俾各朝夕献纳,以贤辅翼。王于众论中,择善酌行,则闻见可广,而政事有时措之宜矣。此行或直趋燕京,或相机攻取,要当于入边之后,山海长城以西,择一坚城,屯兵而守,以为门户,我师往来,斯为甚便,惟摄政诸王察之。"这份奏疏,阐明了明朝当前"四面受敌",清军入关时机已到;指出未来与清军争夺中原的主要对手已不是明朝,而是李自成领导的大顺农民军,指出"我国虽与明争天下,实与流寇角也"。强调清军入关后,一定要改变过去杀人夺财的抄掠作风,只有申严纪律,秋毫无犯,才能安抚百姓并争取汉族官僚的支持。同时进一步阐述了进军的方略、主张,避免农民军那种攻而不守的流寇战术,要建立稳定的军事据点,步步为营,稳扎稳打,每攻下一地必要派兵固守之。

四月初八日,郑亲王济尔哈朗与睿亲王多尔衮辅政二王,根据内秘书院大学士范文程的奏疏,立即奏请顺治帝与两位皇太后,皇太后准

上图　大清门牌匾

下图　崇政殿牌匾

上图 大清门

下图 崇政殿

奏,并谕郑亲王济尔哈朗和睿亲王多尔衮两位辅政叔王,立即召集诸王大臣议政会议。最后顺治帝和皇太后决定,郑亲王济尔哈朗负责留守执掌朝政,委以睿亲王多尔衮重任,由他同豫郡王多铎、武英郡王阿济格、恭亲王孔有德、怀顺王耿仲明、智顺王尚可喜、多罗贝勒罗洛浑、固山贝子博洛、辅国公满达海、吞齐喀、博和讬、和讬等诸将领,统率满、汉、蒙古八旗兵十四万大军,入关西征伐明,夺取明朝天下。遂传令诸王、大臣聚于笃恭殿,顺治帝御殿发出入关征明令。命辅政睿亲王多尔衮为统军征西大将军,赐予大将军敕印,授"一切赏罚,俱便宜从事"的特权。

四月初九日,征明大将军辅政睿亲王多尔衮,亲率八旗大军由沈阳盛京出发,向关内开拔。巳时,多尔衮率文武大臣出盛京城抚近门,谒堂子,设仪仗,奏乐,行三跪九叩头礼,又陈列八纛,向天行一跪三叩头礼毕,鸣炮三响,率大军启行,同时派使臣莫尔托齐送书与李自成农民军联络,联合攻打明军。实际上早在之前,居住在蒙古鄂尔多斯草原的鄂尔多斯部落的济农下属达席和晋、善达下属陶礼向多尔衮报告了农民军攻取陕西全境,派兵收取三边的消息。此时多尔衮显然对农民军缺乏深入的了解,对蒙古人的报告没有足够重视,即没有注意农民军攻取三边、威胁京畿,已成为清军入主中原的最大威胁,仍然试图与农民军建立联系,协同攻明。因此多尔衮给农民军写了如下一封信:
大清国皇帝致书于西据明地之诸帅:

朕与公等山河远隔,但闻战胜攻取之名,不能悉知称号,故书中不及,幸毋以此而介意也。兹者致书,欲与诸公协谋同力,并取中原,倘混一区宇,富贵共之矣,不知尊意何如耳。惟速驰书,使倾怀以告,是诚至愿也。

顺治元年正月二十六日。

年月日后钤"皇帝之宝",信封上大书"诸帅"二字,封口并钤"皇帝之宝"两颗,次日派汉军正白旗石廷柱手下的迟启龙、镶蓝旗李国翰手下的缪尚义及蒙古旗二人前去下书。他们四人于三月初三日到达榆林，将书信交给榆林守将王良智，王良智阅后，写了一封回信，并将原信退给了迟启龙等人，说："信上有众帅二字，又有给主上的意思，信拆了就不好再向上呈了，所以把信退还，只把上面的话奏知主上。"但后来一直未见农民军最高统帅李自成对此事的答复。据分析，一是李自成对关外的清政权不太了解，因而采取了漠视不顾的态度；二是可能在王良智上奏李自成时，北京已在农民军包围之中，根本用不着联合其他力量来"并取中原"了。

四月十一日，多尔衮率领清军原定绕道西行走以往进京征明的老路，对山海关重镇仍是望而生畏，师次张郭台口，却而止步。十三日，当大军到达辽河时，前去打探李自成农民起义军的莫尔托齐回来奏报说，闯王李自成农民军已于上月十九日攻占北京。在农民起义军攻克京城之前，明朝崇祯皇帝朱由检以"代朕亲征"的名义令李建泰迎敌，并在三月初三调吴三桂、唐通、刘泽清火急入援京师勤王。李建泰兵至邯郸就吓得掉头逃跑；刘泽清接到勤王诏令，不由山东北来，反而南逃；吴三桂路远，鞭长不及马腹；只有唐通奉调前来，但因不买监军宦官杜之秩的账，把队伍拉到居庸关，几天后就投降了李自成。三月十六日农民军克昌平，抵阜成门，三月十七日农民军列队攻城，三月十八日李自成亲临彰义门，派宣府投降太监杜勋送去一封议和信，劝崇祯皇帝退位。议和未成，三月十九日凌晨，由于守城太监曹化淳开门献城，农民起义军攻破外城。朱由检见城外火光冲天，企图乘乱出逃，见农民起义军势大，又回到宫中，自知内城已破，无奈竟奔煤山（今景山），登上寿皇亭，写下遗诏，藏于胸前，自缢而死。现在明王朝已灭亡近一个月了。

风云突变。多尔衮得知农民军已进入北京，明崇祯皇帝自缢吊死煤山的军情，这时他感到进退两难。于是，便派莫尔托齐速回盛京向皇上和两太后禀报。皇太后谕郑亲王济尔哈朗立即召开诸王、大臣会议，商定与农民军作战的对策。会上熟知关内农民军情况的洪承畴，提出了消灭农民军的"十项计策"。皇太后让郑亲王济尔哈朗传洪承畴立刻进宫,让他禀奏入关消灭农民军的方针策略。洪承畴针对当前时局,根据他多年与农民军作战的经验,及明朝地方官吏的情况等,向皇上呈书曰:

"罪官洪承畴上启曰:尊王遣大臣来咨,我等岂敢赘言,近观数日,我兵之强,天下无敌,将帅同心,步伍整肃,念流寇可一战而除,宇内可计日而定矣。惟王明咨此事,仅呈臣等愚见,供王选用。一项:宜先遣官宣布王令,示以此行特定国抚民,扫除乱逆,期于灭贼。汉军若有抗拒者,必加诛戮,然不屠府、州、县民人,不焚庐舍,不掠财物。如此则遐迩民心欢快,并能闻讯来归,此为上计也,宜严令实施。一项:王之法令,仍布告于各府、州、县。若有开门归降者,官则加升,军民秋毫无犯;若抗拒不服者,城下之日,官吏诛,百姓仍予安全。流贼若有愿归顺者,应予收养,若有首昌内应,立大功者,则破格封赏。此乃要务也,法在必行。况流寇初起时,遇弱则战,遇强则遁,今得京城,财足志骄,已无固志。今我大清国兵强,已历三十年,普天畏惧。今出师已越数日,嗣后入关里程远近,行军急缓,我等不知,惟念贼设营于关隘,俟我军行抵前,定畏惧逃匿,并知晓燕京紧要,辽东不可久留。贼首乃陕西人也,其必怕大清国兵力而西遁长安,贼之骡马不下三十余万,昼夜兼程,可行二三百里,一旦闻我军讯,必焚其宫殿府库,及我军入关,即整驮遁而西行,一二日后,即追逐不得。及我军抵京,贼岩已远去,财物悉空,逆恶不得除,士卒无所获,亦大可惜也。今宜计其道里,限时日,辎重在后,精兵在前,出其不意,以蓟州、密云近京处疾行而前。贼若遁走,即行追剿,贼若仍坐据京城以拒我,则伐之更易。如此庶逆贼扑灭,而神人之怒可回,更可收其财畜,以赏士卒,殊有益也。行军先后快慢,想必王已估算,万不可预先估定。初明之守边者,兵弱马疲,犹可轻入,今恐贼遣精锐,伏于山谷狭处,以步兵扼路。而我军皆属骑兵,不能履险,故宜于骑兵内选步兵,立于高处,从二至三路处觇其埋伏,俾步兵在前,骑兵在后,比及入边,则步兵皆骑兵也,孰能御之?此可无忧无虑。若沿边仍复空虚,则接踵而进,不劳余力。待我军抵三河、通州后,若贼兵迎战,即全歼之,若畏惧不战,死守京城,则我军不宜留守东路,亦不可久留南路,宜增兵至京城西端及西北端,再于京南陆续设营,每日侦探勿绝,庶可断陕西、宣府、大同、真定、保定诸路,以备城外来攻,则马首所至,计日功成矣。流寇十余年来,用兵已久,所获兵甲及马畜甚多,虽不能与我军相拒,亦不可如昔日汉兵般轻视之也。用兵大计,王必熟筹,故鄙之赘言,谅无滞碍。"

洪承畴不愧为农民军的老对手,对李自成农民军的情况了如指掌,他在形势剧变面前,提出了一套比较完整的进军方略,这就是以夺占北京为主要攻击目标,其目的是从农民军手中夺取胜利果实和统治政权。顺治帝与皇太后根据洪承畴的"十策"奏疏,决定命多尔衮继续西征,与李自成大顺农民军争夺天下。同时决定将熟悉与农民军作战的大学士洪承畴派往前线,协助多尔衮与农民军作战。

后来随征监生张文衡,又呈上一文,说:"镶黄旗监生张文衡谨启:本官来投,非为安乐,惟念天下大乱,宜择主而事,先行奋起,以立功名,特为创建天下大业而言。先帝以斩木为喻降旨臣等,意在等待良机,今适此良机也。且王圣德贤明,仍佐帝业之诚悃之龙也,天意民心,千载难逢,底定天下大业,在此一举。稽古建业,尚无以杀掠创业者,况大清国威勇素著,大清军天下畏惧,然今尚未以义征服天下。义者,乃替天理民防乱者也。王果断从事,更改前行,诸项大小事宜,俱不失民信,倘不成大业,则以我乱言正法。至谓将军而不行赏者,稽古以来,赏功报德是为大礼也,成其富贵者,更大于此。此外又有何赏?况流贼尚有定民之念,我泱泱大国岂有不及彼等之礼?据闻,流贼驻于宣府、大同,窥伺北京,此时王若不亲理政务,则太祖及先帝数十年底定之业,岂不中道而废乎?我随军来投,非为财物,仅效犬马之劳,上报先帝及王之恩,下遂初衷,完结我终生之业。若我于家中上言,恐人生厌,未敢启闻,今大业来临之际,我竟敢先启请试行。乞王思之。"多尔衮收到大学士洪承畴提出的征战策和张文衡的奏疏,心中受到很大鼓舞。立即遵旨继续率军西进,准备与农民军展开一场决战。

四月十五日,多尔衮率师到达次翁一带。这时又得到山海关探马来报说:"山海关总兵吴三桂,于二十多天前接到明崇祯皇帝'进京勤王'的命令,从宁远出发已到达山海关,得知崇祯皇帝已于三月十九日自缢煤山后,停滞不前,正在山海关观望时局的变化。后来明朝居庸关总兵唐通投降了李自成大顺农民军,李自成正派唐通前来山海关劝说吴三桂进京接受高官厚禄的封赏。吴三桂决定接受李自成的招降,现正在从山海关向北京受降待封的路上。山海关的驻守交由唐通带农民军八千人接防。"多尔衮得知这一重要军情后,转瞬望着范文程和洪承畴,问:"你们看我军眼下如何前进?"范文程捋着几绺胡须说:"刚才我和洪大人商议了一下,山海关目前兵力不强,我们觉得这也许是个夺取山海关的好机会。"

多尔衮沉思地点着头,说:"我们要快速向山海关进发,乘机消灭唐通守军。"第二天,清军经过周密策划,征明大将军多尔衮下令,大军立即启程,急速向山海关进发。

第二节　吴三桂为红颜投降大清

吴三桂,字长伯,祖籍江南高邮,后世居辽东。父吴襄,明崇祯元年(1628年)任锦州总兵,驻守宁远。吴三桂臂力过人,少年勇冠三军,以武举和靠父亲的关系,于明崇祯十二年(1639年)升任山海关总兵,团练宁远和山海关人马,他的舅舅祖大寿是辽东祖氏的主要人物。松锦之战明朝兵败后,吴三桂受命独以四万精锐铁骑驻守宁远有功,被明朝封为山海关总兵,亦称平西伯。

吴三桂十分狡诈,早在一个月前,他就接到明朝入京勤王的诏命,便时刻观察政局的变化,他虽率军民号称五十万(实有精兵三万至四万)西进,但却行动缓慢。由宁远至山海关仅200里的路程,如果日夜兼程一天多便可到达,可是吴三桂整整走了十一天,根本谈不上火速勤王。三月二十日,当他行至丰润,便犹豫不前,分兵驻守昌黎、乐亭、滦州、开平等地,自己袖手观望,伺机而动。三月二十八日,吴三桂从"疾走山海关"投奔吴三桂的马岱口中得知,京师已于三月十九日被农民军攻陷,崇祯帝在煤山自缢殉难。吴三桂得此不幸消息后,他深感处境非常不妙,自己正夹在清军和农民军之间。他思考着如何才能保住个人的利益,下一步棋该如何走呢?是归降李自成大顺农民军,还是投靠大清军。他左右思忖,反复权衡,进退维谷。

这时的吴三桂对农民军和清军来说,是可以左右战局的关键人物,双方都想竭力争取。因为一来是他占据京师关外的大门、兵家必争之地山海关;二来是他拥有一支三万至四万人的精锐铁军,战斗力颇强。在此关键时刻,如果他归降农民军,便可阻止清军入关,从而可以巩固大顺政权;如果像他舅舅祖大寿那样归顺投降大清,清军便可不费什么气力,逾关长驱直入,进攻北京。虽然早在他驻守宁远时,清政府就多次派人致书招抚,特别是其亲舅舅祖大寿降清后,更是屡劝其降清,因为他的家小都在京师为质,一直不敢应诺,而是婉言拒绝。

李自成率大顺农民军占领北京后,由于政策失败,致使许多将领和广大军士以为明朝已经被推翻,起义获得成功。因此竞相抢夺财物、惑于女色,尽情地享受胜利成果。只有李自成本人认识到,明朝在山海关外还有一支抵御关外清军的铁军,这支军队是宁远总兵吴三桂率领的。当他得知吴三桂领兵勤王已离开宁远,居守在山海关,便命在居庸关收降的明定西伯唐通率其所部,携带犒师银四万两及吴三桂父亲吴襄的手书,利用他们旧日同僚关系,前去招抚吴三桂等人。并调集两万起义军前往山海关准备进行接防。

唐通带着这封所谓吴襄写给儿子的家书,来到了吴三桂的军营,当面对他说:"新主对老总兵(指其父吴襄)十分优礼,专待将军共图大业,以作开国元勋。"又说:"新主好贤,太子完善。"归降后父子皆封侯。吴襄的这封劝降家书是牛金星写好后让吴襄誊清的,通篇说理多于抒情,现节录如下:

"……事机已去,天命难回,吾君已逝,尔父须臾。呜呼!识时务者亦可以知变计矣。昔徐元直弃汉归魏,不为不忠;伍子胥违楚适吴,不为不孝。然以二者揆之,为子胥难,为元直易。我为尔计,不若反手衔璧,负钻与棺,及今早降,不失通侯之赏,而犹全孝子之名。万一恃愤骄,全无节制,主客之势既殊,众寡之形不敌,顿甲坚城,一朝歼尽,使尔父无辜并受戮辱,身名俱丧,臣子均失,不亦大可痛哉!"

吴三桂看了家书,信以为真,他当时有三点考虑:一是京城已破,崇祯帝驾崩煤山,李自成僭位,在自己兵将缺饷的情况下,主动派唐通前来说降,并以银两粮饷劳军,进退无措;二是因为他过去与清军仇杀多次,屡次劝降未允,不欲返颜;三也是更主要的因素,就是自己的爱妾陈圆圆及全家老小都在李自成的掌握之中,而且父亲吴襄已投降了李自成。于是,基于上述三方面原因,吴三桂看到投降大顺农民军的时机已经成熟,高官厚禄在即,非常高兴,最后欣然决定率军投降李自成大顺农民军。

他召集全体将士说:"闯王势大,唐通、姜瓖皆降,我孤军不能自立。今闯王使至,其斩之乎,抑迎之乎?"众将领同时答道:"今日死生唯将军命。"接着他又召开了秘密军事会议,开通了部将的思想,统一了投降口径,并遣使通报李自成,宣布归降大顺军。

吴三桂下定决心投降李自成大顺农民军后,便向唐通交接了山海关协防清军的任务,遂率所部五万人马,号称十五万趋京朝见李自成。由唐通等人驻守山海关。他命令在沿途张贴告示,声明本镇所部进京朝见新主,所过秋毫无犯,民众不必惊恐不安。

四月初五日,当吴三桂行至永平西沙河驿时,他先前派往北京打探军情的人和从北京城逃出的家人来到军营,向他报告说:"李自成下令在京捉拿皇亲国戚及文武大臣,拷掠追交赃银,一品官一万五千两、二品官一万两、三品官五千两,抗拒不交者杀。吴三桂老父吴襄也未幸免,遭到了拷打,最后家中凑出了五千两银子交出,才免于一死。"与此同时,吴襄派来的手下傅海山也赶到了军营,把京城及家里的真实情况一一诉禀。吴三桂听到打探来的消息和父亲派人来报告的真实情况后,又向傅海山询问他心中最挂念的爱妾陈圆圆的情况,傅海山说:"吴老先生被农民军抓去拷打时,军爷的爱妾陈圆圆已被农民军副帅刘宗敏霸占。"吴三桂一听此情,怒不可遏,深感奇耻大辱,当众发誓说:"不灭李自成,不杀权将军刘宗敏,此仇此恨难灭。"并说:"大丈夫不能保一女子,何面目见人。"说完吴三桂霍然而起,拔剑掷案,大怒道:"逆贼如此无礼,我吴三桂堂堂丈夫,岂肯降此狗子,受万世唾骂,忠孝不能两全!"最后吴三桂为红颜为家恨顿改初衷,遂降而反叛。

吴三桂的爱妾陈圆圆,原是姑苏女子,玉峰歌妓,庆家女子。人长得明眸皓齿,貌倾天下,她那流露着风韵的鹅蛋脸上,嵌着两只清秀的杏子儿眼,翠弯弯似新月细长的眉毛,俏皮的小鼻子细巧而挺秀,鼻翼微鼓;一张端正的樱桃小口轮廓分明,柔唇微启,露出一口皓白如奶的牙齿;皮肤颜色就像未经人手触摸过的蜜桃上的绒衣;轻褰袅花朵身儿,一捻捻杨柳细腰;两只玉纤纤葱枝手儿,拨弄着琴弦,仿佛潺潺清泉,哼唱出优美动听的江南昆曲。容辞斓雅,如林下凤至。陈圆圆年方十八时,隶籍梨园,她每一登场,犹如花明雪艳。每当她独出冠时,观者魂断,她是姑苏一位色艺兼绝的歌妓。是当年周皇后的哥哥嘉定伯周奎回苏州时发现的,后秉周皇后的旨意,遂将她带回宫里,听从周皇后发落。

崇祯十四年(1641年),周皇后看到崇祯帝整天对田贵妃宠爱有加,对朝中国事又忙碌得焦头烂额,心情烦闷,便主动把哥哥周奎从苏州带带回的美女陈圆圆献给皇上。一来是为了解除皇上对田贵妃的专宠；二来是为皇上弹唱歌舞，以解心中不悦，博得皇上的欢心。崇祯帝见到陈圆圆并听了她的弹唱后，大加赞赏，评说道："此女子人淡而韵，盈盈冉冉，衣椒茧时背顾湘裙，真如孤鸾在烟雾，是日燕，弋腔红梅以燕俗之剧，咿呀啁晰之调，如云出岫，如珠在盘，令人欲仙欲死。"初次看了歌舞之后，崇祯皇帝便问周皇后："此女从何而来？"周皇后回答说："兹女子是吴人，昆曲唱得娴熟，令侍棉罄耳。"崇祯最后说："将她交予田贵妃，复念国事，不甚顾，遂命还。"周皇后本想用歌妓陈圆圆美妙的歌喉和美如天仙的颜容，来博取崇祯皇帝的欢心，殊不知此时国内烽火四起，大明皇权岌岌可危的崇祯皇帝，根本无心欣赏这美人和美妙的歌声，后来田贵妃又将陈圆圆送还到周皇后的哥哥周奎官邸。据说后来周奎立即派永巷宫人到田贵妃宫说情，说陈圆圆乃江南名妓，不如留在你府中。田贵妃自己没敢收养在宫中，最后又将陈圆圆送到她父亲田弘遇府中收养。

陈圆圆被田贵妃之父田弘遇留在府中。由于当时正值关内关外农民军和大清八旗军从两面向明政府发动进攻，京师处于危机之中，陈圆圆便向田弘遇建议说："当此衣冠易虑远近崩心之际，你应该结交一位著名将帅作为后援。我听前来府上听歌舞弹唱的大臣们说，山海关铁骑军总兵吴三桂是皇上时常称赞的英雄，你应该找吴将军作为后援。我听田娘娘说他近年已奉诏入京，你可以乘机将吴将军请进府中，与他深情结交。"田弘遇听了陈圆圆的提议后，有点儿为难，他说："你说的是理，但本府与吴三桂素无来往，一旦厚礼相交容易引人怀疑，何况吴将军奉诏至京，公务繁忙，哪有机会可与他寒暄缱绻呢？"陈圆圆说："听说吴将军一向仰慕田府歌舞，何不借此机会交纳于吴，想他必欣然乐从，于公无所损，而且还结交一大援。千万不要为了金谷侑酒者，忘却终身之祸。"田弘遇听陈圆圆这么一说，感到很有道理，当即表示同意。事后他便将吴三桂请到府中听歌舞，并设家宴招待吴三桂。府中花烛通明，笙歌热耳。席间管弦杂奏，肴胔纷陈，陈圆圆翩翩起舞、弹唱。燕语莺声,轻移莲步,款足湘裙,情歌动人,身材飘逸,容貌如海裳滋晓露,腰肢似杨柳迎春花,浑如阆苑琼姬,绝胜佳宫仙子。吴三桂看了陈圆圆的歌舞表演,神识飘荡,喝彩不已道:"舞得妙,唱得好!此美人儿,真叫人一见魂销。"田弘遇看出了吴三桂的心思,便命侍女为其斟满酒,说:"听田娘娘说你是位英雄,假设贼寇至,你将奈何?"吴三桂率直地说:"公若能以圆圆见赠,我保公无恙,国亦无恙。"田弘遇听了吴三桂说出此话很是满意,便忍痛割爱,做个顺水人情,答应让吴三桂携陈圆圆一同离府而去。

吴三桂将陈圆圆带回吴府后,两人风情天生就,春兴浓如酒,相爱如漆,情意缠绵,亲昵百般,着实在一起度过了半月的甜蜜时光。正在两人爱情正浓,情意更深之时,宫中传来严诏,督促吴三桂立即出关御敌。吴三桂本想携陈圆圆一同前往山海关,因其父吴襄当时在京负责督理御营,恐怕皇帝闻知此事,会怪罪下来,于是劝说儿子吴三桂,暂时将陈圆圆留于吴府中。最后吴三桂只得依依不舍地告别了爱妾陈圆圆,离开了京城,遵旨迅速奔赴山海关守关御敌。

没想此时自己的爱妾陈圆圆却被李贼的副帅刘宗敏霸占,越发怒不可遏,他越想越感到李自成农民军不可信,从而更加激起了他对李自成、刘宗敏的愤恨。于是,吴三桂"为红颜怒发冲冠,降而反叛"。他于四月八日掉转马头,立即回师杀向山海关。他一到山海关,就全歼了李自成派驻山海关协防唐通的八千兵马,杀得唐通仅剩八骑,只身狼狈逃回北京。李自成得知吴三桂降而反叛后,立即派白广恩率军援救唐通,结果也被吴三桂全部所歼。这一系列举措表明,是吴三桂降而反叛、"移檄讨贼"的开始。

吴三桂回山海关后,立即联络士绅、扩充人马。此时李自成对招降吴三桂仍不死心,又派使臣李甲继续劝降,结果被吴三桂斩杀祭旗,并公开声明坚决与李自成贼寇集团为敌,同时发布了一篇洋洋千言的讨贼檄文。檄文曰:

"闯贼李自成,以妖魔小丑纠葛草寇长驱犯阙,荡秽神京,弑我帝后,禁我太子,刑我缙绅,淫我子女,掠我财物,戮我士民,豺狼突于宗社,犬豕踞于朝廷,赤县丘墟,黔黎涂炭,妖氛吐焰,日月无光……桂等智不足以效谋,愤何辞以即死,……呜呼!自有乾坤,鲜兹祸乱之惨;凡为臣子,谁无忠义之心。汉德可思,周命未改,忠诚所感,明能克逆,义旗所向,一以当十。请观今日之域中,仍是朱家之天下!"

这篇檄文打出的招牌是"钦差镇守辽东等处地方团练总兵官平西伯",并向远近宣布他此举是为了"兴兵剿贼,克服神京,奠安宗社",鲜明地扛起了"请观今日之域中,仍是朱家之天下"的复辟旗帜。这篇檄文以不共戴天的姿态向李自成宣战,毫无疑问,吴三桂是以总兵官平西伯的身份号召明朝遗民起来为帝后复仇,宣布他此举是为了复辟朱明家天下而战斗。

四月十二日,唐通逃回北京,李自成得知吴三桂降而反叛的事后,看到吴三桂决心顽抗,意识到不将其消灭必为大顺政权一患,因此决定亲自统兵出征。他立即召集部下商议,并决定次日启程东征山海关。行期一定,李自成便将明大学士陈演、定国公徐允贞、新建伯王光通等官员和皇亲贵戚六十余员斩于西华门外。命牛金星、李牟等人守京师,以安后方。十三日,李自成率刘宗敏、李过等六万人马,并把明太子朱慈烺和永王、定王以及吴三桂之父吴襄带在军中,出东长安门赴通州,经密云、永平,直奔山海关。

第三节　山海关大战李自成败北

吴三桂预计李自成必将率军来战,因此有所准备。他首先是向清军乞援。他深知,虽然打败了唐通守军,杀死了农民军,重新夺回了山海关,但仅靠自己的军力难与李自成亲率的六万农民军抗衡,既然已与农民军不共戴天,就势必求助于关外清军,自己决不能夹在农民军和清军之间腹背受敌。他在权衡利弊之后，感到洪承畴和自己的舅舅祖大寿及一些亲属的部下同僚现在大都为清朝服务，而且还有不少原先的同僚现纷纷投降了大清国，便产生了降清的念头。于是，狡猾的吴三桂决定先行借兵之计。他立即修书一封，派遣副总兵杨珅、游击将军郭云龙等人为使臣，前往清军大营，请军援助。

李自成亲率大军进抵山海关，大兵压境，吴三桂为行缓兵之计，表面上对李自成尊敬有加，对归降仍表现出一副态度暧昧的样子，堂而皇之地尽收李自成所派劝降使臣送来的犒赏金银，并散赐将士，表示愿意归降，放回使臣报书复命。实际上是用诈降手段欺骗李自成，以争取延缓农民军向其发起进攻的时间，以待清军能来援助。李自成虽然没有完全中计，但他始终对招抚吴三桂抱有侥幸心理，客观上显然放慢了向山海关进军的速度，从北京到山海关七百里路程，如果急行军三四天即可到达，但李自成却整整走了八天，给吴三桂以充分的时间做防御的准备和与清军议降的机会，从而贻误了战机。

四月十五日清晨，多尔衮正率清军从次翁（今阜新）向山海关出发。他骑在马上，信马由缰，慢慢前进。刚刚走了五里左右，前边护卫来报：有明军官员求见。多尔衮勒住马缰绳，命将来人带来。来者竟是山海关总兵吴三桂派来的使节——副总兵杨珅和游击将军郭云龙。多尔衮下令停止前进，召见明使杨珅、郭云龙。

杨珅递上吴三桂给多尔衮的一封信函。多尔衮打开看后，交给范文程读。信上写道：

"平西伯吴三桂叩头上启九王衙门书曰：

三桂初蒙先帝擢拔，以文负之身，荷辽东总兵重任，王之威望，素所深慕，但春秋律例，交不越境，是以未敢通名，人臣之情谊，谅王宜知之。今我国以宁远右偏孤立之故，令三桂弃宁远而镇守山海关，思欲坚守东陲以固京师，不料，流寇逆天犯阙。依我观之，以其狗偷乌合之众，何能成事？惟京城人心不固，奸党开门归顺，先帝不幸，九庙灰烬。今贼首僭称尊号,攫掠妇女财帛,罪恶已极,诚赤眉、绿林、黄巢、安禄山之流,天人共愤,众叛亲离,其败可立而待也。我国积德累仁,讴思未泯,各省宗室如光武、文公之中兴者,容或有之。远近已起义兵,羽檄交驰,山左江北,密如星布。三桂受国厚恩,悯斯民之罹难,据守边门。欲兴师问罪,以慰人心,奈京东地小,兵力未集,特泣血求助。我国与北朝通好二百余年,今我无敌而遭国难,想必北朝定会恻然念之,而乱臣贼子,亦非北朝所宜容忍也。夫除暴剪恶,大顺也,拯危抚颠,大义也,出民水火,大仁也;兴灭继绝,大名也,取威定霸,大功也。况流寇所聚金帛子女,不可胜数,义兵一至,均可得获,此又大利也。王以盖世英雄,值此摧枯拉朽之会,诚难再得之时也,乞念亡国孤臣忠义之言,速选精兵,直入中协、西协。三桂率所部,合兵以抵都门,灭贼于宫廷,示大义于中国,如此则我朝之报北朝者,岂惟财帛,割地分田以酬。不敢食言。本应上疏北朝皇帝,但未悉北朝之礼,又不敢轻渎圣聪,故谨遣杨珅、郭云龙致书于王,以通晓心念,乞王速速转奏,恐至迟误。三桂点香乞祷。孟夏月吉日,三桂叩头毕。"

这封信主要表明吴三桂是站在明王朝的立场,请求清军支援,其条件是,事成后,与清军分治中原。说:"访东宫及二王所在,立之南京,以黄河为界,通南北好。"再者是请清军入喜峰口、龙井关、墙子岭诸处,自己出山海关,分兵合击农民军。

多尔衮看完信后,久久没有说话。这吴三桂在耍什么花样?虽然他有许多亲属在大清,却一直不投降,早已投降的祖大寿是他的亲娘舅,曾多次劝他投降。去年先帝在松锦大捷后曾致书吴三桂,那时他尚且不降,如今为什么却主动提出让清军与他携手作战?多尔衮转过头,问多铎和阿济格:"他是不是听说我们出兵山海关,故意来麻痹我们,想搞缓兵之计啊?我们不可麻痹大意。来人!立即赶回盛京,将此事禀告皇上。"郑亲王将吴三桂求援信禀报皇太后,皇太后为保证以大兵压境,驱使吴三桂降清和大败李自成农民军,立即下旨,调锦州的汉兵带红夷大炮赶赴山海关。

四月十六日,中军大帐里,多尔衮对分坐两旁的多铎、阿济格、大学士范文程和洪承畴说:"大家看我们如何对待吴三桂的求救信?"多铎摇着头说:"吴三桂诡诈得很,尤其又是个反复无常的小人,投降了李自成,如今又反叛李自成。他会不会引诱我们去打北京,然后在路途中袭击我们?"阿济格也同意弟弟多铎的看法,力主不去管他吴三桂的求救,静观其变再定夺。

多尔衮转身望着大学士范文程和洪承畴,问:"你们的看法如何?"范文程捋着几绺胡须说:"刚才我和洪大人商议了一下,我们觉得吴三桂所谓'泣血求助',是向我国借兵,而不是归降;要我军直入中协(即喜峰口、龙井关等地)、西协(墙子岭、密云等地),却不许从山海关合兵进京,是对我存有戒心。但不管怎样,这也许是个取山海关的好机会。吴三桂求救估计没有诈,他可能已经处于走投无路的境地。他是想借我们之手来打北京,通过攻打北京来解他目前的困境。我们要由义州南下,直趋山海关,到山海关去解他的困境,迫使他投降,看他是否真有诚意与我们共同进军北京。如果没有诚意,在山海关消灭他!控制关镇战略要地。同时,派学士詹霸、来衮二人赴锦州,迎接皇上和皇太后调来的红夷大炮和向山海关进发的大军,做好大战准备。另派人随郭云龙去山海关送复信,再探听虚实,把杨珅留在我营中以作人质。"

多尔衮边沉思边点着头,说:"我们要在这里多停留一些时间。让李自成的军队打到山海关,让吴三桂在燃眉之急下答应我们的全部条件!"遂请范大学士起草一封答复吴三桂的回信。回信写好交多尔衮阅后,由范文程交给郭云龙。信中说:"大清国摄政王谕吴大将军书曰:向欲明修好,屡行致书,明国群臣不计国家丧乱,军民死亡,从无一言相答,是以我国拟文告诫明国官民,并三次进兵攻略,示意于明国。明国之君无奈而欲通好,然今却不复出此,唯有底定国家,与民休息而已。予闻流寇废除明君,不胜发指,故率仁义之师,破釜沉舟,誓不返旌,期必灭贼，出民水火，出兵定国。及平西伯遣使杨珅、郭云龙前来致书，深为喜悦，遂统兵前进。平西伯思报主恩，与流寇不共戴天，诚忠臣之义也。平西伯虽向守辽东诸地，与我为敌，今亦勿因前故，尚复怀疑。昔管仲射齐桓公，后齐桓公又征服管仲，用为仲父，以成霸业。今伯若率众来归，则必封以故土，晋为藩王。如此，一则国仇可报，二则身家可保，子孙后世，永享富贵，如山水之永也。若尚有官吏来归，亦尊其功名，其子孙后代，永享富贵。若有军民来归，其本人什物，秋毫无犯，原居不动。"

四月十七日，清军经过策划，多尔衮命令大军启程继续向山海关进发。清军平均以每天六十里的速度，二十日，进兵到了锦州西的连山驿。探子报说李自成的大军已经到了山海关。吴三桂见情况紧急，一面派高选、李友松、谭邃环、刘泰临、刘台山、董镇庵六人前去诈降，并致书李自成佯称投降以周旋，用缓兵之计拖延时间；一面又派郭云龙和孙文焕亲见多尔衮，递交了第二封亲笔信。信上说：

"接王来书，知大军已至宁远，救民伐暴，扶弱除强，义声震天地。三桂承王谕，即发精兵于山海以西要处，诱贼兵速来。今贼亲率党羽蚁聚永平一带，此乃自投陷阱，而今天意从可知矣。今三桂已悉简精锐，以图相机剿灭，幸王速整虎旅，直入山海，首尾夹攻，逆贼可擒，京东京西可传檄而定也。又仁义之师，首重安民，所发檄文最为严切，但更祈令大军秋毫无犯，则民心服而财土亦得，何事不成哉。"还说："贼兵已朝夕且急，愿如约，促兵以救。"

多尔衮对吴三桂信中的"愿如约"三字含义心知，吴三桂愿意投降。得知山海关军情紧急，立刻意识到，如果山海关被李自成占领，其后果将不堪设想。多尔衮立即传令全军，人不卸甲，马不离鞍，统领大军昼夜兼程二百里，于四月二十日越过宁远，星夜抵达离山海关十五里处扎营。此时已隐约可闻山海关内炮号轰鸣、杀声阵阵。

四月二十一日晨，李自成率领的农民军比多尔衮率领的清军抢先到达山海关。李自成立即调兵遣将,向山海关东、西罗城和北翼城发起攻击。吴三桂守军首先在西罗城、河西岸与农民军接触。李自成派明降将唐通率领一支人马,从关城西北三十余里的九门口北向东守外城,以切断吴三桂与清军的联系,防止其逃往辽东降清。同时令随军前来的吴三桂之父吴襄阵前致书劝降。

吴三桂断然拒绝,并宣称,父亲叛国投贼,既然不能成为忠臣,三桂也难成为孝子,自今日起,三桂与父决裂。如果父亲不早日图反,贼虽置父鼎俎旁以诱三桂,三桂也不顾。李自成见最后劝降无望,遂下令向吴三桂发起进攻,霎时间两军大战于石河西岸,从而打响了著名的山海关之战。

李自成立刻组织兵力,企图先攻下山海关东、西罗城、北翼城三个城池。但由于西罗城面向关内,前面有石河相隔,所以两军首先在石河岸交战。吴三桂与高第在石河西岸布阵迎战,两军对垒,展开了一番恶战。从上午八九点一直杀到中午十一点左右,农民军力战得胜,消灭大批吴军,一举突破石河防线。接着又派一支数千人的精骑兵飞驰过阵,前进至西罗城北侧,准备登城,眼看西罗城就要被农民军攻下。此时,守城的吴军将领又以伪降来骗取农民军将领的信任,然后令偏将从北坡连贯而下,偷袭农民军,城上的吴军同时用大炮猛轰,通过里外夹攻,使这支农民军攻取西罗城的行动功败垂成。

就在农民军与吴三桂主力在石河西激战的同时,另有几支农民军分队,继续攻打北翼城和东罗城。当时北翼城的守将是山海关副总兵冷允登,面对农民军的强大攻击,他率军拼命抵挡,先后几次挫败农民军的强大攻势。农民军为了"联络直下,故独日夜狠攻",蜂拥直上,直逼守军,这时守城官军军心有些不稳。面对农民军的强大攻势和重围,守将冷允登忙于"御寇防奸,内外兼顾",顽强御敌。

吴三桂和高第被逼撤回城中,眼看城池不保。东罗城和北翼城的情况也同样不妙。当时除吴三桂在石河西与农民军主力接战,北翼城由副总兵冷允登率军防守外,西罗城与东罗城都是由山海关绅士马维熙、吕鸣章等十人率乡勇"总理""协理"防守。此时吴军亟待清军速援。当日多尔衮在山海关外静观山海关城内的战局形势。就在这时,吴三桂哨骑来报,说农民军已出边立营。

傍晚,太阳刚刚落山,黄昏笼罩着山海关。多尔衮立马山冈,望着黄昏中的山海关。身旁的范文程顺口吟诵:"两京锁月无双地,万里长城第一关。"多尔衮也随口吟诵:"榆关十月马毛僵,手挽雕弓射白狼。一阵雪花漂玉屑,西风犹趁马蹄忙。"然后转过头问:"大学士,这榆关可是山海关?"范文程在马上躬身回答:"回睿王爷,这榆关并不完全是这山海关。古榆关在抚宁附近,四周空旷,无险可据。明初徐达北伐残元势力,率军来到此处,见榆关东面八十里处枕山近海,好似咽喉,于是下令把关城东移,它倚山临海,人们就叫它山海关,以后便成为明朝重点修筑的工事。王爷瞧这山海关,鳞次栉比的墩台守望,柳栅沙沟纵横,四方形的关城八里多长,墙高厚实坚固。北面是蜿蜒的长城,东面是大海的滔天巨浪,真是一夫当关、万夫莫开,易守难攻啊!"多尔衮叹息着说:"是啊!所以太宗皇帝数次入关都避开山海关,绕道而行,以避免无谓的牺牲。太宗皇帝用兵如神,够我好好学习一辈子。"

暮色中,山海关雄伟的城楼下有影影绰绰的部队在走动,喊声连天,清军前锋兵马在九门口北的外城刚与农民军唐通交战,就将其击溃,并生擒二人。唐通率残部退入长城内。多尔衮命令清军停止前进,乘夜驻扎到山海关东的欢喜峰。

四月二十二日,黎明时分,群山笼罩在东方旭日的红光之中,巍峨的山海关与蜿蜒的长城在旭日的映衬下显得更加雄伟壮观。多尔衮和范文程、洪承畴迎着料峭的寒风,站在欢喜峰的望远台上,俯视山海关的动静。李自成的主力部队在石河西激战,另外几支农民军在山海关的北翼城攻打。北翼城有一军叛降了农民军,农民军乘势蜂拥而上,冷允登率亲兵抵挡,眼看就不能遏制农民军的进攻,幸得吴三桂派的一支援军到来，这才保住北翼城的城池未失。

吴三桂的守军四面受敌，危在旦夕。吴三桂见情形不妙，又知清军已到关外，赶忙派人出关搬兵。多尔衮的侍卫急忙上来报告："吴三桂派人求见！"多尔衮走回大帐，范文程、洪承畴紧跟着进入大帐。见五位明人打扮的乡绅走进大帐，跪下求见多尔衮。他们一起向多尔衮请求说："吴三桂大帅请求王爷立即进关，解救生灵于水火。"

多尔衮和颜悦色地请他们站起，敬茶赐座，和他们商讨山海关目前的局势。他让范文程说明这次我军前来的目的。范文程说："睿王爷这是应吴三桂大帅的邀请，前来除寇安民的。听说流寇逼死皇帝，至今尚未发丧，百姓心中不忍。大清国的军队素以爱民著称，尔等不必惊慌，我国虽非汉族，但是皆为中华子孙，焉能不爱民如子？回去请转告吴三桂大帅，请他亲自来见睿王爷。"

送走乡绅后，多尔衮率领清军来到离山海关城二里处的威远堡，高高竖战旗，令士卒在此休息待命。吴三桂虽多次遣使，请求多尔衮速派大军援救，但多尔衮对吴三桂的举动依然是半信半疑，犹豫再三，仍按兵不动。吴三桂急得如热锅上的蚂蚁，在晨色微曦中，遂令城上红夷大炮向农民军猛烈轰击，自己冒着枪林弹雨，将围城的农民军打退，然后杀开一条血路，亲自带着绅士吕鸿章、余一元等五人和二百名亲军，突围出城，直奔清军大营来见多尔衮，与其进行了一场紧急谈判。

多尔衮在大帐中接见吴三桂，并迫使他投降大清。吴三桂在阶级和个人利益驱使下，向多尔衮剃发称臣，投降了清军。多尔衮在吴三桂就范以后说："你们欲为故主复仇，大义可嘉，我领兵前来成全其美。过去我们兵戎相交是敌国，今天是一家人。我大清军进关若动人一株草一粒谷，定以军法处死。你们告诉官民百姓，不要为此惊慌。打败李自成以后，马上挥师北京去拥立明皇，替崇祯皇帝发丧。如果进京顺利，本王可封你亲王，像我们的三王一样。"

吴三桂到了此时已别无选择。他的如意算盘是想靠大清国的力量来消灭李自成,因为他对李自成和农民军有着不共戴天的深仇大恨,他原计划请大清军队来助他一臂之力,打败李自成,然后恢复明朝,让大清和明朝各拥半壁江山。而他自己,可再拥立明朝朱姓皇帝,自己留个光复明朝的忠义之臣的美名。岂料大清国志在入主全国。他想,洪承畴不是投降了吗?舅舅祖大寿不是投降了吗?尚可喜、孔有德、耿仲明不是都投降了吗?大明的气数已尽,怨不得树倒猢狲散。吴三桂终于答应了多尔衮的要求:投降大清,打开山海关城门纳清军入关,然后以回京勤王的名义掩护大清军队平安进京。

多尔衮立刻让侍卫备下牺牲和神主神位,与吴三桂立血盟誓。立血盟誓完后,多尔衮拉着吴三桂的手说:"大帅!今后我们是一家啦!希望不要出尔反尔,来回反复。"吴三桂说:"请王爷放心,三桂是知书明礼之君子,君子一言,驷马难追。"

多尔衮朗声大笑,转而收住笑容,脸色非常阴沉,眼睛里流露出十分阴鸷凶残的目光,对吴三桂说:"那敢情最好,本王爷最佩服君子,生平最见不得反复无常的小人。小人如若落到本王手里,定要他死无葬身之地。"正在两人对话之时,突然接到探报,说北翼城部分吴军哗变,投降农民军。多尔衮立即命令吴三桂先行,清军随即赶到,并交代说:"今晚本王率大军进关,贵军与流贼都是汉人,不易识别,你可叫部下以白布系肩为号,免得误伤。"吴三桂答应,于是率随员返回关城,加强城堡墩隘的防守,下令官兵剃发,用白布斜束肩,白布难以凑齐,就用裹脚布代替,准备与大清军合兵作战,大败李自成农民军。

多尔衮率清军兵分三路,命武英郡王阿济格等率左翼军入北水门,命豫郡王多铎等率右翼军入南水门,各统精骑万余人入关,自己亲率中路军入山海关中门,殿后指挥入关的清军隐蔽在山海关城之下。多尔衮告诫众将说:"我们过去曾三次围攻明山海关城,都不能攻破,李自成一举破之,由此可见其智勇必有大过人处。因此,你们不得越伍躁进,此兵不可轻击,须各自努力,只有破敌才能大业可成。"他命令吴三桂为前锋,率先出战农民军,一是测其之诚伪,二是通过李、吴交战,看李自成农民军的强弱。等待两军俱伤时,才突然向敌军发起攻击,以坐收渔人之利。

李自成虽然身经百战,有丰富的战场实践经验,但由于对吴三桂屡抱幻想,致使战机一失再失,加之谍报不灵,直到此时仍未察觉清军已在关外兵临城下,没想到清吴联军会对自己造成灭顶之灾。李自成、刘宗敏、宋献策等人在山海关西北的将军台观察敌情,见山海关地势险要,深知此关易守难攻,即想诱吴三桂出关进行野战,而后一举歼灭。因此,下令停止攻城,把十万大军自北山横亘至海,沿石河西岸一字排开列阵,以首尾相顾。

四月二十二日上午,双方在山海关正式拉开大战的序幕。突然大风狂吹,卷起的沙砾尘土遮天蔽日,对面见不到人,沙砾把脸打得火辣辣地生疼,叫人眼睛都睁不开。足智多谋的多尔衮看到李自成的布阵后,为避免同农民军直接对阵作战,决定采用集中强大优势兵力,出其不意的闪电战术。他说:"我军可向海对敌阵尾,鳞次布阵,三桂兵可分列右翼之末。"多尔衮选择关城以南石河口一带为突破农民军的战场,因为这里离李自成中军大帐最远,是个薄弱地带;同时这里东南临海,又是平坦开阔地,便于发挥清军骑兵驰马射箭的长技。把八旗主力面向大海布阵,分层次展开,紧紧咬住一字形排开的农民军队伍。

吴三桂在龙王庙谭家颇罗地区同农民军接战,有清军压阵,信心倍增,乘风卷黄沙对面不见人影之时机,率所部突然出现在农民军阵前,进战十分勇猛。这时,李自成带着明思宗崇祯帝的太子朱慈烺正站在一个高岗上,立马观战。他见吴三桂精锐四出,急令农民军包围吴三桂,一时间金鼓咚咚,呐喊之声传到百里之外,农民军层层包围了吴三桂的军队,吴三桂率军左冲右突,拼命死战,但农民军数量上胜于吴军,战斗力也很强,因此前仆后继,步步紧逼。吴三桂军被围在核心,向左突围,便有农民军号旗向左指,使军队向左迎击;向右冲击,号旗便向右挥,农民军又向右堵截,使吴三桂恰似瓮中之鳖,几无脱身之路,"阵数十交,围开复合",从上午打到中午,又打到下午。吴三桂快支持不住了。

就在这千钧一发之即,在山头观战的多尔衮见时机已到,命清军全线出击。于是,清军三吹号角,呐喊三声,阿济格、多铎等率领两白旗两万余骑兵,从吴三桂右翼蜂拥突入,生龙活虎的清军万马奔腾,冲杀向敌阵,使战场形势瞬时发生了变化,农民军遭到清军的突然攻击,反而处于清军和吴三桂军的包围夹击之中。农民军拼死抵抗,仍然奋勇拼杀,刘宗敏勇冠三军,横刀立马,领精锐骑兵挥刀迎击,一口气砍死四五个清军。吴三桂手下的军校有人认识刘宗敏,即刻大声呼叫:"这是闯贼手下的大将刘宗敏,不可放他走了!"刘宗敏躲闪不及,连中两箭,栽下马来。刘宗敏的亲兵拼死相救,在乱军中把他搀上马背,冲出重围,向西撤退。由于农民军与吴三桂守城军交战大半天,伤亡甚重,而且气力耗之殆尽。养精蓄锐的清军与吴三桂的联军见农民军主将受伤,便全力冲杀,越战越勇,只用了一顿饭工夫,整个战场积尸相枕,弥漫遍野,农民军及运粮夫被追逐到城东海口,多为斩杀,投水溺死者不计其数。当时李自成骑马立于高冈之上,见白旗一军杀入,正准备麾后军参战,火速驰援。他身边有一僧人告知:"此非吴兵,必东兵(清兵)也,宜急避之。"李自成没有从整个战局考虑,自己策马先逃,大军顿时溃乱。清军跟在农民军之后,乘胜直追四十里。可贵的是这支农民军的许多官兵,继续坚持作战,最后终因寡不敌众,在红花店为清军所战败。

二十三日,李自成率残部退至永平,再遣明朝降官王则尧赴吴三桂营招降,吴三桂将王则尧送交多尔衮,被处斩。李自成得知后,便在永平范家店把吴三桂的父亲吴襄斩首示众,然后继续西撤,二十六日败回北京。

第四节　多尔衮乘胜率清军入关

李自成败退回北京后,下一步怎么办? 多尔衮叫来洪承畴等人商量。洪承畴说:"王爷要乘胜追击,不能给李自成以喘息的机会,否则他很快会东山再起。虽'贼已远去,财物悉空,逆恶不得除,士卒无所获,影响士气',必须'计道里,限时日,辎重在后,精兵在前,迅速追击农民军'。"多尔衮即以吴三桂诚心归降和山海关之战的军功,封吴三桂为平西王,赐他玉带、蟒袍、貂裘、鞍马、玲珑撒袋、弓矢等物,以马步兵一万隶属吴三桂,与阿济格、多铎一起率兵追击李自成农民军。同时采用招抚的手段争取汉族民心,特别是争取汉族地主阶级的支持。多尔衮告诫将士:"这次出师,是为了除暴救民,灭流寇以安天下。如今入关西征,就不能乱杀无辜百姓,乱抢财物,乱烧房屋,如不按此行事,要论罪。"他还布置向百姓广泛宣传清军严守军纪和安定国家的规定,招徕逃避四方的百姓还乡返里。让吴三桂以清军的名义发布檄文,号召汉族官绅和汉民归顺清军。其檄文曰:

"平西亲王吴,为安抚残黎以救民生事。照得逆闯李自成戕主贼民,窥窃神器,滔天罪恶,罄竹难书。荷蒙大清朝垂念历世旧好,特命摄政王殿下大兴问罪之师,怀绥万邦,用跻和平之域。仁声所播,义无拂命。第虑遐远之区,讹传舛错,不特有辜大清戡暴安民之意,致安黎庶反受执迷殒身之祸。今摄政王简选虎贲数十万,拥戴西洋大炮数百位,络绎南下,相应榜谕,以醒愚蒙。为此示仰一带地方官绅军民人等,务期仰体大清朝安民德意,速速投诚皈命,各安职业,共保身家,毋得执拗迷谬,自罹玉石俱焚之惨,未便。特谕。顺治元年四月二十六日榜。"

吴三桂命将檄文先发到前路各州县,各地士绅纷纷望风而降。

二十四日,多尔衮大军抵新河驿。次日抵抚宁县时,知县侯益光等率百姓出城五里相迎,多尔衮赐侯益光袍服,让他仍旧供职,并发仓赈济百姓。多尔衮还发给告示一张,让百姓各安其业,且军队不许入城,一律在县城西十里外宿营。

二十六日,李自成败回北京,吴三桂、阿济格、多铎率兵尾随李自成,兵逼北京,刘宗敏、李过等连兵十八营与清军交战再次失利,刘宗敏再次受重伤。当时的北京人心浮动,谣传四起,外逃者不计其数。李自成连遭挫折,军心涣散,预计北京难守,因而决定回师晋、陕,以图东山再起。

二十七日,李自成大顺军怒杀吴三桂全家三十四口,将首级悬挂在城楼上示众。清军进军至滦州,州学学政孙维宁率百姓迎降,多尔衮提升他为知州,戒谕一番,让他开仓济民,军队宿营于滦州城之南十里。

二十八日大军到达开平卫,指挥陈任重、李培元等率部下投降,多尔衮分别赐其袍服,军队宿营城西十里外。多尔衮率清军入京进兵顺利,他又发一道檄文送往沿边各处及山、陕等地,说农民军战败后必然西逃,各地义民应于各处截杀,毋令入城。

二十九日,李自成草草在武英殿举行了黄袍加身的登基典礼,追尊七代考妣为帝后,牛金星代行郊天礼,并由六政府各颁一大赦诏书,以今年为大顺永昌元年。李自成身加衮冕,受各官朝拜,然后将木柴、硝磺之类运入承天门,二更时放火烧宫,再烧九门城楼,五更时农民军狼狈地撤出北京。李自成三月二十九日头戴斗笠骑着高头大马雄赳赳进入北京,三十天后狼狈逃离北京。

吴三桂一马冲入,军士亦随队进城。只见宫门前颓垣败瓦,变成了一个个火堆。吴三桂忙令军士扑灭余烟,径直奔向家中,故居尚在,人迹杳然,各处搜寻,只剩下几个鸠形鹄面的老家人,并不见他心上的人儿陈圆圆。他亦无心去迎多尔衮,竟领兵出了西门,追赶李自成,追至庆都,看见李自成后队人马,便策马追杀过去。李自成急令部将左光先、谷大成等回马迎战,双方厮杀了几个回合,即被吴三桂军所杀败。吴三桂正要继续追杀,祖大寿、孔有德已从京城赶到,促令他立即班师。吴三桂说:"逐寇如追逃,奈何中止?"祖大寿说:"这是范文程老先生的主意,说穷寇无追,且回都再议。"吴三桂犹自迟疑,祖大寿接着说:"军令如山,不应违拗。"吴三桂无奈,只好偕舅舅祖大寿等一同回师拜见多尔衮。

吴三桂见了多尔衮说:"闯贼杀我父母,害我全家,吴某恨不能立刻诛杀此贼,只因军命难违,姑且从归,现请命我继续追杀此贼。"

多尔衮说:"将军不惮劳,军士已经疲乏,总需休养几天,方可再发兵追杀不迟。"吴三桂别无可言,乘大军休养之机辞别回家。回家之后,他密遣自己的心腹去打探陈圆圆的消息。这时京城内已经变成荒烟瓦砾之场,哪里能访寻得陈圆圆?一连寻了几天,仍是音信杳然。那吴三桂终日里满面愁云惨雾,寝食不安。这一日,午牌起身,忽然见门卒领着一个衣衫褴褛的小民进来。那小民见了吴三桂,磕头如捣蒜,连连道:"大人,今有陈圆圆姑娘躲在小民家里,她知道大人在府里,教小民送一封书信在此。"吴三桂听了,大喜若狂,忙拆信观看,只见信上写道:

"贱妾陈沅,谨上书于我夫主吴将军麾下,妾以陋姿,猥蒙宠爱,为欢三日,遽别征旌,妾虽留滞京门,魂梦实随左右。陌头之感,不律难宣。三月终旬,闯贼东来,神京失守。妾以隶于将军府中,遂遭险难,以国破君亡之际,即以身殉,夫亦何惜?第以未见将军,心迹莫明,不敢遽死。闯贼屡图相犯,妾以死拒,幸闯贼犹畏将军,未下毒手,今妾得以瓦全,妾之偷息以至于今者,皆将军之赐也。及闯贼举兵西走,妾得乘机脱逃,期一见将军之面,捐躯明志。乃闻将军复出追寇,不得已暂寓民家,留身以待。今幸将军凯旋,将别后情形,谨陈大略,伏维垂鉴,书不尽意,死待来命。"

吴三桂看毕,赏了小民五两银子,忙差人用肩舆迎接陈圆圆。不多时,下人把陈圆圆抬到,下了肩舆,款步而入。吴三桂急忙起身相迎。陈圆圆方欲行礼,三桂如获至宝,将她一把抱住,搂入怀中,说道:"不料今日犹得见卿。"陈圆圆说:"妾今日得见将军,已如隔世,唯妾身虽保全,左右不无疑虑,请今日死在将军面前,聊明妾志。"说毕,她垂下珠泪,推开三桂双手,意图自尽。三桂将她紧紧抱住,说道:"我为卿故,间关万里,日不停驰,今日幸得重会,卿乃欲舍我而死,卿死我亦不能再生。"陈圆圆此时边哭边呜咽道:"将军知妾,未必人人知妾。"吴三桂连忙说:"我不疑卿,谁敢疑卿?"陈圆圆道:"将军如此怜妾,妾不死,无以自白;妾死,又有负将军,真是让妾生死两难啊!"

吴三桂说:"往事休提,今日是破镜重圆的日子,当与卿开樽畅饮,细诉离情。"于是命侍卫安排酒肴,两人互叙分离数月的相思之情。陈圆圆风姿如旧,貌似桃花,吴三桂亲情如蜜,金缸影里,半弹云鬟,秋水波中,微含春色。两人合浦珠还,重圆破镜,有说不尽的恩爱,一连几日不问外事。后来吴三桂的一员副将谈起为他父母发丧一事,吴三桂才如梦初醒,为父吴襄开吊发丧。后多尔衮保奏他为平西王,又改丧事为喜事。

五月初一日,多尔衮行至通州城,吴三桂请护崇祯帝太子入京师,多尔衮不许,命其追击农民军。多尔衮在城西二十里宿营,初二日一早动身,向北京城开拔。多尔衮充分利用这一机会,一路之上,遵循先皇崇德帝圣训,积极实施招抚汉族地主官绅的计划。每到一地,都对百姓进行安抚,开仓济贫,不让军队入城住宿扰民,军纪严明。对投降的地方官好言劝慰,赏赐袍服,保证他们原有的官职地位。这些政策和做法不仅使这些官绅感激涕零,也使当地百姓松了口气,对京城内外各阶层人士都产生了较好的影响,为清朝入京建立未来的统治打下了较好的思想舆论基础。

北京城里的官僚士绅们还蒙在鼓里,满怀希望地迎接报君父之仇的吴三桂,西江米巷的富商合资为吴襄家买了三十多口上好棺材、衾衣为之殡殓。明朝的遗臣正准备恭迎吴三桂及大清军,以为他们奉还了崇祯太子,重新中兴大明王朝。

一场大雨,使熊熊燃烧的烈火渐渐熄灭了。宫中除武英殿、文华殿以及宫外大明门、正阳门之外,主要建筑都已半成灰烬。只有那昔日宫殿重檐下的泥燕被大火烧得无家可归,只好在荒凉残破的庭院里上下翻飞,几乎遮住了天空,叫声中透着凄凉。

五月初三日,原吏部侍郎沈惟炳、户部侍郎王鳌永、锦衣卫指挥使骆养性等人,准备了法驾、卤簿,迎候于朝阳门外。远处马蹄声声,尘埃阵阵,众人连忙跪伏在大道两侧,一些百姓烧香拱手,人群熙熙攘攘,有人连声高呼万岁,传呼着"幸太子至"的喊声。可是当车马行到跟前,抬头仰视,才发现走在前面的既不是太子朱慈烺,也不是战将吴三桂,而是身穿异样服装的清朝摄政王多尔衮,众人不禁惊骇愣然。善于随机应变的明臣猛然醒悟过来,立即笑脸相迎,请多尔衮乘明帝銮舆进城。多尔衮急忙推辞说:"我自己是效法周公辅佐幼主,不该乘辇。"各官员则叩头再请说:"周公曾经完全代管国家大政,您应该乘辇。"于是多尔衮不再推辞,由骑兵护卫着,进入朝阳门,缓缓向前行驶。骆养性下令把卤簿向宫门陈设,排仪仗于前,奏乐,多尔衮从长安门进皇宫,在此对天行三跪九叩礼,再对沈阳盛京方向行三跪九叩礼,而后乘辇车直入武英殿,以金瓜、玉节等陈列于殿前。多尔衮下辇升座,接受故明大小官员以及宦官七八千人的朝拜。眼望殿下跪伏的一大片臣民,耳听山呼万岁,震耳欲聋,多尔衮的心里不禁生出一丝得意之感。

第八章 挽狂澜双管齐下巩固政权

第一节 高瞻远瞩率朝迁都北京

顺治元年（1644年）五月初三日，摄政王多尔衮率清军进入北京后，大学士范文程启摄政王说："燕京百姓假托搜捕贼寇，首告纷纷，恐致互相仇害，转滋惶扰，应行严禁。"多尔衮嘉纳其言，下令禁止。谕兵部："今本朝定鼎燕京，天下罹难军民，皆吾赤子。各处城堡遣人持檄招抚，檄文到日，剃发归顺者，地方官各升一级。其为首文武官员，即将钱粮册籍，兵马数目，亲赍京见。如过限不至，显属抗拒，定行问罪，发兵征剿。至朱姓各王归顺者，亦不夺其王爵，仍加恩养。"接着又谕故明内外官民等："各衙门官员照旧录用，可速将职名开报。其避贼回籍隐居山林者，亦具以闻，仍以原官录用。凡投诚官吏军民皆著剃发，衣冠悉遵本朝制度。各官宜痛改故明陋习，共砥忠廉，毋睃民自利。"后来又因剃发易服"甚拂民愿"，于五月二十四日宣布暂停。说："自此以后，天下臣民照旧束发，悉从其便。"只令军队仍一律剃发，叫作"剃武不剃文，剃兵不剃民"。这些政策的推行，赢得了北方汉族地主阶级的拥护和支持。多尔衮为了争取汉族官绅地主的支持以巩固统治，还打出"讨伐流贼、恢复皇权"的旗号（实际是大清的皇权），以笼络汉官安抚民心。其具体做法是：

第一，为明朝亡故的崇祯皇帝朱由检发丧，设立帝王庙，随议谥号，议葬隧。为了表明对过去的敌人宽宏大量,不念旧恶,彻底征服明朝遗老遗少,激发汉族地主阶级对李自成农民军的仇恨,在范文程等人的督促下,下令京城官民为崇祯帝朱由检服丧三日,以皇帝之礼仪安葬崇祯帝,并将其神位安奉于明历代帝王庙。多尔衮以大清皇帝之名对"故明"的官员、耆老、兵民发谕旨曰:

"流贼李自成原系故明百姓,纠集丑类,逼陷京城,弑主暴尸,括取诸王、公主、驸马、官民财货,酷刑肆虐,诚天人共愤,法不容诛者。我虽敌国,深用悯伤,今令官民人等为崇祯帝服丧三日,以展舆情,着礼部、太常寺,备帝礼具葬。"

此谕一下,"官民大悦,皆颂清朝仁义,声施万代"。于是清军在进京的第三天即五月初三日下令,为明崇祯帝发丧。"自初六日起,允许在京群臣为先帝哭灵三日"。当时故明礼部侍郎杨汝成称典礼浩繁,不能独自担当,多尔衮便问归顺的汉官中谁最贤明,沈惟炳建议,应由推崇崇祯帝南迁的李明睿担任。多尔衮便任命李明睿为礼部左侍郎,全面负责明帝朱由检的祭葬事宜。李明睿以自己身体不好推辞不干,多尔衮对他说:"你们的皇帝还没有收殓,明天就要让京城官民人等哭临,没有神主,怎么哭临?没有谥号,怎么立神主灵牌?"李明睿一听,感动得痛哭不止,欣然承担了这一任命。多尔衮又下令在朝房中讨论崇祯帝的谥号,最后议定拟亡帝朱由检谥号为"端皇帝",庙号为"怀宗",陵墓命名为"思陵";周皇后谥号为烈皇后,将其神主安奉于帝王庙。还任命曹溶等五人作为五城御史,在帝王庙"监肃诸议"。此决定和做法一经公布,明朝遗官和京师民众感激涕零,无不称颂大清之师为仁义之师,可以名垂青史,万古流芳。

五月初六日,多尔衮为明思宗在帝王庙设灵堂,允许在京群臣为先帝哭临三日,一些曾投降农民军的官员如熊文举、杨枝起、朱徽等都前来致哀陪位哭临。后因众人建议皇后已葬于田贵妃坟,不必重建陵墓改葬,应将崇祯帝与周皇后、田贵妃同葬其中,崇祯棺椁居中,周后居左,田妃居右,陵前碑文书"大明怀宗端皇帝陵",殿上匾额书"思陵"二字。

为了笼络人心,多尔衮还发布告示,说:"逆贼李自成系明朝子民,聚凶党,妄兴大逆,逼弑君后,诚天地所不容,神人所共仇者也。予与明朝虽为敌国,殊切痛惋,今特令举国臣民挂孝三日,以尽君父之情。仍令礼部、太常寺等衙门尊以帝王之礼,葬于原拟之圹。"

第二,对曾经投降大顺农民军的明朝官员既往不咎,并不失时机地广为招徕,多尔衮宣布:明朝各衙门官员,不计前恶,一律照旧录用,对为了躲避农民军而返回故籍、隐居山林的,只要愿意回来,也仍以原官录用。下令在京的内阁、六部和都察院等衙门的官员俱以原职同满官一同任事;不久又进一步规定不论是明朝还是大顺农民军官员,只要归顺清朝就官复原职,甚至加官晋级。凡剃发归顺的地方官各升一级,朱姓各王归顺者也不夺其王爵,仍加恩养,以此安抚明故官吏。

第三,暂停把剃发易服作为归顺与否标志的做法。为了减少民族纠纷,多尔衮于五月二十三日敕谕兵部说:"以前,因为归顺的百姓不易辨别,所以下剃发令,来区分顺民和反抗者。如今听说剃发极大违背了百姓的意愿,这反倒不是我以文教定民的本心了。从今以后,天下臣民照旧束发,各随其便。"并将此令广为张贴。多尔衮用韬晦之计,初步安定了民心。之后,未动什么干戈,河北、天津、山东、山西等地的官绅便纷纷归降清朝。

第四,在经济上,宣布凡被大顺农民军夺去的田产一律归还本主,并且对流民来归者,允其复兴本业。

第五,减免赋税徭役,免除了令汉民深恶痛绝的明末"辽饷、练饷、剿饷"三饷加派的重税,减轻了广大人民的税负。

第六,暂不更易衣冠。对于更换衣冠的问题,多尔衮批示:"目下急剿逆贼,兵务方殷,衣冠礼乐未遑制定。近日特旨简用各官,都且照依明式速制本品冠服,以便谢恩莅事。"衣冠服制也没有变动,暂时因循明朝旧制。

大清王朝在取得全国政权后,所采取的这些措施,使各阶级阶层的汉官绅士和广大汉族百姓心中略为安定,有的地方闻讯免除了剃发易服之谕,消除了民族矛盾,军民欢呼。由于清军入主北京后立即更正了相关的政策,及时稳住了局势,安定了民心,对在北京城站稳脚跟起了积极作用,使汉族官绅无不为之而感激涕零。有人说:"清兵杀退逆贼,恢复燕京,又发丧安葬先帝,举国感清朝之情,可以垂史书,传不朽矣。"南明大学士史可法在给多尔衮的信中也写道:"殿下入都,为我先帝后发丧成礼,扫清宫殿,抚辑群黎,且免剃发之令,示不亡本朝,此等举动,震古烁今,凡为大明臣子,无不长跪北面,顶礼加额,岂但如明谕所云'感恩图报'乎?"清朝入主北京,以吴三桂为先锋,打着讨伐贼寇,恢复皇权的旗帜,加之所采取的一系列安民养民和优礼汉官的政策措施,遂使汉族地主阶级和明朝遗臣遗民无不感恩戴德,受到拥护,继而成为统治全国的新生政治力量。

顺治元年(1644年)五月十二日,多尔衮以获北京捷音遣甲喇章京叶赫、欣泰向皇上、皇太后启奏曰:"摄政王奉命大将军多尔衮荷上天眷佑,皇上洪福,以获胜捷音向皇上跪奏曰:臣统大军,自山海关直捣燕京,沿途各城堡文武将吏,皆争先奉表迎降。自四月二十六日起,贼首李自成尽括金银币帛,以马、牛、驴、骡、驼载往原居长安。三十日,贼首李自成焚毁宫阙遁走,臣遂遣内外藩王、贝勒、贝子、公、固山额真、蠹章京等追击,臣亲率余兵,于五月初二日直抵燕京。燕京城文武官吏、耆老、士庶等皆出城迎降。以巳刻入城。"

五月二十六日,皇太后、顺治帝以"定底燕京,殄灭流寇",遣官赐诸王贝勒贝子公及将士牛羊有差,以表示慰劳之意。

是日,祖可法、张存仁上疏说:"京师为天下之根本,京师理顺则天下不烦挞伐,而近悦远来,率从恐后矣。"多尔衮为了稳定政局,实现父汗和先帝的宏愿,继续南下,实现统一全中国的愿望,根据形势和祖可法、张存仁二臣的奏疏,于六月十日,即召集诸王、贝勒、大臣会议,定议从盛京皇城迁都北京之事。

迁都北京,是清太宗崇德帝皇太极早已定下的宏愿。皇太极生前曾多次说过:"若得北京,当即徙都,以图进取。"这次出征之前,皇太后再次将崇德帝皇太极之言,宣示大臣。多尔衮等不敢怠慢,所以形势刚刚稳定便议定迁都,以遂先帝宏愿。

定议迁都有利于统一诸王思想,明确前进方向。当时在北京的满洲王公贵族中,就有不同意迁都的。会上武英郡王阿济格就提出不同看法,他说:"以前初得辽东时,不随意杀人,所以清人被辽民杀掉很多。如今就应该乘着兵威声势,大肆屠戮一番,然后留诸王守燕京,大军或者退还沈阳,或者退保山海关,可以保证没有后患。"多尔衮则不同意这种意见,他说先帝生前多次说:"若得北京,当即徙都,以图进取。"现在虽然占领了北京,李自成农民军西遁还没被彻底消灭,南明势力仍在负隅顽抗,且京城人心未定,只有定都北京才能稳定政局,不能放弃北京东还,带来新的矛盾。最后议定结果,诸王、大臣一致同意采纳多尔衮的意见,决定举朝由沈阳盛京迁都北京。这一决定意味着由北京而统治全国的发展目标在满洲贵族中得到确认。

多尔衮将议定迁都北京的两种意见和最后议定的结果,立即派遣辅国公吞齐喀、和讬、何洛会等回到盛京,向两宫皇太后及皇帝呈上摄政王多尔衮的奉书:

"仰荷天眷及皇上洪福,已克燕京,臣再三思维,燕京势踞形胜,乃自古兴工之地,有明建都之所。今即蒙天畀,皇上迁都于此以定天下,则宅中图治、宇内朝宗、无不通达,可以慰天下仰望之心,可以锡四方和恒之福,伏祈皇上熟虑俯纳焉。"

迁都既是先帝遗愿,又是大清事业发展所需。又是这位皇太后,她从国家长治久安的大局考虑,力挽狂澜,决定破釜沉舟,不顾路途遥远、迁移人多,沿途"站驿皆空,饥馑日甚",行具预备困难等,断然表示赞成，决定举朝迁都北京。拟定"八月望日（十五日）移都北京，两宫亦将一时入往"。

迁都之前，有两件事要做。一是任命内大臣何洛会为盛京总管，统兵镇守盛京。何洛会是多尔衮的亲信，多尔衮派他同吞齐喀前来迎驾，便有意任命他为盛京总管。皇太后见派来的人中，唯有何洛会当过固山额真，有统兵和管理才能，又深得多尔衮信任，便建议顺治帝任命他担此重任。盛京为清朝发祥龙兴之地，是满族的故乡，东北的最大城市，迁都之后便改为"陪都"，仍要保留除吏部外的其他政府机构，并有满族贵族的祖宗陵墓和大量的房地家产，所以必须派可靠的人镇守，于是皇太后、顺治帝决定任命何洛会为盛京总管。

二是安葬崇德帝皇太极宝宫于昭陵。崇德帝皇太极宝宫于五月十七日竣工。八月十一日，于昭陵举行安葬（骨灰罐）仪式。那天，摄政和硕郑亲王济尔哈朗，陪同顺治帝，率和硕亲王以下、牛录章京以上各官，齐集隆业山陵殿前西阶。皇太后率众妃及公主格格、和硕福晋以下，镇国将军、固山额真、尚书等官命妇以上，俱集东阶。皇太后率众妃及公主格格等，来到殿内正中皇太极宝宫之前举哀，跪献三爵，行三叩头礼，在宝位前奏曰："顺治元年甲申，五月十七日辰吉日，承袭皇位孝子福临，于皇考宽温仁圣皇帝神位前跪奏曰：以特修之神位告成，移送皇考神位礼，备祭品以祭神魂。"领文毕，摄政和硕郑亲王济尔哈朗跪神位前，敬酒三盅，诸官皆跪，行三叩头礼，由内大臣、侍卫安放于宝座。皇后、皇贵妃、庶妃、固伦公主、和硕福晋以下，多罗格格、辅国公之妻以上，俱托饭桌、备用之桌并牛肉、羊肉，皇福晋跪，敬酒三盅，众人皆跪，行三叩头礼。继摄政和硕郑亲王跪宝位前，奠酒三盅，诸官皆跪，行三叩头礼。此设祭品有凉帽、沙披领一套、袍服一套、靴袜两双、染三色整匹纸五万、元宝五万、牛一头、羊八只、烧酒、黄酒十坛，计饭桌二十一，收元宝纸钱后，诸王、福晋皆出。内大臣辅国将军锡翰等，奉宝宫进宝城，由中阶逐级而下，奉安于地宫正中宝座之上。葬毕，陈设祭物。皇太后、众妃及诸王、官员献爵,行祭礼。

这是两位皇太后与已故丈夫灵柩的最后告别,随后即将远离此地,将来能否合葬而不可知。由于皇太后在安葬崇德帝皇太极时,悲哀、劳累过度,身体感到不适,加之即将离别时,又对此地增加了眷恋之情,迁都起程时间比原来预定的时间晚了五天。

就在吞齐喀等人恭迎皇太后和顺治帝迁都北京之时,在北京的满洲王公贵族中,对迁都北京的决定虽然表面上没有公开反对,但私底下也还有不同意见,有相当一些人希望退回关外,从而在内部产生了矛盾。此消息后来不胫而走,一时间造成北京城内谣言四起。为批驳谣言、稳定人心,五月甲戌,多尔衮对京城内外军民发布敕谕说:

"清朝剿寇定乱,建都燕京,深知民为国家之根本,凡是可以计安民生的事,没有不与大小诸臣尽力去做的。而人民经过乱离之后,惊疑不定,传布谣言,是最可惊怕的事。听说有谣传七八月间从北京东迁的。我们国家不靠兵力,只行德化,统驭万方。从今开始,燕京就是定鼎之地。为什么不在这儿建都呢?为什么又要东迁?如今大小各官及将士等搬取家属,计日可到北京,你们这些百姓难道没有听到真实消息吗?恐怕有奸细故意煽动蛊惑,流贼的奸细造谣惑众,所以遍行晓示,务必使人们知道我国安邦抚民的真实目的。"敕谕发布以后,很快稳定了民心。

顺治元年(1644年)八月二十日,皇太后率领两宫及满朝文武群臣,进行了一场史无前例的迁都大进军。她带着年幼的小皇帝,拜别了皇太极的昭陵,承担起迁都的全部风险和重担从沈阳盛京出发。她和顺治帝福临的车驾居于这支浩浩荡荡大军的前列,诸王贵族、护行兵马,带着细软辎重器物随后,最后则是两宫皇眷,车马道路,络绎不绝,行动十分缓慢。用当时朝鲜人的话说,就是"寸寸前进"。全程一千六百多里,而且长途跋涉,风餐露宿,十分艰苦。八月二十一日行至辽河边,二十二日渡河后抵开城,二十三日到杨木石,二十四日停留于张古台口,二十五日至广宁城,八月二十六日到达苏尔济。面对李自成留下的空城和焦土,面对成千上万人无吃无住的极大困难,是她早有预见,她下令朝鲜支援大米十万石,命蒙古科尔沁固伦公主及外藩蒙古王公、贝勒前来迎送见驾,并贡驼、马和粮肉等物。次日在此休息,召开宴会款待蒙古贵族,分赐他们各种财物。

八月二十八日,迁都队伍来到魏家岭关,从这儿拐向正南,行约四十余里,便于次日抵达广宁。二十九日,驻谢家台;九月初一日到大凌河,初二日至小凌河。到此时,经过十一天的跋涉,队伍已离开沈阳九百里左右,到北京还有七百五六十里的路程。

但是此时北京城里得知清朝举朝迁都北京的消息后,又谣言四起,说清朝皇帝要来北京啦!他们要让清兵放抢三日,老年壮年一律杀光,只留儿童,等等。多尔衮针对此种谣言,又赶忙对京城内外军民发布诏谕,以安定民心。诏谕曰:

"我到这儿四个月以来,没有一天不与各位大臣尽心竭力,以图国治民安,但寇贼倡乱以后,民心惶惶,六月间曾流言四起,经过颁示晓谕,民心安宁下来。过去传说有八月屠城之举,如今八月已过,毫无惊扰,可见流言不足信。如今又听到谣传,说九月内圣驾到京,满洲军队都要来,然后放抢三天,杀光老年和壮年,只留小孩等等。人民乃是国家的根本,你们这些兵民老幼既已归顺,还会找什么罪名杀害你们呢?你们慢慢想想,如今皇上携带将士家属,几十万人来是为了什么?不正是为了安定燕京的军民们吗?昨天我在东来各官中选出十几人做督、抚、司、道等官是为了什么?不正是为了统一天下吗?这次已把盛京的帑银取来一百多万,后来又不断运银是为了什么?不正是为了你们京城内外兵民的需要吗?而且我不忍心让山西、陕西的百姓受贼残害,已经发兵围剿,还嫌不能很快平定,救民于水火之中,又岂有不爱京城军民、反侧要杀戮的道理!这些都是大家所看到的事,还用再说吗?那些无故散布谣言的人,不是京畿附近的土贼故意扰乱民心,使他们逃跑,以便趁机掠抢,就是流寇的奸细暗地煽动,祸害地方。应颁示通行晓谕,以安众心。乃谕各部严缉奸细及煽动百姓者。倘有散布流言的人,知道的立即报告,以便从重治罪,如果看到听说不报告的,与散布谣言者一样治罪。"多尔衮这一晓之以理、动之以情、戒之以法的长篇大论诏谕,反映了他在这日夜操劳、百废待兴时节内心的无比焦虑。

皇太后和顺治帝福临等进京人马继续前进。他们经过塔山、宁远、曲树河堡、沙河驿、前屯卫、老军屯,于九月初九日入山海关。镇守山海关的总兵官高弟,永平道李丕著,率所属迎驾,赐高弟李丕著等宴。次日,皇太后和顺治帝驻跸深河驿,赐高弟、李丕著玲珑鞍马各一匹。并训谕说:"尔等所属地方兵民,孤寡宜加轸恤,各安其心;随后我军搬移家口接踵将至,各有章京统领。尔等晓谕商民,勿得在城内交易,但在城外互市。如有抢夺者,可即拿送该管章京,毋徇情面。"这是清朝皇帝首次授权地方官,可以制止旗人非法活动,但还不能依法责罚,须交本管章京处理。

九月十二日,皇太后和顺治帝至永平府。知府冯如京、副将张维义率文武官员出城迎驾。顺治帝赐食,并训谕说:"尔等各安心轸恤所属军民人等,爱养孤贫,俾其得所。又须严查各属,遇有一二逃人,获时即行解京,倘隐匿不解,被原主认识,或被旁人告发,所属官员从重治罪。窝逃者,置之重刑。仍传山海关晓示各属。"九月十四日,到达丰润县。知县王家春率文武官员及士民等出城迎驾,顺治帝赐食,仍谕如前。这时的逃人,主要是指逃亡的八旗奴仆,其中大部分是被清兵俘虏的华北地区的汉人,这次随清兵入关,乘机逃回家乡与亲人团聚。以上两次训谕是为了制止逃人而发。

九月十五日,皇太后和顺治帝到达梁家店等地,刚迈入蓟州,多尔衮即派学士詹霸、吴达礼、护军参领劳翰及侍卫噶布喇、扈习塔等前去迎驾,奉献马匹果品。皇太后和福临经三河到通县时,多尔衮亲率诸王、贝勒、贝子、公及文武群臣赴通州迎驾。摆起仪仗,奏响礼乐,对天行礼。

多尔衮则率群臣先到皇太后面前行三跪九叩礼,然后拜见福临,行三跪九叩礼,再行抱见礼。见面仪式举行完毕,皇太后和顺治帝谴人赐摄政和硕睿亲王多尔衮一匹鞍马。多尔衮跪受之后,偕诸王至通州城外的行殿附近,跪候驾过。皇太后和顺治帝在卤簿帷仪仗、金鼓大乐等引导下,至行殿帷幄之前,在悦耳的乐声中,对天行三跪九叩礼。礼毕,皇太后和顺治帝进入行殿升座。两宫皇太后坐于正中偏西,顺治帝坐于正中偏东。多尔衮率诸王、贝勒文武官员先到皇太后面前行三跪九叩礼,然后到顺治帝福临面前再行三跪九叩头礼及抱见礼。众汉官亦各行礼而退。见面礼仪式举行完毕,略一休整,大队人马便启程入京。九月十九日下午二时左右到达北京,皇太后、顺治帝福临的车驾从正阳门(今北京前门)进入紫禁城的皇宫。

第二节　初识北京太后宫中定制

大清国举朝迁都北京与顺治帝登基大典结束后,摄政睿亲王多尔衮原要陪同皇太后布木布泰巡视北京皇城,但皇太后坚决推辞,说:"现在是百废待兴,你肩上的担子最重,有你的那木其王妃陪着,我们自己走走看看就可以了。你指派一个懂事的太监引引路就可以了。"

皇太后布木布泰俯瞰着脚下的明朝建的紫禁城,心中暗自称赞道:"多尔衮啊多尔衮,你真是大清的好子弟,先祖的好儿子,先帝的好弟弟!"皇太后边走边心里感叹着。她指着紫禁城中部那组最巍峨雄伟的黄色大殿问:"那可是皇上上朝的金銮殿?"

引导小太监吴良辅机灵地躬身趋步向前,指着紫禁城的中轴线上三座最为雄伟的宫殿说:"皇太后问的那三座宫殿,就是金銮殿,分别叫皇极殿、中极殿、建极殿。旁边是东西六宫,被李自成一把火烧光了,这时正在赶着修缮呢。"

那木其王妃上前接着吴良辅的话说:"睿王爷说先赶着修缮起来,

以后再重建,重建时一定要比这更气派。"

皇太后说:"是的,日期这么紧,自然不能把工程搞得过大,以后一定建得超过前朝的规模,以显我大清威风。连这承天门也要改换名字才好。"说着,她皱起眉头,想了想,转回头问那些命妇,"你们谁能想个好名字?"因她们大多数人连汉语都不懂,只能是你看看我,我看看你。

皇太后沉思着,大清国刚刚入关,眼下最最需要的是安定、安宁。听说李自成残部张献忠的部队还在西南活动;南明小王朝还仍据守江南一隅,还在那里封官许愿互相争风吃醋地争斗着;许多地方抗清斗争还在进行,郑成功据守福建与大清对抗。就说眼前这京城,表面上风平浪静,其实谁知道静水下却掩盖着多少淹死人的大漩涡?这天下太平是当务之急,大乱之后必须下力大治,没有太平如何治国?

"皇天佑我大清得天下,就可以保佑我大清的平安,把承天门改叫天安门如何?"她转过头对跟随的一个大学士说,"至于金銮殿的改名,还是交给文馆大学士们去办理吧。"

太监吴良辅引领着皇太后走下承天门城楼,进入午门,上到午门高大巍峨的五凤楼上,然后沿着皇城城墙慢慢行走了一段。走到西门,皇太后说:"这皇城四四方方,设四门最为合适。南门为天安,北该有地安,天地相对保佑大清国的平安。那么,西门叫西安门,东面的叫东安门,这样一来,南北西东四方平安。你们以为如何?"大家都说好。跟随的学士们遂将皇太后的这些懿旨记录内档。

那木其睿王妃指着与午门相对的门问皇太后:"太后还需给那个门赐名。"皇太后想了想说:"这是皇城的后门,正对万寿山,原名叫什么来着?"太监吴良辅急忙说:"回皇太后,这门原名叫玄武门。"皇太后想了一会儿说:"还是叫神武门的好,我大清是靠马上神武功德得天下的。"

皇太后慢慢行走在城墙上,边走边说,这时,后面的一队侍卫抬来舆轿赶上前来,侍卫请皇太后上舆轿,说是睿亲王多尔衮的命令,怕皇太后劳累。皇太后心中感慨地说:他这一年来太辛苦、太劳累了。从先帝去世到现在,多尔衮奉命率大军征明至今就没得消闲,自顺治元年四月九日,多尔衮率大军出盛京的抚近门,谒堂子祭祖先宣誓之后,率十四万大军浩浩荡荡出发,这是一次破釜沉舟式的征战。路途中接到吴三桂的求援信,先是根据征明军情发生变化,敦请皇上让郑亲王济尔哈朗出兵横扫辽地山海关外剩余的明地城池,然后就开始召吴三桂投降,联合吴三桂在山海关与李自成农民大军激战,进而收复山海关,长驱直入进军北京。并一举打败了李自成的农民军,推翻了其刚刚建立的大顺农民军政权。五月初二日,进入北京城。为安天下,稳定民心,巩固政权,议定敦请迁都北京。九月十九日下午,我大清的马队、驼队、军队,连绵数十里的皇帝和后宫及亲王家眷,携财产辎重,顺利迁徙到北京皇城。现在又有多少大事需要他部署决策啊。之后,他还必须遵旨双管齐下对付农民军残余和南明弘光政权,来巩固刚刚建立起的大清国政权。这样操劳的多尔衮王爷还记挂着我们这些女流,真是个知冷知热的有情人。

皇太后推推那木其王妃说:"睿亲王这么知冷知热,你可真有福气!"那木其不好意思地笑了,说:"皇太后莫要取笑我。睿亲王这是心里想着皇太后你这一国之母后啊!"众福晋都齐声夸赞睿亲王的能干和对皇上及皇太后的忠心。皇太后巡视完紫禁城后,在太监吴良辅的引领下便返回了宁寿宫。

转眼进入北京已两个多月,再有一个月就到春节了,皇太后传下懿旨,宫里上上下下一定要过个热闹祥和的节日。紫禁城里,内务府从冬月就开始忙碌地准备着入关后的第一个春节。内务府总管按照明朝宫内庆贺春节的做法,草拟了一个清宫庆贺春节的仪式安排,呈上宁寿宫请示皇太后。

皇太后打开奏折详细阅览,苏麻喇姑站在旁边伺候着。皇太后说:"这春节一定要喜庆,一定要热闹。要显示我大清国的巩固安定,给老百姓安定祥和的感觉。"苏麻喇姑点头表示赞同。

折子上安排的每一项活动都很好。但都是汉人的习俗，没有满洲和蒙古人的习俗，需要针对每一项活动加以增减，今后宫里过节满、蒙古、汉的习俗都要有。皇太后沉思着说："前朝汉人以佛教活动庆贺春节，我们大清国也应该有自己的宗教活动庆贺。除有佛教、萨满教外，还应有蒙古黄教的喇嘛跳神，又热闹又驱邪镇宅，而且喇嘛跳神要比萨满教的跳神要显得热闹好看。"

苏麻喇姑附和着说："皇太后英明。满洲萨满的跳神确实不如蒙古黄教喇嘛跳神热闹好看。蒙古黄教喇嘛跳神人多，满洲萨满跳神只有一两个萨满，不大热闹。而且年节上用血祭也不如蒙古喇嘛黄教的白祭文明。"

皇太后说："是啊。那就把这一项加进去，安排在腊月二十九。"皇太后要亲自动手作御批，苏麻喇姑准备好笔墨，将笔递给皇太后，皇太后接过笔关心地问苏麻喇姑："你和你哥哥班布喇嘛有几年没见了？"苏麻喇姑回话说："有两年了吧。"然后动笔在奏折上写下"增加蒙古黄教喇嘛跳神"。御批写完后，让苏麻喇姑传谕："传我的旨意，命侍卫到归化城大昭寺宣旨：着席力图召'跳布扎'仪式的喇嘛进京，由班布大喇嘛带领，在腊月二十五之前赶赴北京！"宁寿宫门外的太监总管刘兴桥急忙命御内侍帖记下，写成懿旨，差人去办。

皇太后边看奏折边说："我御批完后，就当是以后宫里过年的定制。腊月初一，由皇帝赏赐下属福字，这叫赐福字仪，让皇上写大福字赏赐后妃后宫及官员，这样一来，全宫中都是皇上御笔大福字，多喜庆啊！初一那天，让懋勤殿首领太监在重华宫预先布置好龙笺、大笔、墨砚，皇上亲御重华宫，用'赐福苍生笔'写成斗大的大红福字，赐予后宫。到腊月十五，专为大臣将军们写，还是在重华宫吧。每召见一个写一幅。大清国的兴盛，全在大臣将军是不是用心勤力治国，我们做主子的也要恩威并用赏罚分明，让大臣将军们从这件事体会到皇上的恩德，心甘情愿为国出力才是。"

皇太后继续往下看,边看边说:"腊月初八吃腊八粥,这不仅是汉人也是佛教的规矩,据说是佛祖释迦牟尼在这一日成佛,寺院以香谷果仁煮粥供佛。黄教喇嘛教也有这习俗,满洲也吃腊八粥,咱们在盛京年年都煮腊八粥。要在汉人原来'七宝、五味'的基础上增至八宝。咱们在盛京年年都煮腊八粥。记得吧?"

苏麻喇姑笑着说:"奴婢当然记得。布主子煮的腊八粥特别好吃。"

皇太后说:"我喜欢想点花样,就在原来的江米、黄米、小米糜米粥中加了栗子、红枣、松子、榛子、花生、瓜子等花样,所以大家都说好吃。"皇太后眉飞色舞高兴起来。"对,咱们还这么煮腊八粥,再多加些东西。"

苏麻喇姑说:"北京这儿的桃仁、杏仁、核桃仁、葡萄干等蜜饯都可以加进去,再加红糖白糖,一定很好吃。"

皇太后拿起笔说:"就把腊八粥的做法给它定下来,让御厨照着咱们定的食谱做,看看大家喜欢不喜欢。不喜欢明年咱们再换。"

皇太后接着看,腊八过后,腊月十七开始,在宫内燃放爆竹贺岁,皇帝车驾步辇出宫、入宫,每过一道门太监就要燃放一枚爆竹。可以,这节日的喜庆劲儿就出来了。"腊月二十三祭灶神,对,汉人这一天是打发灶王爷上天。他们害怕灶王爷上天见玉皇大帝时说他们的坏话,这一天就要做很多好吃的给灶王爷吃,还给灶王爷吃麻糖,想粘住灶王爷的嘴,让它上天无法开口说话,你说这汉人狡猾不狡猾?"

苏麻喇姑笑着点头问:"那我们就不要过这个节日了吧?我们不过狡猾汉人的节日。"

皇太后笑着说:"瞧你……跟了我这么多年,还没有改掉那心眼小的毛病,汉人有那么多,我们不向汉人学习怎么治国?宫中也有许多汉人太监宫女官员,至于地方上我们更得依靠汉人治理,过一过他们的节日有什么不好?这刚刚建国一定要处理好满汉的关系,满汉一体是先帝的做法,就比太祖的做法好,先帝朝就没有发生那么多暗杀满人的事情。这以后,福临也须遵守他父皇先帝的做法才好。"皇太后的思想转到治国之理上,苏麻喇姑连忙认错。

皇太后又接着说:"祭灶神,我们满洲人宫里也有过,要过就完全照汉人的习俗过,叫汉人看看我们满洲人不死板,也通汉人事情。不过嘛,我们宫中祭灶仪式还要比宫外搞得更隆重一些,不妨把我们满洲的一些萨满祭祀加上。我们还要先搞打灶典礼。想我们满洲打猎时的打灶典礼有多么热闹多么隆重。要用长筷击打簸箕,在腊月二十三这天傍晚,由皇帝皇后亲自祭灶,每进一道门都要燃放爆竹驱邪祛魔,皇上要上炕亲自敲打鼓板,唱当年先帝作的一支曲儿叫《访贤曲》,词儿挺好的,曲儿也很好听。先帝用它祈求天神派更多的贤人辅助朝政。"对,就用《访贤曲》,皇太后在奏折上写上曲名,大声命宫门外太监:"传我的旨意,着乐官排练出《访贤曲》!以后交给皇上演唱。"太监召侍帖下懿旨,召人办理。

皇太后继续说:"要在宫中设供案、神位、香烛供品,供品就用我们喜欢的麻糖,还供上满洲人喜欢的整只黄羊。跪拜后焚烧灶王神像,送它上天,去见玉皇大帝。"

苏麻喇姑提醒问:"布主子,让谁来主祭呢?在哪个宫主祭?"

皇太后想了想说:"当然是让皇上皇后来主祭,在坤宁宫主祭。现在嘛,只好先在宁寿宫主祭了。但奏折上写坤宁宫主祭。"

腊月二十六日,宫中挂门神贴对联。汉人古时叫桃符,前朝大明国叫贴对联,我们满洲自入腊月以后,即有文人墨客,在市肆檐下,书写春联,以图润笔。苏麻喇姑问:"宫中是按我们满洲的习俗还是照汉人的习俗贴对联?"

皇太后说:"我们满洲的对联写在白绢上,镶红蓝边,汉人习惯写在大红纸上。虽然大红纸显得喜庆,可是我们满洲贱红重白。白绢在汉人眼里是丧事用的,有些不吉利,而红色在我们满洲人眼里是办丧事的。我看,还是保留我们满洲的习惯吧,也不能事事学汉人。我们满洲也还得保留自己的习惯才是。"

皇太后接着说:"挂门神就还是挂秦叔宝和尉迟敬德的戎装像吧。另外,我们还要在后妃宫里挂宫训图,让画师画十二幅古代后宫有懿德的后妃故事画,赐给后妃在这天一起张挂。像许后奉案、马后谏衣什么的,让大学士们去找吧,找它十二个故事画成十二扇屏,既教育后妃,又装饰后宫,这不是一举两得吗?"苏麻喇姑把这些懿旨都写了下来。

皇太后接着又说:"以后,我们还要制定出后宫的各种规矩和制度。比如后妃不得参与政事,这是先帝先祖都规定了的。还有防止母以子贵,皇子出生后交与保姆奶妈喂养,一个皇子配八个保姆八个奶妈。奶妈的条件,奶妈的选用手续,我们都要作出规定,有规矩有制度大家好办事。没有规矩,不成方圆嘛!"苏麻喇姑正要写,皇太后摆摆手说:"这与过春节写春联无关,先不要写,我叫你记住这事,苏默尔,你可以帮我先想想,想出几个条条道道来,哪天我们把它定下来。"说到这里,皇太后叹了口气:"这可够我忙几年的啦。这规矩那规矩,不制定不行。刚立国,这后宫全凭我做主,要累死我了。"

苏麻喇姑说:"布主子这是为我大清国的稳定安宁,累一点也是值得的。"苏麻喇姑提醒皇太后:"折子上写挂灯在腊月二十四,主子有什么规定?"

皇太后想了想说:"张灯结彩,这灯当然是要挂的。从腊月二十四日晚开始挂灯,在乾清宫上灯,还要悬挂灯联,乾清宫阶上挂万寿灯,阶下挂天灯,灯旁都张挂多福金字灯联。除夕夜增加五色八角圆灯,宫中的两廊、甬道及石栏上都设灯。每次设灯,要有仪式,要有乐工奏曲。传谕让礼部确定一首上灯的乐章。"皇太后想了想又说:"有张灯还得有收灯,灯也不能这么一直挂下去。收灯定在来年的正月二十吧,也算一个月。收灯也要有仪式才好,才显出我们皇家的气派和威风。"苏麻喇姑传话太监,让太监记下来。

皇太后接着说:"张挂门神之后,这就到腊月二十七了。我看大家该放年假了。皇上也该休息休息,把玉玺封存起来,封宝放假。地方官署也封印放年假。学馆里的学生散馆回家,这年说着就来了。这二十八奏折上是怎么安排的?好像是没有什么活动。"苏麻喇姑说:"是的,二十九日这天,布主子说要举行蒙古黄教喇嘛的'跳布扎'。"

皇太后说:"是的,这是我们蒙古的习惯,我希望在第一年举行跳布扎,让大清国在跳布扎中走向兴盛。"说着说着皇太后想起春节跳布扎的热闹场面。她从小就喜欢看这跳布扎,可是到盛京以后经常见的只是萨满教的跳神,远不如蒙古黄教的喇嘛跳布扎热闹隆重。一百八十四个喇嘛人人手持五色旗,旋转念《护法经》,又有喇嘛扮成二十八星宿、十二生肖和一只鹿,演出众神获鹿然后分之的宗教舞蹈,寓意"得禄"。然后喇嘛把用草扎成的草人送出大门,这就意味着把鬼送走了。整个形式热闹红火、激动人心。每一次的跳布扎,总是吸引着远近浩特蒙古人去观看。想到这里皇太后轻轻叹了口气。

苏麻喇姑笑着问:"布主子想起跳布扎了吧?"

皇太后说:"今年一定要把蒙古黄教喇嘛的活动引进宫里,二十七、二十八、二十九这三天,着三十六名喇嘛在中正殿念《迎新年喜经》,让喇嘛为我们皇家求福消灾。二十九日的跳布扎在中正殿前举行,殿前设供案、供品,设冠带带履等赏赐,左边令设一个黄毡蒙古包小金殿,好像科尔沁草原一样,做皇上的御听。记下了吗?"

苏麻喇姑点头,说:"皇太后只管吩咐,奴婢一一记下了,等会儿再念给主子听,看有没有落下什么。"

皇太后从罗汉榻御座上起身,漫步走了几步,又接着说:"除夕嘛,皇上在养心殿沐浴更衣,里里外外换上全新衣服,象征万象更新。然后行封笔仪式,到元旦开笔之前,皇上是一个字也不写了。万不得已,也只能口授,叫大臣代笔。夜里嘛,这事情就多了。要率领全体宗室去拜堂子,回来在坤宁宫拜祖拜佛,五更还要在坤宁宫接神,迎接那个上天的灶王爷归来人间。宫中要用金炉焚烧松枝柏叶,这是我们满洲的习惯,像盛京时一样,这'驱岁'的习惯不能没有。宫院里还要撒芝麻秆供人踏踩,这是取芝麻开花节节高的意思,让人步步高。这踩岁的风俗也挺好玩,可以保留下来。咱皇家也需要多一些风俗,热闹宫廷,也可以传到民间,热闹百姓生活。"

皇太后转身又坐到御座上,继续制定清宫春节庆典活动的规矩。苏麻喇姑问:"这年夜饭要不要规定下来?"

皇太后说:"这年夜饭,也规定下来。不然过几年晚辈们全忘记了,把我们满洲习惯全改变了。要继续保持我们满洲的特点嘛。这年夜饭,还是要吃年糕、吃饺子,饺子在交子时吃。这饺子还要坚持我们满洲的习惯,吃素馅的,让皇上单独一个人在乾清宫的昭仁殿里吃,也要有一套仪式,比如桌子、碗筷式样等,这让内务府去办理。"苏麻喇姑忙记下,并传谕太监,着人去办理。

苏麻喇姑插嘴说:"年糕可以做得更讲究一些,过去在盛京只是用大黄米、小黄米磨面做,以后用豇豆铺在蒸笼里蒸熟,再将江米面用水拌匀、搓细,等蒸笼里的热气圆满,再分数次把江米面撒入笼内蒸熟。熟了以后,切成薄片,用红糖拌着吃。"

皇太后问:"你怎么知道这种做法?"苏麻喇姑说:"这是一个朝鲜族宫女说的。她们朝鲜族就是这样做年糕,也叫切糕。"

皇太后喝着香喷喷的奶茶,思考片刻说:"元旦为一年之始,咱满洲一直很重视这节日,留下很多庆贺礼制,我们看看哪些变哪些不变,好制定出贺典,让庆贺制度化。"

皇太后扳起手指,"这贺典要从子时开始。皇上起身,太监要备好水果蜜饯、摆满一桌,让皇上吃苹果,取平平安安甜甜蜜蜜之意。子正一刻,皇上到养心殿东南室举行开笔仪式。这开笔仪式,礼部已经制定出具体的方法。什么摆放'金瓯永固',金杯、内注屠苏酒哇,什么摆放玉烛一支、朱漆雕云龙盘一个、内盛古铜八祉吉祥炉和香盘二个、特制御笔笔端笔管数支,笔管上还要刻上万年青万年枝,还有御用黄纸笺等都很具体,照着办。

"开笔前皇帝要先饮酒,然后亲手点燃玉烛,再将御笔在吉祥炉上熏香之后行笔书写。先用朱笔,再用墨笔,各写吉祥语句、吉祥数字。麻烦着呢。这么多规矩不知福临能不能记住?这孩子,不是很听话的,也不很用心学习。真叫人操心。"皇太后的思绪转到顺治帝福临身上,这是最让她操心和忧心的事。摄政总归要还政,她需要福临能够亲政才行。"我有些日子没见他了,你找时间去看看他。"皇太后对苏麻喇姑说。苏麻喇姑答应:"奴婢记住了。"

皇太后接着说:"开笔仪式以后皇帝要亲率宗室王公、贝勒及满族一品大臣到长安左门外玉河桥东的堂子,行祭天大礼。这是我们满洲传统,依然保持过去全部做法,让萨满做司祝。祭堂子毕,皇上回宫,三更去坤宁宫祭神。这同样是我们满洲传统贺仪。司祝要先上香,神位前要铺设皇上行礼用的毡垫,皇上来了之后,立于神位前方正中,加上乐师奏三弦琵琶这些丝竹乐器和鸣拍板这一项。你看,这样一变动,是不是显得更热闹更庄重了?然后还是我们满洲那些项目:司祝先跪,皇上后跪,司祝擎神刀祷祝,颂神歌。司祝祝毕,皇帝起身,最后皇后行礼。"

苏麻喇姑笑着说:"皇太后考虑得真周到,连这些细节都没遗漏,他们那些礼官可省劲了。"

皇太后笑着说:"谁叫咱是女人呢,女人想问题就是细,这是天性,男人想学都学不来,咱女人想改都改不了。下面是礼部规定的贺礼仪式。接着皇上赴奉先殿祭奠祖先及神位,再率王公大臣、侍卫、都统及尚书以上的官员到慈宁宫行朝贺礼。之后是皇后奉公主、福晋、命妇行礼,之后是京官及地方官上贺表,在午门外进行。

"天明时分,皇上御太和殿宝座受外廷文武百官朝贺,这是君臣元旦大朝贺,热闹着呢。太和殿前设黄案,亲王、贝勒、贝子、群臣及朝鲜、安南、蒙古外藩王子贡使等,都列班站立等候觐见。贝勒王子立于丹墀下,群臣自午门之右的西掖门入宫,外藩自午门之左的东掖门入宫。班次已定,乐班奏中和韶乐,群臣及外藩以品级高低向皇上行三跪九叩礼。

"辰时,大朝贺结束。皇上到内廷乾清宫接受家人的祝贺礼。鼓乐声中,皇上升御座,皇后率妃嫔宫女上前行礼,皇子、诸王依次在殿前行三跪九叩礼。然后是公主、郡主入宫行礼。最后皇上到乾清宫西暖阁,内外诸臣于太和门外向皇上住所毓庆宫行三跪六叩礼。朝贺到此全部结束。"

苏麻喇姑长长出了一口气,问:"皇太后还有什么补充吗?元旦大宴是不是按奏折上的办?"

皇太后慵懒地说:"春节贺礼就定这么多吧。元旦大宴也就那么着。对了,补充一点,皇上皇后回宫共进团圆饭,那团圆饭一定要吃我们满洲的素馅饺子煮饽饽,这是太祖高皇帝留下的规矩,其实是忏悔当年杀戮太重。我们要让子孙记住,治国不可一路杀伐。"说到这里,皇太后想了想又说:"我们皇家节庆活动很多,以后要全部形成礼制。汉人的节日还有很多,像人日、立春、清明、上元、中元、中秋、浴佛节、端午节、七夕、重阳、冬至,等等,多着呢,我们以后每到一个节日就把庆贺仪式制定下来,成为祖制。今天我累了,你把折子交给内务府,着人准备这第一个春节。传我的旨意,这个春节只能办好,办好有赏,办坏了一定要重罚不贷!"

第三节　顺治帝北京城二次登基

清朝的开国登基大典可以说共举行了两次,第一次是入关前的天聪十年(1636年)四月十一日,皇太极正式即皇帝位,受"宽温仁圣皇帝"的称号,改元崇德元年,定国号大清。彼时基本上统一了东北,但那毕竟是明朝统治下割据一隅的地方政权,或可称作清朝的开国大典吧。

清崇德八年(1643年)八月九日,皇太极突然驾崩。在皇太后的运筹帷幄下,经诸王议定,拥立先帝幼子六岁福临继承皇帝位。八月二十六日,改元顺治元年。顺治帝福临在沈阳盛京皇宫笃恭殿举行了继位大典。顺治元年(1644年)五月,清朝占领北京,清朝从沈阳盛京迁都到北京,是年十月初一日,经过一番准备,要为顺治帝举行清朝的第二次登基大典。这一次则不同了。尽管天下还没完全统一,在全国范围内,称孤道寡者不下四人,但从这以后,清朝就成为中国封建社会的又一个新王朝。六岁的顺治帝福临由一个地方政权之主一跃而成为全中国的统治者,因此,从这个意义上说,顺治帝的这次登基大典,意义十分重要。

这次登基大典准备得比较隆重。还是在顺治帝与皇太后在迁都途中到达宁远时,多尔衮就下令为顺治帝准备登基所需一应礼仪。还在八月二十八日,礼部尚书郎球就曾因为"圣驾将临,典礼举行有日",请定乐章呈报皇上和皇太后。多尔衮接到太后懿旨后,立即作了批示:"乐章载在会典,应否相沿,还着察明,不得草率溷乱,有亵大典。"此时,冯铨、谢升、洪承畴等奏言:"郊庙及社稷仪式中所用乐章,历代都取了不同的好名称,以显示一朝之制。除了汉、魏曲名各不相同,无法列举以外,梁用雅字,北齐和隋用夏字,唐用和,宋用安,金用宁,元的宗庙乐用宁、郊社乐用成,明朝用和字。我朝削平寇乱,据有天下,拟改用平字。……"

随后,分别为郊祀九奏、宗庙六奏、社稷七奏定名。奏上后,立即得到皇帝及皇太后的批准。为乐章定名,表明大清朝是中国历史上继往开来的新王朝。

在新皇帝登基之前,北京紫禁城的太庙也要更换新主人。明太祖朱元璋及其他已故明帝的神牌,早在六月二十七日,即被从太庙移入历代帝王庙。并发布祭文通告说:"你们明朝被李自成颠覆,国已灭亡。我们驱除流寇,'定鼎燕都'。明朝乘一代之运以有天下,今历数转移,如四时递禅,不光明代这样,此乃天地之定数。因国亡,宗庙之主被迁置别所,自古以来厥有成例。"移走明帝神牌之后,太庙被粉刷一新。

九月二十七日,奉太祖努尔哈赤及其皇后等神主灵位,安于太庙。派固山额真宗室拜尹图代祭。由礼部尚书郎球、甲喇章京胡世布、吏部尚书宗室巩阿岱分别捧太祖、太祖后和太宗皇太极的神主,礼部侍郎蓝拜、理事官哈尔松噶捧费英东、额亦都二功臣牌位,于太庙举行仪式,宣读祝文曰:"维顺治元年甲申,十月乙卯朔,越初七日宰酉,孝孙嗣皇帝谨遣替己大臣拜音图,敢昭告于太祖承天广运圣德神功肇纪立极仁孝武皇帝、太皇太后孝慈昭完纯德贞顺成天育圣武皇后神位曰:为皇考追谥太宗应天兴国弘德彰武宽温仁圣睿孝文皇帝。伏惟尚飨。"

是日,社稷神大祀告祭祝文曰:"孝子嗣皇帝谨遣替己大臣拜音图,敢昭告于太宗应天兴国弘德彰武宽温仁圣睿孝文皇帝神位曰:今孝子承继大业,底定中国,择其吉日,率王公大臣为皇考追谥。承继大业,必以忠心操政,祈皇考洞察此孝心,以使孝子大业万世兴旺。孝子谨以贺礼率众祈祷。伏惟尚飨。"努尔哈赤和皇太极,生前未能以主人的身份进据北京,死后灵牌却被安奉到明朝天子祖先才能放入的太庙之中,如其死后有灵,也定为子孙而自豪;而清朝统治者此举,也正是表明他们完成了祖先的遗愿,成为中国的新主。

同一天鸿胪寺交上了恭进历法的仪注,请求批准。还在七月,礼部左侍郎李明睿就建议:"查得明朝旧制,历名大统,今宜另更新名。"多尔衮批示:"治历明时,帝王首重。今用新法正历,以敬迓天休,诚为大典,宜取名时宪,用称朝廷宪天义民至意。须行天下,以明年为顺治二年……"并用新法注历,至此写装完成,准备于十月初二日上呈御览,作为登基大典中的一项活动。至此,登基大典的准备工作已大体完成。

顺治帝与皇太后到京后,多尔衮就按预定方案,率诸王及满汉大臣上表,说:"恭维皇帝陛下,上天眷佑,入定中原。今四海归心,万方仰化,希望陛下立即登基称帝,以慰民臣。"指出了再次举行登基大典的必要性,即在"入定中原,四海归心,万方仰化"的新形势下,有必要通过新的登基大典来进行法律认定，使原来居于东北一隅的清朝皇帝，成为天下的共主，以取代被农民军推翻的明王朝。为此，由皇太后等帮助斟酌词句，以顺治帝的名义颁发圣旨："览王奏，具悉忠君爱国，情义笃挚，恭率文武群臣劝登大宝，尤见中外同心，共相拥戴。特允所请，定于十月初一日即位，用慰王等廓清敉宁三意。"随即皇太后根据摄政王多尔衮和汉臣们的奏请，传下懿旨褒答："览卿等奏，具见忠悃，登极吉期定于十月初一日。一应礼仪，著礼部缮本具奏。"至此，登基大典的准备工作已大致完成。

顺治元年（1644年）十月初一日，登基大典正式开始，内院官员就奏请顺治帝前往天坛。顺治帝福临亲诣南郊，告祭天地，即皇帝位。这天清晨，太阳刚刚升上地平线，两太后早早就命宫女和太监服侍小皇帝福临洗漱用膳更衣。福临在两位太后的教导下，已经知道自己是大清国的皇帝，这次登基是君临天下。他听话地让宫女和太监为自己更衣，穿上新做的朝冠朝服。皇帝的朝冠，薰貂面檐上仰，缀朱纬，长出檐，顶三层贯东珠各一，皆承接金龙四，装饰东珠四，上衔大东珠一，梁二，在冠顶左右檐下两旁垂带带交项下。朝服色用明黄，披领及袖俱石青色，镶片金加海龙绿，绣纹，两肩前后正龙各一，腰帏行龙五衽正龙一，襞积前后团龙各九，裳正龙二，行龙四，披领行龙二，袖端正龙各一，前后列十二章日月星辰、山、龙、华虫、黼、黻在衣，宗彝、藻、火、粉米在裳，间以五色云，下幅八宝平水。穿好朝冠后，宫女们又给小皇上系上朝带，戴上朝珠。皇帝朝带带色用明黄，龙纹金圆版四，饰红宝石蓝宝石绿松石，每版衔东珠五，围珍珠二十，左右佩帉，浅蓝及白各一，下广而锐，中约镂金圆结，饰宝如版，围珠各三十，佩囊纹绣，燧觽、刀削，结佩惟宜，绦皆明黄色。皇帝的朝珠，用一百零八颗东珠，佛头、记念、背云、大小坠珍宝杂饰。小皇帝福临全身锦绣辉煌，在龙的盘绕下痛痛快快地出宫坐上车辇，后面跟着亲王及文武百官，卤簿作为前导，直到圜丘。接着在礼部官引导下，卤簿陈列，乐章排位，百官就位，祭告天地新皇登基仪式开始。一时间,平乐高奏,多尔衮引着小皇帝福临往神位上香、行礼、献玉帛、献爵,然后祝读官手捧黄色锦缎褾就的祝文,向前一步,大声宣读祝文:

"大清国天子臣福临敢昭告于皇天后土:帝鉴无私,眷隆有德。我皇祖宠膺天命,肇造东土,建立丕基。及皇考开国承家,恢宏大业,臣以眇躬,缵兹鸿绪,值明祚将终,奸雄蠭起,以致生灵涂炭,傒望来苏。臣钦承祖宗功德,倚任贤亲,爰整六师,救民水火,扫除暴虐,抚辑黎元,故内外同心,皆盼臣来,以立功绩,成京大业。今定鼎燕京,以绥中国,臣工众庶,佥云神助不可违,舆情不可负,宜登大位,表正万邦………"

在祝读官正琅琅宣读祝文之时,福临小声哼哼说:"我要尿尿。"哼哼声被淹没在祝读官琅琅声音中,没有人听到。身边的多尔衮正心潮澎湃地欣赏着祝文,也没听到。福临见没人搭理他,便开始扭动着身体,哼哼声也越来越大,混合在殿前乐队的乐声中。多尔衮瞪了他一眼,小声呵斥说:"忍一忍,一会儿就完了。"福临开始在地上蹭脚,一会儿也不肯安静,像平时他不高兴时的样子。多尔衮上前一步,用大手狠狠地掐了福临的屁股一下。"哎呀!"福临大声喊了起来。多尔衮气恼地呵斥说:"听话!不许胡闹!"福临这才安静下来。祝读官继续琅琅地读着祝文:

"……臣祗荷天眷,以顺民情,于本年十月初一日,告天即位,仍用大清国号,顺治纪元,率由初制,伏惟天地佑助,早靖祸乱,载戢干戈。九州悉平,登进仁寿,俾我大清皇图永固。为此祈祷,伏惟歆飨。"

此时,福临连连打着哈欠问多尔衮:"还不完,我要尿尿。"多尔衮说:"马上就完,马上就完。"说着牵起福临的手,昂然登上龙椅,把小皇帝福临安置在面南的龙椅上,自己站在他身旁,文武百官立于两厢。大学士刚林跪于正中捧着国宝玉玺上奏说:"皇上已登大宝,诸王文武群臣不胜欢忭。"礼赞官高唱:"文武百官朝贺吾皇万岁万万岁!"文武百官一起高呼"吾皇万岁万万岁"三遍,行三跪九叩礼。即位告天之礼结束,到此时,福临可算正式代天受命,成为新朝天子。

可以想象,在这一系列庄严肃穆的仪式当中,福临只是始终被人引导着的小傀儡,真正行使皇帝大权,治理国家的是皇太后和多尔衮。福临对所发生这一切的重要意义并没有什么体会,多尔衮望着顽童般的福临,心情最不平静。他利用汉族地主阶级的倒戈进了关内,击败了农民军,通过一系列调整、整顿、拉拢、引诱的措施,初步稳定了京畿附近的局势,初步建立起大清的统治秩序,然后又力排异议,不顾困难重重,把福临小皇帝接到北京,今天终于告天称帝,他的心情怎能不激动万分?他站在文武百官的前列,随着赞礼官的唱礼而仰俯,他越来越体会到兴邦建国的重大意义,越来越感到自己肩上担子的沉重,多尔衮既感到自豪又感到自己肩负的重任。这时候,仿佛成为一国之主的并非六岁的小皇帝,他的侄儿福临,而是他自己,责任感和自豪感在心里交织在一起。

是日,又进行社稷神大祀告祭,祝文曰:"维顺治元年岁次甲申,十月乙卯朔,重帝恭遣替己大臣阿山,敢昭告于社稷神。"曰:"我皇肇造东土,建立丕基,及皇考开国成家,恢弘大业,臣以眇躬,缵兹鸿绪,扫除暴虐,入主中原,附内外民心,承继大位。立社稷坛于京城,祭以农事,民用富足,赋税充余,永保太平,实由佑助所致,故谨以玉帛牲畜等物告祭。伏惟歆飨。"

是日,太庙告祭,祝文曰:"维顺治元年岁次甲申,十月朔,越乙卯日,孝孙嗣重帝恭遣替己大臣拜音图,敢昭告太祖承天广运圣德神功肇纪立极仁孝武皇帝,太皇太后孝慈昭宪纯德真顺承天育圣武皇后、皇考宽温仁圣皇帝神位前。"曰:"先祖及皇考肇基立业,垂裕后昆。今者明亡,贼匪四起,中原横遭悲苦,民不聊生,嗣孙恭承鸿绪,命叔父睿亲王多尔衮兴立大军,扫除中原,除奸还愿,天下共和,择其良辰吉日,恭承皇位。如此大功,非臣小身之能也,皆属先祖垂裕后昆,内官佑助也。故陈万国欢忭之心,于庙焚香告祭,祈祷上天扶助孝孙,以安四方,鸿福永存。伏乞歆飨。"

是日,上奏表文。摄政王率宗室诸王及文武新老大臣,以贺礼跪奏曰:"定鼎燕京,犹天地长存。承即皇位,众人感戴,视如父母。皇帝聪睿,时人效仿,其文武德性,实为天赋。武皇帝肇基立业,招五福于天下,当今出此圣人,万物皆喜。臣等欣逢盛世,万邦平安,如同三皇,永世太平。百命欢忭,期归一统。故臣等不胜欢忭,恭望皇天圣主表贺,谨表。"

至此,登基大典、告祭社稷、告祭太庙和接收多尔衮及文武新老大臣上奏表文贺礼跪拜后,登基大典结束。

在这一系列庄严肃穆的典礼仪式中,年纪幼小的皇帝福临,能从始至终、按部就班地完成下来,很是不易。这都是皇太后在后宫勤加教导、反复演练的结果。

作为开国大典内容中必不可少的两项内容,一是顺治帝亲御皇极门(今太和门),颁布即位诏书于全国。诏书曰:"缅维峻命不易,创业尤艰。况当改革之初,更属变通之会。是用准今酌古,揆天时人事之宜。"提出了"合行条例"凡五十五款。主要内容有:加封亲王宗室至及满洲开国功臣;察叙满洲将领及入关后降顺之文武官绅;减免刑法,加恤出征兵丁;地亩钱粮俱照明朝会计录原额,自顺治元年五月初一起征;蠲免加征之辽饷、新饷、练饷等项,以及清兵经过之钱粮;保护明朝及历代帝王陵寝;征聘隐逸山林中有才华者;叙用不贪赃枉法之明朝降谪官员,禄养或叙用归顺之明朝宗室、勋臣及其子弟;禁火耗、重科加罚、巧取民财;蠲免若干种折色银、本色钱粮;对山陕"被流寇要挟,今悔过自新"的军民,予以教育;禁重利放债、折准房地等。

另一项就是肯定多尔衮的功绩。十月甲子,在颁布登基大典诏书的同时,皇太后以皇帝名义举行封功大典,封赏功臣,大赦天下。"以摄政王多尔衮功最高",命令礼部尚书郎球、侍郎蓝拜、启心郎渥赫给他树碑立传,把他的开国功勋刻于碑上,以传后世。皇上加封多尔衮为摄政王,封文曰:"维顺治元年甲申,十月乙卯朔,越初十日甲子,皇帝谕:'先祖太祖武皇帝肇基鸿业，垂裕后昆。皇考太宗文皇帝嗣位，西并蒙古，东臣朝鲜，拓土开疆，显庸创制。皇考太宗文皇帝命叔父为摄政王，征讨元裔察哈尔国，获制诰玉宝家产。俘其后妃世子，卒灭其邦族。又随皇考太宗文皇帝征朝鲜，率领水师破江华岛，尽掳其国王眷属家产，遂平朝鲜。各处征伐，皆叔父倡谋出奇，攻城必克，野战必胜。叔父幼而正直，义无隐情，体国忠贞，助成大业。皇考特加爱重，赐以宝册，先封和硕睿亲王。叔父摄政王又辅朕登极，佐理朕躬，朕历思功德，高于周公。昔周公奉武王遗命，辅立成王，代理国政，尽其忠孝。我皇考上宾之时，宗室诸王，人人觊觎，有援立叔父摄政王之谋，叔父坚誓不允。念先皇殊常隆遇，一心殚忠，精诚为国，又念祖宗创业艰难，克彰大义，将宗室不轨者尽行处分。虽无遗诏，以朕系文皇帝之子，不为幼冲，翊戴拥立，国赖以安。及乎明国失纪，流贼窃位，播恶中原，叔父又亲率大军西征流贼，攻入山海关，破贼兵二十万，遂取明燕京，抚定中原，迎朕来京，膺受大宝。是以叔父之功德，可谓超及周公。硕德丰功，实宜昭揭于天下，用加崇号，封为叔父摄政王。赐之宝册，式昭宠异。念朕叔父靖乱定策，辅翊眇躬，推诚尽忠，克全慈孝，中原赖以廓清，万方从而底定，有此殊勋，故尤宜褒显，特令建碑纪绩用垂功名于万世。'"

赐摄政王嵌十三颗东珠顶黑狐帽一、黑狐皮大衣一、金一万两、银十万两、缎一万匹、鞍马十、散马九十、骆驼十。定摄政王多尔衮应领三份俸禄。辅政叔王济尔哈朗应领之俸禄应以多尔衮所得俸禄三分计，减半给之。其余诸和硕亲王之俸禄，应以辅政叔王济尔哈朗所得俸禄计，发给三分之二。多罗郡王之俸禄，应以亲王俸禄计，减半给之。贝勒俸禄，应以郡王俸禄计，减半给之。贝子俸禄，以贝勒俸禄计，减半给之。镇国公、辅国公俸禄，以贝子俸禄计，减半给之。

十三日，顺治元年甲申，十月乙卯朔，越十三日丁卯，福临驾临皇极门，加封叔父辅政王济尔哈朗。皇帝谕曰："先祖太祖武皇帝肇基立业，垂裕后昆，皇考太宗文皇帝缵承洪绪，西并蒙古，东臣朝鲜，拓土开疆。

皇考太宗文皇帝，传令叔父和硕郑亲王辅佐，和硕郑亲王秉心忠义，幼即恪恭，为国奋身，亲历行阵，辅佐王室，屡著精诚，故封为和硕郑亲王。后遭先帝上宾，诸王兄弟，相争为乱，窥伺神器，尔矢忠协赞。又率大军攻克明国东界中后所、前屯、中前所，是用册宝封尔为信义辅政叔王。"赐册宝、黄金千两、白金万两，彩缎千匹。

十三日，顺治元年甲申，十月乙卯朔，越十三日丁卯，分封多罗武英郡王阿济格为亲王。赐封册文曰皇帝谕曰："太祖武皇帝肇基立业，垂裕后昆。皇考太宗文皇帝缵承洪绪，西并蒙古，东臣朝鲜，开拓疆宇，弥敦礼典。朕继承大统，尔多罗武英郡王与叔父辅政攻克明国中后所、前屯卫、中前所。又随叔父摄政王入关，破流贼二十万，遂定中原，朕诞登大位，特授以册宝，封尔为和硕英亲王。"赐册宝、鞍马两匹、空马八匹。

十三日，顺治元年甲申，十月乙卯朔，越十三日丁卯，分封多罗豫郡王多铎为亲王，赐封册文。皇帝谕曰："太祖武皇帝肇基立业，垂裕后昆。皇考太宗文皇帝缵承洪绪，西并蒙古，东臣朝鲜，开拓疆宇，弥敦礼典。暨朕嗣服，尔多罗豫郡王随叔父摄政王入关，破流贼二十万，遂定中原，朕诞登大位，特授以册宝，封尔为多罗豫亲王。"授鞍马两匹、空马八匹。

顺治元年甲申，十月乙朔，越十三日乙卯，复封豪格为和硕肃亲王，赐封册文。皇帝谕曰："太祖武皇帝肇基立业，垂裕后昆。皇考太宗文皇帝缵承洪绪，西并蒙古，东臣朝鲜，开拓疆宇，弥敦礼典。暨朕嗣服，尔和硕肃亲王，前以引罪削封，后随叔父摄政王入关，破流贼二十万，遂定中原。朕诞登大位，特加昭雪，授以册宝，复封为和硕肃亲王。"

是日，还分封多罗贝勒罗洛浑为多罗衍禧郡王、庶兄硕塞为多罗承泽郡王，赐册印、马匹。

对吴三桂的赐封是："奉天承运，皇帝诏曰：有应运之君，必有翊运之臣，结以腹心，共襄大业。故尊贤用能，崇功尚德，乃国家之大典也。乘机构会，达变通权，乃明哲之芳踪。分辨功名，超封名次，乃古帝发起之例。朕登大宝,特仿古制,视诸臣功德差等,授以册印,俾荣及先祖,福留后嗣。尔平西伯吴三桂,洞识天时,当叔父摄政王统兵西征之际,尔即擒流贼说士,自山海关遣官归命军前。迨王师式临,开关迎入,又随叔父摄政王,破贼兵二十万,底定中原,大功茂著,宜膺延世之赏,永坚带砺之盟。特授以册印,封尔为平西王,尔共益励忠勤,屏藩王室,钦哉无致。"除赐册印外,还特加白金万两。另外三顺王、续顺公、朝鲜世子及大小官员都有封赏。

十七日,对贝勒、贝子及镇国公、辅国公进行册封。封贝子尼堪为多罗贝勒,贝子博罗为多罗贝勒;封辅国公满达海为固山贝子、封辅国公吞齐为固山贝子,封辅国公博和托为固山贝子,且三人告命用奉诏之宝三颗。

二十四日,定摄政王多尔衮冠服宫室之制:"叔父摄政王帽顶用东珠十三颗,腰带每板嵌东珠六颗,猫眼石一颗,带为黄色,前金佛嵌东珠七颗,后金花嵌东珠六颗,服用八团龙,坐褥冬用貂皮,夏用绣龙。房基高十四尺,楼三层,覆以绿瓦,脊及四边,俱用金黄瓦。"明确了他和一般王公贵族不同的地位。

二十五日,追封皇太极谥号与庙号。"奉天承运,皇帝诏曰:古帝王者,肇基立业,蒙受新运,大功洪福,垂裕后昆,故应昭著尊号,恭追谥号,此乃定例也。皇考宽温仁圣皇帝德合乎上下,功同与天地,承太祖肇造鸿业,始治中原,继而兴作文德,动刀戈施雨露,四方视如慈父,纷纷来投。皇考谦逊,如同江河,不恃天赐,拯治乱国六十有余,安民施德,十有七年,鸿恩东至朝鲜,西施蒙古,及承继大统,九州七安,大业底定。朕冲龄嗣服,恃天恩获华夏,方诞登宝座,此皆圣明扶佑,大德所致。朕嗣皇位,追念先制,未晓皇考奇功威望,亦未追封尊号,故特命文武诸臣考其古制,采纳诸言,以皇考奇功善举追封尊号,是以告祭天地、祖庙、社稷,追谥号为'应天兴国弘德彰武宽温仁圣睿孝文皇帝',庙号为'太宗'。皇考恩典如同天地,虽然追谥,然皇考明如日月,故与诸官百姓一同瞻仰,是以晓谕内外臣民。"

十月三十日,定官员衣帽样式。定叔父辅政王、诸亲王帽顶下嵌东珠四颗,上檐嵌东珠四颗,下沿嵌东珠一颗,前金佛嵌东珠五颗,后金花嵌东珠四颗。腰带每板嵌猫眼石一颗,东珠四颗。坐褥冬用貂皮心镶猞猁狲,夏照旧。

定郡王帽顶,下嵌东珠三颗,上嵌东珠三颗,上檐嵌东珠一颗,下檐嵌东珠一颗,前金佛嵌东珠四颗,后金花嵌东珠三颗。腰带每板嵌东珠二颗、猫眼石一颗。坐褥冬用猞猁狲,夏照旧。凡皇上赐给诸王服色,俱许服用。私绣者,只许用五爪四团龙。

定叔父辅政王及诸王、郡王房基照旧,脊瓦俱用绿色。

定贝勒帽顶嵌东珠七颗,前金佛嵌东珠三颗,后金花嵌东珠二颗。腰带每板嵌东珠一颗。坐褥冬用豹皮,夏照旧。

定贝子帽顶嵌东珠六颗,前金佛嵌东珠二颗,后金花嵌东珠一颗。腰带每板嵌绿松石一颗。坐褥冬用豹皮,夏照旧。

定镇国公帽顶嵌东珠五颗,前金佛嵌东珠一颗,后金花嵌绿松石一颗。腰带每板嵌宝石一颗。坐褥照旧。

定辅国公帽顶嵌东珠四颗,前金佛嵌东珠一颗,后金花嵌绿松石一颗。腰带每板镶碧玉一块。坐褥照旧。

开国大典从新皇登基仪式到大封功臣和宣布新制而告结束,前后长达一个月。中心是福临登基,但实际意义却重点体现在即位诏书上,它表现了新统治者的方针大政,我们可以看出,在长达三千五百字,包括内五十五条的登基诏书中,绝大多数是新政新规;在政治上拉拢汉族地主阶级及前朝宗室勋臣;在经济上尽免加派,以安民心;在法律上进行大赦,显示新朝的慈爱之心,既有遵循旧制者,也大都是为安抚汉官汉民,使他们不必为"新桃换旧符"而惊慌失措。诏书的结尾不外如此:"吁嘻!上天作为皇帝的老师,只能去教导那些有德者;百姓歌颂父母,是希望他们永远高兴欢欣。既然已经颁布了谕旨,布下恩德,极大地给予好处,将使投诚者遵命。艰难险阻,不可阻挡,万方百姓,都与朕同心同德。"这篇诏书可以说清朝统治者没有忘记,天下还未统一,它是大清王朝下一步统一全国的基本纲领。

第四节 灭李自成平定南明政权

李自成大顺农民军撤出北京后,多尔衮即派英亲王阿济格、豫亲王多铎和平西伯吴三桂率军继续向西追击,李自成已败退到山西、河南、河北等地。于是阿济格、吴三桂便率部返回北京。后李自成又逃往山西平阳(今临汾),以此为大本营,重新组织力量,准备分兵反攻;西南以张献忠为领袖的农民军大举入川,攻克重庆、成都,十月以成都为西京,建立大西政府。并派部将艾能奇、孙可望、李定国等率兵攻略各州县,使四川全境皆隶于大西军政权的统辖之下。在清军攻进北京的同时,南京兵部尚书史可法、户部尚书高弘图、兵部右侍郎吕大器、翰林院掌院詹世姜等官员数十人发布檄文,号召天下勤王。这时,中原的潞王、周王、鲁王、福王、惠王、桂王等也纷纷逃来,诸臣们怀着各自的目的,纷纷迎立拥戴,经过一番矛盾冲突和让步,最后迎立小福王朱由崧为帝,并于五月十五日辰时,在众臣的拥戴下,在南京武英殿即位,以次年为弘光元年。

清朝统治者针对李自成农民军尚未全部歼灭,张献忠又在四川掀起抗清高潮攻城夺地,南明小朝廷也想继续以南京为反清大本营,并掀起反清高潮这一现实,审时度势,双管齐下,分别向农民军和南明弘光政权发动攻势。六月中,多尔衮首先派兵攻打山西,向李自成大顺农民军继续追击。他先派固山额真叶臣率军追剿,但进展缓慢。七月初,又派石廷柱、巴哈纳从山东率兵增援,并以马国柱为山西巡抚,与恭顺侯吴惟华一起对山西明朝守将加以招抚。八月初一日,吴惟华向摄政王多尔衮献上"征西五策",多尔衮采纳了吴惟华的攻打李自成的策略,重新布置了对大顺农民军的围剿战策。清军采取集中力量把小股农民的起义和地方地主武装这些大顺军外围力量加以消灭,然后集中兵力攻打李自成大顺军的策略。九月初九日,吴惟华招抚山西总兵高勋成功,遂又招降了归顺大顺军协守保庆的原居庸关明朝总兵唐通。十五日,唐通引清军攻占米脂,屠杀大顺军家属,再掘李自成祖坟。李自成得知后,十分气愤,又添兵复来。十月初,固山额真叶臣又率清军杀回,一举攻取太原,太原守将陈永福战死。太原一失守,李自成农民军所属五州十二县均为清军占领。清军乘胜追击,大规模地向李自成展开战略行动。

十月中旬,李自成率领大顺军两万人西渡黄河,进攻怀庆府城沁阳。之后,又分三路出潼关直奔山东、江苏、安徽交界的归德。多尔衮立即调动山东、山西的清军,对李自成大顺军开始追击。豫亲王多铎率清军到达山东济宁,在彼处调兵遣将。十一月十五日,清军主力渡过黄河,直趋潼关。十二月二十九日,双方在潼关交战,大顺农民军副帅刘宗敏初战失利;次年正月初四日,刘芳亮、李自成与清军再战,再次失利;正月十一日,清军调来红夷大炮轰击,大顺军几次反攻都告失败,李自成只得率主力撤回西安。正月十二日,清军攻陷潼关。李自成撤回西安之后便放弃西安,经蓝田、商州向河南转移。

顺治二年(1645年)二月,西安被清军攻克。消息传到京城,文武群臣齐集武英殿,对顺治小皇帝行礼称贺,嘉奖有功人员。李自成进入河南后,在内乡歇马十余天,听说豫亲王多铎率清军进入河南,英亲王阿济格也尾随而来,于是率残部赶忙进入湖广,从襄阳到武昌和九江。其间与追击的清军大战八次,大顺军均告失利,副帅刘宗敏被俘牺牲,军师牛金星、宋献策投降,李自成大顺军遭到重大损失。五月初,李自成途经湖北通山县境内的九宫山,率二三十人登上九宫山正观察地形,不料遭到当地地主程九伯的武装乡团袭击,因援救不及,李自成及所带人员全部殉难。至此,李自成领导的大顺军被全部消灭。

清政府在追剿李自成农民军的同时,对南明弘光政权,则采取"先礼后兵"的政策。七月十二日,被清政府派到山东一带进行招抚工作的王鳌永报告说,南京已拥福王为帝,史可法为内阁,各镇总兵都在江南驻扎,认为江北为必争之地,徐淮诸城皆跨河南北,尤宜早图,请急补镇臣移兵驻曹单,乘顺流之势,控扼徐淮。多尔衮得知这一情况后,认为简单地派人到南方招抚,不能达到"传檄而下"的结果,同时了解南方的军备状况、政治状况,立即派军队深入鲁南、苏北,以窥南明动静。于是,多尔衮先派南明来降的副将韩拱薇、参将陈万春等,向史可法递交书信,此封信曰:

"清摄政王致书于史老先生文几,予向在沈阳,即知燕京物望,咸推司马。及入关破贼,与都人士相接,识介弟于清班,曾托其手勒平安,拳致衷绪,未审何时得达。比闻道路纷纷,多谓金陵有自立者。夫君父之仇,不共戴天。《春秋》之义,有贼不讨,则故君不得书葬,新君不得书即位,所以防乱臣贼子,法至严也。闯贼李自成,称兵犯阙,手毒君亲,中国臣民,不闻加遗一矢。平西王吴三桂,介在东陲,独效包胥之哭。朝廷感其忠义,念累世之宿好,弃近日之小嫌,爰整貔貅,驱除狗鼠。入京之日,首崇怀宗帝、后谥号,卜葬山陵,悉如典礼。亲、郡王、将军以下,一仍故封,不加改削。勋戚文武诸臣,咸在朝列,恩礼有加。耕市不惊,秋毫无扰。方拟秋高气爽,遣将西征,传檄江南,联兵河朔,陈师鞠旅,勠力同心,报乃君国之仇,彰我朝廷之德,岂意南州诸君子,苟安旦夕,弗审事机,聊慕虚名,顿忘实害,予甚惑之。国家之抚定燕都,乃得之于闯贼,非取之于明朝也。贼毁明朝之庙主,辱及先人,我国家不惮征缮之劳,悉索敝赋,代为雪耻,孝子仁人,当如何感恩图报!兹乃乘逆寇稽诛,王师暂息,遂欲雄踞江南,坐享渔人之利,揆诸情理,岂可谓平?将以为天堑不能飞渡,投鞭不足断流耶?夫闯贼但为明朝崇耳,未尝得罪于我国家也。徒以薄海同仇,特伸大义。今若拥号称尊,便是天有二日,俨为勍敌。予将简西行之锐,转旆东征,且拟释彼重诛,命为前导。夫以中华全力，受困潢池，而欲以江左一隅，兼支大国，胜负之数，无待蓍龟矣。予闻君子之爱人也以德，细人则以姑息。诸君果识时知命，笃念故主，厚爱贤王，宜劝令削号归藩，永绥福禄。朝廷当待以虞宾，统承礼物，带砺山河，位在诸王侯上，庶不负朝廷伸义讨贼、兴灭继绝之初心。至南州群彦，翩然来仪，则尔公尔侯，列爵分土，有平西之典例在，惟执事实图利之。挽近士大夫好高树名义，而不顾国家之急，每有大事，辄同筑舍。昔宋人议论未定，兵已渡河，可为殷鉴。先生领袖名流，主持至计，必能深维终始，宁忍随俗浮沉？取舍从违，应早审定。兵行在即，可西可东，南国安危，在此一举。愿诸君子同以讨贼为心，毋贪一身瞬息之荣，而重故国无穷之祸，为乱臣贼子所笑，予实有厚望焉。记有之：'惟善人能受尽言。'敬布腹心，伫闻明教。江天在望，延跂为劳。书不宣意。"从信中看，多尔衮虽然希望招抚江南，和平统一，但此时也已做好了用武力征服的准备。甚至威胁要联合农民军一起来攻打南明。

史可法接到信后，忧心忡忡地说："近见北示，和议固断然难成，一旦南侵，即使寇势尚张，足以相拒，两者必转而相合，先向东南。宗社安危，决于此日。"于是，马士英迅速请求南明小朝廷同意，遂派左懋第、陈洪范、马绍愉、祖泽博组成议和使团，携带"御书"及酬谢清军助兵的礼物，"金一千两，银十万两，蟒缎五百匹"，以及给吴三桂的礼物一份。还有刘泽清给归顺清朝的吴三桂、洪承畴、冯铨、金之俊的书信和马绍愉、陈洪范给吴三桂的书信等，前赴北京"修好"。

南明弘光小朝廷君臣此举的目的是不想投降，而是想继续保持明朝之统，希望清军镇压农民军，但事毕后清军必须撤退返回京师，与明朝南北分为两国而治之。

左懋第率议和团到京后，把他们称弘光帝书信为"御书"和酬谢金、银礼物等呈上后，多尔衮拒不接受，而是把它看作南明小朝廷的"进贡文书"。于是，只是把所带金银财物收下，然后派兵把他们驱逐回去。但议和团的副使陈洪范秘密降清，答应回到南方去做内应，为怕左懋第等回去后泄露真情,就密奏多尔衮应将左懋第和马绍愉拘留。十月初四日,当左懋第、马绍愉返回南京路经沧州以南时,被多尔衮派人截住去路,押解回京,独放归降的陈洪范一人南返。

多尔衮一面将南明弘光派出的议和团进行扣押软禁,一面立即发兵进攻南京。十一月初六日,授豫亲王多铎为定国大将军,命其率军征江南,赐其敕文曰:

"朕以福王及南方文武诸臣当明国崇祯皇帝遭流贼之难,陵阙焚毁,宗社覆亡,不遣一兵,不发一矢,如鼠藏穴,其罪一也;及我兵进剿,流贼西奔,南方诸臣,不行请命,擅立福王,其罪二也;不思灭流贼复仇,而诸将各自拥兵,扰害良民,自生反侧,以启兵端,其罪三也。惟此三罪,天人共愤,因命王充定国大将军,统师声罪,征讨江南。王今承命,一切机宜,当与诸将同心协谋而行,毋谓自知,不听人言。……钦哉。"

敕文中提出了三大罪状作为发兵攻打南明弘光政权的理由,因为当初入关是打着消灭农民军的旗号,汉族官僚士绅当然能够理解支持,但是,现在要攻打南明弘光政权,当然要列出几条理由,此为出师有名。一定要装出一副替天行道、为民伐罪的政治面孔来,不说是为了争取官民的支持,至少也为了减少阻碍。清军攻克临清,合兵南下。九月,下济宁。十月上旬,清军以占据黄淮一带的宿迁、沭阳、邳州、海州,与史可法的军队沿河相峙。

顺治二年(1645年)三月初七日,征南大将军豫亲王多铎率大军乘胜前进。兵分三路:一路由多铎自己统率,从虎牢关出;一路由固山额真拜音图指挥,从龙门关出;一路由尚书韩岱统领,走南阳。三路大军殊途同归,直指归德。本月二十二日,清军克归德,河南、开封、归德三府分别被豫亲王多铎招抚。随之,清军进入安徽,占领了颍州、太和。四月初五日,清军经过数十天休整,再度出发南进,经亳州、泗州,直抵淮河,南明将领烧坏淮河桥后逃走,清军则夜渡淮河。十七日,清军已追近扬州,搜罗了三百多条船,准备渡江。十八日,清军包围扬州城。

扬州城督师史可法，字宪之，号道邻，崇祯元年进士，崇祯末年，他一直在安徽一带与农民军作战，是明朝统治者的忠臣。弘光政权建立后，他以南京兵部尚书的身份入阁，但不久就被排挤出朝，到扬州去督师。清军兵临城下，史可法飞章告急，请求增援，文武臣僚大多请求弘光帝派兵防御淮扬一线，但掌握实权的马士英却忙于平息内部斗争，派兵去抵挡左梦庚叛军，而守江北扬州督师史可法实际上是个光杆司令。豫亲王多铎遂对史可法进行招降，但遭到拒绝。于是，在围困了七天之后，清军于四月二十五日开始攻城。城内只有高士杰残部及少数增援人马，总共不过一万多人，面对多于自己七八倍的清军，扬州军民虽拼死抵抗，但终因寡不敌众，为清军攻破城池，史可法自刎不成，被俘牺牲，其他文武官吏壮烈殉难者二百多人，扬州人民死难的更是不计其数，清军为攻城也死了数千人。豫亲王多铎为了报复，下令屠城十天，数以万计的百姓死在清军的野蛮屠刀下！时人有诗曰："……杀戮不分老与少，城中流血迸城外。十家不得一家在，到此萧条人转稀。家家骨肉都狼狈，乱骨纷纷弃草根。黄云白日昼俱昏，仿佛精灵来此日。……"

五月初，清军至瓜州，与弘光政权隔江相峙，南京城内人心惶惶，镇江、丹阳、常州、无锡等地百姓也纷纷外逃避难，初七日马士英召集百官议事，大家或窃窃私语，或默无一言，直到散会，才有人说："顾不得那么多了，只好投降。"初八日夜，豫亲王多铎放草船点火，吸引南岸的炮火，初九日晨，战船过江，守江的郑鸿逵、郑彩拉起帆篷东逃。初十日，弘光帝与宦官四五十人仓皇出走，到太平府去投奔黄得功。马士英则保太后逃往杭州。十四日，豫亲王多铎率兵到石头城外，守城将领忻城伯赵之龙等首先迎降，南京不战而克。就在两三天后，叛降清军的刘良佐率清军追至芜湖，擒弘光帝。二十五日，将其押往南京，弘光帝竟成了清军的阶下囚。

顺治二年六月甲申，继李自成大顺农民军被剿灭，南明弘光政权也不复存在，又得南明左梦庚率部归降，得兵十万、战船四万。于是，摄政王多尔衮更志得意满地认为,河南、湖广、江西、江南等地尽皆归顺,大事已定。他召见内院大学士问:"金陵已经平定,其余各省是否应该马上派人带诏书去招抚啊?"

大学士们认为应让当地抚按官亲自去招抚,因为这是他们自己的责任,所以一定要处置得很细。

过了几天,摄政王多尔衮接见六部和都察院的臣僚时又提起这件事,说:"江南平定了,人心归附,若不乘这个机会一统天下,岂不要错失机会?你们一定要同心协力,共建大功。"

吏部侍郎陈名夏和都察院副都御史刘汉儒连忙说,应天府、江西、湖广已经属于我们,应该快些派抚按官前去安抚,早去一天,百姓早受一天好处。

多尔衮道:"没有平定的地方,应用大臣先去招抚,跟着再设抚按。"

刘汉儒又说招抚者必须是能力非常强的人,陈名夏则毛遂自荐愿意充当此任。但经内院议定,让洪承畴去招抚江南。十三日癸巳就正式宣布,朝廷令内院大学士、太子太保、兵部尚书兼都察院右副都御史洪承畴以原官总督军务,全权负责招抚江南各省政务。十天后,又命恭顺侯吴惟华为太子太保兼都察院右副都御史总督军务,招抚广东;礼部左侍郎孙之獬以同样官阶招抚江西;尚宝寺卿黄得允招抚福建;原大同巡抚江禹绪招抚湖广;刑部郎中丁之龙招抚云贵;都督同知谢弘仪招抚广西。

顺治二年(1645年)闰六月初七日,弘光政权灭亡时从长江上逃出来的镇江总兵郑鸿逵、郑彩,又把明太祖的九世孙唐王朱聿键接到福州,与南明南安守将郑芝龙、礼部尚书黄道周、户部员外郎苏观生共拥朱聿键为帝,改福州为福京天兴府,建立隆武政权。隆武政权建立之初,也颇想有所作为,在仙霞岭一线一百七十处设兵把守,以十万兵守,十万兵攻,决定于第二年春天自浙东、江西而出。

同年闰六月初八日,故明兵部尚书张国维、吏部给事中熊汝霸、刑部员外郎钱肃乐及张煌言等人,约总兵王之仁、黄斌卿、张名振的军队在鄞县起事,于东阳(今浙江金华)组成义军,杀掉清朝招抚使,随后将明太祖朱元璋第十世孙、鲁王朱以海接往绍兴,奉为监国,称南明鲁王政权。控制浙江大部分地区,在江南反剃发斗争的支持下,积极收复失地,渡钱塘江进攻杭州。

江南抗清志士以这种扶立朱氏后裔为帝的方式,表露着坚定不移的反清意念,延续着日渐颓靡的反清气势。但是可怜得很,这两个政权都把握在一些掌握兵权的军阀手中,他们的抗清又往往是为了自己的某种利益。除此之外,两个政权还为争夺正统而发生矛盾,福建的隆武唐王政权向绍兴的鲁王政权发下诏书,绍兴鲁王则派兵征伐福建唐王,两王政权大敌当前却同室操戈。

顺治三年(1646年)八月,洪承畴受命派征南大将军博洛趁天旱水浅,渡过钱塘江,向鲁王政权进攻,鲁王逃入大海。清军平定了鲁王政权后,继续挥师下福建,郑芝龙得此讯,借口去征剿海寇,率兵扬帆而去,仙霞岭天险之军尽撤,清军从容越过仙霞岭,唐王朱聿键屏蔽尽失,企图逃往江西赣州,与李自成农民军旧部合作。后被南明湖广总督何腾蛟执于汀洲(今福建长汀),不久解至福州,不降被戮,隆武政权覆灭。

南明唐王、鲁王政权相继覆灭后,南明各地官绅将皇室继统问题再次紧急提上日程,但在个人和小集团利益驱使下,争相拥立于己有利的新主。顺治三年(1646年)十月十八日,明广西总督丁魁楚、广西巡抚瞿式耜、湖广总督何腾蛟、湖广巡抚堵胤锡、广东巡抚王化澄、方以智等人,拥戴桂端王朱常瀛之子朱由榔在广东肇庆称帝,以明年为永历元年,建立永历政权。当时永历政权控制的领土范围达广西、云南和贵州三省以及湖广、广东局部,被清军追得东奔西跑。此时大顺农民军李锦等正率所部数十万人至长沙、常德,后被拥戴南明永历帝之巡抚何腾蛟招降,从而使南明永历政权一度声势大振,进而阻止了清军的继续南下。

为了平剿南明永历政权,清政府授恭顺王孔有德为"平南大将军",与怀顺王耿仲明、续顺公沈志祥、固山额真金砺等,率满蒙汉官兵往征湖广、两广。不久又命智顺王尚可喜率部从征。孔有德为主帅,也是汉人"四王"(怀顺王耿仲明、智顺王尚可喜、平西王吴三桂)第一次任全军统帅。孔有德竭力效忠,不负朝廷所托,率数万大军人马向南明永历帝大军展开猛烈进攻。他先败张献忠部农民军将领王进才于长沙,全歼其众,又攻下湘潭、衡州、祁阳、宝庆,逼近永历帝之奉天府武冈。顺治五年初,清军占领湖南全省。紧接着又进取广西全州,并招降兴安、铜仁、关阳苗徭三十一处,擒获南明长沙王、南威王、荣王、贵溪王等四十一人。永历帝与何腾蛟最后败走广西桂林。孔有德奉诏班师,被帝厚宴赐赏,赐给黑狐、紫貂、冠服、彩帛、鞍马各若干及黄金二百两、白银五千两。

第九章　保皇权与多尔衮斗智周旋

第一节　多尔衮功高封爵位同皇上

顺治帝福临即位初时，皇太后在辅佐幼子过程中，尽量利用诸王之间的矛盾，使之互相制约。设两位辅政王，以年龄为序，将郑亲王济尔哈朗放在睿亲王多尔衮之前。而且还要求二人对天地宣誓："如不秉公辅理，妄自尊大，漠视兄弟，不从众议，每事行私，以恩仇为轻重，天地谴之，令短折而死。"中央政权机构以三院和八衙门为基础，最高决策机构仍是议政王大臣会议，将辅政王置于诸王监督之下。一方面是抑制多尔衮，防止他危及帝位。另一方面，还须放手让多尔衮做事，发挥他的作用。特别是幼帝登基，皇太后可以通过两黄旗大臣左右政局之后，便考虑人尽其才，使之有所作为。只有事业发展，帝业才能巩固，而要发展事业，则必须大胆放手任用才能之士，不应过多束缚他们的手脚。这一经验，已为先帝在位十七年的实践所证实。而清朝入关以后，皇太后在对摄政王多尔衮的使用上，从一开始就比较放手。故尽管多尔衮排序名次在济尔哈朗之后，但由于他才识谋略均远胜于济尔哈朗，率军入关功劳大，因此，在迁都北京、顺治帝福临举行登基大典后，朝中一些军国大事，主要由多尔衮来处理。需要指出来的是，多尔衮由于受到重用，加之皇帝处在幼冲，便逐渐滋长摄政专权的野心。他的这种以政代上的专权野心的形成，大致分为三个阶段。

第一阶段从顺治元年（1644年）到四年（1647年）。顺治帝即位后，经过半年多的实践验证，两位辅政叔王都能实心任事，忠诚可靠。于是，皇太后便同意提高辅政事权，特别是在迁都北京后，顺治帝福临举行登基大典封诏中，以多尔衮功多，特加封为叔父摄政王，赐予册宝，并专赐其镶嵌十三颗珠顶的黑狐帽一、黑狐裘一、金万两、银十万两、缎一万匹、鞍马十、空马九十、骆驼十。册文中说："此皆周公所未有，而叔父过之，硕德丰功，实宜昭揭于天下。……有此殊勋，尤宜褒显，特令建碑纪绩，用垂功名于万世。"同时决定不再由诸王贝勒等办理部院事务。

从此以后，多尔衮的一切待遇都极大地与其他诸王有别。他的俸禄为三万两，而同是叔王的济尔哈朗却比其少一倍，其他亲王比其少二倍。不仅如此，还专门为多尔衮制定了冠服及宫室之制。其冠服为："帽顶用东珠十三颗，金佛前嵌东珠七颗，后金花嵌东珠六颗。带，每板嵌东珠六颗，猫眼石一颗，带用浅黄，服用八团龙，坐褥，冬用貂皮，夏用绣龙。王府宫室，房基高十四尺，楼三层，覆以绿瓦，脊及四边均用金黄瓦。"于是，多尔衮便大兴土木在明代南苑内的洪庆宫扩建王府宫室，总共圈占民地四百余亩，规模体制全仿皇宫。据《皇清奏议》记载：多尔衮府第"翚飞鸟革，虎踞龙蟠，不惟凌空挂斗，与帝坐相同，而金碧辉煌，雕镂奇异，尤有过之者"。另《多尔衮轶事》记载：多尔衮府第，"有大殿四，雕梁画栋，覆以琉璃，其余曲室阿房，崇楼杰阁，始以千计，入者皆迷惘不能出……共用内帑不下千万，日夜督造，三年后建成"。时人都知，"墨勒根王所造府第与皇上宫殿无异"，或说"摄政在日，府第之制高广比皇居"。

不仅如此，第一辅政叔王郑亲王济尔哈朗，自知多尔衮位比己高，便在十二月十五日，召集诸王、贝勒、贝子、公及诸文武大臣会议，向他们说："前些时众议公誓，凡属国家大政，必由大家商议认同之后决定。现在考虑众说纷纭，不易决断，反误国家政务。我们两人在皇帝幼年时身任国政，做得好与坏，都由我们两个人承担责任，因此责任重大，不得不说。"这一举措对诸王权势显然是个削弱。过了两天，十七日，多尔衮又决定将稽核诸王贝勒的职能，从吏部移归都察院，实际是加强了对诸王贝勒的监督与管理。后来郑亲王济尔哈朗又主动退让，甘居次位。他召集内三院、六部、都察院、理藩院的官员宣布说："嗣后各衙门办理事务，或有应禀告我二人者，或有应记档者，都要先启知睿亲王，档子书名也先书睿亲王名。其坐立班次及行礼仪注，俱照此例执行。"从此朝中的军政事务便开始由原来的辅政改为摄政，多尔衮便从次位跃居首位。这一罢诸王贝勒管理六部的措施，虽然是经过皇太后批准实施的加强中央集权的重要步骤，但却为多尔衮个人擅权创造了良机。于是，多尔衮利用自己的功劳大和新的地位，利用皇帝年幼又与太后分居异处的有利条件，采取各种办法提高自己独尊的地位，开始独揽皇权。

顺治二年（1645年）五月，郑亲王济尔哈朗和内大臣们认为，摄政王多尔衮"虽赏罚等于朝廷，而体统尚未崇隆。夫为皇上抚国立政，所关至重，一切仪制，亦应加礼"。多尔衮开始还半推半就说："我在皇帝面前未敢违礼，其他就按你们说的办好了。"这只不过是因为此刻他还必须继续巩固他的地位，不能对福临幼帝有不尊重之处，否则他的政敌便会以此为借口，向他大举反攻。陕西道监察御史赵开心为跪迎多尔衮一事上疏："夫以皇叔之亲而兼摄政之尊，原与诸王有异，即臣民宁肯自外于拜舞，第王之恩，皆皇上之恩，中外莫不倾戴，岂区区在此跪拜之间？故群臣谒见王时，正当限以礼数，辨其衣冠，与朝见皇上之礼不同，庶诸臣不失尊王之意，亦全王所以尊皇上之心，此仪制宜定者也。"意思是说，叔父摄政王称号必须正名，因为叔父是皇上的叔父，只有皇上可以这么叫，如臣庶都这么叫，则尊卑无别了，因此，应在"叔父"之上加一"皇"字。于是，礼部就开始对各项仪注进行详细研究。

不到十天，礼部就规定了摄政王多尔衮的称号和仪注。即凡文件皆称"皇叔父摄政王"。一切大礼，如围猎、出师、操练兵马时，王公贵族都要聚集一处，等候传旨，看多尔衮走时，王公贵族们"列班跪送"。待他回府,王公贵族们要送到王府大门才退。如遇元旦庆贺礼,满汉文武诸臣朝贺完皇上以后,即刻去朝贺皇叔父摄政王。如诸王侍坐于皇叔父王前,亲王、饶余郡王(太祖子、多尔衮兄弟)不叩头而坐,承泽郡王、衍禧郡王以下叩头而坐。如果皇叔父王赠礼物给礼亲王,则令人接受,不叩头;如赠给其他和饶余郡王财畜,俱立受;然后晋见时,先令人禀报,谢与不谢由皇叔父王决定。倘有事差遣和赍赏之人,遇诸王于路中或过诸王门时,俱不下马;若赍食于诸王及饶余郡王,俱立受,不叩头;承泽郡王、衍禧郡王以下跪受、叩头。若是升赏官员,到皇上前谢恩,在皇叔父王前不谢。自外入和自内出各官见皇上之后,即去见皇叔父王。若赐茶饭,饶余郡王以上不叩头,承泽郡王、衍禧郡王以下照常叩头,皇叔父王于午门内从便下轿,诸亲王、郡王于午门外下轿。由于仪注的各项都规定得具体、详细,从而表明了多尔衮为一人之下、万人之上的崇高地位。甚至在跪拜叩头这些礼节上,各王公大臣对多尔衮几乎等同于皇帝礼节。这一番调整,既突出了他的地位,又照顾了诸王的面子,还保证了顺治帝福临名义上的至高无上,较好地解决了顺治帝福临登基以来多尔衮对上对下礼仪方面的难题,为此,赵开心因为投多尔衮所好拍马屁有功,受到多尔衮的赏识,后来还升了个"京堂职衔一级"。

  可以说,此时多尔衮虽大权在握,但对幼帝福临的君臣之礼却还未敢有疏忽,说明他谨小慎微,生怕有人以此为借口,打乱他替代皇权的计划。因为他很清楚,小不忍则乱大谋的道理。顺治二年十月的一天,福临赐给他和济尔哈朗、豪格马各一匹,他们跪受。多尔衮从武英殿叩头谢恩而出后,福临便派冷僧机和巴哈对多尔衮传谕说:"凡遇朝贺大典,我受你的跪拜,像这样的小事,可不必行此大礼。"多尔衮听后说:"皇上年纪还小,我不敢违礼,等皇上春秋鼎盛,再有宠恩,自然从命。"同年十二月,多尔衮派人对王公大臣们传话说:"如今见诸王、贝勒、大臣只知谄媚于我,未见有尊崇皇上的,我怎么能容忍呢?"然后表示对不尽忠皇上,不敬事皇上的人不予宽恕。多尔衮表面上对皇上不敢过分违礼,表示出自己的谦恭,但其真实用意是掩盖他逐渐掌握大权的野心。为了把朝中实际权力牢牢地抓在手里,顺治三年(1646年)五月,他提出皇帝玉玺和调兵信符收贮在皇宫之中,每次调遣人马和擢升官员都要奏请,很不方便,就将玉玺和信符取到自己的王府收藏。与此同时,在礼仪制度上,又以自己身体不好为由,开始逐渐突出自己的特别地位,使诸王臣拜见自己的礼制与皇帝十分接近。如御前卤簿与摄政王多尔衮的仪仗,都是二十种,而辅政王仪仗是十五种,亲王是十二种,郡王则只有十种。

顺治四年(1647年)正月,多尔衮的威权思想日益增长,其威严和权欲之心开始膨胀,他容不得任何人有忽视其地位的事情。这年四月,廖攀龙的奏疏中将"皇叔父摄政王"称为"九王爷",说廖攀龙对他不尊,竟遭革职拟罪;后来张尚则因在题本内只写了"皇叔父",而没写"摄政王"三字,也被革职。六月,李春元本内亦称"九王爷",也因对其不尊将其革职。据《清世祖实录》记载:十二月多铎、济尔哈朗等诸王及白旗大臣对多尔衮说:"如今国家已经安定,共享升平,都是皇叔父王的福泽所致。元旦时节,皇叔父王在皇上面前行礼,以及百官行礼时起立等待,进酒时入班行跪礼等等,俱应停止。我们之所以请求如此,是因为了解皇叔父王患有风疾,不能跪拜。跪拜只是小事,如果勉强行礼,使身体过劳,以致国政有误。"多尔衮却欣然接受,并说:"自今年率众行礼毕,就坐位,进酒时不入班行跪礼,以后凡行礼处,跪拜永远停止。"他对礼部说:"元旦在皇上前行礼毕,初二日郡王以下及各官免到我处行礼。"

第二阶段是顺治五年(1648年)后,是年十一月戊辰,奉太祖配天,四祖入太庙,祭告天地,并追尊四祖考妣帝后尊号,为此广施恩泽,大赦天下。皇太后见多尔衮势大,处处与皇上类比,她为了笼络多尔衮,便仿前人称尚父之制,对诸议政王大臣说:"皇叔父摄政王治安天下,有大功劳,宜增加殊礼,以崇功德。及妃、世子应得封号,院部诸大臣集议具奏。"诸议政王大臣遵照皇太后的旨意,经商议最后决定:"加皇叔父摄政王为皇父摄政王,凡进呈本章旨意,具书皇父摄政王。"这一决定得到了皇太后认同。从此以后,题本、启本封面上的批红,大都书写"皇父摄政王旨"在前。而多尔衮便借此次加封,又把自己的地位大大提高了一步。不仅实权在握,而且一切礼仪制度也跟上来了。其"所用仪仗、音乐、及卫从之人,俱僭拟至尊"。这年九月,又增设了多尔衮手下的汉二品銮仪使一员、三品冠军使、四品云麾使、五品治仪正各二员,六品整仪尉三员。礼仪官员的增加,说明他在努力向皇帝的排场看齐,而不只是掌握实权就够了。

多尔衮的地位由皇叔父摄政王变成了"尚父",不仅地位礼仪上等同皇上,而且他在府第改建上也与皇宫相比。虽然定其"房基高十四尺,楼三层,覆以绿瓦,脊及四边俱用金黄瓦",但他却利用原明代所建的洪庆宫进行扩建。圈占民地四百余亩,规模体制全仿皇宫,有大殿四座,雕梁画栋,翚飞鸟革,虎踞龙蟠,凌空挂斗,殿顶覆以黄琉璃,金碧辉煌。其余曲室阿房,崇楼杰阁,殆以千计。所用木石材料皆派专员采自闽赣,共用各种彩画颜料九千六百余桶,油漆十万斤,铜锞、铰链、钉头七万余,加上其他东西,共用内帑不下千万。这座王府,后改为寺院(玛噶喇庙),乾隆年时为普渡寺,今为北京市南池子小学。

第三阶段是顺治六年(1649年)以后。据《清世祖实录》载,从这个时候起,多尔衮"凡一切政事及批票本章,不奉上命,概称诏旨。擅作威福,任意黜陟。凡伊喜悦之人,不应官者滥升,不合伊者滥降,以至僭妄悖理之处,不可枚举。不令诸王、贝勒、贝子、公等入朝办事,竟以朝廷自居,令其日候府前"。府中设有六堂,均派专员办事,与朝中六部相颉颃。一言既出,即为法令,不必等待上谕。大小臣工章奏,均须另备副本呈多尔衮,由他任意批答。随着功勋、地位、声威日隆,多尔衮的贪欲也日益增大,就差登上皇位了。顺治七年(1650年)七月,他为满足自身欲望,不顾百姓的死活、社会的安危,以及国内战乱迭起,灾荒频仍,国库财政入不敷出,百姓难以休养生息的情况,竟然下谕说:"京城建都年久,地污水咸,春、秋、冬三季还可以居住,夏天湿热难当,只是京城为历代都会所在,营建不易,不可迁移。考虑辽、金、元都曾在边外修建避暑之城,我虽想仿照前代修建大城,但怕糜费钱粮,重累百姓,所以拟建一小城,以便往来避暑。"为此,他下令加派赋银,于边外筑避暑城。

第二节 摄政王专权排异己害忠良

多尔衮利用自己的功高和受封为皇父摄政王的特殊地位,为了巩固手中的权力,便开始对政敌和异己采取各种手段进行打压和迫害。因为顺治帝福临是在特定条件下继皇位的,继位之初,幼主的皇权巩固取决于三个因素,一是两黄旗大臣的效忠,二是其兄王豪格的威权,三是叔王郑亲王济尔哈朗的支持。多尔衮当时虽然有野心想争夺皇位,但因时局发生变化,他见自己势单力薄,再加之受恩于先皇和皇太后,违心地顺势提出拥立福临登基,由郑亲王济尔哈朗和自己辅政的折中方案,这才使两黄旗和两白旗火拼的矛盾暂时缓和。但是,当年盛京皇宫外,为争夺皇位继承权,两黄旗护军箭搭弓弯,崇政殿内,两黄旗大臣刀剑出鞘这一幕幕惊心动魄的情景,仍在现今手握大权的皇父摄政王眼前晃动。他认为,先帝皇太极在世时期,自己在追击蒙古察哈尔林丹汗,征服朝鲜,进攻明朝的过程中,屡建奇功。崇德帝皇太极当时也曾说:"朕爱尔过于诸子弟。"凭这样的资历,为何不能继承皇位?再说先帝皇太极一开始继汗位时,是和三个兄长平起平坐,共治国政,后来还不是把三个兄长踩下去,才独揽大权,南面独坐的吗?皇上后来的皇位和抢夺来的又有什么两样?

多尔衮在清朝定鼎中原后,面对自己的特大功勋,以及受到的尊崇和在朝中地位不断提高的情况,他这种内心不如愿的思想,使得他逐渐不把皇家规制、幼主福临和皇太后放在眼里,在他心中早已把当初在先皇、两宫太后和诸王、贝勒、大臣面前所发的誓言抛在了九霄云外,促使其专权独裁的思想和愿望愈加强烈。他凭借有多铎和阿济格两位同胞兄弟,凭借所率领的两白旗将士在后面撑腰,凭借两黄旗中又有都统拜音图、阿山、阿布泰和谭泰等人的卖身投靠,尽管没能当上名副其实的皇帝,但他却借傀儡幼帝之名,借皇太后对他的信任,对代天摄政仍不满足,他从心底里极力藐视幼君。于是,便利用自己的功高威权日增,千方百计地树立自己的皇权,对凡是妨碍他向真正皇权过渡的政敌,便会毫不客气地使用铁血手腕置之于死地,对忠于幼主的两黄旗大臣则百般进行排挤、打压、迫害。

首先遭受打击迫害的是顺治帝的兄长肃亲王豪格,因为他当年曾与多尔衮因争皇位而结怨。顺治元年(1644年)四月,豪格对正蓝旗固山额真何洛会,以及两黄旗大臣扬善、俄莫克图、伊成格、罗硕发泄对多尔衮的不满,说:"固山额真谭泰、护军统领图赖、启心郎索尼一向依附于我,如今却率两黄旗依附于睿亲王,可睿亲王身体多病,怎么能坚持到辅政结束呢?有能耐的他都收用了,没能耐的我就收用吧!"后来又因为派他随大军出征攻明,十分生气,又说:"多尔衮不是有福之人,没有几天的寿命。"他还对别人高喊,"我怎么会像那个病夫那样?你们为何这样看着我?我难道不能用手把他的脖子扯断吗?"没想到后来其部将何洛会等人见豪格这样鲁莽成不了大气候,便向多尔衮检举了豪格的上述言行。多尔衮以辅政叔王的名义,召开诸王、贝勒、贝子及内大臣会议,议豪格罪,并剥夺了他手下七个牛录,罚银五千两,削亲王爵,废为平民。同时将追随豪格的党羽俄莫克图、扬善、伊成格、罗硕斩首。对检举揭发有功的正蓝旗叛臣何洛会,将籍没俄莫克图和伊成格的家产奖给了他。然而多尔衮此时还不能任意诛戮,还不好命令豪格留居盛京闭门思过,后来豪格得以随军征明从征,在清军入主中原作战中立了军功。顺治帝进入北京再次举行登基大典,封赏功臣,大赦天下。复封豪格为肃亲王。册封豪格之册文说:"我太祖武皇帝肇基立业,垂裕后昆,太宗文皇帝缵承洪绪,奄有蒙古诸国,平定朝鲜,拓土开疆,弥敦典礼。及朕绍服,尔和硕肃亲王前以引罪削封,后随叔父摄政王入山海关,破流贼二十万,遂定中原,厥功懋焉。朕诞登大位,特加昭雪,授以册宝,复封为和硕肃亲王,永存带砺,与国咸休。"但是,多尔衮一直把豪格作为自己专权防范打压的强劲对手。

顺治二年(1645年)五月,李自成大顺政权覆灭。在此同时,多尔衮派豪格率军下山东,帮助王鳌永、方大猷、朱国柱等人平定地方,稳定漕路。另一方面又命其与豫亲王多铎南路军相策应,为清军渡江做准备。豪格当时长驻济宁,率骑兵四千,一方面协助镇压地方农民起义,一方面对付江北的南明镇将高杰、许定国。攻破农民起义军十余处,俘获了大量人员和牛马,都赏给了军中将士。随后,豪格回京,由阿巴泰接替。对豪格这次出征所取得的功绩,多尔衮并没有给予任何奖赏,相形之下,多铎率军下西安、破南京,则大加奖赏,大吹大擂,搞得很隆重。多尔衮对于豪格的冷遇,很多人,甚至包括多铎在内,都深表同情。是年十二月,多尔衮得知后,把诸王、贝勒、大臣等召集来,说以前不立豪格,并不是我一个人的意思,你们这些诸王大臣都说,如果立肃亲王,我们都没法活了,所以没立他为君。怎么如今却要对他"市恩修好"了?多尔衮十分恼怒,特别斥责了其胞弟多铎一番。

顺治三年(1646年)正月,多尔衮就把豪格派去征四川大西农民军张献忠。其所率将领有很多是两黄旗属人,豪格明知是多尔衮整他,但也得硬着头皮前去,如果违令拒行,正好给多尔衮以打击他的口实。他率军于三月下旬到达西安,随即发兵攻打在陕西的大顺农民军余部和地方起义军,然后于五月初五向汉中进发,打败贺珍部。又向东到西乡、兴安,向西到泰州,打了几场胜仗,俘获大量牲畜。十一月豪格自陕入川,在百丈关接受了大西军张献忠部将刘进忠的归降。后在刘进忠引导下,清军疾驰而过保宁。十一月二十六日至南部,知张献忠在西充,便以鳌拜为先锋出发。次日黎明,漫天大雾,张献忠在毫无戒备的情况下在观敌掠阵时,被清军雅布兰一箭射中心脏而毙命,届时清军乘乱攻杀,大西农民军将士措手不及,伤亡较为惨重。捷报传到北京,多尔衮不得不对豪格略加赞赏几句,也不过是"深可嘉悦"云。而豪格则乘胜攻入四川中、南部的荣昌、隆昌、富顺、内江、资阳、菱州,以及遵义等地,俘获斩杀不计其数,"川寇悉平"。

顺治五年(1648年)正月,豪格率胜利之师回到北京,对这样重大的胜利,按照常规应该大大庆贺加赏一番,但是,却异常冷清。《清实录》上也只简单记载"上御太和殿宴劳之"寥寥数字。这种气氛,对豪格来说,似乎意味着某种不祥。果然,就在当月,多尔衮先以部将争功等微小罪名,先处罚了跟随豪格征四川的将领希尔根,此外又对鳌拜、苏纳海、车尔布、觉罗巴哈纳、索浑、富喇克塔等,给予降职或停赏处分,甚至对正黄旗大臣尼堪、满达海等人也议处罚款,后来认为不妥才特旨免罪。这些人的罪名之一就是因为附和豪格,一同举荐"有罪扬善之弟机赛"为护军统领。从此开始,多尔衮便借一切机会,利用各种手段拉开了打击异己的序幕,并很快将其推向高潮。这时,豪格已经知道,灾祸就在眼前了。果然不出所料,只隔了一天,多尔衮就把豪格又推了出来。一是说他征服四川已有两年,地方却并未平定;二是说他推荐依附他被斩首的扬善之弟机赛,补任护军统领一职,对希尔根冒功之事不加处理;三是说他对多尔衮"三次戒饬,犹不引咎"。于是,诸王大臣议其罪应拟死。多尔衮这时假装摆出一副仁慈的面孔,说:"如此处分,实在不忍。不行不行,不能这样做。"众人知道多尔衮之意,最后免了豪格一死,但却剥夺了他的所属人员,将其幽禁起来,这等于判了无期徒刑。荣为和硕肃亲王及帝之皇兄的豪格,就凭这莫须有的三件小事,就被削爵籍没幽禁。豪格遭此不白之冤,自然十分震怒,何况他性子又颇为暴躁。被幽禁后,他还对阿济格、尼堪和苏拜说:"要把我放了就没事,如不放,别以为我会眷恋几个孩子,我拿石头把他们全砸死!"不久,豪格便死在狱中了。究竟他是怎么死的呢?有人说是多尔衮谋杀的,也有的传是多尔衮命监守者屡屡侮辱他,豪格义愤填膺……不数日,竟绝粒而死。不管怎么说,豪格为多尔衮迫害致死是毋庸置疑的,享年不过四十岁。

其次是对忠于幼主的两黄旗大臣进行打压迫害。多尔衮将皇帝兄长豪格迫害致死后,遭到两黄旗的众多将领的鄙视。多尔衮见两黄旗大臣都手握重兵,虎视眈眈,随时都有可能颠覆他的统治,于是便千方百计地采取各种手段,进行严密防范和不停顿的打击迫害。两黄旗的文臣武将们都是崇德帝皇太极的亲信,皇太极逝世后,提出坚决拥护皇子继位,因为这是关系到两黄旗是否还能占据统治地位的大问题。所以索尼、鳌拜、图赖等两黄旗重臣坚决支持皇子继位。当时两黄旗支持皇子继位的大臣还有图尔格、锡翰、巩尔岱、塔瞻、谭泰等人,他们都站在皇子这一边,甚至不惜"宁死从帝于地下"。特别是在决定立福临为帝之后,两黄旗大臣侍卫图尔格、拜音图、谭泰、塔瞻、锡翰、多尔济、伊尔登、额尔克戴青、巩阿岱、车尔格、图赖、鳌拜、希福、范文程、刚林、索尼、哈世屯、巴哈、陈泰、穆成格、伊尔德、谭布、遏必隆等二百零七人,焚香对天盟誓,其誓词为:"图赖等谨誓告于天地,我等以主上冲幼,不靖共竭力如效力先帝时,诡事诸王,与诸王、贝勒、贝子、公等结党谋逆,潜受略遗,及与人朋比,仇陷无辜,娼嫉构谗,蔽抑人善,徇隐人恶者,天地谴之,即加屠戮。"图赖、索尼、巩尔岱、锡翰、鳌拜、谭泰六人怕多尔衮势大压主,便结成小集团,又共立盟誓于三官庙,"愿生死一处"。"誓保幼主,六人为一体"。索尼、图赖等人力图使两黄旗大臣侍卫团结在一起,辅保幼主,这样,多尔衮便不敢有不轨行为。这一愿望,不能不说是良好的,两黄旗大臣侍卫真的能紧密团结,众多将领还都手握重兵,其他各旗的王公大臣和多尔衮白旗三王便不敢肆意妄为,幼主可以牢保无虞,再过几年,长大成人,便可名正言顺地免去二王辅政,新主就可亲政治国了。

然而,两黄旗大臣图赖、索尼、鳌拜等人低估了多尔衮。他在新君福临继位后，秉承皇太后的信任，即传集八旗王公大臣，宣告说："前者众议公誓，凡国家大事，必众议佥同，然后结案。今思盈廷聚讼，纷纭不决，反误国家政务。我二人当皇上幼冲时，身任国政，所行善，惟我二人受其名，不善，亦惟我二人受其罪。"我二人"既已摄政，不便兼理部务。我等罢部事，而诸王仍留，亦属不便，今概行停止，止令贝子、公等代理部务，尔大臣以为何如？"表面上是征求意见，实际上是要取消二王辅政"听从众议"的誓言，军国大政不由八旗王、贝勒、贝子、公等集议，而由郑、睿二王独断，并且还要改变崇德帝皇太极已实行十余年手定的"诸王分管部院"的祖制，让各部大臣直接听命于辅政王。随之又将"辅政"变成了"摄政"，依照此法，大清国就是郑、睿二王的天下，各王的权力受到很大的限制和削弱。接着又传集内三院（内国史院、内秘书院、内弘文院）、六部（礼部、吏部、户部、兵部、刑部、工部）、都察院、理藩院堂官，谕告他们说："今后，凡各衙门办理事务，或有应白于我二王者，或有记档者，皆先启知睿亲王多尔衮，档子书名，亦宜先书睿亲王名，其坐立班次及行礼仪注，俱照前例行。"这样，多尔衮已成为大清国主持国务之首席摄政王了。但是事情并未了结，多尔衮还在采取各种措施，加速向独掌大权迈进。

　　清朝入关之后，随着多尔衮功高勋大和地位的提高，在统治集团内部斗争上，忠贞不贰，不屈威武，不淫于富贵者太少，更多的人是只求保全身家性命、官职庄园，一些人因贪图富贵荣华而背叛故主，转而改事投靠了多尔衮。正黄旗固山额真谭泰，自顺治元年投靠多尔衮，很为本旗人所不满，隶属正黄旗的内弘文院大学士希福，兼通满、蒙、汉三种文字，崇德三年（1638年）协同大学士范文程定部院官制。顺治元年（1644年）主持翻译辽、金、元史完成，奏进皇帝，福临恩赏有加。因他经常嘲笑谭泰"衰庸"，为谭泰所忌恨，后谭泰向多尔衮进谗，说希福伪传多尔衮语，有"构衅乱政"等等。罪名议死，最后将希福罢官，削世职，并没收家产奴仆。

希福的侄子索尼,镶黄旗人,清初开国功臣,一等公爵,他对谭泰叛主投靠多尔衮颇为不满,就告发谭泰,说他隐匿谕旨,"不集众传示",结果谭泰被削公爵,降为昂邦章京,解固山额真任。后谭泰立刻又报复索尼,诬告索尼曾对人说:"所攻克的燕京不过空城一座,剩下的只是流贼,何功之有?"企图激怒多尔衮。谭泰还揭发说:"索尼曾令人在内库鼓琴,在禁门石桥下捕鱼,在库院牧马,在朝门击鼓作戏。"并说索尼骂自己背主,又要强送他马。结果法司询于两黄旗大臣图赖、巩阿岱、锡翰、冷僧机、鳌拜等在场之人,大都与谭泰所说不同,但法司官承多尔衮之意,议索尼三罪论死,冷僧机、巩阿岱、锡翰、塔瞻、鳌拜等以包庇之罪,分别议以革职、鞭责、罚银等。最后多尔衮见此案颇冤,无法服众,便发下谕旨:"索尼应依拟处死,念于朝廷效力有年,姑免死,革职并牛录任,著当差,永不叙用。冷僧机、巩阿岱、锡翰、塔瞻、鳌拜、巴泰、巴哈、德马护等本应依拟,故免罪。"最后索尼被遣送沈阳盛京守陵。

镶黄旗大臣图赖对多尔衮也颇不以为然。在他随多铎征江南时,谭泰曾求他把南京留给自己攻取,图赖不满于此,向多铎揭发,多铎写信并派遣塞尔特送摄政王多尔衮,但塞尔特却将此信送于锡翰,被锡翰扔到河里,以保护谭泰。后来事发,多尔衮在议谭泰罪时,以其为自己的亲信,拖了三天犹豫不决。图赖便跑去诘责多尔衮,问他,"何为迟久不结案?"多尔衮哪里受得了如此蔑视,说图赖:"以言词逼我,我可不能忍受这样声色俱厉的态度!难道我不是先帝的子弟吗?"说罢拂袖而去。在座诸王见多尔衮生气,便把图赖抓住绑了起来,但又不好因此给他定罪,只好暗暗怀恨在心。顺治二年(1645年)三月,图赖借请求多尔衮指示他的错误时说:"我图赖向年效力皇上,王之所知。如今图赖之心仍然像以往那样效力皇上,不避诸王贝勒等嫌怨,见有异心,不为容忍隐;大臣以下,牛录章京以上,亦不徇隐其过恶,图赖向天发誓,必尽忠效力。"这实际上是公开向多尔衮表明自己的态度,如有对不起皇上,别有用心的人或事,他绝不会袖手旁观。多尔衮对这种公开的宣战却无可奈何,因为他找不到图赖的话中有什么茬子。后来，多尔衮只好命图赖与博洛一起率军，攻打福建、浙江。最后图赖在浙江金华病死，其子辉塞袭爵。

第三是对郑亲王济尔哈朗进行百般排挤。顺治四年（1647年）二月，多尔衮的最后一个对手就是与他一同辅政的郑亲王济尔哈朗，他以济尔哈朗建筑府邸逾制，擅自使用铜狮、铜鹤，被多尔衮定罪，罚银二千两，罢免了其辅政王职务。而将自己的同母弟多铎晋为辅政叔德豫亲王，成为清政府实际上的第二号人物。三月，吞齐、尚善、屯齐咚等诬告济尔哈朗，说先帝皇太极初丧时，济尔哈朗不举发两黄旗大臣谋立肃亲王豪格，以及扈从入关，擅自令两蓝旗越序立营前。议罪当死，遂兴大狱，后从轻发落，降为多罗郡王。济尔哈朗一案，涉及人员还有鳌拜也以四罪免死赎身，塔瞻从宽免革，锡翰革去公爵及议政大臣职衔，赎身黜为平民，发去昭陵居住，兄弟子侄中为侍卫者全部革退。其他还有图尔格免革，其子科布梭被革职。后来，在多尔衮的打击下，一些两黄旗大臣纷纷背弃当年誓言，投靠了多尔衮。如拜音图、巩阿岱、锡翰、冷僧机、席纳布库等，他们对鳌拜和索尼说："我们一心为主，生死与共的誓言，俱不算了。"还逼迫这两人一同悔誓，所以这几个人投靠多尔衮后又都被封为贝勒、贝子。

忠于先帝和幼主的两黄旗大臣图赖死了，索尼遭罚，济尔哈朗又被罢免了辅政王职务，拜音图、巩阿岱、谭泰、锡翰、冷僧机、席纳布库投靠了多尔衮，剩下的两黄旗大臣还要继续遭受多尔衮的打击。鳌拜和索尼、巴哈这些人虽然没有苟同多尔衮，但始终遭到多尔衮的嫉恨。一天，多尔衮问大家，是不是鳌拜和索尼的关系很好，护军统领伊尔德，侍卫坤巴图鲁、巴泰、费扬古、郭迈，一个个都不吱声。多尔衮就问巴泰："你是不是和索尼很好啊？"巴泰说："我们俩在一起工作得很好。"多尔衮又问鄂莫克图："你和索尼是郎舅关系，关系该不错吧？"鄂莫克图回答说："虽说是郎舅关系，但关系却不怎么样。"费扬古和郭迈也帮他说话,费扬古还补充说:"我平望倔犟,对无关的事情一概不睬。"多尔衮见没问出什么东西,十分不悦,说这些人不说实话,将伊尔德、巴泰、费扬古、鄂莫克图、郭迈等或革职,或罚之,或加倍罚之,可谓乱发淫威,但矛头是指向忠于先帝和幼主的两黄旗大臣索尼和鳌拜。图赖死后,他又革图赖之子辉塞所袭亡父的一等公爵,革三等公爵图尔格之子科布梭所袭父之爵职,削索尼官职,籍没其家,将其充发沈阳盛京,降护军统领鳌拜一等子世职为一等男,论死赎身。但他对叛主投靠自己的人则一再超擢,曾系拥立肃亲王豪格之六大臣成员锡翰、巩阿岱及其兄伊拜图,因背叛故主豪格谄媚多尔衮,分别从闲散宗室晋封为多罗贝勒和固山贝子。原正黄旗一等侍卫冷僧机后来背主献媚于多尔衮,被其授内大臣,从三等男晋升至一等伯,曾诬告索尼的谭泰,不但后来未受任何牵连,反而官复原职,到顺治七年(1650年)多尔衮威势达到顶峰时,谭泰还当上了吏部尚书。

第三节　幼帝仰叔鼻息危如累卵

顺治帝福临在皇太后眼里仍是一个无知的小孩子,对他一百个不放心,可谓谆谆告诫,处处着想,无不周详。福临"孝事圣母皇太后,晨兴问安,长跪受教"。入主北京之初,当时因国家财力艰难,无力大修被李自成农民军烧毁的宫殿,小皇帝福临从顺治二、三年起,与皇太后分居,住在破坏较小的保和殿,暂时改名为"位育宫",由太监总管刘新桥及小太监吴良辅具体负责其生活起居,但也经常需皇太后抚育之意。他每天除了玩耍,不时也在宫门外练习射箭,为将来亲政作准备。摄政王多尔衮仰仗自己功高勋大和地位的提高,却忘记了当年拥立福临继承皇位时曾向众王贝勒许下的誓言"遵守先帝定制,敬事幼主,不得徇私庇奸,私结党羽,挟仇害人,兄弟谗构,否则,天地谴之,令短折而死",违背了郑、睿二王特立的"如不秉公辅政,妄自尊大,漠视兄弟,不从众议,每事行私,则天地谴之,令短折而死"的誓词。他为了专权,对幼主福临的培养教育从不关心,一味放任自流,不为幼帝配备名师进讲。尽管都察院承政满达海、户部科给事中郝杰、弘文院和国史院大学士洪承畴提出为幼帝延师讲学,多尔衮亦不采纳,并且干脆不予理睬,不加批示。据《清世祖实录》记载:顺治元年(1644年)正月,满达海等人上书摄政二王,请求"慎选博学明经之端人正士"在皇帝身边"朝夕讲论",但多尔衮以福临年纪尚小为理由加以拒绝,说是"尚需迟一二年"。十月,顺治帝登基大典之后,户部给事中郝杰以为从古帝王都首重经筵,现在皇上"正宜及时典学",因此请求选择"端雅儒臣"为皇上讲授《大学衍义》《尚书典谟》之类,多尔衮仍只答复:"俟次第举行",不予重视。顺治二年(1645年)三月,大学士冯铨、洪承畴上疏说:"皇上满书俱已熟习,但帝王修身治人之道,尽备于六经,一日之间,万几待理,必习汉文,晓汉语",请求选派满汉词臣,"朝夕进讲"。这次多尔衮索性不予回答,连借口也不找。这样致使年幼的小皇帝福临平时倒也乐得逍遥自在,骑马、弯弓、射箭,与小太监玩耍,成为他日常生活的重要内容。

少年天子随着年龄渐长之后,便意识到,他的溺于娱乐可以掩盖自己日渐成熟的心志,减少多尔衮对自己的戒备和猜疑,便越加放荡不羁,乐此不疲。他虽名为皇上,但在多尔衮、阿济格兄弟和一些多尔衮亲信的眼中,只不过一孺子,阿济格在背后经常称呼贬斥他"什么也不懂"。至于那些趋炎附势的小人,更不把福临看在眼里。吏部尚书巩阿岱、内大臣锡翰、席纳布库都是投靠多尔衮以后,被安插到福临身边的侍卫,他们不但不精心侍奉皇上,反而为了讨好迎合摄政王多尔衮,经常故意刁难幼主福临。

顺治五年(1648年)夏天,皇太后要皇父摄政王多尔衮陪福临出宫狩猎,小皇帝福临心中非常高兴,一蹦三高,边蹦边喊:"行猎了!行猎了!"内侍吴良辅急忙找来骑马的骑装,细心地为皇上换衣。十一岁的福临,穿着窄逼的箭袖小袍,头戴行猎的凉缨帽,足蹬软鹿皮的黄色马靴,手拿小马鞭,蹦蹦跳跳地跑出宫门。

多尔衮领大队人马等候在宫门外,他身后一队随从,架着几十只猎鹰,牵着几十只猎犬,这些猎鹰和猎犬,是多尔衮最喜爱的宠物。据说他养的鹰和犬有上千,种类不下百种,有的大如马,有的小如猫,还各有名称。如著名的金狮大王、通天豹子、地上龙、旱地蛟、雪毛虎、呼天彪等,都是蒙古西藏等地贡献来的。每次出猎,他都要从中选择一部分带去。

顺治帝福临出神地望着多尔衮左牵右擎的猎犬和猎鹰,问多尔衮:"皇父摄政王,听额娘说你养了许多鹰和犬,你这次带来的这些鹰和犬叫什么名字?"

多尔衮一听小皇帝问他的猎鹰和猎犬,高兴地笑了起来。他趾高气扬地说:"我带来的这些猎鹰和猎犬都有名字。"他用手指着马前马后跑动的猎犬说:"这条黄犬,叫黄彪,那条花的叫花狼,那奔跑的叫旱地蛟,它跑得最快。那条跳跃的叫呼天彪。皇上请看,那条雪白的猎犬,是朝鲜种,叫雪毛虎,它非常凶猛,撕咬猎物从不放嘴。"多尔衮如数家珍一一向福临介绍自己豢养的名犬。顺治帝福临听得如醉如痴,整天在宫里可没有这样的眼福和耳福。在宫里,多尔衮开始只是把那些大学士和通事已经拟就和翻译好的圣旨诏告给他读一遍,然后让他拿起御笔在上面签上自己的名字。如此枯燥的皇上生活!现在他可以问一些朝政以外他自己感到新奇的事情。想到这些,顺治帝福临白胖的脸上露出了笑容。

顺治帝福临又指着马上养鹰侍卫手臂上架着凶猛的鹰隼问:"皇父摄政王,那些凶猛的鹰隼能听人指挥吗?它们是那么野性凶猛。"

多尔衮哈哈大笑说:"你不要看它们那么凶猛,再凶猛的野性动物,也一样能够被人训练得服服帖帖。驯鹰是个漫长的过程,也是个惊心动魄的过程。我接到皇太后懿旨后,为陪皇上练习骑马射箭武功之法,我亲自用了四天时间才驯服了这只鹰。"

多尔衮走过去,用手轻轻地抚摩着它的羽毛,鹰隼转过头用钩嘴轻轻地蹭着多尔衮的手,眼睛里流露出讨好献媚的光。多尔衮爱怜地说:"皇上请摸摸它。它的羽毛光滑细腻,手感舒服极了!"

顺治帝福临边用小手抚摩着猎鹰身上的羽毛,边端详着猎鹰凶狠的眼睛,问多尔衮:"如果驯服不了,怎么办?难道就没有驯服不了的苍鹰吗?"

多尔衮笑了笑说:"皇上问得好。当然也有驯不服的苍鹰。那只好除了它,不管它多名贵。"多尔衮说着随意做了个杀头的动作,接着说:"皇上,治国与驯鹰一个道理,你对你的政敌和臣民,一定不能心慈手软,要想方设法驯服他们,如果驯服不了,就要毫不足惜除掉他们。只有这样,你才能治理好国家。"多尔衮有些不屑又有些忧虑地想:"这么个小孩子,什么时候才能学会治理国家呢?"多尔衮看看升起的朝阳转而说:"皇上请上马吧,我们要出发了。"

此时的多尔衮无论是国事或家事可谓忙得焦头烂额,他也需要出来散散心。虽然他自己已被晋升为"皇父摄政王",地位已经极大巩固和提高,与自己共同摄政的郑亲王济尔哈朗已被罢免,一些不听话的两黄旗势力如索尼、鳌拜六人小集团也被他又打又拉已分化瓦解,正黄旗固山额真谭泰投靠了他,索尼鳌拜等人被他治罪,力量大大削弱,两黄旗的势力已经小了不少。他自己的仪仗与皇帝御前卤簿相比,只差那么一点儿。但是国事并不那么顺利。剃发令公布后,就遭到汉官和汉民此起彼伏激烈的反抗,不得不迅速废除;粗鲁无智的兄长阿济格被派往科尔沁为福临大婚定亲,路经山西大同时,听部下说大同出美女,便在大同乱淫,并抢出嫁新娘享用,影响极坏,遂引起归降大同总兵姜镶反水举兵抗清,多尔衮先后三次带兵亲征,才平息叛乱;顺治六年(1649年)三月,他的亲弟多铎出痘死亡,给了他极大打击。多铎能征善战,是多尔衮的坚实右臂,如今这右臂折断,怎能不叫他悲伤?为了预防汉人的反叛,他改封三顺王为平南三王:孔有德为定南王,耿精忠为靖南王,尚可喜为平南王,分别镇守云南、岭南、江南等地;他的王妃那木其又疾病缠身,只见人一天比一天羸弱,喇嘛道士萨满,还有西洋教士汤若望,都请来为她治病,家中养了几个喇嘛道士,炼丹的炼丹,念经的念经,但无论怎么调治也不见效。这叫他很心焦。那木其是他的元妃,她是皇后哲哲的侄女,是如今皇太后的堂姐。他自己的身体也见日消瘦,入关之初,是国家多事之秋,这几年的日理万机,更使他疲于裁应,一遇到冗杂事务,心中就烦躁起来,便头昏脑涨。顺治四年,王公大臣们因他"体有风疾,不胜跪拜",请求免去他跪拜之礼。他一方面吃药调理,一方面延请道士喇嘛为他炼制仙丹,以求子嗣和健康长寿。这次同皇上一起出猎,是他调养自己的一个好办法。

西苑猎场绿草油油,散发着鲜花的清香,绿色的草地上,点缀着各色野花,可以看到放养的野鹿、野兔、黄羊在草地上悠闲地吃着草。草场周围的野山冈上,灌木丛丛,松树、杨树、白杨树、榆树杂生,互相荫蔽,互相依靠,互相竞争,郁郁葱葱,十分茂盛。树林里,隐藏着更多的动物。

来到猎场,多尔衮亲自部署了打猎的路线,指挥八旗兵按各自的路线围猎。顺治帝福临在摄政王爷多尔衮的陪伴下,由几个将领紧紧保护着,投身到紧张的围猎中。一条条早已按捺不住的猎犬蹿出,猎鹰低飞回旋在半空,骏马咴咴,蹄声嗵嗵,顿时西苑猎场人呼、马叫、犬吠、鹰鸣,一片沸腾。

锡翰、巩阿岱等多尔衮身边的两黄旗叛臣,身为顺治帝福临侍卫,本应小心侍卫和跟随保护幼主福临,紧紧地跟随左右,可他们却和其主子一样,对幼帝的安危根本就不关心。他们自己却择平坦好路自行,而把福临引上崎岖险峻的小路,以至于为福临前导的小侍卫马失前蹄,摔倒在地,福临见状也不得不加小心,下马步行。可巩阿岱等人见状却不急不慌,仍是慢悠悠地在大路上逛。待走到与福临会合处,还冷嘲热讽地说:"小小年纪不好好学习射骑,像这样的路有什么难走,还要下马步行!"巩阿岱等人不但不把幼主福临引到平坦路上,反而高声向行进在大路上的猎兵喊道:"喂!皇上都下马步行了,你们也都应该下马呀!"猎兵们不知其故,纷纷下马步行。当众嘲讽福临到了肆无忌惮的程度。

在围猎时,席纳布库故意与福临争射猎物。围猎开始,福临热血沸腾起来,好像回到当年六岁时跟随皇考狩猎的时代。草原深处,野鹿出没。猎犬已嗅到野鹿的气味,纷纷扑到前面。猎鹰锐利的鹰眼,似乎也看见隐藏在深草丛中的野鹿身影,箭一般飞到前面。顺治帝福临在马上坐直身体,拿起弓搭上箭,拉开弓,瞄准一只狍子,席纳布库半途截住迎上前去争射,箭落在福临马前,险些伤着福临。

多尔衮捋着胡须,忧郁地望着福临:"这从小在深宫娇养起来的幼主皇帝,没有经历过烈火和鲜血的考验,将来如何能担当治理天下的大事?"多尔衮沉思着。他和先祖先宗皇帝都是从千征百战的血与火中打出来的。大清政权是靠马上驰骋打出来的,心慈手软不能统治天下。明朝灭亡,就是娇养的崇祯皇帝朱由检的无能,他徒有大志,却没有君临天下的大才。大明的今天,也就是若干年后的大清?多尔衮突然感到忧虑……

锡翰、巩阿岱、席纳布库身为皇上侍卫,却一心只遵多尔衮之命对皇上起监督作用,而对皇上和其主子多尔衮一样,从内心里一点也不尊重。他们当宿值日时,经常擅自回家,不请示不报告,他们的行动自然影响着下人。一次福临在塞外避痘病,司膳官厄参竟率膳房的人外出钓鱼寻乐去了,只把两个人留在膳房负责福临的饮食。厄参玩够回来,被福临狠狠地训斥了一顿,厄参还觉得委屈,转向巩阿岱等人诉苦。巩阿岱不但不责怪厄参,反而斥责两个留守人不该不等厄参回来就进膳,从而暴露了厄参擅离职守钓鱼的事件。对于巩阿岱等人的种种犯上逆行,摄政王对其派往皇帝身边等人的不轨行为,不加任何微词,顺治帝福临心中恼怒,有时也行之于色,但终因实权不握,只能忍气吞声,把一切都暗暗记在心里。

更为严重的是，多尔衮为了以王权来挟持幼主皇权，竟然装病，让人叫福临以家人身份来看望他。顺治七年（1650年）七月初十日，锡翰等前往多尔衮摄政王府，多尔衮大发怨言，说："顷予罹此莫大之忧（指王妃病故事），体复不快"，幼主"宜循家人礼"来府探望。多尔衮又指责锡翰等系亲近大臣，意喻皇上虽年幼，尔等岂不知应该如何做？这一天，对于年方十二岁半的幼帝福临来说，是一个令他极为愤恨、极端惊骇、万分不安的大凶之日。当他正安坐宫中之时，突然固山贝子锡翰、内大臣二等子冷僧机、内大臣席纳布库等多尔衮的亲信，匆匆进入殿内，不容细说，便拥着幼帝出宫，"驾幸"多尔衮皇父摄政王府，并让幼帝福临恭问多尔衮安康，慰其新亡元妃之哀痛。原来此事系由"皇父"所引起的。

福临回宫后，静坐苦思，心乱如麻，无比愤怒，又胆战心惊。今日之事，欺人太甚。多尔衮却以"皇父摄政王"之爵秩，要幼帝去探问，而且要行家人礼（即行父子之礼），要号称至尊无上之天子以子事父之礼慰问"皇父摄政王"。多尔衮虽然大权独揽，且又由"叔父摄政王"到"皇叔父摄政王"再册封到"皇父摄政王"。但毕竟还是皇帝之臣，按宫中典制，无权也不应该如此大逆不道。这实际上是多尔衮想借此显一显"皇父摄政王"的威风，来威慑幼君而已！

福临回想起七年多来的遭遇，一桩桩一件件令人发指，心酸、惊恐、胆寒之事情不自禁地涌上心来。七年前刚入主中原，再次举行登基大典，被尊为九州共主之时，英亲王阿济格竟敢称自己是无智幼童，犯下这样大不敬之罪，就因其是多尔衮一母同胞之兄长，却未受重罚。两年前，兄长豪格被削爵籍没，冤死狱中，兄嫂嫡福晋被多尔衮霸占。母子分居，一月之中，只能相见一次有苦无处诉。叛臣锡翰、巩阿岱忘了先帝洪恩，背叛幼主，投靠多尔衮，成为其爪牙，竟敢肆意讥讽朕懦怯不习骑射，毫无人臣之礼。尤其是随着其被封为"皇父摄政王"以后，完全以朝廷自居，令群臣侍候府前，调兵信符及赏功册皆调驻王府收藏，天下只知有摄政王,哪知有朕这个皇帝。此时,他膝下无子,既收亲弟豫亲王多铎之子多尔博为己嗣子,又取亲兄阿济格之子劳亲为养子,兼之,姬妾成群,若生一男,未见得不会废朕而自立。由此可见,多尔衮通过剪除政敌、打压中间势力等铁血手段,已经建立了自己的独裁皇权。回想起这七年多来发生的一幕幕令人胆战心寒的往事,看看今日多尔衮独揽皇权,两黄旗大臣被分化瓦解,多为收买和威慑,寡母幼主谁来保驾,十二岁福临的皇位已处于危急之中。出路何在?绝境何时能完?弑君夺位大祸何日突然降临?福临对此既不敢想又无法不想,他只有听天由命。

多尔衮为了挟天子以行皇权,在上尊号"皇叔父摄政王"后,又于顺治三年(1646年)五月,将皇宫中调遣的信符取到自己的王府收藏,一切人马调遣和朝事奏疏都要经过他一人决断。与此同时,在礼仪制度上更加突出多尔衮的特别地位,与皇帝礼仪两者相较,都是二十种,其中有六种的数量与皇上是相同的。以后又规定了皇帝行幸迎送礼仪和皇叔父摄政王出都及诸王出征迎送礼仪。内容大致是:所经过地方的文武官知县以上、武官游击以上,于境内道右百步外跪迎送皇帝,六十步外跪迎送摄政王……顺治四年(1647年)正月,又颁布了皇叔父摄政王多尔衮福晋仪仗的规定,计有二十种,而亲王福晋仪仗只有九种。

以上礼仪制度充分说明多尔衮的地位显赫,与皇帝十分接近。特别是随着多尔衮的权威日益增强,容不得任何忽视其地位的事情。廖攀龙、张尚在奏疏和题本中将"皇叔父摄政王"称为"九王爷"或题本内只写"皇叔父",却落了"摄政王"三字而被革职。后来王公大臣对多尔衮说:"如今国家已经安定,共享升平,都是皇叔父王的福泽所致。元旦节时,皇叔父王在皇上面前行礼,以及百官行礼时起立等待,进酒时入班行跪礼等等,俱应停止。"多尔衮欣然接受说:"今年率众行礼毕,就座、进酒时不入班行跪礼,以后凡行礼处,跪拜永远停止。"特别是顺治五年（1648年）十一月戊辰,奉太祖配天,四祖入太庙,祭天告地,并追尊四祖考妣帝后尊号,并为此广施恩泽,大赦天下。其中第一条就是:"皇叔父摄政王治安天下,有大勋劳,宜增加殊礼,以崇功德。及妃、世子应得封号,院部诸大臣集议具奏。"

经过商议,最后决定:"加皇叔父摄政王为皇父摄政王,凡进呈本章旨意,俱书皇父摄政王。"

第四节　保皇权太后忍辱施计

皇太后入主北京后住在宁寿宫。这座宫殿是由原明朝仁寿殿、哕鸾宫初步维修后所定名。位于紫禁城内东路,占据了大内东北部一大块长方形的院落,明时是供太后、太妃养老的宫苑。建在单层石台基上,与皇极殿相接。自入关以来,皇太后无时无刻不在宫中思考着大清国的未来。她冷静地注视着入关后四年多来的种种事情。她清醒地意识到,多尔衮大权在握,大清国的命运,她们母子的地位,都决定在多尔衮身上。她不得不思考如何应对多尔衮专权的事。此时,她想到哲哲老太后姑姑来,叫她有些感到遗憾。老太后哲哲姑姑的政治头脑是她一直敬佩不已的,自己正是从她那里直接学到了一些为政之法。她轻轻叹了口气,哲哲姑姑已经淡出皇宫政事,每天只是吃斋念佛,诸事不管。想到这里,皇太后脸上掠过一丝遗憾。另外,她从大典的前后诸事和多尔衮各种礼仪制度的不断比拟皇帝,看到了多尔衮是怎么牢牢抓住皇权不放,并为了达到自己的权欲顶峰,竟明目张胆地逐渐更改祖宗家法,任意擢升亲信,剪除异己,把皇帝调兵信符也拿到自己王府收藏。这一件件非常规事情,使她再一次感受到、认识到,要保住儿子的皇权,她必须设法羁縻和笼络住多尔衮的心,这样才能使他不致违背初衷,待皇儿长大能亲政时还政于皇位,否则就无法保证她母子的安全。同时她也深知多尔衮的私生活颇为荒唐,喜好女色是他的一大特点,甚至不惜一切代价来满足他个人。顺治二年（1645年）六月，他曾问大学士："明朝宫女数千，王府亦多宫女，此时也照此行之可乎？"尽管大学士反对，但追逐女色是多尔衮一生中一项重要内容则毋庸置疑。他十二岁时娶那木其为妻，入关后随权势地位的提高，那木其被封为睿王妃。不仅如此，他为了满足其肉欲，还以皇帝之名义在大臣女儿中为自己选美。先后娶了五位继福晋和四位小妾。五位继福晋是：佟佳氏（孟噶图之女）、扎尔莽博尔济吉特氏（根杜尔台吉之女）、科尔沁博尔济吉特氏（拉布什西台吉之女）、科尔沁博尔济吉特氏（索诺布台吉之女）、朝鲜李氏（金林郡公李开音之女）；四位小妾是：察哈尔公齐特氏（延布图台吉之女）、博尔济吉特氏（杜思噶尔卓农台吉之女）、济尔莫特氏（邦式图之女）、李氏（李什绪之女）。

皇太后对多尔衮的这种种作为一桩桩、一件件都记在心里，但是，孤儿寡母，朝中的军政大权又完全掌握在多尔衮手中，他居功自傲，威福自专，表面对福临毕恭毕敬，可恃权窥位的气势却咄咄逼人。豫亲王多铎是多尔衮的同母弟弟，对他极力关照和支持。多铎出征苏尼特，多尔衮亲送至安定门，归来，亲迎至乌兰诺尔。后来又召集诸王、贝勒、大臣，谕以多铎功劳卓著，应该封辅政叔王，借机罢免了郑亲王济尔哈朗辅政叔王之位。他对当初与他争皇位的肃亲王豪格一直怀恨在心，尽管豪格入关后一直披挂战袍，驰骋疆场，屡立战功，多尔衮还是不放过他。豪格在顺治五年（1648年）二月平定四川消灭张献忠大西农民军后凯旋，福临特在太和殿为这位兄长摆宴犒劳，可没过几天，多尔衮就以豪格徇庇部下冒功及擢用罪人扬善弟机赛的罪名，将豪格投之于狱，随即不明不白而死。她目睹多尔衮入关几年来，对异己势力毫不留情地排挤陷害，想到渐渐长大的儿子福临可能会成为多尔衮下一个打击的目标，皇太后越想越胆战心惊！

皇太后是一个非常聪明的女人，她深知多尔衮在政治军事方面势力的强大，他的政治倾向可以直接影响到幼主皇上和太后母子的地位。

为了先帝太宗的基业，为了儿子福临的皇权和生命，她决定利用自己曾对多尔衮当年提拔重用之恩；用屡次又因其功大赐封为皇叔摄政王、皇叔父摄政王和幼帝尚父"皇父摄政王"等之情；用与堂姐那木其的亲情；用皇太后的威权和政治手段笼络住他。

顺治五年（1648年）十一月的一天，皇太后布木布泰在宁寿宫寝宫内，对着梳妆台前的大镜子静静地欣赏着自己。三十五岁的她，由于在宫中受宠，加之精心保养，依然风采照人，细腻白皙的脸颊，染着天成的红晕，眼睛依然晶莹剔透，显现出她那压抑不住的青春活力和热情。她端详着镜中的自己，问身后的苏麻喇姑："看我老了吗？"苏麻喇姑笑着说："主子和当年一样年轻漂亮，哪会老呢？"

皇太后抬起手理卷乌黑发亮的云鬓，把珍珠花和赤金凤钗稍微正了一下，最后朝镜子望一眼，抬眼问苏麻喇姑："时辰到了吧？睿王爷该来了吧？"苏麻喇姑点点头。

这时，皇父摄政王多尔衮出景运门向宁寿宫走来，宫门外响起有力的脚步声。宫女和太监都跪下相迎。苏麻喇姑挑起内室明黄色锦缎门帘，多尔衮走了进来。皇太后从镜子前慢慢转过身，黑亮的眼睛从镜子里望着镜中走来的睿王爷。苏麻喇姑急忙退出寝宫，在寝宫外的大殿门口坐下来指导宫女绣花。

皇太后在宁寿宫单独召见睿亲王多尔衮了解国政，这是首次，以前都是睿亲王先到小皇上那走走形式，然后再到宁寿宫皇太后处恳请懿旨。很显然，这次主动请摄政王多尔衮来，主要是为了保护儿子的皇位要和多尔衮摊牌，这也是她想了千百次却一直不敢做的事。

多尔衮进入皇太后的宁寿宫，只见她转过身，嫣然笑着，走到睿亲王多尔衮的面前，说："睿王爷，感谢睿王爷扶助福临第二次登上皇位，覆灭了大顺农民军，对南明弘光小朝廷采取怀柔与打击的策略，在劝降无效后，发兵攻占南京，致使弘光政权覆灭。"

皇太后向多尔衮询问国内形势。多尔衮走到殿内，坐在炕边，拿起长烟袋,惬意地深深吸了一口,喷出串串青烟,说:"入关已五年多了,现在一切都安定下来了。朝政也需要制定各种规章制度。祖宗留下的家法规矩有的需要发扬,有的需要更改,但是还需要制定许多新规矩才能统治这么个大国。"

皇太后点着头,说:"睿王爷所虑极是。想当年我大清治理的只是关外一片地方,几千万人口。如今治理整个中国,人口地方不知比过去增了多少倍。这有多少新情况需要处理啊。福临年纪小,朝政大事均需睿王爷办理,你身上担负着大清的前途和命运,我都希望能为你分担一些负担。睿王爷就尽可以把心事放在辅助皇儿打理朝中大事上,福临还不到大婚年龄,这后宫之事有我统摄。"

多尔衮笑着问:"后宫主事该是皇后,皇太后主事不太合乎我朝规矩。您准备主到什么时候呢?"皇太后想了想说:"皇上现在年纪幼小,娶亲尚早,后宫只好由我这个皇太后打理,这也没有什么不合规矩的。等皇上长大娶了皇后,我自然还权于皇后。这正像睿王爷一样,摄政终究要还政于皇上,是不是啊?"

皇太后拿眼睛瞟着多尔衮。多尔衮的眼睛里闪过一丝不快,他沉吟着不说什么。皇太后急忙拿话岔开,柔声细语地问:"王爷如何安排朝内事务?"

多尔衮抽着烟,又呷了一口奶茶,想了想对皇太后汇报说:"当初我入关时答应给崇祯皇帝发丧,五月发丧之后,上下说好,称赞我朝仁义。对一些官员的任用,我们大清国暂时还抽不出那么多官员,就只好先用原有的旧官和降官,何况先皇早有名训,治理汉人还得汉人,我大清官员只要牢牢把握朝政就可以了。等明年,按范文程的建议开考科举,当年先皇开考科举就搜罗了不少人才,我也想从中选拔以后的官员,这就是以汉治汉吧。在机构设置方面,仍遵循先皇的旧制,采用三院八衙门制,内国史院、内秘书院、内弘文院,兵部、吏部、刑部、户部、礼部、工部、都察院和理藩院。地方机构暂时都以明朝旧制。不知皇太后有什么见教?"皇太后命人为多尔衮斟上一碗热奶,多尔衮端起来一饮而尽,连声称赞:"好奶子!这蒙古的奶子味道确实鲜美,我百饮不厌。那些汉人却享受不了这等美味。几天前江南名士钱谦益前来拜访,我请他喝奶子,他喝了一口竟然要呕吐,真是南蛮子!"

皇太后眉尖轻蹙,有些忧虑地问:"听说江南多名士,江南名士也多争斗。王爷把这些原本不共戴天的仇人都搜罗在朝中,就不怕他们狗改不了吃屎,继续在我大清朝中搞党争吗?"

多尔衮轻声笑出声来,说:"皇太后所虑极是。过去我曾有过担心。现在我对这些汉人读书人有了深入了解。他们之间争来争去,无非是狗咬狗,无非是想从主子那里多讨点儿骨头啃,这与奴才本性完全相同,别看他们都打着什么漂亮冠冕堂皇的旗号。不管他们如何争斗,他们始终还是想讨好主子。所以不怕他们争,在他们争斗得不可开交时,主子可以随便踢这个一脚,赏那个一块骨头。然后再换过来,踢那个一脚,赏这个一块骨头。这一打一拉,只能叫他们像我的那些狗一样听话。倒是怕他们不争。如果他们不争,他们团结齐心,主子的日子反倒不好过。所以汉人皇帝历来鼓励读书人争斗,还要想办法挑起他们的争斗,让他们你咬我我咬你。他们之间争斗得越凶,越要依靠主子的支持,越要讨好主子。像明朝臣子孙之獬,抢先剃发,换衣服,真正忠心。再如冯铨,我一写信去招抚,他马上前来朝见,瞧他有多忠心。读书人总是想做官的,给个官职就会感激涕零。"

皇太后微微笑了:"这样我就放心了。不过,还是要提醒王爷注意,这等反复无常的小人还是要多加提防的好。南方汉人拥立明朝的什么皇帝,一起攻击冯铨,是不是又犯了老毛病,想结党营私啊?此风万不可长!"多尔衮说:"皇太后所见极是,臣弟也如此认为。我已经把大学士、刑部、科道各官召集到重华殿进行面审,严加申斥,禁止他们蹈故明陋习,结党同谋陷害忠良。"

皇太后也轻轻笑了起来:"没想到这批汉官都无德无行,却个个装作道貌岸然的君子！如果不是新朝急于用人,断不可重用此等人物！这种有奶便是娘的小人总归是祸患。不过嘛,万物之道在于平衡,我以为治国之道也在于平衡。有几派势力正如王爷说是好事,但是万不可让一派占据绝对优势压倒另一方,要让几派在相互消长中保持平衡。这样才能保持国运祚胜。不知王爷以为如何？"

多尔衮惊诧地瞪大双眼,赞叹不已:"皇太后真是像大学士范文程一样有谋略！小弟佩服佩服！"

皇太后连连摆手:"王爷千万不要夸奖。我这点想法,还不是从先皇从范文程还有从王爷你们那里学来的嘛！我虽然是个女人,但是我喜欢学习,通过学习历史明白了不少道理,尤其是治国的道理。"

多尔衮沉思了一下,谦恭地说:"皇太后,臣弟有一事请教。大清官员士兵大批入关,现在他们的生计成了问题,关外有肥沃的土地,可是京城里没有土地给他们,他们以后如何生活呢？不能全部依靠朝廷俸禄吧,那样朝政负担太重。百姓徭役赋税太重才导致李自成的起义和明朝的灭亡,我们大清不能在开国之初就加大赋税的征收。相反,我准备采纳汉大臣们的建议,下令减轻赋税。想请皇太后给予明示。"

皇太后皱着眉头,说:"是啊！这是个大问题,又是个大难题,一时还真想不出妥善的解决办法。"她沉思了一会儿,接着说:"我记得历史上有屯垦戍边的事,那是解决戍边士兵的吃饭问题。我们现在能不能在京畿地区再来个圈地运动,把那些无人耕种的荒地圈给八旗,让旗人自己或者雇工种地,以解决吃饭问题。"

多尔衮说:"皇太后和臣弟不谋而合,臣弟也想到用此方法。把荒地圈来开垦,这一定会促进京畿地区的繁荣昌盛,一举数得,何乐不为？小弟不日即下圈地令。皇太后真有男人的胸怀和抱负,以后臣弟一定多听从皇太后的指教。"

皇太后莞尔一笑:"王爷一言,驷马难追。我谢谢王爷的厚爱和赤诚襄助。"

第十章 多尔衮的声色犬马生活

第一节 福临擅闯宁寿宫遇尴尬

顺治帝福临自从入京登基大典后,就一个人在乾清宫,按照皇太后的吩咐,由太监总管刘兴桥和太监吴良辅负责其生活、读书学习、骑马射箭和玩耍。并且每一个月才能与皇太后见一次面,感受母爱和聆听母亲当面教诲。一次,福临读书写字感到很烦闷,跑到乾清宫书房后院,站在射箭台前,搭弓瞄着箭靶,只见几支标箭嗖嗖地飞向箭靶,稳稳地扎在靶子上。福临见自己射出去的箭都正中靶心,高兴地蹦跳起来。太监吴良辅跑上去为福临捡箭,数着箭靶上的环数,大声喊:"皇上中了大满贯!"福临也高兴地连翻了几个跟头,吴良辅伸出双手小心保护着,生怕皇上有个闪失。君臣二人在书房后院十分开心地玩着。

突然,外面侍卫高喊,"皇太后驾到!"吴良辅急忙拉着皇上说:"不好了,太后来了!快回书房!"

福临喜滋滋的,想跑出去迎接额娘,然后一头扑进额娘的怀抱。太监把门帘挑开,皇太后端端正正走了进来。福临正要扑进皇太后怀抱,皇太后脸色一沉,威严地"嗯"了一声,福临想起见皇太后的规矩,只好跪下向皇太后问安。皇太后矜持地点着头,让他站起。苏麻喇姑扶皇太后坐在炕上。

皇太后翻开福临的描红,脸渐渐阴沉了。她抬起头,眸子里流露出责怪的眼神说:"满文还没学会,怎么就开始学汉文?还是先学会满文再说。你要好好学习满文,这汉文和描红就先放放吧!你是大清国的一国之君,不会写满文怎么行呢?"

福临觉得就像有一盆冷水从头泼下,浑身上下冰冷,刚才的喜悦倏然消失殆尽。他机械地点着头说:"儿臣记着母后的教诲。"皇太后又教诲了一顿,然后站起身,微微笑了笑。看着母后袅袅婷婷地走出书房,福临紧紧咬住嘴唇,拼命忍住要流出的眼泪。

福临对着吴良辅大吼一声:"滚!"吴良辅退了出去。转而他又对师傅大喊:"滚!滚出去!我不学了!"总管刘兴桥只好请学士暂且退下。福临在书房里胡乱发了一通脾气,然后爬到乾清宫炕上躺下,不一会儿就睡着了。总管刘兴桥为他盖上了毛毯,小太监吴良辅守在一边,忠心地看护着这位十岁的少年皇帝。

顺治五年(1648年)三月,一天,福临出猎回宫后,派小太监吴良辅去宁寿宫请示想见皇太后,但是苏麻喇姑总是回话说:"皇太后旨意,今日太忙,以后再见不迟。皇太后懿旨让皇上好好读书。"

福临午睡起来,正没什么事可干,他想起出猎时的事情,决心自己亲自去宁寿宫见皇太后,向皇额娘说他狩猎的情景,不让事先通报。随侍小太监吴良辅要叫宫中皇上的便舆,福临摇摇手说:"我们偷偷出宫,悄悄到宁寿宫看母后去,好给她个惊喜。"

小太监吴良辅急忙跪下劝说:"皇上万不可胡来,让皇太后知道了奴才吃罪不起!"福临眼睛一瞪:"大胆奴才!你敢违抗圣旨?你就不怕朕治罪于你?"

小太监吴良辅乖嘴巧舌,嬉笑着说:"皇上最疼奴才,舍不得治罪奴才。皇太后可不疼奴才,万一奴才得罪皇太后,皇太后会往死里整治奴才的!皇上不怕失去奴才吗?"

福临笑了,骂道:"巧嘴奴才!偏你知道朕的心理!那好,为了不连累你,朕派你出宫一趟!"

吴良辅依然跪在地上,说:"奴才不放心皇上一人在宫中走动,万一哪个奴才不认得皇上,冒犯了皇上怎么办?"

福临皱起眉头生气地说:"大胆奴才!总是你的理多!你说怎么办?干脆把你打死算了,省得你总是怕皇太后!"

小太监吴良辅嘟嘟囔囔说:"说是死,不说也是死,反正是死,就死到皇上面前算了。"他急忙从地上爬起来,他对福临附耳说了几句。福临拊掌大笑。吴良辅急忙制止福临,小声说:"小心外面总管听见。"

这一天,宁寿宫的暖阁里,多尔衮正坐在皇太后对面,禀呈完朝事及今后打算,正在向皇太后汇报议政会议情况,说:"肃亲王豪格在率军出征四川时,三等梅勒章京希尔根与护军统领阿尔津苏拜争功,豪格未予审理;另豪格欲将为其替罪而死的扬善之弟机赛升补为护军统领。"

皇太后问:"诸议政王、大臣什么看法?"

"八旗王、贝勒、贝子、大臣会议审理后奏称:豪格隐蔽希尔根冒功事,旧念未琼,因扬善为伊而死,欲升其弟,乱念不忘,虽皇上三降谕旨斥其不应升补机赛,犹不引咎。因此,诸王贝勒人人愤怒,豪格如此怙恶不悛,仇抗不已,不可复留,应处死。"

多尔衮见皇太后没表态,皱着眉头说:"诸王议定肃亲王豪格抗旨不遵,理应当斩。小弟以为肃亲王在顺治元年十月被封为和硕肃亲王,顺治三年平四川农民起义军张献忠有功,虽然对没继皇位难免耿耿于怀,在两黄旗拉拢索尼、鳌拜、何洛会等人,有结党营私之嫌,现在又以亲王三尊带头抗旨,确实罪大恶极。但是问斩似乎又处罚过重,皇太后以为该如何处置为好?"

皇太后想了一会儿说:"这样处置他难免心生怨恨,不但不会收敛他的行为,恐怕会变本加厉拉拢私人势力,与皇上和摄政王爷对抗。"

多尔衮点着头说:"那就只好委屈他,终身囚禁吧。想他在囚禁中,也难有什么作为。"多尔衮喷了一口烟圈,又说:"肃亲王有个小福晋也是蒙古科尔沁博尔济吉特氏,是那木其的表妹,皇太后不认识吗?长得很漂亮呢。"

皇太后用锐利的目光瞟了多尔衮一眼,说:"我们科尔沁博尔济吉特氏的姑娘,我怎么会不认识呢?她和那木其还有些亲戚关系,只是比我小得多,所以来往不多。加上肃亲王历来嫉恨于我,大约限制她与我的接触。你经常见她?"

多尔衮急忙辩解:"也不经常见面,只是她偶尔来看望那木其,那木其是她的表姐。这几天,她来过几趟替肃亲王求情。"

皇太后沉默着,不再追问什么,实际早已知道,只不过是核实一下。多尔衮站起身来,走到皇太后身边,轻轻扶住皇太后的肩膀,恳求说:"皇阿姐。"

这时,一个太监打扮的少年闯进宁寿宫,他掀开门帘,喊着:"额娘!额娘!"

三个人全都定格似的,定在原位,保持着刚才那瞬间的姿势和动作。苏麻喇姑正在净手,听到喊声急忙冲了进来,一边拉着小太监打扮的福临,一边说:"皇上,先出来!没想到我只是净手走开了一小会儿,您却打扮成小太监闯了进来。"

福临甩开苏麻喇姑的拉扯,流着眼泪转身跑回了乾清宫。他冲进暖阁,身子扑倒在炕上,一动不动地趴着,后背和肩头剧烈地抽动着。太监总管刘兴桥和小太监吴良辅互相看着,谁也不敢上前去劝说。这时,乾清宫门外响起侍卫的喊声:"皇太后驾到!"

太监总管刘兴桥和小太监吴良辅惊诧地相互对视了一下,急忙出宫跪倒在院中,迎接驾到的皇太后。皇太后走出玉辇,扶着苏麻喇姑的胳膊,慢慢走进乾清宫暖阁。

福临听见外面的喊声,但是他并不理睬。此时在他心中正充满一种怨恨。额娘是这种人!这叫他从没想到。

皇太后走进暖阁,福临依然一动不动地趴在炕上。太监总管刘兴桥正要上前去禀报,皇太后摇摇手,让他和其他人全都退下。坐在福临身边,冷冷地望着趴在炕上的皇儿,叹了口气,等着福临起身。

福临偷偷望望静悄悄的暖阁内,只看见皇太后一人坐在炕沿上,翻检着炕桌上福临读的书和临摹的字帖。福临只是不转过身,皇太后也只是静静坐着。福临最后终于趴累了,他不声不响地爬了起来,坐在炕上,呆呆地望着皇额娘。

皇太后深深地叹了口气,叹息着说:"你总算起来了,我以为你再也不起来理睬你皇额娘了。"说着,伸出手去拉福临的手。她的手刚一碰到福临的手,福临就猛然把手缩了回去,压在盘着的腿下,晃动着身体,一副毫不在乎的神情。

皇太后被儿子这副神情激怒了。她压低声音说:"你给我听着,我不管你看到什么,你看到什么也不能改变你是我儿子的现实。你必须听话,我这样做也完全是为了你,为了你能当上皇帝,实现这个多少人梦寐以求但却永远不可能实现的梦想。现在你当了皇帝,就必须把它当下去,这不仅是为你,也是为你们爱新觉罗家族,为了大清国。你看到的,并不影响你的皇帝位置,只能巩固你的皇位。要是你捣蛋,我发誓要让你尝到苦头。虽然你是我儿子,但是为了大清国的利益,为了爱新觉罗氏家族,我说得出做得出!"说完之后,她站起身,威严地看了福临一眼,又接着说:"你就等于什么也没看到,不许你对摄政王爷发脾气。要是叫我知道,小心你的屁股!"

福临眼泪汪汪,低着头抽泣起来。皇太后心软了下来,她伸出手轻轻抚摸着福临的黑发,换上了温柔的口气,语重心长地对福临说:"你已经不小了,都快十一岁了,应该懂得额娘的一片苦心。如果不笼络住摄政王爷的忠心辅佐,单凭我们孤儿寡母,这皇帝位置是坐不住的。入主中原以来这几年,幸亏睿亲王有勇有谋,辅佐你处理国家大事,让大清的一统江山渐渐稳定下来。你应该感谢他才是,万不可因小失大啊!"

福临听了额娘说的一番话,回想起近年来自己所经历和所遭遇的一幕幕惊心动魄的冷漠和不快,认同地点点头。皇太后拿出香手帕替福临擦干脸颊上的泪水,轻轻地拍了拍他的头说:"你明白额娘的苦心就好,后宫还有一大堆事需要我去处理,我没有时间陪你,你要好好读书,学好满文才能处理国家大事。"说完皇太后转身回宫去了。

福临呆呆地望着窗外皇额娘的背影,他好像什么都明白,又什么都不明白。他心目中的皇额娘似乎远离他而去。正在他思绪万千之时,宫外又传来侍卫的喊声:"皇父摄政王到!"太监总管刘兴桥急匆匆进来禀报:"皇父摄政王求见皇上!"福临脸一扭说:"不见!"刘兴桥还想说什么,福临眼睛一瞪语气狠狠地说:"不见!你聋了吗?"

从此以后,十一岁的福临潜心努力学习练武,他不愿见到摄政王多尔衮,也再不像以前那样孩子气,整天想额娘和无度地玩耍了。

第二节 体弱多癖生活不检点

多尔衮身体一直不好,从小就不是一勇之夫,而是个非常有心计和智谋的将帅之人。他身材细瘦,体质较弱,饮食上对牛肉感兴趣,每天早晨都要喝一大碗牛奶。他喜奶喝茶,各种名茶如龙井、六安瓜片、碧螺春、武夷山茶等都是他喜爱之物。据说他每年都要举办品茗会数次,评论何者以香胜,何者以味胜,何者以色胜。他喜好吸烟,顷刻离不开烟草,烟草袋和烟斗盒成为他随身的必需品,在朝房中就拢在袖筒中,在军旅中就把烟袋和烟锅放在箭房里。另外他还非常喜欢吸西洋进贡的鼻烟,一天就得用半两。他与满族其他王爷一样爱美色。十二岁时就娶了蒙古科尔沁台吉桑噶尔齐的女儿那木其。除此之外,他还以皇帝之名下旨为己选美,先后娶了五位继福晋和四位小妾,以满足他对美色的需要。

多尔衮身材颀长,面目清秀,一副漂亮的虬须,英俊潇洒,颇有儒将之风。由于他自幼体弱多病,用豪格诅咒他的话说是个"有病无福"之人。他也自称是入关前在松山大战时"劳心焦思""披坚执锐"种下的病根。入主中原后,国家军政要务集于一身,加上水土不服,经常感到头昏目眩,精力不胜。他视烟如命,经常是手不离旱烟袋。他越来越迫切地感到有一个子嗣的重要。他府中虽娶有元妃博尔济吉特氏那木其,但她因身体不好,一直未能生育。为了生子传宗,他还效仿皇帝下令为自己选妃,先后娶了五位继福晋和四位小妾。可是这些女人都未能为他生育一男半女。

他为了让这些女人能为自己育下一男半女,身后好有个香火接续的人。他在那木其王妃病重期间,想到肃亲王豪格小福晋博尔济吉特氏正在年少,又漂亮动人,且又是那木其王妃的表妹,她在豪格被幽禁后曾多次到多尔衮王府找那木其姐姐走动,于是,多尔衮就动了娶这位小福晋的心思。他把这一想法跟病中的那木其王妃说了,躺在病床上的那木其叹了口气说:"都是我无能,不能给王爷生个儿子,让王爷一直为膝下空虚烦恼。你娶我这表妹我没有意见,只是希望王爷顾及朝中的反映,怎么也要等我死后,一切事宜办完后再娶进门。"多尔衮答应了那木其的请求。

顺治六年(1649年)初,寒风瑟瑟,天空中飘着雪花,摄政王爷府上下一片哀伤。那木其躺在王爷府寝宫暖阁的炕上,脸色枯黄,眼睛紧闭。多尔衮立在炕头,紧紧拉着那木其的手。多尔衮的其他福晋也都静静立在炕前,两个科尔沁博尔济吉特氏福晋哭得泪人似的。肃亲王小福晋也守在表姐身旁,哭成泪人。那木其已经昏迷,进入弥留状态。这科尔沁草原的姑娘,走完了她的人生。她很想再看看堂妹布木布泰皇太后,可是她无法如愿以偿。如今的皇太后不能随便出宫,苏麻喇姑代她来探望过她。多尔衮擦干脸上的眼泪,亲自料理那木其的丧事。火葬了那木其,追封为敬孝忠恭正宫元妃。

第三节　强娶亡侄豪格遗孀为妻

皇帝兄长肃亲王豪格被多尔衮迫害致死后,因豪格的福晋博尔济吉特氏是多尔衮王妃博尔济吉特氏那木其的表妹,长得年轻标致,容貌艳丽,在豪格出征和幽禁期间,她常到多尔衮王府,看望那木其姐姐,想与多尔衮为夫豪格说情。多尔衮对这位美丽的侄媳早就心怀不轨。后来多尔衮王妃那木其于顺治六年（1649年）十二月去世,就在那木其王妃刚去世一个月,他就失信强逼豪格小福晋与其新欢,而且迫不及待地开始筹备他与亡侄豪格小福晋博尔济吉特氏的婚事。顺治七年（1650年）正月的一天,摄政王爷府彩绸高悬,红灯高挂,大红双喜字张贴在王爷府的各处。皇父摄政王爷要娶科尔沁博尔济吉特氏的消息传遍北京城。朝中人都知道,摄政王爷新娶的福晋博尔济吉特氏是已故肃亲王豪格的福晋,且被娶进多尔衮府中时已身怀有孕。但是民间汉人哪里知道蒙古人的姓氏和名字,结果以讹传讹,最后传说成当今皇太后博尔济吉特氏下嫁了摄政王多尔衮。于是,一时间江南的一些反清的文人墨客,纷纷编写文章和诗句,大肆进行嘲讽。如南明弘光小朝廷的兵部尚书张煌言,就在他所著的《张苍水诗集》中用《建夷宫词》二首词对此事进行谩骂和攻击,以发泄其反清复明之愤。

上寿觞为合卺樽,慈宁宫里烂盈门。

春宫昨进新仪注,大礼恭逢太后婚。

掖庭犹说册阏氏,妙选孀闱作母仪。

椒寝梦回云雨散,错将虾子作龙儿。

词中"建夷"（建州）是指清入关前的部落名称,"慈宁宫"乃指太后居住之地（皇太后于顺治十年才从宁寿宫移住慈宁宫,多尔衮已死三年）,"春宫"是礼部的别称,"阏氏"则是匈奴单于的皇后。当然这首词里错误甚多,不足为凭。

第四节　为社稷太后施密计

自从福临闯宫发现多尔衮与皇太后宁寿宫之事,皇太后就断绝了与多尔衮的来往。一天,她坐在宁寿宫的南炕上暗自垂泪,苏麻喇姑正小心地陪着她,轻言软语地安慰着她。皇太后听说了多尔衮娶的是肃亲王豪格的福晋,同时又得到奏报,说一些反清文人编造不少谣言和绯闻,皇太后又难过又气愤。皇太后从头上慢慢取下多尔衮送她的赤金凤钗,把它放到炕桌上,用力折成一小段,然后一点一点扔到窗外,以此表示她与多尔衮的缘分已断。皇太后明白,从今以后,她的幸福只能放在朝政大事上,放在扶植儿子福临当皇帝上。福临和她的安危都将系于自己的决策和决断上。她不能再指望多尔衮。虽然多尔衮到目前为止还很忠心,可是人心隔肚皮,随着地位的上升,野心会不会也上升呢?"我该找谁商量呢?"她思索了片刻,突然想起了姑姑哲哲老太后。

皇太后披上貂皮斗篷和苏麻喇姑走出宁寿宫,她们穿过月华门,来到后人所称的寿安宫。这座宫殿位于寿康宫以北,明代建,初名咸熙宫,嘉靖十四年(1535年)改称咸安宫,明代仁圣太后曾在此居住。后清代在乾隆年间改称寿安宫。一进宫门,青烟缭绕,敲击木鱼的橐橐声清脆入耳。这是老太后博尔济吉特氏哲哲居住的一座漂亮的宫苑。老太后经常坐在经堂吃斋念佛,追悼皇太极和过去的岁月。皇太后布木布泰好久没有来这里了,因为老太后拒绝来访,要独自一人与佛爷相处。只见经堂的佛像神龛前,老太后正盘坐在绣墩上,手捻佛珠,眼睛半闭,嘴唇轻轻翕动,在念诵着经文。一身蒙古服饰的侍女轻轻走到老太后身边,躬身附在她耳边说了一句"皇太后驾到",老太后睁开了眼睛,看是自己的侄女来到经堂,平声静气地说:"我料定你还要来见我一次。"皇太后恭身问了安,老太后说:"过来吧,我们还是依着满洲旧礼来个报安,亲热一些。几年没见了,还是挺想你和那木其的。"

皇太后沉默了一下,难过地说:"那木其已经于一个多月前去世了。"

老太后叹息了一声,说:"我这老婆子还没去,她那木其怎么就去了呢?她只比你大一岁不到,今年才三十九岁啊!"

皇太后劝慰着说:"姑姑也不老,你的头发还没白,你也才五十出头,哪能算老呢?"老太后叹息着说:"今年精神已经明显不如前几年,我怕也是快要到大限了。"她边说边睁着大眼睛,望着自己的亲侄女皇太后,接着说:"让我猜一猜这次你来问什么事。是不是与几年前一样,来问皇上的未来?是不是和摄政王多尔衮有关?"老太后见皇太后不说话,微微一笑,说:"看来叫我猜中了。说吧,有什么为难之处,说出来我们娘儿俩共同来想办法解决。在我们蒙古科尔沁这里,没有过不去的坎。"皇太后感动地拉着老太后的手说:"姑姑,你永远是我最亲最亲的人。"老太后心安地说:"谁叫我们流着相同家族的血液,又都同侍一君呢?说吧,多尔衮是不是权大欺主了?是不是有些苗头了?"

皇太后摇了摇头说:"现在还不太明显,只是他在那木其刚死一个多月后,就又新纳肃亲王的小福晋博尔济吉特氏为王妃。我怕已经笼络不住他,他会生异心的。而且他做的那些事已引起一些反清人士的许多冷嘲热讽,把我的名声也败坏了。"

老太后点点头,手捻念珠闭上眼睛沉思着。许久,老太后睁开眼睛,慢慢说:"摄政王身体不大好,没有子嗣是他的心头大患。听说他吃斋念佛、求道拜仙,你可以介绍一位白云仙观的前朝道士给他,他会很感谢你的。这个道士会炼制仙丹。我还可以介绍一个喇嘛高僧给你,帮助你实现你心中的愿望。"

皇太后听了老太后的一席话,心里豁然开朗,她知道该怎么办了。她立刻起身,对老太后深深一拜说:"侄女告辞了,感谢老太后的指教。"

老太后望着离去的皇太后背影,深深叹口气,跪到佛像前,嘴里喃喃地祷告着。她知道自己将不久于人世。她这一生,也算享尽荣华富贵,她所做的一切也对得起爱新觉罗的大清国了。

风景秀丽的北京西山,一条通往山腰白云观的山路弯弯曲曲,掩映在满山遍坡的松柏榆杨树中。山路上三三两两走着上山下山的人。老太后介绍的喇嘛和庄妃皇太后的贴身侍女苏麻喇姑,身穿汉人服装,扮作有钱汉人打扮,走在上山的人群中,慢慢往山间白云缭绕的白云观走去。他们假装京城一个大户的总管与仆妇,奉皇太后之命,去白云观为多尔衮乞求子嗣的良药秘方。

白云观,道教全真第一丛林,是道教全真三大祖庭之一,其前身为唐代天长观,始建于唐开元二十年(739年),元太祖十九年(1224年),丘处机西游返京后居此,改名长春宫,明初改名白云观。观中琳宫秘宇,似于王者,是明朝时期香火鼎盛的道观。相传明朝万历皇帝为赏赐正一派宗师邵元节,在风景秀丽的西山修建了白云观,供他招收弟子传授正一派的教义。邵元节之后,由陶仲文传授道教。

走进白云观的山门,便是中东西三路及后院。中路依次有灵宫殿、玉皇殿、老律堂、丘祖殿和三清阁、四御殿及钟鼓楼;东路为藏经楼、南极殿、斗老阁和罗公塔;西路有吕祖殿、八仙殿、元郡殿、文昌殿、元辰殿和祠堂院。后院名小蓬莱,院内假山错落,有回廊、云华仙馆、友鹤亭、妙香亭、退居楼等。白云观内绿树成荫,清新幽静。到处飘散着刺鼻的焚烧香火和纸烛的气味。

前来的这位喇嘛,在皇宫中是喇嘛活佛,地位很高,是主持喇嘛佛事的大喇嘛。这次他奉老太后之命和苏麻喇姑一同受皇太后秘诏,出宫寻访炼丹的道士,肩负很重的任务。他和苏麻喇姑领会了皇太后的意图,名为多尔衮摄政王尽快有子嗣而寻访仙丹,因为大清国目前还离不开摄政王爷,而皇太后更隐秘的想法是让摄政王的身体慢慢坏下去,用道士为其炼制丹丸里的慢性中毒药水银、铅、锡等物质,消耗其身体,好让他慢慢地自然死去。此次特派他二人到白云观,是专门求访仙丹秘方的。

山门前的大殿里,供着太上老君李聃的彩色泥塑像,还供着关云长关公手拿大刀的彩色泥塑像。塑像前的大鼎里燃着香烛黄表纸,整个大殿烟气腾腾,许多善男信女正跪在太上老君像前祈祷着。旁边有一个满脸橘皮的麻脸道士,身穿灰色道袍,端坐在太上老君的身边,接受善男信女的跪拜。这个道士是陶仲文的真传弟子。他原本不姓陶,为了表明他与明代大真人的嫡传关系,便毅然决然地抛弃自己的祖宗,投靠了陶姓祖宗,改名换姓叫陶宗文,在白云观主持道观。

班布喇嘛和苏麻喇姑走上前去,点燃了手中的香烛和黄表纸,然后把香烛插到大鼎里。他俩虔诚地跪下,向道士倾诉心事。道士一边注意地倾听着,一边眯着眼睛观察跪在面前的这两个人,他从面前这两人的打扮上判断他们的身份,知道他们两人是有来头的体面人。陶道士心想:"这两个满洲人乔装打扮来白云观干什么呢?"陶宗文慢慢开了口说:"两位施主前来,不求知求祈何事?"苏麻喇姑望望四周。陶宗文道士说:"两位施主要是觉得不方便的话,请跟贫道来。"陶宗文从坐堂起身,领着班布喇嘛和苏麻喇姑绕过大殿,进入到殿后一间布置幽雅的小屋里,请二人先坐下,叫小道士端来香茶敬上。苏麻喇姑说:"我们的主子是一个很有钱很有势力的满洲亲王,他今年三十八岁,膝下无子。听说白云观道长法术无边,有可以起死回生长生不老青春永驻的仙丹。主人特意让我们二人前来寻访道长,为他炼制百子丹,让他膝下早生贵子。"

陶宗文一听,微微一笑,依然很持重的样子,慢腾腾地说:"不知施主想让贫道炼制什么仙丹?贫道这里有几十种仙丹可以炼制,有的主青春常在,有的主长寿百岁,还有的主……"班布喇嘛急忙接上话茬说:"任凭道长炼制,只要能让主人感觉精力充沛就行。只是主人吩咐,炼制的仙丹药量一定要比一般的重,特别是关键的药量,如红汞、铅粉一定要重,否则不会见效的。"陶宗文道士呵呵笑着说:"贫道自有分晓,药量在炼制仙丹的过程中,完全要根据病人的身体情况有所增减。这点可以请施主放心。不过水银的分量过重,可能不大有利,需要根据病人身体情况决定。"

班布喇嘛说:"道长尽管放心,我们主人的身体很好,只是没有子嗣。不加重药量怕是他不会聘请你,因为以前曾有几个道长先后为他炼制过仙丹,结果都不见效,都被主人打发了。我们主人与现今皇上是亲戚关系,如果道长的仙丹见效的话,主人还会介绍道长进宫常驻。"班布喇嘛边说边注意观察道士脸部的表情变化。陶宗文道长听了男施主的一番话,心里乐滋滋的,脸上露出喜不自禁的表情,连忙拱手说:"一切都依施主,一切都依施主。施主愿意使用多少药量,贫道都没意见。"紧接着班布喇嘛脸色一沉,严厉正色地说:"我们主人不希望这件事情传出去。将来你进入王府之后,决不能对任何人说起今天的见面,连王爷本人也不能说,否则传出去的话,你的性命恐怕没有人能保!"陶宗文道长急忙保证说:"贫道保证不会向任何人说起这次见面,施主尽可放心,道家之人懂得沉默是金!"

苏麻喇姑也正色警告陶宗文道长一遍,陶宗文道长连连答应。班布喇嘛和苏麻喇姑与道长秘定后站起身,对陶宗文道长说:"近几日,请道长等候在白云观,王爷府自会派人来迎接道长。"陶宗文道长连忙站起,将班布喇嘛和苏麻喇姑送出道观,转身回到道观小屋。他叫来小道士,吩咐他们准备炼丹所需的药品和器具,高兴地等待着进王爷府执行炼制仙丹的重任。

第十一章　多尔衮风疾病发命丧喀喇城

第一节　多尔衮失宠府中乱炼丹

顺治七年（1650年），多尔衮心情不快，感到身体欠佳，据他自己说是在入关前松山战役中落下的"体弱精疲"。入关之初，由于国家多事，机务日繁，疲于裁应，体中时复不快，一遇到冗杂事务，心中就躁懑起来，后来又因水土不服，病情又有所加重，虽经多方调治，不见明显强健。后来由于求子心切，造成身体被掏空，致使其"素婴风疾，劳瘁弗胜"，精力不够，头昏脑涨。

皇太后遵照老太后姑姑的旨意，以关心多尔衮的身心健康为由，密派宫中班布大喇嘛和贴身侍女苏麻喇姑前往白云观，密托白云观道长陶宗文进摄政王爷府，每日里神秘地为其炼制仙丹。道长陶宗文经过七七四十九天的炼制，终于炼成了。一天，陶宗文道长高兴地手捧仙丹在书房等候，准备向多尔衮摄政王爷交付为其精心炼制好的仙丹。多尔衮在书房接见了陶宗文道长，陶宗文跪拜了摄政王爷之后，双手捧着刚刚出炉的仙丹，进献给多尔衮摄政王爷。自从王妃那木其去世，多尔衮将亡侄肃亲王豪格的小福晋博尔济吉特氏迎娶到府中后，由于新婚之喜，使他失去了元气，多尔衮的身体显然消瘦了许多。他捋着胡须，看着专为他炼制好的仙丹，瘦削的脸颊上露出了满意的微笑。他接过那几颗乌黑发亮的丹丸，左右端详着，慢腾腾地问："你这丹与其他道士炼制的丹有何不同？"陶宗文说："王爷有所不知,这丹,是我们白云观的传宗秘方,从不外传,只有掌门人才知道它的炼制秘诀。配方和炼制都是极其秘密的。害怕它外传,往往是将炼制仙丹的配方和炼制方法分别传给两个掌门人,只掌握秘方炼不成,只掌握炼制方法也炼不成。只有两个掌握秘方和炼制秘诀的掌门人一起合作,才可炼制出真正的仙丹。我师傅喜欢我聪明伶俐,先把配制秘方传给了我,后来又把炼制秘诀一起也传与了我,只有我一人能炼制出这种仙丹。贫道见摄政王爷是国家的栋梁,因此才愿意献仙丹与王爷。"而多尔衮服食了充满水银、红铅等对人体有害成分的仙丹后,身体更是每况愈下。

第二节　以帝名命朝鲜王选美求欢

多尔衮虽然妻妾成群,但却始终没能为其生下子嗣,由于求子心切,他又在顺治七年（1650年）召见朝鲜使臣。他对朝鲜使臣罗岂说："本王听说朝鲜出美女,本王愿与朝鲜结亲,不知朝鲜可有适合的公主相配？"朝鲜使臣躬身回答说："朝鲜与大清国结亲将荣幸之至。只是现公主年仅两岁,如何能攀附王爷？"多尔衮哈哈一笑说："公主年幼,则可择宗室中年龄相仿者,亦无妨。"朝鲜使臣回答说："待臣回国禀报吾王,马上回复王爷。"

多尔衮得到朝鲜使臣回复后,令礼部尚书以顺治帝之名,向他口授了一封致朝鲜国王的谕旨："皇父摄政王敕谕朝鲜国王：予之诸王暨贝勒众大臣等屡次奏言,自古以来,原有选藩国淑媛为妃之例,乞遣大臣至朝鲜,择其淑美,纳以为妃,缔结姻亲。予以众言为然,特遣大臣等往谕亲事。尔朝鲜国业已合一,如复结姻亲,益可永固不二矣。王之若妹若女,或王之近族,或大臣之女,有淑美懿行者,选与遣去大臣等看来回奏。特谕。"多尔衮命盖上放于府中的皇帝玉玺,遂派户部尚书巴哈纳与朝鲜使臣一起前往朝鲜选美女。

巴哈纳到了朝鲜,朝鲜国王接到谕旨,立即下令在宗室中为皇父摄政王爷选美女。巴哈纳把十六岁以上的宗室女子逐个挑选一遍,最后从其中选出了一个十六岁的宗室小姑娘,后获得封号为义顺公主,便把她留在宫中,等待前来的使臣接到大清国与王爷成婚。

自从派户部尚书巴哈纳到朝鲜去为多尔衮选美以后,多尔衮定期服用陶宗文道长炼制的仙丹,只觉得一日比一日难等。他写信催促巴哈纳赶快把选中的朝鲜美女带回。后来他为了早日见到朝鲜送来的美女,竟以出宫巡猎为名出山海关,亲自前去迎接朝鲜国的送亲队伍。接到送亲队伍后,多尔衮立即让巴哈纳把朝鲜公主带到自己营帐接见。义顺公主皮肤白嫩娇艳,细长的眼睛清澈明亮,虽然说不上是倾城倾国的容貌,但也是楚楚动人,颇有几分姿色。

回到北京,多尔衮与朝鲜美女义顺公主相处一月有余,也不见给他怀上身孕。他拥有那么多姬妾,却都没能为他怀上一男半女。

多尔衮叫来陶宗文道长,大发脾气。他指着陶道长的鼻子大骂:"你的仙丹全不起作用!要是再炼不出有显著药力的仙丹,马上砍你的脑袋!"这时,陶宗文道长并不惊慌,他早已炼制出第二炉仙丹。这次他按照施主的吩咐更加大了毒剂的分量。他躬身递上仙丹,谦恭地说:"贫道已经又为王爷炼制了新的仙丹。服食仙丹后王爷的精气已经恢复了许多,原有方剂的剂量已不能适应王爷的身体。"

多尔衮接过陶道长递上的仙丹,让他退下继续为他炼制仙丹。自己回到王爷府的后院书房,服食了一丸仙丹,然后回到寝宫。

深秋十一月,飕飕的冷风吹进豪华的皇父摄政王爷府,王府院内干枯的树枝摇曳,在贴着红色剪纸窗花的白色窗棂上映出淡淡的树影,翻飞的黄叶不时扑打着窗户纸。多尔衮听着凄凉萧条的风声,止不住的悲凉之感涌上心头。他烦躁地从炕上坐起来,体内的灼热炙烤着他,他刚刚站起来,突然感到眼前一黑,一头栽倒在炕上。

得知多尔衮生病,他的胞兄阿济格来到皇父摄政王府看望多尔衮,此时多尔衮已经恢复了体力。阿济格望着弟弟多尔衮消瘦的脸颊，心里有些酸楚，同胞三兄弟，三弟多铎去年三月在南京去世，如今只剩他们兄弟二人。阿济格抽着旱烟袋，看着多尔衮消瘦的脸颊，关心地说："王爷该爱惜身体才是，万不可过于劳累。我看王爷还是到喀喇城去围猎散散心为好。王爷不是准备在喀喇城修建夏季行宫吗？现在银两石料木材已经准备就绪，你不妨顺便去视察一下。"多尔衮也抽着旱烟袋，点着头说："兄长的建议甚是，我该去围猎休息休息，身体确实越来越糟。"户部尚书巴哈纳、吏部尚书谭泰等人来拜见多尔衮，也一起劝他到喀喇城围猎歇息歇息，恢复一下体力。

第三节　喀喇城围猎风病发作命丧黄泉

喀喇城，位于今河北省滦平县，是清初塞外避暑狩猎的围场。这里林木葱郁，云烟濯翠，一派塞外旖旎景色。这时的多尔衮正是中年，身材颀长，面目清秀，一副漂亮的虬须，英俊潇洒，有儒将之风。但他自幼体弱多病。清入关后，由于军政要务的操劳，加之统治集团内部争权夺利斗争不断，使他无一时能得到安宁。尽管他厚自奉养，甘食美味，炼丹保身，但由于他私生活上极无节制，纵欲过度，耗虚了身体，故健康状况一直时好时坏。据他自己说："素婴风疾，劳瘁弗胜。"所谓风疾，一是指狂疾，疯疯癫癫，神志有些不正常；二是指中风。想来多尔衮所患不是恍恍惚惚的半疯，而系脑血管病，这和他摄政前后用脑过度，日夜操劳有直接关系，他觉得自己精力不够，头昏脑涨，这却是脑血管病的症状。

顺治七年（1650年）十一月十三日，多尔衮又感到身体不适，心情烦躁，于是，他接受兄长阿济格及白旗大臣的劝慰，率和硕郑亲王济尔哈朗、和硕英亲王阿济格、和硕豫亲王多尼、巽亲王满达海、多罗承泽郡王硕塞、端重郡王博洛、瓦克达郡王、贝勒、贝子、公、固山额真及每牛录护军六人、披甲四人出边到喀喇城行猎。巳时起程,行猎队伍,举旗列队在寒冷呼啸的北风吹拂下,从北京出发。多尔衮这次出关行猎不如往日,好像有什么预感似的,内心竟然百感交集。此时,他多希望能见到他朝思暮想的皇太后。他知道自己只是妄想。他深深地叹息了一声,慢慢放下轿帘,闭目仰靠到后背上,行猎队伍出齐化门,当天宿通州河。十四日,宿于沙甸。是日,平西王吴三桂等疏报克府谷县,笔帖式尼卡塔等送至。

十八日,宿热河。是日,赏和硕郑亲王、英亲王备鞍辔之马各一,散马各一;赏和硕满达海亲王、多尼亲王、多罗端重郡王马各一。

十九日,宿遵化。是日,赏遵化都堂杨兴国、副将刘永衡蟒缎面貂皮袍各一,备雕鞍辔之马各一;赏参将张德玉蟒缎面貂皮袍一。

二十日,宿三屯营。是日,赏三屯营副将张真蟒缎面貂皮袍一、带雕鞍、辔头、后鞦之马一。

十二月初五日,宿刘汉河。是日,蒙古诸部向皇父摄政王进贡:喀喇沁部多罗贝勒杜棱、色棱公、土默特固穆公、敖汉部默尔根巴图鲁郡王、翁丰特部杜棱郡王等分别献马、驼、牛、羊不等。多尔衮分别对他们进行赏赐。

十二月初七日,宿喀喇城。喀喇城群山连绵起伏,山上古松郁郁葱葱,山涧的溪流清澈见底,夹岸的默花,在微风吹拂下频频点着头,好像在欢迎睿王爷的到来。地处古北口外的喀喇城这一美丽的猎场,多尔衮几乎每年都要来搞一次围猎,队伍驻在热河上营的地方。这里是古北口围猎的驿站,牧场草肥水美,泉水清冽,树林茂密,野生动物数量多,有虎、狼、鹿、羊,很适宜围猎。喀喇城的山形怪异,湖泊清冽,古木参天,多尔衮正着手在这里修建一座盛夏避暑的行宫。

牧场上,一群披着鹿皮的士兵发出一声声野鹿的呦呦鸣叫声,引诱着野鹿跑出密林草丛。一只只野鹿从草丛中探出它们美丽的鹿角,圆睁着警惕的眼睛,小心翼翼地张望着周围。一声声马蹄声和犬吠声,一只只猎鹰盘旋在围猎场的上空,多尔衮的围猎士兵开始从四周包围了过来。野鹿惊慌失措,四下奔逃。多尔衮见势骑在马上扬鞭催马,兴奋地呼喊着,一群猎犬争抢着奔驰,朝一只鹿角峥嵘的高大梅花鹿追奔而去。马背上的多尔衮站立在马镫上,搭弓射箭。突然,他眼前一黑,一头从飞奔的马背上重重地摔到草地上。胳膊和膝盖都被摔破,流出殷红的鲜血。侍卫大臣惊呼着急忙赶上前来,跳下马,从草地上抱起多尔衮。多尔衮勉强微笑着,挣扎着自己站了起来,让当地土民用石膏给他涂绑伤口。并说:不要紧,我只是老毛病又犯了,歇息一下继续围猎。

大家见皇父摄政王手脚受伤,都力劝他回营地休息,但多尔衮不允,坚持继续围猎。于是,侍卫只好扶他上马,继续围猎。突然,前面密林中一只斑斓大虎被士兵追赶着跳跃奔跑出密林。多尔衮见状又兴奋起来,他在马镫上立起身,拉开大弓,嗖嗖射了三箭。此时他膝盖伤口的鲜血汩汩流出,濡湿了袍褂。多尔衮的脸色蜡黄,感到头晕目眩,他勉强稳住自己,这才没有从马背上摔下来。侍卫首领见势,立即命令收兵回营。

回到行营,太医为他敷上金疮药,让他躺下休息。此时多尔衮感觉五内俱焚,心里烦躁得不可名状。他叫侍卫端来冷水,大口大口地往肚里灌,想浇灭那胸中的烈火。可是内火被冷水一激,变成火石似的灼热块,郁结在脏腑之中,成为后来他致死的原因。半夜,多尔衮开始发烧,他感觉到自己已经病入膏肓。清晨,感觉稍好一些时,他吩咐侍卫叫兄长阿济格王爷前来。阿济格进帐来到多尔衮的病榻前,多尔衮颤巍巍地伸出手,握住胞兄阿济格的手,说:"我看来是不能活着回到北京了,我知道你对我有意见,可是我为了大清国,有时只好牺牲我们兄弟的利益。今年本想对你做一些补偿,除了为你大修王府之外,还想再拨一些牛录给你,你现在只有十三个牛录,势力比较弱,可是看来已经为时太晚。我去了以后,我估计你的日子要很难过,你一定要以大清国的利益为重,千万不可做出令亲者痛仇者快的事情。对皇上要忠心,但要防备郑亲王济尔哈朗和两黄旗的反扑。要协助两白旗的旗主维护两白旗的利益,千万不要让别人吃掉两白旗。"说到这里多尔衮喘了几口气,又接着说:"皇上玉玺一直放在我的府上,你要抢先把它拿到交到皇上的手中。"最后多尔衮喘息着,双眼噙满泪水哽咽着说:"我没有子嗣,三弟多铎也不在了,请你做主,把多铎的小儿子多尔博过继给我,不知道多铎的福晋可愿意?"

英王阿济格流着泪哽咽着说:"这事我会替你办到的,你尽管放心。其实你的身体休息一阵还能恢复,不必说这些不吉利的丧气话。"多尔衮摇摇头,说:"我知道自己的病情。这病是没有希望的了。可惜我还想为大清国的巩固再多做一些事,看来是没有指望了。我只希望父汗打下的江山能代代传下去,不要走大明朝的路,只是我已经无能为力了。"说完,多尔衮轻轻合上眼睛,没有气力再说什么。

顺治七年(1650年)十二月初九日,刺骨的寒风呼呼地吹过古北口的喀喇城,一群晚归的乌鸦呱呱大叫着铺天盖日飞过上空,热河上营的皇父摄政王爷的行营里惨云笼罩。阴云四合的天空,是日戌时时刻,突然响起一声沉闷的冬雷,瞬时天边滑过一道刺眼的闪电亮光,一代天骄多尔衮驾着那亮光逝去,死在边外的喀喇城,年仅三十九岁。据后人推测,多尔衮很可能是患了脑血管硬化方面的病。另他在私生活上极无节制,纵欲过度,耗虚了身体。就在此时,他还派人从朝鲜为其挑选了两名美女,送到喀喇城为他寻欢。是日,郑亲王济尔哈朗派人进京向皇上报告多尔衮病逝之情。

十二月十一日,是多尔衮病逝的第三日,英王阿济格借同多尔衮面密之身份,遣人问正白旗大臣吴拜、苏拜、博尔惠、罗什说:"劳亲王系我等阿哥,当以何时来?"吴拜等人私议:"英王此言,系欲睿王已死诱令我等归附于他,他若得到我们拥戴,必思夺政。"遂增兵固守,防其作乱。阿济格又遣人召集正蓝旗护军统领阿尔津及僧格,质问为何不让多铎之子多尼来英王府,指责两白旗大臣离间他与劳亲之父子关系。阿尔津向吴拜等人谈了会见之情,诸人商议后认为,英王欲掌握多尼,以得两白旗,然后"强勒诸王从彼,诸王既从,英王必思夺政",遂报告与诸王。郑亲王济尔哈朗、巽亲王满达海对吴拜等大臣说,两白旗若属英王,英王必误国乱政,尔等系定国辅主之大臣,岂可响彼。今即发觉其别有用心,我等当团结谨密而行。英王又曾告诉郑亲王,说多尔衮后悔抚养多铎子多尔博,故收养劳亲(阿济格子)入正白旗,暗示多尔衮欲以劳亲代替多尔博为嗣子,让郑亲王依从自己。不仅如此,英王阿济格又告诉端重王博洛,要他们理事三王议立一摄政者。于是,吴拜等传集四旗大臣,揭发英王之过。深夜,郑亲王派大学士刚林,飞马驰行进京抢先将英王与多尔衮密谈后,开始阴谋夺取摄政权的事向皇太后和皇上作了奏报。

第十二章 扶植皇儿亲政治国定朝纲

第一节 为维稳以尚父厚葬多尔衮

这年的腊月,北京的天气分外阴冷。皇太后站在宁寿宫的窗前,皱着眉头望着阴云四合的天空,心里有些怨恨她的皇儿。她觉得自己为保住皇儿的皇位做出的牺牲够大的,这一切都是为了大清的江山社稷能够一代一代不断相传,这一切都是为了保住皇儿的皇权。甚至为此她已经做出了可怕的事情,要亲手毁掉率清军入主北京建立大功的王爷。她这么做为什么?为了谁?当然自己所做的一切,这都是为了保住皇儿的皇权,保证大清朝江山世代相传。

多尔衮这一年来的作为也实在叫她寒心,那木其王妃是自己的堂姐,已久病未治,刚过世一个月,他就将那木其王妃的表妹、亡侄豪格的福晋娶进王府,这还不够,又以皇上名义下谕旨,命朝鲜使臣罗岂回国,让朝鲜国王为其挑选美女,多尔衮的所作所为使她不放心。她担心多尔衮因为自己与其关系的断绝而毁弃誓言,走上反叛的道路。于是,她才与老太后商议,提前做了防范措施。未雨绸缪,这是她虽为大清国皇太后却是孤儿寡母所不得已的办法。

她回到佛堂,跪在佛像之前,祷告着,乞求佛祖饶恕她的罪过。此时,苏麻喇姑有些惊慌失措地走进来,皇太后慢腾腾地抬起眼睛问:"怎么啦,苏麻喇姑?"苏麻喇姑慌慌张张走到皇太后身边,小声说:"奴婢刚刚听内务府总管说,喀喇城传来丧讯,摄政王爷多尔衮去世了。"皇太后一怔。虽说这是意料之中的事,可毕竟太突然了,眼泪不由自主扑簌簌地落了下来。苏麻喇姑站在旁边,陪着皇太后一边落泪,一边安慰皇太后。

这时,宁寿宫外侍卫喊:"皇上驾到!"这一年来,他一直怨恨摄政王爷和皇太后,甚至连面都不见他们。皇父摄政王前来上朝、前来见驾,福临都找出种种借口予以拒绝,大臣刚林、范文程等人多次劝谏他,但是福临就是不听,任多尔衮自行其是。两黄旗老臣冒死见驾,说多尔衮僭越权位私自拟诏十恶不赦。福临听母后的话,相信皇父摄政王的忠心,认为如果他有二心,兵权朝权在身,他什么事不能做呢?如果皇父摄政王不忠心,他早就可以自立为皇帝,谁能限制他?皇父摄政王的突然去世,叫福临也很难过。今后他自己要独立担起大清国的社稷,为大清国的巩固稳定努力、励精图治。

皇上的玉辇由十六个太监抬着,进了宁寿宫。吴良辅扶着福临走进暖阁,福临一见皇太后,立刻跪下抽泣着说:"孩儿向母后问安。"

泪流满面的皇太后急忙擦去泪水,伸手扶起福临说:"皇儿今天为何事前来?"

福临说:"孩儿不孝,有多日没有前来问安,叫母后伤心了。刚才接到喀喇城信使的急报,说皇父摄政王在腊月初九日夜里去世了,孩儿心里很难过,不知该如何处理才好?特来请皇额娘明示。"

皇太后流着眼泪,哽咽着说:"摄政王爷曾为大清国的入关和建国立下汗马功劳,皇儿应该重重嘉奖摄政王爷,追封王爷为义皇帝才好,让朝中诸王和文武大臣看到你是个开明君主。"

福临点着头说:"孩儿听从母后教导,下旨给礼部,由礼部拟好追封事宜。母后以为皇父摄政王的丧礼该如何办?"

皇太后想了想,说:"皇儿马上下旨全国举哀,当皇父摄政王的灵柩被运回北京时,皇儿要亲率诸王、贝勒、文武百官换缟衣素服,到东直门外五里去迎接,然后下旨举行国丧。服孝二十七日,一个月内举国上下禁止屠牛及音乐、嫁娶。追封谥号之后,将皇父摄政王夫妇同祔太庙。"

皇太后思考了片刻,接着又说:"皇儿,据大学士刚林密奏,英王阿济格私自在喀喇城摄政王处,可能另有密谋,立即派人去多尔衮王爷府取回玉玺、信符、表册等,收存内库,如果落在他人手中,后果不堪设想。另外,为了以防万一,不可不防!皇儿要命令皇家侍卫武装以待,调两黄旗骑兵把守城门,当皇父摄政王的灵柩进城时,抢先拘禁英亲王阿济格。当年他可是不大老实的一个,一再劝说皇父摄政王登基。"

十三岁的小皇帝顺治帝福临,面对这么复杂严峻的局面六神无主,只好一切听从母亲皇太后的懿旨和安排。他急忙按照太后懿旨,命小太监吴良辅去传大学士刚林,让他立即到皇父摄政王多尔衮王府取回玉玺、信符和表册,收存内库。

皇太后让皇儿福临做出如此一系列安排,一是为了稳定军心民心,怕敌对势力李自成、张献忠农民起义军残余和南明反清势力的反攻,防止国内出现混乱,让人们看到,虽然摄政王死了,但有皇帝在,而且一切照礼制办理,给人以平稳过渡和摄政归政,朝中正常无异端景象;二是为了稳定内部,以防多年来受多尔衮压制和迫害的反对派借机作乱;三是防止以阿济格为首的多尔衮势力和利益集团的人谋反,因为多尔衮临死前曾与英王阿济格密谈,阿济格错误地以为摄政王一死,多铎也已于顺治六年三月患痘病死去,接替摄政者非他莫属,他急忙派了三百骑兵,风驰电掣,赶往京城,让其子劳亲作接应,欲先声夺人,控制形势,颇有抢班夺权之意。可是他万没料到,同在行营的大学士刚林发觉他情况有异,提前立刻上马,日夜兼行七百里,先行入京向皇太后报告了这一情况,结果比阿济格的人马先到一步。皇太后得知后,立即做了部署,命关闭九门,通知诸王大臣做好准备。等英王阿济格的三百骑兵一到,尽收诛之。当阿济格随多尔衮柩车进京时,还以为能得到其子劳亲的接应,不料毫无动静。愚钝的阿济格仍毫无觉醒,继续异想天开地为自己摄政制造舆论,结果待英王刚进京,皇太后即下令:"诸王遂拨兵监英王进京,立即将其抓起来入狱幽禁"。

十二月十七日,多尔衮的柩车回到了北京。顺治帝福临尊母后懿旨,率领诸王、贝勒、贝子、公及文武百官换易缟服,到东直门外五里迎接。福临亲自举爵祭奠,向多尔衮的灵柩行三跪大礼,扶棺痛哭失声,文武百官跪在大路左边涕泪长流,号啕唏嘘。柩车入东直门缓缓向西而行,又向南至玉河桥,玉河桥长长的路旁,都有四品以下各级官员沿途跪在那里,痛哭声此伏彼起。柩车到了睿王府门前,则是素灯高挂,公主、福晋及文武百官们的命妇们,都着缟服早就守候在大门内里,柩车一到,即时传出一片妇女们撕心裂肺的哭声。当夜,诸王、贝勒以下各官都为他守丧。

对于多尔衮的死,这时的福临还是真心悲痛的。因为在十三岁的福临看来,不管多尔衮生前如何威福自专,毕竟是在他的主持下扶立自己为帝,而且七年来国中内外大事全靠他来操劳,现在多尔衮突然故去,对于从未理过政的少年天子来说,就像倒了一堵常年依靠的墙,墙倒了,没依靠了,很不习惯,心中很空虚。

二十日,福临遵圣母皇太后懿旨,向全国发出哀诏:"昔太宗文皇帝升遐之时,诸王群臣拥戴皇父摄政王。我皇父摄政王坚持推让,扶立朕躬。又平定中原,混一天下,至德丰功,千古无二。不幸于顺治七年十二月初九日戌时以疾上宾,朕心催痛,率土衔哀,中外丧仪,合依帝礼。"为了表达对多尔衮的哀悼,福临宣布自戊辰之日(九日)开始为国丧日,共二十七日,官民人等一律服孝;在京禁止屠牛十三日;在京在外音乐嫁娶,官员停百日,民间停一月等等。哀诏最后说:"吁哦!恩义兼隆,莫报如天之德,荣哀备至,式符薄海之心。布告多方,咸宜知悉。"

又过了六天之后,追尊多尔衮为懋德修道广业定功安民立政诚敬义皇帝,庙号成宗。顺治八年(1651年)正月十九日,正式颁诏,尊多尔衮夫妇为义皇帝、义皇后同祔于太庙,并覃恩大赦。

多尔衮无子,以其弟豫亲王多铎之子多尔博过继承袭。经议政王、固山额真及大臣会议议定,多尔博袭睿王爵,其俸禄和护卫的人数及各种用品的供应为其他亲王的三倍。原有护卫百名裁减为六十员,使用的物品有和皇上相同的不得再使用。福临批示说:"依我的初衷,本想等摄政王还政之后以优厚的礼遇报答他,不料他英年而逝,我的报恩的心愿也无法实现了。只能将这个心愿实现于王的后代多尔博身上。要对多尔博特别加以礼遇,怎么能和一般亲王相比呢?所以诸王定的多尔博的待遇是其他亲王三倍是正确的。但是将护卫裁去四十员,剩的似乎太少,我很不忍心,仍留八十员吧。"这时,多尔衮的声誉达到顶峰。可是,盛极必衰,多尔衮的荣誉顶峰就此成为过去。

第二节　排除内忧外患扶儿亲政

大清朝在多尔衮摄政七年中,他以军事征服为主,拉拢抚绥为辅,先后派阿济格、尼堪、博洛、满达海诸王以重兵控制住后方,以大学士洪承畴,吴三桂、孔有德、耿仲明、尚可喜汉族"四王",经略江浙、四川、湖广、两广等地,采取"以汉治汉"的策略,采取集中优势兵力、各个击破的战术,使抗清势力一个个地惨遭镇压。多尔衮虽然以他的聪明才智和铁腕手段基本控制了局势,没有使这一新建立的大清王朝滑向毁灭的边缘,在抗清的烈火中崩溃。但是,由于他的独断专行,在朝中他从个人利益出发,打击压制迫害他的政敌,造成不少人从内心里对其进行反扑,另在政策上,在取得消灭李自成农民军和南明势力的成果后,被胜利冲昏了头脑,颁行了剃发令、清查无主土地实行"圈地""投充""逃人法"等错误政策法令,不仅造成了大量人口的死亡,经济发展缓慢甚至停止,人民生活的极端痛苦,而且给自己的统治造成极大的被动。这些内忧外患严重威胁着大清江山的稳定。皇太后根据自己掌握和朝中诸王、大臣奏疏的国中情况，把皇儿顺治帝福临叫到宁寿宫，细心地向顺治帝全面阐述了当下大清国所面临的七大严重问题：

其一，多尔衮虽死，但由于其多年的苦心经营，追随他的党羽人多，权势赫赫，势力庞大。多尔衮在世时收了他亲弟豫亲王多铎第五子多尔博为嗣子，又收了亲兄英亲王阿济格第五子劳亲为养子。多尔衮原主正白旗，顺治六年（1649年）豫亲王多铎死后其子年幼，其所主镶白旗亦归多尔衮暂领，后太宗所领正蓝旗亦被多尔衮接管，在他摄政期间一人亲领三旗。现在，其嗣子多尔博承袭了正白、正蓝两旗，养子多尼又辖镶白旗，其势力不可小视。另外多尔衮两白旗亲信近臣罗什、博尔惠、额克亲、吴拜、苏拜、何洛会等人，长期秉承多尔衮旨意处理朝政及官员升降。额克亲又是宗室，被晋封至镇国公，参与议政；吴拜、苏拜系开国功臣猛将武理堪之子，二人骁勇善战，军功累累，分授内大臣、护军统领，分封三等伯、二等子；何洛会是两任大将军，封三等子；两黄旗主要大臣中，太祖之弟巴雅喇之孙拜音图、锡翰、巩阿岱三兄弟，以叛主媚事多尔衮，分别由闲散宗室晋至贝勒、贝子；冷僧机任至内大臣，封一等伯，谭泰为征南大将军，封一等子，现任吏部尚书。英亲王阿济格，虽非旗主，但他亲辖十三牛录，又取亡弟多铎七牛录，有精兵数千，且长年征战，开国有功。因此，当下正白、镶白、正蓝三旗是威胁少年天子的心头大患。

其二，王权强大，君权难伸。过去由于多尔衮专权，加之旗主制的存在和诸王统军议政的现状，使王权具有强大的坚实基础，这就必然严重威胁了君权之尊严和巩固。古人云："都城过百雉，国之害也。都邑者，贝勒也，邦国者，朝廷也，国寡都众，患之阶也。"过去两红、两白、两蓝六旗只有满洲牛录一百九十八个而已，而现在两红、两白加镶蓝五旗，除满洲各旗外，又有蒙古五旗、汉军五旗（二黄、正蓝蒙古、汉军三旗归皇上统辖）人员倍增于前。兼之，入关以后新建的各省绿营兵数十万人中，不少提督、总兵官、副将是下五旗的将领，各省都督、巡抚、布政使、按察使等方面的大员,中央部院尚书、侍郎,也有不少下五旗之官员,他们仍是本旗旗主的属人,这更增强了下五旗的势力,从而在政治上、军事上和经济上为裁抑王权、提高帝威和皇权设置了不少障碍。不削弱王权,不加强君威和皇权,那么,就还会有第二个第三个多尔衮式的人物出现,大清国皇帝就不能成为名副其实的至尊无上之天子,御座就难稳如泰山,就会动荡飘摇。

其三,支柱分崩离析,两黄旗已非皇儿你所有。就朝廷内形势而论,正黄、镶黄、正蓝三旗之旗主仍应归皇上,多尔衮虽已将正蓝旗置于己之控制下,但仍声称暂时借调,待皇上亲政后归还,当然这只是说说而已,实则是吞并而非借用。而且,两黄旗主要大臣已各奔前程。七年前议立皇子继位的八大臣中,图赖、图尔格、塔瞻三人已死,索尼被革职籍没充发盛京,锡翰、巩阿岱、谭泰已背叛先帝幼君,投靠睿王多尔衮,只剩下鳌拜一人,虽未背誓,忠于幼帝,仍任镶黄旗护军统领,但时遭摄政王多尔衮的斥责,势力甚弱。而且现在正黄、镶黄两旗固山额真、护军统领、内大臣、一等侍卫、梅勒额真等二三十人中,不少已成为睿王多尔衮王府之臣,一些人心有疑虑,敢直接显露出对幼帝忠贞不贰者甚少,能否将其中大多数人重新争取过来为少年天子效劳尽忠,这是直接关系到皇儿帝位安危的一个重要因素。

其四,连年战乱,使国内生产遭到严重破坏。明末清初二三十年连绵不断的战争,老百姓赋重役繁,加之贪官污吏的敲骨吸髓,严重地破坏了生产,造成田园荒芜,人丁稀少,百业凋敝,城镇残破,物价腾踊。官方册籍所载,全国耕地才二百九十余万顷,比明万历六年(1578年)的耕地面积减少了四百多万顷。不恢复社会生产,不减少人民的负担,人民就不能摆脱饥寒交迫的苦难,人民不能安居乐业,清王朝就不能安宁,载舟之水,便将覆舟,贼寇强盗便会因穷因乱而不断出现大规模的发展,直接冲击江山的稳固。

其五,军费开支浩大,入不敷出,部臣束手无策。我大清军入关,明王朝灭亡，本应是兵饷由多减少的一大转折机会。明末养兵一百余万，每年加征"辽饷""剿饷""练饷"两千余万两赋银，仍然入不敷出，经常因长期拖欠饷银而发生兵变。我大清朝入关时，多尔衮凭借八旗军和平西伯吴三桂、定南王孔有德、平南王尚可喜、怀顺王耿仲明等四王的汉兵十二万人，不到两年就分路击败了大顺、大西农民军和南明福王、鲁王、唐王的二三百万军队，统一了大半个中国。有此以少胜多的无敌劲旅，何愁不能"绥靖疆域"，不需再养上百万绿营兵分戍各地，有二三十万人负责日常镇压地方缉捕小股"盗匪"便可以了，军费必比明末大大减少。如顺治三年（1646年）定河南、湖广、江西绿营官兵经制，河南所辖一百一十余府厅州县，只设兵一万四千余名；曾经多年战乱的湖广，虽辖湖南湖北二省一百五十余府厅州县，亦只设绿营兵三万九千余名，皆比明朝减少了很多。可是，由于多尔衮的决策错误，强制推行"剃发""易服""投充""逃人法"等民族压迫政策，大肆烧杀掳掠，致使反清武装遍布全国，连陷州县，清政府不得不急忙调兵遣将，先后派出十几位大将军分剿各地，原有的绿营兵不够用，便大量增加，这样一来军费激增，收入却减少。顺治八年（1651年）清政府辖区的二百九十万顷田地，只能征收赋银两千一百万两，米、麦、豆五百七十余万石，怎么能够满足军费开支，因而财政极其困难。

其六，八旗人丁太少，严重削弱了清王朝的军事支柱。清帝一向视八旗尤以满洲八旗为国之根本，"平定中原，统一四海，悉赖满洲兵力"，现在要扑灭抗清武装及南明军队，巩固清王朝的统治，都要依赖八旗兵丁特别是满洲八旗士卒。然而，现在所赖以存在的八旗人员太少，特别是满洲八旗。清入关前夕，满洲八旗有三百一十个牛录，蒙古八旗一百一十八个牛录，汉军八旗一百六十四个牛录，按当时规定一牛录按二百丁计算，满洲八旗有男丁六万二千丁，蒙古八旗有二万三千六百丁，汉军八旗有三万二千八百丁，总计十一万八千四百人。可是经过入关以后七年的征战，满洲人丁不仅没有增加，还在不断减少。顺治五年

(1648年)满洲八旗人丁只有男丁五万五千三百三十丁,且多疲弱残伤,家境艰难。面对上百万的抗清士卒,面对一千七百余府厅州县的领域和居住这个辖区的一亿左右汉族为主的各族人民,仅以八旗人丁怎么能肩负起"拱卫宸极,绥靖疆域"的重大任务?!

其七,朝中缺少能攻善战谋事的诸王重臣。大清开国时的七大亲王中的礼亲王代善、睿亲王多尔衮、豫亲王多铎、肃亲王豪格、成亲王岳托等五王已死,英亲王阿济格已被削爵籍没囚禁。因此,只有郑亲王济尔哈朗一人尚在,且因受多尔衮排挤打压已多年不理朝事。

上述这些问题和困难,都需要皇儿知晓,你现在只有十三岁,还尚未成年,加之以前一切朝廷之事都是多尔衮专权,一下完全交由你统揽难以承担。但为了稳定局势,凝聚统治集团内部,依据当年诸王议定皇位继承人时所定"福临年纪幼小,由郑亲王济尔哈朗、睿亲王多尔衮左右辅政,管理国家政务,等到福临长大,当即归政"的盟誓法典。我不能再依靠别人,必须将皇儿你推上名副其实的皇位,由母后在幕后来扶植皇儿你立即亲政。

顺治帝福临听了圣母皇太后对国中局势的阐述和分析及教诲,打内心理解皇额娘以前的一些做法,对皇额娘身在后宫竟然能统揽全局感到无比佩服。他立即从座椅上起身跪倒在皇额娘面前说:"皇儿年少,以前不懂事,从今往后,皇儿一切均遵循皇额娘懿旨行事。"

顺治八年(1651年)正月十二日,国丧过后,皇太后亲自主持顺治帝福临的亲政大典。这一天上午,大清北京皇宫内,彩灯高挂,鼓乐飞扬。刚满十三岁的顺治皇帝福临的亲政大典在雄伟壮丽的太和殿举行。小皇帝亲御太和殿,诸王大臣、文武百官和各路外藩使臣在赞礼官的导引下,分批向端坐在金銮殿上的顺治帝福临行三跪九叩之礼,并上表祝贺,殿上殿下一片山呼万岁之声。

顺治帝福临的亲政,预示着皇权"归政"于少年天子,标志二叔王七年摄政的结束。福临在亲政大典诏书中信心满满地说:"朕今躬亲大政,总理万机。深思天地祖宗付托甚重,海内臣庶望治方殷,自惟凉德,夙夜祗惧。天下至大,政务至繁,非朕躬所能独理,分猷宣力;内赖诸王、贝勒、大臣,内三院、六部、都察院、卿寺等衙门;外赖诸藩王、贝勒等,及各大臣,并督抚司道府州县卫所等衙门,提督镇守将军等官。一应满汉内外文武大小官员,皆有政事兵民之责,务各殚忠尽职,洁己爱人,任怨任劳,不得推避。天下利弊必以上闻,朝廷恩意期于下究,庶政举民安早臻平治。凡我民人宜仰体朕心,务本兴行,乐业安生,共享泰宁之庆。"诏书中还宣布对一些拥戴有功之臣封官晋爵,减免民间的一些赋税和钱粮,大赦十恶之外有关罪犯。当然,也少不了对顽固的渎犯和叛逆者的警告。

此诏表明,顺治帝福临虽开始亲政,但皇太后对他仍不放心,特别叮嘱他不能"独理",要靠大家"分猷宣力",这说明他仍需母后多加启迪。为了便于皇太后在幕后扶植顺治帝处理国政,福临将内院(内国史院、内秘书院、内弘文院)衙署移于紫禁城内。根据皇太后旨意,为了稳定统治集团内部,对朝廷各议政王、各院大学士、学士等官和六部官员及贝子、公等,暂不做大的调整和任免,只是进行个别增补,由顺治帝重新下旨进行任命。

重新任命的议政王有:郑亲王济尔哈朗、巽亲王满达海(太祖孙,代善子)、端重郡王博洛(太祖孙,阿巴泰三子)、敬谨郡王尼堪(太祖孙,褚英三子)、豫亲王多尼(多铎子)、顺承郡王勒克德浑等六王;内三院各院大学士有:范文程、刚林、宁完我、冯铨、洪承畴等人;六部尚书有:吏部谭泰、韩岱,刑部济席哈、陈泰,户部巴哈纳、噶达浑,工部蓝拜这六人中,正黄旗二人,镶黄、正红、正蓝、镶白旗各一人,没有一人是正白旗的;议政贝子、公有:吴达海、锡翰,议政大臣有满洲八旗的八位固山额真和每一旗的议政大臣三员,共约四十名。

作为亲政典礼的有机组成部分,是不忘诸母后多年的慈育抚养,分别给予了应有的礼遇,嫡庶母人人得封。首先,福临命礼部隆重地主持了于顺治六年（1649年）病故的原中宫皇后（博尔济吉特氏哲哲）配享太庙的仪式，为其升祔太庙，将其梓宫送往沈阳盛京，与太宗文皇帝合葬在昭陵。十九日祔庙礼成，二十二日颁布诏书，布告天下，肯定她的历史功绩，诏书曰："钦惟我皇妣皇后，承乾正位，体顺居贞，光辅太宗，式扩开成之烈，佑翼冲子，宏昭启迪之恩。贻训如存，追思罔极。"为其上尊谥号"孝端正敬仁懿庄敏辅天协圣文皇后"。孝端文皇后生前对福临的维护和关怀不亚于福临的生母庄妃皇太后，以致福临始终难忘其"启迪之恩"，一直记着她的音容，深深地怀念她。诏书肯定孝端文皇后的历史功绩，既光辅太宗为大清江山奠定基础，又佑翼冲子继承帝位，弘扬祖业。其中"辅天协圣"字样，就是对上述功绩的表彰。

另外对两宫太妃也很敬重，他认为"皇考麟趾宫大贵妃、衍庆宫淑妃，敬事先皇，恭勤素著，雍和肃穆，誉洽宫闱"。应该晋封美好的称号，以表彰她们高尚的品德，特命礼部，尊大贵妃为"皇考懿靖大贵妃"，尊淑妃为"皇考康惠淑妃"，相应的礼仪均升格执行。

福临对自己的生母自然不能忽略，正月二十三日，顺治帝福临降谕礼部，表彰圣母皇太后的功德，决定给她上徽号。其谕旨全文是："朕闻君德莫先于克孝，礼制莫重于尊亲。凡帝王缵承鸿业，深念劬劳，必上徽称以彰盛典，所以隆礼显孝也。恭维圣母，翊赞皇考，令德著于宫闱；诞育藐躬，恩慈勤于顾复，获缵丕绪，奄有寰区，良由圣母启迪之所致也。爰遵古典，博采众谋，拟上'昭圣慈寿皇太后'尊号，恭晋隆礼，用展孝恩。尔部将应行事宜，择吉具奏。"

是日，定皇太后冠顶东珠与皇帝相同。仪仗为："黄缎绣九凤曲柄伞一，黄缎宝相花伞四，红瑞草伞二，红素方伞二，销金九凤蓝伞二，青伞二，绣龙凤黄扇二，金黄素扇二，绣龙凤红扇二，绣鸾凤雉尾红扇二，吾仗四，卧瓜四，立瓜四，红旗二，黄旗二，青旗二，蓝旗二，俱用缎销金龙凤纹，金节一对，用黄纱绣龙凤纹，黄轿一，黄车二，金马杌一，金交椅一，脚踏一，金唾盂一，金壶一，金水罐一，金香炉二，拂子二，金面盆一，金香盒二,用红油销金彩画凤底八角盘八面,承之四角桌八张,举香炉红油竿二根,两头俱刻凤纹。"皇太后冠顶东珠与皇帝相同,仪仗中有些器物龙凤并绣,都是具有崇高权势的象征。

顺治八年(1651年)二月初九日,特就上尊皇太后徽号事派遣官员祭告了天地、太庙。二月初十日,宫中举行了极为隆重的为皇太后上尊徽号、敬献册宝的仪式。这天早六时左右,恭上"昭圣慈寿皇太后"徽号。事先设皇太后仪仗于宫中内院。礼部官进宫,设黄案于正中。亲王以下公以上,俱朝服于午门内序立。满洲、蒙古、汉军固山额真、尚书、精奇尼哈番、梅勒章京、侍郎等官,在皇极殿左翼门(今太和殿左侧)外序立,文武百官,在武门外排班。銮驾大乐全设,皇太后册宝彩亭二座在左翼门内陈设。顺治帝出乾清宫,册宝彩亭随行,内三院、礼部官前导,向皇太后宫进发。王以下公以上,进太和殿丹墀,随驾行。册宝彩亭从左翼中门出,侍立官皆跪候,待驾过随行。

昭圣皇太后居住在景运门东侧的宁寿宫。此宫是将仁寿殿、哕鸾宫经初步因陋就简修饰而定名,皇太后进入北京后就住在这里。顺治帝銮舆至宁寿宫门外降辇。皇太后身穿礼服升座。捧册宝官由正中门进宫内,立于左侧。引社官引导顺治帝进宫门内,至拜位。王以下公以上在宁寿宫大门限外序立。鸿胪寺官奏跪,皇帝与诸王、文武百官皆跪。鸿胪寺官奏"进册宝",左侧捧册宝官跪进册宝于皇上。皇上受册宝立献讫,右侧官跪接,置于黄案上。鸿胪寺官奏宣册宝。宣读官跪宣册宝。册文生僻难懂,大体不外颂扬圣母功德。一是说她在清太宗皇太极时不仅赞襄大业,而且在后宫各妃之间相处得也很和谐;二是对自己自幼精心照料,而且即帝位之后,遇事仍详加叮嘱,作为皇考妻子和自己的母亲,确实给天下做出了好榜样。……至德述说不完,深恩无法报答,特敬告于天地、太庙、社稷,率诸王、贝勒、文武群臣,恭奉册宝,上尊号为"昭圣慈寿皇太后",祝愿圣母心情愉快,健康长寿。

宣读册宝完毕,鸿胪寺官奏请叩头。顺治帝率诸王、众官,皆三跪九叩,午门外侍立各官,也随行三跪九叩礼。礼毕,皇太后、皇上各还宫,诸王、众官各自回府。

二月二十一日,顺治帝亲御太和殿,诸王率文武百官以恭上其母尊号"昭圣慈寿皇太后"礼,上表行庆贺礼。这天,固伦公主、和硕福晋以下,固山额真、精奇尼哈番、尚书以上命妇,都到皇太后宫行庆贺礼。礼毕,顺治帝福临,特别颁诏天下,又行大赦。

一切礼仪都并非走过场,而是表明皇太后有崇高而又广泛的权力。同日,皇太后告谕顺治帝说:"为天子者处于至尊,诚为不易。上承祖宗功德,益廓鸿图;下能兢兢业业,经国理民,斯可为天下主。民者国之本,治民必简任贤才,治国必亲忠远佞,用人必出于灼见真知,莅政必加以详审刚断,赏罚必得其平,服用必合乎则,毋作奢靡,务图远大,勤学好问,惩忿戒嬉。倘专事佚豫,则大业由兹替矣! 凡机务至前,必综理勿倦。诚守此言,岂惟福泽于万世,亦大孝之本也。"

在皇太后的眼里,顺治帝仍是一个无知的小孩子,对他一百个不放心,可谓谆谆告诫,无不周详。此后仍每日经常训示,顺治帝唯命是从,不敢稍有违抗。正如顺治帝《孝陵神功圣德碑》碑文中所称:"孝事太皇太后,晨兴问安,长跪受教。"当时因国家财力困难,无力大修宫殿,顺治帝大约从顺治二三年起住于被农民军破坏较小的保和殿,暂时改名为位育宫。即顺治帝虽然已继帝位亲政,但因年纪太轻,仍需圣母皇太后经常抚育之意。

第三节 追罪多尔衮惩处党羽权臣

顺治八年(1651年)正月初六日,皇太后谕顺治帝福临命议政大臣,议定英亲王阿济格之罪。诸王大臣议定阿济格之罪说:他在多尔衮死后曾立即派人召其子劳亲(英亲王子)私自率兵前来喀喇城,许久不至,他便召吴拜、苏拜兄弟及正白旗内大臣罗什、博尔惠问:"劳亲是我等阿哥,什么时候来?"吴拜等多尔衮属下亲信心想,他称其子劳亲是我等阿哥,意思是让我等依附于他,既得我辈,必思夺政,于是增兵固守,防患于未然;阿济格此时企图把原属多尔衮的势力据为己有,成为他掌权的资本;阿济格还放言说:"多尔衮曾对他说,对抚养多铎子多尔博为嗣子极为后悔,并将其子劳亲取入正白旗,收为养子,意思暗示诸王,多尔衮生前就有以劳亲取代多尔博的意思。"他还说:"两白旗大臣甚称劳亲之贤。"又对白旗大臣博洛说:"原令尔等三人理事,今何不议一摄政之人?"暗示推举他继承其弟多尔衮摄政王的宝座。议政王大臣会议根据阿济格的这些罪行议定:"将英亲王阿济格逮捕幽禁,把原属他的十三牛录没收,归于顺治帝所属两黄旗下,并把他从其弟多铎那儿据有的七个牛录拨还给多尼(多铎子),其中投充的汉人出旗为民,除少量家役之外,其余人口、牲畜全部入官。其子劳亲率兵响应其父,降为贝子,夺摄政王叔所给四牛录。其他如阿济格手下前锋统领席特库斩首、抄家;毛墨尔根、穆哈达、马席、郎球、阿思哈、顾尔布席、莫洛浑、萨尔布海、星讷、都沙等,都按情节轻重,分别处以斩刑、鞭责、抄家、革职。"两个月后,又对正白旗御前大臣罗什,护军统领、议政大臣博尔惠,镇国公、议政大臣额克亲,三等侯、内大臣吴拜,一等子、护军统领苏拜等五位正白旗多尔衮的骨干亲信,定其罪名"动摇国是,蛊惑人心,欺罔唆构",将罗什、博尔惠问斩,额克亲、吴拜、苏拜俱革职为民,籍没家产。这样,狠狠地打击了多尔衮的白旗势力和党羽权臣,砍掉了死去的摄政王多尔衮剩下的唯一臂膀和残余势力。

顺治八年(1651年)二月十五日,即多尔衮死后两个多月,原多尔衮的近臣正白旗议政大臣苏克萨哈、护卫詹岱、穆济伦三人,告发摄政王多尔衮说:"多尔衮死后,侍女吴尔库尼还在殉葬之前,曾把罗什、博尔惠、苏拜、詹岱、穆济伦五人叫来,嘱咐他们:'王爷没有让别人知道,他还有暗自准备的八补黄袍和只有皇帝才能佩戴的大东珠、素珠、黑狐褂,让他们将这些东西偷偷地放入棺内。'另外多尔衮还曾派人到永平

皇太极大破明松山战事书

明松山城

府圈房,准备偕两白旗移驻,以此作为政变的根据地。"被多尔衮提拔重用的巽亲王满达海、端重亲王博洛、敬谨亲王尼堪因怕被划入多尔衮一流,也急忙合词表白,揭发多尔衮"潜妄不胜枚举",说他们从前是"畏威吞声"。如今觉悟了,要"冒死奏明"。依附多尔衮的黄旗大臣谭泰也出来反戈一击,揭发何洛会骂肃亲王豪格诸子为鬼魅,锡翰揭发何洛会说:"上今亲政,两黄旗大臣与我相恶,我曾首告肃亲王豪格,今伊等岂肯不杀我,而反容我耶?"

顺治帝闻此消息,立即向昭圣皇太后进行禀报。皇太后圣谕:"此事关系重大,你可让郑亲王济尔哈朗主持召开议政王会议定,然后依据其具体事实再来定夺。你现已经开始亲政,头脑一定要清醒,一切都要从大清国的利益和振兴考虑,认真进行处理此事。"

顺治帝福临遵照昭圣皇太后的懿旨,立即命郑亲王济尔哈朗,理事三王巽亲王满达海、端重亲王博洛、敬谨亲王尼堪同内大臣遵旨审理。最后经审理向帝奏劾睿王多尔衮诸过,计有大罪十余条:(1)太宗死时诸王并无立多尔衮之议,任摄政王时又"不令郑亲王预政,遂以伊亲弟豫郡王多铎为辅政叔王。背誓肆行,妄自尊大,以皇上之继位尽为己功"。(2)将诸王大臣杀敌剿寇之功全归于己。(3)所用仪仗、音乐、侍卫等"僭拟至尊",府第与宫殿相似,任意挥霍国库财物。(4)将原属黄旗的伊尔登、陈泰一族和刚林、巴尔达齐二族尽收入自己之旗。(5)假借太宗之位原系夺位。(6)独专威权,擅作威福,一切政事和本章自行裁处,不奉上命,任意升降官员,概称诏旨。(7)逼使肃王豪格不得善终,逼纳其妻,夺其官兵财产户口归己。(8)拉拢皇上侍臣额尔克戴青、席纳布库归入自己旗下,哄诱皇上侍臣归附于己。(9)以朝廷自居,令诸王、贝勒、贝子、公等日候府前。(10)亲到皇宫内院。(11)私制帝服,藏匿御用珠宝,欲带其两旗,移住永平府,等等。

郑亲王济尔哈朗奏称:"以此思之,多尔衮显有悖逆之心,臣等从前俱畏威吞声,不敢出言,是以此等情形,未曾入告。今谨冒死奏闻,伏愿皇上速加乾断,列其罪状,宣示中外。并将臣等重加处分。"同时还奏请处死多尔衮党羽何洛会、锡翰弟兄,籍没多尔衮所属家产人口入官,将其收养嗣子多尔博、其女东莪给予信亲王多尼。

顺治帝福临接到郑亲王奏报的多尔衮罪行后,联想到七年来耳闻目睹多尔衮日益嚣张的气焰和被巩阿岱、席纳布库等冷嘲热讽的凌辱,一种嫉恨之情不禁迸发出来。他立即向昭圣皇太后呈禀了议政王大臣们报奏的审理结果和处理意见。

昭圣皇太后接过诸王、议政大臣奏报后,认真仔细地阅示一遍,然后抬起头,面色凝重地对皇儿顺治帝说:"你现在明白两年前额娘为你做出的一切了吧?不然你的皇位就真的要被他篡夺了,现在看来睿王这些篡位之罪都有人证物证,你现已亲政了,这件事一定要把罪证作实了,至于怎么处理,你是皇上,全由皇儿出面亲自处理为好。额娘在幕后一定坚决支持你的决断。"

二月二十一日,顺治帝根据多尔衮的罪状,认为其"逆谋之罪果真,神人共愤,谨告天地、太庙、社稷,将伊母子并妻所得封典,悉行追夺"。并将多尔衮的罪行颁诏宣示中外。

随着多尔衮被追罪,多尔博之回籍,王府同时被废。据卫匡国《鞑靼战记》载:有的传教士记载说,顺治帝"发现自己的叔叔活着的时候怀着邪恶的企图,进行暧昧的罪恶活动,他十分恼怒。命令毁掉阿玛王华丽的陵墓,掘出尸体,这种惩罚被中国人认为是最严厉的,因为根据宗教的规定,死人的坟墓是备受尊重的。他们把尸体挖出来,用棍子打,又用鞭子抽,最后砍掉脑袋,暴尸示众,他的宏伟壮丽的陵墓化为尘土。在他死后,命运给了他以应得的惩罚。"

是年闰二月二十八日,顺治帝又下令对谄附多尔衮又握有实权的大学士刚林、祁充格,以"一切密谋逆迹,皆为之助"等罪处死,籍没家产。八月十七日,又将曾谄附投靠多尔衮的固山额真、吏部尚书谭泰以"内任己意,外侧矫旨而行,六部之事无不把持"及行猎时对皇上不恭敬等十几条罪状,着即正法,籍没家产。

九月三十日,被幽禁的英王阿济格对监守中的看守说:"闻将吾一子给巽王,一子给承泽王为奴,诸妇女悉配夫,吾将拆毁厢房,积衣举火。"说后即开始拆房。顺治帝得知后,于十月十六日,赐其一条白绫,令阿济格自尽。

顺治帝福临在圣母昭圣皇太后的扶植和指导下,亲政后在一年之内,通过这一系列措施,沉重打击并清除了多尔衮的势力,消除了影响,从根本上稳定了统治集团内部政局,之后,又于顺治九年(1652年)正月三十日谕内三院:"以后一应奏章悉进朕览,不必启和硕郑亲王。"三月十五日即下令"罢诸王、贝勒、贝子管理部务"。从而使朝中大权集于皇帝一身,从此福临才当上了名副其实的大清皇帝。

第四节　平反昭雪重用忠臣良将

北京城正月的阳光虽然灿烂,却一点也不暖和,窗外呼呼的北风声让人听着就觉得很冷。脸色有些憔悴的昭圣皇太后歪坐在宁寿宫暖阁的南炕上,手里捏着几张纸牌,无聊地翻来翻去。苏麻喇姑坐在旁边陪太后玩。昭圣皇太后好像大病一场似的,精气神显然不大好。多尔衮之事已经结束,政敌已打倒,皇儿福临亲政大典已过去一段时间,大清国今后的命运完全系于她和她的皇儿身上。皇儿虽然亲政,但年龄尚小,只不过十三岁,能不能按照多尔衮已经走上的轨道驾驭大清国这驾马车?她感到自己肩上的担子很重。她在思考着下一步应该怎样扶植皇儿福临亲政治理天下的事。皇太后想:福临亲政后,追罪了多尔衮,惩处了他的重要党羽,仰叔鼻息听人摆布的傀儡幼帝的局面一去不复返了,谁也别再想干预朝政,但是还不能大胆放手把全部权力交给皇儿。皇太后知道,任性又没有经验的皇儿,是处理不了当前所面临的复杂朝政大事的。让谁来辅助皇帝呢?谁可靠呢?皇太后沉思着,还是自己来扶植他吧,只有自己才是最可靠的助手。不能再让别人控制皇上,否则又会出现第二个、第三个多尔衮式的摄政王。

聪睿绝顶机警果敢的昭圣皇太后,在回顾七年来与多尔衮斗智周旋的惊涛骇浪时,她在深思,在熟虑,在总结经验,汲取教训。她清楚地认识到,最大的经验教训就是要笼络住诸王和满蒙汉大臣,正确处理好与宗室王公贵胄的关系,巧妙妥善地协调好与尚活着的七位功臣中的郑亲王济尔哈朗的关系,取消多尔衮时的理事王制,恢复太宗时的旧制,委任诸王管理部院,这样才可利用诸王大臣尤其是郑亲王济尔哈朗与皇兄承泽亲王硕塞及两黄旗大臣,巩固皇帝的统治基础,稳定政局,增强皇权的控制力,防范王权过大,使君权迅速巩固和提高,最后才能平定那些还没有安定的地方。

顺治帝遵照昭圣皇太后的圣谕,首先将皇上身边忠贞不贰的贤臣勇将牢固控制在自己身边。将正黄、镶黄、正白三旗(称上三旗)收为自己掌控之下。因为当年议立新君时,若不是两黄旗大臣誓死力争,睿王多尔衮早已夺取了君位。只是在顺治初年,两黄旗大臣中由于发生了变化,像拜音图、锡翰、巩阿岱、谭泰等人背叛了先帝,投靠了睿王多尔衮。目前忠于皇帝的图赖、塔瞻、图尔格已病逝,如果两黄旗数百位固山额真,护军统领,前锋统领,内大臣,一、二等侍卫,尚书侍郎等,能够遵照当初盟约,誓死保卫幼主,多尔衮就不得不考虑两黄旗数万精兵骁将的态度,就不敢窃据军国大权为所欲为,就不能也不敢如此欺侮幼君。现在正黄、镶黄、正白三旗人丁兵将,几乎等于正蓝、镶蓝、正红、镶红、镶白五旗的总数,只要牢固控制住上三旗中一批忠心于朝廷的大臣,就有了强大雄厚的政治、军事、经济基础,就可保君主高枕无忧,就不怕下五旗造反。于是,顺治帝福临遵照昭圣皇太后懿旨,一面对八旗大臣普施皇恩,嘉奖迁升赏赐,一面竭力栽培扶植擢升忠于朝廷的诸王大臣,尤其是两黄旗大臣。

首先,对被多尔衮及其党羽迫害的冤案或过去惩处之案,皆予以平反昭雪。镶黄旗大臣图赖,系开国元勋费英东第七子,历任护军统领、固山额真及征南大将军博洛之副帅,军功累累,晋封至一等公,顺治三年卒于军中,五年因曾谋立肃亲王被追罪,革其子辉塞所袭一等公爵。顺治帝念其旧功及被冤处,命配享太庙,谥昭勋,立碑纪绩,复其子辉塞一等公爵位;图尔格是开国元勋额亦都第八子,娶和硕公主,历任调遣大臣,因功封至三等公,顺治二年卒,五年被追罪,削其子科布梭所袭三等子,重新复其子三等公爵,又晋为二等公爵;希福精通满、汉、蒙古文字,天聪二年晋三等轻车都尉,崇德元年任国史院承政,寻授弘文院大学士,晋二等轻车都尉。顺治元年翻译《辽》《金》《元》三史奏进,受赏赉有加。时都统谭泰叛主投附睿王多尔衮,因希福讥讽谭泰衰庸,遭谭泰忌恨,讦之法司,说希福作伪传睿王言、诋谩大臣,欲构衅乱政,应论死。谳成,启奏睿王,王令免死,革职,罢任,籍没其家。顺治帝雪其冤,复职给产,仍授弘文院大学士。

第二,对忠于皇帝的忠臣良将复职复爵,并从中擢用嘉奖忠贞不贰、智勇双全或对追罪睿王多尔衮立有大功之人。如巴哈、索尼、鳌拜、遏必隆及正白旗苏克萨哈等人。巴哈是开国五大臣费英东之侄,满洲镶黄旗人,其父卫齐历事太祖、太宗,授游击世职,为太宗信赖,每统大军出征,辄令卫齐留守盛京,任八门提督,卒后追谥端勋,巴哈太宗时即任一等侍卫、议政大臣,顺治四年从肃亲王豪格征四川有功,晋世职一等轻车都尉。顺治六年多尔衮攻山西大同,巴哈要求从征,多尔衮不许,巴哈气愤拂衣而起,被睿王多尔衮惩治,论死罚银以赎。睿王多尔衮摄政,众皆谄媚或附从,唯"巴哈兄弟独不附"。肃亲王豪格冤死狱中,其子富绶尚幼,睿王多尔衮令两白旗大臣商议处置之法,巩阿岱恶狠狠地说:"这种苗裔,不全诛灭,养之何用?"力主斩杀,巴哈及内大臣哈什屯坚决反对,富绶始免于难。后巩阿岱、锡翰及内大臣席纳布库曾欲诬陷巴哈,未遂。顺治帝复授巴哈为议政大臣,晋领侍卫内大臣,加大傅兼太子太傅,世职累进至一等男;满洲正黄旗人索尼,崇德八年超授三等男,顺治二年晋二等子。三年由于不附睿王多尔衮,于政事多以理争,睿王多尔衮由是恶之,五年,以贝子屯齐等评告他于崇德八年秋与图赖等谋立肃亲王,私结盟誓,议罪应死。有旨免死,褫职,论赎锾,被遣送盛京守昭陵,追夺赏赐。顺治帝定以前议索尼罪不实,特召还朝,复其爵。遇恩诏,晋三等伯,予世职,九年,复命诸王议功,晋一等伯,赐敕免死二次,擢内大臣兼议政大臣,总管内务府事;镶黄旗人鳌拜,齐卫第三子,天聪八年授骑都尉世职,任参领。崇德二年晋三等男,赐巴图鲁号,四年晋爵一等男,顺治元年晋三等子。顺治五年因对部臣随军参领希尔根冒功争赏罪详勘不实,论革世职。又以贝子屯齐评告他崇德八年与护军统领图赖等六人谋立肃亲王,私结盟誓,廷议应死,并得旨罚赎。顺治帝任命鳌拜为议政大臣,晋一等侯兼云骑尉,赐敕予世袭,免死二次,授领侍卫内大臣;遏必隆,满洲镶黄旗人,开国五大臣额亦都第十六子。天聪八年袭其父一等子爵,任侍卫。崇德六年授骑都尉世职。顺治二年晋二等轻车都尉。顺治五年侍卫科普索讦其与白旗诸王有隙,设兵护门事,论死,籍没,得旨,免死,革世职及佐领,籍家产之半。顺治八年昭冤复职,授骑都尉又云骑尉,议政大臣,掌銮仪卫事;苏克萨哈,正白旗大臣,顺治二年授骑都尉世职,晋三等轻车都尉,顺治七年袭父苏纳世职为三等男。八年因与睿王府护卫詹岱等检举睿王殡殓服饰违制,及携两白旗谋迁永平驻防,另立朝廷逆状,擢正白旗统领,任议政大臣,晋爵一等男,加一云骑尉。

第三,对凡被多尔衮党羽诬告和被肃亲王豪格、郑亲王济尔哈朗之案而株连的议政大臣扬善、内国史院学士甲喇章京罗硕、固山额真俄莫克图、甲喇章京伊成格、图尔格等人,因议立肃亲王,对抗睿王多尔衮,而被革职,夺世职及牛录。对顺治五年被打压处罚的祖泽润、噶达浑、敦拜、觉善、马喇希等全部冤案皆予以全部平反。

第四,在平反昭雪重用上三旗勋臣的同时,对其他五旗的谋臣勇将,凡效忠朝廷的能臣骁将,亦同样嘉奖升授。将被睿王惩治的满洲正红旗梅勒额真巴图鲁觉善恢复其世职,擢都察院左都御史,后进世职为三等子;擢镶蓝旗梅勒额真侍郎蓝拜为尚书、固山额真,累进世职为二等轻车都尉;满洲正白旗星纳,历事太祖、太宗,崇德八年因功已任梅勒额真、承政、护军参领,顺治初年又再立军功,进世职为二等轻车都尉,因惩治英亲王阿济格时被株连,革工部尚书、议政大臣和世职,但不久即复其原职。这样一来,少年天子赢得了八旗大多数大臣的衷心拥戴,组成了以索尼、鳌拜、遏必隆、苏克萨哈、巴哈、哈什屯等两黄旗和正白旗大臣为核心的上三旗嫡系部队,为其独掌军政大权,乾纲独断奠定了雄厚而坚实的基础。

第五,正确处理好宗室王公贵胄之间的关系。昭圣皇太后谕顺治帝福临说:"大清国的天潢贵胄宗室王公,他们都为大清的江山建立过功勋,当下抗清烽风火仍在燃烧,统一全国的艰巨任务尚待完成,如何清除多年战乱遗患,恢复生产,安定黎民,这一切都离不开八旗宗室王公的支持。因为你现在的亲政,并非是你自己或诸王反对睿王多尔衮取得胜利的结果,而是在很大程度上出之于侥幸。如果多尔衮不是猝死,如果其收养的嗣子多尔博不是年幼无知,如果他的亲侄多尼不是一位刚袭爵位十四五岁的小王爷,如果英亲王阿济格不是骄横跋扈招致众人的反对,致其亲弟多尔衮掌握的两白旗大臣对其不敬、防范和突然将其逮捕幽禁,没有这些偶然因素,你不仅不能亲政,而且我们母子俩可能被多尔衮除掉,或导致多尔博、多尼、阿济格同仇敌忾,来共同对付我们母子和郑亲王,那就不能追罪睿王多尔衮,夺据正白旗,摆布多尼、处死英王,彻底削弱两白旗势力,而举行你的亲政大典了。你虽然亲政,但基础很不牢固,实力太弱,除了要加紧培植两黄旗、正白旗上三旗嫡系势力外,还必须大力争取宗室王公的支持,以奠定可靠的政治基础。"顺治帝根据圣母昭圣皇太后的教导,为无辜被迫害惩治的宗室王公平反。豪格系顺治帝福临长兄,在太祖、太宗、顺治初期,统军理政,功勋卓著,是开国七大亲王之一,但因与多尔衮争夺帝位,竟被多尔衮害死,削爵籍没，嫡福晋也被多尔衮逼纳为妃。顺治帝福临于顺治八年（1651年）二月二十七日，即颁诏封豪格之子富绶为和硕显亲王，增注其父军功于册。半年后，又下诏追复豪格王爵，建碑纪其功绩于茔上；硕塞是顺治帝的五哥，是太宗侧妃叶赫那拉氏所生，太宗去世前夕，硕塞只有十四岁，但并未受封，顺治元年（1644年）十月，举行登基大典时特予优待，封多罗郡王，即颁诏封为和硕亲王。不久又封为和硕议政王；对被多尔衮降为郡王的博洛、尼堪封为和硕亲王。接着于二月底又赐封了一大批宗室。主要有：太祖第三子阿拜、第六子塔拜、第九子巴布泰、第十三子赖慕布，此四人皆因母是庶妃，封爵不显，其子孙地位更为低下。顺治帝福临将诸人之子孙英额、英额里、能格、干图、华善、班布尔善、巴布海、喇布喇、来祜等人分别超晋辅国公、镇国公。对另外一些宗室如三等镇国将军卫黑、和锡布、噶达浑、萨木哈、巴图、巴哈纳、塔哈纳、阿喇密、齐齐布等，亦分别超晋辅国公、镇国公。这些人受封后感恩戴德，一心效忠皇上，从而也加固了少年天子的统治基础。

　　第六，巧妙妥善地处理与郑亲王济尔哈朗的关系。昭圣皇太后告诉顺治帝福临，郑亲王济尔哈朗在逮捕幽禁英亲王阿济格、追罪睿王多尔衮、拥护他亲政的活动中，都起了关键性的作用，他在顺治四年（1647年）被革除辅政王的三年来，受多尔衮的排挤压制，不能参与军国大政的议决，但因他是镶蓝旗主，拥有满、蒙、汉数万兵将，又是三朝老王和开国七大亲王之一，也是多尔衮死时的四大亲王之一，另三位和硕亲王阿济格谋反被逮捕幽禁，满达海缺乏果断，多尼还年幼，无军功政绩可言，郑亲王早在你皇考时就深受宠信而实际上位居诸王之首，被八旗王公大臣视为左右政局的实权人物。多尔衮一死之时，两白旗大臣额克亲等见英王阿济格有不轨之心，第一时间就告诉郑亲王，是他和满达海明确指出，尔等是系定国辅主之大臣，岂可听命于英王，彼既居心不良，恐将生事变矣，率先告知朝廷，我等当即团结谨密行事，在英王动手篡夺摄政大权之前，也是郑王向正白旗博尔浑等大臣说："英王有佩刀，皇上来迎丧,恐有不测,不可不防。"诸王大臣才拨派兵役,逮捕英王,押送至京治罪幽禁起来。在后来捕治博尔浑等睿王多尔衮党羽时,郑亲王起的作用更大,端重郡王博洛、敬谨郡王尼堪及两黄旗大臣,向郑王跪诉博尔浑白旗五大臣动摇国基之罪,也是郑王集亲王以下尚书以上王公大臣议处其罪。对睿王多尔衮的追罪,亦是由郑王偕诸王公大臣奏劾议处的。他当年曾因为忠于皇考和你而被睿王排挤,此次又立了特大功勋,是能够左右诸王公大臣的关键人物,你应该尊敬褒奖他,使他在朝中起更大的作用才是。顺治帝福临遵照昭圣皇太后的懿旨,特下谕宣布,郑王年老,"一切朝贺、谢恩,悉免行礼",顺治九年(1652年)二月十八日,少年天子下旨,加封郑亲王济尔哈朗为"叔和硕郑亲王"。册文曰:"我太祖武皇帝肇造鸿基,创业垂统,以贻子孙。太宗文皇帝继统,统一蒙古,平定朝鲜,疆围式廓,勋业日隆。及龙驭上宾,宗室众兄弟乘国有丧,肆行作乱,窥窃大宝,当时尔与两黄旗大臣坚持一心,翊戴朕躬,以定国难。续领大军征明,遂取中、后所、前屯卫、中前所。又率大军征湖广时,闻山东曹县为众贼袭据,便道往剿,用红衣炮攻拔其城。又恢复湖广宝庆等四府八州四十四县,又遣发将士收服贵州省五府七县,败敌兵凡六十四阵,诛伪王一、伪巡抚一、伪总兵十四、文武官四十一员,收降伪总兵一、大小伪官六十九员,遂定湖南。睿王心怀不轨,以尔同摄朝政,难以行私,不令辅政,无故罢为和硕亲王。及朕亲政后,知尔持心忠义,不改初志,故赐以金册金宝,封为叔和硕郑亲王。"此册文可以说明三个问题。一是格外优遇。顺治帝福临优遇郑王,对其之尊敬和加恩,超过当时任何一位亲王;二是功在立帝。主要在于拥立福临;三是名分有定。这次加封,使郑亲王济尔哈朗成为有清一代唯一保持这一崇高称号的叔王。

第七,取消理事王,委任诸王管理部院。昭圣皇太后告诉顺治帝福临说:"理事王"之制,始于顺治七年(1650年)二月二十八日,是摄政王多尔衮而定。他传谕"各部事务,有不须入奏者,付和硕巽亲王、端重亲王、敬谨亲王办理"。这是由于多尔衮自感身体欠佳精力不适而定的"代为处理日常政务"的临时办法。故将平素依附、谄媚于己的巽亲王满达海、端重王博洛、敬谨王尼堪委以此任,好使他们以后更加效忠于己,以防大权旁落。这种"三王办理事务"的制度,必须纠正,不然,就不利于你亲政处理国政。顺治帝遵照昭圣皇太后懿旨,"委任诸王管理部院。因为这一制度是皇考仿明制于天聪五年(1631年)七月初八日创建的,取消了原先的八和硕贝勒共治国政的旧制,改由诸贝勒分管六部。多尔衮分管吏部事,德格类分管户部事,萨哈廉分管礼部事,岳托分管兵部事,济尔哈朗分管刑部事,阿巴泰分管工部事。多尔衮摄政后,为了集权于己,立即将这一制度取消,现在恢复太宗旧制,有利于国家统治体制的逐步完善。于是,顺治帝福临于顺治八年(1651年)三月初五日,找了一个借口,以刑部搜获英王在狱中藏匿的四把大刀,不奏皇上,只向理事三王报告,遂下令痛斥理事三王之过,命议政大臣议处。郑王主持议政王大臣拟议,罚巽亲王满达海银五千两,降端亲王博洛和敬谨亲王尼堪为郡王,各罚银五千两,"三王即停其理事"。顺治帝立允其议。

过了一天,三月初六日又下谕旨,令诸王管理部院。他谕吏部说:"朕自亲政以来,观天下所以治安者,关乎各部院,虽自古无参用诸王之例,然闻我太宗文皇帝曾用诸王于部院,朕欲率由旧典,复用诸王。念诸王虽甚劳苦,然诚各殚厥职,厘剔庶务,禁绝贪污,修整法令,俾上下利病不致壅蔽,利国家而致升平,莫此为要。今特用和硕巽亲王于吏部,和硕承泽亲王于兵部,多罗端重郡王于户部,多罗敬谨郡王于礼部,多罗顺承郡王于刑部,多罗谦郡王于工部,多罗贝勒喀尔楚浑于理藩院,固山贝子吴达海于都察院。诸王等其各副朕图理治安至意。尔部其传谕各王知之。"

第八,扩大议政王大臣会议的成员和权限。昭圣皇太后谕顺治帝福临:"议政王大臣会议这一议处国家机要事务的权力机构,始于天命十一年(1626年)九月,你皇考已经理国务。崇德二年(1637年)四月,你皇考谕令每旗各设专职的议政大臣三员,从此以后,宗室中的议政王、议政贝勒、议政贝子与八固山额真兼议政大臣及专职的议政大臣一起,共同议政,这种议政形式叫作议政王大臣会议,有时也叫议政王大臣贝勒会议。它是你先皇抑制身为旗主的亲王郡王的重要措施。入关以后,由于多尔衮独掌大权,议政王大臣会议的作用就显得不重要了。你要把它重新恢复起来,好帮助你议处国家政务。"顺治帝福临决定继承和发扬皇父太宗手创之制,增加议政人员,扩大其职权和影响。遂于顺治八年(1651年)十月,谕命增加和硕承泽亲王硕塞、多罗谦郡王瓦克达为议政王。在这一年中,他先后多次下谕,授鳌拜、詹岱、巴图鲁詹、杜尔玛、布丹、杜尔德等人为议政大臣。

顺治帝福临亲政后,在昭圣皇太后的扶植下,针对多尔衮留下的弊政,从以上几个方面逐步加以重整朝纲,新颁布了一些适应皇权至尊至上的新规新政。使受多尔衮及其党羽排挤陷害的人得以平反昭雪,既利用诸宗室王公大臣尤其是郑亲王济尔哈朗与皇兄承泽亲王硕塞及两黄旗大臣,为巩固自己的统治基础,稳定政局,增强自己的实力服务,又极力防范王权过大,分散王权,避免出现第二个、第三个多尔衮,使君权迅速得到巩固和提高。

第十三章 帮助少年天子实现国家统一

第一节 除困境不气馁知难而进

顺治帝福临亲政后,在圣母昭圣皇太后的扶植下,通过采取各种措施,稳定了统治集团内部,使皇权得到了巩固,但是,国内所面临的重重困难,可以说荆棘遍地,危机四伏。而少年天子在昭圣皇太后的扶植下,并未被困难吓倒,相反却胸怀壮志,决心创出一番伟业。顺治八年(1651年)正月的一天,昭圣皇太后对福临说:"二十五年前,你皇祖父久胜骄傲,惨败于宁远城下,负伤、生气、患病,不久去世,诸贝勒共推你父皇为汗。此时,内有代善、阿敏、莽古尔泰三大贝勒与汗并尊,不愿甘居汗下,号称大金国天聪汗的你父皇,实际上只是两黄旗之主,外则四面皆敌,明朝百万大军时有收复辽东失地之势。我国北临的蒙古察哈尔部林丹汗,一心要重振先祖雄风,统一蒙古各部,联明对付我国。南部朝鲜国,忠于大明,纵容、支持明将毛文龙多次扰边。国内又因太祖晚年歧视屠杀汉民较多,导致汉民纷起反抗,大批汉民逃亡、起义,田园荒芜、百业凋敝,物价腾贵,'斗米价银八两,人有相食者'。太祖天命汗位眼见就摇摇欲坠了。然而,你父皇继汗位后,知难而进,革弊兴利,训练士卒,耕垦田地,恢复生产,降服朝鲜和蒙古各部,并乘机多次深入明国,直抵京师,铁蹄踏晋冀鲁,屡败明军,掠获人口上百万及巨量牲畜财帛,又逐步裁抑王权,提高君威,建立了大清国,登上皇帝宝座,奠定了入主中原的军事基础,整日与谋士将领商议进关之战,事必躬亲,劳累过度,不幸过早病逝。为继承你父皇征明夺天下之遗愿,我与老太后命你叔王多尔衮率军入关,定鼎燕京。现在你已亲政,一定要学你父皇,励精图治,不断改革,发展生产,克服一切困难,做一个既守成又创业的英明君主。"

顺治帝听了圣母昭圣皇太后的一番教导,信心满满地说:"皇儿时刻牢记母后的教诲,从太祖太宗辉煌业绩中吸取力量,勉励自己。今天虽有各种困难和危险,但总算是已经定鼎中原了,有圣母皇太后在,定能团结八旗王公大臣,统率百万劲旅,完成祖宗未完成的统一全国的大业,并渡过财政难关,恢复社会经济,让人民安居乐业,保我大清江山永固。"

顺治帝福临亲政后,全国尚存在许多严重困难。一是多尔衮摄政时推行的"圈地、投充、逃人法、剃发、易服"五大弊政影响仍未消除,全国的抗清斗争,遍及广东、广西、湖南、湖北、四川、云南、江西、贵州、浙江、福建十省。清军的征剿及镇压,更激起以汉民为主体的各族人民的反抗。入关七年来,朝廷虽先后派遣十几员大将军分赴各地剿杀,但战争一直未停止。此时,云、贵、川、闽、湘、粤、桂等省仍基本上为反清武装占据;二是由于明末二三十年连绵不断的战争,人民赋重役繁,加之贪官污吏的敲骨吸髓,严重地破坏了生产,田园荒芜,人丁稀少,百业凋敝,城镇残破,物价腾踊。眼下官方册籍所载全国耕地才二百九十余万顷,比明朝万历年间减少了四百多万顷。如果不恢复社会生产,发展社会经济,不减少人民负担,使人民逐步摆脱水深火热饥寒交迫的苦难,人民就不能安居乐业,大清王朝就不能安宁,载舟之水,便将覆舟,寇盗便会因穷而乱,而不断出现和大规模的蔓延;三是国库如洗,开支浩大,入不敷出,财政异常困难。顺治八年(1651年)十二月,据官方册籍所载,清政府辖区的人口只有一千零六十三万三千二百二十六,田地山荡二百九十万零八百五十四顷余,只征银二千一百一十万零一百四十二万两余和米麦豆五百七十三万九千余石,另征盐课银一百九十六万余两。收入本来不太多,可又不能全部收齐,地方拖欠银粮的情形相当普遍,数量很大。江西省积久粮银达一百五十万余两,财赋重地江南各省积久粮银四百余万两。各省拖欠银共二千七百万两有奇、米七百万石有奇。就连朝廷和京师官民食用所需"漕粮"亦大量拖欠,顺治元年(1644年)至七年(1650年)里,共欠"漕粮"三百余万石;四是军费开支大。户部所列五项开支中,有三项是直接用于兵饷。顺治九年(1652年)拨给各省镇兵饷银一千一百五十余万两。拨给陕西、广东、湖广等处兵饷银一百八十万两,京师官兵俸银约一百万两,共约一千四百三十余万两。另一项地方存留银八百三十七万余两,也与军费有关。照此推算,户部实收二千五百二十余万两地丁赋银,二百七十二万两盐课关税银两,直接用于兵饷达一千四百三十余万两,超过实际收入的一半。再加上存留银八百余万两中,也有多半用于征战。

面对上述国内诸方面的困难,聪睿绝顶机警果敢的昭圣皇太后,回顾八年来所经历的惊涛骇浪,针对当前所面临的各种困难,她在深思,在熟虑,在总结经验,在为皇儿规划着未来!她对顺治帝福临说:"现在睿王已死,你已临朝亲政,今天尽管我大清还面临重重困难和危机,你是皇帝,是一国之君,绝不能被这些困难吓倒,现在总算已定鼎中原了,只要针对当前所面临的问题,采取强有力的措施,定能团结八旗王公大臣,统率百战劲旅,完成统一全国的大任。"

顺治帝牢记圣母昭圣皇太后的教诲,从来不敢懈怠。为了克服所面临的各种困难,他不断了解治国之策,他在座右自书中写道:"莫到老来方学道,孤坟尽是少年人。"决心效法先皇知难而进。顺治八年(1651年)三月六日,顺治帝福临问户部尚书巴哈纳等人:"各官俸禄,用需几何,应于何月支给,大库所存,尚有若干?"巴哈纳奏:"俸银于四月支给,共需六十万两,今大库所存仅有二十万两。"顺治帝说:"大库之银已为睿王用尽,今当取内库银按时速给。夫各官所以养赡者,赖有俸禄耳,若朕虽贫,亦复何损。"堂堂一个国家,支出并非只有京师官俸和地方兵饷,还有许多项目。天潢贵胄,从和硕亲王起,皆有俸银禄米,亲王岁俸万两、米五千石,亲王世子六千两、米三千石,郡王五千两、米两千五百石,郡王长子三千两、米一千五百石,贝子一千三百两、镇国公七百两、辅国公四百两、镇国将军、辅国将军、奉国将军、奉恩将军亦各有俸银禄米。王公将军之女及女婿,及宗室以外的异姓贵族和外藩蒙古王、贝勒、贝子、公、台吉等人也有俸禄。科尔沁部土谢图亲王、卓礼克图亲王、达尔罕亲王年俸银各两千五百两。这些内外王公贵族俸银总的数量也不比京师百官俸银少多少。这些兵饷、官俸、王禄、大工、赈济、官费等等大量开支,使国库如洗,财政极度困难,严重威胁了清王朝的政治,妨碍了全国统一战争的进行,必须设法解决。

第二节 力行节俭克服经济困难

尽管国库空虚,入不敷出,岁缺兵饷巨万,群臣筹银无计,但顺治帝牢记圣母昭圣皇太后民为国本的教诲,竭力设法减轻兵民痛苦。在不能大减额赋、大量赐予兵民银粮的形势限制下,暂时采取四项措施疏解朝廷和兵民之困。

首先是免除多尔衮加派赋银和停建避暑之城。顺治七年(1650年)七月初四日,摄政王多尔衮下了一道谕旨,宣布加派建造避暑城钱粮,说:"京城建都年久,地污水咸,春秋冬三季尤可居住,至于夏月,溽暑难堪,但念京城乃历代都会之地,营建匪易,不可迁移,稽之辽金元,曾于边外上都等城,为夏日避暑之地。予思若仿前代造建大城,恐糜费钱粮,重累百姓,今拟止建小城一座,以便往来避暑,庶几易于成工,不致苦民,所需钱粮,官民人等宜协心并力,以襄厥事。除每年旧额钱粮外,特为造城,新增钱粮二百五十万两,加派于直隶、山西、浙江九省地方……

此项钱粮,从见在当差人丁额征地亩内增派,该管都抚司道州县官宜协力催征,作速起解。"建城加派钱粮,违背了多尔衮当年入关时亲颁《大清国摄政王令旨》,自顺治元年(1644年)起,"凡正额之外,一切加派如'辽饷'、'练饷'、'剿饷'及召买米豆,尽行蠲免"。这不仅大大加重了九省人民的负担,而且开了加派之先例,自食其言,失信于民,极不利于安定民心,缓和矛盾,稳定全国政局,是祸国殃民的一大弊政。顺治帝在亲政一个月后,就下达专谕,废除这一特大弊政。他谕户部"边外筑城避暑,甚属无用,且加派钱粮,民尤苦累",并下令此项工程着即停止。这一做法,不仅免除了筑城加派钱粮,解民之累,而且考虑很细,尽量使贪官污吏不能吞没已征之银和仍行催征,彻底贯彻执行免除加派之恩谕。

其次是革除省费蠲除龙碗御柑。下令蠲免一些地方贡品,以节省冗费,减少民间苦累。据《清世祖实录》载:顺治八年(1651年)正月初八日,户部呈进陕西汉中府额贡柑子。他降谕免革说:"陕西进贡柑子,虽属岁额,但地方官员采办,不无苦累小民之处。且汉中去京甚远,沿途动用人夫转送,更累驿递,是以口腹之微,而骚扰吾民也,朕心实为不忍。目前陕西需饷正殷,著留此买运柑子钱粮,以养兵民,尔部即传谕该督抚,嗣后汉中额贡柑子,著永行停止,以昭朕体恤百姓之意。其江南所进贡橘子,河南所进贡石榴,以著永行停止。"六天之后,他又因江西进贡额造龙碗,降旨停革说:"朕方思节用,与民休息。烧造龙碗,自江西解京,动用人夫,苦累驿递,造此何意,以后永行停止"。嗣后他对四川进贡的扇柄、湖广进贡的鱼鲊等,悉令罢之。

顺治十一年(1654年)正月初十日,因江南连年灾害,民生困苦,顺治帝遵从昭圣皇太后旨意,谕工部说:"江宁苏杭等处地方,连年水旱,小民困苦已极,议赈,则势难周,屡蠲,又恐国用不足,朕用是恻然于中。"念织造衙门系供服御赏赉之用,前此未能遽罢,"近闻甚为民累。夫民既苦赋税,又恐织役,何由得安。民既不安,朕岂忍被丽而不为之所乎。"嗣后织造,除祝帛诰敕等项,着巡抚布政使织造解运外,其余暂停二年。

第三是数行大赦,多次减租免赋。虽然国库如洗,财政困难,不能大规模地蠲免正额钱粮,但为了缓解兵民困苦至极之情,顺治帝通过亲政大典,为圣母上尊"徽号"等大喜时日,颁发恩诏,大赦天下,蠲免积欠钱粮和部分州县额赋,或革除某些非法科派。顺治八年(1651年)正月十二日,他在亲政恩诏中规定:各省由万历年间加派地亩钱粮(即辽饷)顺治八年分,准免三分之一。过了一个月,二月十一日,以为昭圣慈寿皇太后尊封徽号礼成,颁诏天下,加恩官民兵士,规定:各省人丁徭银,顺治八年分,上三则免七分之一,中三则免五分之一,下三则免三分之一。不分等则者,三钱以上,免一半,三钱以下,全免。二月,又下诏蠲免无主荒地及遭受灾荒的州县钱粮。免除了山西朔州、浑源州、大同县无主荒地一万三千余顷钱粮。免除了山东汶上、寿张、宁阳、峄县六年分水灾额赋,金乡县七年分水灾额赋,又免除了山东荒地一万五千余顷额赋。十一月,免山西平阳、潞安二府及泽州、辽州、沁州所属州县七年分雹灾地亩额赋,免阳曲、五台、浮山、榆社七年分蝗灾额赋。十二月,免江南潜山、太湖、桐城、宿松等县荒田九千余顷七年分额赋。顺治八年(1651年)八月十一日,又以恭上"昭圣慈寿恭简皇太后"徽号,大赦天下,规定:"顺治五年以前民间拖欠钱粮,悉予豁免。"各地解送钱粮,途中遇贼劫夺者,察实豁免。漕船缺额,已准动轻赍银两,责令运官自雇,不准重派地亩,又拿民船,以纾苦累。

顺治十一年(1654年)六月二十二日,顺治帝借大婚册立皇后、加尊"昭圣慈寿恭简安懿皇太后"徽号,又大赦天下,恩款多条,其中规定:顺治六、七两年地亩人丁本折钱粮,果系拖欠在民,悉予豁免,其已征收在官者,不得借口民欠侵隐。对于遭灾严重的地方官民,除免赋外,朝廷还拨发钱粮,遣使往赈。顺治八年(1651年)三月初六日,他敕谕前往赈灾的尚书、侍郎、左都御史巴哈纳、王永吉、刘昌、图赖等十六位大臣,指授机宜说:兹命尔等赍银前往各府,督同地方官员,计口给赈,须赈济如法,及时拯救,毋论土著流移,但系饥民,一体赈济,务使均沾实惠。若有里甲人等,指称拖欠钱粮,夺取赈济银两,或富豪挟逼赈银,以偿私债,俱许饥民控告,即时重处。

第四是取民有制颁行《赋役全书》。顺治帝在不动正额钱粮的前提下,尽量减少和革除官吏私派积弊,以稍纾民困。他为此采取的又一项重要措施是编定《赋役全书》。清入关以后,因明季册簿遗失毁坏,征收赋税丁徭无所标准,一些贪官污吏乘机上下其手,大肆敲诈,额外苛派,民之交纳,往往数倍于正额,致国赋拖欠,平民遭殃。故顺治元年(1644年)就有一些官员便上疏请编《赋役全书》,以使征收有制,民少私派。摄政王多尔衮虽采纳了他们的建议,于顺治三年(1646年)四月以帝之名义谕户部说:"国计民生,首重财赋,明季私征滥派,民不聊生,朕救民水火,蠲者蠲,革者革,庶几轻徭薄赋,与民休息,而兵火之余,多借口方策无存,增减任意此皆贪官猾胥,恶害去籍,将朝廷德意,何时下究,而明季丛蠹,何时清厘。"并派遣大学士冯铨,前往户部,彻底查核,责成京内各衙门及各省抚按,拟定赋役全书,"进朕亲览,颁行天下","务期积弊一清,民生永久,称朕加惠元元至意"。但是由于战乱纷纷,征调频繁,军需孔急,不少省府州县尚未归帝辖,兼之贪官猾胥,不愿有章必循,难以轻重其间,故编定赋役全书之事,中途搁浅。顺治帝遵照昭圣皇太后懿旨,令户部右侍郎王弘祚主持其事,但进展不快,为此在顺治十一年(1654年)初,王弘祚因"督修赋役全书,久无成效"而被罚俸。后户部于是年四月初七日奏请加速编定《赋役全书》的工作。户部奏:"赋役全书,关乎一代之制度,各省之利弊",请敕户部右侍郎将旧贮全书作速订正,督率各司官,将所管省分,创造新书,务求官民易晓,永远可行。书成之后,"进呈御览,刊发内外衙门,颁行天下,凡征收、完纳、解运、支销、考成、蠲免诸法,悉据此书,用垂永久"。顺治帝从其议。

四月二十二日,除西南五省外,全国大多数省府州县已经平定,属清政府管辖，顺治帝下谕敦促户部加快编定赋役全书。说："赋役全书，上关国计盈亏，下系民生休戚。今欲将《赋役全书》限期告成，方略安在，并令督抚造报，如何始能画一，其悉心详议具奏，务令蒙混永除，横敛立止，斯惬朕体恤民隐至意。"在顺治帝的督促之下，《赋役全书》终于编成。少年天子福临很重视，特下谕户部，讲述此书之必要性和重要性，命颁行天下。说："朕惟古帝王临御天下，必以国计民生为首务，故禹贡则壤定赋，周官体国经野，法至备也。当明之初，取民有制，休养生息，至万历年间海内殷富，家给人足。天启、崇祯之世，因兵增饷，加派繁兴，贪吏缘以为奸，民不堪命，国祚随之，良足深鉴。……今诚恐有司额外加派，豪蠹侵渔中饱，民生先困，国计以资，故编此书……名曰《赋役全书》，颁布天下，庶使小民遵兹令式，便于输将，官吏奉此章程，罔敢苛敛，为一代之良法，垂万世之成规。"顺治帝福临所采取的这些措施，虽然不能马上从根本上扭转民困至极的困难局面，但也起到了略纾其困的作用。对减轻黎民痛苦改善艰苦处境和约束贪官猾胥起到了一定的作用，为促进社会生产力的恢复与发展提供了一些条件。

第三节　为治国政发愤读书学习

顺治帝福临六岁登基，由于摄政王多尔衮欲图长期独揽大权，故不为幼君配备名师，精心培育。尽管群臣多次言及此事，亦借口推诿，或根本不予理睬。据《清世祖实录》载：顺治元年（1644年）正月十八日，都察院承政，辅国公满达海等特上书启奏于辅政睿亲王多尔衮、郑亲王济尔哈朗，要求为少主配备师傅讲课说："二王身任勤劳，心怀忠义，所以承祖业而辅国也。今皇上聪明天纵，年尚冲幼，若不及时勤学，则古今兴废之道，无由而知，宜慎选博学明经之端人正士，置诸左右，御前择人进讲，我等亦恩及此。"多尔衮说："皇上年方冲幼，尚需迟一二年"。

是年十月初二，顺治帝福临在北京举行即位大典后，户部给事中郝杰又奏请为帝讲学开设经筵说："从古帝王,无不懋修君德,首重经筵,今皇上睿资凝命,正宜及时典学,请择端雅儒臣,日译进大学衍义及尚书典谟数条,更宜遵旧典,遣祀阙里,示天下所宗。"摄政王多尔衮又以帝名义降旨说："请开经筵、祀阙,俱有俾新政,俟次第举行",仍不予安排。

顺治二年(1645年)三月十二日,荣为大学士且系多尔衮亲信大臣冯铨、洪承畴,为此事又专门奏请为帝延师讲学说："上古帝王,奠安天下,必以修德勤学为首务,故金世宗、元世祖皆博综典籍,勤于文学,至今犹称颂不衰。皇上承太祖、太宗之大统,聪明天纵,前代未有,今满书俱已熟习,但帝王修身治人之道,尽备之于六经,一日之间,万机待理,必习汉文晓汉语,始上意得达,而下情易通,伏祈择满汉词臣,朝夕进讲,则圣德日进,而治化亦光矣。"但多尔衮始则找借口予以拖延,亦不采纳,并且干脆不予理睬,不加批示。其意图十分明显,故从此以后,满汉群臣再也不敢奏及此事。

少年天子既无师傅讲解督促,整天岂不贪玩游耍,满族习俗又是酷爱射猎,因此身为天下共主的小皇帝福临,便成天与小太监吴良辅戏耍骑射,不读诗书。后来稍大一些到十一二岁时,由于聪慧的母后密授秘策,加之其处境的危急,故而有意韬晦于日猎玩耍,懒阅书籍。总之顺治帝福临在亲政之前很少读书。

顺治八年(1651年)正月,十四岁的顺治帝福临亲政后,昭圣皇太后为了更好地扶植儿子治国理政,谆谆教导说："为天子者处于至尊,诚为不易,上承祖宗功德,益廓鸿图;下能兢兢业业,经国理民,斯可为天下主。民者国之本,治民必简任贤才,治国必亲忠远佞,用人必出于灼见真知,莅政必加以详审刚断,赏罚必得其平,服用必合乎则,毋作奢靡,务图远大,勤学好问,惩忿戒嬉,倘专事佚豫,则大业由兹替矣!凡几务至前,必综理勿倦。诚守此言,岂惟福泽及于万世,亦大孝之本也。"

这位昔不谙书的幼君,遵循母后的教诲,发愤读书,后来发生了巨大变化。名僧木陈忞所著《北游集》有一段记载:"上一日同师(木陈忞)坐次,侍臣抱书一束,约十余本,置上前。上因语师曰:此朕读过的书,请老和尚看看。师细简一篇,皆《左》《史》《庄》《骚》、先秦两汉唐宋八大家,以及元明撰著,无不必备。上曰:朕极不幸,五岁时先太宗早已宴驾,皇太后生朕一人,又极娇养,无人教训,坐此失学。年至十四,九王薨,方始亲政,阅诸臣章奏,茫然不解。由是发愤读书,每晨牌至午,理军国大事外,即读至晚,然顽心尚在,多不能记。逮五更起读,天宇空明,始能背诵。计前后诸书,读了九年,曾经呕血。从老和尚来后,始不苦读,今唯广览而已。"

这番对话,清楚地说明了,顺治帝为了治理国政,而愤发读书,在日理万机的异常忙碌形势下,从早到晚,抓紧诵读,九年如一日,勤读苦读到了呕血的程度,加上他的聪睿天赋,终于弥补了童年之耽误。他博览群书,精通诸子百家,为他解决军政财经各方面的大难题,治理好大清国,准备了充分的学术、思想、文化条件。

第四节　下旨惩贪肃纪查吏安民

清朝所面临的经济困难,从原因来看,与明朝遗留的历史弊政有关。多数明朝故臣归降大清后,仍官居一方,在对待人民的剥削上,仍坚持一种阳奉阴违的做法。昭圣皇太后对顺治帝福临说:"我朝入关前只是统治北方一隅的大清国,从建国时起,你皇考就对明朝官场贪污贿赂盛行深恶痛绝。崇德元年(1636年)五月,你父皇在设立内院、六部(吏、户、礼、兵、刑、工)后,又专门设立了都察院,独立行使监察各部的职权。授予都察院很大的权力,上自皇帝、诸王贝勒,下至各部臣都可以劝谏、弹劾、纠察。"顺治帝福临指示都察院说:"朕如奢侈无度,误杀功臣,或者逸乐败猎、荒耽酒色,不理政事,或者抛弃忠良人任用奸诈、升迁官员不当,你们要直说,劝谏无隐。诸贝勒若果废弃事业,偷安为乐,或朝会时轻慢懈怠,部臣隐瞒不报,你们要指名参奏。六部办事不公及审狱迟缓,你们也要察明向朕报告。明朝弊政,在你们这样的衙门往往成为贿赂之所,你们务须互相防备检查。除了挟私仇诬告好人外,凡你们所奏,说得对的,说得不对的,朕也不加罪你们。"清朝入主中原后,顺治帝福临谨记先帝圣谕,十分注意汲取前朝的经验和明朝灭亡的教训,认真探讨明朝亡国之弊因,从中得出了不少有益的教训,尤其是对明朝"三饷"加派,吏治败坏之祸国殃民,感触更深。认为"明国之所以倾覆,皆由内外部院官吏贿赂公行,功过不明,是非不辨",致使乱政坏国。一定要下决心,针对时弊,进行轻徭薄赋,察吏安民,才能实现裕民富国。顺治帝福临谨遵昭圣皇太后懿旨,严厉宣布,今后内外官吏,"如尽洗从前贪婪肺肠,效力尽忠,便可永享富贵,否则,若仍不悔改,行贿营私,国法俱在,必不轻处,贪官必诛,定行枭示"。顺治八年(1651年)闰二月初七日,即令吏部说:"迩来有司贪污成习,皆因总督巡抚不能倡率,日甚一日。国家纪纲,首重廉吏,若任意妄为,不思爱养百姓,致令失所,殊违朕心。"初九日,再谕吏部:"迩来吏治,不肖者刻剥民财,营求升转,不顾地方荒残,民生疾苦。"指出一些不识文义之官,文移招详全凭幕友代笔,转换上下,与吏役通同作弊,贻害百姓。督抚不行纠参,大乘法纪。着令各省督抚严加甄别,劾参劣员,保举良臣。

二月三十日,又给都察院下了一道长谕,再讲惩贪之事。"治国安民,首在严惩贪官。欲严惩贪官,必在审实论罪。近见军门、都堂、察验参劾有司等官,初疏收取百千两银,及拿审来报者,衙役挨次诈取者甚多。又言赃无入己,夫衙役诈害,是谁纵容?若赃无入己,初劾何据?此皆由司、道、府、厅承审各官,受嘱而致,因奉承钱财之由矣。军门、督堂、察验又不纠参,以致部复将已革之官仍还原职。贪何由惩,民何由安?今后审理被劾各官,若有差误,道员、知府、刑厅各官开报不实者,部院必查原开报官。若系审官庇护免纠查出原审官必予议罪。若军门都堂察验不指名纠参,部院必行举奏,即以不能胜任定罪。刑部以后审理参劾之官时,或罪坐衙役,或赃无入己,或遇赦免议,皆不应议予还职,送吏部后若有确实应免者,再行请免。凡贪恶官员被弹劾,必非良员,或降级,或停职,不应仍还原职。从前劾议之贪官,遇赦即免罪,追取赃物。嗣后再有大贪官有罪致死者,遇赦不宥。在内该部院,在外军门都堂察院,刊刻告示,宣谕遵行。钦此。"此谕讲了三个问题。一是惩贪乃系治国大事,朝廷治国安民,首在严惩贪官,把严惩贪官列为治国安民的头等大事;二是要禁革时弊,真正做到严办劣员。若有再犯者,惩处有关审问官员及督抚巡按;三是为遇赦免。从前已被参劾问罪的贪官,姑照恩赦月日免罪追赃,自今颁谕以后,大贪官员至应死者,遇大赦也不宥。然而,尽管天谕谆谆,耳提面命,贪婪之辈仍然听之藐藐,各行其是。

顺治八年(1651年)十月十二日,江南巡按秦世祯劾奏江宁巡抚土国宝"徇庇贪污诸不法事",是当时一起惊人大案。土国宝是山西大同人,明朝时任总兵,顺治元年(1644年)降清,以原官录用。顺治二年(1645年)随定国大将军豫亲王多铎攻下南京,以定江南,王令土国宝同侍郎李率泰招抚了苏州、松江诸郡,遂奏授土国宝江宁巡抚。逐次剿灭江苏各地抗清义军,为清帝效尽了犬马之劳。而他却对明之弊政习以为常。其主要罪状:(1)一再欲行明朝之加派苛捐杂税弊政。苏、松、常三府白粮,明季系佥民户输送,甚为累民。顺治五年(1648年)改为官运。土国宝奏请加派说:"民户一遇佥点,往往顷家,今改官运,一切皆给于官,而经费不敷,请计亩均派运费。"摄政王多尔衮批示:"佥点固属累民,加派岂容轻议!"否定了其请。第二年,土国宝又请加派民赋,以佐军需,复被朝廷否定。对于土国宝违抗朝廷之命,加派民赋的贪婪残暴敛财之罪,苏民恨之入骨。(2)借增造营房之名,于苏州府城按厘纳税,敛银数万两又逾额滥设胥役,婪取银数千两。(3)嘉定知县隋登云,每指富家为盗党,逼其纳银后乃释,以所得赃银之一部分交纳与土国宝。(4)土国宝的外甥左营游击杨国海,私卖私盐及硝磺,每月贡银三百两给舅父土国宝,民间流传"土埋金,谢土好"之谣。顺治帝览疏大怒,命革土国宝及隋登云等人职,加以严讯。土国宝闻讯,知难逃一死,畏罪自杀身亡。都案审理此案,鞫证皆实,追赃入官。

真定总兵官鲁国男是顺天大兴人,原为明朝昌平副将,顺治元年(1644年)靖远大将军英王阿济格统军进攻山西大顺农民军时,诣军门降顺,被委署总兵官。二年随大同总兵姜瓖击败大顺农民军高一功所居保德、宁武两城,又随征陕西,攻下榆林、延安,尽居陕西,入京陛见,八月授永平中协副将。顺治四年(1647年)升任真定总兵官,加都督佥事。顺治五年(1648年),当时京师咽喉大名、广平、顺德、真定四府贼盗猖狂,他奏请率兵清剿,帝允其亲征立了战功。顺治六年(1649年)大同总兵姜瓖叛清,其副将林世昌以"逆书内檄",报鲁国男,劝其降姜瓖,鲁国男拒降,并将书檄上报朝廷,得旨褒奖。顺治七年(1650年)和八年(1651年),鲁国男连败山西张五桂、王天平等"十贼",保全了龙泉关,屡立军功。就是这位忠心为清朝效力屡立军功的正二品总兵大员,乃沿袭前明弊习,"贪淫残纵",有人认为,如果严惩鲁国男,难免会影响一大批故明降将之情绪,尤其当时顺治帝刚亲政不久,直隶、山东、山西交界府州县形势不稳,恐有不利影响。然而以国本为重的清朝统治者,却出乎某些胆小怕事者意料之外,立即下令有司严查,不久查实,谕令将鲁国男革职为民。

山东巡按刘允谦为犯下处斩罪的蠹书周一聘和处绞的罪犯张晖说情,说:"多赃未完,奏请暂不处死,待追完赃银后再行处决。"刘允谦为什么要为这两名重犯说情?是否纳受二犯之贿赂?却不得而知,但他这样做,显系为贪官污吏着想,使其可以免掉立即绞斩之苦。如果允准其奏请,许多已经判死刑的劣员胥吏,便可援例求生,尽量拖欠赃银,不予完纳,一拖再拖,影响很坏。这对国家整顿吏治,对人民免受暴残贪官之鱼肉,都是不利的。顺治帝和皇太后阅后,洞察其意和后果之严重,立即降旨否定。说:"贪官污吏,问拟秋决,即按期处决,何得以追赃未完又请监候！以后凡系贪污应秋决者,不许再请停决,著永著为例。"

虽然朝廷对查吏惩贪决心很大,也严肃处理了一些贪官,但由于贪婪官员不改旧习,屡惩不改,违法者多。对此,昭圣皇太后和顺治帝十分愤怒,遂下谕旨加重惩处。说:"贪官蠹国害民,最为可恨。向因法度太轻,虽经革职拟罪,犹得享用赃资,以致贪风不息。嗣后内外大小官员,凡受赃至十两以上者,除依律定罪外,不分枉法不枉法,俱籍其家产入官,著为例。"又规定:"衙役犯赃一百二十两以上,分别绞斩,一两以上,具流徙,一两以下,责四十杖,革役。"御史许之渐根据顺治帝谕旨奏称:"财赋之大害,莫如蠹役。有蠹在收者,有蠹在解者,有蠹在提比者,有蠹在那移支放者,所侵累万盈千。有司恐此蠹一毙,无从追补,至本官以参罚去而此蠹历久尚存,前无所惩,后无所戒。请敕该抚按将从前侵蠹姓名数目,逐一清查,籍其家产,侵多者立斩,侵少者即时流徙。"

顺治帝和皇太后阅后,甚赞其议,批示:"所奏深切时弊,该部详议具奏。"随后又谕令刑部再加重对贪官的处治。说:"前因贪官污吏剥取民财,情罪可恶故立法严惩赃至十两者,籍没家产,乃今贪习犹未尽改,须另立法制,以杜其源。今后贪官赃至十两者,免其籍没,流徙席北地方,其犯赃罪应杖责者,不准折赎。"此惩处比以前更重。一是流放席北地方。道路遥远,解运艰辛,常有中途致毙者,即使侥幸到达,也是惨遭风雷侵袭,双脚痛肿,遍体鳞伤,席北地方寒冷,衣食难周,流放者十有八九会尸横异乡。兼之,家属需陪徙,路上盘缠和抵达之后衣食住宿费用甚大,家产尽没,亦难充数,此为不籍没之籍没。二是官员犯法,常有论死论杖者,但多可纳银赎死赎杖,现在规定,贪官赃至十两者,杖四十板,不准折赎,这四十大板打下去,不死也得掉层皮,落个残废。如此严刑,怎不叫贪官污吏魂飞魄散！未曾败露者莫不胆战心惊,四处活动求人减刑。

顺治朝制定的"安民之本,首在惩贪"的方针,虽然对狠刹贪风起到了一定的作用,但是,秦汉以降延至明朝的基本吏治"政以贿成,官以赀进",贪官污吏根深蒂固,官场贿赂公行,清官廉吏凤毛麟角。特别是清朝平定了天下之乱,取得全国政权后,国家政治体制出现了奇特的政局,即以满族为主吸收蒙汉多民族共同执政。尽管部院衙门都是满蒙汉并用,满官权势甚大,在形式上,本部院之权由满官掌握,但清朝满官人数不多,又人地生疏,不谙民情,甚至不懂汉语,对中原王朝治国之道尤以衙门事务十分陌生,不知如何下手,不明做官办事之法,因此具体事务处置之权,实际上操纵于汉官之手。加之当时战火纷飞,兵饷巨万,国库如洗,差重役繁,科派盛行,一些前明降臣又大部分任省、府、司、道、州、县官员,旧习难改,因而吏治很难整顿,贪污贿赂之风很难止息。

针对这些官员贪污受贿,官场贿赂公行久难解决的严重问题,顺治八年(1651年)二月十八日,工科左给事姚文然,根据昭圣皇太后和顺治帝惩贪查吏的谕令和决心,为了从制度上杜绝官员贪污腐败,疏奏请仿照明朝的巡按制度,以解决纠劾惩处贪官污吏问题。说:"巡按察吏安民,其任极重,我朝初时仍沿袭前朝之制,在裁并衙门时被睿王裁革,为不得其人故也,臣谓巡按之失人,总因都察院堂官之溺职。巡按出有差责,入则考核,整肃宪纲,全在堂官,欲巡按之得人,宜自澄清都察院诸臣始。"顺治帝将此事交与群臣商议,并严厉斥责各省督抚不纠参贪官污吏,以致"有司贪污成习",民不堪命。并下专旨,指责都察院左都御史卓罗、副都御史罗壁、巴朗等官"不循职掌,缄默苟容",旷职失责,惩贪安民不力,将其革职。并采纳了姚文然的奏疏,效仿明太祖朱元璋时派遣御史巡按各省的制度,进行纠参惩罪贪官污吏。决定:"在朝廷都察院设左、右都御史各一员,官级为正二品,与六部尚书同级,全国共有巡按二十一员,其中十三省各一员,任期三年。又设十三道监察御史一百一十人,监察御史官级为正七品文官。其权力和职责是,代皇上巡狩,察纠内外百司之官邪,或露章面劾,或封章奏劾。所按藩服大臣、府州县官诸考察,举劾尤专,大事奏裁,小事立决。巡按和监察御史是朝廷的钦差大臣,是代天子巡狩,失敬于他,就是对帝不敬,就要定上欺君大罪，他的举荐弹劾，关系到地方官的升降奖惩。"更重要的是通过巡按制度，严格保障地方官吏绝对听命于朝廷，保证皇帝谕旨能直达全国各府州县，防止地方分裂或叛乱，同时也可了解民情，知民疾苦，除暴惩贪，济民之困，以便更好地巩固大清王朝的统治。

顺治八年（1651年）三月十日，都察院根据朝廷决定，奏疏了五条巡方事宜。一、定巡按臣差额。顺天、真定派一巡按御史，江宁、苏、松、淮、扬并为二名巡按，浙江、江西、湖北、湖南、福建、河南、山东、陕西、四川、广东、广西各派一名巡按，另派督学、巡漕、茶马、巡盐御史。二、出差限期宜严。御史奉差，一经命下，应照主专分专例回避，不见客，不收书，不用投充书吏员役，不赴宴会饯送，领敕后三日内即出都门。三、宜禁在差之员役，入境之日，止许自带经承文卷书吏，所至府州县，取书吏八名、快手八名，事毕发回，随地转换，不得留按差、书吏、承差名色，不得设中军、听用等官，以及主文代笔。府州县运司等官铺设迎送，应一概严禁。四、宜覈在差事迹。命下之日，每一差（每一巡按御史或茶马御史）立为一册，自出都以及入境，一应条陈、举动勘报等事，按日登记，以凭考覈。五、宜定差满之期。督学或三年或二年半，巡漕、盐政一年交代，其余大差中差，以一年半为期，差回之日，公同考核，三日内议定优劣，具疏奏请，分别劝惩。

昭圣皇太后与顺治帝阅后，允从其议。三月十五日，谕派监察御史分巡各地。张慎学巡按顺天，上官铉巡按江安徽宁池太庐风，秦世祯巡按苏松常镇淮扬。派杜果、张嘉、聂玠、王应元、王亮教、马右京、刘达、王佐等八位监察御史分别巡浙江、江西、湖北、福建、河南、山东、山西、陕西八省。又派潘朝选等四位御史分别巡按两淮、两浙、长芦、河东盐课，张中元巡按漕运。在巡按御史们离京之前，顺治帝于四月初三日亲御太和殿，召见巡按各省御史，赐座，谕告他们说："朕命尔等巡按各省，原为民生计也。尔等果能公廉自矢，为朕爱养斯民，使得安享太平，自当升赏，若贪婪害民，必行治罪。"谕毕，赐茶，遣行。

少年天子福临仿效前君狠刹贪风,他除了多次下谕讲述安民之本首在惩贪之必要性外,还身体力行,严厉督促廷臣痛治贪官,凡有奏劾婪臣者,他都立予批处。从顺治八年到十七年间(1651—1660年),惩处大批贪官污吏,最典型的有"一督六抚":即漕运总督吴惟华、江宁巡抚土国宝、山东巡抚耿焞、云南巡抚林天擎、河南巡抚贾汉复、四川巡抚高民瞻、陕西巡抚张自德等。

漕运总督吴惟华,祖先是蒙古人,其祖父吴瑾是明时恭顺侯,父亲吴继爵曾镇守两广总领京营数十万大军。顺治元年(1644年)五月初二日清军入主北京时,吴惟华缒城投顺,自称应袭恭顺侯,五月二十二日,吴惟华奏请"招抚宣大山西自劾",摄政王准其请。五月二十六日,摄政王多尔衮入武英殿,升御座,大学士冯铨、应袭恭顺侯吴惟华率文武群臣上表称贺。此时江南未平,粮道阻绝,明总兵抚宁侯朱国弼率军驻扎淮扬,督理漕务,吴惟华于顺治元年(1644年)六月十一日,奏请摄政王修书,命其部将张国光带去,劝谕朱国弼归降"俾通漕运,以给兵食",摄政王从其议,以书招谕,朱国弼遂降清,这对缓解京师百万兵民食用困难,起了很大作用。之后,吴惟华又前往山西招抚,故明代州、繁峙、崞县官将皆归顺,而其他州县为大顺农民军所据之地,则多据城不降,吴惟华欲率兵进取,恐力弱难胜,遂上疏陈奏征西五策,请发重兵征剿,摄政王赞同其议,派遣都统叶臣率军西征,很快就夺占了全山西,吴惟华因功受封总兵,镇太原,获旨嘉奖,并令回京候用。顺治二年(1645年)"叙迎顺功",封吴惟华为恭顺侯,加太子太保,命其招抚广东。到顺治三年(1646年)五月,因廷议尽撤诸省招抚官,始还京。顺治四年(1647年),吴惟华被授漕运总督,兼户部右侍郎,后又兼摄凤阳巡抚事务。吴惟华除督理漕运外,又一再派兵,削平各地土贼。

吴惟华在前朝虽未袭爵授官,但公侯之家,贵胄子弟,对官场敝习久已耳濡目染,故而一朝权在手,便把令来行,大肆贪黩勒索。他"任用匪人,恣意贪黩,蠹剥欺公"。给事中李宾尹、御史魏琯共同弹劾吴惟华,"营私误漕"。具体罪状:(1)泰州、高邮遭涝,漕粮无出,知州请上奏改抄,吴不许,知州乃行贿三千两,吴便允准;(2)废官李寓庸的家仆为盗,毙于狱中,吴惟华拘治其主,李寓庸害怕,重赂吴惟华后,乃释;(3)委署州县官,以及各税务佥差、缉查,稽核驿递,吴惟华皆因事受财,动辄千百;(4)修筑城池,他假称率属捐助,苛派闾阎,复纵奸宄侵蚀漕粮,漫无觉察。顺治八年(1651年)二月十四日,巡按漕储御史张中元,特上奏疏,列款参劾吴惟华,"贪婪误漕"之罪状。

对于这样一位率先归顺,为清效力甚多的从一品漕运总督大员,顺治帝也不留情面,谕令将其革职逮捕严讯。经过一年的审讯核查,顺治九年(1652年)八月十九日,刑部奏称:原任漕运总督吴惟华,贪赃一万一千六百余两,鞫问皆实,应论死。帝念其投诚有功,命免死,革职削爵,永不叙用,追赃入官。

除"一督六抚"贪官污吏被革职查办外,查出的贪婪官员遭受惩办最为严厉者,莫过于被处以凌迟极刑的江南巡察使卢慎言。顺治十四年(1657年)正月七日,提升了八位司道官员,其中名列八人之首的是卢慎言,他从三品的四川川北道参政,升为正三品的江南省按察使司的按察使,成为全省方面大员之一。按察使"掌振扬风纪,澄清吏治。所至录囚徒,勘辞状,大者会藩司议,以听于部院,兼领阖省驿传。三年大比充监试官,大计充考察官,秋审充主稿官",是主管一省司法之大员,一般称为"臬司"。此时的江南省,乃由江苏、安徽二省合并而成,是全国财赋重地,尤其是就聚敛银钱来说,任何省的按察使都不能与之相提并论。

顺治十五年(1658年)十一月二十七日,江宁巡按卫贞元上疏,参劾卢慎言"婪赃数万,其父卢傅和其弟卢二及恶实迹,卢慎言怕事情败露,私馈卫贞元八千两银",想收买卫贞元,并列其罪状上奏。顺治帝阅疏后,批令革卢慎言职,连其父卢傅和弟卢二及携带赃物,"严拿来京,审拟具奏"。同时谕刑部,前江南巡按刘宗韩,违例特荐卢慎言,以刘宗韩"荐此奇贪异酷之人,显有受贿徇私情弊",著将刘宗韩革职,提解来京,"严刑详审,拟罪具奏"。

开始卢慎言顽抗狡赖,且诬陷反咬江宁巡按卫贞元及承问官员,刑部审实后奏称:"卢慎言贪酷诸不法事鞫审皆实,且诬噬原参承问各官,理合严惩,以示炯戒。卢慎言应即凌迟处死,家产并妻子籍没入官。"凌迟处死,乃极重之刑,一般贪官,皆拟"斩监候",或立斩立绞,或发遣边外,极少处以凌迟。可见顺治帝以安民为重,痛恨贪官,降旨批准刑部此议。曾经威震江南省的司法最高官僚卢慎言,就因知法犯法,奇贪异酷,被处以罕见的极刑,遗臭万年。

不仅如此,顺治帝还对卢慎言案进行坐罪追责罚。严厉惩办了举荐、徇庇及助纣为虐之官,将刘宗韩杖责四十大板,籍没家产,流放黑龙江宁古塔。革江宁巡抚张中之职,以其徇庇所属贪婪按察使卢慎言,不进行劾奏,令革其职。宗人府丞董国祥受卢慎言嘱托,分送金银,帮助打通关系,本应处死,因在访查之时自首,乃免死革职,流放尚阳堡。针对卢慎言贪酷案和所涉及的官员犯罪事,顺治帝谕吏部、都察院将此事传谕天下,使大小官员体帝此心,奉公守法,洁己爱民。

顺治帝不仅对地方官吏贪婪酷风严加追责处罚,而且对朝廷四部都堂官,徇情庇贪严厉进行惩处。刑部、吏部、户部、兵部、三法司在审理议处贪案时,大体上贯彻执行了皇上惩贪安民的方针,但由于各种原因,有时也染上了徇情庇护甚至收纳贿银的旧习,致使一些案件审议不当,遭到顺治帝的严厉惩处。其中如兴安总兵任珍、河西务分司员外朗朱世德贿赂朝廷四部都堂两案,引发一场波及甚广的大案。

任珍,河南宜阳人,明朝时任至副将,驻守河州。顺治二年(1645年)英亲王阿济格追击大顺农民军李自成于陕西,任珍自河州歼灭大顺军士卒,收文武伪敕来降,以副将衔隶总督孟乔芳标下。顺治三年(1646年)反清武装进攻西安,孟乔芳命任珍守城西门,"鏖战八昼夜",敌兵乃败退。不久,任珍又偕他将攻剿蒲城、兴安,皆胜,叙功,赐冠服、鞍马、金币,令赴部擢用,总督请留任珍署固原总兵,第二年授兴安总兵。从顺治四年至七年(1647—1650年)的四年中,任珍竭力为清帝效劳,参与消灭大顺农民军大小战事十余起,击败和擒斩敌将胡受宸等多员,为安定陕西立下大功,被晋升为左都督,加太子太保,封三等子。顺治九年(1652年),任珍以疾奏准解任还京,并疏请入旗,朝廷允准其请,编隶正黄旗汉军。顺治十二年(1655年),任珍原先因妻妾与人通奸,十分愤怒,私行杀死多人,惧怕事发,遣家人到京行贿兵部刑部官员之事被发觉,下法司勘问。刑部拟议:受贿的兵部侍郎李元鼎应绞,金继城应革职,籍没一半家产,兵部尚书明安达礼、侍郎觉罗阿克善、启心郎科尔可代、祝万年、高登第、理事官萨赛、卜兆麟等,革世职,革任,赎身,刑部尚书刘余祐杖一百,徒五年,革职,永不叙用。犯杀人罪又行贿朝廷官员的任珍被革世职,赎身。

顺治十三年(1656年)二月又发生了朱世德案件。河西务分司员外郎朱世德亏空额税一万三千余两,有人告朱世德"多征侵盗",事还未审理结案,户部便将缺额银两援敕议免,吏部亦照此议覆,朱世德眼看就要逍遥法外万事大吉了。不料,少年天子福临阅过吏部、户部奏疏后,发现了缺额如此之多,可能有弊,遂命都察院案议。二十二日,都察院经过调查议奏:"朱世德应革职,交刑部审拟。"顺治帝严厉斥责刑部官员,如此大弊,不进行察核,令刑部回奏。吏部户部以人犯未提到为理由辩解。顺治帝再次对其严厉斥责说:"尔部考核司官,务宜秉公详察。朱世德缺额既多,又经告发,尔等不严行确究,乃以人犯到日另结为辞,含糊引敕,代为出脱,情弊显然,此回奏殊属支饰,著议政王、贝勒、大臣、九卿、詹事、科道会同从重议处具奏。"过了几天,顺治帝又召吏部尚书王永吉、户部尚书戴明说,"责其轻出朱世德罪"。

在顺治帝严旨指导下,四月初二日,经议政王大臣会议同九卿、詹事、科道等议奏:"吏部户部尚书韩岱、戴明说,侍郎宁古里、苏纳海、白色纯、袁懋功、毕立克图、海尔图、王弘祚、额尔德、朱之弼、启心郎费齐、苗澄、韩世琦、巴格、曹邦,理事官木成格、达都、杨雀祥,副理事官朱成格、马尔济哈、吴努春、金光祖,郎中马光裕、严我公,主事张新标等,各拟解任削职有差。"帝降旨批示:"尚书韩岱革任,削太子太保、镇国将军品级,侍郎毕立克图、额尔德俱革任,革喇布勒哈、拖沙喇哈番世职。侍郎海尔图革任,革拜他喇布勒哈番世职,罚俸一年。侍郎宁古里、苏纳海、白色纯,俱革任。尚书戴明说降四级调用。其他人分别给予革世职、降级、罚俸等处罚。"随后又将少保兼太子太保户部尚书郎球去少保,解尚书任。朱世德"多征税课入召己,又侵盗国银,受贿委官",予从处绞。由于对一位四品员外郎朱世德贪婪之议不当,而招致吏户二部三位尚书六位侍郎革职,三位侍郎降级留任和外调,一批司官受惩,确可算是震惊朝野的大事,可见顺治帝福临贯彻执行手定的惩贪安民方针,是何等的坚定!

顺治帝在惩贪安民中,还惩处了好几位官阶二品的总兵。如天津总兵官甘应祥,其罪行是"擅拨骑兵,送子前往寿春娶妇",被顺天巡按董国兴劾奏后,被革职逮讯;山东临清总兵官、三等子路有良,收受商人李文仕贿赂,给与用印令牌,私纵其贸易经商,被革职逮讯;四川永宁总兵官柏永馥,"临阵畏缩,乾没兵饷",被四川巡按郝浴疏劾,被革职逮讯;真定总兵官鲁国男"贪淫残纵",被革职为民。

顺治帝对巡按违法作奸,苛索银钱,贪婪不法惩处更加严厉。因为巡按是皇上的耳目,应宣谕朝廷德意,纠参婪臣,为民生计也,故实行巡按差规,制定考核制度,亲自在太和殿训谕出使诸臣。不料少数巡按却执法违法,贪墨不法,祸国殃民,使帝非常恼怒,立予严惩。如苏松巡按王秉衡"索诈盐法道书役等银两,徇庇华亭知县擅用钱粮,不加查核,概准开销,各属下欺隐钱粮,不加厘剔,且纵役扰民",帝谕将王秉衡革职逮捕审讯。而刑部尚书白允谦等在审理此案时,却将王秉衡之妻子家产,从轻议免。顺治帝十分恼怒,降旨斥责白允谦说:"王秉衡贪赃重罪,原无可矜,汉官徇庇,另议求宽,其中必有情弊。白允谦等,著九卿科道

福临入关登基像

慈宁宫外景

从重议罪。"九卿科道等遵旨议奏：刑部尚书白允谦、侍郎杜立德、钟鼎都察院左都御史魏裔介、左副都御史袁懋功，掌河南道御史于嗣登，大理寺卿朱国治、少卿张琚、寺丞王元曦及寺正裴希度等，"职司理刑，不能执法，乃将王秉衡一案，家产妻子另议轻免，俱应革职"。帝阅后批谕："赦免杜立德以下人员，将刑部尚书白允谦降三级。"

总而言之，顺治帝亲政十年之内，坚持"安民之本，首在惩贪"的方针，不断地严惩贪官污吏，对狠刹贪风，起了相当大的作用。虽然前明降臣大都分任省、府、司、道、州、县官员，旧习难改，吏治很难整顿，贪婪之风很难止息，但经过十年一贯的努力，总算对贪婪之风有所抑制，吏治有所改观。顺治年间以直言闻名的都给事中的任克溥，于康熙十年（1671年）任左通政时，在上疏论述吏治情形说："嘉鱼知县李世锡告湖广巡抚林天擎索贿，以此知馈遗不绝，苞苴尚行，较世祖朝有司不敢馈遗督抚，不敢轻至省会，风气迥殊。"这段记述，是后人对前朝"安民惩贪"的高度评价。

第五节　两蹶名王西南军情告急

清政府入关后，多尔衮指挥清军追剿大顺军及征伐南明政权，在江南各地镇压、杀戮的暴行及强令剃发的做法，加深了民族矛盾。一些地主官僚纷纷打起"反清复明"的旗帜，掀起抗清斗争的高潮。顿时全国出现了三大敌对势力，一是李自成、张献忠大顺农民军残部；二是以故明遗官与明朝后裔先后组成的弘光、隆武、鲁王、永历四个南明小朝廷；三是我国西南的湖广、广东、广西、云南、贵州五省，以李定国为首的大西军与南明朱由榔永历政权为联盟的反清集团。在多尔衮摄政时期，虽然剿灭了西遁的李自成大顺农民军和大西军首领张献忠，讨灭了南明弘光、隆武和鲁王三个短命政权。但湖广、滇、桂、川、黔等西南五省大西军部将李定国与永历反清势力，及江、浙、闽、粤东南沿海一带郑成功的水师仍不时出没。顺治六年(1649年)五月十九日,清政府针对永历政权开始联合大西军余部组成联盟共同抗清的形势,封孔有德为定南王,耿仲明为靖南王、尚可喜为平南王。同时命孔有德率旧兵三千一百名,新增兵一万六千九百名,共二万人马往剿广西,携家驻防,赐其全省巡抚、道府州县各官印信,俱令携往。赐孔敕谕说:"广西逆贼啸聚煽乱,斯民陷于水火,兹特命尔统领大军,相机征剿,投诚者抚之,抗拒者诛之。若武官有功,核实提升,有临阵退缩,迟误军机,不遵号令,应行处分者,听王便宜从事,若罪大不便自处者,指名参奏。地方既定之后,凡军机事务,悉所王调度,其一应民事钱粮,仍归地方文官照旧管理。文武各官有事见王,俱照王礼谒见。王受兹重任,其益殚忠猷,礼以律己,廉以率下,务辑宁疆圉,纾朝廷南顾之忧,钦哉!"六月十九日,命靖南王耿仲明率旧兵二千五百,及新增兵七千五百,平南王尚可喜率旧兵二千三百及新增兵七千七百名,计二万人,往剿广东,携家驻防,所赐敕书及委付之职权,与孔有德基本相似。三王不负朝廷厚望,各统本部将士奋勇杀敌,定南王孔有德于十月至湖南衡州,斩南明将郑恩受,击走贼众数万,俘斩过半。

顺治七年(1650年)正月,又攻占武冈、靖州,生擒及斩杀敌将刘禄、胡光荣、黄顺祖等人,向文明率众五万投降。是年十二月攻克桂林,永历帝逃跑,擒斩其"靖江王",并伪世子、将军、中尉、阁部、总兵等文武官员四百七十三员,招抚二百四十七员,获马赢器物无数,桂林、平乐二府俱定。顺治八年(1651年)又克柳州、梧州二府及思南、南宁、庆远诸府,悉占广西全境。尚可喜、耿继茂(耿仲明子)二王亦于顺治七年、八年基本上夺占了广东全境。顺治帝和昭圣皇太后为湖南及两广终统一归,而欢欣万分,对三王之功大加褒奖,从优赏赐。

顺治九年(1652年)六月,清军攻占湖南、广西,兵锋直指贵州,威胁永历政权。已归属永历政权的大西军将领李定国统兵八万反击,由贵州出湖广。六月底,顺治帝得到驻守宝庆的"钦命挂剿抚湖南将军印、镇守东南地方、驻扎湖南宝庆府续顺公"沈永忠急报,宝庆已失,敌兵势大,退守湘潭,乞发大兵。顺治帝大惊,立即报知皇太后。并尊皇太后懿旨,立即召见议政王大臣商议出征之事,决定派禁旅往剿。六月二十九日降旨谕告沈永忠,说:"览卿奏逆贼猖獗,我兵退保湘潭,朕已悉知。尔率部下将士,可鼓励同心固守,勿轻战失机,今已发大兵,星驰援剿,不久即至。如现处之地,难于据守,相度险要,并力坚防,内敛兵势,外御贼氛,勿轻舍疆土,退缩贻误,可同督抚镇按定议之。"

是年七月,大西军名帅李定国率八万大军,向清军猛烈进攻,孔有德请敕沈永忠拨重兵分守湖南要地,又派提督钱国安驻守南宁,驻柳州总兵马雄驻守梧州,重镇皆出,兵分力弱,只有少许兵马屯守桂林。李定国侦知桂林空虚,兵分两路,攻克全州,疾进严关,孔有德率兵前往抵御,两军在严关相遇,七月初一日,展开激战。李定国使用象阵,兵未交而将大象列于阵前,大象骑云拥龙吼,劲卒山拥,尘沙蔽目,清军从未见过这种阵势,惊骇万分,战马闻象鸣皆颠蹶,清军遂奔,掩杀大败,孔有德仅从身免,策马退入桂林。七月初四日,大西军以云梯攻城。孔有德率领仅有的少数士卒坚守,身遭敌矢,仍不退却,但大西军进攻猛烈,势不可当,陆续冲入城内。孔有德仓皇计穷,遁走无路,急返府邸,定南王孔有德手刃爱姬,闭门拔剑自刎而亡,其独生子孔廷训为大西军俘获,女儿孔四贞逃出。李定国随即乘胜下柳州诸州府县,悉定广西全省。曾经威震三军为帝效忠的定南王平南大将军孔有德,就这样被大西军击败而自尽了。

顺治九年(1653年)七月初四这一天,对刚亲政一年半的少年天子福临来说,是一个很不吉利的日子,因为曾为大清国建立及入主中原立下重大功勋的定南王孔有德,在广西桂林遭到大西军重重围困,被迫自尽了。定南王孔有德阵亡,桂林失守,这是震惊朝廷的一件大事,对清政府最终统一全国的计划,是一个重大打击,严重威胁了清朝在华南地区的统治。

昭圣皇太后得此不幸消息后，为了安抚孔有德部将，她一方面将孔有德从桂林逃出的独生女儿孔四贞"育之宫中，视为亲生女儿，赐白金万两，岁俸视同郡王"；另一方面对皇儿顺治帝说："现在看来完全依靠汉军去征剿南明军和大西军的战略不行，必须得调整。不能全部委付定南、平南、靖南三王平定湖广、两广、云贵的大西军与南明永历政权，要改为以八旗军为主，以宗室王贝勒和满洲大将为主帅，三王可起重大配合作用，进京之初南明小朝廷和大顺军不是也在反抗吗？结果还不是让多铎、豪格、阿济格几个王爷率领八旗劲旅，用三四年工夫就给平定了，真打仗还得靠满洲八旗父子兵。"皇太后的这一论述，是基于当前南明与大西军联合抗清的敌之势力强大，三王之军不能剿灭平定湖广、两广、云南、贵州之敌，必须再起用八旗劲旅，强调"满洲之根本"的基本国策。

顺治帝福临听了圣母昭圣皇太后的教导，立即召见议政王大臣商议出征事，决定派禁旅往剿。命和硕敬谨亲王尼堪（褚英次子）为定远大将军，统率大军，贝勒巴思汉、屯齐、贝子扎喀呐、穆尔祜、镇国公韩岱、固山额真伊尔德、梅勒章京卫正等随征湖南、贵州。赐尼堪御服、佩刀、鞍马等物，赐随征人员蟒衣、鞍马、弓矢、刀、带等物。赐定远大将军敕书，指授用兵方略讫："兹以逆贼张献忠之余孽孙可望等侵扰湖南，陷民水火，不得不兴师致讨，特命王充定远大将军，统率大军征剿。王膺兹命，一切机宜，与诸将同心协谋而行，毋谓自知，不听人言，毋谓兵强，轻视逆寇，仍严侦探，毋致疏虞。抗拒不服者戮之，倾心归顺者抚之，总以安民为首务，严禁兵将，申明纪律，凡归顺及恢复地方军民，不得肆行扰害，体朕抚绥天下之意。其陷贼文武官吏，自拔来归，俱免罪酌用，有功者仍加叙录。剿除孽贼，平定贵州后，择善地屯驻，驰使奏闻，前征消息，须候旨到。行间将领功绩及重罪，俱察实纪明汇奏，各官有犯小过者，当即处分，至于护军校、骁骑校以下，无论大小罪过，俱与诸将商酌，径行处分。王受兹重任，宜殚忠竭力，蚤奏荡平。"

尼堪受命后，率领八旗军于是年七月出征不久，顺治帝又于八月十八日遣使前谕尼堪说："闻贼入广西，于七月初四日攻陷桂林府，定南王孔有德自尽。先前命王等剿灭湖南贼寇，平定贵州，今毋往贵州，仍从湖南进取宝庆，其西安府调发满洲兵将，及提督总兵柯永盛官军，同续顺公留于宝庆，王领大兵入广西，相机搜剿贼孽，其余一应事宜，俱照前敕执行。"十月，又派遣护军统领阿尔津为定南将军，同固山额真马喇希往征广东未定州县，赐敕谕告马喇希说："今逆贼侵犯广西，令尔统官兵前赴广东平南王、靖南王处，广西敌军若扰广东，尔等与二王计议，相机剿除，若敌不入广东，则广东未定府州县，尔等计议，相机平定，凡事与梅勒章京等会议而行。"

尼堪率军于十一月十九日抵湖南湘潭，大举向李定国部进行反攻，首战败敌军骁将马进忠于湘潭（马乃明末农民起义十三家之一，后归降南明永历帝），马进忠撤退到宝庆。捷报传到北京，少年天子十分高兴，立即谕告内三院。李定国亦见清军势大，难以抵挡，撤出长沙，退往衡州。尼堪旗开得胜，万分高兴，不顾长途奔袭将士疲劳，乘胜轻骑猛追，昼夜疾趋二百三十里。李定国利用清军骄傲气盛轻敌的弱点及林木茂密的有利地形，设下埋伏，派遣小股部队前往诱战。尼堪果然中计，于十一月二十三日孤军逐北，在衡州打败李定国诱敌之兵，即穷追不舍，突然，李定国指挥四万大军从林中和各埋伏点冲了出来，衡州城内的大西军亦呐喊杀出，清军遭敌军围困，顿时阵乱。尼堪见势不妙，决心死战，他对诸将说："我兵凡临阵，无退者，我为宗室，不斩除逆寇，何面目归乎？"遂奋勇直入，率诸将士奋勇厮杀，弓矢尽，则拔刀力战，尼堪被敌军乱刀砍死，诸军见状后退。

李定国出师桂林、衡州奏捷，清军"两蹶名王"，天下震动，打破了清军不可战胜的神话。清朝征讨南明永历与大西军联盟政权，两位主将孔有德和尼堪相继败亡，使清军前线形势告急，少年天子福临万分震惊，他将敬谨亲王尼堪败死噩讯禀告了皇太后。昭圣皇太后听到这一不幸的消息后,脸上露出了沉重的表情,心中在默默地思考着当前国内的形势,思考着怎样来应付当前所面临的战局……她缓慢地抬起头,用斩钉截铁的口气,谕皇儿福临说:"要立即任命新帅,让贝勒屯齐接任尼堪为定远大将军。同时,要告谕他们,先祖先帝率领满洲八旗军数十年来,之所以能够屡败敌军,是以我之长,俱以全力,克敌制胜。要吸取尼堪之死中的独断专行,只身远奔的教训。要保证主帅的安全,主帅不能单独统领部分军队出征。诸事要集议而行。另外定下的谕令,必须严格执行,要严明军纪,如再有弃主奔溃者,立即就地正法。"顺治帝福临对皇太后说:"孩儿记下母亲的教诲。"顺治帝得到皇太后的懿旨后,心中有了底,立即召集诸王商议征剿之策,决定采取应变措施。顺治十年(1653年)正月十三日谕授随军亲征的贝勒屯齐继为定远大将军,统领征剿湖南大军,并特赐敕谕告屯齐以下及夸兰大以上满洲蒙古汉军八旗将领说:"我朝用兵,俱以全力,克敌制胜,此尔等所悉知者。尔等此番昼夜疾趋二百三十里,以致士马疲劳,此大失也。嗣后诸事,悉于夸兰大等以上,共相商酌谨慎而行。如值渠寇应分遣众兵者,则与固山额真韩岱、伊尔德二人内,遣一人,另一人毋使离尔贝勒屯齐左右。"同一日,又敕谕往征广东未定州县的定南将军护军统领阿尔津等将说:"尔等率师,可往会湖南大军,既会以后,尔阿尔津当同韩岱、伊尔德与贝勒定远大将军屯齐同营,凡事共相商酌而行。"他又敕谕屯齐、韩岱、伊尔德等说:"兹遣阿尔津统兵前往会尔军,俟其到日,其所给阿尔津定南将军敕印,尔贝勒屯齐收贮,可令阿尔津驻尔营内,诸事与韩岱、伊尔德、阿尔津等会议而行。如分兵他出,此三人,或遣一人,或二人,须留一人毋离尔所。"

顺治十年(1653年)六月十九日,定远大将军屯齐贝勒将战报疏报送皇上,奏报称:敌安西王李定国、鄂国公马进忠率马步兵四万余至永州,臣等以西安府八旗军和湖广提督柯永盛之绿兵驻守衡州,两大军则于二月十三日向永州前进,二十八日抵永州,李定国已遁,度龙虎关而去。又闻敌秦王孙可望亲率兵来靖州,将军冯双礼率兵二万余来武冈,大军于三月初六日自永州向宝庆进发,十五日擒人问信,知冯双礼、马进忠率兵四万余人屯营于岔路口。次日前进,见敌营于山顶,据地颇险,日暮天雨,不便进攻,列阵相抵。至夜,孙可望率全军自宝庆来,与冯双礼军会合。十七日,贼众十万下山环阵,进薄我军,我军分兵奋击,斩杀甚众,获马匹七百余、象一只,军器无算。

顺治帝甚喜,降旨批示:"贝勒等破贼立功,深可嘉尚,有功人员著察明议叙。"阿尔津亦领兵败白文选于辰州。广西定南王部下将领钱国安、马雄等,得到平南王尚可喜之水师支援,攻下浔州、梧州,又乘李定国与湖南屯齐率领清军相持,尽收复平乐、桂林等府州县,广西略定。李定国仅据有湖南之沅州、靖州和武冈州,余地皆为清军夺据,李定国只好撤出湖南,退守广西南宁一带。清军挽回了孔有德、尼堪之死的败局,重新获得了主动权。

第六节　剿灭永历政权平定西南

昭圣皇太后自从大西军在西南"两蹶名王"后,一方面让顺治帝连下三道敕谕,采取措施调兵遣将,一方面清醒地看到,南明永历政权与大西军已联合,同时与东南几省郑成功、张煌言等沿海反抗清军间的联结、沟通也大大加强。各派抗清力量空前团结,抗清势力不断强大。永历政权与大西军分三路,正乘势开始向清军进行大举反攻,一路由安西王李定国为主帅,冯双礼为副帅,统领马步兵八万人,经黔东,出湖南,由武冈趋舍州,直逼桂林。一路由抚南王刘文秀为主帅、王复臣为副帅,率军六万北伐四川。一路由秦王孙可望率军出师湖南。加之明旧将谭洪和义军杨展领兵数万,受永历帝封爵,总共有二十万大军的劲敌,绝不只是清政府认为的"余孽、残寇"。我朝必须正视现实,纠正谬误,遇败不惊,再接再厉,一定要把这支强大的敌军打垮,完成统一全国的事业。

定远大将军屯齐虽击败孙可望、李定国,但大西军并未受到根本性打击,仍有军数十万,据云贵,扰两广,威胁湖南、四川。郑成功所在的义师也在福建、浙江、广东沿海奉永历正朔,于东南战场向清军发起进攻。先后占领了长泰、漳州,牵制了清军不少精力,客观上配合了西南李定国部队作战。永历南明小王朝虽然占据较大地盘,但这个政权同前几个南明政权一样昏庸无能,有些地主官僚依附在抗清的旗帜下,实际上他们不甘心长期与农民军合作,便采用分化瓦解、腐蚀拉拢大西军统帅,或者挑拨离间,制造分裂,以求一逞。如南明军官张先壁、马进忠、马久成等人见孙可望在胜利面前滋长了个人野心,就挑拨他和李定国的关系,怂恿其称王称帝。孙可望忌李定国功高于己。顺治十年(1653年)春,孙可望约李定国到沅州议事,实际是企图趁机杀害李定国。李定国接密报,为了避免和孙可望发生正面冲突,不得不放弃湖南,率军南下广西,使孙可望的阴谋未能得逞。孙可望与李定国之间的矛盾,不仅使大西军面临分裂危机,而且使湖南衡、永、靖、沅、辰等地得而复失。李定国以全力支撑抗清斗争大局,率军转战于永州、肇庆、柳州等地,并与东南沿海的郑成功、张名振遥相呼应,准备合兵取广东,北图江宁。浙闽总督陈锦往攻郑成功时被刺死,左都督辰常、总兵徐勇被白文选围困于辰州,城陷被杀。

顺治帝福临看到这种情况,不知派何人前去征剿。这时昭圣皇太后告诉福临,在用兵方略上要作重大改变,要改变几年来只征不抚,或偏重于攻、轻视于抚的方针,要以战为后盾,以抚为主,抚剿兼施。她说:"对南明和大西军联盟势力的攻伐战略,要采取'剿抚'两手。"她掰着手指思索着,然后又对福临说:"朝中能担此大任者,惟大学士洪承畴也,且他又是汉人,了解汉人民情,曾在明朝有多年剿抚农民军的经验,前些年他总督江南时,曾招抚了南安守将郑芝龙,要重用洪承畴,充分发挥他的作用。皇儿可以让他经略进攻南明永历政权与大西军联盟势力的军务,要授予他一定的权力。下诏委授洪承畴为五省经略,给予他所应有的一切经略大权,并授予他尚方宝剑,赋予生杀大权。"

顺治帝遵母圣谕,于顺治十年(1653年)五月二十五日,对内三院下了一道长谕,讲述改变用兵方略,授命洪承畴经略湖广五省军务之事,曰:"湖南两广,地方虽渐底定,滇黔阻远,尚未归诚,朕将以文德绥怀,不欲勤兵黩武,而远人未喻朕心,时复蠢动,若全恃兵威,恐玉石俱焚,非朕承天爱民本念,必得夙望重臣,晓畅民情,练达治理者,假以便宜,相机抚剿,方可敉宁。朕遍察廷臣,无如大学士洪承畴者,著特升太保兼太子太师、内翰林院大学士、兵部尚书兼都察院右副都御史,经略湖广、广东、广西、云南、贵州等处地方,总督军务,兼理粮饷,听择扼要处所驻扎,应巡历者随便巡历,抚镇以下,听其节制,兵马粮饷,听其调发,一应抚剿事宜,不从中制,事后报闻。满兵或留或撤,酌妥即行具奏。文武各官,在京在外,应取用者择取任用,升转调补,随宜奏请,吏兵二部不得掣肘,应用钱粮,即与解给,户部不得稽迟。归顺官员,酌量收录,投降兵民,随宜安插,事会可乘,即督兵进取,时当防守,则慎固封疆,各处土司,已顺者加意绥辑,未附者布信招怀,务使近悦远来,称朕诞敷文德至意。功成之日,优加爵赏,俟地方稍定,善后有人,即命还朝,慰朕眷怀。应给敕谕印信,作速撰铸给予,即传谕该部遵行。"

顺治十年八月初一日,顺治帝福临正式赐洪承畴经略五省敕书,敕文曰:

"兹以湖南、两广地方底定已久,滇黔阻远,声教罕通,不逞之徒未喻朕心,仍时复煽惑蠢动,渐及湖南,以致大兵屡出,百姓未获宁息。朕承天爱民,不忍勤兵黩武,困苦赤子,将以文德绥怀,归我乐宇,必得夙望重臣,晓畅民情,练达治理者,假以便宜,授于要职,相机剿抚,方可敉宁。遍察群臣惟尔可当斯任,前招抚江南,奏有功效,必能肃将朕命,绥靖南方。兹特命卿经略湖广、广东、广西、云南、贵州等处地方,总督军务,兼理粮饷,听择扼要处所驻扎,应巡历者随便巡历,军门应关会者,必咨尔而后行。尔所欲行,若系紧急军务,许尔便宜行事,然后知会。巡抚、提督、总兵官以下,俱听尔节制。兵马、粮饷,听尔调发。文官五品以下,武官副将以下,有违命者,听以军法从事。一应抚剿事宜,不从中制,事从具疏报闻,满兵留撤,俟到日酌妥,即行具奏。事关藩王及公者,平行咨会,相见各依宾客礼。文武各官,在京在外,应于军前及地方需用者,随时择取任用。所属各省官员升转调补,悉从所奏。巡抚、总兵官、道台、知府等官,有地方不宜,才品不称,应另行推用者,一面调补,一面奏闻,吏兵二部不得拘例掣肘。应用钱粮即与解给,户部不得稽迟。如紧急军需拨解未到,即与就近藩司、榷关行文取用,具疏奏闻。其归顺官员,内外酌量题录,投降兵民随宜安插。事会可乘,即督兵进取;时宜防守,则慎固封疆。各处土司已顺者加意绥辑,未附者布信招怀。四川、江西、河南、陕西地方邻近湖广,应有兵事相关者,移文总督、巡抚,犄角策应。卿受兹委任,务开诚布公,集思广益。收拾智勇,毋为逆党所诱。绥辑穷黎,毋为贪官所苦。进战则得地以守,固守则出奇以战。练士卒在平时,选贤良置要地。务使云南、贵州望风来归,官民怀德恐后来归,庶称朕诞敷文教至意。功成之日,优加爵赏。地方既定,详筹善后,即命还朝,慰朕眷怀。尔其钦哉。故此,特谕。"总观这两道敕谕,着重说明了四个方面的问题:

一是今后一段军事行动的基本方针是剿抚兼施,偏重于抚。原因是民穷则盗,兵饥则叛。兼之以往征剿时又滥杀乱掠,则盗贼更兴,长期恶性循环,何年才能止盗,加之国库如洗,军费开支巨大,赋税积欠,财政收支严重失衡,将士缺饷缺粮,官吏欠债欠米。正如给事中刘余谟奏称:"国家钱粮,每岁大半皆措兵饷,湖南、四川和两广,荒地极多。"各直省钱粮,多年缺额至四百余万,赋亏饷诎,急宜筹划。为缓解国窘,采用剿抚兼施,偏重于抚,可以缓和一下矛盾,减少军费支出,略为缓解一点财政特别困窘之情。

二是满汉两用,倚重于汉。当时福建虽有郑成功反清,四川有故明旧将及部分大西军,但威胁清朝统治、阻碍其统一全国的基本政治、军事力量,仍然是以大西军为支柱的南明永历政权,主要战场在湖南、广东、广西、云南、贵州五省。十年来,大战山海关,系多尔衮亲统八旗军冲锋陷阵,入关后豫亲王多铎、英亲王阿济格、肃亲王豪格、郑亲王济尔哈朗、巽亲王满达海、端重亲王博洛等,皆先后任大将军,统领八旗劲旅,辅以平西、定南、靖南、平南四王之汉兵,以及各省绿营兵,征战南北,统一了大半个中国,奠定了统一全国的基础,没有任用过原系汉人之明朝降臣来任大军统帅。现在由于长期征战,伤亡困苦,满洲蒙古八旗人丁减少,顺治五年(1648年)满洲八旗编审男丁册载,只有男丁五万五千三百三十,现在只有男丁四万九千六百六十。照此下去,"满洲甲兵系国家根本"之基本国策怎么能实行,大清王朝的统治将不稳固。若再将这五万名左右的满洲男丁分送全国一千七百余厅府州县驻戍,平均一县只有三十丁,又怎能绥靖地方。满洲将帅后继乏人,宗室王公中,再也找不出像昔日智勇双全、勇猛善战几位亲王那样的大帅了。好不容易挑选了一个勇猛尚可的敬谨亲王尼堪当定远大将军,却又因寡谋轻敌而败死于湖南衡州。因此,昭圣皇太后才让顺治帝委授洪承畴以平定湖广等五省经略之重任。

三是经略权大,前所未有。经略有用兵权,一应剿抚征战之事,全由经略决定,朝廷不予干涉,只需事后报闻,就连定远大将军屯齐所统之满洲大军,是留是撤这样十分重大的问题,亦由经略酌定具奏。兵马粮饷,全由经略调发;经略有用人权,不管是现任京官还是地方官员,不论文武,只要经略认为需要,或用于军前,或用于辖地,皆可随时择取任用,所属各省官员,升转调补悉从所奏,就连被称为封疆大吏的巡抚、总兵、道员、知府等官的去留,也由经略决定,对剿抚归顺的官员,皆由经略酌量题录;经略有司法权,文官五品以下,武官副将以下,经略可以军法从事,可杖责直至斩首;经略拥有财权,据有兼理粮饷和根据需要调发粮饷、应用粮饷,户部即与解给,不得稽迟。总而言之,经略是辖制五省的最高长官,是指挥五省剿抚的最高统帅,这样大的权力,汉官之中从来无人之有。

四是遍观廷臣,舍洪莫谁。经略大学士是辖制五省的最高长官,是指挥五省剿抚的最高统帅,这样大的权力,昭圣皇太后和顺治帝认为,遍察廷臣,能实现"以文德绥怀,归我乐宇"方针者,"必得凤望重臣,晓畅民情,练达治理者,假以便宜,相机剿抚,方可敉宁。遍察廷臣,惟尔可当斯任,前招抚江南,奏有成效,必能肃将朕命,绥靖南方"的满汉重臣。因此,舍洪承畴之外,没有任何人能具备这些条件。因为洪承畴原系明朝进士出身,历任提学道、布政使参议、督粮道、延绥巡抚、陕西三边总督、蓟辽总督,因征剿农民军有功而任至大帅,松锦之战又和清军交战半年,兵败后被俘,经昭圣皇太后劝降,当年多尔衮率清军入关征明,他陈奏进兵山海关战李自成农民军"十策"方略,为入主中原提供了重要的战略战策,随即被推任大学士。顺治二年(1645年)担任"招抚南方总督军务大学士",抚剿兼施,对平定江南、浙江、江西起了很大作用,顺治五年返京,仍回内院任大学士。当时朝中任大学士的有十人,其名序是:范文程、宁完我、洪承畴、陈名夏、额色黑、冯铨、图海、成克巩、张端、刘正宗。这十位大学士中,冯铨刚于是年三月起用复原官,图海、成克巩、张端、刘正宗四人分别于是年四月至八月才升任此职。陈名夏,顺治八年(1651年)七月才刚入内院,当上内弘文院大学士。额色黑系满洲尚书,镶白旗人,原是刑部启心郎,顺治八年(1651年)十月才开始任内翰林院大学士。他们的资历名次都在洪承畴之后。范文程、宁完我名列洪承畴之前,但范文程一度"夺官论赎",年老衰病,将要因病致仕。宁完我虽"久预机务,遇事敢言",但曾因好赌而革职为奴,罪废长达九年之久。洪承畴顺治元年(1644年)起,即任大学士,时间比宁完我还长,故论"凤望重臣"而言,舍洪莫谁。另外从"晓畅民情、练达治理",即才干和文韬武略。这里讲的"民情"主要指汉民之情,洪承畴在这个问题上远逾满洲王公大臣和其他汉官。这样一位有将才相才历任文武要职的大臣,这样一位早年降清随多尔衮入关建有功勋忠于朝廷的"辽左旧人",这样一位曾和大顺大西农民军多年交战且屡败敌军的"剿盗大帅",当然最适合经略五省的要任,所以昭圣皇太后遍察廷臣以后,才敢于将一个关系到征抚成败和清朝统治五省的特大重任,谕授委付于洪承畴。

洪承畴收到皇上谕告内院要委其担任经略敕书之后,既感激涕零,又有些不安,他于顺治十年(1653年)六月初二日上奏说:"臣年逾六十,理宜退休,乃蒙皇上特畀经略之任,伏读圣谕,信臣任臣,恳至周详,臣当尽心竭力,以期剿抚中机,无负皇上承天爱民本念。伏愿皇上勿忘今日信任初心,时谕吏、户、兵三部仰承天语,遵依条款,毫无改易,俾臣得以竭蹶展布,庶可仰报隆恩于万一也。"洪承畴此奏,是希望皇上要对他信任到底、倚托到底,毋受臣僚影响,处处掣肘。

洪承畴离京前,皇上特赐其蟒朝衣、袍帽、带靴袜,松石嵌撒袋弓矢、鞍辔二副、马五匹,又赐其奏请同往的精奇尼哈番(子爵)以下拖沙喇哈番(云骑卫)以上李本深等八十七位将领朝衣、袍帽、带撒袋弓矢、鞍辔、马匹等物。洪承畴奏请命李率泰与平南、靖南二王驻守广东,改拨"土贼未靖"之江西隶己辖治,帝从其请,命给铸"经略湖广、江西、云南、贵州内院大学士"印,又将广西拨给洪承畴管辖。洪承畴将"随营犯令,酗酒淫掠"的轻骑都卫(正四品)张任先于军前正法,将"防御怠玩,养寇贻害"的郧襄总兵官(正二品)罢官,优恤死守辰州屡立战功英勇阵亡的辰常总兵官徐勇,赠太子太保,晋爵二等男。

经略五省大学士洪承畴虽奉命抚剿兼施,偏重于抚,但多年的戎马生涯,使其清醒地看到,单纯依赖于抚是不行的,尤其是李定国"两蹶名王,天下震动"的形势下,更离不开强大的军威。而这一点,仅靠绿营兵无法体现,还需仰仗八旗劲旅。因此,他率领将士到达湖广后,针对敌情,制定了总的战略方针,即"安襄樊而奠中州,固全楚以巩江南"。即于顺治十年(1653年)十一月奏陈用兵机宜。顺治帝根据洪承畴的奏陈,于十二月初五日,便授固山额真陈泰(大清开国元勋额亦都之孙)为宁南靖寇大将军,同固山额真兰拜、齐席哈、护军统领苏克萨哈等将,统领八旗官兵镇守湖南。第二年二月又诏靖南王耿继茂移至桂林,以联声援。陈泰驻于荆州。

顺治十一年(1654年)春,李定国又率军进攻广东,六月初九日,洪承畴奏请皇上,派遣固山额真朱玛喇为靖南将军,同护军统领敦拜率领江宁驻防八旗官兵,授援广东。李定国连下高州、廉州、雷州,十月又联络粤东水陆义师,号称二十万围攻新会。大清平南王尚可喜、靖南王耿继茂举兵往援,至三水县分布沿江隘口,等待八旗军。十二月朱玛喇率八旗军赶到,与二王合兵进攻李定国,敌先败于珊州,继至新会,大败李定国所领的四万马步兵。朱玛喇领兵追击,于顺治十二年(1655年)二月连败敌军于兴业县境和横州江,李定国渡江退回广西南宁府,再退至安隆。广东高州、雷州、廉州、三府三州十八县及广西横州四县悉平。获象十六头及马步百余匹,器械无算。

顺治十二年(1655年)六月,大西军主帅孙可望遣安南王刘文秀率卢明臣、冯双礼统兵六万,楼舻千余,分兵岳州、武昌和常德,洪承畴命靖南大将军陈泰遣护军统领苏克萨哈设伏以待,参领呼尼亚罗首先与敌军卢明臣、冯双礼之兵相遇,败其众,又令参领苏拜、希师得以舟师迎击,"焚其船,贼大败",卢明臣赴水死,冯双礼受伤逃走,刘文秀遁走贵州,降敌四千余,清军获大胜。

顺治帝得此捷报大喜,于同年四月遣使赍敕,嘉谕二王陈泰及朱玛喇、敦拜,宁南靖寇大将军陈泰为世袭一等子兼一云骑卫。晋靖南将军、二等男朱玛喇为一等男兼一云骑卫,后来顺治帝以其功多,不应循常格议叙,特谕吏、兵二部说:"都统朱玛喇等率兵击贼李定国,雪衡州、桂林之忿,快慰人心,其军功再加议叙。"部臣遵旨奏准,晋其爵为三等子。

同年底,刘文秀、李定国连败皆弱,李定国只有六千人,其据南宁自守的两广及湖广绝大部分州县,皆为清军占领,下一步就应该是乘胜前进,攻取云贵了。五省经略洪承畴和倚任他的皇上福临,也都渴望早日平定云贵,以彻底全面地统一全国、安定民心,减少军费,改善国家财政极其困难的窘况。可是,老成持重的清朝经略五省大学士洪承畴却认为,南明与大西军还相当强大,仍有士卒数十万,骁将众多,原称平东将军孙可望、西安将军李定国、抚南将军刘文秀、定北将军艾能奇等,皆系能征惯战的猛将,现皆受永历帝封王。原来的前都督白文选,有勇有谋,被孙可望视为亲信大将,被封为巩昌王,曾代刘文秀坐镇四川。另外还有汉阳王马进忠、叙国公马惟兴、淮国公马宝、庆阳王冯双礼等等将领,亦长年征战,曾屡败清军。加之大西军据有云贵,地形险阻,易守难攻,况且还有四川义军和福建沿海郑成功遥相呼应。洪承畴主张,应"以守为战",先定湖广,巩固南方,再图进取。在军事上,以守为战,采取防守之法;政治上,广示招徕,采取攻势;经济上,开垦田亩,恢复生产。待兵充粮足,战守周备,然后可以会师前进,攻取云贵。经过一年多的努力,原先湖北一带已无宁宇,湖南人心日变一日、地方日坏一日之局面,已大有改变,人心渐有固志。

湖广、江西与广西虽已稳定,但洪承畴是五省经略,最后目标是统一云南、贵州,怎样才能实现这一目标?洪承畴仍主张以守为战,待条件成熟时才大举进攻。这就招惹了一些官员不满。兵部左侍郎王弘祚和四川巡抚李国英上疏说:今云南、贵州未靖,征兵转饷,以一隅未安之地,累数省已安之民,旷日费时,必至师老财匮,此坐而自困之道也。顺治十二年(1655年)五月,郑亲王济尔哈朗临终前夕,也语重心长地奏告皇上,"惟愿以取云贵、灭桂王为念",实际上也表示对洪承畴重守不进的不满。于顺治十二年(1655年)十一月接替陈泰担任宁南靖寇大将军的一等子固山额真阿尔津,统率八旗军驻湖北荆州,连败敌军,十三年(1656年)又攻克湖南辰州,欲将所部兵留驻于此,咨商于洪经略,说:"移常德镇兵守辰州,别移兵屯常德为应援,若增兵守辰州,则可得沅州、靖州,沅州靖州一得,可进取云南、贵州。"洪承畴不同意。上奏疏说："今弃辰州不守,敌必复来,我军士马疲顿,岂能数踰越险阻？"

虽然不断遭来非议,但洪承畴仍以大西军强大,云贵地形险阻,而主守不攻,偏重于招抚,待全面掌握敌之险情后再进攻。顺治帝未采纳王弘祚、李国英之建议,仍听洪承畴之言,令阿尔津班师,"以征守事务委承畴速筹"。洪承畴虽花了很大力气进行招抚,多次派人诱劝孙可望、李定国降顺,但是由于不敢进剿,招降之计也未生效。就在满洲士兵屡苦远驰,地方官民疲于奔命,军费激增,财政极其困难之际,廷臣对洪承畴经略云贵之策日益不满,皇上难定攻守坐卧不安之际,天佑清室,前线传来了大西军主帅秦王孙可望前来归顺的大喜讯,局势顿然改观。

孙可望是大西军张献忠的养子,封平东将军,位列李定国等人之前,张献忠被肃亲王豪格战败阵亡后,他与李定国、刘文秀、艾能奇三将军,率领大西军余部出川,夺据云南贵州,对大西军的延续和再度强大,起了相当重要作用,被将士尊称为"国主"。随着地位的变化,他与安西王李定国相互妒嫉,孙可望欲摆脱四将军并尊的局面,逆挟天子令诸侯,于顺治六年（1649年）遣使南明永历小朝廷,要求"联合恢剿"抗清,给己秦王封爵。永历帝朱由榔正遭清军追击,走投无路,只好逃至孙可望辖区,被孙可望安置在安隆,实为软禁,名虽为君,而大小战争、诛杀封奏之权,悉归孙可望掌握。

孙可望虽已胁迫永历帝封己为秦王,野心并未满足,紧张筹划自己为天子,而李定国则由于受明臣忠君思想的影响,愿为永历帝之忠臣,从而两人之间矛盾越发激化。孙可望几次谋害李定国未遂。顺治十二年（1655年）,听闻李定国在南宁被清军所追欲撤回云南,他急令总兵关有才率军四万,进屯田州堵击,下令凡李定国可能经过之路,刍粮全部焚毁。顺治十三年（1656年）春,李定国接到永历帝于安隆秘密发出的勤王血诏,率领自己仅剩的六千士卒,由间道出奇兵抄袭总兵关有才大营后路,关有才大惊,落荒而逃。李定国在白文选协助下,赶抵安隆,奉永历帝朱由榔入云南,与蜀王刘文秀会合,抵达昆明,白文选仍留贵州。

孙可望大怒,于顺治十四年(1657年)八月初一日,令冯双礼留守贵州,以白文选为大将军,总统诸军前行,以马宝为先锋,自己率一军殿后,总共有兵六万急行入云南。九月二十日,两军交战于交水,李定国三部只有三万人,然而大西军将士对孙可望同室操戈十分不满,久仰李定国之为人及才干,故白文选、马宝等大将皆于阵前倒戈内应,李定国、刘文秀见机率兵猛攻,孙可望部大多迎降。孙可望大败而逃,逃回贵阳后,兵心已变,他携妻子与财宝逃往湖南,于十一月到达宝庆府境,遣使赴洪承畴军前求降。清宝庆中路总兵官李茹春,于十一月十五日将孙可望及其将士四百余人送到宝庆,后又遵洪经略命令,于二十八日送到湘潭,与经略洪承畴相会。十二月初三日洪承畴带孙可望到长沙。孙可望等人尽行剃发,并呈献"秦王之宝"镀金印与"图画山川迂曲及诸将情形、兵食多寡图"献给洪承畴。曾经拥兵数十万威震西南的大西军"国主""秦王"孙可望因内讧惨败后投降大清。洪承畴对孙可望主动来降,无比欢欣,他将这一喜讯立即奏报朝廷。

顺治帝得悉孙可望归顺,万分高兴,立即安排对孙可望的封赏。顺治帝采纳了洪承畴请求重赏孙可望的意见,封赏之重连洪承畴也大出意外,敕封孙可望为"义王"。顺治十四年(1657年)十二月二十八日,顺治帝遣内翰林弘文院学士麻勒吉为正使,礼部尚书胡兆龙、礼部右侍郎祁彻白为副使,赍册印前往湖南长沙,册封孙可望为义王。册文曰:"向化抒诚,号识时之俊杰,封藩赐爵,昭励世之旂常,来归既献乎舆图,懋赏斯隆夫带励。咨尔新臣孙可望,才能乘势,智裕择君,虽云身在南荒,十余年称戈负固,实则志依北阙。兹一旦率众投诚,携尔室家,足信瞻云就日,统厥士马,真为出谷迁乔,于朝廷招降抚顺之仁,适相允合,岂国家厚禄荣阶之典,肯靳弘施。大分维彰,朕心嘉悦,是用封尔为义王。于戏,祇承宠渥,流芳誉于千秋,益笃忠贞,竟茂勋于一统,钦哉。"

顺治十五年(1658年)五月初二日,孙可望与麻勒吉入京觐见,顺治帝命和硕简亲王济度、和硕安亲王岳乐率众公侯伯以上出迎,赐茶。五月初三日,顺治帝御太和殿,孙可望朝见皇上,赐义王孙可望顶戴、坐褥、仪仗等物,其长史等官及护卫,俱视多罗郡王例。五月初四日,皇上宴义王孙可望于中和殿。五月初十日,复赐义王孙可望宴于其邸舍,不仅几次赐宴和召见,还赏赐大量银布衣服与孙可望。六月初二日,赐义王孙可望银二千两、缎五十匹、青布梭布五百匹、貂镶蟒袍一、貂褂一、大蟒缎狐臁里水獭镶边朝衣一、黑貂朝帽一、镶斜皮靴袜一双、大蟒夹朝衣一、蟒缎夹褂一、蟒纱朝衣一、凉朝帽一,及珠顶、束带。赐其总兵副将参游等官,各汉银缎布有差。兵丁亦赏银布。

顺治帝多次召见,厚赏银布衣物,封为王爵,如此罕见的恩宠、重赏和优厚待遇,实出群臣意外,这主要是急于平定五省的心情所使,加之孙可望归顺,为清军进剿云南贵州永历政权与大西军联盟开列了形势机宜,进献了画出的山川迂曲及诸将情形、兵食多寡图,使云、贵、川的虚实险易等军事机密,全面、详细、准确地泄露给清军,为清军制定正确的作战计划,击败永历及大西军联盟,提供了极为有利的条件。以前清军之所以常打败仗,造成孔有德、尼堪"二名王蹶",原因就是对永历与大西军联盟的军事组织、战略战术、将领情况、士卒心情、军事设防、山川地形等等诸方面敌情,知之太少,故而犹如瞎眼之人胡乱厮打,常中埋伏。现在清政府对永历与大西军联盟,对西南军情、地形了如指掌,就可出敌不意,突然袭击,稳操胜算。经略洪承畴抓紧时间了解云南贵州的情况,一改过去"主守重安抚"的战略,制定了"安抚与进剿并举"的战略,奏请皇上。

顺治帝同意洪承畴的奏请,洪承畴决定以三路大军进剿云贵,并对三路大军的统帅人选,经过反复思考并和军务议政王、议政大臣们多次讨论,于顺治十四年(1657年)十二月宣布,以宗室罗托为宁南靖寇大将军同经略洪承畴由湖南进;以平西王吴三桂为平西大将军,同固山额真默尔根、侍卫李国翰由四川进;以固山额真赵布泰为征南将军,与提督钱国安由广西进。并派信郡王多尼为安远靖寇大将军,同平郡王罗科铎两人前往总统三路大军协同作战。同时让孙可望派人为清军做向导和奸细,瓦解大西军军心,遣人赍孙可望手书招大西军诸将帅,言己已受帝封,视亲王,恩宠无比,诸将降者皆得予厚爵,非他降将可比,唯李定国一人不赦。

顺治十五年(1658年)正月十八日,帝根据洪承畴"进取大事,首以收拾人心为本,欲收拾人心,先以约束官兵秋毫无扰为本""必先得土司苗蛮之心,而后可以为一劳永逸之计"的建议,朝廷对出征大军制定了正确的用兵方略,即"乘敌内讧,立即出兵;出征诸将,不要妄自尊大独断专行,主帅要与同征的将领商议定夺;要戒骄戒躁,诸帅和众将,毋谓兵强,轻视逆寇,仍严侦探,毋致疎虞;要注意安民戒扰,招抚降人;要特别重视招抚少数民族人员"。顺治帝厚待孙可望,任用得力将帅,乘机及时出兵安民抚夷等四项方针政策,为大军迅速、顺利攻取云南贵州,奠定了坚实的基础。

同年二月,三军将士奋勇厮杀,军事进展很快。经略洪承畴与宁南靖寇大将军罗托会师于湖南常德抵辰州,收复沅陵、泸溪、黔阳诸县,进军沅州,敌将马进忠退走,又檄偏沅巡抚袁廓宇招降靖州,敌将冯双礼所遣之总兵冯天裕、阎廷桂先后投降,沿途擒斩收降甚众。四月抵贵阳城中,敌方文武官员俱先遁,不到十五日剿逆抚顺,贵州全省底定。共招降五千余人,获马一千四百匹,象十二只。由广西进取的征南将军赵布泰大军已抵贵阳,所过南丹州、那地州、抚宁司各土司兵民俱来就抚。平西王吴三桂、固山额真一等侯默尔根、侍卫李国翰于十五年(1658年)三月从陕西汉中出发攻蜀,由南郡西充至合州,击败敌军都督杜子香,攻下重庆再进兵铜梓。敌将兴宁伯王兴、总兵官王友臣迎降,大军进克遵义,败敌将刘镇国,获粮三万石,降兵五千。这时南明永历帝之大学士文安之,复督大顺军余部"川东十三家营"及伪侯谭弘、谭谊、谭文等以舟师进袭重庆,吴三桂还兵解救,炮击敌船,伤死甚多,贼众逃遁,谭弘、谭谊杀谭文以降,四川基本平定,七月吴三桂屯复遵义。第一阶段战事至此结束。

顺治十五年(1658年)九月,开始了清军与南明永历政权与大西军联盟的决战,双方进入战争的第二阶段。安远靖寇大将军信郡王多尼抵贵州平越府,大会三路将帅,议定三路军于九月十日出发,进攻云南,各解饷银三月,裹半月粮。平西王吴三桂为北路军,由遵义过七星关攻昆明;信郡王多尼军为中路军,由桂阳出发,过关岭、铁索桥,往昆明;征南将军赵布泰为南路军,沿贵州广西边界直趋云南黄草坝、平罗州,攻昆明。每路兵五万,共十五万人,由信郡王多尼担任总指挥。经略洪承畴、宁南靖寇大将军罗托奉旨驻守贵阳,料理粮饷。显然,这是采取三路包围的计策,一举消灭永历与大西军政权。

这时,永历小朝廷的君臣们却沉醉于"欢饮恬愉"之中,到处歌舞升平,人皆"不以国事为念"。李定国掌兵马大权,完全听命于腐朽的永历政权,但他陷入了各派争权夺利的旋涡,力图巩固和扩大个人势力,引起大西军将士不满,以致武备不整军心涣散,防御松懈。加之蜀王刘文秀之子及总兵马宝、马惟兴皆举兵降清,使军心受到瓦解。李定国于昆明闻知清军分三路围剿昆明后,急忙动员全部兵力,分三路迎击,但因为部署已晚,颓势无法挽回。十一月北路清军吴三桂绕过七星关,很快进至云南沾益。南路清军赵布泰由普安州入云南,李定国率部迎战赵布泰,损失严重,全线溃退。多尼所率中路军,取道关岭,击败冯双礼而进抵云南曲靖。

经此两役,永历与大西军联盟政权的精锐损失殆尽,已基本丧失了抵御清军的能力。十二月十三日,李定国败退回昆明,永历帝召群臣讨论向何处去。有的提出东入湖南少数民族边缘地带组织防御,胜可复云南,败则入越南,再从海上至厦门,与延平王郑成功合师进讨。刘文秀部将陈建,则请北入四川。南明勋臣沐天波则力主退往云南西,急则入缅甸。在众说纷纭争议中,身为大元帅的李定国,最后附和沐天波西逃的意见。十五日,朱由榔在李定国的拥护下逃离昆明。

顺治十六年(1659年)正月初三日,多尼、吴三桂、赵布泰所率三路清军会师于昆明。初四日,永历帝朱由榔逃至永昌。清军日逼,二月十五日败白文选部于大理,追至澜沧江。李定国闻讯,急令靳统武率四千兵护送永历帝至腾冲,自率精兵六千断后。二十日,率部渡怒江,伏于磨盘山巅,二十一日,清军一万二千人上山,不料南明大理寺卿卢桂生投降告密,清军急忙舍骑而步,并开炮向山巅轰击,李定国所率人马损失三分之二,只好退至中缅边境地区继续抵抗,永历帝则经边境的囊木河逃往缅甸。

顺治十七年(1660年)八月,清政府以爱星阿为定西将军,前往云南会同吴三桂追捕永历帝朱由榔。次年九月,吴三桂、爱星阿率清军五万人入缅,十二月初进至缅甸阿瓦城,缅甸慑于清兵压境,执朱由榔等人献于吴三桂,吴三桂将朱由榔押回云南绞死,南明永历与大西军联盟政权灭亡。李定国病死在缅甸勐腊。至此,全国反清势力,除了东南沿海郑成功之外,已全部被平定。

第七节 打败郑成功海内归一统

郑成功,本名郑森,字明俨,祖籍福建南安石井乡,出生于日本,父亲郑芝龙,母乃日本田川氏。郑芝龙是闽粤沿海一带的大海盗、大海商,部众数万,有数千只船,于崇祯元年(1628年)被福建巡抚陆文灿招降,初任游击,崇祯十三年(1640年)晋至福建总兵官。他独擅通洋巨利,勒令商民纳税,北至吴淞,南至闽粤,海船不得郑氏令旗,不能往来,每船例入三千金,岁入千万计,郑芝龙以此富可敌国,田园遍闽粤,年收田租巨万。顺治元年(1644年)八月,南明福王封郑芝龙为南安伯,镇守福建。顺治二年(1645年)五月福王亡,郑芝龙拥立唐王朱聿键为隆武帝,被封为平国公,执掌八闽军政大权。顺治二年(1645年)贝勒博洛率大军南征至福建,洪承畴与郑芝龙同乡,以书通问,遣使秘密招降,许封王授三省总督,郑芝龙遂降清。致南明隆武皇帝被清军杀害,闽省大部分地区被清军占领。后清政府背弃诺言,逼押郑芝龙进京,受三等子,编入汉军正黄旗,实为软禁。

郑成功是郑芝龙长子,他从日本回国后,考中南安县学秀才,入南京国子监读书,后返回南安,曾入侍隆武帝,蒙帝宠爱赐其姓名朱成功,故人称"国姓爷",封御营中军都督,仪同驸马,协理宗人府事。不久隆武帝又封其为忠孝伯,赐尚方剑,挂招讨大将军印。

郑成功当年坚决劝父不降,未允,隆武帝被杀后,他便在叔父郑鸿逵帮助下,密带一旅遁金门,召集数千人,始据南澳,后陷同安、漳浦等七县,对清朝是个很大的威胁。顺治三年(1646年),清军进驻安平,大肆淫掠,其母田川氏被辱,万分愤怒,剖腹自杀。郑成功获悉,率师急奔安平,清军已退回泉州。顺治七年(1650年)郑成功袭据了金门、厦门,以此为抗清基地,拥兵四万余人,声势极大,明朝宗室,遗臣纷来依附,海上群雄亦俯首听令。顺治八年(1651年)初,郑成功率军勤王,欲图解救被数万清军围困广州的永历帝部将李定国抗清大军,三月攻下惠州。清军便乘机偷袭了郑成功所据金门、厦门,尽掠郑芝龙和郑成功父子两代积蓄的金银珠宝和米粟数十万斛。郑成功急忙率兵回救,清军早已撤走。

郑成功大怒,引刀断发,誓必复仇,重修城垣炮台,广会文武,议失守功罪,赏罚无私,群兵将佩服,兵势复振,很快部众达到六万余人。他率军先后连取清军占领的海澄、漳浦等地,大败清闽浙总督陈锦、提督杨名高、总兵王邦俊。顺治九年(1652年)四月,进围闽南军事重镇漳州,长达八个月,攻下漳州七属县,清总督陈锦出战阵亡,以其首献于郑成功,一时八闽震动,郑成功之军成为威胁清朝在闽、粤、浙统治的又一强大对手。

是年十月初九日,清政府抽不出更多的兵力对付郑成功,遂使郑成功利用这一有利时机大举进攻,连占东南沿海州县;另外鉴于八旗军尤其是满洲八旗将士不习水战,惮于舟行,江海之上头晕目眩,寸步难行,无法对付棹舟如飞的郑军。清政府决定对郑成功采取招抚的政策。于是顺治帝给浙闽总督刘清泰下了一道十分重要的敕书。敕文如下:

"近日海寇郑成功等,屡次骚扰沿海郡县,本应剪除,但朕思昔年大兵下间,伊父郑芝龙首先归顺,其子弟何忍背弃父兄,甘蹈叛逆,此必地方官不体朕意,行事乖张,郑成功虽有心向化,无路上达,又见伊父归顺之后,睿王令人看守防范,又不计其在籍亲人作何恩养安插,以致郑成功等疑惧反侧。朕又思郑芝龙既久经归顺,其子弟即朕赤子,何忍复加征剿,若成功等来归,即可用之海上,何必赴京,今已令郑芝龙作书,宣布朕之诚意,遣人往谕成功及伊弟郑鸿逵等知悉,如执迷不悟,尔即进剿。如芝龙家人回信到闽,成功、鸿逵等果发良心,悔罪过,尔即一面奏报,一面遣才干官一二员,到彼审察归顺的实,许以赦罪授官,听驻扎原住地方,不必赴京,凡浙闽广东海寇,俱责成防剿,其往来洋船,俱著管理,稽查奸宄,输纳税课,若能擒斩海中伪藩逆渠,不吝爵赏。此朕厚待归诚大臣至意,尔当开诚推心,令彼悦服,仍详筹熟察,勿堕狡谋。"

顺治帝此道敕书,对朝廷以抚代剿的方针作了说明,在此之前,清政府对郑成功起义军,一直采取军事征剿的方针,现在则是遣人携带郑成功之父郑芝龙的劝降书,前往劝诱郑成功及其叔父郑鸿逵等人归顺清朝。这一敕书实际上是为郑成功降清搭了一个下台之阶,即将其反清说成是被迫起事,并非有意抗拒,之所以起兵责任在朝廷。一是归诸于睿王多尔衮和地方官员的错误。因当年征南将军贝勒博洛在劝降其父郑芝龙时,许以破闽为王,已铸闽广总督印以待将军,而后来郑芝龙率部归降后,却将其押往北京,最后入汉军正黄旗,最后封了个三等子,实际是软禁起来。睿王多尔衮对此背诺弃信之事,不予制止,且与赞成和允准,当然会激怒郑氏家族,挺身而起,抗清反清。二是地方官员也有罪过,福建巡抚张学圣、道员黄澍、总兵马得功,"垂涎金穴,乘成功他出,遣师往袭厦门,悉攫其家资",官兵大肆抢掠奸淫,连成功之母亦因被辱而剖腹自杀,激起厦门兵民及郑氏将士无比愤怒,拼死猛攻,连克郡县。三是许诺了招劝郑成功降顺的五个条件:赦罪授官,驻扎原地,不必赴京;责成防剿浙闽广东海寇;管理往来洋船,稽查奸宄,输纳税课;擒斩海中伪藩逆渠,不吝爵赏。而且敕书还讲到,郑成功若要封爵,得立大功,必须擒斩南明海上大帅大将。敕书规定的优遇条件,显然是对郑成功的实力估计过低,仅把他当作中等海寇来劝降,没有把郑军视为安定浙闽粤沿海州县及三省的主要对手。顺治帝的这一失误,很快就由于战局的变化,使他更为清醒,而主动予以改正。

顺治十年(1653年)五月,又封敕,封郑芝龙为同安侯,郑成功为海澄公,郑鸿逵为奉化伯,郑芝豹为左都督,并赐予敕谕。五月十七日,帝又谕闽浙总督刘清泰,说:"招抚郑成功、郑鸿逵等,前已有旨,今特遣满洲章京硕色赍赐郑成功海澄侯印一颗,敕谕一道,郑鸿逵奉化伯印一颗,敕谕一道,同黄征明(郑成功表叔)领李德(郑芝龙家人)等四人前去。望尔等悉心料理,成就抚事,称朕怀柔海隅之意。"

郑成功八月收到父亲郑芝龙的家人李德带来父亲的亲手书,郑成功认为这是清政府来试探其是否能遵父意与朝廷议和。于是,他决定借此议和筹办粮饷,遂写回信令李德星夜赴京回报。回信内容除了讲了大义灭亲,从治命不从乱命和批驳清政府对父亲投清后,清政府背信弃义,以及先前贝勒偷袭厦门大肆淫掠外,还说清政府所敕优惠条件并不优厚,并提出割让三省(闽、浙、粤)予己的议和条件。他在回禀中写道:

"夫沿海地方,我所固有者也,东西洋饷,我所自生自殖者也,进战退守,绰绰余裕,岂肯以坐享者反而受制于人乎?且以闽粤论之,利害明甚,何清朝莫有识者?盖闽粤海边也,离京师数千余里,道途阻远,人马疲敝,兼之水土不谙,死亡殆尽,兵寡则必难守,兵多则势必召集,召集则粮食必至于难支,兵食不支,则地方必不可守,虚耗钱粮而争必不可守之土,此有害而无利者也。如父在本朝(明朝)时坐镇闽粤,山海宁宁,朝廷不费一矢之劳,饷兵之外,尚有解京,朝廷享其利,而百姓受其福,此有利而无害者也。清朝不能效本朝之妙算,而劳师远图,年年空费无益之赀,将何以善其后乎?……刘清泰果能承当,实以三省地方相畀,则山海无窃发之虞,清朝无南顾之忧,彼诚厚幸。至于饷兵而外,亦当使清朝享其利,不亦愈于劳师远图,空费帑金万万者乎。况时下我兵数十万,势亦难散。……儿在本朝,亦既赐姓矣,人臣之位已极,岂复有加者乎?"

郑芝龙收到儿子郑成功回禀后,即于十一月十八日奏称:前命招抚逆弟鸿逵,逆子成功,臣即遣人赍书,宣传圣意,俱未受封。顺治帝以"郑成功妄行索地,夸诈大言,其欲不可餍足",谕议政王大臣确议以奏。经过一番商议,认为郑成功所述闽海险远难征,最后议定仍要招抚,且给予更优厚的条件。

顺治十一年(1654年)正月初六日,十七岁的顺治帝连降二敕给郑成功。第一道敕谕,着重于正面讲述加封靖海将军及拨予四府养兵等事。第二道敕谕是针对郑成功提出的一些问题加以解释,劝其归顺。清政府招抚郑成功的条件是十分优厚的。一是赐爵最多,爵位最高。招降后封郑成功海澄侯,郑芝龙由一等子超晋为同安侯,郑鸿逵奉化伯,一门三显爵,满朝仅有;二是封地多。赐以漳州、泉州、惠州、潮州四府令其屯驻,四府辖有三十县三厅,广一千三百四十里,袤一千一百九十里;三是职权大。敕书授予郑成功率部驻扎四府,其将士当然仍旧听令于郑成功,同时又授予其剿防海上诸寇和管理洋船之权,也就是说清政府敕给郑成功拥有四府兵权及四府领海权。可是,顺治帝与议政王大臣们没有料到,这样优厚的招抚条件和握有其父兄郑芝龙等人质的特殊条件下,竟然会遭到郑成功的拒绝。在他看来,清朝给得太少,他不屑一视。郑成功所要的,不是四府,也不是他提出的浙江、福建、广东三省,而是整个中国,是大明的万里江山,是逐清复明。

六月二十五日，议政王济尔哈朗等议奏："同安侯郑芝龙提出，以其次子郑世忠与郑成功谊切手足，若令他与使臣一同到郑成功处，谕以君恩，责以父命，巽言婉导，彼必欣然向化。应郑芝龙所请，应令郑世忠及郑芝龙第四子郑世萌与使臣同行。"顺治帝允其请。八月二十四日，清政府派内院学士叶成格、理事官阿山为使臣，携郑芝龙次子郑世忠、四子郑世萌到泉州，遣人告郑成功说："议和之今，藩不剃头，不接诏。这次若仍不剃头，亦不必相见。"郑成功叱之。九月十七日，清使来到郑成功辖区安平镇，一再逼迫郑成功率部剃发接诏，郑成功不允，清使于二十日又回到泉州。郑成功致书清使，约期相晤。清使回书拒绝说："九月十七日至安平镇，十八日、十九日李德（郑芝龙家人郑成功表叔）来言，郑成功不按诏，不剃发，故于二十日回泉州。我等之来，不过宣传皇上浩荡德意，与公剃发后上谢恩本，将贵部官作何安插，及四府设防数目修入而已，他复何言哉！"郑成功二弟郑世忠、四弟郑世萌亦多次跪求郑成功投降，以保父亲及在京家人性命，郑成功乃坚决拒绝，并与其叔郑鸿逵分别写信与郑芝龙，重申不再受骗不叛明降清。

其实，早在清使来安平前，大西军晋王李定国就以南明永历帝的名义遣人连赍二书安平，约请郑成功发兵，会师广州。郑成功同意奉朱由榔为帝，并接受明永历皇帝封的延平王的封号，欲调兵南下勤王。但因清使尚在泉州，只好命晋王李定国派来的使者暂时住在金门，但后来因风向不利失期，会师计划未能实现。十一月初二日，他委任左军辅明侯林察为水路总督，委任右军闽安侯周瑞为水师统领，戎旗勋镇王秀奇为陆师左统领，左先锋镇苏茂为陆师右统领，督率官兵数万，战舰百只，南征下漳州，守将千总刘国轩献城投降，阜州府所属十县以次归附。这一年派漳州府所属饷银一百零八万两，泉州府属饷银七十五万余两。十二年正月又破仙游县。数月之间，郑军共得漳州十县、莆田一府、泉州六县。

十一月十四日，郑芝龙接到儿子郑成功和弟弟郑鸿逵的来信后奏称：郑成功"请地益饷，抗不剃发，不接诏，寄臣书信，语多违悖，妄诞无忌，臣不敢隐匿，谨将原信二封缴呈圣览，臣当席藁待罪"。十七日，议政王贝勒大臣奏称："郑成功屡经宽宥，遣官招抚，并无剃发投诚之意，且寄伊父郑芝龙家书，语词悖妄，肆无忌惮，不降之心已决。"请敕该督抚镇整顿军营，固守汛界，勿令其军登岸，骚扰民生，遇有乘间上岸者，即时发兵扑剿。帝从其议。

顺治帝招抚郑成功的一切活动，均告失败，这下子惹恼了福临，他调兵遣将，于十二月十六日，降旨进攻郑成功。特命郑亲王济尔哈朗世子济度为定远大将军，同多罗贝勒巴尔处浑、固山贝子吴达海、固山额真噶达浑，统率八旗军前往福建征剿郑军。并传谕浙江、福建两省的总督、巡抚和总兵官说："郑成功啸聚海滨，窃行狡诈，竟敢上悖天道，下灭人伦，负恩梗化，甘为釜底游魂。"说郑成功连在北京的父亲都不顾"逆理丧心，行同禽兽"，真盖载之所不容，王法之所必弃，而"似此枭獍，若仍招抚优容，使得滥膺爵禄"是"辱衣冠"而"羞士类"，所以他是"独断于中，意在必讨"。并给各督抚总兵说："尔等不必迟疑瞻顾，必灭此逆贼，以彰国法。"

顺治十二年（1655年）夏，清政府招抚延平王郑成功的一切活动失败后，双方干戈不休。郑军曾大扰福州、兴化诸府，下同安、南安等县，又破舟山，进攻浙江之温州、台丹及宁德，声势大振。清政府囚禁了郑芝龙。

顺治十三年（1656年）清政府遣定远大将军济度、宁海大将军伊尔德往征。于同年夏秋收复舟山，破敌于泉州，尽收复闽安、海澄诸邑，但郑军并未大挫，仍不时来袭。同年六月二十二日，正当清政府竭力巩固沿海防务，为剿郑成功而想尽一切办法时，奉郑成功命守海澄总兵黄梧，因揭阳兵败怕郑成功惩治，遂乘郑成功率兵北进时，与副将苏明、苏纯等，杀总兵华栋及其士卒四百余人，率官将八十六员，兵一千七百名献城降清。定远大将军济度奏报朝廷，顺治帝于七月初四日获悉，降旨说："黄梧等献城归顺可嘉，著即行优擢。"随即授其为都督总兵官。八月十七日，顺治帝又谕吏、兵二部说："镇守海澄都督总兵官黄梧弃逆归顺,杀其同守伪官华栋伪众,率民剃发,领标下官属兵丁,献城输款,倡首来归,深可嘉尚,黄梧著加优典,封为海澄公,照例给予敕印,其标下各员从优议叙具奏。"顺治帝对黄梧奖赏之厚,前所未有。此公爵乃系几年前清帝封授给黄梧之主郑成功的,可见对黄梧是何等的破格优遇。

黄梧之所以被破格擢升,一方面是因为他是郑成功军中最早献城降清的一名将领,另一方面主要是因为海澄的地位特别重要。郑成功一直把海澄作为郑军大举北伐的重要基地,故长期积储的粮饷、器械、炮弹藏存于海澄。据清人刘献廷《广阳杂记》载:郑成功"积蓄皆储海澄,铁甲十万付,谷可支三十年,藤牌、滚被、铳炮、火药皆以上万计"。另据跟随郑成功左右的户部主事杨英述此事也说:"查城中所贮粮粟二十五万石,军器、衣甲、铳器不计,其将领私积者又不计。藩(指郑成功)叹曰:吾意海澄城为关中河内,故诸凡尽贮之,岂料黄梧、王士元如此悖负。"

黄梧一跃而为蒙受清帝特恩的公爵提督大人,他对清帝感恩戴德,决心效尽犬马之劳。他对清朝之剿郑,起了很大作用。一是率部拼死厮杀,克城破敌。顺治十四年(1657年)八月浙闽总督李率泰奏准,增加黄梧之标兵,合原额共增足为四千名,驻扎漳州,弹压闽南。九月,黄梧同李率泰与提督马得功、都统郎赛水陆并进昼夜攻击,连破七城,攻克闽安镇,立下军功。因又捐造战舰一百艘,朝廷加其以太子太保荣衔。后来他又屡剿郑军,军功累累,广招敌军将士,共招抚过伪官二百余员,兵丁数万余名。二是为征剿郑军献计献策。清政府原对郑军内情知之甚少,故无良策对付,黄梧投降后,详奏郑军情形,向朝廷上了剿灭郑逆五策。即:驻海滨以堵登岸;造小船以图中左(厦门);清叛产以裕招徕;锄五商以绝接济;铲贼坟以快众愤。三是向朝廷举荐施琅。施琅是郑芝龙的旧将,任左冲锋,此人足智多谋,骁勇善战,顺治三年(1646年)随郑芝龙降清,从征广东,戡定顺德、东莞、三水、新宁诸县。后郑成功起兵,施琅又隶属其下,任左先锋,其弟施显任左先锋副将,兄弟俱握兵权。顺治八年(1651年)正月郑成功率师南下,欲支援南明永历与大西军广州守将抵抗清军,施琅不愿,郑成功遂令施琅将左先锋印及兵将交与副将苏茂管辖。施琅心怀不满,竟自削发为僧,不朝见郑成功。郑成功恼怒,将施琅及其父施大宣与一些子侄捕捉监禁,施琅被人救走后降清,其父及弟施显和子侄被郑成功斩杀。因为施琅系只身归顺清朝,所带兵将并不多,清政府未予重视,仅授其为委署都督,一闲就是几年。黄梧力荐重用施琅。说:"郑成功漂泊海岸,往来靡定,欲扑灭之,非熟悉情形者不能,委署都督施琅者,与郑成功贼仇甚深,知彼知己,胸有成算,其输款本朝已久,一出受事,即著微劳,且智勇兼优,忠诚素矢,宜假以事权,俾尽展所长,与梧戮力驰驱,必能剪除海孽。"

黄梧的以上建议,清政府十分重视,大都采纳,申严海禁,移兵驻防,增造战舰,擢用施琅,初授施琅同安副将,后迁总兵官。黄梧偕施琅会同提督马得功、总兵苏明,赴晋江县之大觉山,南孙县之覆船山、橄榄山、金坑山,剿毁郑芝龙父祖及先世坟五座。又斩郑成功所置五商。清政府将郑芝龙及弟郑芝豹,子世忠、世恩、世荫、世默俱流徙到宁古塔,家产籍没。后郑芝龙等皆被斩杀。黄梧的降清及其为剿杀郑成功献策,对扭转清政府的劣势,削弱郑军的威力,起了很大的作用,尤其是荐举施琅,为清朝后来统一台湾降服郑氏政权,找到了一个最佳统帅。黄梧屡屡密奏,说郑成功恃其父在京,欺骗江南民众,这样本来想要向朝廷投诚的,总以为朝廷以抚为策,不能把他们怎么样,仍然坚持反叛之心。而且郑芝龙经常派人与郑成功互通音信,恐为内患,等等。福临闻奏,让兵部密议对策。

不久,议政王大臣议:郑芝龙寄书其子郑成功,书中言语无劝降之意,不应再留,郑芝龙及其弟的几个儿子随在京师的都应该正法。顺治帝福临考虑再三,说:"依法,郑芝龙早应处斩,念其投诚的功绩,所以从宽,只将他禁锢起来。如今马上就杀了他,非朕原来的意思。还是免其

一死吧。本人及其子侄流徙东北宁古塔地方,家产籍没也就可以了。"清政府根据黄梧的建议,乃采取三项措施:

第一,严禁海疆。顺治十三年(1656年)六月十六日,清政府正式下令,谕告浙江、福建、广东、江南、山东、天津各总督巡抚总兵官说:"海逆郑成功等窜伏海隅,至今尚未剿灭,必有奸人暗通线索,贪图厚利,贸易往来,资以粮物,若不立法严禁,海氛何由廓清。自今以后,各该督抚镇,著申饬沿海一带文武各官,严禁商民船只私自出海,有将一切粮食货物等项,与逆贼贸易者,或地方官察出,或被人告发,即将贸易之人,不论官民,俱行奏闻正法,货物入官,本犯家产尽给告发之人。其该管地方文武各官不行盘诘擒缉,皆革职,从重治罪。地方保甲通同容隐,不行举首,皆论死。……处处严防,不许片帆入口。一贼登岸,如仍前防守,怠玩致有疏虞,其专汛各官即以军法从事,该督抚镇一并议罪。"

第二,招抚郑军之将士。清政府敕谕江南浙江福建广东督抚镇等官说:"今欲大开生路,许其自新,该督抚镇即广出榜文晓谕,如贼中伪官人等,有能悔过投诚带领船只兵丁家口来归者,察照数目,分别破格升擢。更能设计擒斩郑成功等贼渠来献者,首功封为高爵,次等亦加世职,同来有功人等,显官厚赏,皆所不吝。"

第三,增加福建兵力。定远大将军济度等遵旨,对濒海漳州等九处,俱设兵防守,共增马兵二千二百五十名、步兵五千九百名,以资防御。

顺治十四年(1657年),清政府宣布定远大将军济度和宁海大将军伊尔德剿灭郑军获胜,班师凯旋之后,郑成功就开始进行招兵扩军,准备北伐。他分所部为七十二镇,设六官理事,假明永历号便宜封拜。他募集士卒十七万,以五万习水战,以五万习骑射,五万习步击,万人往来策应。他这次训练了一支万人铁军。

顺治十五年(1658年)二月,郑成功调各提督、统镇回厦门。五月十三日,郑成功统领大军,驾舟北伐,六月十一日、十三日连破清军平阳、瑞安二县,围攻温州,未下,转乘船北上,八月初九日大军至羊山,次日骤遇飓风,辟巨舰数十艘,士卒淹没数千,郑成功次子、三子、五子淹死,乃督师回舟山,随后驻扎温州、台州一带。浙江传来捷报,说海上台风大作,贼船漂散,官兵了其所向,分兵迎剿,当阵生擒及投诚九百余名,并获关防、器械、甲马等项,郑成功属下俱已沉逆,郑成功因此丧气归巢,去向不明。清政府接报,以为郑氏大受挫折,不免松了一口气。

顺治十六年(1659年)四月,郑成功竟然再次率军卷土重来。五月初四日,他对全军官兵重申禁止扰民之令,强调说:"本藩亲统大师,不惮数千里长驱远涉,进入长江,刻期恢复,上报国恩,下救苍生。此行我师一举一动,四方瞻仰,天下见闻,关系非细。各提督统镇十余年栉沐亲勤,功名事业,亦在此一举,当从恢复起见,同心一德,共襄大事……其岸上地方百姓,严令秋毫无犯。已有颁刻禁条,炳若日星,总以收拾民心,上为国家大计。须体此意,谆谆严饬所辖,登岸之时,不准动人一草一木,有犯连罪。"

六月十四日,郑成功大军北进至镇江东九里焦山大江中,连江的战舰,数万的水陆大军,遮云蔽日呼啸北上。郑成功召集诸将议进攻之事说:"瓜镇,京都(南京)之门户,峙立长江两岸,必有重兵镇守,又有谭家洲炮台与瓜州柳堤炮台对击,又有滚江龙(置于江中的一种防御兵器)把截,未易轻敌。须分一支由水攻取谭家洲,夺取大炮,另拨陈大胜善没水者,斩断滚江龙,又以大军捣瓜州,使房左右支吾,闻风破胆,瓜镇不日可下矣。尔等各依行令机宜而行。"十五日,进扎瓜州北岸,传令进军,命各水师营进攻取谭家洲大炮,令材官张亮督泗水荡船,刻限斩断滚江龙。滚江龙是清军在金山、焦山之间铺设的大铁索,横在江中,阻止郑军船只通过。郑成功又令兵部侍郎张煌言督兵,待铁索斩断,即进攻占据瓜州上游,焚夺满洲木浮营。此木浮营用大杉木板钉围,内容纳五百名,大炮四十门,火药火罐不计其数,上流来船,遇之立碎,十分厉害。

六月十六日，郑军猛攻，克瓜州，擒获清军操江巡抚朱衣助，夺取了谭家洲大炮和满洲木城三座。二十三日与清军大战于银山，清军兵分五路，奋勇攻杀，郑成功亲督亲军左右武卫迎战，双方鸟铳、行营炮、弓箭齐放，杀声震天动地。郑军以一当百，大败清军，追杀十余里。清军镇江副将高谦、知府戴可进等见势不支，在银山郑军前献城投降。郑成功遂遣张煌言安抚浦口、滁州、六河等处。六月二十五日，郑成功攻取瓜州镇江诸城后，因胜而骄，他在瓜州镇江城内举行大阅兵，展示武力，调遣各军分道行走和扎营，显示雄伟，时人谓之天兵。六月二十七日，郑军小股部队进到南京城下。

六月底，正当朝廷为年初三路征剿云南大军会师昆明，大获全胜，特颁平定湖广、广东、贵州、四川等五省恩诏，举朝欢庆之时，突然收到镇江、瓜州失陷，郑军百万大军围江宁，东南大震的急报，顿时朝野震惊，人心惶惶，清政府大震。当时江南八旗驻军调往西征尚未凯旋，南京城内只有江南总督郎廷佐所率六千人马驻守，仅只有五百名满洲战士，而一些汉人军队，又是怀着猜疑的态度。一批派往南京的援军，竟被郑军悉行歼灭。南京形势岌岌可危。朝廷大员们议论纷纷，一些人预测南京城陷落已是早晚的事了。一些人为京城的安全而担心，有的暗自收拾细软安排家小作避难计。顺治帝这时对此突来之特急坏讯，万分震惊，也完全失去了镇静的态度，他立刻起驾前往慈宁宫，向母亲昭圣皇太后禀告，并做出要弃去北京，返回沈阳盛京，迁移都城的既奇特甚至又丧失理智的疯狂反应，即刻遭到皇太后的拒绝和训斥。

昭圣皇太后对顺治帝福临加以斥责说："你怎么可以这么卑怯，把祖先们以他们的勇敢、浴血奋战千辛万苦打下的江山轻易地放弃呢？简直不配做爱新觉罗的子孙。"福临从小到大，一贯为母后所宠爱，有些意见不同之处，一旦他执拗使性，也都是以母后让步而罢休。顺治帝遭到母后严厉的斥责，他的脸红了，气得满脸涨紫，他发狂地怒吼起来，说："我不是胆小鬼，南京若失，全省难保，浙江亦将落入郑军之手，我朝赖以立国的主要财赋支柱经济支柱便将断折,东南半壁江山改易旗帜,后果之严重,所以才出此移都之下策。如若母后不允,那就让皇儿亲自率满汉大军出征,剿灭逆寇郑成功,不获胜利,就战死疆场!"

昭圣皇太后见他失去理智暴躁的样子,劝他冷静下来,温和地安慰说:"你作为皇帝,遇事要冷静,要多与诸王大臣们议定,不能随心所欲,不加思考,不分青红皂白,做出这种荒唐的决定。西南五省抗清势力当年是那么强大,曾两蹶我名王,还不是经过你用了大学士洪承畴,经略五省,招降了孙可望,调兵遣将得当,现在不是被我朝剿灭了吗?"皇太后说完便转身离去。

顺治帝在母后那没得到应允,还受一顿训斥,带着满心的不悦回到养心殿。大臣们也吓得跪满阶前,劝他从长计议。这时的福临如发疯一样,不听劝谏,他忽然抽出架上的御剑,"啪!啪!"几剑,将面前的御座劈下几块,声嘶力竭地喊道:"谁要对朕御驾亲征的计划说个不字,就像劈御座一样劈死他!"

昭圣皇太后得知福临剑劈御座要亲征的事后,只好派遣福临以前的奶娘,前去劝慰。这个乳娘姓李,是内务府汉军旗人,福临一出生便由她用自己的乳汁喂养,长大后一直到亲政后很长一段时间,她均在福临身边照料福临,平时,福临待她比自己的亲生母亲还亲,所以皇太后特意将她派去劝说皇上。不一会儿,这位勇敢的乳娘来到福临跟前,和蔼可亲地向福临进劝。福临这时正在气头上,谁也不认了,见乳娘进宫像哄孩子似的喋喋不休,这更增添了福临的怒气,他挥舞着手中的宝剑,让乳娘赶快走开,并恐吓说,再不走开,就把她也劈成碎块,吓得乳娘李氏颠着半大不大的小脚急忙跑开了。

很快北京各城门旁根据皇帝的谕旨,都贴出了朝廷的布告,晓谕人民,不要怕海上贼寇,皇上要亲自出征了,胜利一定属于朝廷。福临原以为这会安定或激励民心的,谁知反倒引起了更大的不安和恐慌。老百姓知道,繁重的征敛和签派是不可避免了,闹不好男人们还要被派往前线冲锋陷阵。各亲王和各显贵,满汉各部臣和许多朝中的官吏,都反对顺治帝的这一决定,个个忧心忡忡,他们知道皇上性格暴烈,万一在前线遭受不测,那么大清国的统治就要动摇,不仅满洲人的特权可能丧失,效忠于清朝做了顺民的汉官们的下场不是要更惨吗?

这时众王贝勒及文武群臣遵照圣皇太后旨意,络绎不绝地列为一长队到皇帝的"玛法"汤若望馆舍,迫切地请求他出面相助。而这时的神父汤若望对福临的影响,已非昔日刚亲政时可比,故良久拒绝不允。无奈诸王大臣苦苦相求,汤若望又考虑到天主教的前途,答应冒着犯上死罪的危险,孤注一掷劝谏皇帝免掉亲征。汤若望与数日前刚到北京的苏纳和白乃心两位神甫密议一番,然后亲自写了一封奏疏,第二天,三个神甫一起郑重地做了弥撒神事,祷告汤若望此行劝谏皇上取消亲征成功。汤若望走出馆舍向两位神甫道别,两位神甫怕暴躁的皇帝一怒之下把汤若望杀害,竟然像送死囚赴刑场一样流下了"永别了"的泪水。

庆幸的是,福临经过一天的折腾以后,觉得浑身很累,他回到乾清宫躺在御床上似睡非睡,待他醒来的时候,头脑清醒了许多。汤若望走到乾清宫门前,一个与他很有交情的太监走上前附耳相告说:"皇上已经有点安静了。"汤若望觉得正是时机,疾步进殿,跪倒在皇上脚下,奉上奏疏,并十分认真地恳求皇上取消亲征。汤若望顾不得皇上的脸色,详细剖析了亲征的影响和危害,最后说:"我也是大清的臣民,不能有所见而不言,也不怕皇上见怪,为了不要使国家到破裂的地步,粉身碎骨也在所不辞。"

不知是福临已经意识到自己言行的莽撞,正思量有所改正,只是"君无戏言"无法退步,还是"玛法"汤若望的这番谏言起了作用,也可能是两者兼而有之。顺治帝福临的态度终于缓和转变了,他请汤若望平身,并说"玛法"的见解是对的,最后皇帝同意而下诏停止亲征。马上各城门又贴出了新的告示,说皇上决策千里,成竹在胸,只需派一支人马就可以把那些海寇铲除干净,何劳御驾亲征。

七月初八日,顺治帝镇静下来以后,便和议政王大臣们紧急商议对策,开始调兵遣将,以解江南之危局。清政府决定派遣内大臣达素为安南将军,固山额真索洪、护军统领赖塔等,统领八旗官兵,征剿郑成功。顺治帝赐敕曰:"海逆郑成功,窃犯瓜州镇江江宁等处。兹命尔达素为安南将军同固山额真索洪、护军统领赖塔等,统帅大军前往征剿。与江南昂邦章京、总督、提督、巡抚等,协心戮力,多设方略,相机剿除。凡事,与众护军统领会议而行……"帝命江西提督杨捷充随征江南左路军总兵官,宁夏总兵刘芳名充随征江南右路军总兵官。杨捷、刘芳名两位将领分别督辖五千兵组成中左右前后五营,前往征战。又命精奇尼哈番董学礼为左都督,充随征浙江总兵官。为了保障粮饷,帝又特派户部尚书车克往江南催集各省钱粮,制造战船,并赐予敕书说:"进剿海寇,制造战船,需用钱粮浩繁,必应用不匮,始可刻期造成。今特遣尔前往江南,凡各省额赋,除兵饷外,酌量堪劻项款,移会各该督抚,作速催取起解,尔察明验收,转发船只督造官员,用济急需。"

郑军在瓜州镇江由于得胜而骄,示威扬名,行动迟缓,直到六月二十八日,郑成功才召集诸将商议攻取南京的作战计划。中提督甘辉建议说:兵贵神速,乘此大胜,狡虏亡魂丧胆,无暇预备,由水攻改为陆路长驱,昼夜兼程,逼取南京。若由水路而进,则此时风向水流不顺,时日犹迟,彼必调集援兵,婴城固守,相对交战,我亦多一番功夫矣。然而诸将却以为,我师远来,不习水土,此时正值天气炎热酷暑季节,且兵多负病,难责兵将日夜兼程之行也,应不由陆进,而改为乘舟水进。此议本已欠妥,加之郑成功又忙于喜听各县归附佳音,并未即时做出进军南京的号令,直到七月初四日才督师进取南京。

七月初七日,郑成功亲驾至南京城外之观音门,召集诸将商议任用水师统领之事。他说:"大军现在进攻南京城,其陆师攻取杀敌,已有成算,惟水师一项,最为重要,必得选一名将担任,控制各处水标房船,使我陆师无后顾之忧。"最后议定由左冲锋黄安担任此职。七月初九日，郑成功传令官兵船只进泊仪凤门下，初十日令兵士由仪凤门登岸，扎营于狮子山一带，一直到十五日，也未曾攻城。

为什么郑成功行动如此迟缓又迟迟不攻城？原因是他因胜而骄和轻信中计。南京守将江南总督郎廷佐，见郑军势大，城内守兵太少，只有六千人，敌军大于其十倍，难以抵挡，遂派人诈降，"佯使人通款，以缓其攻，乞宽限三十日，以率众来降"。郑成功信之，因此，按兵仪凤门外。郑成功忽视了敌情，误信清政府把守南京江南总督郎廷佐假意投降的谎言，在六月到八月，这两个月中，不去攻打南京城，兵士们游弋江上，无所事事，将官们饮酒作乐，还在那里庆祝延平王郑成功的生日，这样一来军势松弛，给清政府以调兵增援南京的有利机会。正如杨英《先王实录》中所载：郑成功"狃屡胜，谒明太祖陵，会将吏置酒。大帅、将领如此，士卒当然仿效，营伍不整，樵苏四出，军士浮后湖而嬉"。

这时西南方面，永历帝已败退到缅甸被吴三桂执回杀死，晋王李定国也已病死。清朝南下的军队，撤退回来，防守长江。江南总督郎廷佐与驻防昂邦章京喀喀木趁郑成功中计松懈之时，急檄援兵，适逢远征云贵胜利归来的梅勒章京噶褚哈、马尔赛等统满洲八旗兵自荆州乘船回南京，闻报立即星夜疾抵南京，七月十五日，苏松水师总兵官梁化凤，亲领四千官兵至南京，抚臣蒋国柱调发苏松提督标下的游击徐登弟领步兵三百名、金山营参将张国俊领马步兵一千、水师右营守备王大成领马步兵一千五百名，又从驻防杭州协领牙他里所率五百八旗兵奉调赶到南京，顿使南京城中守军增加了一倍多。

七月十六日，清军小股部队由仪凤门冲出，攻打郑军前锋阵营，小战后退回，实系侦察虚实，兼有诱敌之意。十七日，各提督统领进见郡王郑成功，急请攻城，中提督甘辉呈请说："大军久顿城下，军老无功，恐援虏日至，多费一番功夫，请速攻拔，别图进取。"郑成功拒绝其请说："自古攻城掠邑，杀伤必多。所以未即攻之，欲待援虏齐集，必扑一战，邀而杀之,管效忠必知我手段,不降亦走矣。况属邑节次归附,孤城绝援,不降何待?且铳炮未便,又松江马提督合约未至,以故缓攻,诸将暂磨砺以待,各备攻具,候一二日令到即行。"众将听了延平王郑成功此番话后,只好返回各营。可是,竟久无下文,错过了最佳战机。十八日,郑成功令左提督翁天祐将其部士卒于当天晚上移驻前锋阵营地,帮助防守,并令余新协助。余新轻敌贪功,欲建全功,不让他将帮守,定要独攻,立下军令状说:"仪凤门只有一大街路,左边城下系大河深沟,无地可容兵马来侵,右边是长流大江,上流则有左冲水师截守,惟两旁街厝已抵玲珑,可伏兵马,其路头塞断,设三重大炮,堵住营内,严密如铁桶,虽飞鸟难过,狡虏何能,敢来侵犯。况前日已被杀败退入城内,略知手段,必不敢再来。如有疏虞,愿依军令。"郑成功竟信其言,撤回左提督之兵,致为清军所乘。郑成功在仪凤门外,以山为营,连亘数里,江上分布水兵船只,候令而行,无令不许轻战。

清军安南将军济度这时和崇明总兵梁化凤率领援军也分别进入南京城。总兵梁化凤首先突袭郑军前锋余新营地,余新兵败被擒。清军得胜后,乃尽出城中兵,列营城外。郑成功及多数将领都因瓜州镇江大胜而轻敌,认为清军不堪一击,不料这次主帅济度、大将郎廷佐、总兵梁化凤、喀喀木、噶储哈、马尔赛等,却御敌有方指挥得当,乘郑军布阵未妥之际,三军将士亦转怯为勇,拼死进攻,火器也超过郑军。此时郑军布阵未妥,只能被动应战,加之指挥失当,全军溃败。虽然大将甘辉、万礼、林胜、陈魁、张英、蓝衍英勇迎战,力竭抵抗,却阻挡不住清军的攻击,致使全部阵亡。将士死伤不计其数,郑成功只好自责说:"是我欺敌之过,轻信余新之故也。"由于长江一带郑军没有设立防守,郑军纷纷往后溃退,郑成功看到这种情况,忍痛率部撤退,弃瓜州镇江,沿着长江仓促率师由崇明退回厦门和金门,太平、宁国等府州县又全部归附清朝管辖。

八月初一日,清军获得南京剿灭郑成功大胜,顺治帝万分高兴,降旨批示说:"据奏满汉官兵奋勇,水陆并进,擒剿逆寇甚多,克奏大捷,深可嘉悦,著该部从优议叙具奏。"八月初五日,命固山额真刘之源为镇海大将军,同梅勒章京张元勋、周继新领协领、参领各八员,防御八十员,佐领、骁骑校各四十员及八旗汉军骁骑四千名、炮骁骑四十名,前往南京、镇江驻防。以苏松总兵梁化凤立下大功,擢苏松提督,加太子太保,左都督,初授轻车都尉世职,后晋三等男,赐金甲、貂裘。

顺治十七年(1660年)五月,安南将军达素、福建总督李率泰率军分别出漳州、同安,合攻厦门,双方鏖战多时,郑军之将领闽安侯周瑞、陈小策等阵亡。郑成功见形势不妙,于顺治十八年(1661年)四月,统军乘船渡海猛攻台湾,大败荷兰兵,夺取台湾岛大部分地区。至十二月,荷兰守军投降后返回本国,全岛悉为郑成功占领。直到顺治十七年(1660年)底,全国绝大部分州县皆隶属于清朝辖束之下,全国除台湾岛外实现了统一。

第十四章　顺治帝立后废后宫中秘事

第一节　尊国策为皇儿大婚封后

封建时代的帝王能号令天下，运筹大业，却往往对自己的婚姻之事无能为力，至少在选择册封皇后的问题上是如此。清顺治帝福临的情况更为典型，因为他第一位皇后的择配，便是其母昭圣皇太后遵循"满蒙联姻"的国策，亲手为其挑选的。并通过摄政王多尔衮亲派其兄英亲王阿济格前往定亲，最后由皇太后强迫福临饮下的一杯苦酒。

顺治五年（1648年），顺治帝福临已经十一岁，由幼主成为少年皇帝，圣母皇太后开始为皇儿考虑选择皇后问题。从国家考虑，清朝从太祖努尔哈赤始，就定下了满蒙联姻的国策，之后，先后娶了蒙古科尔沁明安和孔果尔贝勒等四位女儿为妻。清太宗皇太极的皇后和四位皇妃都是蒙古科尔沁部落博尔济吉特氏女人。其他诸王、贝勒、贝子也大都娶蒙古科尔沁女人为妻。由于蒙古科尔沁部归附后金最早，博尔济吉特氏与爱新觉罗氏世为懿亲。正因为满蒙联姻结成的政治军事同盟，才使大清王朝开始勃兴、发展、强大和取得全国政权。这种懿亲关系，是大清开国时就确定的一项重要国策。从个人考虑，她要把自己娘家这位大漠公主，美丽聪慧、门第高贵的亲侄女，娘家兄长乌克善的女儿选作皇后。

这年十二月，皇父摄政王多尔衮已完成了进取帝位的一切准备，甚至在睿王府内"服皇帝之服装,自称'皇父与国父',并且以自己的名义下诏谕",提前染上了皇帝瘾。这时多尔衮对渐及成年的顺治皇帝福临已如芒刺在背,觉得"皇帝虽幼弱,然而他所透出的知略,已超越人们在他这个年龄里所能期待的程度了"。于是,多尔衮不得不采取一切措施加快自己称帝的步伐。他内心的如意算盘是,福临的皇帝名号暂不废,但需在别处另建一城府,"把皇帝当作一个俘囚迁移其中",而由自己占据紫禁城总理朝政。到那时,顺治皇帝形同虚设,废除名号不过是一纸诏书之事。他为了建造这座新城,下令开始搜掘库财,添征新税,调集大量工匠与劳役者,力争早日建成竣工。而"冲龄的皇帝福临智力过人,已经开始为自己的生命忧惧操心起来"。摄政王多尔衮为了稳住顺治帝福临的心,借皇太后要为皇儿选择皇后之意,主动出面要为少年天子择婚效力。得到皇太后的应允和委托后,多尔衮便派其兄英亲王阿济格率队前往蒙古科尔沁部卓礼克图亲王乌克善府上,进行聘亲大婚之礼。

然而,英王阿济格并未能顺利完成聘亲大婚之礼的重任。他率队西出北京,在路经山西大同之时,发现此地是以出美女著称之城,便住了下来。随行的部众见了美女即大肆劫掠,甚至连正在迎娶过门的新娘子也不放过,遂引起大同故明降将姜瓖的不满。他对阿济格率清军在大同城肆无忌惮地强抢良家民女怀有敌意,于是举兵复反清朝。多尔衮闻讯十分恼怒,只好统兵亲征,直至翌年八月间才平定这一战事。为了弥补过失,后又亲率队伍到蒙古科尔沁部,把聘亲大礼送到科尔沁部卓礼克图亲王乌克善府上。因此,这次选立的皇后,也可以说是多尔衮以皇太后之名,行自己称帝计划之实的准备工作。

这时,传教士汤若望已对顺治帝和皇太后颇为注意,认为很可能在他们母子身上实现传教的诸种计划。于是,汤若望便利用职掌钦天监大权的有利条件,暗中支持和保护皇太后和皇帝免遭大难。依照清制,钦天监不仅观测天文气象,而且宫内重大建筑也须由钦天监选择吉日开工。汤若望便上奏疏,大量列举了当年天象不合与各地灾异之变的情形,建议摄政王多尔衮立即停止新城建筑的营造工程。多尔衮既恼怒又无奈,因他深怕遭天谴,最后只得下令停工。汤若望与皇太后一唱一和,成功地阻止了多尔衮的称帝企图。皇太后对汤若望以"义父"相称,恐怕与此事是有直接关系的。

在多尔衮摄政时期,皇后虽然为皇儿选定了皇后,但均因皇帝和皇后年龄尚幼未颁行,直到顺治七年(1650年)十二月,多尔衮死后才提上日程。顺治帝本想借铲除多尔衮势力之机,改换皇后的人选。可选立的皇后偏偏是圣母皇太后的亲侄女,又是自己亲舅舅的女儿博尔济吉特氏苏亚。这样一来,顺治帝福临虽对这位皇后在选聘中有多尔衮的阴影而不十分满意,却又投鼠忌器,碍着圣母皇太后的面子不敢撤废。俗话说,"姑舅亲,辈辈亲,打断骨头连着筋"。顺治帝福临本人又是满蒙联姻的混血儿,理应与皇后和睦融洽,但是随着帝位的圣尊,母亲包办一切,很难事事都随心。于是,顺治帝对当初圣母皇太后为其选择的皇后,因有多尔衮和英亲王阿济格不光彩的事,心中大为不满。

顺治八年(1651年)正月十二日,还差十八天才十三周岁的少年天子福临,按当时习惯算法已是十四岁了。这一天的上午,在圣母皇太后的亲自主持下,御太和殿,举行亲政大典,接受王公大臣叩拜。五天之后的正月十七日,他的亲舅舅蒙古科尔沁部卓礼克图亲王乌克善,便遵皇太后懿旨,送女儿博尔济吉特氏苏亚至京。接着理事三王(亲王满达海、郡王博洛、尼堪)以及众内大臣,秉承皇太后旨意,奏请皇上,在两个月内即为皇上举行亲政大婚册封皇后吉礼。

这位大漠公主,美丽聪慧,门第高贵,又是当今皇上之亲生母亲皇太后的亲侄女,福临的亲表妹。照说有这样亲上加亲,门第高贵、美丽聪慧的蒙古公主做皇后,应是皇上的福,理应立即允三王及众内大臣之奏疏。不料福临却表示拒绝,而且还下了一道冷冰冰的谕旨:"大婚吉礼,此时未可遽议,所奏不准行。"诸王贝勒和内大臣对少年天子这一谕旨都很不理解,认为理由太勉强,没有说服力。五天前刚刚举行亲政大典,大赦天下,蠲减钱粮,加恩文武大臣,可以说是皇上与皇太后万分欢欣,普天同庆,在此时刻,举行定鼎中原以来第一位大清皇帝的大婚吉礼,岂不是大吉大利,喜上加喜,为什么不能"遽议"?显然是顺治帝福临对此婚事很不满意。

大婚吉礼无限期地拖延,使送亲的舅舅及表妹陷入尴尬境地。皇太后得知,大发雷霆,将小皇帝狠狠教训一通。此后皇太后和郑亲王济尔哈朗及对政局有很大影响的诸王、贝勒等联合起来,共同对小皇帝软硬兼施,百般进行疏导、劝谏。昭圣皇太后说:"皇儿要记住,你现在是皇上,是大清国之帝王,历来帝王的婚姻都是政治婚姻,都与朝政相关,皇上的婚姻既是家事也是朝政,不能凭你一个人的好恶去选择,满蒙联姻是我大清朝的国策。"皇太后从大清王朝的基业、国策,从帝王后宫对稳定前朝后宫两方面重要性对福临施加压力。

皇太后说:"就公而言,选择这桩婚姻,虽是当年由摄政王出面办的,但主张是额娘定的。主要是为了笼络住科尔沁部蒙古王公,继续支持大清国政权,这对巩固大清国的统治,对捍卫爱新觉罗王朝,具有十分重要的意义,这是大清国的国策。是从清太祖时起,就存在的建州与科尔沁满蒙两大氏族制定的联姻结盟的基本国策。漠南蒙古科尔沁、扎鲁特、喀尔喀等诸部中,科尔沁部是最早与建州联系和联盟誓的。太祖时就娶科尔沁部明安贝勒之女及孔果尔贝勒之女为妃,你皇父的五位后妃和你皇叔阿济格、多尔衮都分别娶科尔沁贝勒孔果尔、桑噶尔齐之女为妻。同时太祖又以皇女嫁与科尔沁部奥巴贝勒,并在天命四年(1619年)就与喀尔喀五部杜棱等二十七位贝勒台吉会盟,立誓共与明朝为敌。之后,太祖又以两位格格和一位族女嫁与喀尔喀五部恩格德尔、古尔布什、莽果尔,而且他们三位台吉之女都嫁给礼亲王代善为妻,满蒙联姻结盟是我大清的立国之策。"

皇太后说到这儿,喝了口奶茶,接着又深有感慨地继续说:"你皇阿玛后来进一步发展了这一基本国策。将公主莽古济嫁与蒙古敖汉部台吉琐诺木,并以皇长女固伦公主下嫁敖汉部琐诺木侄班第郡王,皇次女固伦永宁公主下嫁与察哈尔林丹汗之子额哲亲王,皇三女固伦延庆公主下嫁科尔沁部奇达特亲王(皇太后侄),皇四女固伦兴平公主下嫁科尔沁部弼尔塔哈尔亲王(皇太后侄),皇女和硕公主下嫁科尔沁部曼珠习礼台吉,皇五女固伦淑慧公主下嫁巴林色布腾郡王,皇八女固伦昌乐公主下嫁科尔沁部巴雅斯护朗亲王,皇九女下嫁哈尚。这不简单是一桩婚姻的事,这是大清太祖太宗两朝三十多年建立的巩固满蒙联盟的基本国策,对大清国的兴起、发展和取得全国政权起到了重大作用,在漠南蒙古各部中,尤其是科尔沁部诸王贝勒,多次派兵随从太宗皇太极攻伐明朝,跟随摄政王多尔衮入关攻打大顺农民军及南明政权,为大清国之扩展和清帝入主中原取得全国政权立下了不朽功勋。此时科尔沁部之土谢图亲王巴达礼、卓礼克图亲王乌克善、达尔汗亲王曼珠习礼、扎萨克图郡王拜斯噶勒,既系太祖太宗和本朝三朝的外戚,又是屡次领兵从征,'效力戎行,莫不懋著勤劳',功冠其他部王公贝勒的重臣,故'荷国恩独厚',四王俸禄及赏赐皆较他王独优。其他各部蒙古王公亦惟此四王马首是瞻。你作为皇帝,不能任着自己的性子,做出不利朝纲的事。"

皇太后见皇儿福临低头不语,更加严肃地说:"你还年轻,亲政后,国家处于多尔衮留下了内忧外患甚急之局面,虽然招降了一些汉官汉将,但毕竟对他们不是很了解,还不易委以重任,要维护和巩固大清政权,自然更要靠满洲八旗和蒙古科尔沁部四位亲王,寄予重望,这样数万蒙古劲骑才能忠于你,忠于大清国,为巩固皇儿统治天下而全力以赴拼死相战,成为大清朝的坚强后盾,况且三王也不愿意因为退婚而开罪于科尔沁部王公,自毁长城。"

从皇太后而言,还有婆媳关系问题。所选皇后又是皇太后的侄女,立她为后,既是对娘家的又一特大恩宠,为父兄弟侄的荣华富贵,为本家族高居于其他蒙古诸部王公贝勒之特殊地位,又提供了新的有力保障,也为妥善处理太后与皇后之间的婆媳关系,甚至太后与少帝的母子关系,创造了极为有利的条件。姑姑与亲侄女的婆媳关系,总比外来的皇后媳妇要好处理得多,媳妇若与婆婆不和,势必要影响太后与皇帝之间的母子关系。聪明绝顶的皇太后,自然会极力主张册立侄女苏亚为皇后。总而言之,这桩大婚和册立封后之吉礼,不管福临是否愿意,从满蒙联姻国策大局考虑,必须尽快举行。

顺治帝福临尽管对此婚事因有多尔衮的因素极为不满,极端厌恶,但最后听了圣母皇太后的训谕,在母后和诸王的压力下,被迫同意了这桩姻亲。就在福临下谕不允议办大婚的四个月之后,又撤销了前议,态度来了个一百八十度大转变。于六月十八日,又下谕礼部制定大婚礼物详细清单:

"行纳采礼:马十匹,玲珑鞍十副,甲胄十副,缎百匹,布二百匹,金茶筒一,银盆一。

"行大徵礼:金二百两银万两,金茶筒一,金盆一,银桶一,银茶筒一,银盆一,缎千匹,布二千匹,马二十匹,玲珑鞍二十副,驮甲二十副,常等甲三十副。

"送皇后至时,赐后父母金百两,银五千两,缎五百匹,布千匹,金茶筒一,银筒一,银盆一,上等镀金玲珑鞍二副,常等玲珑鞍二副,漆鞍二副,马六匹,夏朝衣各一袭,夏衣各一袭,冬朝衣各一袭,冬衣各一袭,貂裘各一领,上等玲珑带一,刀一,撒袋一副,弓矢全,甲胄一副。

"若后兄弟送至,赐漆鞍马各一,时衣一袭。从人受赏者,男妇限六十名,二十名蟒衣,二十名补缎衣,二十名缎衣,不分时候,概用夹衣。"

八月初二日,科尔沁国卓礼克图亲王及王妃,第二次送亲来到北京。亲王以下,尚书以上,及郡王、郡王妃等,俱出朝阳门迎之。即宴于门外。

八月十日大婚礼品详细清单之谕下达后，便举行纳彩礼仪式。在太和殿里，礼部官员在殿的正中设一节案，内阁官员把节陈于案上，将礼品清单和部分礼品全部放在龙亭之内，由銮仪卫校尉抬到太和殿丹墀之上，分左右停放，正副使分别在丹墀左右两侧等候，授节大学士身穿朝服站在太和殿的东檐下，赞礼官身穿朝服在太和殿东西檐下侍奉。

皇帝御太和殿，赞礼官喊道："齐班！"吉时到。恭导皇帝礼服出宫，先去宁寿宫向皇太后行礼，再到太和殿阅视册、宝，然后升宝座。正副使朝皇上行三跪九叩首礼，站立丹墀上，赞礼官再喊，"有制！"正副官就地跪下。这时宣制官宣制："皇帝钦奉皇太后懿旨，纳科尔沁博尔济吉特氏乌克善卓礼克图亲王之女为后，命卿等持节行礼纳彩。"读毕，大学士到案前取节，授给正使。正使受节后，带领副使走下丹墀，随后，内务府官员率领校尉抬龙亭下中阶，文马随行，御杖前，从太和中门出，直到皇后府邸卓礼克图亲王乌克善在京的亲王府。

同一天，皇后之父乌克善亲王府邸悬挂彩绸，地铺红毡，处处点缀一新。府里正厅设一节册案和宝案。节案前设香案，香案前设皇后的拜位，拜位两侧各站两位侍仪女官，宣读女官站在册案南边。迎驾正副使到来时，卓礼克图亲王乌克善穿朝服于府门外跪迎，然后随正副使入内，将节陈于正厅节案上。正副使授礼时，乌克善跪在大厅接礼，然后率子弟朝皇宫的方向行三跪九叩首礼，高呼："谢主隆恩！谢主隆恩！"正副使回宫复命。乌克善急趋至府门外，跪送。

八月十二日，皇太后派官员告祭天地和太庙后殿。皇太后的仪驾陈设在宁寿宫外。凤舆、龙亭停放在太和殿的中阶之下，凤舆内陈放着"御笔用宝龙字金如意"一柄。节、册和宝分别放在太和殿内的各案上。

八月十三日，是顺治帝福临和博尔济吉特氏苏亚大婚典礼的日子。北京紫禁城内各处御路都铺上红毡，门神对联更换一新，午门以内的各宫门、殿门大红灯笼高悬。太和殿、乾清宫和坤宁宫悬挂双喜字彩绸。京城上下，人人穿红戴绿，家家张灯结彩，万民同庆。

是日天刚亮,设皇后仪仗于卓礼克图亲王府邸,设黄案一于院中,一于东侧,以受册宝的小匣放在院中黄案上。皇上卤簿,全设太和殿前,设黄案一于殿中脂,置册宝彩亭二于太和门外阶下。内院、礼部官俱朝服,依次捧册宝,由中道入置殿中黄案上。顺治帝身着朝服,出御太和殿,视册宝毕,内院官捧册宝,授册封使臣……册封使臣即至皇后府邸,卓礼克图亲王朝服出迎,……皇后跪受,授侍立女官,女官跪受,放在院中黄案上的小匣内。皇后向着皇宫的方向行六拜三跪三叩头礼。礼毕,升辇,女官手捧装册宝的宝匣,仍置彩亭内。仪仗鼓乐前导,至协和门。仪仗停止,二女官捧册宝前行,皇后辇由中道入,至太和殿阶下。皇后降辇,由中道入宫。和硕亲王以下,有顶戴官员以上,都身穿朝服集朝会所。固伦公主、和硕福晋以下,一品命妇以上,都聚在宫内。

上午十时,吉时到,礼部尚书奏请皇上御中和殿。顺治帝出御殿,多罗郡王以上于太和殿阶上立,多罗贝勒阶下立,固山贝子以下、有顶戴官员以上,俱于太和殿丹墀内排立。皇上率诸王入宫,于皇太后前,行三跪九叩头礼。礼毕,复御中和殿,诸王出立殿外阶上。皇后率诸王妃朝见皇太后,行六拜三跪九叩头礼。礼毕,还宫。诸王妃入侍皇太后。皇上出御太和殿,赐诸王及察哈尔额驸阿布鼐亲王、土谢图亲王、卓礼克图亲王等并贝勒、文武群臣宴,宴毕回宫。皇太后乘辇还宫,顺治帝送至太和门内乃还。皇后凤舆入太和门,来到太和殿阶下,皇后降舆,换乘八人抬孔雀顶凤舆入坤宁宫。

坤宁宫原是明朝皇后的中宫,是之前多尔衮根据皇太后的意思,将它按盛京皇宫清宁宫样式改建修缮而成。宫室分东西两部分,西部为祭祀的神堂,东部暖阁为皇帝大婚的洞房。暖阁内分南北两室,靠北墙的宫室是龙凤喜床,床上悬挂着五彩纳纱百子帐,床上铺着特制的大红缎绣龙凤双喜字炕褥,上面摆放着图案优美绣工精细的明黄和朱红彩绣百子被。百子个个生动,神态自然逼真,象征着皇帝子孙万代兴盛。南室的炕上铺着蒙古最好的西乌珠沁羊毛精心织成的大红割绒炕毡,上面绣着龙凤百子和双喜字。这是帝后行合卺礼和进合卺宴的地方。

亲王的福晋四人,盛装,乘礼轿进入坤宁宫,在洞房等候恭侍皇后。宫殿监督领侍奏请皇帝吉服入坤宁宫。皇后梳双凤髻,戴双喜如意,御双凤同和袍。皇上皇后坐到龙凤喜床上,侍女捧来子孙饽饽,由福晋四人率内务府女官请皇帝皇后开始就合卺宴。皇上和皇后起身至南室,皇上居炕上左侧,皇后居右,二人相对坐,福晋四人侍候合卺宴。

侍奉的福晋把宴席上摆着的赤金镶玉筷子、红底金喜字瓷碟分放在皇帝和皇后面前,把红绸金双喜字怀挡轻轻铺在顺治帝和皇后盘起的双腿上。帝后进宴开始,结发的侍卫夫妇在宫外念"交税歌"。宴后,合卺礼成。

宴罢,顺治帝福临率皇后到寿皇殿拜见列祖列宗和各位圣后的圣容。回宫后,又到宁寿宫向皇太后跪递金如意。之后皇帝还养心殿,升明殿宝座,皇后到皇帝前跪递金如意,皇帝也回送金如意。皇后还宫,各嫔妃、公主、福晋、命妇上前行六拜三跪九叩首礼。

有关顺治帝福临大婚之事,《清世祖实录》作了详细记载:"册立科尔沁国卓礼克图亲王乌克善之女为皇后。是日质明,设皇后仪仗于卓礼克图亲王邸,设黄案,一于院中,一于东侧,以受册宝,置中黄案。皇上卤簿,全设太和殿前,设黄案一于殿中,置册宝彩亭二于太和殿外阶下。内院、礼部官俱朝服,以次捧册宝,由中道入,置殿中黄案上。皇上朝服,御太和殿,视册宝毕,内院官捧册宝,授册封使臣。……册封使臣即至皇后邸,卓礼克图亲王等朝服出迎,……皇后跪受,……皇后降辇,由中道入宫……和硕亲王以下,有顶戴官员以上下,悉朝服集朝会所。固伦公主、和硕福晋以下,一品命妇以上,悉集宫内。……皇上率诸王入宫,于皇太后前,行三跪九叩头礼毕,上复御中和殿,诸王出立于殿外阶上。皇后率诸王妃朝见皇太后,行六拜三跪九叩头礼毕,还宫。诸王妃入侍皇太后。皇上御太和殿,赐诸王及察哈尔额驸阿布鼐亲王、土谢图亲王、卓礼克图亲王等并贝勒、文武群臣宴。宴毕,皇上回宫。皇太后乘辇还宫。"

皇后册文全文如下："朕惟乘乾御极,首奠坤维,弘业凝厘,必资内辅,义取作嫔于京室,礼宜正位于中宫。咨尔博尔济吉特氏,乃科尔沁国卓礼克图亲王乌克善之女也,毓秀懿门,钟灵王室,言容纯备,行符图史之规,雍度幽闲,动合安贞之德。兹仰承皇太后懿命,册尔为皇后,其益崇壸范,肃正母仪,奉色养于慈闱,懋本支于奕世也。钦哉!"皇后之宝文为"皇后之宝"。

八月十四日,福临谕礼部,以册立皇后,感谢母后。加圣母徽号为"昭圣慈寿恭简皇太后"。十五日,又以册立皇后诏告天下,诏中说道:"迩者昭圣慈寿皇太后,特简内德,用式宫闱,仰遵睿慈,谨诏告天地、太庙,于顺治八年八月十三日册立科尔沁国卓礼克图亲王乌克善之女为皇后。"过了六天,八月二十一日,又以恭上圣母尊号礼成而特颁恩诏,大赦天下,普施皇恩,共有恩款三十一条,对王公大臣、内外官员、八旗士卒、罪犯、秀才、黎民,皆有恩惠,如:亲王以下至宗室三等辅国将军、外藩诸王、内外公主以下格格以上,各升一级;八旗满洲蒙古汉军公爵以下,拖沙喇哈番以上,各升一级;见在议革、议降、议罚及戴罪住俸各官,俱免议;顺治五年(1648年)以前民间拖欠钱粮,悉与豁免;各省先加城工钱粮[即多尔衮于顺治七年(1650年)谕加九省赋银二百五十万两以修避暑城],准抵八年的正额,等等。这是几年以来的一次大赦特恩。

如此隆重的大婚吉礼和由此而尊圣母徽号大赦天下,与半年前冷若冰霜的谕旨,简直是天渊之别。顺治帝从大局出发,一切过场都十分周到,将大礼吉礼顺利完成,总算给了母后好大情面。我们从中可知,这次婚礼的举行,清楚地表明,此时十四岁的顺治帝福临虽然已经亲政,但仍未完全掌握军国大权,仍然必须在相当大程度上还要听从圣母皇太后旨意。

第二节 母子二人与教父汤若望

汤若望(1592—1666),是德国莱茵州科隆城古老贵族的后裔,原名叫约翰亚当·沙尔·冯·白尔,天主教耶稣会传教士,通晓天文历算,译撰了大量西欧天文学论著。明万历四十六年(后金天命三年,1618年),他受耶稣会派遣来华传教,次年到达澳门,明天启二年(后金天命八年,1623年)至北京。

汤若望到北京后,正逢明朝历局官员所推测的数据与天体运行规律不合,日食测验屡次失败,急需认真厘正历法,故聘请了一些传教士到历局任事,汤若望即在其中。明崇祯七年(后金天聪八年,1634年),历局在徐光启、李天经的主持下,耶稣会士汤若望、罗雅谷、龙华民参与翻译、修撰工作,编成了《崇祯历书》,共46种137卷,被称为天文和数学方面的百科全书。明崇祯十六年(清崇德八年,1643年),崇祯帝下令改《崇祯历法》为《大统历书》,准备通行全国,然而,未及推出,明朝灭亡。汤若望来中国多年,他的传教工作很出色,发展了不少教徒,像明朝重臣孙元化和他的夫人、女儿,都成为忠实的教徒。他自己和孙元化交往,也学到不少关于中国的知识和中国的治国道理。孙元化对于晚明的腐败和大清的建立有许多深刻的认识。这些言论帮助汤若望更清楚明白地认识当时的局势。

顺治二年(1645年),他对《崇祯历书》稍作删改,编写成《西洋新法历书》,进呈给摄政王多尔衮,多尔衮很赏识汤若望之历法,下令于当年颁行天下,命其掌钦天监印,并谕所属该监官员,今后一切进历、占候、选择等事,悉听掌印官举行,随后又以其创立新法,"勤劳懋著",加其以太常寺少卿衔。顺治三年(1646年)正月,汤若望奏报天象之事的揭帖,推算了顺治三年整个春季的天象,并画有太阳月球和木、金、土、水、火五大行星运行方位图。

顺治五年(1648年),汤若望看到多尔衮以摄政王身份独揽皇权,百般欺侮幼帝母子,另建宫殿,篡夺皇位的企图,便巧妙地直言上奏疏,列举了大量是年天象不合与各地灾异之变的情形,建议多尔衮立即停止新城(即通州新城)建设。多尔衮既恼怒又无奈,最后只得下令停工。这时皇太后已经发现多尔衮的野心。汤若望与皇太后配合默契,成功地阻止了多尔衮想另建新城企图称帝的野心。皇太后从此以后和汤若望就有了极好的交情。并且同汤若望有了很多交往,还认这位高大金发的日耳曼老人为"义父"。

顺治八年(1651年)三月,皇太后的侄女、顺治帝福临未来的皇后突然生病,请太医医治没有见效,又请喇嘛跳神还是没有作用。皇太后有些着急,怎么办?她一定要把中宫宫主皇后的位置留给自己人,留给她科尔沁博尔济吉特氏家族,满蒙一家的国策大格局不能改变。

苏麻喇姑见皇太后愁眉不展,便小声说:"太后,要不去找汤若望神父,让他试试?听说亲王找他看病的越来越多了。"

皇太后知道,汤若望的年历计算比大清国的历法官准确。她看看台上汤若望送给她的报时钟,沉思了一阵,轻轻叹口气说:"也只有这样,病急乱投医吧。你去试试。可是一定要秘密去,不能透露你的身份。"苏麻喇姑说:"奴婢知道了。"

苏麻喇姑带着皇后苏亚和一个宫女三人悄悄出宫,来到始建于明万历三十三年的南堂(即宣武门天主教堂,汤若望居住于此)。教堂外突然响起急促的叩门声,几名皇宫侍卫护送来三位宫女。一位宫女面带惊恐之色,声称她们是汤若望认识的一位亲王的眷属,他的府邸中的格格身患重病,郡主的母亲不相信医生,愿听听神父的意见,请神父给亲王格格诊病。汤若望并不精于医道,但根据来者对郡主病症的介绍,小心地量了皇后的体温,观察了她的气色和脉象,又请苏麻喇姑叙说了她的病情和治疗办法。汤若望断定皇后之病并不严重,只是偶感风寒,无关性命。便开了一些西药,遂将一面小小十字架圣牌交给她说:"她不过是感冒了,如病者只要把这圣物挂在胸前,按时吃我送的西药,她在四天之内便可病体痊愈。"苏亚回去以后按时服了药，三天之后病很快就痊愈了。

苏麻喇姑第二次去见汤若望，带去了银两和酬谢礼品，拿出了一大笔钱财和很多金银绣花的丝织物。汤若望神父拒不收礼。又过了数日，苏麻喇姑再次来到汤宅，献给他一宗更大的款项，作为购买蜜蜡和其他作神事物品之用。汤若望说："教堂看病是奉天主之命救人，收钱就违背了天主的意旨。"苏麻喇姑只好向汤若望讲了真话。她说，我家的女主人就是皇帝的母亲，也是你认识的皇太后，那位格格是皇帝未来的皇后，将在八月举行大婚典礼。她又说："皇太后将来要以义父之礼敬你的，她愿你以女儿看待她。皇太后的礼物你也敢不收吗？"

汤若望急忙称罪，请苏麻喇姑里屋书房坐下，亲自倒茶送上点心。苏麻喇姑好奇地望着这外国神父的书房。书橱里有许多线装的中国书籍，更多的是外文书籍。书桌上放满各种玻璃器皿，还有一个用来称重量的天平和一件装饰精美的金色洋娃娃自鸣钟，洋娃娃金色的头发卷曲，眼睛大而圆，漂亮极了。苏麻喇姑禁不住把它挪到自己面前仔细地看。汤若望神父见苏麻喇姑喜欢这自鸣钟，微笑着说："你若喜欢，我把它送你吧。"苏麻喇姑想："皇太后一定更喜欢这个钟。那个金色洋娃娃一定让她爱不释手。"苏麻喇姑道了谢，收下了这礼物。

汤若望问了问格格苏亚的病情，然后小心翼翼地把话引向皇太后。他喜欢知道皇太后的喜好和对外国传教士及基督教在中国传播的看法。苏麻喇姑说："皇太后只相信喇嘛教，喇嘛教能够医病。"汤若望和蔼地微笑着说："喇嘛教能够医病，我相信。但是喇嘛教医病的方法还不够先进，西方国家的医疗技术要比喇嘛教先进得多，希望皇太后能够允许我和其他传教士为大清朝臣民医病。"苏麻喇姑开朗地笑着说："我一定把你的好意转达给皇太后，我想她会答应的。皇太后是个很开明的人。皇上把你和他交往的事情给她讲过，她常常对我夸奖你，希望能听到你对大清国政事的看法。"汤若望急忙表示感谢，又小心翼翼地建议说:"皇太后作为一国之母,只相信喇嘛教还不够。大清国人口众多,汉族势力不可不顾,推行喇嘛教在朝廷中任用太多僧徒,恐怕于汉官不利。"苏麻喇姑频频点头。

苏麻喇姑回到宁寿宫,她把汤若望的意思婉转地禀报给了皇太后,皇太后一直点头表示赞许,并且把玩着汤若望进献的自鸣钟,她沉思起来。这洋人倒是挺关心大清国皇家的利益,不妨在有些事情上可以听听他的意见,旁观者清嘛。现在自己在宫里可以和谁商量哪?过去可以和姑姑皇后商量,她已于顺治六年(1649年)四月故去。儿子福临,年纪还太小,却越来越固执任性,亲政以来,似乎开始不大听话了。大事还不能够和他商量,这苏麻喇姑虽然知情知意忠心耿耿,但毕竟只是个下人,铁帽子亲王中有几个可以信赖,但是……她不愿再往下想了。

顺治八年(1651年)八月十三日大婚典礼之后,汤若望亲赴宫廷,庆贺他这义女新近所上的"昭圣慈寿恭简皇太后"尊号,因为他本来是免除一切朝役之劳的,所以他这次的祝贺,就让皇太后很感谢,认为是一种特别礼敬之意的表示了。皇太后特由臂腕上脱下金镯两只,遣一宫女送赐汤若望,作为他祝贺的报答。差来的宫女不容汤若望按照朝仪跪领皇太后的赏赐,因为这是于义父对义女的身份有所不合的。这时,汤的一位仆人进来,向主人说要作庄田买一头耕牛之时,宫女悄悄地听到了。几天以后,苏麻喇姑又来到汤若望住宅,带来两头健壮耕牛,说:"这是皇太后赏赐你给的。"汤若望恭问皇太后的安好。"皇太后颇以为异,为什么她的义父还在他的义女前,把这样一件小的事情隐瞒不提。"汤若望把两面圣牌交苏麻喇姑带回,作为返进敬礼,一面圣牌进呈皇后,一面圣牌进呈皇太后。这两面圣牌是应当于她们外衣下系于颈项上的,以免别人注意。可是皇太后陛下却把这圣牌带在外衣之上。汤若望要在教堂前建立一座大理石牌坊时,皇太后未经汤若望之请求,竟自动地捐助巨款,为的是也要在天主台前建立功绩。同时她使人送来许多蜜蜡,请汤若望为她祷告,因为她十天以来即已患病。可是在她请求汤若望祷告之次日,她竟得以霍然病愈。

昭圣皇太后对汤若望的特殊尊重、信赖及其双方之间的"义父"与"义女"的关系,自然对少年天子福临产生影响,这是促使顺治帝福临对汤若望格外敬佩和倚赖的重要因素。福临虽爱母后,且倚其为治理朝政的最高参谋,但祖制规定,皇帝乾纲独断,即使贵为太后,也不能干涉朝政,且福临又是个性格倔强之君,若他认准了决定了要如何处理某事,那么,哪怕是母后也不能改变他的决定,废黜皇后之事即一明证。

顺治帝福临之所以对汤若望异常的信赖和尊敬,有以下几方面的因素。首先是因为,在他极为困难的时刻,汤若望给予他十分宝贵的忠告和鼓励。顺治八年(1651年)正月,在他亲政召集的头几次王公大臣的会议中,曾说他很感激地提及汤若望神甫,因为汤若望使他注意到他的皇叔的专权跋扈,而且曾预言他的皇叔会早死的。福临之话很短,只是两句话,三十来个字,但很重要,表明了两个重大问题。一是大神甫提醒少帝,摄政王在专权跋扈,二是大神甫预言皇叔将要早死。前一句话向福临敲响了警钟,皇叔既然专权跋扈,也难免会有异心,福临应设法对付,防止突然事变。后一句话则是给予了少帝充分的信心,皇叔虽凶,威严无比,势焰熏天,皇上处境虽危,无力反抗皇叔,随时都有被废除和被谋害的危险,但这只是黎明前的黑暗,光明之日即将到来,因为皇叔父多尔衮只有三十多岁,应该是风华正茂之年,但就要短命夭折,而后来果然在三十九岁时便突然死去。这对鼓励皇上满怀信心坚持下去,耐心等待,静观其变,起了很大作用。这两句话给顺治小皇上帮了大忙,也显示了大神甫的无比智慧和过人胆识,以及他对皇上的无限忠心。须知,在皇父摄政王多尔衮在世时,谁要说了上述两句话,甚至是其中的一句话,都要被处以满门抄斩的大罪!迄今为止,还没有发现有第二人对福临敢在睿王专政时,讲过这样的话。汤若望真是皇上的最大忠臣,也是一位最智慧指点迷津的大神甫。所以少年天子福临才在御前会议上很感激地讲起此事,以表达他对汤若望的非常尊敬和万分信赖。

其次是汤若望非常正直、善良、勇敢,他有一心想为黎民谋利去害的高贵品质,他以其博闻广见和智慧机敏,是福临亲政后,以名君自负、欲图做番事业、求知若渴急需倚任的贤臣和老师,这更加深了双方的情谊。因此,福临对汤若望的尊崇和优遇,在好几年内,超过了任何人。福临尊称汤若望为"玛法"(满语"师尊"或"长老"之意)。魏特在《汤若望传》中记述福临与汤若望之间的特殊的、亲密的关系,以及他对玛法尊敬优遇之情。其中有这样一段叙述:"这位皇帝这样充满了信仰与敬爱,向他的这位'父师',仰视着……在他们那时常会聚的时机里,聪明的、求知若渴的皇帝学子,要求汤若望对于一切可能事件的解答,譬如日食与月食之原理,彗星或流星等问题,再就是物理的问题,关于这一位或那一位官员的问题,或行政的问题,或钦天监下级生员有无进步的问题。汤若望寻常是按照东方习俗,交盘双腿坐于皇帝旁边的一个坐垫上的,因为把腿伸出,是被人们视为失礼不敬的。有时因坐的时间过久,他的双腿竟至麻木失去知觉,然后皇帝就亲助他起立,支持着他。……即便在国家大典朝会时,皇帝坐于宝座上,汤若望亦是不得不走上丹墀,直接坐于宝座之前的坐垫上的。甚至他曾多次被召入皇帝寝殿,当在皇帝晚间已躺在龙床上将要安息时,他命他的玛法坐于他的床的旁边,汤若望便屈身与床上与青年的皇帝谈话。"

顺治帝亲政之初求学若渴,几乎到了饥不择食的地步。汤若望凭借广博的学识和"玛法"的特殊关系,可以随时进出入禁宫,免循常礼,而且经常与皇帝共进饭食,"欢洽犹如家人父子"。他向顺治帝传授了大量自然科学和社会知识,顺治帝被汤若望那些海阔天空的自然和社会知识深深吸引住。福临曾先后亲临南堂竟达二十四次之多,汤若望入宫朝觐见的次数就更难统计了。

对于皇太后和福临给予的特殊优遇和隆恩,汤若望以效忠皇上的实际行动来报答,对皇上的成长和正确地治国理政,起了很大的作用。

他主要是通过交谈和上疏来进行的。汤若望的一大贡献就是竭力教诲、劝诫皇上，戒掉本身弊病，发扬固有的优点，做一位品德高尚、励精图治的英君明主。汤若望认为，顺治帝福临的优点，资质优良，聪明英俊，甚至可以说是夙慧的早熟。他的天性仁厚宽宏，能听受他人的忠告，然而也能受恶势力的影响。其缺点是他嗜好游猎，有时竟能把一切国家大事与义务都忘掉，他内心会忽然想起一种狂妄计划，而以一种青年人的固执心肠坚决实施，有时一件小事就能激起他的暴怒来，竟致使他的举动如同一位发疯发狂的人一般，他很迷信，和一切满洲人一样。由于他是皇帝，是国家权力无限的主子，没有人敢谏阻，他略一暗示，就足够把进谏者的性命毁掉。只有汤若望才有胆量和威望，不避一切地敢向他指出所应走的道路，可见两人之间的感情和互信度有多高。

汤若望一开始努力奋勉的就是改正福临道德方面的毛病。因为福临在大婚之前，曾做了一件无道德的事情，被皇太后发现。汤若望呈递一封谏书，"并且又在四只眼睛之下，向他亲口说了些规正的言词，可是皇帝在敬聆他读谏书时，竟羞怒了起来"。因此汤若望就走开了，可是又立即被召唤回去。"皇帝向汤若望玛法说，愿改过自新，并且将来仍愿聆听受劝。"皇帝大婚后，人们仍听得到他在道德方面的过失。因此玛法又亲自向皇帝读他所上的谏书。皇上一开始颇强言护短，然后却面色惭赤，退入于内室中去。继而他又走了出来，以平静的声音，向汤若望问说："玛法，哪一种罪过是较大的，是吝啬或是淫乐？"汤若望回答说："是淫乐，尤其是地位高的人，因为这是一种恶劣的榜样，所引起的祸害，更要多，更要大。况且这两种罪恶中，淫乐也是更危险的。但是这两种罪恶都是一样堪当永久的天殃的。"皇帝略一思量以后，就点头默认了，并且请求玛法常来向他进谏。

汤若望对皇帝学子另一方面的劝谏，是皇上的一些习性和不恰当的爱好。譬如说：皇上对于臣属，应持慎重缄默态度，不应当把时间消磨于嬉戏俳优的身上。又譬如说：皇上应当节制凶猛的骑驰，对于火器应当慎重小心,尤其是对于欧洲的枪炮,因为皇上对于这种兵器素无训练,所以就极易发生意外,以致受误伤,况且在这些事情上,更能给朝中那些奸恶人创造机会,借此加害于皇帝。有一天,福临问汤若望:"为什么大多数的官吏都这么苟且怠忽他们的职守?"汤若望直言说:"他们都是以陛下的行动为榜样的。"福临一听,面孔顿时发起红来了,然而却深深地领受了他的警策和谏正。

汤若望除多次与皇上单独相见直言谏劝外,还在几年之内呈上了三百多道奏疏和禀帖,对国事民生和皇上的品性言行,提出意见、建议、请求和谏劝。福临对玛法之疏帖十分重视,并专门选择了一批出来,特地收藏于皇帝个人文书库的另一格中,并且在出宫游猎时,多半都携带身边,以便随时阅读。其中,有好几件是关系到朝廷安危、帝君尊严以及大批将领的生命的军国大事。

一是顺治九年(1652年)亲迎达赖。西藏五世达赖应诏来朝,皇上打算亲临边地迎候达赖法驾,汉臣一致谏阻,满洲王公大臣主张亲迎。汤若望也极力谏阻,特上一道很长的谏书,又亲向皇上面奏:"谏皇帝不要自失尊严引招这一种耻辱,因为这是历史上的污点,人们永远不会忘掉的。"大学士洪承畴、陈之遴也上疏力谏,最后顺治帝改变了主意,派和硕承泽亲王硕塞前往迎接。

二是关于定远大将军敬谨亲王尼堪战败被斩案。同年十一月,尼堪统军进攻大西军晋王李定国,遭受埋伏战败。第二年顺治十年(1653年)朝廷议处此案时,议将随同出征的包括四名宗室贝勒、贝子在内的二百名将领处死。战场的实际情况是尼堪仅带小队人马攻敌,脱离了大军,结果陷入敌方重围,尼堪战死阵亡,随军将领对此"并无丝毫之过失",他们得讯后还很快赶到,寻回尼堪尸体,把敌军打退,使敌方重受损失。此时无人敢为这二百名军官向皇上恳恩求命,汤若望毅然上书,请求宽减对诸将的惩罚。因为他从前曾谏皇帝,不要选择这位狂勇冒失的亲王为大元帅,故现在可以将过失完全推到尼堪亲王身上。皇上接受了汤若望的求恩奏折,免去二百名将领的死刑,改为降级革职。

三是谏阻皇上搞一场大规模的不合时宜的游猎。一天福临忽然心血来潮,要在长城之北边组织一场最大规模如同打仗一般的游猎。这个消息一传出来,一般的人们,尤其是贫苦的人民,都发出悲怨之声,因为他们当时都在受着一种物价腾贵的压迫,而现在再加上一层皇差的勒逼,那就更苦不堪言了,必致许多人丧命。汤若望得知此事后,立即觐见皇上,"直接地并不绕弯子地,把他的谏言向皇上说了出来",福临听从玛法的谏言,停止了这场游猎,并向那些清贫的官吏和兵丁,发下一批赏赐。

四是说服了福临因南京险被郑成功攻陷而失去镇静的恐慌心态。顺治十六年(1659年),在南明延平郡王郑成功统领大军围攻江宁,南京城危在旦夕之时,福临一开始失去了镇静的态度,"欲作逃回沈阳盛京之思想",可是在被皇太后斥责之后,"他反而发起狂暴的急怒了。他拔出他的宝剑,并且宣言为他决不变更的意志,要亲自去出征,或胜或战死。"他剑砍御座,宣布凡要谏阻者,一律斩杀。皇太后苦劝无效,派其奶娘前往谏劝,亦被皇上吓跑了,如若不跑,就要遭剑砍杀。各城门已经贴出告示,晓谕人民,皇上要亲自出征,"顿时全城内便引起极大的激动与恐慌",因为老百姓"不得不随同出征"。皇上由于其性格的暴烈,极易在疆场上遇到不幸,"那么满人的统治,就又要危险了"。群臣又怕谏劝无效招致斩杀,不敢谏劝。于是皇太后把全部希望寄托在汤若望身上,让"各王和各显贵,各部臣和许多朝中的官吏,列为一长队到汤若望南堂馆舍中,迫切地请求他授助"。汤若望很久拒绝不允,但最后仍然让步同意了,"因清朝一摇动,教会亦必随之受影响"。于是他就决定:"要为公共的安宁,为耶稣会的荣誉和教会的前途,把他的性命拿来孤注一掷。"然后就进宫冒死谏阻,向皇帝呈上奏疏,"并且还深切地恳求,不要使国家到了破坏地步。他宁愿粉身碎骨,也不愿不忠于他的职守,有所言而不言"。顺治帝福临本已有些安静了,现在听了汤若望的奏谏后,情绪开始转变过来,下令停止亲征。

汤若望的直谏、忠心和教诲,少年天子非常珍视,福临对"玛法"也给予了超出常规和超出一切王公大臣的优遇。一是尊称其为"玛法"。堂堂天下共主、至高无上的皇帝,竟对身为臣属的一位"外夷人"尊称为"玛法",有清一代,实为罕见;二是免除跪拜。顺治帝亲政以后,朝中文武百官和天皇贵胄的宗室王公,除和硕郑亲王济尔哈朗以年老免朝贺、谢恩行礼外,汤若望这位被授为钦天监正五品的文官竟也得到了与叔王一样的优遇,而免除跪拜;三是亲临馆舍。皇上曾多次驾临汤若望住宅,而且有时停留的时间很长,作竟夕之谈,谈话无拘无束;四是赏赐隆厚。皇上不仅赐予玛法帑金和朝衣朝帽等物,还赏赐给玛法自己亲手所画且盖有御印的扇子,作为礼敬他的师长的象征;五是诰封三代。顺治八年(1651年)幼帝福临封汤若望为通议大夫(正三品),赐封其父、祖为通奉大夫(从二品),其母和祖母为二品夫人。不久又加其为太仆寺卿,后改太常寺卿(正三品),后又于顺治十四年(1657年)授通政使司通政使(正三品)荣衔,第二年并进授光禄大夫封号(正一品),恩赏其祖先三代一品封典;六是赐予尊号。顺治十年(1653年)三月初二日,十六岁的皇上福临,授予太常寺卿管钦天监事汤若望"通玄教师"称号,加俸一倍,赐以敕谕。敕文如下:

"朕惟国家肇造鸿业,以授时定历为急务。羲和而后,如汉洛下闳、张衡,唐李淳风、僧一行诸人,于历法代有损益,独于日月朔望交会分秒之数,错误尚多,以致气候刻应不验。至于有元郭守敬,号为精密,然经纬之度尚不能符合天行,其后晷度,亦遂积差矣。尔汤若望来自西洋,涉海十万里,明末居京师,精于象纬,闳通历法,其时大学士徐光启特荐于朝,令修历局中,一时专家治历,如魏文奎等,推测之法,实不及尔,但以远人之故,多忌成功,历十余年,终不见用。朕承天眷,定鼎之初,爰咨尔姓名,为朕修大清时宪历,迄于有成,可谓勤矣。尔又能洁身持行,尽心乃事,董率群官,可谓忠矣,此之古洛下闳诸人,不既优乎!今特赐尔嘉名为通悬（玄）教师，余守秩如故，俾知天生贤人，佐佑定历，补数千年之阙略，成一代之鸿书，非偶然地。尔其益懋厥修，以服厥官，传之史册，岂不美哉！"

从顺治八年到十四年（1651—1657年），汤若望成为少年天子亲密的尊崇的玛法和师友，备受皇上特宠，常为少帝指点迷津，直言相谏，善语劝诫，帝也大都采纳。

第三节　少帝不悦托言奢妒废后

顺治八年（1651年）八月，福临和博尔济吉特氏苏亚举行完大婚仪式和颁诏庆典后，被龙辇彩轿送回到坤宁宫洞房里，福临注视着皇后，她那么像自己的额娘，美丽妩媚。他们原本是姑表兄妹，曾经见过几次面，不过福临还从没有像今晚这么近这么仔细地端详过她。窈窕淑女，君子好逑。福临笑吟吟地端详着皇后，想在她身上寻找到古诗里描写的美女的诗意和韵味。

一个太监进来跪下说："今晚奴才值班，前来侍奉皇上皇后就寝，请皇上皇后宽衣解带。"福临疑惑地望着皇后问，"秋香呢？"皇后抬起大眼睛火辣辣地迎着福临的目光，说："按照皇太后的懿旨，以后侍寝全换为太监，请皇上不必追问宫女的下落。"福临心下恼怒：居然已经开始行使她皇后的权力了！行事都不和朕商量！今后不知道她要怎样借助皇太后来独断专行！

皇后走到福临身边，抬起大眼睛，望着福临，充满对爱的渴望，丝毫没有新娘的娇羞，向前依坐在他的身旁。福临心里突然升腾起一种不可抑制的厌恶，觉得古诗里形容的娇羞美女，在自己的皇后身上竟一点也找不到，眼前这个女人，绝对是一个刁蛮凶悍的蒙古女人。福临用手轻轻推开皇后，一抬腿走出东暖阁，此时在中堂侍候的吴良辅急忙凑上前去问："万岁爷新婚大喜，您要到哪里去？"

福临大声说:"起驾到养心殿!叫秋香到养心殿侍候!"吴良辅想说什么,福临却给了他一巴掌。

婚后的第三天,皇帝与皇后到宁寿宫给昭圣皇太后行朝见礼。皇太后的宁寿宫大宴已经摆好。昭圣皇太后穿着朝服头戴凤冠,正端坐在宁寿宫的前殿里,等候皇儿福临和皇后的朝见。

顺治帝福临和皇后由乾清宫乘礼轿来到宁寿宫,宁寿宫的总管太监引领到前殿皇太后宝座前,皇后行六拜三跪九叩首礼。皇太后笑着走下宝座,扶起自己的侄女,携起她的手,说:"从今以后,你就是后宫之首,你要谨奉先祖的遗训,遵从妇德,管理好后宫,做好皇后的本分。"皇后点头,但是眼睛里已经流出了泪水。

昭圣皇太后一见,急忙小声说:"傻孩子,有什么委屈,也不能在这时流露出来。"说着,她笑着掏出手帕,说:"喔,你的眼睛吹进个沙子,我来替你擦擦。"然后携皇后到西房进宴。

接下来是庆贺礼。顺治帝福临拜见完圣母昭圣皇太后之后,便回到太和殿设朝,接受百官朝贺,颁诏宣示天下。文武百官穿着朝服,在太和殿拜完礼之后,听候宣读官宣读行礼。宣读官大声宣读:"恭照本年八月十三日,皇上大婚礼成。听候宣读行礼。升殿受贺,颁诏天下。"庆贺礼之后,皇帝在太和殿,昭圣皇太后在宁寿宫设大宴,招待文武大臣和皇后之父母、族属和命妇。

昭圣皇太后迫不及待地决定,将自己的亲侄女聘为儿媳,主要是从政治上的考虑,当然还有婆媳关系问题。她满以为如此亲上加亲,婆媳关系一定好处,而婆媳关系和谐,又可以促进母子感情进一步密切。然而,事与愿违,大婚之后,小皇帝对母亲包办婚姻,内心产生极大反感。福临无论在思想、感情、性格、意趣等各方面,都与新皇后格格不入。据福临说,皇后生性妒忌,又嗜奢靡,更坏的是"处心弗端",见到"貌少妍丽者即憎恶,欲置之死"。例如,清初宫中沿袭明朝旧制,设教坊司(隶属礼部),专司宫中乐奏之事。教坊司中有近半者为女乐手,平时"衣绿缎单长袍,红缎月牙夹背心,用寸金花样金发箍,青帕首"。女乐自然选择"少妍"者,而且穿红着绿,如花似玉,这使皇后难以忍受,下令裁掉女乐,一律改用太监吹管弹弦,如是才心安理得。她本人却极为讲究衣饰,"凡诸服御,莫不以珠玉绮绣缀饰"。甚至在膳食时,"有一器非金者,辄怫然不悦"。最使顺治帝福临不堪忍受的是,皇后对他所做不良举动"靡不猜防",多生醋意,顺治帝一怒之下,干脆择地养心殿别居,根本不与她见面。皇后体健色妍,一直未有子嗣,可知顺治帝很早就将她冷落一旁。

大婚几个月过后,皇后来到宁寿宫,坐在昭圣皇太后面前,泪流满面,呜咽抽泣,哭哭啼啼,诉说皇上几个月不曾到过乾清宫。皇太后用绸帕替自己的亲侄女擦去眼泪,心疼地说:"苏亚啊,不要哭了。瞧你没出息的样子。眼泪能把皇上的心拴住啊?你倒是该好好想想,看皇上为什么不喜欢到乾清宫。是不是你自己有什么不对劲的地方?"

皇后最后抽泣了一下,擤了一下鼻子,这才说:"皇太后,不是侄女有什么不对劲。侄女对皇上一片热情,只是皇上心中有别的人。"

皇太后笑了,说:"皇上不过刚刚十四岁,他还是个孩子,心中能有别的什么人?"

皇后绞着手中的绸帕,扭捏地说:"是的,皇上喜欢一个宫女,他以前总叫这个宫女侍寝,太监都知道。所以我不让这个宫女在皇上身边侍寝,皇上却把她调到养心殿去天天侍寝。就是这个狐媚子,把皇上的魂勾走了。"

"哦!有这事?这宫女叫什么名字?"皇太后站了起来。皇后也随着站了起来。"听说叫秋香。"

皇太后不满地瞪了皇后一眼,说:"一个大清国的堂堂皇后,居然治不了一个宫女,你也窝囊到家了。走,我们去养心殿见见这个宫女。"

一天早晨,宫女秋香端来漱口参汤。福临看着这个清秀的宫女,弯弯细长的眉毛,杏核般圆大的黑眼睛,樱桃般猩红的小嘴,鹅蛋小脸,肤色红润白皙,福临的心跳加快了。睡梦中那腰肢细长、身材苗条、走路袅娜、风情万种的女子,不正是这宫女吗!怨不得见了她只觉得眼熟,在这宫女身上,福临领略了古诗里所描写的美人风致。福临每每读到古诗美人,脑海中就浮现出秋香的模样。

顺治八年(1651年)十月的一天,养心殿里,顺治帝福临正在读明史。太监垂守在门口。宫女秋香站在福临身边,为福临扇着扇子,十月的北京,秋老虎肆虐,天气还是很热。福临的额头上不时渗出细密的汗珠,秋香不停地扇着,不时为福临擦拭着脸上的汗水。

"皇上,歇息一会儿吧。"秋香说。这是个十六岁的姑娘,八岁进入明宫,在坤宁宫做扫院子的宫女。因与太监吴良辅是同乡,吴良辅就把她调来伺候皇上。秋香长得标致美丽,又聪明伶俐,很会体贴人,深得顺治帝福临喜欢。

秋香常对着皇帝表达对未来前途的不安,福临抚摩着她的头发说:"朕是皇上,谁敢动你一个指头?朕将来一定封你做妃子,你就放心好了。"

秋香激动地流出了眼泪,她抽泣着说:"有皇上这话,奴婢就放心了。奴婢已经有了皇上的血脉,奴婢实在害怕。"

"什么,你有身孕了?"福临吃惊地一下抱住秋香,"真的?这么说朕就能当父亲了?"福临又惊又喜,抱住秋香亲了又亲。

皇太后和皇后冷冷地站在养心殿暖阁的炕前,皇后见到眼前的这一场景,"哇"的一声哭了起来,捂住脸跑出养心殿暖阁。

福临急忙披衣坐了起来,宫女秋香浑身筛糠般瘫软在炕上。

"来人!"昭圣皇太后大声喊。殿外的太监和侍卫应声而入,"把这个贱人拉出去乱棍打死!"

福临急忙跪倒在皇太后面前,抱住皇太后的腿,哀求着说:"皇额娘息怒!都是孩儿的错!是孩儿强迫她的,请皇额娘饶了她吧!"

太监已把秋香拖到地上,秋香哭着喊着请求皇太后饶命。皇太后说:"拖出去！快拖出去！"

福临抱住皇太后的腿不放,大声说:"皇额娘,看在孩儿面上饶了她吧。她已经有了身孕,这可是我的血脉啊！"

皇太后咬牙切齿地说:"小贱人！居然敢用怀孕作要挟！快！拉出去！"福临堵住拖秋香出去的太监,他嘶哑着大喊:"皇额娘,放了她吧！求求皇额娘！放了她吧！求求皇额娘！"

皇太后推开福临,对侍卫喊:"你们过来！把那贱人拉出去！快点！"两个侍卫过来,架起宫女秋香,拖出养心殿暖阁。秋香号叫着,哭喊着,声音越来越小。

昭圣皇太后坐到炕上,指着福临说:"你一个皇上,居然这样不知道自重,为个宫女贱人冷落一国的皇后。你说,这是受了谁的勾引！叫吴良辅来！"

吴良辅急忙进来跪在皇太后的面前,浑身颤抖,不断磕头,说:"奴才该死！奴才该死！皇太后饶命！"

昭圣皇太后说:"你这狗奴才是怎么勾引皇上的？你这不是找死啊！掌嘴！"

吴良辅左右开弓,噼噼啪啪打着自己,一会儿,脸就红肿起来。皇太后还不解气,大声说:"拉出去乱棍打死！"吴良辅爬到皇太后的脚下,抱住皇太后的脚,哭喊着请求皇太后饶命。昭圣皇太后一脚把他踹开。他又爬到苏麻喇姑脚下,抱住苏麻喇姑的双腿,大声哭叫:"苏姑姑,求苏姑姑向太后饶奴才一命！"苏麻喇姑在皇太后耳边悄悄对皇太后说:"奴婢求皇太后饶了他一命,以后还有用得着他的时候。他伺候皇上还是很卖力的！"皇太后冷着脸说:"拖出去！打四十棍！"吴良辅跪在皇太后面前,哭着感谢皇太后不杀之恩。

福临脸色煞白,他站在太后面前,脸上流着泪,不知道如何才好。皇太后看着福临,用手戳着他的头,厉声说:"马上到乾清宫去,给皇后赔不是。"

福临擦干眼泪,嘟囔着说:"不去,我才不去给她赔不是!"

皇太后怒喝道:"你不去?你非去不行!要是不去,你就不要当这皇上。"福临直直地站着,别着脸,冷笑道:"不当就不当,反正我不去,就是不去。"

昭圣皇太后气得浑身颤抖,她指着福临,嘴唇抖动着,半天说不出一句话来。苏麻喇姑见他们母子这样僵持,急忙拉着皇太后,柔声劝解道:"主子,皇上一会儿就会去的。主子还是先回宫歇息一下,让皇上换换衣服。这样也好见皇后啊!"说着,慢慢推着皇太后往养心殿外走去。太监也都跪下来请求皇太后息怒。

气得浑身乱颤的皇太后在苏麻喇姑的半搀半推拉中走出养心殿暖阁,上了玉辇。福临倒在养心殿炕上大声号哭起来。

从此之后,顺治帝福临与皇后的这桩婚姻勉强维持了两年,在顺治十年(1653年)八月二十四日,顺治帝福临做出了震惊朝野的废后之事。他谕命礼部、内三院查阅前代废后事例上奏。此谕使内三院大学士们大为震惊。他们虽然知道这位少年天子性格倔强,龙颜易怒,稍有不适,便会招来杀身之祸,但仍因社稷安危,也不得不上疏奏谏。就在这一天,大学士冯铨、陈名夏、成克巩、张端、刘正宗奏称:"今日礼部诸臣至内院恭传皇上谕旨,查前代废后事例见闻,臣等不胜悚惧。窃惟皇后母仪天下,关系甚重,前代如汉光武、宋仁宗、明宣宗皆称贤主,俱以废后一节,终为盛德之累,望皇上深思详虑,慎重举动,万世瞻仰,将在今日。"意思是说,前代贤主皆因废后而为后人讥笑,今十六岁皇帝更不应做此愚蠢谬误之事,否则将为万世之笑柄。

少年天子福临深知自己废后引来属臣们的反对,立即降旨批驳说:"据奏皇后母仪天下,关系至重,宜慎举动,果如所言,皇后壸仪攸系,正位匪轻,故废无能之人。尔等身为大臣,反于无益处具奏沽名,甚属不合,著严饬行。"

据《清史稿》评述,福临之欲废后的原因为帝后性格不合。三天后,

顺治帝朝服像

康熙出生地景仁宫

他对此举之原因作了解释。据清初《内国史院满文档案》记载：顺治十年（1653年）八月二十六日，皇帝谕礼部：

"朕惟自古帝王必立后以资内助，然皆慎重遴选，使可母仪天下。今后乃睿王于朕幼冲时，因亲定婚，未经选择，自册立之始，即与朕志意不协，宫闱参商，已历三载，事上御下，淑善难期，不足仰承宗庙之重。谨于八月二十五日，奏闻皇太后，降为静妃，改居侧宫。故敕谕。"

福临在这道谕旨中讲了他废后的原因：一是睿王专横独断为朕"因亲定婚，未经选择"；二是与此相联，从册立之日，皇后就与朕"志意不协"，因而已经分居三载。这两条理由都十分勉强。第一条因睿王之故可以理解，但因亲定婚，是皇太后从大清国满蒙联姻结盟的基本国策而定的，不是没加选择，只因福临当时年龄才十一岁。况且因此故就要废后，也不妥当，前代因亲定婚年幼定婚者，比比皆是。第二，皇后乃一国之母，若非有重大失德之举，不能动辄废罢，性格不合，情意不洽，才貌欠佳，以及幼年因亲定婚之弊，皆可设法补救，皇帝尽可置其于不顾，听其独守孤灯，而另纳嫔妃，临幸他宫，不能因此而废后。因此，按当时封建帝君之帝后关系和立后废后之标准来看，福临此谕，说服力不强。于是，群臣纷纷上疏谏阻。

礼部尚书胡世安、侍郎吕崇烈、高衍三人，于奉谕之日（八月二十七日）即奏："夫妇乃王化之首，自古帝王必慎始敬终"，今突接上谕废后为妃，昔日立后之时，曾告天地宗庙布告天下，现谕未言及诸王大臣公议及告天地宗庙之事，请求皇上慎重详审，"以全始终，以笃恩礼"。他们三人的奏疏讲了三点：一是呈言皇帝与皇后既已大婚，要慎始敬终；二是圣谕中未言及与诸王及大臣公议；三是未言恭告天地、宗庙。总的含义请将此事交王公大臣议拟，最好不颁此谕，但又未直接谏阻。果然，此计生效，顺治帝批示："下此疏于议政诸王、贝勒及大臣、内三院、九卿、詹事、六科都给事中、各掌道御史议奏。"

同一天，孔子后裔礼部礼制司员外郎孔允樾和宗敦一等十余个御史上疏谏阻。其中以孔允樾奏言最为尖锐,他说:"皇后正位三年,从未听说有什么失德的地方,今天单凭'无能'二字而废,怎能让皇后心服?又怎能服天下人之心?"他引古为鉴,强调指出:"汉之马后,唐之长孙后,敦朴俭素,皆能养和平之福。至于吕后、武后,非不聪明颖利,然倾危社稷,均作乱阶,今皇后不以才能表著,自是天姿笃厚,亦何害乎中宫而乃议变易耶!况且君后犹如父母,父欲休母,做儿子的就是知道父母有过,还要哭涕相劝,何况不知道母亲犯了什么错,又怎能让儿女缄口不言,不为母亲请命讨个说法?"

顺治帝福临无奈,让诸王大臣开会研究。尽管皇上旨意甚明,坚主废后,谏者要受惩处,但此事关系太大,不能完全置之不理,故郑亲王济尔哈朗召集议政王、贝勒大臣及内院大学士、九卿、詹事、科道等官会议,最后研究的结果仍予谏阻。在九月初一日奏称:"礼部尚书胡世安及员外郎孔允樾所奏,实系典礼常经。皇上册立皇后之时,恭告天地、宗庙,加上母后徽号,并诏告天下,礼难轻易,请勿废休,另行选立东西两宫,则本支日茂,圣德益光,可为万世法矣。"

议政诸王、大臣及礼部汉官都站在皇太后一边,劝阻皇帝不要废后,而皇帝固执己见,两方相持不下,形成僵局。顺治帝福临真正坚持废后的理由正如他后来所说:"想起那皇后就来气。她仗恃自己是皇太后的侄女,霸道蛮横,专权使性,几乎限制我到其他宫妃那里去的自由。自从秋香成为养心殿侍寝宫女后,皇后处处刁难她,白天把秋香叫到乾清宫去盘问我的行踪,晚上派人到养心殿窥探我的行动。最可恨的是,她居然把我和秋香的事禀告皇太后,借皇太后之手除掉了怀有身孕的秋香。我几次要求皇太后下懿旨废掉她,可是皇太后就是不答应,还唆使一些汉族大臣上表劝谏反对废后。我意已决,坚决废后。"

皇太后得知皇帝三年另居侧宫,不与皇后合房,已"郁橛成疾",容颜渐瘦,且在太后面前要寻死寻活地哭闹,最后皇太后见状不妙,心知如再坚持己意,势必因此而葬送儿子性命,只能心疼儿子,终于做了让步,降谕此事由皇帝"裁酌",实则默许了废除皇后一事。议政大臣等见皇太后谕允,也都纷纷改变态度。次日,议政王大臣等再次议政结果,"所奉圣旨甚明,臣等亦以为是,著遵前旨行"。顺治帝得谕,不啻天降纶音。顺治帝在册封立后两年后,"尊皇太后懿旨,废掉皇后,改为静妃,另居侧宫"。至此,福临在废后问题上,以胜利而告终。

第四节 太后移住慈宁宫再立后

顺治十年(1653年),隆宗门以西的慈宁宫修成告竣。皇太后从宁寿宫移居慈宁宫。据清初《内国史院满文档案》记载:

"顺治十年六月十七日,大内慈宁宫告竣,以营造大殿、大门、厢房、桶瓦之礼,遣营造大殿、门瓦之尚书孙塔、贵飞保,营造门瓦之尚书尤常、苏飞宝,营造门瓦侍郎郭科等,于午刻祭祀。光禄寺备办羊三、豕三、果品五种。读视。陈玉、帛、酒、果,点香烛,致祭如例。

"中殿祝文曰:顺治十年岁次癸巳,六月初一乙未,十七日辛亥,皇帝遣孙塔祭司工之神曰:天赐圣福,大礼深展。永奉母仪为训,地礼无垠,作范化青,福寿绵长。宫阙坚固,常规灿然,三节俱佳,百神赐福。以牺牲、醇酒致祭,神其鉴格,伏乞尚飨。

"东配殿祝文曰:顺治十年岁次癸巳,六月初一日乙未,十七日辛亥,皇帝遣刘常祭司工之神曰:圣业稳固,宏富俱新。宫阙修葺,俱逢三节,以时告竣,神民得慰。德合坤元,寿考仁厚。诸事既扶,伏乞尚飨。

"西配殿祝文曰:顺治十年岁次癸巳,六月初一日乙未,十七日辛亥,皇帝遣郭阔致祭司工之神曰:三节俱合,宫阙始兴,赖坤德之匡扶,乐工期之嘉成。谨陈牲酒,鉴此精诚,敬展明禋,永荷天麻,伏乞尚飨。"

顺治十年(1653年)六月二十一日,皇太后移居慈宁宫。祭告太庙祝文曰:"顺治十年闰六月十一日,孝孙嗣皇帝恭遣索尼谨昭告于太祖承天广运圣德神功肇纪立极仁孝武皇帝、孝慈昭宪纯德真顺承天育圣武皇后，太宗应天兴国弘德彰武宽温仁圣睿孝文皇帝、孝端正敬仁懿慈僖庄敏辅天协圣文皇后神位前曰：慈宁宫告竣，于本月十二日，纯徽仁宜恭懿皇太后移居。伏乞列祖列宗睿鉴照应。"

十二日，皇太后仪仗全设宫门外。固伦公主、和硕福晋以下，多罗贝勒女、多罗格格、辅国公妻、固山额真、尚书、精奇尼哈番等官妻以上，俱朝服齐集于皇太后宁寿宫门东。辰刻，皇太后礼服出宁寿宫，乘辇。仪仗前导，作乐，往慈宁宫。两老皇妃于大门外乘舆，随皇太后辇行。诸福晋及格格、诸大臣妻，亦按序列随至慈宁宫门外肃立。皇太后、两妃入宫，福晋等退立原集处。礼部臣等奏皇太后移慈宁宫讫。

皇上礼服出宫，乘辇出西翼门，内大臣及侍卫亦朝服，随至慈宁宫东旁门。皇上降辇，进慈宁宫门肃立，奏请行礼。昭圣皇太后礼服，御慈宁宫宝座。奏乐。升宝座后，乐毕。皇上进前立，内大臣等列慈宁门外台阶上，侍卫等立阶下。鸣赞官赞礼，皇上行三跪九叩头礼，内大臣、侍卫等亦随行三跪九叩头礼。礼毕，皇上退立东阶，奏请皇太后还宫。奏乐，皇太后进慈宁宫。乐毕，皇上至降辇处乘辇回宫。固伦公主、福晋格格及诸大臣妻，至慈宁宫序立，奏请行礼。皇太后礼服，复御慈宁宫宝座。奏乐。升宝座后，乐毕。固伦公主、福晋、格格及诸大臣妻，进前行礼。礼毕，两位老皇妃至，坐于皇太后旁边椅子上。公主福晋格格诸大臣妻进慈宁宫内两旁列坐。设大宴。向皇太后敬酒，公主、福晋、格格、辅国公妻等，按出宫序列跪叩。礼毕，各自依次归位用宴。宴毕，公主福晋格格及诸大臣妻俱行赐宴礼。皇太后还宫。奏乐，齐集者皆归。当年皇太后已经四十二岁。从此她一直都住在慈宁宫。

顺治十一年（1654年）的阳春三月早晨，北京紫禁城五凤楼的钟声响彻北京城的每个角落。昭圣皇太后站在慈宁宫里听着这钟声，皇儿福临又出巡了。他到哪去了呢？她猜度着。可能去找汤若望神甫了。只有去找汤玛法，他才不向皇太后报告。

福临出巡去见汤若望，他能给他什么建议呢？福临皇儿越来越不听话,叫她想起来就心烦。他废掉了自己为他选择的皇后,这不是公然和自己分庭抗礼吗?这福临,怎么这么不听话呢?但愿他能听汤玛法的意见。

汤若望没有想到皇上亲自驾到。匍匐在教堂前,等着迎接皇上的到来。顺治帝这是第五次出巡教堂访问神甫,这叫汤若望很高兴。福临坐在汤若望的书房里盘桓了很久,他需要向汤若望请教关于他的皇后的问题。

汤若望一惊,一时不知道该怎么回答这少年皇帝的敏感话题。他该怎么说才好,才能不被皇太后怀疑是干涉她的事情。汤若望想了想,慢慢地说:"我以为皇上应该依照自己心灵的呼唤,去选择那个能够让你心动的女子为皇后。这是我们西方说的感情。你爱她,她也爱你。"

顺治帝福临似懂非懂地重复着:"爱情?我爱的?"汤若望坚定地点着头,蓝色眼睛慈爱地望着眼前这位仅有十六岁的大清国皇帝,心里充满了爱怜,却也有几分怜悯。

福临回宫,吃过午饭睡了午觉之后,感觉精神好了许多。他又稍微休息一会儿,喝过午茶后,就去慈宁宫给皇太后请安。因为今天出宫见汤玛法还没向额娘请安。今天天气很好。皇宫上空,阳光普照,小风轻拂,万里晴空。宫里御道两边的小草已经从红色宫墙的墙角钻了出来,露出青青的新芽。宫里不多的几株柳树已经染上了初绿,像秀女发丝般的柳枝,在春风中摇曳。后花园里参天古松也呈现出勃勃的新绿。少年天子福临心情很好,自从废了皇后以后,再没人管束他,他从神父汤若望玛法那回来,决定今天和额娘谈谈他的心里话,把自己立皇后的想法讲给额娘听。他坐在乘舆上,太监打着明黄罗伞,几个侍卫紧跟前后,宫中太监扶着舆辇迈着急促而无声的小碎步低头弓腰而行。

顺治帝福临在严厉惩治多尔衮之后,朝中的文武百官从他坚持废后之事上,第二次看到了少年天子的形象,一个拿定主意就决不回头或手软的青年人。但是,虽然他已亲政,可在许多事情上,他还离不开皇太后的指点。许多重大决策和国事安排等,皇太后尚起决定性作用,此时的皇太后可以说是当朝皇上的指导者。

乘舆进入富丽堂皇的慈宁宫大门,在正殿的汉白玉台阶前停了下来。太监趋步上前掀开明黄八团龙绣锦缎舆帘,小心扶出福临。福临踏上两旁蹲踞着两尊青铜麒麟的汉白玉台阶,穿过气势宏大的慈宁门,看也不看两边匍匐的宫女太监,跨进慈宁宫大殿。

"皇儿来了。"慈宁宫暖阁里响起了福临十分熟悉的浑圆深沉的声音。这声音总给福临以安全可靠的感觉。听到这声音,他就觉得自己像有了主意、有了力量、有了主心骨似的。过去他很喜欢自己的这种感觉,不知为什么,自从在废后之事上没依额娘之意后,他与母后在处理后宫的事情上,总感到母后参与干涉得太多,叫他心里隐隐不快。

昭圣皇太后坐在慈宁宫暖阁的南炕上,对面北炕上坐着几个老妃嫔,懿静大贵妃、康惠淑妃,还有太祖皇帝的寿康太妃。皇太后午后无事,常常邀这几个老皇妃一起闲聊看戏和玩游戏。

福临上前跪安。皇太后说:"免了吧。"太监搬来龙椅,福临坐下陪皇太后说话。太后询问了上午出巡的情况,见福临满脸喜色精神焕发,她笑着说:"汤玛法又送你什么新鲜玩意儿了吧?"

福临顽皮地一笑:"皇额娘英明,果真被你猜了个正着。"福临让太监捧出汤若望送的西洋望远镜,说:"皇额娘你用它望望窗外。"

昭圣皇太后把福临捧过来的望远镜放在眼前,突然全身一震,被突然涌到眼前的宫墙琉璃瓦房顶吓了一大跳,福临却像个顽皮的孩子大笑起来。

昭圣皇太后瞪了福临一眼,问:"这是什么妖物,把宫墙都移到我的眼前?好像都变成了庞然大物,又近又大。"皇太后移开西洋镜一切还是原来的样子。皇太后反反复复地望个不停,想来想去不明白这里面的原理。"妖物,妖物。"皇太后自言自语。

福临这才勉强止住笑,顽皮地向母后:"皇额娘,好玩吧?"

昭圣皇太后装作不高兴的样子,说:"这是什么妖物?拿来哄骗额娘?"福临急忙告罪:"皇额娘恕罪,皇儿不敢。这是汤玛法送给皇儿的西洋最新玩意儿,番人叫望远镜,国人叫西洋镜。它可以看到很远很远的地方,打仗时很有用。"昭圣皇太后生气地说:"这像什么话!帝王没有一点帝王的样子和尊严,这怎么治国?福临,不要忘记你的身份!"

福临全身一震,母后的威严和气势,立刻把他刚才的无忧无虑、发自内心的欢乐和喜悦一扫而光。他像突然被冷水浇了似的蔫了下来,神采和欢乐立时消失殆尽。脸上又罩上那种冷漠和帝王的威严冷峻。慈宁宫暖阁里的空气突然凝固起来。太监和宫女都匍匐跪了下去。

昭圣皇太后自知有些失态,立刻又和蔼地说:"皇儿,汤玛法还教你什么啦?"

福临面无表情地说:"他还给皇儿讲了天象和星座。汤玛法说今年五月将有一次金星昼现,预示着大清国国泰民安,预示着南方平乱结束。九月里有一次月食,玛法说如果我们不实现满汉一家亲的话,可能会有一些小麻烦。"

昭圣皇太后面无表情地"唔"了一声。福临望了一下母后的脸,想看出母亲心里想的是什么,可是他失望了。福临知道,母后的心怀像大海一样深不可测,像大海一样可以酝酿滔天的波涛,这叫他又佩服又害怕。今天,福临又产生这种感觉。

静了一会儿,昭圣皇太后说了几句闲话,便有一丝困倦的样子,靠到炕上锦缎靠枕上。福临告辞。皇太后轻盈地挥挥手,福临退出了慈宁宫。

他坐到乘舆上走出慈宁宫一段路,突然想起自己刚才准备和母后说的话,一句也没有提起。他恼怒地大吼了一声:"回去!回慈宁宫。"暴躁的少年天子福临深感自己作为一国之君,居然不能谈自己想谈的话题,他对自己在皇太后面前的胆怯感到极端窝火。

突然,慈宁宫门前,有几个年轻的女子正进大门。吴良辅正要大声呵斥清道。暴躁的福临大喝一声制止了他。女子们听到身后的喧哗，都扭过头来看。离福临最近的女子正好站在福临的舆前。福临呆住了。眼前这年轻女子如一朵鲜艳带露的牡丹花扑入眼帘，让他的视线不忍离开。秀色可餐！一刹那，他突然领悟了这个词的意义。福临觉得这小福晋好面熟，似乎在什么地方见过她一面，但却怎么也想不起来。

那几个女子全都吓得战战兢兢，急忙跪伏在地上不敢抬头。她们没想到皇上这个时候到慈宁宫来，她们这几个亲王将军的福晋都是奉皇太后之命来陪皇太后说话的。

福临呆呆地站在慈宁宫门前，眼睛直盯住其中一位容貌如花似玉的少女（孔四贞）。吴良辅趋步上前，小声说："万岁爷，我们是进去还是离开？站在这里……"他想说让皇太后看见不好，但是又不敢说出来。

福临无可奈何，很不舍地阴沉着脸，大吼一声："起驾！回养心殿。"

顺治十年（1653年）八月二十六日，顺治帝福临废掉皇后，转眼已过了八个多月，皇后既已被废，中宫不能久虚无人。一国之内只有帝而无后，等于一家之中有父而无母，意味着乾坤失调，国体不稳。先前废黜皇后，顺治帝强调当时没有经过自己的挑选，表明了亲自择后的愿望。两个月后，这个愿望以谕旨的形式布告天下："选立皇后，作范中宫，敬稽典礼，应于内满洲官员之女，在外蒙古贝勒以下、大臣以上女子中，敬慎选择。"这次以选皇后为由进行的选拔（选秀女），部分改变了满族统治者的婚姻方式。清入关前，满族统治者主要通过与相邻民族或部落通婚，特别是与蒙古通婚的方式，达到巩固和扩大自己势力范围的目的。顺治皇帝这次将满洲官员和外藩王公大臣家的女子纳入选择皇后的范围，扩大了联姻的范围。

顺治十一年（1654年）五月，清朝开始实行选秀女的制度，昭圣皇太后要为皇儿福临选皇后。朝中旨令"应于满洲官民，蒙古贝勒以下，大臣女子以上，年龄在十三至十七岁女子中选立皇后"。这年深秋季节，一队长长的马车驰至皇宫神武门前，每辆车上挂有不同颜色和标志的两盏灯,表示着车内候选秀女的家庭地位和身份。巳时(上午9时至11时),户部官员清点人数后,引导应选的姑娘们步入神武门,来到顺贞门外等候着决定命运的最后时刻。每位姑娘都有一块小牌子,上书姓氏、籍贯、年龄等字样,面试合意者将牌子留下,谓之"留牌子",落选者谓之"撂牌子"。此刻,每个应选者都忐忑不安地捏着小牌,仿佛是掂着性命的斤两。每届选秀之日,神武门前都有千百辆车,俗称"排车",选中者不过十之二三,而入选的秀女中能与皇室结亲者更属少数,有幸"备内廷主位"册立为妃嫔的实则凤毛麟角。大多数"留牌子"姑娘的命运,不过是在宫内应付各种差遣,年满二十岁以后即可出宫。

选秀女制度开放,不过是一纸官样文章,皇太后对此早有成算在胸。她的目光还是离不开自己娘家蒙古科尔沁的姑娘们。这次她看好了娘家侄子绰尔济的女儿,自己的侄孙女博尔济吉特氏木伦。绰尔济贝勒是她已故二哥察罕的儿子,家境一般,本人直到顺治九年(1652年)才被封为镇国公。在这样家庭成长起来的孩子,毛病毕竟少得多。木伦于崇德六年(1641年)十月初三日生,现年十四岁,比顺治帝福临小三岁,年貌相当,性格又好。选定以后,便于顺治十一年(1654年)五月初三日,将蒙古科尔沁绰尔济贝勒的两位女儿同时接进宫内,并通过选秀聘为妃。姐姐聘为贤妃,妹妹聘为淑妃。之后,昭圣皇太后遣镇国公巴布泰、内大臣鳌拜、礼部侍郎渥赫、理藩院侍郎沙济达喇等,前往行聘礼。计有:驮甲胄玲珑鞍马五匹,锦缎五十匹,青布一百匹,金茶筒一,银盆一。

顺治帝亲政三年多后,经过一些国事、家事的磨砺,在"玛法"汤若望的劝谏下,逐渐成熟起来,而汉文化程度的不断提高,又使他逐渐感到滥肆纵欲的羞耻和危害。这种心理和生理上的成熟,促使他在男女关系问题上从"欲"走向"情"。顺治帝本想以"情"字来选择自己喜欢的皇后。他自从在慈宁宫见了孔四贞之后,就一见钟情,回养心殿后,他就让太监吴良辅去打听此女子的下落,准备自己做主选立皇后。结果还没逃过母后的掌控。皇太后说:"孔四贞,是定南王孔有德的女儿。在顺治九年(1652年)时,定南王孔有德出镇广西,与西路农民军李定国部决战于严关,败守省城。李定国大军围城猛攻,城陷后孔有德自缢而死,家眷百余人被杀,独女儿孔四贞突围而出,奔京师哭诉其父死难事。孔四贞仪容秀美、善于骑射,深受母后的钟爱,故将其'育之宫中,视为亲生女儿,赐白金万两,岁俸视同郡王'。你要纳孔氏为妃,可孔四贞奏称她早已由父许配其父偏将孙延龄。如若强娶孔四贞为妃,恐怕会激起孔有德旧部兵变。"福临得知后也只好罢休了事。

昭圣皇太后从大清王朝的整体利益出发,不可能允许儿子自寻所谓"称心如意的佳偶",她既要维护蒙古王公贵族在宫中的特殊权力和地位,更要维护大清国的尊严和命脉。这就注定顺治帝福临的婚姻只能成为封建制度祭坛上的缀饰和牺牲。顺治十一年(1654年)五月二十日,皇太后即决定册立自己的侄孙女贤妃博尔济吉特氏木伦为皇后。顺治帝跪在皇太后的面前,哀求着:"皇额娘,求求你,儿臣现在不愿意立即册立皇后,求额娘体谅儿臣的心意,再宽限儿臣一年半载,容儿臣寻一个可意的新皇后主理后宫。"

昭圣皇太后端坐在慈宁宫暖阁南炕的主位上,面沉似水,并不回答福临的请求。福临依然边叩头边哀求,两行清泪从他白胖的脸颊上滚落下来。

昭圣皇太后心中略微一动。不行!她告诉自己,一定要把持住自己,不能被他说服,否则以后他将越发任性胡作非为起来,大清国的命运如何把持?

昭圣皇太后温情地说:"不行!皇儿。不是额娘心肠太硬,实在是因为册立皇后为一国之大事,不可马虎,不可将就。既然你已经废掉了一个,现在按谕通过选秀女制度,已经册立了皇妃,那么按理就应该马上册立新后以填充后宫。国不可一日无君,后宫也不可一日无后啊!没有皇后主理后宫,这后宫六院该如何管理才好?皇儿不可固执从事。"

福临说:"后宫有皇额娘主理,儿臣十分放心。新皇后年纪幼小,未必能总摄后宫。还是皇额娘经验丰富,管理六宫自不在话下,额娘总摄后宫为好。"

昭圣皇太后微微一笑,说:"皇儿说笑罢了。这后宫历来归皇后主理,皇太后管理总归名不正言不顺,总归要还政于皇后的。这是祖宗家法规定的。"

福临又说:"这新皇后是皇太后的亲侄孙女,又是我的亲阿姐固伦雍穆长公主的女儿,论辈分是皇儿的小辈,要叫皇儿舅舅,如今选她做皇后不合乎人伦。"

昭圣皇太后有些生气,她强压着心中的怒火,哀怨地说:"我们满洲有我们满洲的人伦,皇儿大概是受汉人影响太多了吧?"

福临总是不想罢休,还跪在母后面前磨蹭。皇太后心中不悦,用教训的口吻说:"皇儿,你已经是大清国的皇上,凡事要从国家着想,不能任由自己的性子办事。这大清国的命运和前途,先祖先宗开创的基业,都担在你的肩上。你的任性,很可能毁了大清国的基业。皇儿,你要三思而后行啊!"

福临极力压抑心中潜升的气恼,慢慢地站立起来,他想:册立皇后本来是儿臣自己的事情,但凡额娘让儿臣一步,这大清国也未必就毁于朕手。他一句话也不想再说,慢慢退出慈宁宫暖阁。

既然皇太后死不相让,他做儿子的在母仪天下的封建礼制社会,又怎能违背母后的懿旨呢?你册立你的,我将来再废她罢了。福临气哼哼地离开了慈宁宫。

顺治十一年(1654年)五月二十日,顺治帝谕令礼部:"朕恭奉圣母皇太后慈谕,册立科尔沁国镇国公绰尔济之女为皇后。尔部即选择吉期,并查明仪注具奏。"六月十五日,以册立皇后,遣贝子吴达海、尚书车克、伯索尼至太庙行礼,祭告天地。第二天,六月十六日,举行册立新皇后的典礼。

行册礼的当天早晨,太和殿内外陈设,都和三年前的大婚大典相同。皇后是科尔沁国镇国公绰尔济女博尔济吉特氏木伦。

这次册立皇后,也完全由圣母皇太后一手包办。所以册立中说:"兹仰承懿命,以册宝立尔为皇后。"不过,这次没见顺治帝有明显的抗拒行动。看来他是比以前学乖了。既然小胳膊拧不过大腿,为什么还要自讨苦吃呢?公开抗拒不行,便用消极办法对抗。那就是尽管奉命娶来立为皇后,但就不去"临幸"。他刚刚摆脱一段不快的婚姻,又要听从母后的安排,他决不甘心再受制于母后,便想方设法进行抗争。可见,昭圣皇太后与福临母子之间在婚姻观上存在尖锐矛盾。昭圣皇太后过多考虑皇帝婚姻中的政治因素,而顺治帝则竭力反对自己私生活被强制性干预,不顾一切地追求自己理想中的纯贞爱情。

第十五章　福临与董鄂妃的奇遇恋情

第一节　慈宁宫遇董鄂氏一见钟情

顺治十二年（1655年）二月初八日，是昭圣皇太后四十三岁的寿诞之日，以往每年这一天，都要举行盛大庆典，外而诸王贝勒文武大臣，内而后妃福晋公主命妇纷纷进宫祝寿，外藩蒙古、朝鲜等也要修来贺表。而今年因为京畿痘疾流行，昭圣皇太后特谕免行庆贺礼。但自己家人小规模的庆祝还是必不可免的，福临特制万寿七言律诗三十首献给母后，以表达他对母后培养教育的感念之情。

这天一大早，昭圣皇太后的慈宁宫前，陈设着仪仗。固伦公主、和硕福晋以下，多罗贝勒、多罗格格、辅国公妻以上，民爵公、侯、伯、固山额真、尚书、精奇尼哈番等妻以上，皆穿礼服，集于昭圣皇太后宫门前西侧。顺治帝福临身着一身全新的礼服，乘辇去拜皇太后，内大臣、侍卫、礼部官员等随驾。至慈宁宫，帝降辇，立宫门内，奏请皇太后升前宫宝座。皇太后着礼服出宫，丹陛乐作，升前宫宝座。帝登中阶至慈宁宫前阶上，内大臣等于宫门内阶上，侍卫等于宫门外阶下。赞礼官赞跪叩，帝行三跪九叩礼给母后问安，内大臣、侍卫等随行礼。赞礼官赞礼毕。在顺治帝起身站立的时刻，他突然发现坐在母后旁边的两位太贵妃身后，有一个从未见过的女眷，此女子明眸皓齿，亭亭玉立，温柔祥和中隐露出聪颖和刚毅，福临不觉心中一动：啊！她是谁？这不是我梦中思盼的伴侣吗?这难道是上天让她突然降临人间?福临对这位女子一见钟情。可是,福临很快失望了,原来那个女子已是有夫之妇。福临怨叹老天太不公平,为什么在两年前宫中选秀时未被自己发现?自此之后,福临失恋了,白天坐立不安,夜晚辗转反侧。心中思念那个女子几乎到了疯狂的程度。

这位被顺治帝福临深爱如眸的意中人,原来是董鄂氏。她怎么会出现在昭圣皇太后的慈宁宫的呢?这还要从清朝典制说起。清朝典制规定,宫中凡遇有吉凶礼典,在京的达官贵人的命妇(封有品级的贵妇人)皆得入朝。顺治初年(1644年),更有各宗室及亲、郡王命妇轮番入侍皇太后和皇后的定制。据《汤若望传》说董鄂氏是一位军人的命妇,她是以达官贵妇的身份,按期入宫经常随侍昭圣皇太后、皇后才得以出入宫禁。该女子自幼"颖慧过人,长娴女红,修谨自饬,进止有序,有母仪之度,姻当称之,颇有大家闺范"。大概很像《红楼梦》里那位知书达理、雍容识度的薛宝钗。她的脱俗不凡举动,引起了顺治帝的注意,两人很快就发展到了难分难舍的地步。此时,顺治帝福临正为圣母昭圣皇太后为其新立的皇后不可心而郁郁寡欢,董鄂氏也为少情的丈夫而痛苦,两人在慈宁宫一见钟情,遂演成一段风流千古的故事。

心理学家认为,人类的"情"是一种很微妙的东西,"情"这种心理力量有时大得惊人,在极其强烈情绪笼罩下的人,往往思维不受控制,即所谓丧失理智。此刻的顺治帝福临就陷入这种因"情"而丧失理智的境地。他不惧母后在选择皇后问题上的考虑,不顾董鄂氏是有夫之妇的身份,更无视宫中的种种非议及道德伦常,几乎毫不犹豫地紧紧抓住爱河之中的一叶孤舟——董鄂氏。

顺治帝对董鄂氏爱若至宝,不管他心情如何不好,只要一见到董鄂氏,立刻云开日出,眉展眼笑。每当他和董鄂氏在一起时,那种相亲相爱、相敬如宾的情景,简直和寻常百姓家的恩爱夫妻一般无二。他和董鄂氏间的互敬互爱、相互理解和尊重的感情,和李商隐笔下的"身无彩凤双飞翼,心有灵犀一点通"的至情至爱理想伴侣毫无二致。顺治帝想方设法以各种缘由召唤董鄂氏到母后身边,而他则找种种的借口频繁出入后宫,频频接触董鄂氏。直至有一天,在只有两人在场的时候,福临终于得到机会,向董鄂氏倾诉了对她难以压抑的思念和爱慕之情。

这位董鄂氏是何许人也?用一句话概括,是一位"满籍军人"的命妇。至于这个夫是谁,史书上对她的来历有各种传说。一种颇为流行的传说,认为董鄂氏乃明末秦淮名妓董小宛。是江南才子冒辟疆之姬,被清兵所掠,辗转入宫,蒙帝特宠,用满洲姓董鄂代。此种说法完全荒唐。因为董小宛并非董鄂妃,她生于明天启四年(1624年),顺治帝生于清崇德三年(1638年),年龄比顺治帝大十四岁。据史料记载,"董小宛是江南名妓,芳名远扬,十六岁与江苏如皋宦官子弟冒辟疆相识,被纳为妾,冒辟疆于顺治四年(1647年)为仇家诬陷,险被擒捕,事解后又生病,小宛侍病解危,身心交瘁,于顺治八年(1651年)正月初二日病逝,享年二十八岁"。由此可知这种传说很荒唐,因为顺治十三年(1656年)册封的董鄂妃,不可能是五年前就病逝的董小宛。另一种说法则主张董鄂氏乃系满洲宿将鄂硕之女,被选秀入宫,先嫁与顺治帝十一弟博穆博果尔,后被皇上热恋,致其夫因愤致死或自缢,皇帝就册立董鄂氏为妃。并于顺治十二年(1655年)二月二十一日下诏,册封博穆博果尔为襄亲王,这与热恋董鄂氏有关系。册文曰:"爰仿古制,用展亲亲之谊,尔博穆博果尔乃太宗文皇帝之子,朕之弟也,赐以金册金印,封为和硕襄亲王。"此说法也缺乏实在的根据。因为顺治九年(1652年)清朝才颁布选秀制度,规定:"凡满、蒙、汉八旗官员,只要在旗者,十三岁至十七岁女子,都必须参加三年一度的备选秀女,十七岁的谓之逾岁,即被弃选。目的是在于或备内廷主位,或为皇子皇孙拴婚,或为郡王及亲郡王之子指婚。"据顺治帝为董鄂妃亲撰的《御制行状》哀册中记载:董鄂氏"年十八,以德进入掖庭"。首先从年龄上看,董鄂氏已经超过选秀女的年龄,她比博穆博果尔大五岁,选秀入宫当妃子,是根本不可能的。其次顺治帝在博穆博果尔死后,从册封其为襄亲王的册文内容看,与董鄂妃完全没有关系。博穆博果尔是先帝之子、顺治帝之弟,被封为和硕襄亲王时才十四岁,从未也不可能披甲统兵厮杀,当然更无军功可言。于史料记载的"满籍军人"不符,显然也不是。

据《汤若望传》记载:"顺治帝对于一位满籍军人之夫人,起了一种火热爱恋,当这一位军人因此申斥他的夫人时,他竟被对于他这种申斥有所闻知的天子,亲手打了一记怪异的耳光。这位军人于是乃因怨愤致死,或许竟是自杀而死。皇帝随即将这位军人的未亡夫人收入宫中,封为贵妃。"按照这一记载,董鄂氏是一位"满籍军人"之夫人。这位满籍军人究竟是谁,已是无从考察了,但有一点可以肯定,他必是三品以上的高级将领,因为按规定,只有三品以上的命妇,才能也必须按期入宫随侍皇太后和皇后。另外董鄂氏之父鄂硕亦非中下级武官,而是开国将领之一。鄂硕之祖父名叫鲁克素,清太祖努尔哈赤时率四百人来归,其子锡罕授备御世职,天聪初年战亡于朝鲜。鄂硕袭兄锡罕世职游击,多次出征,于天聪九年(1635年)进世职二等甲喇章京,擢巴牙喇甲喇章京,即后之护军参领,官阶正三品。入关以后,又领兵随征,攻潼关,下苏州,打杭州,战湖广,进世职二等男(正二品),顺治八年(1651年)擢护军统领,正二品。似鄂硕这样统辖精兵护卫皇上的亲近高级将领,其所选女婿,谅也必非等闲之辈,当系三品以上军官,所以董鄂氏才有可能在慈宁宫侍奉皇太后,才有可能被福临发现之机会。

顺治十一年(1654年)四月,昭圣皇太后觉察到这一异常情况,立即意识到事情的严重性,她对皇儿热恋一个有夫之妇,又逼死其夫也觉得太不像话,有失皇帝颜面和皇家体统。皇太后立即于四月初五日,下谕旨说:"顺治帝奉圣母皇太后懿旨,将随侍皇后及王、贝勒福晋、贝子公夫人的命妇,俱著停止。"下旨停止命妇入宫侍奉皇太后和皇后。其目的即在于"严上下之体,杜绝嫌疑",阻止顺治帝与董鄂氏的接触。可是,虽然停止了命妇入侍皇后和皇太后之制,但并未能阻止顺治帝与董鄂氏的热恋关系。顺治帝仍利用皇权设法通过其他渠道，经常与董鄂氏保持来往，继续发展两人之间心心相印的感情和热恋的激情。

聪睿果敢、善于运筹帷幄的昭圣皇太后，见下懿旨停止命妇入侍后宫侍奉制度，也未能阻止住两人的来往，便借内国史院当年岁次丙申，闰五月初一日戊申，十二日己未奏报："乾清门、乾清宫、交泰殿、坤宁宫、承乾宫、景仁宫、钟粹宫、永寿宫、储秀宫、翊坤宫等宫殿营建告竣，以合龙门，要举行插剑悬牌礼"之机，下懿旨，举行册封帝后、妃、嫔等序位的典礼。想以此阻断皇儿继续接触董鄂氏的念头。据清初《内国史院满文档案》载：乾清门由内大臣鄂硕、乾清宫由内大臣索尼、交泰殿由内大臣苏拜、坤宁宫由内大臣努三、坤宁门由吏部尚书科尔昆、承乾宫由户部尚书孙廷铨、景仁宫由礼部尚书额尔德、钟粹宫由礼部尚书胡世安、永寿宫由都察院承政成克巩、储秀宫由兵部尚书梁青标、翊坤宫由刑部尚书刘昌等，承宰羊豕，奠缎帛、果品，燃香烛，读祭文。文官四品以上，翰林院春坊官五品以上，科道掌印官、武官三品以上者聚集，举行祭告行礼，祭文曰："皇天仁佑大清，宏业光耀神京。营造乾清宫，今已告竣，万邦同庆，吉副三光，金殿永固，祥瑞无疆。谨备牲礼，以陈诚意，尚祈降鉴，享此明禋。"其他各宫殿照例行礼致祭。这些宫殿的营建竣工落成、命名，为皇帝后妃的入住提供了条件。

顺治十三年（1656年）四月二十四日，礼部尚书恩格德本着皇太后的意图奏言："册封中宫，亦应照例举行，妃嫔尚未册封。今建造乾清、坤宁二宫及景仁等宫殿，业已告竣，不便久虚，应仿古人典礼，册封妃嫔。"礼部建议皇上册封妃嫔，以成正统。可是却惹来顺治帝的愤怒和申饬："册封妃嫔诸典礼，皇太后在上，当候旨行，何得辄为奏请？……大臣侍君之道果如是耶？殊属不合，著严饬行！"

昭圣皇太后见皇儿福临不听礼部劝谏，又过了两月，大约在闰五月下旬，便亲自出面，谕内大臣鳌拜、遏必隆、索尼说："今闻乾清、坤宁、景仁等宫殿，俱已告成，册封皇后已颁册宝，妃嫔尚未册立，应照例举行。尔等启知皇帝。"鳌拜等,遂以皇太后懿旨,向福临奏闻。顺治帝福临无奈,命鳌拜会同礼部议。

六月初三日,鳌拜等议奏:"宫殿不应久虚,妃嫔礼宜册立,请遵皇太后旨敕礼部,察应行典礼,详列具奏施行。"口气很硬,这哪里是奏疏,完全是具有命令意味。它反映了昭圣皇太后对小皇帝故意拖延册立后宫妃嫔序礼深为不满。疏入,顺治帝无言以对,只好"认可"。六月十六日,礼部又奏册立东西两宫妃仪注。奏入,顺治帝命于八月以后择吉奏入。想拖后等把董鄂氏纳入宫再举行。

昭圣皇太后可等不到八月,于六月二十六日,谕顺治帝命礼部:"奉圣母皇太后谕,定南武壮王女孔四贞,忠勋嫡裔,淑顺端庄,堪翊壶范,宜立为东宫皇妃。尔部查照典礼,择吉即奏。"孔四贞,是定南王孔有德的女儿,当时福临也曾暗恋过。皇太后现在下懿旨,将孔四贞嫁于顺治帝福临为妃,是为断绝皇儿与董鄂氏的往来,欲册四贞为东宫妃。可是,此时的福临,早已把两年前暗恋孔四贞的事忘在脑后,却一心倾情于董鄂氏。昭圣皇太后急谕册立东、西两宫,并提议以孔四贞为东宫皇妃,这是她不得已抛出的一石二鸟之策。因为皇太后早在入关之初就悬牌宫内,严禁汉女入宫,违者格杀勿论,她此次自食其言,主动提出册立孔四贞为东宫皇妃,一是借机笼络孔有德旧部,二是企图以顺治帝曾对孔四贞的旧情,阻止皇儿与董鄂氏的不轨行径,但为时已晚,昭圣皇太后的努力最后落空了。因为福临此时正热恋着董鄂氏,坚持拒绝,且孔四贞也自称其父已经将其许配部将孙延龄,这才作罢。

八月二十五日,顺治帝谕礼部:"本月二十二日奉圣母皇太后谕:内大臣鄂硕之女董鄂氏,性资敏慧,执度端和,克佐壶仪,立为贤妃。尔部查照典礼,择吉具奏。"顺治帝册立董鄂氏为"贤妃",并非顶替孔四贞之东宫皇妃位置,只是顺治帝的几位妃子之一,倔犟的皇儿终于摆脱了母后的控制。

第二节　迎娶隆重即封皇贵妃

顺治十三年（1656年）八月二十五日，帝谕礼部刚册立董鄂氏为贤妃之后仅一个月，九月二十九日，帝又谕礼部："朕前奉圣母皇太后谕，册立董鄂氏为贤妃。本月二十八日，又奉圣母皇太后谕，式稽古制，中宫之次，有皇贵妃首襄内治，因慎加简择，敏慧端良，未有出董鄂氏之上者，应立为皇贵妃。尔部查照典礼，于十二月初六日吉期行册封礼。"董鄂氏入宫不久即封贤妃，再晋皇贵妃，升迁之速，史上罕有。

十二月初六日，北京紫禁城内举行了隆重的册立内大臣鄂硕之女董鄂氏为皇贵妃的典礼。初五日，祭告太庙，奠缎帛、酒、果、鹿、兔等物，点香烛，颂祝文，爱星河公照旧行礼致祭。祝文曰："维顺治十三年十二月初五日戊寅，孝孙嗣皇帝恭遣爱星阿谨昭告于太祖承天广运圣德神功肇纪立极仁孝睿武重皇帝、孝慈昭宪纯德真顺承天育圣武皇后，太宗应天兴国弘德彰武宽温仁圣睿孝文皇帝、孝端正敬仁懿慈僖庄敏辅天协圣文皇后神位前奏曰：臣于顺治十三年十二月初六日遵奉恩谕，册封内大臣鄂硕女董鄂氏为皇贵妃，众圣洞鉴。"

初六日，赐皇贵妃册宝之礼。当日早晨，奉册宝于彩亭，礼部侍郎邬赫、启心郎吴马护等送至皇上居住之南苑，置彩亭于门左，鸿胪寺官将置节、册、宝奉置于帝所御殿左黄案上。启心郎吴马护等奉节、册、宝于案上。奉设毕，上御殿，帝阅过节、册、宝毕。正使大学士刘正宗、副使礼部侍郎邬赫、薛所蕴三人跪于殿阶下，少傅太子太傅兼内翰林弘文院大学士觉罗巴哈纳捧节，日讲官兼内翰林院学士麻勒吉捧册，日讲官兼内翰林国史院学士折库纳捧宝，授节于少保太保兼内翰林弘文院大学士刘正宗，授册于礼部左侍郎邬赫，授宝于礼部左侍郎薛所蕴，由中路捧置彩亭，送至内院。是日卯刻，皇贵妃仪仗设于皇贵妃宫前。内监将节、册、宝黄案置于宫院正中，设香案于节、册、宝案前，正使少保太子太保兼内翰林弘文院大学士刘正宗，由内院捧节，继置册、宝于彩亭，依次行至隆宗门外,副使礼部左侍郎邬赫,副使礼部左侍郎薛所蕴捧册、宝于彩亭。授内监,监跪接捧进。皇贵妃朝服,宫女随从,迎于门内,节、册、宝居前,皇贵妃随至拜位,置节、册、宝于各案。内赞女官赞宣册,皇贵妃跪,女官捧册立,宣于左旁。次赞授册,女官跪接,授皇贵妃,授册讫,转授右旁女官,女官跪受。赞宣宝,女官捧宝,立宣于皇贵妃右旁。次赞授宝,女官跪接,授皇贵妃,受宝讫,授右旁女官,女官跪受。赞兴,皇贵妃兴。赞行礼,皇贵妃行三叩头礼。礼毕,内监持节出,授正副使,告行礼毕。正副使持节复命。是日,册封皇贵妃礼成,颁诏天下。上陈卤簿,中和乐作,王、贝勒、贝子、公等,文武官员俱朝服行礼。时皇上在南苑,不设卤簿,不奏乐。王、贝勒、贝子、公等不行朝贺礼。

次日,设诏书黄案于太和殿内左侧,设香亭、龙亭于武门外御道。宗室、觉罗、固山额真、尚书、精奇尼哈番等官以下,异姓公、侯、伯以下及满汉文武有顶戴官员以上,俱着朝服,齐集午门外,外郎、耆老等俱集天安门金水桥前。大学士觉罗巴哈纳捧取诏书,交与礼部尚书恩格德,群臣随恩格德行至金水桥前,宣诏官向群臣宣诏,然后置诏书于龙亭,张盖奏乐,自大清门出,入礼部大门,礼部各官行三跪九叩首礼。后将诏书刊示天下。诏书曰:"帝王临御天下,庆赏刑威,虽当并用,然吉祥茂集之时,尤宜推恩肆赦,敬迓天庥。朕遵圣母皇太后懿旨,思佐宫闱之化,爰慎贤淑之求,于本月初六日册封内大臣鄂硕之女董鄂氏为皇贵妃,赞理得人,群情悦豫,逢兹庆典,恩赦特颁。"恩赦之条目有十:除十恶等真正死罪及贪官衙蠹应斩者不赦外,其余死罪俱减一等,军罪以下,一律赦免;朝审候决重犯,减等发落;各省府监候秋决各犯,减等处理;文官除贪赃、失城、欠粮等罪不赦外,其余见在议革、议降、议罚及戴罪住俸各官,俱予宽宥;啸聚山海者,真心来归,赦免其罪;各处盗贼,改过自首,准赦其罪等等。十五日,申刻,皇上从南苑入正阳门还宫。

二十三日丙申,祭告天、地、宗庙、社稷。天坛奠缎帛、酒、五种果品、鹿、兔等物,燃香烛,读祝文。内大臣额尔克戴青照旧行礼致祭。祝文曰：嗣位天子臣恭遣额尔克戴青谨昭告于天地曰："臣册封皇贵妃礼成，于顺治十三年十二月二十四日，恭奉册、宝，加上圣母昭圣慈寿恭简安懿皇太后徽号曰昭圣慈寿恭简安懿章庆皇太后，祈天洞鉴。"是日，恭奉册、宝，举行加封昭圣皇太后徽号典礼。昭圣皇太后大陈仪驾，丹陛乐未设。内翰林院、礼部臣等先往昭圣皇太后宫，设一黄案于正中，继入中和殿设一黄案于正中，并置奏书。皇上御中和殿，阅奏书毕，内翰林院大学士等捧奏书前导，皇上乘舆辇至昭圣皇太后宫门外，降舆，遣太子太保议政大臣费扬古、礼部尚书恩格德，奉请昭圣皇太后升座，昭圣皇太后着礼服，披黄袍升座后，内翰林院大学士捧奏书立于宫东侧，内大臣侍卫等列于大门外。赞引官引皇上至拜位，赞礼官赞跪。皇上跪，大臣侍卫等随跪。赞礼官赞呈奏书，持奏书官跪进奏书左。皇上接奏书，高举授左旁官，跪受至黄案上。赞礼官赞读奏书，满、蒙、汉、读祝官一一跪下，奏读奏书讫，仍置黄案。毕，四女官高举置奏书之案，置于慈宁宫门内槛内。赞礼官赞礼，皇上三拜跪，再二跪六叩。礼毕，皇上还宫，王等诸官皆退。二十五日，加上昭圣慈寿恭简安懿章庆皇太后之礼。王等以下，满、蒙、汉军，文武汉职有顶戴精奇尼哈番以上，具贺表拜上。礼毕颁诏天下。昭圣慈寿恭简安懿章庆皇太后大陈卤簿，设丹陛乐，皇后、皇贵妃、固伦公主、和硕福晋以下，多罗格格、辅国公妻以上，固山额真、尚书等妻以下俱朝服咸集，叩拜庆贺昭圣慈寿恭简安懿章庆皇太后。是日，奉天承运皇帝诏曰："自古帝王统御天下，首重尊亲，故嘉礼告成，必晋崇显号，推厥弘泽，洽于四海。所以广孝思，昭锡类之仁，甚盛典也。朕承圣母昭圣慈寿恭简安懿皇太后慈训，抚辑万方，于今逾纪，兹更遴选贤淑，俾佐壸教，弼成内治。仰惟至德，高厚难酬，非籍鸿称，曷申孝梱，用是祗告天地、宗庙、社稷，于十二月二十四日，率诸王、贝勒、文武群臣恭奉册、宝，加上圣母尊号曰昭圣慈寿恭简安懿章庆皇太后。隆仪爰举，湛惠斯覃。"查阅清朝历史，有清以来大赦恩诏数百次，这是唯一的一次因册立皇贵妃而颁恩诏大赦天下的，确可算是罕有之隆恩。

第三节　改恶习专宠美人董鄂妃

顺治帝在册立董鄂氏为皇贵妃后,当时后宫之中共有后妃九位。其中有三位是昭圣皇太后亲选的,她希望儿媳是漠南蒙古科尔沁博尔济吉特氏家的格格,以便充分依靠和利用娘家父、兄、弟、侄所辖的蒙古健儿,为清王朝的长治久安治内御外,为清帝的江山社稷,大显身手,拱卫宸极。第一位是原皇后,名博尔济吉特氏苏亚,顺治十年(1653年)被废,降为静妃;第二位新立皇后,名博尔济吉特氏木伦,其父系蒙古科尔沁贝勒绰尔济;第三位淑惠妃,是新立皇后的亲妹妹;第四位是顺治帝自己热恋的董鄂贵妃,其父系内大臣鄂硕;第五位是端顺妃,其父系阿巴亥博尔济吉特氏一等台吉布达希布;第六位是博尔济吉特氏赠悼妃[顺治十五年(1658年)三月十五日卒,追封悼妃],其父系博尔济吉特氏亲王满珠习礼;第七位是佟妃(康熙帝之生母),父系一等承恩公佟图赖;第八位赠恪妃,其父系汉吏部左侍郎石申。可在这六宫粉黛中,顺治帝福临专宠董鄂皇贵妃一人。特别是董鄂妃由贤妃晋封为皇贵妃后,虽无皇后之名,但由于受到顺治帝的专宠,实际上却成了六宫之主。顺治帝的后宫,除了皇后唯有董鄂氏是皇贵妃。因此在后宫中,她经常在无后之时或皇后生病之时,主持六宫事务。

顺治帝福临对董鄂皇贵妃如此宠爱,与他的幼时孤独生活有关。福临懂事之后,就沾染上了满洲贵族子弟的一些恶习,这些贵族子弟过于沉溺掠夺、烧杀和淫乐的生活,特别是满洲贵族子弟本身富贵在身,因此,这些豪门贵族中长成的王爷、贝勒、贝子爷、公爷,在邪恶小人的唆使、影响之下,很小就养成了荒淫无耻的恶习。像摄政王多尔衮,妻妾成群,还要在八旗中广选美女,逼求蒙古、朝鲜公主、格格、福晋,最后酒色过度,三十九岁即因此丧命。豫亲王多铎也因迷恋女色,很早就和妓女鬼混，甚至要公开霸占大学士范文程的夫人，后来在攻下南京时，又广觅美女，逼娶寡妇刘三秀，最后三十五岁时即过早去世。少年天子福临懂事以后，生活特别孤独，每天除了骑马射箭习武就是玩耍，由于其年少无知，在他大婚前曾做了一件无道德的事。他大婚之后，由于受太监中奸狡之徒拼命腐蚀、影响，他们诱引皇上过一种放纵淫逸的生活。兼之，众多的妃嫔、贵人、常在、答应和宫女，大都在竭力设法诱引皇上，宠幸于己。所以，福临在生活方面确实变成了一个好色之徒。正如传教士汤若望所说："他结婚之前，曾作过一件无道德之事，结婚之后，人们仍听得到他的道德方面的过失。"尽管玛法拼命谏阻劝诫，都无济于事，福临仍然我行我素。好色必然昏庸，荒淫无耻又必导致愚蠢、残暴、祸国殃民，甚至亡国败邦，唐明皇、隋炀帝皆系前车之鉴。看来，逆势是无法扭转了，福临如此发展下去最后将沦落为好色昏君。

然而，爱情的力量是惊人的，而得之不易的爱情才甘之如饴。福临自从遇到董鄂氏及册封为贤妃和晋升皇贵妃后，奇迹出现了，竟然专宠董鄂皇贵妃，尽改以往的荡习。他为什么这样宠爱董鄂妃，并能因此将以前恶习尽行涤除？尽管史料缺略，但根据顺治帝在爱妃死后亲撰的《行状》，以及有关资料，可以归纳出以下几个方面：

第一，董鄂皇贵妃是一位天香国色的绝代佳人，明眸皓齿，亭亭玉立，温柔祥和中隐露出聪颖和刚毅。她天资敏慧，聪睿过人，经史佛学书法，皆有造诣。少年天子福临英俊聪睿，是天下共主，富有四海，自然是心比天高。此时后宫中，顺治帝亲自授予或追赠封号的皇后和妃嫔中，尽管不乏美女，可是没有一个能拴住皇上之心的。唯有董鄂妃入宫后，博得顺治帝宠爱，使六宫粉黛无了颜色。这时的董鄂妃很有些像唐明皇时那位杨贵妃，"后宫佳丽三千人，三千宠爱在一身"。但她却毫无杨贵妃那种矫揉造作的酸味儿，更没有杨贵妃粗俗的狎邪事情。她知道，自己时刻置身于后妃们的众目睽睽之下，稍不留意则会遗人把柄，酿成祸事。她平时衣饰"绝去华彩，即簪珥之属不用金玉，惟以骨角充饰"。她在与后宫嫔嫱的日常接触中,顺治帝在《行状》中则这样描写道:"董鄂妃宽仁下逮(以宽仁待下),曾乏织芥(毫无一点儿)忌嫉意,善则奏称之,有过则隐之,不以闻(打小报告)。于朕所悦,后尤抚恤如子,虽饮食之微有甘毳(美味)者,必使均尝之,意乃适。宫闱眷属,大小无异视,长者媪呼之,少者姊视之,不以非礼加人,亦不少有诟谇。故凡见者,蔑不欢悦,蔼然相亲。"她办理后宫庶务,无不尽心尽力,迎得姻党戚谊们的一片赞誉,福临视她"虽未晋(皇)后名,实(皇)后职也"。

第二,情投意合,红粉知己。顺治帝与董鄂皇贵妃皆有治国安邦之志,福临固以明君自期,董鄂妃亦竭力襄助夫君励精图治。顺治帝曾下谕免视朝,董鄂妃谏劝说:"群臣能因视朝而获目睹天颜,愿陛下毋以倦勤罢。"顺治帝从其言而频频视朝。每当日讲之后,董鄂妃必请顺治帝讲述所讲之义,顺治帝与言章句大义,董鄂妃辄喜。间有遗忘,妃必谏劝说:"妾闻圣贤之道,备于载籍,陛下服膺默识之,始有裨政治,否则讲习奚益焉?"顺治帝阅章奏,常至深夜,董鄂妃皆在侧随侍。有些奏疏是循例待批的,顺治帝略为翻阅,即置于案上,实际已同意其奏。董鄂妃即进谏说:"此讵非几务,陛下遽置之耶?"顺治帝说:"无庸,故事耳。"董鄂妃复谏说:"此虽奉行成法,顾安知无时变、需更张,或且有他故宜洞瞩者,陛下奈何忽之。祖宗贻业良重,即身虽劳,恐未可已也。"顺治帝听后认为很有道理,乃细阅。时时事事,董鄂妃皆以襄助夫君治国安邦为务,勉君勤理国政。

爱情像一团火,使顺治帝那颗长期得不到爱而渐趋冷酷的心,重新温暖燃烧起来,越烧越烈。这种爱,是他在亲生母亲那儿也从未体会过的,而董鄂妃却给了他爱的全部温馨和力量,使他从冷漠无情的天上落到了人间,对生活又有了热情和信心。在顺治帝的心中,天下之大,亿人之多,红粉知己,仅董鄂妃一人。

第三,顺治帝与董鄂妃的治国之道相同,皆以孔孟仁政之学为准。一次,福临连夜审阅刑部一批奏疏,这是一批报斩罪犯的案卷,他提笔犹豫难决。董鄂妃见状起身问询说："此疏所述何事,让陛下心轸？"顺治帝说："此乃秋决疏,疏中十余人待朕批准后,即予正法。"董鄂妃闻知后伤心地流下了泪水,慢声细语地恳请说："诸辟皆愚无知,且非陛下一一亲谳者,妾想陛下之心意,对这十余人之死罪要亲谳,犹以不得情而怕判刑不准,矧但所司审虑,岂尽无冤耶？陛下宜敬慎,求可矜宥者全活之,以称好生之仁耳。"从此以后,顺治帝凡遇到刑曹爱书,必详细阅览。董鄂妃必勉励顺治帝又读说："民命至重,死不可复生,陛下幸留意参稽之。与其失入,毋宁失出。"顺治帝回忆此事盛赞董鄂妃之宽厚,说："以宽大谏朕如朕心,故重辟获全大狱未减者甚重,或有更令覆谳者,亦多出自后规劝之力。""朕日理万机,藉后内助,故得安意综理,今复何恃耶？宁有协朕意如后者耶？"

　　董鄂皇贵妃每见顺治帝因心绪烦乱而草率处理文案时,她便轻声劝谏道："此讵非几务,陛下遽置之耶？"顺治帝漫不经心地答道："无庸(不用),故事耳(老一套)。"董鄂妃复谏道："此虽奉行成法,顾安知无时变、需更张,或且有他故宜洞瞩者,陛下奈何忽之？祖宗贻业良重,即身虽劳,恐未可已也。"顺治帝听了董鄂妃的进谏后,遂对每一份奏疏都细致阅览。董鄂妃时时事事皆以帮助夫君治国安邦为务,勉君勤理国政。顺治帝有时提出让她同阅,她却起身敬谢不敏,说："妾闻妇无外事,岂敢以女子干国政,惟陛下裁察。"她心中总有一根无形的尺度,举止言行于可止之时,从不逾度,即使夜阑人寂,只有夫妻同时阅卷时,她也能恰到好处地掌握分寸。

　　顺治帝在冗繁的政务之余,还得到董鄂妃所"口讲"(上课),主要内容是四书五经,也兼及历史、文学等内容。每次听讲回来,董鄂妃便让他复述课业,答对了则高兴,"间有遗忘不能悉"之时,她竟如训一位顽皮的小弟弟似的,生气道："妾闻圣贤之道,备于载籍,陛下服膺默识之,始有裨政治,否则讲习奚益焉？"福临非但从不生气,反而洗耳恭听。这时,二人之间全无皇帝与皇妃的等级隔阂,而是两颗互爱之心在感情上的平等交流,除了昭圣皇太后之外,普天之下大概也只有董鄂妃敢用这种口气对皇帝讲话。

顺治帝爱狩猎,每次回来总向她炫耀狩猎中的趣闻险事,而董鄂妃则"愀然于色"为夫君的安危提心吊胆。也许,董鄂妃这种表现恰是顺治帝的自豪和骄傲,他已完全赢得了她的心。

第四,孝养母后,善待皇后。俗谚语有"伴君如伴虎"的说法,但对于董鄂妃来说,如何处理与昭圣皇太后之间的婆媳关系,如何善待章皇后,是比伴君更为棘手之事。顺治帝福临虽然是皇上,但很多朝纲国事还离不开昭圣皇太后的扶植,许多重大问题还要靠皇太后的帮助才能决断,因为她在朝中诸王、贝勒及文武大臣心中的地位和威望远高于皇帝。论资历她历经太祖太宗及顺治三朝,论地位又是皇帝的亲生母亲。董鄂妃是个既有端庄秀美的天生仪容,又谙宫中各种繁杂礼数的人。她在宫内进止有度,言行得体,使婆婆难以挑剔,她平日里,"侍皇太后,奉养甚至,伺颜色如子女,左右趋走,无异女侍"。但由于顺治帝福临因未出过天花,时常要避痘离宫至南苑处理政务。每逢这种夫君不在身边的时候,董鄂妃更加如履薄冰,谨慎异常,"定省承欢如朕躬",对于董鄂妃的所作所为,连昭圣皇太后都感到吃惊。特别是在董鄂妃被册封为皇贵妃后不久,皇后大概是"憔悴忧念"所致,大病一场几乎丧命。董鄂妃亲临病榻扶持,"宫中侍御尚得乘间隙少休,董鄂妃则五昼夜目不交睫,且为皇后讲诵史书,或常谈以解之"。这在皇太后看来,皇后病危,恰是董鄂妃争宠的天赐良机,而她却出人意料地侍奉汤药,全无觊觎后位之意,这自然极大地缓解了婆媳间的紧张气氛,堪称技高一筹。皇后病愈后,她仍是"晨夕候兴居,视饮食,服饰曲体罔不悉",这岂是皇贵妃之职事,简直像个下等侍婢。总之,董鄂妃在与昭圣皇太后和皇后的关系问题上,所表现出的胸襟和气度,确乎远在一般后宫佳丽之上,应该说她在处理与婆婆皇太后与皇后的关系上是成功的。

第五,善待夫君,相濡以沫。董鄂妃对待夫君福临,更是崇敬挚爱,体贴入微,侍养备至。二人在后宫日常生活中形影不离,"晨夕候兴居,视饮食,服饰曲体罔不悉"。每次返跸宴(下朝休息),董鄂妃总是亲自安排饮食、斟酒、劝饭、问寒问暖,忙个不亦乐乎。顺治帝每每过意不去让她共同进膳,她却说:"陛下厚念妾幸甚,然孰若与诸大臣,使得奉上色笑,以沾宠惠乎?"因为顺治帝脾气暴,时常与诸大臣闹得很僵。在爱妃的劝慰下,从顺治十三年(1656年)以后,顺治帝与诸大臣共食的次数突然多起来,人们只以为皇帝有所悔悟,却不知是董鄂妃在樽俎言笑间的妙劝发生了作用。如遇有庆典大礼,顺治帝常饮酒过量,董鄂妃更是整夜服侍,连炕床寒暖等小事也逐一过问。顺治帝既得知心,这时期格外勤政,往往批阅奏章至夜分,而每逢此时,董鄂妃总是毫无例外地亲侍书案旁,为其展卷研墨,侍奉汤茶。

董鄂妃与顺治帝之间的笃执感情,并非卿卿我我小夫妻恩爱,她不仅是顺治帝的精神支柱,还是一位颇有政治头脑的贤内助。顺治时吏治不整,故明旧臣大量入朝,使新旧矛盾层出不穷,惩处降谪是经常之事,顺治帝为此大伤脑筋,常闷闷不乐。董鄂妃询其原委谏道:"斯事良非,妾所敢预,然以妾愚,谓诸大臣即有过,皆为国事,非其身谋,陛下曷霁威详察,以服其心,否则诸大臣弗服,即何以服天下之心乎?"她提醒皇帝处治罪臣时要分清为国事与为身谋的界限,以区别对待,并以服其心作为惩治的要旨。这些虚心纳谏、择善而从的思想都成为顺治帝整饬吏治的重要方针。

第十六章 专宠董鄂妃再废后母子生怨

第一节 皇太后眼中的皇孙儿玄烨

顺治十四年(1657年)腊月,北京的天气很冷,阴云密布的天空飘着纷纷扬扬的鹅毛雪花,慈宁宫院子的地上铺满了厚厚的积雪,皇宫内外一片雪白。刚刚起身的皇太后站在慈宁宫门前,高兴地喊了起来:"下雪了!下雪了!"皇太后像所有的北方人一样很喜欢雪。"快去请老太妃们来!"皇太后高兴地对苏麻喇姑说,又对太监总管说:"快去准备几桌点心果品奶茶奶酒,我们几个老太婆要赏雪喽!"一到下雪,她就把老太妃们邀请到慈宁宫来赏雪。

皇太后转过头又问苏麻喇姑:"能不能想出点赏雪的新花样?我们几个老太婆年年赏雪,是不是腻味了点?"苏麻喇姑正在苦想,皇太后却突然一拍手,大声喊了起来:"我有主意了!快去把皇子们抱来一起赏雪,老太婆们加几个小娃娃这聚会才热闹是不是?"苏麻喇姑笑着说:"皇太后并不老,看皇太后的脸色还像大姑娘似的,没有一丝白发,千万不要自称老太婆,这样叫来叫去,倒是把自己叫老了。"皇太后哈哈笑了起来:"好,依你,不再自称老太婆,快去传话吧,让乳母们把皇子打扮得漂漂亮亮干干净净的,不要带着奶腥味。"

不大一会儿,怀里抱着锃亮的铜手炉,戴着昭君式貂皮帽,穿着各色鲜艳锦缎貂皮大氅的老太妃们,嘻嘻哈哈打着招呼,陆陆续续来到慈宁宫。她们在宫门口的外廊下，拍打着身上的雪花，跺着脚上的雪，互相寒暄着，皇太后把她们让到慈宁宫的东暖阁。火墙火地和火炕，使东暖阁里面暖烘烘的，太妃们都脱掉所有的外衣。东暖阁的南北大炕上，都摆着炕桌，上面摆着各种美味宫廷小点心，香色味俱全，看着就让人垂涎三尺。

皇太后让她们各自上炕，坐到各自的位置上。笑着说："今天请老姐妹们赏雪，行酒令，玩纸牌，还要叫大家赏童子面，叙茶话。"老太妃们都像小孩子一样，笑着说着，唧唧喳喳。

皇太后狡黠地眨巴着眼睛说："等一会儿你们就会见到诸位皇子，这是大清朝的继承者和爱新觉罗的栋梁，这些英俊活泼的小皇子，也最能安慰我们这些老太婆。"

这时，院子里传来脚步声。昭圣皇太后从心底里高兴地说："来了！皇子们来了！"苏麻喇姑笑着急忙迎到宫门口，掀起门帘，几个乳母保姆，抱着包裹得严严实实的小皇子，先后走进慈宁宫东暖阁。老太妃们全都惊呼起来，夸张地大呼小叫。她们知道这样最能叫皇太后高兴，皇太后要的就是这种效果。

昭圣皇太后急忙让乳母放下皇子，脱去他们的斗篷外衣，一身明黄小箭袍的小皇子们，分别站到老太妃面前，脆生生地喊着皇阿嬷！此时的慈宁宫，瞬时热闹起来。四岁的皇次子福全、三岁的皇三子玄烨，满地乱跑，挥舞着小手，要老太妃们抱起来吃桌上的小点心。

玄烨，顺治十一年（1654年）三月十八日巳时生于紫禁城内景仁宫，排行第三，母亲是佟妃，佟妃的父亲佟图赖，隶汉军正蓝旗，历任正蓝、镶白等旗固山额真、礼部侍郎等职，在太宗崇德帝皇太极、顺治帝福临两朝屡立战功，晋爵至世袭三等子。玄烨降生时，顺治帝才十七岁，母亲佟氏年龄十五岁。宫中规定，不许亲生母子同居一宫。因此，玄烨出生后就交由保姆和乳母抚养，后出天花避痘，和保姆乳母住在紫禁城外西边的福佑寺。离乳母之后，添内监若干人为谙达（朋友、伙伴），教之饮食、语言、行步、礼节。乳母孙氏和太监是他最早的启蒙老师。当然，更主要的还是得到祖母昭圣皇太后的钟爱和培育。

昭圣皇太后欢喜地伸出双手喊："过来！福全！"福全是次子，他却不理会皇太后，只让太康皇太妃抱。这时，皇三子玄烨却急忙跑了过去，脆生生地喊："皇阿嬷，抱我！"说着，就一头扑到皇太后的怀抱里，蹬着双腿往皇太后身上爬。他爬到皇太后腿上，抱着皇太后的脖子，把自己的小脸紧紧贴到皇太后的脸上，蹭来蹭去把皇太后的心蹭得痒痒的，漾起一种说不出的感觉，皇太后一下子抱住皇三子玄烨喃喃地说："小心肝！小宝贝！小祖宗！"

正热闹着，又有几个保姆，抱着一个明黄锦缎貂皮斗篷包裹的婴儿，缓缓地走进慈宁宫。老太妃们问："这可是董鄂皇贵妃生的皇四子？"皇太后微笑着点了头。一提起董鄂皇贵妃，皇太后心里有些不舒服，自从她和皇儿福临大闹一场后，她终于没有拗过倔犟的皇儿福临。董鄂氏却在她丈夫自杀后第三十天，福临就把她正式接入宫中，八月二十五日封为贤妃，九月底晋封为皇贵妃，其在后宫几乎代理皇后主理后宫，成为福临心目中真正的皇后。

自从顺治十四年（1657年）十月初七日，董鄂妃生下此皇子后，受到福临的特别喜爱。因为皇后没生育皇子，也许福临有意要立这个皇四子为嗣。虽然福临没有向她明说，但是她能估计到了。立哪个皇子，这是福临自己的事情，她还不想干涉。可是，以董鄂妃代替皇后，这可是她不能容忍的。已经废了第一个博尔济吉特氏皇后苏亚，难道又要废第二个博尔济吉特氏皇后木伦？他福临心中到底有没有我这个额娘？他到底听不听额娘的话？他福临想以母为贵来立皇四子，这主意恐怕有点早。立皇太子，不征得我老太后的同意绝对不行。当然，尽管因此事皇后来哭诉过几次，都被她呵斥了回去，但是，皇太后表面上没有流露出任何对董鄂妃的不满。

昭圣皇太后欢喜地让乳母解开斗篷，一个粉团玉琢的白胖婴儿拍着小手,黑亮的眼睛滴溜溜转着,好奇地看着周围的人。皇太后看着这般可爱的婴儿,笑得嘴都合不上。这几个皇孙中,这四皇子最像当年的福临。皇太后脑海里顿时浮现出当年福临的模样:白白胖胖,张着小手。皇太后的眼睛有些发热,不由自主地向皇四子伸出手,像当年她去乳母李氏那里看望福临一样。

昭圣皇太后从乳母手中接过皇四子,刚刚降生三个月的皇四子却哇的一声啼哭起来。皇太后哄着他,他却怎是不肯停止啼哭,而且越哭越响,好像在向所有人宣布他不喜欢这个老太婆。皇太后有些狼狈,不知所措地看着乳母,乳母急忙接过小皇子,他一下子安静下来。皇太后又试着抱过来,他却又扯开喉咙大声响亮无所顾忌地大吼起来。

昭圣皇太后一声不响,把这个不知好歹的婴儿递给乳母,颇不悦地抱起玄烨逗他玩。慈宁宫内的气氛一时冷淡下来。皇太后看了看大家,笑着说:"这玄烨三阿哥,在他额娘佟佳氏身怀六甲时,一天到我这问安,我见她衣裙间有光如盘龙绕,一问,知有身孕,我当时曾对近侍说,我怀福临的时候便有这种祥兆。玄烨生下百日抓阄时,叫在场的人都吃一惊。他面前摆着金银元宝,笔墨纸砚,刀枪剑戟,他啊,一手抓了一支笔,一手抓了一把刀,哪个都不放手。"

皇太妃们感叹地说:"这皇子将来一定文武双全,文治武功精通。这是我们爱新觉罗的好接班人,是大清的福分,也是皇太后的福分啊。"皇太后点头说:"看来我们要好好培养这孩子。"说着她低下头亲吻着玄烨的小脸,亲昵地问:"三阿哥,你长大以后想干什么?"玄烨抬起头来,奶声奶气地说:"皇阿嬷想让我干什么?"皇太后用手指轻轻地点着玄烨的小脸蛋说:"皇阿嬷想让你成为你父皇那样的人,效法父皇,勉心尽力,造福大清。跟我说一遍。"玄烨稚嫩的脸上漾起天真的笑容,奶声奶气地学着皇太后的口气说了一遍。皇太后这时把嘴凑到玄烨的脸颊上,一边亲一边关切地问:"记住了皇阿嬷的话没有?"玄烨娇声娇气地又重复一遍:"效法父皇,勉心尽力,造福大清。对不对,皇阿嬷?"玄烨把脸紧紧贴住皇太后的脸,蹭来蹭去。皇太后亲着他的小脸,不断地说:"聪明的孩子!有出息!有出息!"

昭圣皇太后叫来玄烨的乳母孙氏,她是包衣侍卫曹玺之妻,家里原是个破落士绅,她上过私塾,读四书五经,识文断字。皇太后向孙氏询问了玄烨平时的起居学习,叮嘱她好好教导他,赏赐给孙氏一些银两,孙氏千恩万谢。

不懂事的皇四子不知为什么,这时又哇哇哭了起来。皇太后厌恶地皱了一下眉头,挥挥手,乳母急忙抱着他走出慈宁宫。皇太后对苏麻喇姑说:"这孩子真令人讨厌!"苏麻喇姑眼睛转了一下,闪过一丝怜悯,却立刻变得平静如水。她只轻轻地点着头。

第二节　福临封董鄂妃所生皇子为太子

顺治帝福临共有八子五女,皇长子牛钮,顺治八年(1651年)十一月生,第二年正月殇;皇二子福全,顺治十年(1653年)七月生;皇三子玄烨,顺治十一年(1654年)三月三十日生。顺治十四年(1657年)十月初七日,董鄂妃生下一子,此子排行第四,尽管上有两位皇子福全和玄烨,但皇后无子,唯有董鄂妃所生皇四子母贵,因而备受父皇宠爱。福临爱屋及乌,视如珍宝。顺治帝已定将此子立为将来的皇太子。然而不知什么原因,可惜此皇子生下来未及四个月,便于顺治十五年(1658年)正月二十四日夭折了,只活了一百天,连名字都未来得及取。

董鄂妃失去爱子,哭得死去活来,天昏地暗。福临也痛彻于心,伤感非常。诸王大臣们怕皇上伤了身体,但又不敢上疏相劝,正在为难之际,福临把诸王大臣们召来,对他们说:"你们不要担心我会为皇四子夭折伤念过甚。前一段,我因为昭圣皇太后身体欠佳,时刻担忧惦念,如今太后身体痊愈,这是最值得庆贺的事,也是我的最大心愿,我怎么会因为这个小皇子的死而感怀呢?我更关心我的国家,我还要安慰母后,

昭圣太皇太后晚年像

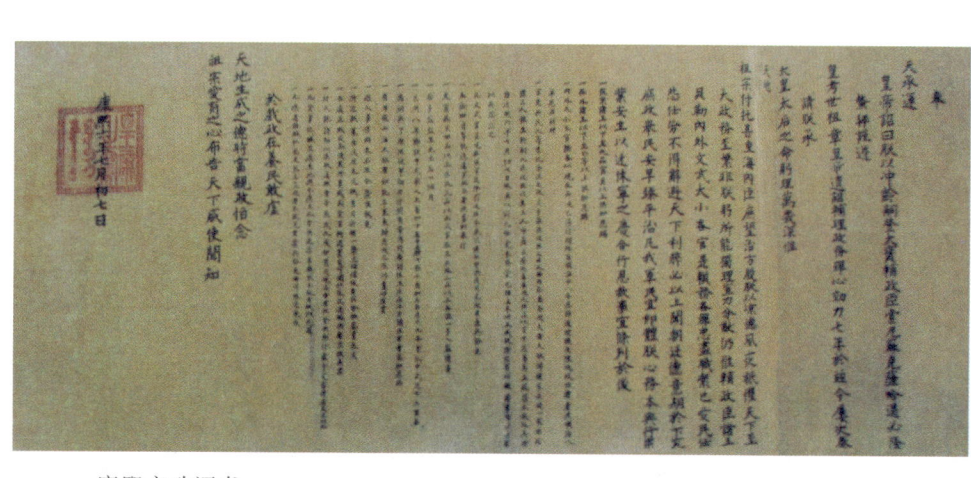

康熙亲政诏书

怎么敢过于悲伤？我说的都是发自内心的话。你们应该知道我的心情。"诸王大臣听了皇上的这番话，才略放宽心。

但是，顺治帝内心深处却实实不能忘却，他最宠爱的董鄂妃为他生下的这个宝贝皇儿，尤其他看到董鄂妃自从皇儿夭折后，每日里以泪洗面，不免心中隐痛。福临为了安慰董鄂妃，纪念皇四子，于顺治十五年（1658年）三月，亲颁谕旨，追封这个无名的皇四子为和硕荣亲王。

事后，他又命礼部为荣亲王择吉地，修造陵墓。礼部遵皇上之命，在京城西郊黄花山选了一块风水宝地。这里距京城50公里，位于今房山区河北镇，西有黄花山似白虎雄踞，东西两条大河环绕夹流似两条龙。此地是明朝正统十一年（1446年）由比丘圆广法师发现，先后得名"潜真洞""十佛洞""石佛洞"，因洞内石花锦簇而得名。此外这里还有一座寺庙，潭柘寺，原名嘉福寺，始建于晋代，因前有柘树、后有龙潭而得名，唐代更名为龙泉寺，金代改名为大万寿寺，明代天顺元年（1457年）恢复原旧名"嘉福寺"。清代又改名为岫云寺。

据说由于那里风水好，又有一座历史悠久的寺庙，当时那个地方原有许多民间墓地，礼部想讨好皇帝，拟提出将寺庙和墓地尽数迁出，并上报皇上。顺治帝福临没有同意，说："民间历史久有的坟墓和供奉神佛的寺庙、僧道等，因为我小儿建立寝园，就马上令其迁移，我实在不忍心，况且黎民百姓，哪个不是我忠实的儿子！所有的寺庙、坟墓都不要迁移，荣亲王的寝园就建在其中吧。"

顺治十五年（1658年）八月，和硕荣亲王在隆重严肃的礼仪队伍护送下葬于黄花山。

第三节　因专宠董妃再废后母子生怨

人类历史上的许多悲剧皆源于爱，爱是美好的，却又是残酷的，甚至比恨还残酷百倍。可是，又有谁是为了恨才活在世间的呢？即使贵为天子的顺治帝福临亦不例外。他崇尚爱情,却又同时制造痛苦,历史往往就是按照这种并行不悖又对抗不息的逻辑演进。满蒙之间的权势和地位、母子之间的矛盾和斗争、董鄂皇贵妃与第二位博尔济吉特氏皇后之间的较量,构成顺治朝后宫中一团团错综复杂的迷雾战云,以其奇特的方式在内院深宫展开了一场长达五年的血腥厮杀!

谁人不知,自从清太宗崇德帝皇太极接连娶了五位蒙古博尔济吉特氏后妃以后,朝廷虽称满族权贵秉政,而后宫却是蒙古血统的贵妇人执牛耳。顺治帝专宠董鄂皇贵妃的矛头所向,直戳以昭圣皇太后为首的蒙族姻党心窝。众所周知,董鄂妃是在宫内外的一片訾议声中,于顺治十三年(1656年)六月二十六日进入掖庭,来到了顺治皇帝身边。两个月后,八月二十五日顺治帝即谕礼部,以"内大臣鄂硕之女董鄂氏,性资敏慧,轨度端和,克佐壸仪,立为贤妃"。可是,仅只一个月,又于九月二十八日被谕升为仅次于皇后的皇贵妃,地位升迁之速,史上罕有。而且将皇帝对皇后与众多妃嫔的宠爱全都集于她一身。在众人眼中,这种专宠是比皇贵妃地位更令人艳羡之事,于是,她立即成为众矢之的。作为一名皇帝后宫的女人,相互争宠历来如此,因此,董鄂妃来之后宫廷内的压力远甚于前朝。

董鄂妃入宫一跃而为皇贵妃,且典礼拟于皇后,独占皇帝专宠,虽无皇后之名,确有皇后之实,立即招来各方面的敌视和不满。当时,董鄂妃必须要应付和处理好来自三方面的压力。一是皇太后和皇后为首的蒙古后党;二是人数众多、关系复杂的妃嫔姻党,她们往往是朝中不同政治势力在后宫内的代表人物;三是十三衙门内那些炙手可热的太监们,他们几乎囊括了皇宫内部事务的一切大权。

昭圣皇太后对福临特宠专宠董鄂皇贵妃,很难满意。因为皇后和淑惠妃姐妹俩成为一对被摆在后妃位置上的木偶,在顺治眼中不屑一顾,乃至姐妹二人膝下寂寞,至死也无一子女。昭圣皇太后是一位有政治头脑、贤良而卓识的女人,出身于蒙古"戚畹贵族"之家。皇儿于顺治八年（1651年）亲政后，她从当时清政府所处的形势和娘家的特殊利益出发，希望自己的儿媳仍是蒙古科尔沁部博尔济吉特氏家族的格格，以便充分依靠、利用娘家父兄弟侄所辖的蒙古健儿，为清王朝的长治久安治内御外，为大清帝国的江山社稷大显身手，拱卫宸极。因此她为皇儿亲选的第一位皇后，乃是她的亲侄女博尔济吉特氏苏亚。可是却在顺治十年（1653年）被其倔犟的皇儿以"无能"和"性情不协"而废，降为静妃，打入冷宫。

顺治十一年（1654年）五月，她亲自通过选秀女的新制，将蒙古科尔沁贝勒绰尔济的两位女儿博尔济吉特氏木伦和其妹妹选进宫内，这两位博尔济吉特氏姐妹几乎同时被封为妃。按姻亲辈分绰尔济是皇太后的亲侄儿，两位妃子自然是皇太后的侄孙女，一个月后，姐姐木伦被册封为皇后，妹妹被册封为淑惠妃，第三位被选入宫的是满珠习礼的女儿、自己的亲侄女，但进宫不久去世，追封悼妃。本想以一后二妃围绕皇上，能巩固娘家特殊地位和依靠弟侄之蒙古兵来捍卫大清王朝，不料万密之中有一疏，她这位性格倔犟又特重感情的爱子顺治皇帝福临，不愿意刚刚摆脱多尔衮的魔爪，刚刚废掉其为自己选的第一位皇后，却又落入母后的樊笼，他决不甘心再度受制于人，便想方设法进行抗争。

顺治帝福临，由于受汉文化的影响，使他逐渐感到滥肆纵欲的羞耻和危害。他看不上皇太后为他选的皇后和淑惠妃姐妹俩，却于顺治十三年（1656年）自己热恋上了有夫之妇董鄂氏。他不顾母后的百般阻挠，入宫不久即封其为贤妃，一个月后又擢升为皇贵妃，并下谕旨"太庙匾额上剔除蒙古文"，这使皇太后心惊肉跳。太庙是清朝供祀祖宗神位的圣地，中殿供奉着太祖努尔哈赤和太宗皇太极的牌位，后殿则有太祖以前的肇祖、兴祖、景祖、显祖等列位祖先及列后的牌位，在太庙匾额上挤掉蒙古文，则意味着宣布结束蒙古族女人统治后宫的历史，这是昭圣皇太后无论如何也不能接受的。从大清的国策和江山社稷考虑，皇太后不允许儿子自寻称心如意的佳偶，她既要维护蒙古王公贵族在宫中的特殊权益和地位,更要维护大清国的尊严和命脉,这就注定顺治帝的婚姻只能成为封建社会制度祭坛上的缀饰和牺牲品。于是,便使母子之间的矛盾和斗争达到了顶点,聪明睿智的皇太后,对福临的行为虽表面上未置一词,却在等待着反击时机。

顺治十四年(1657年)十月初七日,承乾宫内董鄂妃喜生麟子,由于董鄂皇贵妃在后宫的专宠地位,皇儿甚至很可能要其立为太子而再生废皇后之心。未来的皇后将非董鄂妃莫属,博尔济吉特氏在后宫的一脉将被挤出政治舞台。一切都因为新生儿的诞生而变得十分冷酷和现实起来,而年青体壮的皇后却寡居后宫,想见皇帝一面都很难,何谈承恩受孕?董鄂皇贵妃独受专宠,几乎成为注定的胜利者,朝内外舆论也一致认为"皇帝要规定她的新生皇四子为将来的皇太子"。形势急转直下,顺治帝对新皇子的降生更是满心欢悦,他一心想将董鄂妃扶立为正宫,这样于名于情,就两全其美了。

然而,事情的发展却远不似顺治帝估计的那么乐观,他低估了母亲的政治韬略和能力。就在董鄂妃生皇四子这年,京畿一带夏季连降大雨冰雹,秋天水灾成患,初冬气候异寒,半年多灾情不断。昭圣皇太后在入冬后就移住南苑。南苑亦称南海子,元朝叫"下马飞放泊",在北京永定门外二十里,是皇家春蒐冬狩、讲武阅兵之处。皇太后有意避开正临盆的董鄂妃。顺治十四年(1657年)腊月,董鄂妃产后不久,南苑突然传来皇太后"圣躬违和"(身体欠安)的消息,并谕后宫妃嫔及亲王大臣等前往省视问安。令人难解的是,告谕竟如同往常一样送到董鄂妃的承乾宫,难道皇太后或她手下的太监宫女们不知道董鄂妃是产妇吗?

董鄂妃接到皇太后懿旨后,心中非常清楚,自己产后身体尚未恢复,如果悖旨不遵,皇太后便可借机大兴问罪。于是,董鄂妃毅然带着产后虚弱的身体,坚持亲赴南苑向皇太后问安。从皇宫至南苑的路程虽然并不远,但在寒冬腊月里让一位产后不久的女人坐二十里路轿,确属太不近人情。更有甚者,董鄂妃不但以产后虚弱的身体前往南苑,而且还被留在皇太后榻前,"朝夕奉侍废寝忘食",昼间捧茶进药、侍奉饮食,夜里仍执劳病榻,守夜熬神。皇太后明知她产后不久,却始终任凭她竭尽性命地服侍,从未劝慰一句。董鄂妃以产后虚弱之躯,在寒冬季节,尽心竭力地侍候皇太后一月左右,精神和身体都遭到了致命的打击,从此一蹶不振,得了严重的月子病,"容瘁身癯,形销骨立"。但是,就在董鄂妃拼死拼活地侍奉皇太后时,皇后却安居暖宫内,非但未去南苑问视,甚至"无一语奉询,亦未遣使问候",相对照不禁使人生疑。莫非皇后早已知悉皇太后病情,所以安之若素,了若无事?

昭圣皇太后是真病、还是假病,是身病、还是心病,内中真情,顺治帝如人饮水,冷暖自知。十二月二十九日,他以母后"贵恙"刚愈,颁诏大赦天下,四天之后,顺治帝见董鄂皇贵妃侍奉皇太后累病,压抑不住心头怒火,对皇后开始兴师问罪。

顺治十五年(1658年)正月初三日,顺治帝谕告礼部,严厉指责皇后不孝,令停进笺奏。说:"朕惟皇后表正宫闱,孝敬为先,凡委曲尽礼,佐朕承欢圣母,此内职之常也。"乃母后染病之时,皇后虽承太后笃爱,恩眷殊常,"而此番起居问安礼节,殊觉阙然"。"向年废后之举,因与朕不协,故不得已而行之,至今尚歉于怀,引为惭德,但孝道所关重大,子妇之礼,昭垂内则,非可偶违。兹将皇后位号及册宝照旧外,其应进中宫笺奏等项,暂行停止"。让诸议政王、贝勒、大臣、九卿、詹事、科道会同议奏。顺治帝此举意欲再次废皇后。五年前废第一位皇后的理由是说皇后"无能",那么此次指责皇后对母后"不孝",其罪就远逾"无能"了,是把董鄂皇贵妃的病归咎到皇后身上,完全可能由停笺表而进一步发展到废掉第二位皇后之位。正月初七日,议政王、贝勒、大臣九卿等议奏皇上,遵谕停进中宫笺表。

昭圣皇太后得知后,对此却置之不理,但不理睬就是反对。她下谕说:"皇后方在冲龄,未娴礼节。"从这道懿旨可以看出,"皇后方在冲龄,未娴礼节"之理由,显然不是真实原因。真实之情,主要是皇太后不满此举。昭圣皇太后谕劝皇儿不能再行废后,认为皇儿专宠董鄂皇贵妃,而对皇后如此冷淡甚至有再废之心,而让一个异姓臣仆区区二品护军统领之女取代皇后,我是不会同意的,而且皇后及其他妃嫔也会生嫉而侧目于董鄂妃,望你停止惩处,照旧进表。

顺治帝这一报复性的莽撞行动,事先并未与爱妃董鄂妃商议,当董鄂妃得知顺治帝如此举动的消息后,立即从婆婆皇太后冷漠的态度中意识到问题的可怕。她比夫君福临更为清楚,坚持废后只会导致悲剧提前发生,只要皇太后这位婆婆一息尚在,皇贵妃与皇后之间就有一道无法逾越的天堑。因此,董鄂皇贵妃于夫君前"长跪顿首固请",她哭劝道:"陛下之责皇后,是也。然妾度皇后斯何时,有不憔悴忧念者耶?特以一时未及思,故失询问耳。陛下若遽废皇后,妾必不敢生。陛下幸垂察皇后心,俾妾仍视息世间,即万无废后也。"她明确地指出顺治帝废后举动的后果,即"若遽废皇后","妾必不敢生",意思是只要妾仍活在人世,万万不可废皇后。

顺治十五年(1658年)正月二十四日,新生的皇四子尚未命名,突然得病,后来即原因不明地夭折而去。董鄂皇贵妃痛失爱子,哭得死去活来,每日以泪洗面,内心一片天昏地暗,身体消瘦如柴,病情不断加重。顺治帝的黄粱未熟,美梦已醒。他对母后的攻势,随着子亡妻病而彻底崩溃。他的收场戏,就是为了安慰董鄂皇贵妃,纪念皇儿,于顺治十五年(1658年)三月,破例封这位无名的、仅活了一百零四天的皇四子为荣亲王,如此而已。

就在皇四子仙逝的同时,皇太后冷冷地降了一道谕:对皇后"如旧制封进"。由于圣母皇太后的说情,董鄂皇贵妃以死力谏,顺治帝于三月二十五日,只好遵母谕,又下谕命礼部复皇后笺表说:"以前皇后问安礼节稍疏,曾谕停其笺表,因母后圣体违和,未及奏闻,今始奏知,朕面奏皇太后慈谕,谓朕前日之旨,笃于事亲,道理宜然,但念皇后方在冲龄,未娴礼节,且素切眷爱。慈谕宽仁,敬当遵奉,嗣后中宫笺奏等项,著照旧封进。"此谕所述太后谕称念其"皇后方在冲龄,未娴礼节之理由"显然太不充分,当是董鄂皇贵妃的以死力谏,这才使顺治帝福临又重下谕令,照旧进呈中宫皇后笺表,终使福临二次废后未果。

第四节 海会寺识聪僧倾心向佛

顺治帝欲以文教定天下,常与儒臣探讨治国之道,对佛教并不崇信,甚至对其还有所讥讽。他接触佛教是从顺治十五年(1658年)初,当时他驾幸南海子,途经海会寺。这座寺庙始建于明朝嘉靖年间,在北京城南,到顺治年间已久废不修,一片荒凉。前两年北京城里信佛的人,有钱出钱,有力出力,把海会寺修缮一新。刚好年初从南方请来一位和尚憨璞住持该寺。憨璞名性聪,是福建延平人,十八岁为僧,师为百痴行元,师祖系费隐通容,是临济宗的传人,于顺治十三年(1656年)五月来京师城南海会寺。憨璞性聪谈经论法很有学问,一时间,北京信佛的众生,如百流归川,纷纷前来海会寺拈香礼拜。

顺治十五年(1658年)三月,顺治帝爱子殇之后,心情不爽,不愿待在宫里对观董鄂妃的满面愁容,便经常外出走走。这一天,他率部属到南苑去狩猎,途经海会寺,见寺内钟声悠扬,香烟缭绕,朝觐者络绎不绝,便命侍卫引导至寺内观光。在海会寺,顺治帝与憨璞性聪一见如故,回宫后,即召憨璞性聪,向他询问佛法大义。从那以后,顺治帝又多次在西苑万善殿接见憨璞性聪,向他询问佛法。有一次福临问憨璞性聪,"自古以来帝王治天下,全都是辈辈相传,日理万机,如今我想虔诚地学习佛法,应跟谁学,怎么学?"憨璞性聪巧妙地回答说:"皇上就是金轮王转世,早就埋下了善根、大智慧,天然的佛的根基,所以才信奉佛法,你能不经点化而自然为善,不学而自通,不然你怎么会是天下最有权力的皇帝呢?"顺治帝听了憨璞性聪一番恭维话,心里很高兴。进而开始对佛教感兴趣,并希望憨璞性聪能多介绍些有名的高僧来京。后来憨璞性聪便将临济宗龙池派的僧人,凡健在的名单都开列出来,让皇上参考。经憨璞性聪介绍,顺治帝才知道,憨璞性聪不过是佛门晚辈,他的师爷、师伯、师叔辈有许多都在江南,都是修行很高,有影响的高僧。于是亲修圣谕,以礼相聘。陆续江南的高僧玉林琇、茆溪森、木陈忞、玄水杲等,以及他们的弟子们,先后应召来京。从此,顺治帝福临的宫中,经常是法坛高筑,谈经论佛,于是福临便渐渐陷入了佛教中,在诸僧中,对顺治帝影响最大的有三人,即玉林琇、茆溪森、木陈忞。

玉林琇,原籍江苏江阴,自幼虔诚奉佛,早年投常州盘山寺,师从天隐圆修禅师,由于他潜心佛事,很快悟得佛法。圆修师父对他非常器重,不久圆修圆寂于湖州报恩寺,根据圆修遗言,玉林琇继承了法席,做了湖州报恩寺的住持。该寺在玉林琇的主持下,风气严肃,很为同修佛法者所推崇,玉林琇也便成为临济宗的著名禅僧。顺治帝一闻其名很是倾慕,便于顺治十五年(1658年)九月,特派专使南下,请其到京论佛法。玉林琇很清高,他以母未葬为辞,后经数请,于顺治十六年(1659年)正月才姗姗启程,二月十五到京见帝。他超然不俗的体貌,奇特之才和高深禅理,以及与顺治帝的巧妙奏对,甚蒙顺治帝推崇,对他毕恭毕敬。顺治帝遂屡至玉林琇馆舍请教佛法,以禅门师长相待,并请玉林琇为自己起个法名。顺治说:"要用丑些字样。"玉林琇书拟十余字,顺治帝自择"痴"字,玉林琇用龙池派中"行"字辈,为帝取法名"行痴"。从此顺治帝致玉林琇之御礼,"悉称弟子某某,即玺章亦有痴道人之称"。对玉林琇之弟子,"俱以法兄师兄为称"。顺治帝初赐玉林琇以"大觉禅师"称号,寻晋"大觉普济禅师",后加封为"大觉普济能仁国师"。玉林琇于顺治十五年(1658年)四月十六日出京南回,顺治十七年(1660年)十月十五日应召再次入京,第二年二月十五日南还。

木陈忞,广东茶阳人,出身于书香门第,自幼颇爱诗书,受博士弟子员。二十七岁潜心修行,受戒于庐山开元寺,后投宁波天童寺密云圆悟禅师,与玉林琇为师伯师叔兄弟,明崇祯十五年、清崇德七年(1642年)圆悟禅师圆寂后,诸僧推他继承法席,成为天童寺住持,木陈忞以天童寺为基础,云游传播佛法,门下弟子修行成为住持一方的,就有二十多人。木陈忞于顺治十六年(1659年)九月应召入京,这时玉林琇已经南还,木陈忞到京后,顺治帝让他在西苑万善殿下榻,这里与内宫很近,往来方便。顺治帝像当年访问玛法汤若望一样,经常就教于馆舍。除了参禅问佛以外,两人还道古论今、臧否人物,平议八股时文、诗词书法,以及小说《西厢记》《红拂记》等,话题广泛,很是投机。木陈忞劝顺治帝"于事无心""于心无事""但遇大小事务,不妨随时支应,事后反观",颇具禅机。木陈忞在京一住八个月,顺治十七年(1660年)五月南还天童寺。他比玉林琇伴帝更久,影响更大,极受皇上推崇,被赐封为"弘觉禅师"尊号,尊称其为"老和尚",以师相待,自称为弟子。

木陈忞南还时,顺治帝依依不舍,他问木陈忞何时再来,木陈忞说争取来贺皇上三十岁生日。顺治帝伤感地说:"你看我骨瘦如柴,像这样的病身子,哪能活得长久?你许我三十岁来贺寿,我或许还能等待,报恩寺和尚许我来祝四十岁生日,我恐怕等不到他了!"在顺治帝的要求下,木陈忞留下他的两个弟子旅庵本月、山晓本晳二人,住居京师任善果寺、隆安寺住持。顺治帝亲至北苑门送行,并将亲书的"敬佛"两个大字及亲笔画的山水、蒲桃画送给木陈忞。木陈忞见皇上如此多情,慨然作诗"惜别君主重,多愁会晤难。何由能缩地,长此共盘桓?托意存千古,留思寄卷端。正虞风雨夕,未易等闲看"。

茆溪森,广东博罗人,玉林琇的弟子。出身于官宦人家,父黎绍爵曾任明朝刑部侍郎。玉林琇在京时,顺治帝翻看语录,见其中有其徒茆溪森所作颂词,很是赞赏,特要求玉林琇还寺后遣其来京,会上一面。顺治十六年(1659年)六月,茆溪森应召来京,以后一年半的时间里,他一直在京说法,与顺治帝接触甚密,且奏对默契,甚得顺治帝宠,欲封他为禅师,茆溪森因师父玉林琇已获此号,师徒不便同受封号,竭力奏辞,顺治帝乃亲笔大书"敕赐圆照禅寺"匾额,命杭州织造恭悬于昔日茆溪森住持之浙江仁和县龙溪庵,从此,龙溪庵更名为"圆照禅寺"。

在玉林琇、木陈忞、茆溪森、憨璞性聪等僧师和尚的影响下,顺治帝笃信佛教。如此信佛崇佛,自然会影响到他治理国政的时间和精力,这为他在最后三四年的政治生涯带来了消极影响。

第十七章 顺治帝与董鄂妃的生死恋

第一节 董鄂妃仙逝顺治悲痛欲绝

顺治帝福临与董鄂妃的结合,既有普通人对正常爱情生活的渴慕和向往,也有天子与妃嫔之间的特殊不平等关系,但他终究是封建政治的集中与代表人物,因为他是皇帝,这就注定其一切与封建政治不相符的东西都将成为悲剧的因素,自然包括爱情在内。但承受更大的重负和打击者,却是董鄂妃,因为她是女人。皇帝的后宫乃是非之地,后妃之间的矛盾错综复杂,本已难处,由于董鄂妃特别受到顺治帝福临的深爱和专宠,使她在后宫中虽无后之名,却成为有后之实,但由于受到各方面的打击,使她的身病和心病不断加重,最终成了大清国"满蒙联姻"国策和封建社会"男女婚姻由父母定终身"的牺牲品。

顺治十七年(1660年)八月十九日,对于少年天子福临来说,是他最伤心、最不幸的日子,他唯一的心上人,唯一的红颜知己皇贵妃董鄂氏与世长辞了。噩讯传来,顺治帝福临犹如突遭晴天霹雳,悲痛欲绝,哭得死去活来。据魏特《汤若望传》记载:"皇帝陛为哀痛所攻,竟致寻死觅活,不顾一切。人们不得不昼夜看守着他,使他不得自杀。"董鄂皇贵妃此时确不该死,她才二十二岁,为什么会英年早逝?据魏特《汤若望传》与《清世祖实录》记载,主要是由于三个原因:一是先已有病,持续三年,致"容瘁身癯";二是爱子早殇。顺治十四年(1657年)十月初七日,董鄂皇贵妃生下一皇子,排行皇四子。尽管此前已有三子,长子早殇,次子福全、三子玄烨,但福全之母是庶妃,玄烨之母是庶妃,唯有皇四子是董鄂皇贵妃所生,由于母之封号尊贵,又是皇上唯一专宠之爱妃,因而备受父皇宠爱,前面两位皇后均未生子,此子生下后,顺治帝就要立他为将来皇太子的。然而,不知什么原因,这位皇子未能长大成人,却于生下三个半月便去世了,连名字都还未取。福临十分悲痛,谕令追封荣亲王,命礼部于黄花山建立寝园安葬。董鄂皇贵妃别无儿女,仅此一子,却生下后百日而殇,焉能不悲;三是董鄂皇贵妃知道,面对宫中严峻的形势,她的前途主要依赖两个条件,一是夫君之宠,二是能有皇子。帝之专宠,她有信心,但龙体虚弱,难有高寿,万一真的过早驾崩,帝宠即成泡影。可是皇子刚生,百日即殇,且随后,帝妃两人皆体弱多病,不能再育,如若夫君病故,另立皇子,董鄂皇贵妃这位曾经宠冠后宫实系六宫之主的贵妃,便要屈居现皇后和继位皇子的亲母之下,那时昭圣皇太后及诸妃嫔之多年的积愤,恐怕都会一下子全都泄于董鄂妃身上,怎能招架!因此,她已成为众矢之的,如何周旋,化凶为吉,使她心力交瘁,力难支撑。从而过度劳累忧虑,致使董鄂妃"病阅三岁""容瘁身瘝",年方二十二岁就离开了人间。这些深情,可能顺治帝福临并不知晓,或是知之甚浅,但铁的事实摆在面前,他的生命,他的红颜知己,他最心爱的人,与他从此永别了,他怎能不悲痛欲绝!

在圣母昭圣皇太后再三劝诫宽慰、顺治帝的悲痛稍定之后,他立即连续下谕,厚葬董鄂妃。当日,顺治帝传谕亲王以下、满汉四品以上官员、公主王妃以下命妇等齐聚景运门外哭灵,辍朝五日。

八月二十一日,顺治帝谕告礼部追封董鄂妃为皇后说:"皇贵妃董鄂氏于八月十九日薨逝,奉圣母皇太后懿旨:皇贵妃佐理内政有年,淑德彰闻,宫闱式化,倏而薨逝,予心深为痛悼,宜追封为皇后,以示褒崇。朕仰承慈谕,特用追封,加之谥号,谥曰孝献庄和至德宣仁温惠端敬皇后。"

八月二十三日，按照礼部奏准的仪注，举行了追封典礼和祭悼，即刻撰写玉册、玉宝，并造秀册、香宝。所有的谥号都用黄绢裱册。这些由御用太监去做，册宝及到奉先殿祭祀的祝文由内阁撰拟，一应祭品分别由光禄寺和礼仪院分别备办。一切准备妥当，让钦天监选择一个吉利的日子。

八月二十六日一早，派一个官员先告祭奉先殿祖宗灵前，然后即行追封礼。追封礼如册封皇后一样，设新亭、香案于太和门，然后经协和门至景运门，行礼受册，宣读册文。只是被册的皇后再也不能亲接册宝，只能在冥冥中看着黄绢焚烧于自己的梓宫前。这一天，包括昭圣皇太后、皇上、皇后在内的宫中大小人等全为董妃设祭。昭圣皇太后、顺治帝福临、皇后派内官各为董妃设祭一坛，宗室和硕亲王共祭一坛，多罗郡王共祭一坛，多罗贝勒以下辅国公以上共祭一坛，镇国将军以下奉国将军以上共祭一坛，女眷则公主祭一坛，郡王以下乡君以上祭一坛，大臣官员们则内大臣、侍卫共祭一坛，所有文武官员共祭一坛。总共十二坛。当天，停放梓宫的承乾宫内外香烟充溢，烛光通明，人影幢幢夜深始渐散。

八月二十六日，以追封告祭奉先殿。追封册文说："朕惟治隆内则，史称淑德之祥，化始深宫，诗诵徽音之嗣，历稽往牒，咸有嘉谟，若夫睿质凤昭，允协符于坤极，荣名未备，宜追锡于瑶编，爰展哀惊，以彰惠问。尔皇贵妃董鄂氏，肃雍德茂，淑慎性成，克令克柔，安贞叶吉，惟勤惟俭，静正垂仪，孝养孔虔，愉婉顺慈闱之志，恪共弥劭，赞襄端椒寝之风，方期永式于璇房，讵意俄升夫仙驭。凡兹九寓，同深月掩之惊，矧余一人，益重鉴亡之痛。嗟掖庭之失助，伤令范之云遐，露泫风回，感凄清于素节，帏虚殿迥，怅窅邈于云程。不褒琬琰之章，曷著珩璜之度。是以慈怀殷眷，懿命重申，朕仰承德音，特隆殊典，追封为皇后，赐之玉册玉宝，载加显号，用表遗徽，谥曰孝献庄和至德宣仁温惠端敬皇后。"

八月二十七日，移董鄂妃梓宫前往暂奉之地景山寿椿殿。这一天，诸王以下、四品官员以上,及公主、王妃、命妇等都到宫中,步行送梓宫去景山。梓宫命八旗二三品大员轮流换抬,浩浩荡荡的出殡队伍出神武门,一官员前导,凡经过门、桥,就奠酒一盏,撒些纸钱。福临穿着孝袍,亲行在队伍的前列,哀乐低吟,顿时空气为之凝滞。

董鄂妃生前本不信佛,但在福临这位诚心向佛的"痴道人"朝夕影响之下,也信佛参禅。她卧病期间也逐渐崇敬三宝(佛、法、僧),栖心禅学,不但读完《心经》等佛典,还写有许多笔记,辑为《端敬后语录》,但已失传。当她自知不久于人世时,曾嘱咐将其"所服簪珥衣裘及诸王勋戚赙葬之物,作大道场追严极土"。她自思在顺治十三年(1656年)八月进宫被封为贤妃、皇贵妃的五年来艰难的宫内生活中,并无辜负皇帝和皇太后之处,却又无法理解积善为何不得善报。她总是参究"一口气不来,向何处安身立命"等语,想向冥冥之神问明自己的归宿。顺治帝对爱妃为何受到如此严酷的惩罚耿耿于怀,于是他把董鄂妃的丧事办成了一场浩大的佛门法事,发誓为不得善终的爱妃安排一处阴间"安身立命"之地。

顺治帝为使孝献端敬皇后在阴间不孤独,仍享生前皇后的奢侈生活,据说拿出巨额国帑,按董鄂妃生前承乾宫样,在景山修起了两座豪华宫殿,里面装满了董鄂妃生前所喜爱的所有珍宝,待董鄂妃火化时付之一炬。更有甚者,他竟以董鄂妃在另一个世界没人服侍,以太监宫嫔愿意从死侍奉为名,逼迫凡服侍过董鄂妃的太监宫女们一起殉葬。当时无论汤若望还是茆溪森都婉言相劝,希望福临能收回成命,福临口头说考虑他们的意见。可后来福临又召茆溪森等入宫,对他们说:"虽说皇后太监宫嫔俱愿从葬,但我想上天好生,也不忍心让他们殉葬,何不让他们出家学佛来报答皇后呢,你们看怎么样?"茆溪森等人听了都很高兴,合掌称赞皇上有一副菩萨心肠。可是,不知是福临无信,还是茆溪森等人没领会皇上全意,最后还是有太监与宫中女官一共三十名,悉行赐死,到天堂服侍董鄂妃去了,免得她在阴曹地府中缺乏服侍者。

为了超度董鄂妃的亡魂,福临又在景山大摆道场,场面极其庄严隆重。道场由茆溪森和尚主持。十月初八日,顺治帝第五次亲临寿椿殿,为孝献端敬皇后断七。茆溪森祷念称:"景山启建大道场,忏坛,金刚坛,梵网坛,华严坛,水陆坛,一百八员僧,日里铙钹喧天,黄昏烧钱施食,厨房库房,香灯净素,大小官员,上下人等,打鼓吹笛,手忙脚乱,念兹在兹,至恭至敬,专申供养董皇后,呵呵!"

顺治帝命茆溪森主持董皇后火化仪式。福临亲驾水陆道场,命司吏院张嘉谟请茆溪森上堂正式诵经说法。福临拈香致祭,茆溪森偈语说:"灵山令,帝王宫,逢场作戏,快便难逢。"其徒问:"中秋过后重阳到,董皇后前途如何?"茆溪森偈语曰:"龙女成佛。"

董鄂妃火化时,福临命文院正堂李世昌请茆溪森举火。茆溪森手持火炬念偈语:"出门须审细,不比在家时,火里翻转身,诸佛不能知。"念罢投火炬。火化时,按照满族殡葬习俗和典制,董皇后的尸体连同棺椁,及耗费巨量国帑,为董鄂妃建的两座装饰的辉煌宫殿,董鄂妃的珍贵陈设,俱被焚烧。火化后,福临驾临寿椿殿,命张嘉谟等人为董鄂妃收灵骨。他专宠六宫的绝代佳人董鄂妃,就这样抛下夫君,离开人世,魂归西天,留下的是福临无穷无尽的追忆、哀思和孤独。

顺治帝又亲为董鄂妃撰《行状》,盛赞妃之事迹品德,痛切哀悼,长达数千言。他又令大学士金之俊为董鄂妃写传,并命当年停止秋决,"从后志也"。又谕令内阁学士胡兆龙、王熙排撰董鄂妃所著语录,举殡时,"命八旗官员二、三品者轮次舁柩"。票本用蓝墨。

顺治帝又命令词臣为董鄂妃拟撰《端敬后祭文》,一群满腹经纶的文臣绞尽脑汁,连写了三稿也未合旨意,最后只得请来职位不高却晓谙一些内情的中书舍人张震拟稿。他根据顺治帝与董鄂妃生前的一些生活细节草成祭文,哀情溢于行句之间,尤其是"渺兹五夜之箴,永巷之闻何日?去我十臣之佐,邑姜(周朝姜太后)之后谁人"等语,触动了福临的旧情,使其泫然泪下,只因董鄂妃生前曾以姜太后为楷模。于是,张震竟因此寥寥数语,一跃而升为兵部督辅主事,可谓一字千金。自八月至十二月底,票本始易朱。

第二节　意懒心灰欲求出家终未遂

顺治帝自董爱妃薨逝后,意懒心灰万念皆空,寻死觅活,不顾一切,后经昭圣皇太后严厉规劝,未能觅妃芳踪,相厮守九天。但他却坚决要求摆脱红尘,出家为僧。顺治帝从认识憨璞性聪和尚起,以后又召玉林琇、木陈忞、茆溪森等进京讲佛法,四五年间,他常与这些高僧参禅学佛,早已倾心佛法。据《北游集》载:顺治十七年(1660年)春,他与木陈忞畅谈出家之念时说:"朕再与人同睡不得,凡临睡时,一切诸人俱命出去,朕方睡得着,若闻有一些气息,则通夕为之不寐矣。"木陈忞说:皇上夙世为僧,盖习气不忘耳。福临又说:"朕想前身的确是僧,今每常到寺,见僧家窗明几净,辄低回不能去……财宝妻孥,是人生最贪恋摆拨不下的。朕于财宝固然不在意中,即妻孥觉亦风云聚散,没甚关系。若非皇太后一人挂念,便可随老和尚出家去。"木陈忞说:剃发染衣,乃声闻缘觉羊鹿等机,大乘菩萨要且不然,或示作天王人王神王及诸宰辅,保持国土,护卫生民,不愿拖泥带水,行诸大悲大愿之行。如只图清净无为,自私自利,任他尘劫修行,也到不得诸佛地步。即今皇上不现身帝王,则此番召请耆年,光扬法化,谁行此事。故出家修行,愿我皇帝万勿萌此念头。顺治帝以为然。

此时顺治帝正当血气方刚,又怀有治国安邦以明君自期的雄心,当时已平定西南五省,打败了闽浙郑成功,全国基本统一,国强盛世即将到来,爱子皇四子虽逝,但还有红颜知己董鄂妃,事业爱情皆有,正是称心如意之时。而现在则不然,福临的身体由于少年恶习,对身体造成了影响,体质很差,特别是亲政以后,适逢多事之秋,民穷国困,大库如洗,岁缺巨万兵饷,各地盗贼盛行,两名王在西南战场战死,江宁被围,军情紧急,出现了许多令他惊恐万状坐卧不安的日日夜夜,其身体坏到了令人难以想象的地步。骨瘦如柴,长夜难眠,若早睡,则终宵反侧,愈觉不安,必谯楼四鼓,倦极而眠,可见其体之弱,其病不轻。"大觉普济禅师"玉林琇预测他能活四十岁,"弘觉禅师"木陈忞预测他能活三十岁。特别是皇四子夭折,爱妃董鄂氏薨逝,对福临的打击最大,欲死不能,致使顺治帝的病日重、体日弱。特别是自董鄂妃死后,福临一直居住在南苑。皇太后以为在这里他不会睹物思人过于悲伤,可以使他早日恢复精神。

南苑,在京师永定门外二十里。元代为下马飞放泊,明永乐时增扩为蓄养禽兽、种植蔬果之所,方圆一百六十里。苑中有三湖,万泉庄平地涌泉皆汇集之,四季不绝,又有晾鹰台,亦名按鹰台,皆元代之旧。因紫禁城北有海子,南苑也叫南海子。周围有围墙,设总管、防御等官守卫。顺治亲政以后,每年于此围猎习武。

顺治帝慢慢走到南苑佛堂,杭州来的高僧茆溪森在这里等候他的召见。身披袈裟的茆溪森拜见福临,福临赐座予他,二人相向而坐。福临面容憔悴,眼神充满哀伤悲戚,显然消瘦了许多。福临看望茆溪森说:"朕真羡慕你们出家人来去自由没有羁绊,愿老和尚不要把朕当作天子看待。"茆溪森双手合十,深深一躬。福临又说:"朕于财宝固然不在意,即妻孥亦觉风云聚散,没甚关系。过去有皇贵妃安慰,尚觉情事留恋,今天皇贵妃已逝,甚觉时世如烟,无甚可恋。朕想剃发为僧,到五台山修行。不知高僧可否与朕剃度?"

茆溪森急忙起立双手合十,躬身肃立缓缓地说:"皇上是一国之君,断不可生出这等想法。皇上虽然痛失皇贵妃,但是还有皇后妃嫔,还有嗷嗷待哺的皇子公主。特别是皇太后一生以皇上为念。皇上万万不可让亲人挂念。"

福临眼中垂泪,轻轻叹息着说:"若非皇太后一人挂念,朕便可随老和尚出家去。圣母皇太后为朕呕心沥血,朕如今也实在不忍心让她老人家伤心。可是朕又确实觉得无甚意义,只想修行以静自身。老和尚既然不肯为朕剃度,总可以帮朕起个法名,让朕在百无聊赖之时以作寄托。"茆溪森急忙说:"我师父不是给皇上起法名'行痴'了吗?剃度之事,万望皇上见谅,老僧不敢从命。"

顺治帝福临说:"既然'大觉普济禅师'已为朕起了法名,就意味朕已是佛门弟子,还是请老和尚主持为朕剃度仪式才好。"茆溪森急忙跪下,连声乞求皇上饶他性命,说:"剃度之事,老僧实在不敢,万望皇上饶过老僧。老僧以为,若以世法论,皇上宜永居正位,上以安圣母之心,下以乐万民之业;若以出世法论,皇上宜永作国王帝主,外以护持诸佛正法之轮,内住一切大权菩萨智所住处,又何必一定出家呢?"

顺治帝福临微微一笑,说:"朕思上古,惟释迦如来舍王宫而成正觉,达摩亦舍国位而为禅祖,朕仿而效之亦能成正果。朕的决心已下,老和尚是阻拦不了的。我当着老和尚的面自己剃发,老和尚奈何?"

顺治十七年(1660年)十月中旬的一天,清宫中突然沸反盈天,诸王大臣恍然不知所措,后宫昭圣皇太后、皇后面如土色,又气又急说不出话来。原来,近一个月看似情绪渐渐安静的皇上福临,突然宣布自己要剃发为僧。并且不听任何人哭谏劝阻,老和尚再三规劝,帝坚不从。

消息传到慈宁宫,昭圣皇太后很震惊,她心事重重地在暖阁内走来走去,眉头紧锁,自言自语道:董鄂妃的丧礼,福临寻死觅活地有些情绪化的举动,原本是认为有违祖制不同意的,只好让步依了皇儿的要求,以便让他早日恢复过来好好处理国事,追封董鄂妃为皇后。可是,几个月过去了,皇上还是住在南苑,还是用蓝笔批奏本,按规制蓝笔批奏本以二十七日为限,他竟无视这规矩,我行我素,以蓝批奏本寄托他对董鄂妃的哀思,如今在南苑又闹着要出家为僧,这如何了得!

正当昭圣皇太后束手群臣无策之时,引导福临剃发的和尚茆溪森的师父玉林琇高僧奉召,于顺治十七年(1660年)十月十五日至京,皇太后立即让内大臣索尼亲自前往请玉林琇进宫。玉林琇时年已六十多岁,皓须鹤发,精瘦的身材,具有佛骨仙风,他穿着玄色袈裟,手拿念珠,跟随索尼进宫来拜见皇太后。皇太后简单地询问了一下他的情况,便开门见山地说:"出家人以慈悲为怀,剃度凡人出家,是行善。但是剃度不该出家的人出家,老和尚以为是什么呢?"

玉林琇急忙双手合十回答:"回皇太后,剃度不该出家之人出家,按佛门戒律,那是犯戒。"

昭圣皇太后缓缓地追问:"对犯戒之和尚,佛家可有何种处置之法?"

玉林琇深思了一会儿说:"回皇太后,僧人犯戒,处置之法有轻有重,轻者罚他禁闭,重者嘛……"玉林琇欲说又止。

昭圣皇太后目光灼灼,直视着玉林琇,慢慢重复着问:"重者如何?"

玉林琇只好如实回答:"重者可以烧死。"

昭圣皇太后那双亮晶晶的眼睛闪了一下,若有所思地轻轻唔了一声。她低头思索了一会儿,抬起头,眼睛望着玉林琇,声音十分冷静坚定地问:"要是你的高徒犯戒,你能从重处罚他吗?"

玉林琇双手合十虔诚地说:"如果是老衲的徒子违反了佛门戒律,老衲一定会从重处罚,以戒后人。只是不知他究竟犯了何戒?"

昭圣皇太后冷冷地、一字一顿地说:"他撺掇皇上出家!"

玉林琇惊得一下子把手中念珠掉在地上,脸上颜色大变,他说不出话来,只是口中重复着:"这怎么可能?这怎么可能?"

昭圣皇太后未作任何解释,吩咐太监备辇,马上到南苑去。玉林琇随皇太后一同前往南苑,前锋统领前来报告,说皇太后驾到。苏麻喇姑搀扶着皇太后走进南苑佛堂,福临跪在皇太后面前,皇太后见福临顶着光秃秃亮铮铮的脑袋在面前,眼泪止不住扑簌簌地落了下来。皇太后冷冷地瞅了瞅福临,冷冷地用手一指在福临旁边跪着的茆溪森问:"给你剃度的和尚可是这人?"然后又转过头问自己身边的玉林琇:"他可是你的徒弟?"

玉林琇急忙上前回话："是老衲的徒弟茆溪森。"

昭圣皇太后怒目圆睁，咬牙切齿地说："是他教唆皇上出家，私自为皇上剃度，扰乱我大清朝纲，破坏国家安定，罪该万死！按佛门规矩，应烧死他！老和尚，你可有什么话要说？"

玉林琇浑身发抖，狠狠地训了一顿茆溪森，气得说不出话来。

昭圣皇太后命令："来人！带这和尚到院子里去，立即架柴堆烧死他！"随皇太后来的领侍卫内大臣鳌拜急忙命侍卫架起干柴堆。几个侍卫架起茆溪森，把他拖到院子里。茆溪森哭喊着冤枉，哭求着皇上饶命，皇太后饶命。福临直起身，向皇太后解释说："皇额娘息怒！剃度之事是儿臣自己的决定，与茆溪森和尚无关系，请皇额娘饶过他！"

昭圣皇太后冷冷一笑，"与他无干？没有这和尚的撺掇与唆使，皇儿你怎么能剃发？皇儿会不与额娘商量？不烧死他，老留他在你身边，还不知皇儿你会闹出什么荒唐事来！不烧死他，不足以平息他对我大清国的损害！要想他活，除非你没有真正出家的打算，剃发只是胡闹而已！"

福临咬住牙，脸涨得通红，半天不说话。皇太后起身向佛堂外走去，她要亲自看着烧死茆溪森，到了佛堂门口，她大声喊："点火！"福临急忙站起来，疾步奔向佛堂门口。

院子里的大柴堆已经燃了起来，干柴发出噼噼啪啪的声音。几个侍卫已经抬起茆和尚准备往火堆上扔。这刺激着福临，他浑身颤抖着扑到皇太后的脚下，不假思索地说："求皇太后开恩！儿臣只是感到剃发好玩，想给自己换换形象，并没有出家的打算。请额娘放过茆溪森和尚！"

昭圣皇太后停下脚步，低头用双手扶起福临，泪流满面哽咽着说："我从没有想到皇儿你会如此胡闹，叫额娘伤心欲绝！"福临也泪如雨下，双手抱着皇太后呜咽大哭，皇太后急忙拉着福临走入宫中，让鳌拜放了茆和尚。

母子二人相拥着走进宫室,昭圣皇太后心里很高兴,这下终于换回了福临的心,她谆谆地教导福临,你今后做一切事情都要以国事为重。

当天玉林琇回到皇城内西苑万善殿,福临前往馆舍相见,两人相视而笑,盖一为高僧和尚,一为剃去头发之年轻光头皇帝。福临仍想出家,问玉林琇:"朕思上古,惟释迦如来舍王宫而成正果,达摩亦舍国位而为禅祖,朕欲效之何如?"玉林琇劝谏说:"若以世法论,皇上宜永居正位,上以安圣母之心,下以乐万民之业。若以出世法论,皇上宜永作国王帝主,外以护持诸佛正法之轮,内住一切大权菩萨智所住处。"福临欣然所决,断了出家之念。

第三节 内外交困患痘病英年早逝

福临虽然出家未遂,但此时的福临,已没有当初飒爽英姿的强健体魄,由于他接连经受痛失爱子宠妃之丧,又出家不成,已心力交瘁。福临回到紫禁城,平平静静,一如往常处理朝政大事。他先是下令恢复全国的吉典娱乐庆贺活动,恢复宫中的郊庙、视朝、庆贺等诸大典礼,然后全国大赦,停止今年的处决。

昭圣皇太后密切地观察着福临,而且他处理的几件大事都挺讨圣母皇太后的欢心。明年正月三十,是福临的生日,又是昭圣皇太后四十八岁的本命年,自然要庆贺一番。福临似乎提前想到了这一点,全国大赦就是为了明年的圣母皇太后本命年而消灾禳福。昭圣皇太后心里想,多孝顺的皇儿,自己过去对待他太严厉了一些,可这也是没有办法的事。为了不愧对大清朝的列祖列宗,为了大清国的命运,她只能这样做,必须硬起心肠这样做。否则一切任着皇儿福临的性子,不知会闹出什么名堂来。这样多好!自己的严厉造就了一个英明的君主!

只有贴身太监吴良辅,发现福临似乎已经下定什么决心似的。腊月二十四日,福临把礼部学士王熙叫到养心殿,说:"朕的奶娘李氏自朕诞生即入宫以奶养朕,对朕亲如子。朕每想到她撇下自己嗷嗷待哺的亲生骨肉,便觉惭愧。朕以为人应当有报恩之心,朕见她日益年迈,不忍心她晚年孤独,你替朕草拟一道谕旨,嘉奖她的功劳。"

王熙提笔等着,福临面容平静,声音却流露出深深的伤感,慢慢地说:"乳娘李氏,当朕诞毓之年入宫抚哺,尽心奉侍,睿王摄政时,皇太后与朕分宫而居,每经累月方得一见,乳娘竭尽心力,多方保护诱掖,皇太后赖以宽慰,即读书明理者不过如此,此其贤德,今昔罕闻,乃一旦溘然长逝,深堪悯悼,追封恩恤,宜从优厚。钦此。"

腊月二十九日,福临把吴良辅叫到身边,说:"你跟朕十几年,察言观色,先意承志,忠心耿耿,朕很念着你的忠心可鉴。谁知你同一切小人一样,得志便猖狂,十五年十六年时你不顾朕的严令,与外官陈之遴等人勾结交通,买卖官位,透露情报为人说情,触犯宫禁惹起众怒,朕虽然气愤,总还是念着你的感情未加严惩。但是,朝中势力多样,满洲亲贵对朕的满汉一体,亲近汉俗遵从汉制大为不满,朕怕是以后难以保护你。朕想你该为自己寻找一个较好的出路。"

吴良辅泪流满面泣不成声,他趴伏于地,哀哀地乞求:"奴才该死,奴才辜负了皇上的一片爱心。皇上可以杀奴才以谢天下,只是希望皇上保重龙体。奴才全靠皇上荫庇才得以有今天,奴才还想背靠皇上得以生存。"

福临苍白的脸上露出微微的凄惨笑容,说:"朕是保护不了你,你还是赶快寻找出路的好。否则……"福临吞回了到嘴边的话。吴良辅爬到福临的脚前,哭泣着说:"皇上你不念皇后妃子和皇子的情分,也该念昭圣皇太后拉扯你的艰辛和呕心沥血的苦心。"

福临摇着头说:"所有这些,对朕已经毫无意义。朕已经全想过了。朕的决心已定。朕与董鄂皇贵妃相约,不能同生但求同死,朕不愿失信于皇贵妃。"吴良辅哭着继续乞求,说:"皇上肩上担着大清国的命运,皇上不能任性而为啊!"

福临讥讽地微笑着说："你的腔调怎么和皇太后一个样？朕早就听腻了，你不要多说了，朕已经为你安排到西山悯忠寺，现在就送你过去。你去不去？"吴良辅急忙叩头谢恩，连声说："奴才愿意去，只是奴才舍不得皇上！"

福临凄然地微笑着说："你先去吧，朕会亲自参加你的剃度仪式。朕不久也要自找出路，你不必挂念朕了。"吴良辅知道谁也说服不了他，只好大哭着拜别皇上起身出宫。

腊月三十日，正是除夕，宫里到处张灯结彩，一片过年的喜庆。年饭已经准备停当，正等着昭圣皇太后和皇上到来与皇后妃子们一起吃团圆饭。吃完团圆饭后，皇后回坤宁宫与皇上一起吃素馅饽饽。子时一到，皇后在坤宁宫主持家祭。可是等了好久皇上却没有来。皇后一次又一次派太监去请皇上，太监慌慌张张地回来回话说："皇上卧床不起，说龙体欠安。"

皇后立即将此事奏报昭圣皇太后。皇太后脚步踉跄夺门而出，苏麻喇姑急忙跟上，喊着太监备辇。昭圣皇太后下了辇，跌跌撞撞深一脚浅一脚地直奔乾清宫。乾清宫里，年饭满满摆在桌上还没有撤下去，乾清宫太监总管张才秀愁眉苦脸地站着，不知如何是好。皇上没动一筷子，也没下令撤膳赏赐各官，他不敢自作主张。皇太后进来，张才秀跪地迎接。昭圣皇太后望着一桌满汉年饭，冷冷地问：皇上呢？张才秀回答说：回皇太后，皇上到养心殿去了。皇上也没吃年饭，从早到现在没吃一口东西，也没喝一口水。

昭圣皇太后怒喝道："为什么没有人来报告？"张才秀哆哆嗦嗦地回答说：皇上不想让皇太后难过，他严禁走漏风声，奴才不敢去报告。皇太后抬脚走出乾清宫往养心殿去。一进养心殿大门，刚好遇到养心殿的侍卫统领佟国维（皇三子玄烨母佟妃的哥哥），他急忙上前迎接皇太后。皇太后冷着脸问，皇上呢？佟国维跪下回答说：皇上在暖阁里躺着，已经一天不吃不喝了。

昭圣皇太后走进养心殿东暖阁，太监总管刘兴桥跪迎皇太后，皇太后走上前去扇了刘兴桥一个大嘴巴，怒喝道："混账奴才！为什么不报告皇上的情况？给你们讲过多少次，让你们不管大小事，凡是关于皇上的都要向我报告，你们就是不听！现在闹到这个地步，马上就要到子时，皇上要率领宗室百官去谒奉先殿拜祖宗，这如何是好？"昭圣皇太后走进了暖阁。几个太监垂手恭立在炕前。见皇太后进来全都跪下迎接，皇太后把手一挥："全退下！"她掀开帏帐，侧身坐到福临身边。福临睁开了眼睛。他用无神的目光望着皇太后，又慢慢闭上眼睛。昭圣皇太后把手放到福临额头上轻轻地抚摸着，轻声问："皇儿哪里不舒服？为什么不吃年饭？"福临只是微微摇了一下头，什么也不说。

昭圣皇太后叹着气说："今天是春节，新的一年开始了，有多少国家大事等着你去做，你怎么早不病晚不病，偏偏在这节骨眼上生病。子时快到了，你还是起身吃点素馅饺子，然后去举行开笔仪式，率领百官谒堂子拜祖先。这开年大典关系大清国一年的命运，你不能任着性子。即使有点不舒服，你也应该学先祖先宗精神，忍着点，挣扎着把这大典举行完。"福临坐了起来，一句话不说，让太监穿上靴子下地。昭圣皇太后急忙喊："快伺候皇上！"太监总管刘兴桥和几个太监急忙走了进来，伺候福临穿衣。昭圣皇太后这才松了一口气。

福临挣扎着下了地，让太监为自己穿好祭祀的大典礼服。他看时刻已到，说："起驾！"至太和殿阶下降乘舆上金辇，午门上大鼓雷鸣，报告皇帝出宫，法驾卤簿前导，导引鼓吹设而不作。福临先到长安左门外玉带河桥东的堂子拜祭。堂子里设有祭神殿、天圜殿、上神殿、神杆，里面供奉着萨满神和蒙古神。汉族官员们在金水桥跪送皇上，福临率领着全体满族官员来到堂子。福临在萨满司助的导引下，恭候着萨满献酒，擎神刀，颂神歌，然后率随员向各神行三跪九叩礼，恭进胙羔，献福酒，接受胙肉。福临分给每位满族大臣，祭拜堂子结束，走出堂子。福临又在鸿胪寺官员引导下上了礼辇，去祭拜太庙。由太庙左门入，他在拜位前面北而立。典仪官高喊:"乐舞生登歌,执事官各供乃职!"跳武舞的八列演员进。赞礼官高喊:"就位!"皇帝就拜位而立,开始迎神。司香官各奉香盘进,司乐官高唱:"举迎神乐!奏贻平之章!"音乐响起,赞礼官恭导皇帝到太祖高皇帝香案前上香,接着又来到太宗文皇帝香案前上香。

顺治帝福临上完香,抬头望着太宗文皇帝的画像,太宗正严肃忧郁地望着福临。他凝视着太宗文皇帝威严庄重的神情,似乎听到父皇深沉的叮嘱:"福临皇儿,一定要挺住,把大清国治理好,不要让我和太祖失望!"福临静静地站立着,凝视着太宗文皇帝画像。这时赞礼官见福临没动,悄悄提醒:"皇上,请复位。"福临机械地遵从着各种礼仪跪拜完后,赞礼官高赞:"撤馔!"撤馔仪式开始,奏光平之乐章。这时太常寺官跪告礼成于神,举还宫乐,奏岊平之章,福临再率群臣行三跪九叩礼。然后奉帛奉香,恭送燎所。乐起,等帛、香燎半,赞礼官高赞:"礼成!"恭导皇上由戟门左门出。皇帝法驾卤簿前导,奏导引乐佑平之章,还宫。这时,午门大钟敲响,向紫禁城和北京城宣告皇帝拜祖回宫。这是顺治十八年(1661年)正月初一元旦的寅时。因皇上身体不适,元旦太和殿皇上大宴群臣取消。

正月初二日,福临挣扎着去悯忠寺参加了吴良辅的剃度仪式,回宫以后,翌日,觉得身体不适,他自知此次患病非同昔日。于是召学士麻勒吉、王熙入养心殿,当时福临尚可从床坐起。这天,他与麻勒吉、王熙二人谈了约一个多时辰。福临的病情,经太医诊断,得了痘症。皇太后得知后,传出懿旨:"毋炒豆,毋点灯,毋泼水,除去宫中张挂的彩灯门联等一切喜庆标志。"

正月初四日,福临病情加重,昭圣皇太后亲到养心殿看望,她坐在福临身边,柔声劝说着福临,声音有些低沉浑厚喑哑,福临紧闭双眼,心里默念着《金刚经》。他已经三天膳水未进,已没有气力说话。昭圣皇太后也已两天两夜没有合眼,坐在福临身边不停地劝说,她口干舌燥,精疲力竭。虽然她已经以皇上出痘为名晓谕全国,但是她依然希望能够说服皇儿福临,让他放弃自己的打算,好好做皇帝。她准备放手让皇儿去做自己想做的事情,让他按照自己的想法去治理大清国。如果他想废掉皇后,就让他废掉算了。皇太后拉着福临的手,轻轻地抚摸着说:"皇儿,你年轻有为,不要这么想不开。额娘知道你喜欢董鄂皇贵妃,可是人死了不能复生。以后还会有皇贵妃那样漂亮温柔招你喜欢的女人。额娘答应你,让你自己选妃子……"

福临心里说:"我所有的心事你不是不知道,我多次求过你的,哪件答应了?哪件照我的愿望做了?我想废掉皇后,你允许了吗?我想革去鳌拜领侍卫内大臣的职务,你批准了吗?我想立董鄂皇贵妃儿子做皇太子,他就不明不白地死了。为什么找人去给他看病?为什么看过当天晚上就死了?谁搞的鬼?你念了母子情吗?"福临苍白憔悴的脸上没有一点表情。

昭圣皇太后终于听到儿子说到了伤心处,哽咽起来:"福临,你难道一点也不可怜额娘?额娘就你这一个儿子,只能指望你啊。"福临此时心里有点发酸,眼泪顺眼角慢慢地流了下来。昭圣皇太后见状,伏在福临身上痛哭起来。看见皇太后痛哭,福临挣扎着费力地吐出几个字:"看来皇儿是不能孝顺母后了,我要把皇位传给弟弟常舒(母系庶妃伊尔根觉罗氏)。"皇太后一下子停住哭泣,猛地抬起头,厉声反问:"什么?你刚才说什么?!"福临艰难地说:"立常舒阿哥为皇帝!"

昭圣皇太后厉声说:"不行!当年两黄旗极力保举皇子继位,那么多忠心耿耿的王公大臣冒着生命危险来为你争位,你现在说要把皇位传给兄弟,这不合祖宗的规矩!"皇太后强压胸中怒火,压低声音咬牙切齿地说:"你不想活,死了算了!我也不想再费口舌,你早就伤了我的心。因我是你额娘,只好忍着。但是你别想按照你的心愿选皇位继承人!"这声音让福临浑身颤抖,这愤怒,是昭圣皇太后几天来劳累忧虑和伤心的爆发。她霍地站起来,在暖阁里走来走去。福临在枕头上抬起头,用商量的口吻说:"皇额娘不同意立皇儿兄弟,那就立皇次子福全吧。皇额娘意下如何?"皇太后立住脚步,说:"立哪个皇子作皇嗣,不是你说了算,这需要从长计议。等我想好再作决定。"

福临恳求地说:"儿臣已是将死之人,人之将死,其言也善,皇额娘就不能听儿臣一次?让儿臣做主一次?"昭圣皇太后流着眼泪说:"立储为一国之大事,额娘不能不为大清国的前途着想,不能不慎重从事。额娘这也是不得已为之,希望皇儿能体谅额娘的一片苦心。"

福临长长地叹了口气说:"额娘总是为大清国着想,就是没有为儿臣着想。如果……"福临说不下去,也不想再往下说。昭圣皇太后开始哭诉着自己抚养他的艰难和苦心,数落福临的不孝和忘恩负义。福临闭上眼睛,说:"立嗣的事,以后再商量,儿臣想歇息一下。"

正月初五日,昭圣皇太后回到慈宁宫,急忙召见领侍卫内大臣**鳌拜**,她命令**鳌拜**紧紧把守养心殿不许任何人出入。又命内侍:"召见汤若望!"

第十八章　抚幼孙玄烨继位协理朝政

第一节　施密计幼孙玄烨继皇位

高大身材的汤若望来见皇太后,他明显地衰老了。金黄的头发已经发白,金黄的胡须也变成白色,高大的身躯有些伛偻。汤若望走进慈宁宫东暖阁,"跪见皇太后,给皇太后请安!"昭圣皇太后急忙请起汤若望,苏麻喇姑急忙拉出绣墩给汤若望坐。汤若望谢过落座,他关切地望着皇太后,问:"皇太后,发生什么事情啦?"昭圣皇太后一脸憔悴,神情极其哀伤黯然地说:"皇上圣体欠安!"汤若望又问:"现在如何?"昭圣皇太后哀伤地说:"汤玛法知道,痘症是不治之症,我担忧皇上凶多吉少。有些事情想和汤玛法商量一下。皇上他一直敬重汤玛法,汤玛法的话他总是听的。皇上卧病不起,这立嗣成为紧要之事。皇上共有八个皇子,长、四两位皇子早殇,现在还有六位皇子:皇次子福全系庶妃董鄂氏所生;皇三子玄烨,母佟佳氏,乃汉军旗人固山额真佟图赖之女,封为妃;皇五子常宁,母系庶妃陈氏;皇六子奇绶,系庶妃唐氏所生;皇七子隆禧,系庶妃钮氏所生。皇八子永干,系庶妃穆氏所生。福全十岁,玄烨八岁,常宁六岁,隆禧二岁,剩下两位皇子就更加年幼。以我的意见,我想立玄烨为嗣子,因为玄烨聪明伶俐讨人喜欢,福全虽然年长,但是愚笨痴呆一些,不够机灵,眼又有疾,恐怕难以担负起一国之君的大任。只是皇上病中执拗,他决意立福全。皇上一向敬重汤玛法,我想让汤玛法出面劝说皇上改变主意。不知汤玛法可愿意？"汤若望迟疑了一下，说："老臣愿意为皇太后肝脑涂地，如果皇上问到老臣的意见，老臣自会把这意思向皇上说明。只怕皇上不会问到老臣。皇太后明鉴，皇上自从接近僧徒之后，接见老臣的次数大大减少了。"昭圣皇太后点着头说："这我知道，我会想办法让皇上询问玛法的意见。还请汤玛法想出一些能够说服皇上的理由，说服皇上立玄烨为嗣子。"

汤若望眨巴着蓝色大眼睛，想了一会儿说："老臣记得几年前皇子中有一个得了痘症，不知可是这玄烨阿哥？"昭圣皇太后点着头说："正是他，玄烨两岁时出痘，差点要了性命，如今额头上还留着几个痘疤痕，不过并不明显，一点也不影响他的面容。"汤若望高兴地说："这是个极好的理由。痘病这样猖狂，选择一个没有出过痘的皇子，不是一件很冒险的事吗？出过痘就没有什么可担心的了。"昭圣皇太后一拍手，说："多亏汤玛法，这是个最好的理由，定能说服皇上改变他的主意。那就请汤玛法过一会儿到养心殿去看望皇上，皇上一定会提起此事。"

汤玛法在太监的引导下，来到养心殿。太监总管刘兴桥进殿通报："汤若望求见皇上！"福临勉强睁开眼，点了一下头。汤若望流着眼泪走进暖阁扑通跪倒在福临床前，老泪纵横。福临转过头，望着汤若望，艰难地说："汤玛法，朕不是免了你的三跪九叩礼了吗？"汤若望抽泣着说："几日不见皇上，皇上就这般憔悴，叫老臣心里难过！"福临勉强微笑了一下说："佛祖说生即是死，死即是生，生生死死，轮回不已。死是进入极乐世界，是可喜可贺的事，汤玛法应该为朕高兴才是。"汤若望抽泣呜咽着，断断续续地说："皇上都是受了那班僧徒的影响，才生出如此想法。"福临说："那也不要怪罪和尚。朕原本就是佛门弟子转世，自然亲近佛家。"汤若望说："皇上龙体违和，不知可有什么事情需老臣办？"福临说："朕今日自知病入膏肓，以后怕是不能孝敬皇太后。皇太后抚养朕自是不易，朕不能尽孝于前，自是不孝。朕自责于心，但是情势如此，又奈何不得。朕希望汤玛法能够照顾皇太后的身体。"汤若望点头应允。福临大喘了几口气,又慢慢地说:"朕立嗣子之事还没有决定下来,朕也想听听汤玛法的意见。"汤若望诚惶诚恐地说:"立嗣子是国家朝政大事,老臣不敢多嘴。"福临说:"朕想听听玛法的意见,因为玛法一贯直言忠心,朕知道你的一片忠心,但说无妨。"

汤若望犹豫了一下说:"老臣知道皇上现有六个皇儿,只有二皇子和三皇子年岁稍大。年龄太小怕是难以继承皇位。"汤若望注意看了皇上一眼,福临正集中注意力听着,还微微点着头。汤若望接着说:"如果二皇子和三皇子中有出过痘的即位,老臣以为这会避免许多麻烦,利于大清国的长治久安和安定团结。"福临点着头说:"汤玛法说得有道理。看来这嗣子应该是三阿哥玄烨。他已在两岁时出过痘。这玄烨,甚得皇太后的喜欢,这也算朕对皇太后最后尽的一点孝心吧。"汤若望也认为皇太后所选择的这位皇太子是最合适的皇位继承者。

顺治十八年(1661年)正月初六日,福临已卧床不能起。三鼓时分,麻勒吉、王熙二人被紧急召进养心殿,这时,福临已是时昏时醒,他急切而又无力地对二人说:"我这次患痘病看来是不能好了,你们要仔细地听我说,然后据我说的意见速速撰写出诏书来。"二人就在福临病榻前边听边记,福临口述完毕,当即写出诏书的第一段,让福临看看,认为如此开头可以,其余部分携至乾清门下西围屏内撰拟。就这样写毕第一稿。即交侍卫贾卜嘉,贾便持诏书稿急奔养心殿,给福临念听,福临指出某处应改,某词应改,贾卜嘉心记,再急出殿奔西围屏,由麻、王二人再修改,就这样写了三遍,改了三遍,最后福临点头表示可以,这时天已傍晚,而福临也气若游丝,无力睁眼了。

与此同时,奉昭圣皇太后之命守卫养心殿的领侍卫内大臣鳌拜,急忙将昨天皇上遣内大臣苏克萨哈传谕:"京城内除十恶不赦外,其余死罪罪犯悉行释放",以及福临深夜召见学士麻勒吉、王熙,以及口授遗诏的情况奏报昭圣皇太后。

遗诏内容,主要有两方面,一是对自己亲政以来的表现做一个反省,一是宣布皇位的继承人。顺治帝福临认为自己有十四罪,归纳起来,主要有九条:(1)亲政以来,用人行政,不能仰法太祖太宗谟烈,因循悠忽,敬且目前,且渐习汉俗,于淳朴旧制,日有更张,以致国治未臻,民生未遂。(2)自幼受皇太后教育抚养,"隆恩罔极,高厚莫酬,应朝夕趋承,冀尽孝养,今不幸子道不终,诚悃未遂、反厪圣母哀痛"。(3)"于诸王大臣晋接既正东,恩惠复鲜,以致情谊暌隔,友爱之道未周"。(4)偏任汉臣,不信满臣,以致"满臣无心问事,精力懈弛"。(5)"夙性好高,不能虚己延纳,未能随材器使,以致每叹乏人"。(6)国用浩繁,兵饷不足,而金花钱粮尽给宫中之费,"厚己薄人,益上损下"。经营殿宇,造作器具,务极精工,糜费甚多,不自省察,罔体民艰。(7)董后"丧祭典礼概从优厚,不能以礼止情,诸事岂滥不经"。(8)明朝亡国,亦因委用宦寺,"明知其弊,不以为戒"。"以致营私作弊,更逾往时"。(9)"性耽闲静,常图安逸,燕处深宫,御朝绝少,以致与廷臣接见稀疏,上下情谊否塞"。还有"自恃聪明,不能听言纳谏,以致臣工缄然不肯进言","既知有过,每尅责生悔,乃徒尚虚文,未能省改,乃致过端日积,愆戾愈多"。遗诏还拟定将玄烨作为皇太子。

第二节 改祖制谕命四大臣辅政

顺治十八年(1661年)正月初七日,顺治帝福临去世,留下遗诏,除自责十四大罪(前章已述)外,最后一段曰:"太祖、太宗创垂基业,所关至重,元良储嗣,不可久虚,朕子玄烨,佟氏妃所生,年八岁,岐嶷颖慧,克承宗祧,兹立为皇太子即遵典制,持服二十七日,释服,即皇帝位。特命内大臣索尼、苏克萨哈、遏必隆、鳌拜为辅臣。伊等皆勋旧重臣,朕以腹心寄托,其勉矢忠荩,保翊冲主,佐理政务。"这段遗言,是整个遗诏中最为重要的根本基调,特殊重要。首先他在四位皇子中指定了太子及皇位继承者皇三子玄烨;其次是变更祖制,命四大臣索尼(正黄)、苏克萨哈（正白）、遏必隆（镶黄）、鳌拜（镶黄），保翊幼主，佐理政务，希望他们"勉矢忠荩，保翊冲主"，以不辜负自己的腹心之托。据说顺治帝的遗诏，是当天原任学士麻勒吉、侍卫贾卜嘉遵帝遗命，捧遗诏奏知昭圣皇太后，最后由昭圣皇太后钦定的。

正月初八日，在昭圣皇太后主持下，将遗诏向诸王公大臣及侍卫宣示。遗诏当众宣布之后，内大臣索尼、苏克萨哈、遏必隆、鳌拜四人，跪告于诸王贝勒："今主上遗诏，命我四人辅佐冲主，从来国家政务，惟宗室协理，索尼等皆异姓臣子，何能综理，今宜与诸王、贝勒共任之。"诸王贝勒大臣岂敢应和？连忙答道："大行皇帝深知汝四大臣之心，故委以国家重务，诏旨甚明，谁敢干预？四大臣，其勿让。"四大臣原本无意强辞，见诸王已明确表示不敢干预，便奏明昭圣皇太后，并祭告于皇天上帝与大行皇帝灵位前，然后受命视事。四位辅政大臣之誓词曰："兹者先皇帝不以索尼、苏克萨哈、遏必隆、鳌拜等为庸劣，遗诏寄托，保翊冲主，索尼等誓协忠诚，共生死，辅佐政务，不私亲戚，不计怨仇，不听旁人及兄弟子侄教唆之言，不求无义之富贵，不私往来诸王贝勒等府，受其馈遗，不结党羽，不受贿赂，惟以忠心，仰报先皇帝大恩。若复各为身谋，有违斯誓，上天殛罚，夺算凶诛。"表明四大臣维护皇权拟制诸王的决心。随之，安亲王岳乐、康亲王杰书以下，及大臣官员等，奉昭圣皇太后懿旨，齐集西安门内南侧之大光明殿，分别在皇天上帝及先帝灵位前设誓，表示协四大臣，同心协力，以辅幼主。誓词曰："若不竭忠效力，萌生逆心，妄作非为，互相结党，及乱政之人知而不举，私自隐匿，挟仇诬陷，徇庇亲族者，皇天明鉴，夺算加诛。"这样，在顺治帝逝世后七八天，便确立了一个以太皇太后为中心，遗诏为根据，以忠于皇上的"上三旗"大臣担当大任，亲王贝勒监之，有别于顺治初年（1644年）亲王摄政太专的新的国家统治体制。

顺治十八年（1661年）正月初九日，风和日丽，年仅八岁的皇三子玄烨，在其祖母昭圣皇太后亲自主持下，"恪遵遗诏，俯徇舆情"，即位登基典礼马上就要举行,这是历史上又一令人悲喜交加的日子。

在派遣的一系列官员进行完祭告天地、太庙、社稷的仪式结束后,幼帝玄烨身着白色丧服,分别向祖母太皇太后和两宫皇太后(顺治帝皇后、玄烨生母佟氏)行礼。接着升中和殿受执事官朝拜,再升太和殿宝座。大殿两侧丹陛,太和门内东西两侧,陈列中和韶乐、丹陛大乐,因在丧期,只鸣钟鼓而免奏乐。各种仪仗旗帜鲜艳整齐。文武百官行礼毕,执事官宣读即位诏书,以明年为康熙元年,颁诏大赦天下。尊祖母为太皇太后,生母为皇太后。定顺治帝谥号"章皇帝",庙号世祖。脱下丧服又换上朝服的文武百官上了贺表,随即向新皇帝三呼万岁,行三跪九叩礼。登基礼仪举行结束。满朝文武官员又全部改换丧服,在天安门外金水桥下听颁衷诏。至此经过一天一夜才结束,幼帝玄烨正式成为大清国的第三位统治中国的皇帝。

顺治帝这一遗诏,是经圣母昭圣皇太后斟酌、选择,并亲自主持下实现的。它标志康熙元年(1662年)四大臣辅政体制的形成,它是昭圣皇太后在特殊时期,改革发明和创立的国家统治体制。这一体制的核心,即以太皇太后为中心,以遗诏为根据,以忠于皇上的"上三旗"四大臣担当大任,以亲王贝勒监之的多元政治体制,它有别于顺治初年(1644年)亲王摄政太专的弊政,是皇帝处在幼冲时的特殊条件下,国家政治体制的一项重大改革。四大臣辅政体制,它体现了太皇太后与幼年皇孙和四大臣与亲王贝勒的集体统治,在历史上被称为辅政时期。

那么,四位辅政大臣怎么会有此特殊待遇呢?因为他们在太宗时期都是有功勋臣,在顺治帝初时都是立拥幼主的忠臣,在多尔衮专权时都受到打压和迫害,直到顺治帝亲政后才被平反昭雪,而且为保卫大清江山忠勇可嘉。

首辅大臣索尼,姓赫舍里氏,满洲正黄旗。父亲和叔叔在清太祖努尔哈赤时期,都是非常被信重的文人。清太宗皇太极执政时,索尼因久在戎行,出生入死,屡立战功,成为一个不可忽视的战将。皇太极死后,两黄旗大臣坚决主张立顺治帝福临继位,索尼与其他五人盟誓于三官庙,坚决辅佐幼主。大清入关后,畏于多尔衮的威权,当年盟誓之人,多依附多尔衮,索尼却坚决自矢,不肯投靠,顺治五年(1648年)被罢官抄家,遣放回沈阳盛京守昭陵。顺治八年(1651年)顺治帝亲政,五十一岁的索尼,蒙特诏回京,晋封一等伯爵,为内大臣兼议政大臣,总管内务府。此次出任辅臣年已六十岁,成为历事四朝的老臣。

辅臣苏克萨哈,姓纳喇氏,满洲正白旗。他的父亲因归顺后金国有功,娶努尔哈赤女儿为妻,与顺治帝为姑表兄弟。因他以正白旗属下的身份,在多尔衮死后率先揭发多尔衮阴谋篡逆,反戈一击,大受皇太后和顺治帝的赏识。此后又在湖南、湖北大败抗清义军。被提升为领侍卫内大臣。是正白旗中举足轻重的人物。

辅臣遏必隆,姓钮祜禄氏,满洲镶黄旗。是清朝开国"五大臣"之首的额亦都的十六子。他在明清争夺辽西及洗劫中原的军事行动中多次立功,因反对多尔衮专政,被剥夺官爵牛录,抄没一半家产。顺治帝亲政后,他不甘沉沦上书讼冤被起用,先后封一等公,升任内侍卫大臣兼议政大臣。

辅臣鳌拜,姓瓜尔佳氏,满洲镶黄旗。是清初开国功臣费英东的侄子。在清朝初年,鳌拜堪称一员不可多得的战将,几乎所有重大战事都曾领兵参加。他身先士卒,骁勇善战,立大功无数,有勇士(满语称巴图鲁)之称。皇太极死后,誓死主张立其子为君,因而积怨于多尔衮,被三次论死,只因功高而幸免于难。多尔衮死后,命为议政大臣,进世袭二等公,又升任领侍卫内大臣。

这四位大臣被委以重任,主要是因为这四人不仅都是皇帝亲领的"上三旗",而且是家世显赫,屡建勋劳的功臣,因而在本旗有一定影响力;也因为他们在支持皇统继承,反对多尔衮专权擅政的重大政治事件中,旗帜鲜明,态度坚决,甚至因此受到迫害。更重要的是,其中三人任领侍卫内大臣,掌握着全部宫廷侍卫的指挥权,一个是内务府大臣,总领全部宫廷事务。这种安排确实是煞费苦心又万般慎重的选择。这是太皇太后又一次面临幼君登位,半生风风雨雨的经验和智慧的安排。她已保住了儿子的江山,现在她又要为孙儿安然于位,含悲忍泪,借用儿子的亡灵有秩序地演绎出一幕群臣宣誓效忠的场面。

四大臣辅政制与前朝摄政宗室诸王摄政相比,无论在地位、与皇帝的关系、职权范围上都截然不同。概括起来有三个方面:一是地位不同。摄政诸王皆近支宗室,皇帝之长辈,本身又是一旗之主,故极易侵犯皇权。辅政大臣,虽然亦皆劳苦功高,地位显赫,但必定是异姓臣子。他们与太皇太后及皇帝之间除君王关系外,还有旗主和旗员之间的严格隶属关系。因此,相对而言,辅政大臣不敢轻视太皇太后和皇帝而擅自专权。二是与皇帝的利害关系。八旗中上三旗归皇上亲领,下五旗诸王虽系皇帝懿亲,但他们往往更关心本旗的发展和个人权势的增长,而不大关心朝廷的利益和皇帝的地位。辅政大臣则不同,他们既是皇帝的臣子,又是上三旗的属员,同皇帝的关系,上朝是君臣,下朝同父子,利害荣辱,息息相关,一旦帝位动摇,他们也会一落千丈。所以他们虽是异姓臣子,但对皇帝却比诸王更加忠实。三是职权范围不同。摄政有代理之意,即代君摄政,代行皇权,摄政王能一人自主处理国家大事。因此,摄政期间的皇上谕旨,往往不能反映皇帝的真实意图,实际上是摄政王的命令。辅政大臣则根本不同,其职能仅为佐理政务,与幼帝共同听政,而且,为防止个人专断,在四大臣之间确立了协商一致的原则,明确规定"凡欲奏事,共同启奏"。既不许单独谒见皇帝或太皇太后,亦不得个人擅自处理政务,必共同协商,请示皇帝或太皇太后,然后以皇帝或太皇太后谕旨的名义发布。因此,辅政时期的皇帝谕旨,虽然也加进了辅政大臣的意见,但必须是太皇太后和皇帝同意的,在很大程度上还是反映了太皇太后和皇帝的意图。总之,摄政王权高位重,幼帝和太后都被排斥,而辅政大臣则可以有效地防止诸王干政,保护皇权,并使太皇太后能实际上参与决策国家大政。这一体制,体现太皇太后、年幼皇帝和四大臣、诸王贝勒的集体统治。

第三节　潜心按帝王教育培养孙儿

　　康熙初年的辅政时期,太皇太后根据国内形势和朝廷内部存在的问题,积极采取措施加以纠正,同时接受皇儿福临教育培养失败的教训,昭圣太皇太后利用"四大臣辅政"新体制,对前朝弊政进行果断纠正,同时倾全心地以帝王标准培养教育孙儿玄烨,为其亲政创造有利条件打下了坚实基础。

　　首先针对顺治帝于十年(1653年)下令"满洲近臣与寺人(太监)兼用"的"自罪书"中所列第十条说:"祖宗创业,未尝任用中宫,且明朝亡国,亦因委用宦寺,朕明知其弊,不以为戒,设立内十三衙门,委用任使,与明无异,以致营私作弊,更逾往时,是朕之罪。"对弊政进行纠正。革除内官十三衙门,恢复内务府,以上三旗包衣担任各方要职,仅留少数太监供使用,其余"俱永不用"。并以皇帝名义谕吏部:"世祖章皇帝遗诏内云'纲纪法度,用人行政,不能仰法太祖、太宗谟烈,渐习汉俗,于淳朴旧制日有更张'。朕兹于一切政务,思欲率循祖制,咸复旧章,以副先帝遗命。内三院衙门自太宗皇帝时设立,今应仍复旧制,设内秘书院、内国史院、内弘文院,其内阁、翰林院名色俱停罢。内三院应设满汉大学士、学士等官,尔部即开列衔名具奏。"但是,这次恢复的内三院,并不是太宗时的,基本上是顺治元年(1644年)的,但内三院大学士不入值,也不票拟。这次复设之内院大学士与内阁大学士相比,除品级从正五品提高为正二品之外,其他显著区别之处便是不入值、不票拟,与顺治元年(1644年)之内院大学士极为相似。大学士俱内值,诸司章奏,即日票拟,这反映了太皇太后的一贯思想,有效地防止了宦官干政事件的重演。

　　其次纠正弊政制定新政。以外藩事务责任重大,"今作礼部所属,与旧制未合",决定重设理藩院,扩大了皇帝职权,其官员"不必兼礼部衔,仍称理藩院尚书、侍郎",促进了少数民族地区工作的开展。从此时起,清政府对台湾郑氏采取以抚为主、以剿为辅的方针,广事招徕取得成功。康熙三年(1664年),下令停止圈地,决定"对民间地土,不许再圈";康熙四年(1665年),修改《逃人法》,定例严禁讹诈,减轻对窝主的惩罚,以"使逃人可获,奸棍不得肆恶,小民不受诈害"。改变了民族矛盾,实现满汉一体的团结局面。

第三再次拒绝垂帘听政,倾心扶植教育培养孙儿。康熙二年(1663年)二月,康熙帝玄烨的生母佟佳氏皇太后病逝。从此,年仅十岁的少年天子的培养教育重任,又落到了昭圣太皇太后肩上。针对这一情况,四辅政大臣曾上疏谏劝太皇太后,拥护其垂帘听政,但她坚决不允,又一次谢绝。仍继续坚持扶植孙儿康熙帝在前面施政,潜心在幕后扶植孙儿,让其在实践中学习掌握治国理政的本领。她对孙儿玄烨要求特别严格,从一开始就严格按照帝王的标准,进行教育、培养、训练。有一天,她当着众臣之面,问玄烨:"身为天下之主,你有何打算?"玄烨答道:"臣无他欲,惟愿天下乂安,生民乐业,共享太平之福而已。"少年天子决意做贤明之君,富国裕民的强烈愿望,充分显示出昭圣皇太后多年培育的初步成效。昭圣皇太后"独嗜国史"的良好习惯,对康熙帝玄烨影响也很大,使他从幼时起就对读书学习产生了浓厚兴趣。他"矢志读书","早夜诵读,无间寒暑,至忘寝食",无论任何时候,只要一捧起书本,几乎忘掉一切。康熙帝玄烨好读书,嗜书法,留心典籍,不喜欢饮酒,习射等好习惯,都是昭圣太皇太后潜心培养教育的结果。她为了疼爱关心和扶植孙儿玄烨,特令随嫁一直陪伴自己的亲信侍女苏麻喇姑,专门协助照看康熙。苏麻喇姑自幼随侍陪嫁昭圣皇太后入宫,她为人忠诚,聪明好学,心灵手巧,"国初衣冠饰样,皆出自其手制",在玄烨幼年"赖其训迪,手教国书"。太皇太后教育孙儿的做法,使康熙帝玄烨从幼时就打下了好的基础。正如玄烨所说:"朕自幼龄学步能言时,即奉圣祖母兹训，凡饮食、动履、言语，皆有矩度。虽平居独处，亦教以罔敢越轶，少不然即加督过，赖是以克有成。"太皇太后严格按照帝王的标准训练孙儿的事例很多。如"俨然端坐"一项，是皇帝举止修养最基本的功夫，为了养成这种习惯，太皇太后时刻告诫玄烨："凡人行住坐卧，不可回顾斜视，此等处不但关于德容，亦且有犯忌讳。"所以玄烨自幼年登基，直至日后与诸臣议事、论证经史，或与亲属闲话家常，"率皆俨然端坐。"用玄烨自己的话说，此乃朕躬自幼习成，素日涵养之所成。康熙帝玄烨没有辜负祖母的教诲和期望，有一次太皇太后在众官员面前，问他有何愿望，他便毫不犹豫地答道："惟愿天下平安，生民乐业，共享太平之福而已。"敬天法祖，勤政爱民，是他的座右铭。官员们听后，一致称赞说：大概治理国家，天下太平，其王基大业已经从此开始。

总之太皇太后在玄烨幼年时期，所采取的以上这些做法和所定新政，有力地纠正了以前的错误政策，有效地缓和了汉族地主阶级与满族贵族之间的矛盾，发展社会生产力和巩固政权，为孙儿后来亲政，戡乱内外打下了有利基础。

第四节　帮助孙儿智擒弄事权臣鳌拜

康熙四年（1665年）九月八日，康熙帝已经满十二岁，圣祖母太皇太后为其举办了大婚封后仪式，她考虑到孙儿今后亲政的未来，选择了首辅大臣索尼的孙女，领侍卫内大臣噶布喇之女赫舍里氏为皇后。明眼人一看，此重大举措，是太皇太后为少年天子康熙帝玄烨开始亲政做准备。康熙帝为感谢祖母的教诲和培养，特为祖母上尊徽号："昭圣慈寿恭简安懿章庆温庄太皇太后。"

四大臣本着协商一致的原则辅佐幼帝，最初几年相安无事。然而在他们中间也存在着不安的因素，主要缘于权臣鳌拜的居功自傲，骄横跋扈。鳌拜是四大臣辅政中的镶黄旗大臣。崇德二年（1637年），鳌拜统兵征剿皮岛,充任前锋,渡海登岛搏战,浴血厮杀,击溃岛上守军,夺取战争要地皮岛。战后叙功,进三等梅勒章京,赐号巴图鲁,成为闻名军中的勇士。他身材魁伟、健壮,武艺过人,崇德六年(1641年),随郑亲王济尔哈朗统兵围攻锦州,他统侍卫设伏截杀,冲锋陷阵,五战均获大捷,明军大溃。鳌拜挥师追杀,活捉和斩首明军过半。这场大捷,鳌拜功绩最高,晋升为巴牙喇纛章京,成为举足轻重的亲军统帅。两年后,他又跟随贝勒阿巴泰攻明,大败明朝守关将帅,入关逼近燕京。攻掠山东各地,斩获极多,饱掠而归。凯旋班师时,又大败明总督范志宪、总兵吴三桂。论功进三等昂邦章京,赏赐丰厚。顺治元年(1644年),清军入主北京,定鼎中原。清政府评定诸臣功绩,以鳌拜将军忠勤尽力,进一等侍卫。在多尔衮摄政执掌大权期间,当年盟誓效忠幼主的两黄旗统帅谭泰、巩阿岱等背盟投附多尔衮。索尼不依附多尔衮,被罢官削职,鳌拜在此阶段经历了死的考验,顺治五年(1648年)被坐事治罪,剥夺世职,被多尔衮下令逮捕论死,幸得皇帝诏书宽宥才得幸免。顺治七年(1650年)十二月初九日,多尔衮病死喀喇城,顺治帝亲政,对被多尔衮迫害的忠臣良将进行平反昭雪,鳌拜东山再起,顺治帝授予他为议政大臣,累进二等公,世袭。不久又升任领侍卫内大臣,加少傅兼太子太傅,统领禁卫军。

然而他居功自傲,"意气凌轹,人多惮之"。位居辅政四大臣中首位、资格最老的正黄旗大臣索尼,乃四朝元老,为内大臣、一等伯,深受昭圣太皇太后的信任与赏识,鳌拜不敢与争。正白旗大臣苏克萨哈是太祖、太宗两朝名将额驸苏纳的儿子,他从额驸之子委署任领,进入禁卫军,成为一名内廷侍卫,渐渐发迹。他在四辅臣中排名第二。遏必隆和鳌拜对苏克萨哈排在两人之前极为不悦,尤其是鳌拜,两人论事多有悖忤,积怨成仇,势同水火。相比之下,遏必隆对鳌拜来说最为亲切,因两人同属镶黄旗。遏必隆天性软弱,容易相处,两人关系甚密。鳌拜脾气暴烈,武勇好斗,刚愎自用,又得到昭圣太皇太后和新皇的重用,更不可一世,睥睨天下,他对苏克萨哈爵位虽低,班秩竟居第二位,仅亚于索尼不服,认为一旦索尼归天,有可能依秩递补,代替索尼总揽启奏和批红大权。于是对苏克萨哈耿耿于怀。尤其黄旗与白旗之间,宿怨甚深亦非一日。因此,尽管两人有姻亲关系,但遇事争吵不休,"联以成仇"。于是,鳌拜利用黄白旗之间的旧有矛盾,在两旗内部挑起事端,打击苏克萨哈。顺治初年(1644年),朝廷下令圈占北京附近田地分给八旗将士,各照左右翼秩序分配。摄政王多尔衮利用权势,擅自将永平府一带镶黄旗应得之地给了自己的正白旗;而于右翼之末保定府、河间府、涿州府等处,另拨土地给镶黄旗。这种歧视和压制镶黄旗的做法,当时曾激起镶黄旗广大旗员的不满,使得黄白旗之间的矛盾进一步加深。但时隔二十余年,旗民各安生业,由分拨土地引起的不愉快印象已经渐渐淡漠。但是,鳌拜为了拉拢黄旗大臣和广大旗民,孤立打击白旗大臣苏克萨哈等,便将此事重新提起。这一计谋果然奏效,立即引起两黄旗大臣的共鸣。索尼亦素恶苏克萨哈,遏必隆不能自异,因共附和之。鳌拜遂于康熙五年(1666年)正月,便以镶黄旗土地不堪,呈请更换,移送户部,试图造成八旗纷纷要求重新圈换土地的形势,对昭圣太皇太后和年幼的皇帝施加压力。户部尚书、正白旗大臣苏纳海,从安定国计民生出发,上疏反对圈换土地奏称:"土地分拨已久,且康熙三年奉有民间土地不许再圈之旨,不便更换,请将八旗移文驳回。"

鳌拜等欲扫除阻力,于三月称旨支持镶黄旗圈换土地,移回左翼之首,宣称:"今各旗以地土不堪具控,据都统等踏勘回奏,镶黄旗不堪尤甚。如换给地亩,别旗分已立界截圈,不便更易,惟永平府周围地亩未经圈出,应令镶黄旗移住。且世祖章皇帝旨亦云,凡事俱遵太祖太宗例行。今思庄田房屋,应照翼给与,将镶黄旗移于左翼,仍从头挨秩拨给。"同时立即圈拨北京东北顺义、密云、怀柔、平谷等四县地给镶黄旗,造成已经迁回左翼之既成事实。

至秋,户部尚书苏纳海、侍郎雷虎等,奉前旨率固山、牛录、科道、部曹多人出发丈量准备圈换之土地,拥众数千,旗民汹惧,"群言勘地之扰,流闻禁中"。康熙帝得知后,以借向昭圣太皇太后问安,向祖母奏报:"昭圣太皇太后切责四辅圈地扰民,事将中止。"恰在这时,直隶山东河南总督朱昌祚、直隶巡抚王登联,于十一月同时上疏"请罢圈地"。两封奏书,明确指出,这次圈换并非出于自愿,乃鳌拜背主所搞非法活动;已给广大旗民带来严重危害,并遭到强烈不满与坚决抵制,停止圈换势在必行。同时,苏纳海由于"屯地难于丈量,镶黄旗章京不肯受地,正白旗包衣佐领下人不肯指出地界"等原因,决定撤回差去换地之官员。

鳌拜见疏大惊,深感圈地有被中断危险,如此计不成,自己将一败涂地。于是,决定破釜沉舟,血腥镇压,强制推行。他假传圣旨,命吏、兵二部将户部尚书大学士苏纳海,弃市问斩,朱昌祚也被逮捕问罪。年仅十三岁的康熙帝,知鳌拜与苏纳海、朱昌祚、王登联三人阻挠其意,必欲置之于死,事态十分严重,便于十二月二十二日亲自出面调停,特召辅臣问询。不料辅臣中两黄旗与正白旗形成尖锐对立,鳌拜、索尼、遏必隆坚奏苏纳海应置重罪,独苏克萨哈反对。康熙帝不同意鳌拜等人重处苏纳海等的错误主张,最终未允所奏。可是鳌拜等人竟依仗他们在辅臣中的优势,捏造"不愿迁移,迟延藐旨""妄行具奏,又将奏疏予苏纳海看"等罪名,诬其结党抗旨,违背祖制,矫旨将苏纳海等三人"共著即处绞"。之后,强制推行圈换土地。这次圈换土地,使近京十个县,三十一万四千八百余垧耕地,而其中并不包括刚开始已圈换完毕的京城近郊的顺义、怀柔、密云、平谷四县之地,都受到骚扰。旗员及民人深受其害,造成失业者达数十万人。苏纳海、朱昌祚、王登联惨遭迫害,死非其罪,直隶广大群众以及地方名臣为其祀之。

圈地事件之得逞,以及户部尚书苏纳海等人的被诛,表明四辅政大臣协商一致的原则已被打破。辅臣中之多数即可执行票拟和批红之权,启奏并决定重大问题,而不必一致同意。这便为个人结党营私、进行擅权乱政开了方便之门。这件事从反面教育了昭圣太皇太后和年幼的康熙帝,使祖孙俩人对鳌拜有所防备,并在此后听政理事过程中,多次亲自对鳌拜进行抵制和斗争。康熙六年(1667年)六月初一日,内弘文院侍读熊赐履遵旨条奏:"我国家章程法度,其间有积重难返者,不闻略加整顿,而急功喜事之人,又从而意为更变,但知趋目前尺寸之利以便其私,而不知无穷之弊已潜倚暗伏于其中。"鳌拜见疏大怒说:"是劾我也",请治以妄言之罪,且请申进言官上疏。康熙帝立即驳斥说:"他自陈国家事,与你何干?"

康熙六年(1667年)三月,朝廷围绕皇帝亲政又展开了一场斗争,而且更为激烈。自鳌拜挑起圈地事件,朝内百官惴惴不安,要求皇上亲政的呼声越来越高。刑科给事中张维赤首先上疏:"伏念世祖章皇帝于顺治八年亲政,年登一十四岁。今皇上即位六年,齿正相符,乞求择吉日亲政。"在百官推动下,首辅大臣索尼等亦于三月,"奏请皇上亲政"。六月,索尼去世。康熙帝见鳌拜更加骄横,四大臣辅政体制已不能发挥它应有的积极作用,遂于七月初三日,以辅政臣屡行陈奏为由,往奏祖母昭圣太皇太后,经允许。康熙六年(1667年)七月初七日,康熙帝玄烨十四岁,开始"躬亲大政",为感激昭圣太皇太后对自己含辛茹苦的关怀和孜孜不倦的培养,即为昭圣太皇太后尊封徽号又加上"康和"二字,即"昭圣慈寿恭简安懿章庆敦惠温庄康和太皇太后"。是日,举行亲政大典。康熙帝身着龙袍,头戴皇冠,御太和殿,躬亲大政。诸王以下文武百官,上表行庆贺礼,宣诏天下。

这时鳌拜的擅权野心进一步发展,欲乘机越过苏克萨哈、遏必隆,代替已故之索尼,攫取启奏权和批理奏疏之权,使自己成为真正的宰相。最初,他绞尽脑汁企图主持起草皇帝亲政大赦诏书,借以捞取政治资本。康熙帝根本不予理睬,而是另用他人密拟赦诏,临期颁行。他见一计未成,又生一计,以"商议启奏应行事宜"为名,试图拉苏克萨哈同他一起干预朝政,散布耸人听闻的谣言,说:"恐御前有奸恶之辈暗害忠良,我等应将太祖、太宗所行事例敷陈。"苏克萨哈诚心归政于皇上,坚决抵制鳌拜的卑劣行径,斥责说:"教导主子之处,谁有意见各自陈奏,何必共同列名?"鳌拜的权力欲望得不到支持和满足,转而陷害苏克萨哈。

康熙帝亲政,另用他人拟赦诏,表明辅政大臣手中的票拟和批红之权已经发生动摇。但是,辅臣领导的内三院及议政的体制并未立即改变,辅臣朝班位次仍排在亲王之上,并继续掌握批理章疏大权。特别是鳌拜的党羽已经形成,势力比较强大,大多据军政要职。有其弟弟镶黄旗都统穆里玛、内秘书院大学士班布尔善、吏部尚书阿思哈、侍郎泰必图、兵部尚书噶褚哈、侍郎迈音达、工部尚书马迩赛、一等侍卫阿南达、内秘书院学士吴格赛、山陕总督莫洛等。此外敬瑾亲王兰布、安郡王岳乐、镇国公哈尔萨等人,也先后设法诣附,夤缘辅臣鳌拜。尤其在上三旗中,鳌拜已居绝对优势。镶黄旗全被其控制,正黄旗随声附和,正白旗遭到严重打击和削弱,而当时宫廷侍卫全由上三旗承担。侍卫以鳌拜势大,亦惧怕几分,盲目崇拜,竟有人于进奏时吹捧他为"圣人"。

正白旗大臣苏克萨哈一向鄙视鳌拜,不甘心与其同流合污,但又见其势大,无法与之抗争,便产生引退之念,于七月十三日上疏皇帝,以"身婴重疾"为由,上疏要求"往守先皇顺治帝皇陵寝"。并说:"如残余生得以生全,则臣仰报皇上豢育之微忱,亦可以稍尽矣。"此疏目的一是鳌拜专横,自己不得不引退;二是试图以自己引退的行动迫使鳌拜、遏必隆也相应辞职,交权还政于皇上。但康熙帝毕竟年少,对苏克萨哈所处困境及其苦心并不十分了解,见他突然奏请守陵,不解所谓,遂遣米斯翰等往问。鳌拜正欲陷害苏克萨哈,便借机大施淫威,诬称苏克萨哈是对皇帝亲政不满而提出引退。实则是反对亲政,以"怨望""有异去"等,网罗了二十四款罪状。少年皇帝玄烨明知鳌拜这是树威震众,报复私怨,但因鳌拜兵权在握,只能隐忍。最后将苏克萨哈这位四大辅臣之一施以绞刑,受连坐罪问斩的有苏克萨哈长子内大臣查克旦,儿子侍卫穗黑、塞黑里、郎中那塞、塞克精额、达器,孙侉克扎,兄弟儿子图尔泰、海兰及族人都受到牵连。鳌拜还对蒙古都统俄纳、喇哈达、宜理布不依附自己十分不满,下令蒙古都统不再参与议政。从此朝廷上下无人敢与鳌拜争锋，更没有人敢与其分庭抗礼，鳌拜亲领禁卫军，牢牢控制着皇宫内外和朝廷上下，异己者被一一清除，依附者纷纷担任军政要职，亲信党羽遍布朝野，其核心死党集团成员包括：弟弟穆里玛、侄子塞本特、讷莫，心腹有：领侍卫内大臣大学士班布尔善、吏部尚书阿思哈、兵部尚书噶褚哈、户部尚书玛尔塞、都统济世、侍郎泰必图、学士吴格塞等。军政大事，这些私党便齐集鳌拜府中，定议后即立即执行。鳌拜傲慢无忌，根本不把少年天子康熙帝玄烨放在眼里，不仅在朝堂和宫禁对皇帝无君臣之礼，还多次矫诏称旨，甚至公然当众威吓和恐吓，施威震众，高声喝问，稍不顺意便动辄叱喝六部大臣。不但如此，朝中一切政事都是他事先在私下议定，他还将各部院启奏官员，带往府中搞阴谋活动。

鳌拜"欺君专横、恣意妄为"引起少年皇帝玄烨的憎恶。他向祖母昭圣太皇太后禀报说："鳌拜在我面前办事，不拘小节，不求理事，稍有不如意的地方，即将办事官员怒斥一番。在接见时，他在朕前理应态度温良恭顺，相反大施淫威，极力在众官员面前表现自己，高声喝问。凡是用人行政，鳌拜欺朕专权，恣意妄为。"昭圣太皇太后对鳌拜专横跋扈，滥杀无辜的所作所为，早有察觉，也深为忧虑，但她表面上不动声色，暗地却以三朝宫主的权威，早已利用各种手段，对其党羽进行分化、利用、瓦解，并为拿掉这一既有功勋又胆大鲁莽的辅臣，做布局和筹划，以寻找和等待良机将其除之。早在康熙四年（1665年），玄烨年仅十二岁时，昭圣太皇太后就为康熙帝主婚，选立首辅大臣索尼的孙女赫舍里氏为皇后，尽管鳌拜和遏必隆两大辅臣反对，但太皇太后还是成功地促成了这桩政治联姻。这一联姻极大地加强了皇族的力量，震慑了权臣鳌拜。索尼的四个儿子中，长子噶布喇是皇后的父亲，一等公爵，授领侍卫内大臣，统领内侍卫亲军；五子心裕是一等伯爵，任銮仪卫兼佐领，迁领侍卫内大臣；三子索额图从小就入宫任内廷侍卫，终日陪伴在少年皇帝玄烨身边，与少帝结下了深厚情谊，深得信任和倚重；六子法保是一等公爵内大臣。昭圣太皇太后为切实扶植孙儿亲政，她在幕后巧妙地帮孙儿谋划了铲除鳌拜这一力大无比莽夫的计策。她让孙儿玄烨在小事上准奏，以安抚鳌拜及同党，同时让孙儿组织一支亲信的卫队（善扑营），以贴身侍卫拜唐阿为主，暗中挑选些年少有力者。康熙七年（1668年）又把玄烨的叔丈人索额图，索尼第三子、一等侍卫兼吏部侍郎，由内廷侍卫任朝廷要职，调到玄烨身边，交给他一项秘密使命。索额图郑重地接受。目的是他熟悉朝廷情况，这样皇帝玄烨一方面可时常以对弈娱乐为名，召索额图入宫了解执臣情形，探察权臣鳌拜的言行；另一方面让其平时帮助善扑营练习扑击之戏，以麻痹鳌拜以便等待时机；与此同时，昭圣太皇太后又分别把鳌拜的亲信党羽，以各种名义派到各地执行公务，以削其势；最后康熙帝遵照昭圣太皇太后的圣谕，经过精心部署，一场惊心动魄的宫廷事变即将上演。主角是少年皇帝玄烨、一等侍卫索额图及一群少年和权臣鳌拜。

康熙八年（1669年）五月初，在一切准备就绪，铲除权臣鳌拜时机基本成熟后，索额图辞去吏部侍郎要职，上书皇帝，奏请仍然护从左右。皇帝玄烨欣然同意，下旨索额图任职内廷，重新担任内廷禁卫军一等侍卫。五月十六日，皇帝玄烨在乾清门内南书房召见鳌拜，一等侍卫索额图当天一大早便奉旨召集众布库少年侍卫入宫。皇帝玄烨亲自到队前训话，问众少年："你们都是我的心腹卫士，目今权臣鳌拜专权揽政，你们是听我的还是听从鳌拜？"众少年发誓效忠皇帝，赴死不辞。皇帝玄烨下达逮捕鳌拜的密旨。

这天，权臣鳌拜接到皇上在南书房召见议事谕旨，仍像平常一样，大摇大摆地入宫，毫无戒备地闯入内廷，进入皇帝召见的南书房。一等侍卫索额图事先准备了一张断了一条腿的椅子。皇帝玄烨赐座上茶。鳌拜坐下后，椅子由一名小侍卫在后面扶着。茶杯事先在沸水里煮着。索额图捧上滚烫的茶杯，鳌拜接过，说声："好烫！"便失手掉落了茶杯。与此同时，扶着椅子的小侍卫将手松开，椅子立即翻倒，鳌拜一屁股歪坐在地。按照预先的部署，索额图和经过训练的少年侍卫一拥而上，将鳌拜按住,尽管鳌拜身强力大,但毕竟孤身一人,十几名少年侍卫一举生擒了鳌拜。

以权臣鳌拜以身带佩刀入宫行为不轨为罪名,在乾清宫南书房,由一等侍卫索额图指挥善扑营侍卫将其擒拿之后,康熙帝下令禁卫军搜捕鳌拜私党。康亲王杰书等奉旨,议定鳌拜三十项大罪。拟定鳌拜之罪刑:革职立斩,其亲子、兄弟也应问斩,妻子及孙辈籍没为奴隶,家产籍没,其族人有官及任职军中护军以上者均革职,各鞭一百,披甲当差;依附鳌拜的四辅臣之一的遏必隆犯二十项大罪,宜革职立绞,妻子并没为奴隶,族人在官及护军者,均革职,披甲当差;鳌拜的同党大学士班布尔善、侄子内廷侍卫塞木特、吏部尚书阿思哈、户部尚书玛尔塞、兵部尚书噶褚哈、都统济世等二十余人均应革职论罪处斩。以康亲王杰书为首的议政诸王,都支持皇帝擒拿追罪辅臣鳌拜,并遵旨勘问,列鳌拜欺君擅政,结党乱政等三十大罪,议定革职问斩。后鉴于他是世祖老臣,昭圣太皇太后下懿旨,网开一面,将鳌拜幽禁,不久,便死于幽所。凡是重要党羽全部处死,取得了对守旧势力斗争的胜利。随即昭圣太皇太后下令,废除了凡八年零五个月的四大臣辅政体制,少年天子康熙帝玄烨收回了批红之权。史上康熙朝初期的"辅政时期"宣告结束。年仅十六岁的康熙帝玄烨,在祖母昭圣太皇太后的扶植下,排除了亲政初期的障碍,开始真正掌握皇权。

第十九章　废除辅臣制扶孙儿亲政

第一节　支持孙儿平定三藩之乱

康熙帝掌握皇权后，在祖母的幕后扶植下，紧紧依靠宿臣老将，如索额图、杰书、图海等人，采取了一系列革新朝政的措施，深得人心。使几十年战争的创伤得到医治，逐步恢复了社会经济的发展，改变了生产倒退、民生凋敝的不安局面，使久困于战乱和饥荒的人民得以休养生息。康熙帝玄烨对祖母昭圣太皇太后更加敬重，每借去慈宁宫向祖母请安和陪同出游之机，都请教和商议国家大事。昭圣太皇太后见孙儿不断成熟，便大胆地放手让其亲理朝政，但在关键时刻及重大问题上，也常加以指点，并不放松对国事的关心。

康熙十一年（1672年）十二月十五日，昭圣太皇太后根据崇德帝皇太极时"重骑射"的传统经验，告诫康熙帝说："方今天下太平，四方宁谧，然安不可忘危，闲暇时仍宜训练武备。至于在朝诸臣奏事，岂无忠诚入告者，然不肖之类，假公行私，附己者即为引进，忤己者即加罔害，亦或有之。为人君者，务虚公裁断，一准于理，则事无差失矣。"康熙帝于次日即向起居注官传达昭圣太皇太后训谕，并深有感触地说："朕绎慈训，人君之道，诚莫要于虚公裁断之一言也。"并遵照祖母"训练武备"的指教，于康熙十二年（1673年）正月，率诸王、大臣去南苑行围，大阅八旗劲旅，整饬武备。

康熙帝御统天下,当时遇到的最严重问题有四:一是南方的"三藩"之虐;二是东南沿海及台湾郑氏抗清力量;三是西北蒙古察哈尔亲王布尔尼作乱;四是东北有沙皇俄国侵扰中国黑龙江流域长达三十余年,而这四个问题,对朝廷威胁最大的则是"三藩"之虐,所以康熙帝以国内"三藩"这件大事,夙夜廑念,曾书而悬之宫中柱上。他将处置"三藩"看成是治国安邦的头等大事。

所谓"三藩",即顺治十六年(1659年)正月,清军三路入云南昆明,剿灭大西军与南明永历帝联军,在西南五省基本平定后,为有效地抵御逃往台湾的郑氏的进扰,根据经略洪承畴的建议,清政府派驻云南、广东和福建三地的汉军三王。即平西王吴三桂,令其驻镇云南;平南王尚可喜,令其驻镇广东;靖南王耿仲明(后由其子袭爵),令其驻镇福建。当年他们奉命南征,击败南明永历政权及李定国大西农民军余部,曾为统一中原做过贡献。与此同时,"三藩"便开始拥兵自重,权势日张。据史料记载:"耿、尚二藩所属各十五佐领,绿旗兵各六七千,丁口各二万。吴藩属五十三佐领,绿旗兵万有二千,丁口计数万。"云南每年耗饷最多时达九百余万,平时亦不下数百万。所以说"天下财赋,半耗于三藩"。而且"三藩"分别专制一方,严重侵犯中央集权。

"三藩"的头号人物是平西王吴三桂,他当年率军攻占云南后,把逃入缅甸的明代最后一个皇帝永历帝抓回并绞死于昆明,从此他以功晋为亲王,受命镇守云南、贵州两省。并统管两省的军政民事一切事务,他拥兵自重,继续扩充势力,俨然成为割据一方的土皇帝。在政治上,按当年顺治帝谕:"凡该省文武官贤否甄别举劾,民间利弊因革兴除,及兵马钱粮一切事务,俱暂著该藩总管,奏请施行。内外各该衙门不得掣肘。"他有独立的用人权,而且不受吏部、兵部控制,擅派官吏,并向南方各省选派自己的亲信官吏,称为"西选",致使"西选"之官几满天下。他的爪牙遍布全国。吴三桂把搜集情报的触角伸向四面八方,纠集反对中央政府的叛乱力量。在军事上,吴三桂在云桂地区开矿炼铁,囤积军火,并大量购买蒙古、西藏良马,拉丁抓夫,征招广大青年入伍。在经济上,他横征暴敛,私自铸钱,广征关市、榷税、盐井、金矿、铜山之利,厚自封殖。并招徕商旅,资以藩本,广通贸易殖货财。盘剥广大劳动人民。他还有独立的财权,这更壮大了他的经济实力。在民族关系上,吴三桂在云桂地区恣意挑拨民族关系,破坏民族团结,煽动贵州凯里少数民族上层分子发动叛乱,借以要挟中央政府,巩固自己在云贵两省的军政大权。在生活上,吴三桂则是声色犬马,骄奢淫逸。他任意挥霍,建造豪华的藩府。他假浚渠筑城为名,据朱由榔(永历帝)所居五华山故宫改建成藩府,增设崇丽;将籍沐天波(明黔国公)庄田圈建七百顷良田作为藩庄;专制滇中十余年,日练士马,利器械,水陆冲要,遍置私人,各省提镇,多其心腹,儿子吴应熊为额驸,朝政纤悉,旦夕飞报。诡称蒙古侵夺丽江、中甸地,及调兵往,又称寇遁,挟边防以拥兵自重。耿、尚二位藩王,虽然不如吴三桂跋扈,然亦"擅署置官吏",垄断地方大权,势力日张。对此,不少地方官员曾先后上疏、劾奏藩王"干预印官委署,累害商民"等不法行为,请旨饬禁。但当时清政府因统一大业才刚实现,却没引起重视,只是采取逐渐消减其权力等优容、迁就的态度,加之其势下,清政府也未敢追查,这样吴三桂在云贵两省形成了一个不受中央政府控制的割据势力,成为"三藩"中实力最强,危害最严重的一股分裂势力。

靖南王耿仲明,是叛明降清的将领,后被封为靖南王,镇守福建。耿仲明病逝后,由其子耿继茂及孙耿精忠承袭其职。耿精忠对福建劳动人民恣意盘剥压榨,而且生性骄奢淫暴,恣意妄为。他发怨时常剥人皮以泄恨,每年剥人皮数十张。有一次,他的侍女不小心打碎了一件玉器,耿精忠大怒,立即命将侍女的皮剥掉。他家厨师偶尔做的饭菜不合他口味,也被活活剥皮。刚刚做了两年藩王的耿精忠野心极大,他的手下人造谣说根据谶纬所载有"天子分身火耳"的妄言。意思是说耿精忠当天子正顺应天意,合乎民心。这些妄言在下层军民中广泛传播,并被大肆渲染,其意图是煽动众人为耿精忠谋反和独霸一方卖命。

平南王尚可喜，原为降清明将，清初带兵入关，后来镇守广州，受封为平南王。其长子尚之信，粗暴凶残，养狗取乐，嗜酒成性，酒后随意杀人。一次，父亲尚可喜派官监去见他，恰巧尚之信发酒疯，他见官监腹大，便指着官监的腹部说："里面肯定有奇货，我打开看看。"于是他随手拿一利刃残忍剖割开官监的腹部，其状惨不忍睹。尚之信与父亲尚可喜不合，他不把父亲放在眼里，将父亲晚年镇守广州的大权渐渐控制在自己手里。他的粗暴残忍，闹得家人失和，部众怨恨，尚可喜对此终日郁闷不乐。幕僚金光对尚可喜说："看来，之信这样胡乱闹下去不思悔改，早晚要惹出祸端来。到时候也会连累到你身上，也怕是落个不干净。倒不如你请求朝廷恩准，回辽东老家养老去。这样，朝廷也高兴，你还可以安度晚年，这不是两全其美吗？"尚可喜觉得很有道理，于是便上疏朝廷，请求长子之信留任广州，自愿回辽东海城养老。然而清政府却认为，广东已安定，尚之信不可留镇广东，应该撤藩，家属及兵丁全部撤回原籍。

康熙帝意识到"三藩"割据的隐患不可小视，并且注意吴三桂等人分裂谋叛之心蓄谋已久，渐成尾大不掉之势，忧心忡忡，日夜难安，他感到若不及早清除，迟早要祸及国家。因此，康熙帝早有撤藩的打算，亲政后他亲自写了"朕自听政以来，以三藩及河务、漕运，为三大事，夙夜廑念，曾书而悬之宫中柱上"。康熙十二年（1673年）三月，康熙帝正为"三藩"之事犯愁之时，朝廷接到年届七十的平南王尚可喜，撤藩归老，还辽东海城故里的奏疏。康熙帝便将此事向昭圣太皇太后禀报，请求祖母懿旨。昭圣太皇太后说："此事关系重大，三位藩王都握有重兵，可以把平南王尚可喜具奏撤藩的奏疏交诸王、大臣议定，然后再放出风声，看有什么反应和动静，最后再下决心钦定。撤藩是早晚的事，老祖母完全支持你的决断。"康熙帝得到祖母的懿旨后，心中有了底，他肯定了尚可喜"欲归辽东，情词恳切，具见恭谨，很知大体"。同时，又以"广东已经底定"为由，令议政王大臣等会同户、兵二部"确议具奏"，经议同意尚可喜的奏请，准其复归辽东。并下了"尚藩所属左右两营绿旗官兵，应仍留广州府，令广东提督管辖，准予尚可喜全藩撤离"的诏书。

尚藩撤离消息传出，不仅尚之信震怒不已，吴三桂也大吃一惊。于是，吴三桂便抓紧准备叛乱。但他为了掩盖自己的真实意图，反以退为进，试探着也向清政府假惺惺地请求撤藩。耿精忠闻知清廷决定尚可喜撤藩还籍时，感到形势不妙，他也学习吴三桂的做法，玩弄两面手法，假意撤藩。于是，两人分别于是年七月三日、九日假意将撤藩申请送往北京，试探朝廷态度。清政府内部对全部撤藩意见不一，争议激烈。结果反对撤藩的人占了绝大多数，而同意撤藩的只有几个。反对撤藩者提出了种种理由：有的认为，撤藩后要派军队去原藩地镇守，劳费甚大；更有的人甚至为吴三桂求情，说他镇守边关，物阜民丰，并无谋反的征兆。议政王大臣们也都议论纷纷，莫衷一是。只有兵部尚书明珠、户部尚书恩翰、刑部尚书莫洛等少数人坚决主张撤藩。康熙帝力排众议，认为"三藩具握兵权，日久滋蔓，驯制不测"，同时又指出，三藩蓄谋已久，早有叛逆之心，撤藩与否，他们都会谋叛。康熙帝总结了汉初吴楚七国之乱的经验教训，不为多数人的意见所左右，最后在得到老祖母昭圣太皇太后的支持后，果断做出了裁决。"从其所请，将三藩全部迁出山海关之外。"于康熙十二年（1673年）八月初六日，下令三藩并撤，还籍家乡，将地方行政权交给有关的总督、巡抚，以消除叛乱隐患；同时，派侍郎折尔肯，学士傅达礼赴云南，户部尚书梁清标赴广东，吏部侍郎陈一炳赴福建，催促办理撤藩事宜。

实际上吴三桂、耿精忠假请撤藩，想试探一下康熙帝的态度，没料到康熙帝认真起来，居然真的下令撤藩，结果却弄假成真。老奸巨猾的吴三桂继续玩弄两面手法，一面恭恭敬敬地上疏康熙帝，表示接受撤藩的决定；一面恼羞成怒，密谋叛乱事宜，死赖在昆明不走，暗中调兵遣将，抢守云南各地关隘，所有文武官员和过路行人，只准进，不准出，积极策划武装叛乱。但吴三桂虑及儿子吴应熊及孙子吴世霖在京城的安危，仍犹豫不决。正在这时，吴三桂之婿胡国柱等人手持撤藩诏令，愤愤不平,极力怂恿吴三桂谋反,问:"难道不起兵,你就可以保全子孙的性命吗?"谋士方光琛也屡劝吴三桂早下决心。说:"你不愿意保住自己的富贵尊严吗?假如不及早发兵举事,你就会束手待擒,到那时,你就像被关在铁笼中的鸟一样,生死要由他人啦!"吴三桂听亲信们这么一劝,就决定立即起兵叛乱。为了给叛乱制造声势和舆论,他故意纠集叛党,又装成忠臣的样子,穿上他早已忘记的明朝衣冠,撤出藩地之前,去祭奠被他亲自杀害的南明永历皇帝的陵墓。吴三桂指着头上的冠冕问身边陪他祭奠永历帝陵墓的部下:"先朝(明朝)有这种帽子吗?"又指着身上的衣服问:"先朝有这种衣服吗?"于是,吴三桂又戴了方巾,穿了素服,伏陵痛哭,竟然哭得站不起来的样子!身边的部众亲信也跟着号啕大哭。吴三桂的这一举动,如果联系当年他投清率兵血腥镇压南明势力,并将南明永历皇帝从缅甸抓回绞死的往事,简直是对自己的绝妙讽刺!吴三桂谒陵恸哭,清政府派来撤藩的学士傅达礼见状,知道他是在玩弄把戏,就要回京报告。但只走了一百多里路,就被吴三桂守关人员截了回来。叛乱的阴谋显露无遗。那么用什么作为出师的旗号呢?吴三桂与亲信部下密谋,打出了"反清复明"的旗号,并以南明永历皇帝三太子的监护人自居,呼吁各省响应他的叛乱行动。

康熙十二年(1673年)十一月二十一日,吴三桂正式起兵反叛,自称"天下都招讨兵马大元帅",并令军民留发易服,以明年为周王元年,铸印封爵,传檄四方。他以召集各地官员赴王府开会之机,大肆捕杀忠于朝廷的官吏。云南巡抚朱国治,力主撤藩,尽忠朝廷,被吴三桂捉住后凌迟处死。次年三月,耿精忠在福建起兵反叛,响应吴三桂反叛,自称"总统兵马大将军",向浙江、江西方向进攻。广西、广东、四川、贵州、湖南、江西等地的督抚等官员将领,纷纷响应吴三桂的叛乱行动,短短几年间,叛乱的势力波及十一个省,大有推翻清朝统一政权之势。吴三桂的军队迅速推进到长江南岸,妄图划长江为界,裂土称帝,永远分裂国家。不久尚之信(尚可喜之子)、孙延龄(孔有德之婿)等纷纷起兵响应,陕西提督王辅臣也率部附之,顿时全国一片混乱,使朝廷陷于多面作战的不利境地。与此同时,蒙古察哈尔部亲王布尔尼也乘机作乱,清王朝面临着南北叛乱,国家被分裂,政权被颠覆的严峻考验。

对于吴三桂的叛乱,清政府内部展开了激烈的争论,朝臣中反对之声不绝于耳,以索额图为代表的反撤藩派认为,应尽快处死明珠撤藩派,以谢罪吴三桂,同时取消撤藩令,恢复三藩权力。玄烨感到不安,他不得不求救于祖母昭圣太皇太后。

老祖母昭圣太皇太后,坚决支持孙儿撤藩的决定,她说:"察哈尔布尔尼小贼作乱,不是主要的,可派一位亲王为抚远大将军,再派才略出众,可当其责的刑部尚书马佳·图海为副将军,率兵征剿即可。这件事就交由老祖母我来组织老臣们办,你要集中精力整饬武备,派兵彻底征剿吴三桂等叛军,以平定天下,让人民过上和平安定的日子。"这番话对康熙帝下决心破除三藩之乱起了极大的鼓舞。他不怕凶焰嚣张的吴三桂,决心以武力平叛,不让吴三桂分裂国家的阴谋得逞。他愤慨地对反对撤藩的大臣说:"撤藩是朕自己决定的,你们说要惩处主张撤藩的人,难道还要朕惩处自己?"众大臣才沉默不语。康熙帝对众臣说:"三藩谋叛的野心早就存在了,嚣张的气焰日益凌人,无论撤藩,还是不撤藩,他们都会谋叛。因此,朕决不可再重复汉初景帝诛晁错的愚蠢做法。"

随后,昭圣太皇太后亲自组织朝中老臣抽调家丁,并亲自出面命信郡王鄂扎为抚远大将军,马佳·图海为副将军,率师讨伐察哈尔布尔尼作乱之贼。为了鼓励家丁奋勇杀敌,她拿出自己的存银犒赏出征家奴,鄂扎和马佳·图海果然不负委任,仅率数万家丁,便顺利地平定了布尔尼的作乱,为消灭三藩开了好头。察哈尔布尔尼叛乱的平定,对鼓舞八旗军将士出征平定三藩之乱影响很大,对朝中反对削三藩怕乱的诸臣起到了震慑。使康熙帝更增加了平定三藩信心和决心。

就在平叛大军出征前,昭圣太皇太后,又一次慷慨拿出自己宫中所有存储的银两、缎匹等财物,赏给八旗出征官兵。这些看起来似乎微小的举动,对于年轻的康熙帝却很宝贵,使他感到有老祖母作后盾,更增加了平定三藩的信心和力量。战争初期,以吴三桂为代表的叛乱武装,大多数人不明真相,一袭而起,从态势上看暂时处于优势,然而,随着战争形势的发展,人们很快就认清了吴三桂等人叛乱的真实面目。吴三桂等人反清复明是假,裂土称帝是真。他们这种分裂国家的反叛行为,是把南方各省人民重新拖入战火之中,违背了各族人民的意愿,也得不到广大汉族官僚将士的支持。贵州的守兵大批逃离,拒绝为吴三桂分裂割据叛乱卖命。陕西提督王辅臣响应吴三桂叛乱,在一次和清军的交锋中,大部分官兵溃散,王辅臣逃命时,只有数百人跟随。撤藩之举导致如此规模巨大的叛乱,出乎康熙帝的意外,战争的发展如此迅猛,也是吴三桂始料不及的。面对各省汉将纷纷起兵反清的形势,吴三桂只停留于封授虚衔,而没能够及时组织协同作战。各地反清队伍长期处于各自为战的局面,很容易被清军分化瓦解,各个击破。福建耿精忠、广西孙延龄、吴三桂长驱湖北巴东、宜都,刘玄初等人建议乘势北渡疾进,但吴三桂却犹豫不决。有人建议吴三桂取金陵(今南京)为根据地,扼守江淮,同时出兵四川,占据关中,与清朝争夺中原。吴三桂自知年高望轻,难孚众望,缺乏必胜信心。他不肯轻易渡江远离自己的老巢——云贵地区,仍然企图割据一方,裂土称王。由于吴三桂首鼠两端,犹豫不前,使清军获得了反攻的时机。

为了尽早平息叛乱,昭圣太皇太后告谕孙儿康熙帝玄烨,说:"对三藩要采取'征剿与招降'并用的策略,集中征剿吴贼,对随附他的人,极力进行招抚。"康熙帝遵老祖母懿旨,亲自指挥平叛战役。他根据战争形势的发展变化,拟定了平定三藩的战略措施。他派出五路大军,倾力平叛。一路由多罗贝勒尚善为安远靖寇大将军,率军攻打岳州;二路由安亲王岳乐为定远平寇大将军,率军攻打江西;三路由简亲王喇布为扬威大将军,率军镇守江南;四路由康亲王杰书为奉命大将军,由浙江攻打福建;五路由多罗贝勒董鄂为定西大将军,率军与莫洛合兵由陕西攻打四川。康熙帝又命尚可喜节制广东官兵,攻打广西。面对复杂多变的战争形势,康熙帝在昭圣太皇太后的鼎力支持下,充分展示自己的非凡才能。他运筹帷幄,命令各路平叛大军迅速向前线集结。吴三桂看到清军来势凶猛,不禁为康熙帝的治军才能惊叹不已。当初,吴三桂起兵叛乱,本以为康熙帝年轻无望,开国忠臣猛将多数年老或亡故,朝中空虚,自己率领十万铁甲便可以所向披靡。他万万没想到,康熙帝却能面对复杂的局势,以惊人的气魄指挥千军万马,战局很快发生了重大变化,使清军由起初的被动转变为主动。这时,吴三桂后悔听信部下的怂恿,以致贸然起兵反叛。他无心继续发动大规模的攻势,一入湖南,就委托折尔肯等人持疏文即刻回京,希望索回子孙,与清政府划地讲和。然而,他等到的却是清政府下令绞死其在京质子吴应熊父子,并布告天下的消息。

清军各路平叛大军,在康熙帝的正确指挥下,按照既定计划和部署,步步向前推进。迫使叛军的防线逐步后移,清军在战场上开始由被动变为主动,大大扭转了战争局势,并进而转向反攻。

康熙十四年(1675年)四、五月间,在陕甘战场上,清军定西大将军董鄂部率领的第五路大军,在甘肃与王辅臣交战,王连续败阵。五月,清军包围兰州。六月,王辅臣连失绥德、兰州、延安等城,被清军截断了与四川联络的通道。七月,王辅臣被围于平凉。九月,王辅臣攻克固原。康熙十五年(1676年)二月,清政府又任命大学士图海为抚远大将军,指挥董鄂部陕西兵马。五月,败王辅臣于平凉北,之后又用大炮轰城。清政府遵循昭圣太皇太后"征剿与招降并用的策略",派出使臣向王辅臣招降,赦免城内官兵。六月,王辅臣开城门投降。清政府赦免他的反叛之罪,恢复原官职,加封太子太保,随图海驻军汉中,取得了平定陕西地区反清战争的胜利。

在浙赣闽战场上,由安亲王岳乐、康亲王杰书率领的两路大军,分别向浙江和江西进军,直取福建,向耿精忠展开进攻。清军仍用"剿抚并用"政策,在进军途中招降叛军。康熙十四年(1675年)四月,安亲王岳乐在江西招抚官兵五万多人。五月击败耿军于长兴,占领武昌。六、七月间,又占领江西数县,招抚降军六万余人。十月由清余进取温州,攻占太平、乐清等县。与此同时,康亲王杰书于康熙十五年(1676年)三月,派遣傅喇塔率军攻打温州,六月,耿精忠弃建昌城逃走,八月康亲王杰书都统兵马攻打衢州,耿军败逃,九月耿军金应虎投降,十月杰书部抵达延平。耿精忠见大势已去,诚惶诚恐,只好派儿子耿显祚去清营投降。这样,杰书部长驱直入,进驻福州,耿精忠开城门迎降。

在广西战场上,孙延龄叛乱后,康熙帝派人前去招抚。康熙十五年(1676年)冬,其部将原庆阳知府傅弘烈劝他投降,孔四贞(孔有德之女,其妻)也劝其投降。孙延龄见战争形势对自己越来越不利,晚投降不如早投降,便派遣傅弘烈去江西,向清军投降。吴三桂得知消息,派遣自己的重孙吴世琮领兵进攻桂林,诱杀孙延龄,吴世琮留部将李庭栋守桂林。结果孙延龄部将刘彦明等,杀死李庭栋,开城投降清军。随后,孔四贞到北京也向清政府请降。这样,广西的反清叛乱也被平定下去。

在广东,藩王尚可喜效忠朝廷,得以保爵封王,他请求朝廷谕诏次子尚之孝承袭王爵,长子尚之信怀恨在心,父子间关系恶化。康熙十五年(1676年)春,吴三桂自湖南出兵,攻打广东肇庆。尚之信趁机勾结吴三桂,于是年二月发动兵变,包围王府,软禁其父,参加了叛乱,尚可喜悲愤而死。清总督金光祖、巡抚佟养钜等也随尚之信反清,清政府失去了对广东的控制。吴三桂便授尚之信为招讨大将军、辅德亲王。但吴三桂要求广东派兵却遭到尚之信的拒绝,吴、尚之间矛盾日深。此时,清军在福建、广西平叛连连获胜,尚之信便暗中派人向移驻南昌的简亲王喇布行营请降。同时他又率军薙发迎降,于是年十二月,以广州归诚。清政府遂命他立功赎罪。号为"三藩"之一的尚之信,只是由于争夺王位,才在吴三桂发动的叛乱战争转入低潮时铤而走险,举起叛旗,但数月后又向清政府投降,因而在整个战争中处于无足轻重的地位。

总之,吴三桂等人发动的叛乱局势刚刚高涨起来,在清朝五路大军的围剿及对叛军采用分化瓦解、剿抚并用的策略下,促使随附吴三桂的耿精忠、尚之信、王辅臣先后归降,使吴三桂羽翼受损,实力大减,军事优势逐渐丧失,这就使吴三桂日益陷入孤立,看来,吴三桂败亡的命运难以避免。康熙十七年(1678年)初,安亲王岳乐军所向披靡,先后攻克平江、湘阴,又在湘潭招降吴三桂水师将军林兴珠,命为建义将军。连续攻下永兴、郴州、桂阳等十三城。简亲王喇布率军进击吴三桂守宁都城的韩大任,兵抵城下,韩大任败走,最后向福建清军投降。

曾经活跃于乱世煊赫一时的吴三桂,见大势已去,仍想做垂死挣扎。他不得不求助于蒙古,并许以割地纳款,乞求发兵,以挽回败局。但是,蒙古却留住来使,不予理睬。吴三桂的最后希望也破灭了。随着军事上的溃败,政治上也逐渐受到人们的唾弃,叛军内部人心浮动,士气低落。他预感到大难临头,死期不远,于是,决定"姑称帝以自娱",借以鼓舞军心,做垂死挣扎。康熙十七年(1678年)三月,吴三桂在衡州(今湖南衡阳)草草修建了百余间芦舍,用黄漆涂刷房顶,权当皇宫,于三月二十八日,登上临时搭建的祭坛,祭祀天地,宣布称帝。定衡州为国都,称为定天府,改国号为大周,年号昭武。封妻子张氏为皇后,孙子吴世璠为太孙。同时他又设置百官,册封部下分别为国公、郡公、侯、伯。正在这时,突然间风雨大作,芦舍朝殿被刮得东摇西晃,黄漆房顶被弄得面目全非。这使吴三桂和他的"百官"十分扫兴。这场登基丑剧在风雨中草草收场。

由于吴三桂彻底撕下了"复明"的假面具,连支持他的明朝旧臣也都反对他了,遂使他在政治上彻底陷入了孤立无助的境地。是年秋,吴三桂生病卧床不起,闻知清军正向他的大本营逼近,更是惶恐不已。他经常做噩梦,面容日渐憔悴。他不停地独自悲叹道:"何苦,何苦!"悔恨当初不该起兵反叛,以致闹得身败名裂,家破人亡。吴三桂在极度的惊恐中患了中风噎膈等病(食道癌),不久便死于军中,由其孙吴世璠继帝位,改元洪化。随后,清军集中兵力趁机发动进攻,吴军人心涣散,节节败退。康熙二十年(1681年)末,清军大举进攻昆明,吴世璠见大势已去,自杀身亡,余众出城投降。尚之信被赐死,耿精忠及部属曾养性等被凌迟处死,耿精忠之子耿显祚被处斩。至此,长达八年之久,殃及大半个中国的"三藩之乱"终告平定。康熙帝平定"三藩"之乱的胜利,应归功于全国各族人民要求统一,反对分裂的意愿;应归功于昭圣太皇太后在幕后的鼎力支持;归功于康熙帝坚强的意志和杰出的军事才能,领导和指挥了平叛战争的全过程。

康熙帝在平定三藩之乱后,曾回顾历史,很有感慨地写下了《滇平》一诗:

洱海昆池道路难,捷书夜半到长安。

未矜干羽三苗格,乍喜征输六诏宽。

天末远收金马隘,军中新解铁衣寒。

回思几载焦劳意,此日方同万国欢。

这首诗,记载着平定"三藩之乱"的艰难历程,抒发了康熙帝平叛后的喜悦心情,平定了"三藩之乱",使统一的中央集权得到了巩固,使国家免除了分裂的危险。自此以后,康熙帝励精图治,开创了我国封建社会历史上的一个盛世局面。

第二节　康熙帝与老祖母的深情

康熙帝的成长饱含着祖母昭圣太皇太后的心血和汗水。康熙亲政,特别是剪除鳌拜之后,使他逐渐成为叱咤风云的大国之君。然而,他对祖母仍敬重如初,每借去慈宁宫向祖母问安和陪同出游之机,请教和商议国家大事。太皇太后放手让康熙帝亲掌朝政,在关键时刻及重大问题上,常加以指点、鼓励和支持,并不放松对国事的关心。康熙十二年(1673年)二月,《大学衍义》满文译本恭呈太皇太后,并颁赐诸臣。昭圣太皇太后称赞说:"人主居四海臣民之上,关系重大。然而代天理物,替天行道,必须亲自实践,治国平天下,首先要修身正己。这书所有的道理都在其中,实在是治世修身的要道。"康熙帝对祖母的感激是真诚的,他把事业的成功总是归功于老祖母。康熙二十年(1681年)十二月,康熙帝向太皇太后上奏:"臣祗遵懿训,绥靖寰区,叛逆削平,兵民休息。"意思是说,平定了以吴三桂为首的"三藩之乱"的胜利,是祖母的功劳。康熙帝总想找机会孝敬老祖母昭圣太皇太后。有一次太皇太后生病,很想念嫁到巴林(今西林县)的女儿淑慧公主。康熙帝得知后,立即派乾清门侍卫武格,用御轿往迎,公主很快来到太皇太后身旁。太皇太后见到女儿喜出望外,"圣体遂强健如常。"康熙二十一年(1682年)春,康熙帝出巡盛京,沿途几乎每天派人驰书问候起居,报告自己行踪,并且把自己在河里捕抓的鲢鱼、鲫鱼脂封,派人送京给老祖母尝鲜。

昭圣太皇太后晚年潜心向佛,听说山西五台山是国内第一大佛教圣地,她对孙儿康熙帝玄烨说:据说五台山是在东汉永平十一年(68年)迦叶摩腾、竺法兰到五台山,发现在大塔左侧,有释迦牟尼佛遗留的足迹,而且还发现了"佛舍利",后来见这座山的山势奇伟,和印度的灵鹫山(释迦牟尼佛修行处)相似。故决定在此建寺,寺院落成后,以其山形命名为灵鹫寺。到汉明帝时,为了表示信佛,乃在寺名前加上"大孚"两字,即"大孚灵鹫寺"。从此五台山大孚灵鹫寺成为全国最有名气的寺院。到了隋朝,隋文帝又下诏在五个台顶各建一座寺庙,即东台望海寺、南台普济寺、西台法雷寺、北台灵应寺、中台演教寺。又因为五台山是文殊菩萨演教的地方,所以这五个台顶上的寺庙均供奉文殊菩萨:东台望海寺供聪明文殊、南台普济寺供智慧文殊、西台法雷寺供狮子吼文殊、北台灵应寺供无垢文殊、中台演教寺供孺童文殊,故称"金五台"是为文殊菩萨的道场。凡到五台山朝拜的人,都要到五个台顶寺庙里礼拜,叫作朝台。唐代以后,五台山寺院多达三百所,有僧侣三千余人,成为佛教圣地,被誉为国内佛教四大名山之首。唐代以后,佛教备受推崇,文殊菩萨尤其为佛教徒所尊崇。国家规定,所有寺院的斋堂,都必须供奉。我朝也应尊崇前朝做法,不知我这把年岁还能否上五台山去膜拜五山佛寺的文殊菩萨,以保我大清江山永固,国家繁荣昌盛。

康熙二十二年(1683年)秋,康熙帝得知老祖母昭圣太皇太后的心愿后,决定亲自陪侍巡幸五台山。五台山的地形比较奇特,是由古老的结晶岩构成,山与山的切割深峻,形成五峰耸立,峰顶平坦如台,与恒山太行山连续。中秋以后山中气候寒冷,台顶终年有冰。山路坎坷难行,乘车不稳,康熙帝命备御了八人暖轿。太皇太后考虑轿夫的艰难,坚持乘车,康熙不得已,瞒着祖母,命轿随车行。中途,见祖母乘车不安稳,便请改乘暖轿。一遇到上坡地方,康熙帝每每下轿,都亲自为祖母扶辇保护。老祖母为难地说:"已易车矣,未知轿在何处,焉得即至?"康熙帝答:"轿即在后。"立即令轿近前。祖母大喜,抚孙儿康熙之背感叹不已,说:"车轿细事,且道途之间,汝诚意无不恳到,实为大孝。"

康熙二十六年(1687年)十一月,昭圣太皇太后病重,康熙帝亲自在慈宁宫护理,昼夜不离左右,检方调药,亲侍饮食。祖母休息时,则隔着幔帐静静等候,席地危坐。一听到太皇太后声息,则赶到榻前,凡有所需,手奉以进。三十五昼夜衣不解带,目不交睫,尽心竭力。为满足祖母不时之需,凡坐卧物品、饮食肴馔无不具备。仅糜粥之类就准备了三十余品。随所欲用,一呼即来。祖母屡次命他回宫暂息,诸位官员也一再奏请皇帝保重身体,但他仍然勉强支持。他亲自率领王公大臣步行到天坛,祈告上苍,请求折损自己生命,增延祖母寿数。并在诵读祝文时涕泪交颐说:"忆自弱龄,早失怙恃,趋承祖母膝下,三十余年,鞠养教诲,以至有成。设无祖母太皇太后,断不能致有今日成立,同极之恩,毕生难报……若大算或穷,愿减臣龄,冀增太皇太后数年之寿。"康熙帝为什么这么做?他曾对内阁大学士谈其心情时说:"朕时刻不忘从幼年开始,即蒙太皇太后扶养教训三十余年,无限的恩爱之情难以报答。当今日看到太皇太后病体依然,五内焦灼,坐卧不安,不知所措,朕在宫室休息,无暇照顾。看见群臣奏折,体会到大小臣工爱君之心是真诚的,但是当此之时不竭心尽力,以报答养育之恩,难道还能有机会吗?!"

同年十二月二十五日,昭圣太皇太后病逝,享年七十五岁。临终时这位母仪天下的大清国母、杰出的女政治家,所关心的仍然是朝政。她临终嘱咐:劝"康熙帝不要过于悲痛,节哀恩治,以国家大事为重。其丧制悉遵典礼,服丧后三个月,皇帝即行听政。命中外文武群臣,恪恭奉职,勿负委任,以共承无疆之福。"康熙帝悲痛欲绝,呼天哀号,哭无停声,饮食不入口。康熙帝对祖母一往情深,高度评价说:"朕自八岁起,皇考世祖章皇帝宾天,十一岁又遇皇妣(母)章皇后崩逝。无依无靠,未能得父母之爱,于考妣音容,仅能仿佛记忆,全赖圣祖母太皇太后抚育成长,教育培养,历经三十多年,朕以一片诚心,全力尽孝养之道,朝夕侍奉,惟恐有失,不敢稍有懈怠。近来发现太皇太后身体不适,虔诚祈祷,亲自给送汤药,三十多天,不离左右,尚望痊愈,永远得到她老人家的厚爱。谁能想到竟然逝世,心如刀绞。回顾老人家的恩情,无法图报,哀号痛切,悲痛不止。"诸王、贝勒、文武大臣等公疏奏请皇帝节哀,并高度评价昭圣太皇太后一生功绩。写道:"伏念太皇太后顺德承天,徽音衍祚。佐太宗文皇帝,肇造丕基,启世祖章皇帝式廓大业。迨我皇上缵承洪绪,平定太平,克享耆年,流光亿禩。"然而,自然规律是无法抗拒的,昭圣太皇太后走完了她的人生旅程,以七十五岁的高寿安然离开了人世。

第三节　死后魂归昭西陵

康熙二十六年(1687年)十二月二十五日,大清国母昭圣太皇太后在慈宁宫逝世,享年七十五岁,走完了她的人生旅程。关于她死后的陵寝殡葬地,后人有许多说法。较为流行的是野史中所说:"她死后没能和皇太极同葬在沈阳清昭陵,而葬在河北遵化县清东陵,且陵寝的位置在顺治帝孝陵的南面五公里,是因为她下嫁多尔衮了,对先皇不忠贞,故而没将其与清太宗文皇帝皇太极合葬。"还有的说:"她的陵寝虽然建在清东陵,但没有在清东陵风水红墙内,而是建在了红墙外,说明子孙对她下嫁了摄政王多尔衮的不敬。"还有更神奇的传说:"其棺柩路经殡葬地时,抬棺柩的累了,就在此地休息,当欲再抬时,怎么也抬不动,最后只好就地建陵墓而殡葬了。"等等。

关于昭圣皇太后的殡葬墓地,《盛京通志》记载,清太宗"应天兴国宏德彰武宽温仁圣睿季文皇帝"皇太极,病逝于清崇德八年(1643年)八月九日。其殡葬的地点在奉天府(今沈阳)城西北十里。东北叠嶂层峦,此地而宽平宏敞,有包罗万象,跨驭八荒之势。辽水右回,浑河正绕,佳气氤氲万年。帝业丕基巩焉。顺治八年(1651年)封山曰隆业山,山高六丈一尺,长一百一十五丈,宝城高二丈三尺八寸,周长六十一丈。宝顶一座,高两丈,周长三十三丈,月牙城高二丈二尺七寸,周长二十七丈七尺,正中琉璃照壁一座……被赐名清昭陵。"另据清初《内国史院满文档》记载:顺治元年(1644年)五月十七日,清昭陵宝位告成,辅政和硕郑亲王以下,牛录章京以上各官,往宝位前举行告成礼。承袭皇位孝子福临,于皇考宽温仁圣皇帝神位前跪奏曰:"以特修之神位告成,移放皇考神位礼,备祭品以祭神魂。"颂文毕,和硕郑亲王跪神位前,敬酒三盅,诸官皆跪,行三叩头礼,由内大臣、侍卫安放于宝座。皇后、皇妃,固伦公主、和硕福晋以下,多罗格格、辅国公之妻以上,俱托饭桌、备用之桌并牛羊肉,皇后、皇妃跪,奠酒三盅,众人皆跪,行三叩头礼。续由和硕郑亲王跪宝位前,奠酒三盅,诸官皆跪,行三叩头礼。此次祭品有凉帽、沙披领一套、靴袜两双、染三色整匹纸五万、元宝五万、牛一、羊八、烧酒、黄酒十坛、计饭桌二十一。收宝纸钱后,诸王、福晋皆出。"这是当年清太宗文皇帝皇太极死后,昭陵宝位告成的情况。

清崇德八年(1643年)八月二十六日,顺治帝继位举行登基大典,尊皇后哲哲和自己的生母为两宫皇太后。顺治元年（1644年）四月初九日，命多尔衮为大将军，统军征明。四月二十二日，平西王吴三桂以山海关降清，在山海关大败李自成，五月初二日清军顺利占领北京。八月二十二日，两宫皇太后率满朝文武群臣和皇亲国戚迁都北京。十月初一日，顺治帝在北京二次举行登基大典。

顺治六年（1649年）四月十七日，博尔济吉特哲哲皇太后病逝，享年五十一岁。顺治帝为她举行了隆重的丧礼，恭奉她的梓宫在宫中正殿，文武百官及其夫人们都穿上了丧服，男摘冠缨，女去首饰，以示哀悼。按照崇德帝皇太极去世时的规格进行初祭、大祭、绎祭、月祭、百日祭等一系列祭奠礼仪。于顺治七年（1650年）二月，将博尔济吉特哲哲皇太后的梓宫运回沈阳，将其与宽温仁圣皇帝皇太极一起合葬在清昭陵。顺治八年（1651年）二月，顺治帝开始亲政，作为亲政典礼的有机组成部分，将已故博尔济吉特哲哲皇太后升祔太庙，与太宗文皇帝牌位放在一起。十月九日祔庙礼成，二十二日，颁布诏书，布告天下，诏书曰："钦惟我皇妣皇后，承乾正位，体顺居贞，光辅太宗。式扩开成之烈，佑翼冲子，宏昭启迪之恩。"顺治帝福临为哲哲皇后上谥号："孝端正敬仁懿庄敏辅天协圣文皇后。"后来雍正帝添加了"哲顺"二字，乾隆皇帝又添加了"慈僖"二字。这样其死后谥号的全称为"孝端正敬仁懿哲顺慈僖庄敏辅天协圣文皇后"。简称"孝端文皇后"。孝端文皇后的谥宝和谥册：谥宝为交龙钮，长宽各为12.6厘米，通高10.8厘米，印文为孝端文皇后谥号全称，左为满文本字，右为汉文篆体字。谥册共十片，每片长28.9厘米，宽13厘米，厚1厘米，首尾两页各刻龙纹，其余五页刻满文，三页刻汉文，每页黄绫包边，黄丝线相系。

昭圣太皇太后病逝于康熙二十六年（1687年）十二月二十五日，与博尔济吉特哲哲皇后逝世时间相差三十八年十个月。据《清圣祖实录》载：在昭圣太皇太后病危时，曾一再叮嘱康熙帝说："太宗文皇帝梓宫，安奉已久，卑不动尊，不可为我轻动。况我心恋汝皇父及汝，不忍远去,务于孝陵近地,择吉安厝,则我心无憾矣。"昭圣太皇太后的遗嘱表明了三个问题:第一是说,崇德帝皇太极病逝已四十五年,梓宫安奉已久,三十八年前皇后博尔济吉特哲哲逝世后,已经与太宗文皇帝的梓宫合葬安奉三十多年了,并谦诚地说,自己只是太宗文皇帝皇太极的永福宫庄妃,我虽然是你皇父的母亲昭圣皇太后和你的祖母昭圣太皇太后,但不能因此破了规矩而再轻动祖陵。第二是说,我同你父和你相依为命四十五年,共同经历许多磨难,克服了入关后各种艰难险阻,才使大清江山永驻,才使国家实现统一,并且开始走向中兴,况且我心中依恋你皇父和你,不忍心身后离你们远去。第三是说,我死后就把陵地置于你父皇孝陵附近,择吉安厝,我心中就没有遗憾了。

康熙帝玄烨终生孝尊老祖母,始终不忘鞠养教诲厚恩,于是在昭圣太皇太后逝世后,遵谕老祖母遗嘱,将昭圣太皇太后的梓宫葬在河北省遵化昌瑞山南麓,其位置在顺治帝孝陵南端五公里。并命将祖母生前最喜欢居住的慈宁宫寝宫五间拆运至墓地,按原样重建,称"暂安奉殿",将梓宫安放其中,并为祖母上尊谥号"孝庄仁宣诚宪恭懿翊天启圣文皇后,"简称"孝庄文皇后"。康熙帝将祖母的灵柩停放于移建的"暂安奉殿"三十余年不忍入葬,直到雍正三年(1725年),雍正帝才在"暂安奉殿"就地构建地宫,建造陵墓将其入葬。雍正帝为其谥号加上"至德"二字,乾隆皇帝为其谥号加上"纯徽"二字,其谥号全称:"孝庄仁宣诚宪恭懿至德纯徽翊天启圣文皇后"。康熙、雍正二帝遵昭圣太皇太后不与太宗文皇帝合葬,愿守其子孙的遗嘱,将她的陵墓建在顺治帝孝陵之南五公里处,并赐名为"昭西陵"。此举打破了旧例,未按祖制将她与太宗文皇帝合葬于盛京清昭陵,也未按满洲旧习俗实行火化,而是建陵于顺治帝孝陵以南五公里处,表明虽与孝陵近在咫尺,却与清东陵体系有所区分,按古代风俗,南为上,上为尊。故把其陵墓赐名为昭西陵,同时表明它与沈阳盛京的清昭陵虽远距千里,却东西呼应仍为一体,可谓两全其美。

后　记

本书的主人公是昭圣皇太后博尔济吉特氏布木布泰,她是大清王朝开国的国母,是一位伟大的女政治家,她一生用非凡的才华和谋略,帮助大清从开国走向强盛。她先以卓越的眼光帮助夫君皇太极,广纳人才,立国法,改国政,后又在皇太极突然病逝后,辅佐自己的儿子福临坐稳皇位,最后又在儿子英年早逝的情况下,以年迈的身体,帮助自己的孙子康熙帝玄烨治国除奸,缔造出康熙盛世的局面。但是,由于明朝灭亡后,反清敌对势力南明弘光小朝廷中的一些权臣和文人墨客,出于民族的偏见,再加之清朝末年,孙中山先生为推翻清王朝的封建统治,提出"驱除鞑虏,恢复中华"的政治纲领,许多汉人戴着有色眼镜,对我国封建社会这样一位杰出的女政治家,利用野史和民间流言大肆进行攻击和污蔑,极力抹煞其历史功绩,使她的一生伴随着争议。为以史为鉴,以正视听,本人就有关两件遗事,以后记加以赘述。

第一是关于下嫁摄政王多尔衮的问题。史界对此有两种观点:一是下嫁说,二是没下嫁说。下嫁说认为的依据有四:(1)认为民国初年出版的《清朝野史大观》卷一中有《太后下嫁摄政王》、《太后下嫁贺诏》、《太后下嫁后之礼制》等,书中称,多尔衮诚心拥戴福临即位,满朝文武大臣深有歉意,欲报答其恩。多尔衮与大学士范文程密议后,由范文程倡议于众说：摄政王功高望重，皇上应予报答，王乃帝之叔父，视帝为子，"则皇上亦当以父视王"，认王为父，可否？众人议定如此办理。范文程又说：今闻王之福晋（指睿王元妃那木其）刚逝，"而我皇太后又寡居无偶"，皇上既以王为父，"不可使父母异居，宜请王与皇太后同宫"，众又赞同此言。于是帝颁发太后下嫁恩诏，宣示天下。到了乾隆朝，"纪昀见之，以为此何事也，乃可传示来世以彰其丑乎，遂请于高宗削之，是后遂鲜有知者"。（2）有南明弘光小朝廷的兵部尚书张煌言所作《建夷宫词》为证，其中有漫骂清王朝的一首词。即："上寿觞为合卺樽，慈宁宫里烂盈门。春宫昨进新仪注，大礼恭逢太后婚。"（3）清史书中记载有顺治帝福临对多尔衮为"叔父摄政王"、"皇叔父摄政王"、"皇父摄政王"的称谓。并以此作为依据，将昭然于正史中皇帝对多尔衮在不同时期的序称，作为下嫁的确证。（4）孝庄皇太后死后没有与崇德帝皇太极合葬在沈阳昭陵，是因为对先帝不忠，故而将其葬在了河北清东陵顺治帝清孝陵的风水墙外的昭西陵。

本作者认为，上述四种的依据看似都说得活灵活现，貌似有根有据，但详细考证都不可置信，更不可把它视为真实的史料，作为对历史人物的评判。

首先《清朝野史大观》是小说文学作品，它的定性是野史，而不是正史。它允许作者进行虚构或将街谈巷议和道听途说的资料用来编撰出生动的人物故事。它是作者自己杜撰的，绝不能用来作为对历史事件和历史人物的认定依据。如其文中有段顺治帝关于下嫁恩诏云："太后盛年寡居，春花秋月，悄然不怡。朕贵为天子，以天下养，乃独能养口体，而不能养志体，使圣母以丧偶之故，日在愁烦抑郁之中，何以教天下之孝。皇叔父摄政王现方鳏居，其身份容貌，皆为中国第一人，太后颇愿纡尊下嫁，朕仰体慈怀，敬谨遵行。一应典礼，着有司予办。"这一所谓下嫁恩诏，辞文俚俗，显非真诏。特别是皇叔父摄政王"皆为中国第一人"之说就有违规制。任你查遍清朝诸帝诏书，皆称"大清国"或"我大清"，绝对不会用"中国"之词。

其二，用南明弘光小朝廷权臣张煌言《建夷宫词》中的谩骂清朝统治者的一首词"上寿觞为合卺樽，慈宁宫里烂盈门。春宫昨进新仪注，大礼恭逢太后婚"来用作太后下嫁多尔衮的依据更是荒唐。据《清实录》记载，清朝顺治元年十月迁都到北京后，由于有些宫殿被李自成农民军战败西遁时放火烧毁，皇太后到北京后就一直居住在宁寿宫，直到顺治帝福临亲政后的第三年，即顺治十年（1653年）六月十七日慈宁宫修建好后才搬进去。对此，清初《内国史院满文档案》中有明确记载："顺治十年六月十七日，大内慈宁宫告竣，以营造大殿、大门、厢房、桶瓦之礼，遣营造大殿。门瓦之尚书孙塔、贵飞保，营造门瓦之尚书尤常、苏飞宝，营造门瓦侍郎郭科等，于午刻祭祀。光禄寺备办羊三、豕三、果品五种。读视。陈玉、帛、酒、果，点香烛，致祭如例。中殿祝文曰：顺治十年岁次癸巳，六月初一乙未，十七日辛亥，皇帝遣孙塔祭司工之神曰：天赐圣福，大礼深展。永奉母仪为训，地礼无垠，作范化青，福寿绵长。宫阙坚固，常规灿然，三节俱佳，百神赐福。以牺牲、醇酒致祭，神其鉴格，伏乞尚飨。东配殿祝文曰：顺治十年岁次癸巳，六月初一日乙未，十七日辛亥，皇帝遣刘常祭司工之神曰：圣业稳固，宏富俱新。宫阙修茸，俱逢三节，以时告竣，神民得慰。德合坤元，寿考仁厚。诸事既扶，伏乞尚飨。西配殿祝文曰：顺治十年岁次癸巳，六月初一日乙未，十七日辛亥，皇帝遣郭阔致祭司工之神曰：三节俱合，宫阙始兴，赖坤德之匡扶，乐工期之嘉成。谨陈牲酒，鉴此精诚，敬展明禋，永荷天麻，伏乞尚飨。"此时皇太后年已四十二岁，一是谈不上"太后尚年少"、"风华私月"；二多尔衮已于顺治七年（1650年）十二月就病逝了。由此可见，张煌言所作之词，前一句有挟私仇骂之嫌，后一句更加可笑，妄顾史实，犯了张冠李戴、捕风捉影之错，把摄政王多尔衮王妃那木其在顺治六年（1649年）十二月卒后，于第二年正月举行新纳已故肃王豪格遗福晋为妃的典礼，错误地说成是皇太后下嫁多尔衮。

其三,关于顺治皇帝对多尔衮的序称问题。据考证,顺治帝即位之初,因年少由郑亲王齐尔哈朗与睿亲王多尔衮两"叔王辅政",故于顺治元年正月称"叔王摄政";顺治元年十月福临在北京登基颁诏时,以多尔衮功多,加封为"叔父摄政王",并加封赐宝册、册文,册文中有这样一段话:"……此皆周公所未有,而叔父过之,硕德丰功,实宜昭揭于天下。……有此殊勋,尤宜褒显,特令建碑纪绩,永垂功名于万世。"顺治二年(1645年)十二月,陕西道监察御史赵开心为跪迎多尔衮一事上疏朝廷说:"夫以皇叔之亲而兼摄政之尊,原与诸王有异,即臣民宁肯自外于拜舞,第王之恩,皆皇上之恩,中外莫不倾戴……"他提出"称号必须正名",说叔父是皇上的叔父,只有皇上可以这么叫,如臣庶都这么叫,则尊卑无别了,应在"叔父"之上加一"皇"字。后朝廷接此上疏不到十天,礼部就议定了摄政王的称号和仪注。"凡文件皆称'皇叔父摄政王'"。一切大礼、待遇几乎等于皇帝;顺治五年(1648年)十一月,奉太祖配天,四祖入太庙,祭告天地,并追尊四祖考妣帝后谥号,广施恩泽,大赦天下。第一条是:"皇叔父摄政王治安天下,有大勋劳,宜增加殊礼,以崇功德。及妃、世子应得封号,院部诸大臣具奏。"

经过商议,最后决定:"加封皇叔父摄政王为'皇父摄政王',凡进呈本章旨意,具书皇父摄政王。"上述这些序称,是因为多尔衮的功高权重,在不同历史时段,由少帝效仿上古对多尔衮的一种尊称,它是清初的一种爵秩。如同历史上周文王称吕望(姜子牙)为尚父,齐桓公尊管仲为仲父一样。因此尽管多尔衮的爵秩多次变化,也只是因其功大勋高而被册封的尊号,绝不是我们民间所想象的凡称父就是母亲改嫁了。这完全是两回事。

其四,关于昭圣皇太后没有与崇德帝皇太极合葬沈阳昭陵,而是葬在河北遵化的清东陵风水墙之外的问题。野史中说,因为昭圣皇太后下嫁多尔衮了,她对先皇不忠贞,故而没将其与皇太极合葬在沈阳昭陵。而真实的历史是,昭圣皇太后生前就有遗言,康熙帝对祖母殡葬问题也有圣谕。据《康熙起居注》记载:"康熙二十六年(1687年)十一月二十一日,太皇太后圣体违和。"二十五日半夜病逝于慈宁宫,享年七十五岁。上尊谥号为"孝庄仁宣诚宪恭懿翊天启圣文皇后"。而在太皇太后病逝第三天,即二十八日,康熙帝向大学士及内务府总管等,布置祖母的安葬事宜时说:"太皇太后病大渐时,谕朕曰:'念太宗之山陵已久,卑不动尊,惟世祖之兆域非遥,母亦从子。'"意思是说太宗文皇帝梓宫,安奉已久,不可为我轻动。况我心恋汝皇父及汝,不忍远去,务于孝陵近地,择吉安厝,则我心无憾矣。关于太皇太后的安葬和陵墓建造的问题,康熙帝考虑到祖母在为她修茸好的慈宁宫没住够,根据祖母生前的圣谕,于今孝陵近地,择吉修建暂安奉殿,将祖母生前居住的慈宁宫拆运所择吉处。修建暂安奉殿的吉地很难选择,因为在孝陵陵区,太皇太后辈分最高,理应居于正位。可是昌瑞山主峰下已建成孝陵,迤东又预营建景陵,位次很难确定。勘测官员多次回奏,经反复斟酌,康熙帝决定将暂安奉殿建于孝陵陵区大红门外的左侧。由于康熙帝的严格要求和经常派人督促检查,暂安奉殿工程进展得十分顺利,从康熙二十六年十二月二十八日下令拆迁宫殿算起,仅百余日即告峻工。康熙二十七年四月十四日,梓宫至暂行永设地方,奉安于享殿。十九日早六时,康熙帝奉安大行太皇太后梓宫于宝殿之座。

综上所述,可以看出,下嫁说用这四个依据证明昭圣皇太后下嫁给了多尔衮之说,完全不符合历史实际。

没有下嫁说的依据有四:(1)截至目前,查询国内《清实录》、朝鲜《李朝实录》、《蒙古史》等有关清史资料,均未发现有昭圣皇太后下嫁多尔衮的任何记载。清初顺治朝的实际状况是多尔衮功劳大且又专权,幼主的皇权岌岌可危。顺治三年(1646年)五月,多尔衮以皇帝信符收贮在皇宫中,每次调遣人马都要奏请,很不方便为由,故将皇帝信符取到自己的王府收藏。顺治四年正月,又因多尔衮身体虚弱多病,颁布了摄政王朝事时,免除跪拜;并颁布其仪仗式视同皇上。(2)顺治八年（1651年），在多尔衮死后，两白旗以苏克萨哈为首的大臣，揭发多尔衮欲废幼主，为自己做了龙袍，有称帝之心，而且死后将龙袍加身随葬。经诸王大臣会议议定其"十大罪状"，其中有"自称皇父摄政王，又亲到皇宫内院"等之罪名。主要是因幼主尚小，专心习文尚武，皇太后主掌后宫，她为保儿子的皇权，了解国中之情况，为笼络住多尔衮，有意接近多尔衮。而多尔衮也借陈奏机密和国家军政要事之名，故亲到皇宫内院。这是当时的国中现状，并不能以昭圣皇太后与主掌当时朝中军政大事的多尔衮经常接触，就认为要下嫁给他。(3)多尔衮死不到百日，顺治帝还只是个十三岁的幼主，仍是一名不胜朝事的少年天子，且还未举行亲政大典，最后宣布多尔衮十大罪状，并下谕旨昭示中外，并对其削爵夺封，追治死党等一系列震动朝野的大举动，这无疑是昭圣皇太后指受与安排的。这足以证明，如果昭圣皇太后真的下嫁了多尔衮，她绝不可能将多尔衮议定十大罪状，并让皇儿下令将多尔衮掘墓鞭尸。

本作者认为，多尔衮率清军入关，在大明、大顺、大清三股政治军事势力博弈的决定时期，消灭了推翻明王朝的李自成大顺农民军，取得了全国政权。由于当时多尔衮功高权重，独揽大权，又是一个性欲极强的好色之徒，不排除昭圣皇太后为了保住儿子的皇位，采取特殊手段，与多尔衮有些私情，但其政治目的，是为了保住儿子的皇权，笼络和控制住多尔衮，不存在下嫁多尔衮的问题。

第二是对博尔济吉特氏布木布泰的称谓问题。以前由于在一些历史书籍和电影、电视剧中大多都称其为"孝庄皇太后"，这是不对的。其正确的称谓应是"昭圣皇太后"。在我国封建社会，对帝王、后妃和有重大历史功绩的人的尊号有两种：一种是"徽号"即尊号的别名，它是在生前所加的表示崇敬褒美的尊号。一种是"谥号"，它是皇帝、后妃和有重大历史功绩的人死后，后人对其生前功绩的称号。一般人们对帝王、后妃和有重大历史功绩的人，都以生前"徽号"作为尊称，不能用死后的"谥号"对其称呼。

从文献史料记载来看,博尔济吉特氏布木布泰于天命十年(1625年)初,由哥哥吴克善率送亲队伍,乘着彩车盛嫁给当时的四贝勒皇太极,时称小福晋;天聪元年(1627年),皇太极继汗位后,封其为西宫妃;天聪八年(1636年),皇太极建立大清称帝时,被册封为永福宫庄妃;顺治元年(1644年)与皇后并称皇太后;顺治八年(1652年)福临亲政后,为其上徽号"昭圣慈寿皇太后";顺治十年(1654年)入住慈宁宫,顺治帝福临又为圣母加徽号"昭圣慈寿恭简安懿皇太后"。这是她生前的徽号,故简称其为"昭圣皇太后"。

"孝庄皇太后"的称谓,史料上从无此记载。据史料记载,康熙元年(1662年)玄烨继位后,尊其祖母为"太皇太后"。这一称谓一直到康熙二十六年(1687年)十一月二十五日,"太皇太后"病逝。在她死后,康熙帝为其上"谥号",称"孝庄仁宣诚宪恭懿翊天启圣文皇后";雍正元年(1723年),雍正皇帝又加封其谥号"孝庄仁宣诚宪恭懿至德翼天启圣文皇后",简称"孝庄文皇后"。

从上述史料记载可以证明"孝庄皇太后"之名,是根本不存在的。于是必须正本清源,只能用顺治帝福临为其母所上的"徽号",尊称"昭圣皇太后",绝不能用"孝庄皇太后"。而且也不能用其死后,康熙帝玄烨和雍正帝胤禛为其所上的"谥号"称"孝庄文皇后"。本书用详细史料介绍其入宫后,在不同的历史时期,皇太极和儿孙们对她生前和死后所称的"徽号"与"谥号"史实作为例证,目的是纠正对这位历史人物错误的称谓,以免贻误后人。